Rolf-J. Lang

Der Auftrag

62-35

Bibliografische Information der Deutschen Nationalbibliothek: Die Deutsche Nationalbibliothek verzeichnet diese Publikation in der Deutschen Nationalbibliografie; detaillierte bibliografische Daten sind im Internet über dnb.d-nb.de abrufbar.

TWENTYSIX – der Self-Publishing-Verlag
Eine Kooperation zwischen der Verlagsgruppe Random House und BoD – Books on Demand

Herstellung und Verlag:
BoD – Books on Demand, Norderstedt

Umschlagseitenillustration: Neele B. Lang, Claudia Steinhoff

ISBN 978-3-740-768867

Meiner Tochter Neele und allen, die sich wie sie darum bemühen, der Menschenwürde ein Überleben zu garantieren.

26.Februar 2020

(dpa)

Viertklässler mit Hakenkreuz beim Faschingsumzug

Ein Viertklässler ist in Hamburg mit einem selbstgebastelten Hakenkreuz-Emblem am Oberarm zum Schulfasching gekommen. Der Grundschüler habe das auf Papier gemalte Hakenkreuz auf Anweisung der Lehrerin sofort abnehmen müssen, erklärte die Hamburger Schulbehörde am Dienstag. Laut Schulleitung darf der Junge, der bereits in der Vergangenheit durch Nazi-Gesten aufgefallen sein soll, den Unterricht vorerst nicht besuchen. Zudem werde es ein Gespräch mit den Eltern geben.

Prolog ein vorgezogener Epilog

Es ist der zweite Samstagabend im November zweitausendzwanzig. Paul Rösler und seine Frau Florentina sitzen im Parkett eines wunderschönen kleinen Theaters einer bayerischen Kleinstadt. Ein guter Freund, mit dem sie morgen nach Passau fahren werden, hat sie zu diesem Konzert von Sarah Hakenberg eingeladen. Er kannte die Künstlerin nicht vor diesem Konzert. Nun ist er begeistert von ihr. Sie ist eine sehr attraktive Frau um die vierzig. Im ärmellosen schwarzen Minikleid und einer silbernen Kette mit einem smaragdgrünen Anhänger um den Hals zieht sie ihr Publikum in Bann. Ihre langen blonden Haare hat sie zu einem Zopf im Nacken gebunden. Mit blitzenden Augen und einem stets lachenden Mund trägt sie eine spitze Kabarettnummer nach der anderen vor. Manchmal nur gesprochen und auf der Bühne hin und her tigernd, manchmal zappelig an ihrem Flügel sitzend mit glockenklarer Stimme singend. Nichts und niemanden der politischen Größen lässt sie aus und es geht Schlag auf Schlag. Paul Rösler ist ganz Ohr.

„Ich hab was ganz Interessantes rausgekriegt, hört mal das hier!“ Mit der linken Hand schlägt sie nacheinander drei absteigende Töne auf der vorletzten Oktave ihres Flügels an. „Das ist ein düsterer d-moll-Akkord, d-moll ist die Tonart von Mozarts ‚Requiem‘ oder Schuberts ‚Der Tod und das Mädchen‘! Ganz viele Gewitterszenen in der Oper sind auch geschrieben worden in d-moll!“ Wieder schlägt sie diesen Akkord an, diesmal jedoch schneller. Sie erhebt sich leicht von ihrem Klavierhocker, zeigt mit dem Zeigefinger ihrer rechten Hand auf ihre linke und spielt mit dieser diesen Akkord ein drittes Mal.

„Wenn dieser Akkord jetzt wenigstens aufsteigend aufgebaut wäre!“ Nun spielt sie die gleichen drei Töne von unten nach oben. „Hört ihr, da gibt es noch so einen kleinen Hoffnungsschimmer...“, aus dem Publikum sind ein paar kurze Lacher zu hören, „ aber rückwärts,“, und wieder spielt sie d-moll langsam von Oben nach Unten, „da schwingt noch was Teuflisches mit!“ Wieder erhebt sie sich leicht hüpfend von ihrem Klavierhocker, peitscht mit ihrem rechten Arm mit ausgestrecktem Zeigefinger auf ihre linke Hand und ruft mit fast kreischender Stimme dem Publikum zu: „Und das ist nichts anderes….", ihr Blick wendet sich vom Saal auf die Tasten ihres Flügels und mit ruhiger Stimme fährt sie fort, „..als a, f, d!" Mit einem spitzbübischen Lächeln sieht sie wieder ins Publikum. Eine Sekunde lang herrscht Stille im Saal, dann setzten frenetischer Applaus und tosender Jubel ein.

Januar 1945

Der alte Kutscher lässt den schwarzen Rappen langsam an der Deichsel rückwärts treten. Beruhigend redet er auf das Pferd ein. Er hängt die Innenleine am Gebiss des regungslos an der anderen Seite der Deichsel stehenden braunen Pferdes ein, klinkt die Aufhalter an die Deichsel, steckt die Leinen unter die Oberblattstupfe und befestigt die Leinen an den Ortscheiten.

Der junge Wachhabende Hubert Rösler beobachtet vom Schulhaus aus, welches die östliche Grenze des Marktplatzes markiert, den alten Mann bei seiner Arbeit. Fasziniert von dessen Gelassenheit und Ruhe verfolgt er jeden Handgriff, mit dem der Kutscher die Tiere an diesem eiskalten Morgen einspannt.

Am Nachmittag vorher wurden sie hier in der Schule von Niekosken einquartiert. Dreißig Mann stark sind sie von Deutschkrone hierher an die Netze verlegt worden. „Wieder an die russische Front!", schoss es dem einundzwanzigjährigen Gefreiten durch den Kopf, als er nach seinem Lazarettaufenthalt in Wolgast den Marschbefehl nach Deutschkrone bekam. Im August 1944 hatte ihn ein Splitter einer Granate getroffen. Ein Baumkrepierer im Wald! Die Splitter kamen von oben. Er lag im Graben direkt unter den Bäumen. Er hatte keine Chance. Aus der Deckung gehen wäre sein sicherer Tod gewesen. Beide Arme und die Lende hatte es erwischt. Und doch hatte er Glück gehabt, denn er war nicht wirklich schwer verwundet, kam aber trotzdem raus, weg von der Front ins Lazarett. Von seinen Kameraden hörte er nichts mehr. Das 43. Armeekorps war südlich von Riga noch am selben Tag unter heftigen sowjetischen Beschuss gekommen. Nach großen Verlusten hatte sich sein Verband immer weiter zurückziehen müssen.

Der Atem der Pferde dampft in der eisigen Luft. Auch das Gesicht des alten Kutschers wird immer wieder von einer weißen Nebelwolke verdeckt. Er greift nach den Zügeln.

Ein schrilles Pfeifen und ein lautes Knattern durchschneiden die morgendliche Ruhe. Der Kutscher macht einen Schritt nach vorne. Dann stürzt er. Mit den Zügeln in der Hand schlägt er hart mit dem Gesicht nach vorne auf der schneebedeckten Straße zwischen den beiden Pferden auf.

Instinktiv duckt sich der Gefreite und geht langsam in die Hocke. Er reißt sein Gewehr nach oben. Die schmale Vorbaumauer der Schule und das Pferdegespann geben ihm nach Süden hin Deckung. Es wird ihm aber schlagartig klar, dass sein Schutz hier nur sehr unzureichend ist. Bewegen sich die Angreifer ein paar Grad weiter westlich, steht er wie auf dem Präsentierteller vor ihnen. Er drückt sich ins Mauereck. Zusammengekauert fixiert er die Umgebung. Die mehrreihigen Holzmieten nordwestlich der Schule böten wesentlich bessere Deckung und Sicherheit. Vertrauend, dass die Angreifer nur im Süden postiert sind, läuft er die Mauer entlang ein kleines Stück in Richtung nördliche Stirnseite der Schule. Zu den Mieten sind es nur vier oder fünf Meter. Er rennt los. Das Feuer setzt sofort ein. Hubert Rösler zählt mit. „Eins, zwei, drei, vier…“ lärmt es durch sein Hirn. Bis sechzehn zählt er, dann ein Schlag, metallisch, noch ein Schlag. Rösler stolpert nach vorne. Hält sich gerade noch auf den Beinen. Sein linker Arm fällt schlapp an seinem Körper entlang runter. Wie in Zeitlupe registriert er die aufkeimende Gefühllosigkeit, die sich von seinem Oberarm bis in die Fingerspitzen ausbreitet. Kein Schmerz! Nur Taubheit! Er lässt das Gewehr fallen. Es kracht auf den hartgefrorenen Schneeboden. Hubert Rösler hechtet Gleichgewicht suchend hinter den ersten Holzrundbau. Er zittert, versucht nicht zu atmen, nicht laut zu keuchen. Es ist wieder ruhig. Er spürt keinen Schmerz, spürt aber auch den Arm nicht mehr. Seine Finger sind bewegungslos, seine Handfläche ohne Gefühl. Langsam erhebt er sich. Im Schutz der Holzmiete überdenkt er seine Rückzugsmöglichkeiten. Ärgerlich, dass er sich während der Wache dem Kutscher gewidmet hatte, anstatt in der morgendlichen Dämmerung über einen Angriff nachzudenken und sich der Umgebung vertraut zu machen. Die Holzmieten sind versetzt unter den hohen Bäumen aufgeschichtet. Wenn er sich geschützt nach hinten bewegt, kann er einige Meter gutmachen und erreicht wohl die nördliche Hausecke der Schule.

Eine gewaltige Maschinengewehrsalve durchschneidet die minutenlange Ruhe.

Hubert Rösler erstarrt. Es gibt keine Einschläge, kein Pfeifen in der Luft, kein Splittern des Holzes.

Es sind die eigenen Leute, die von der ersten Salve geweckt, sofort das MG angesetzt haben und vom Südgiebel des Schulhauses das Feuer eröffnet haben. Hubert Rösler erfasst die Lage. Er läuft sofort in östlicher Richtung von den Holzmieten einigermaßen gedeckt zum Hintereingang des Schulhauses und bringt sich in den Schutz des Hauses. Immer noch läuft er tief geduckt. Mit der rechten Hand hält er seinen linken Arm an den Körper, um ihn nicht unkontrolliert weiter zu verletzen. Er dreht sich um. Versteht nicht, wieso die Angreifer geschossen haben, bevor sie die Schule umstellt haben. Die Nordseite ist zu seinem Glück offensichtlich feindfrei. Er erreicht den Hintereingang. Werner Hollmann zieht ihn, das Gewehr im Anschlag, an der Koppel über die Schwelle und schließt die Türe sofort wieder. Er sieht Rösler an.

„Was ist?“

„Mein Arm!“ Langsam kommt jetzt der Schmerz.

„Dein Gewehr?“ Hollmann sieht ihn fragend an.

„Draußen!“ Mit dem Kopf deutet Hubert Rösler in Richtung der Türe.

Hollmann bindet ihm den Arm unterhalb der Achsel mit seiner Koppel ab.

„Durchschuss!“, sagt er, „hinten rein, vorne raus!“

„Ich spür den Arm nicht mehr!“ Hubert Rösler sieht Hollmann verzweifelt an.

„Das wird wieder! Bleib in Deckung! Wenn die Bolschewiken uns nicht abknallen wird das wieder, Hubert!“

Hollmann geht gebückt durch den Korridor in den Saal. Es herrscht gespenstische Ruhe.

Nolte kommt, ebenfalls gebückt trägt er die Sanitätstasche bei sich.

„Kannst du dich bewegen?“, fragt er Hubert Rösler. Der nickt.

„Komm da hinter!“ Nolte deutet auf die Garderobennische.

„Nicht, dass sie die Türe durchballern und wir sind ihre Kugelfänger!“

Nolte hilft dem Gefreiten aus dem Mantel und der Uniformjacke. Hubert Rösler verzieht ein paarmal das Gesicht, unterdrückt aber jeden wehleidigen Laut.

Erschrocken ruft Nolte: „Mann!“

„Was ist?“ Hubert Rösler sieht ihn fragend an.

„Mensch Rösler, du hast deinen Stahlhelm doch auch erst Neujahr wiederbekommen, oder?“

„Ja, wieso?“

„Die haben dich am Kopf getroffen!“

Hubert Rösler greift mit der rechten Hand nach dem ledernen Halsriemen.

„Nicht!“ Nolte drückt ihm den Arm wieder nach unten. „Zum Schluss trifft dich ein Querschläger hier drinnen und dein Glück war völlig umsonst.“

„Was ist denn?“

„Herr Gefreiter!“ Nolte wurde ironisch förmlich. „Fünf Zentimeter über dem Rand ist der Einschlag und nach oben ab! Fünf Zentimeter am präzisen Genickschuss vorbei! Herr Gefreiter Rösler, Sie überleben den Krieg, das garantiere ich Ihnen!“

Hubert Rösler wird es schummrig vor den Augen. Dann verliert er das Bewusstsein.

Als er wieder zu sich kommt, ist er notdürftig verbunden. Und sein linker Arm ist ihm an den Leib gebunden. Werner Hollmann stellt sein Essgeschirr vor ihm ab und reicht ihm den Löffel.

„Iss was, Hubert! Du machst gleich wieder nach Hause!“

„Wie denn?“ Hubert Rösler sieht ihn fragend an.

„Ein Schmidt ist gekommen. Feldwebel von der PAKp! Geschütze kontrollieren! Der nimmt dich mit! Er holt noch einen Leutnant und dann geht es zurück!“

Café Drechsel

Strahlender Sonnenschein flutet diesen Freitagmorgen und verwandelt die graue staubige Straße in ein Spiel zwischen Licht und Schatten. Noch beleben vereinzelt eilig in die Fabriken hastende Frauen und Männer das Trottoir. Ein Schornsteinfeger ist mit dem Fahrrad unterwegs, zwei Hausfrauen mit Einkaufstaschen in der Hand steuern die kleine Gemischtwarenhandlung in dieser Straße an und ein großgewachsener stattlicher Herr im hellen Trenchcoat und mit breitkrempigem Hut läuft zielstrebig aber ohne Hast auf das Kaffeehaus Drechsel an der Straßenecke zu und tritt ein. Der lange hohe Raum mit seiner in goldgelb gehaltenen Stuckdecke und den farblich passenden marmorierten Wänden, die vom Boden weg zu einem guten Drittel mit einer edlen dunkelbraunen Holzvertäfelung verkleidet sind und die tief von der Decke hängenden schmiedeeisernen Leuchter mit den vier weißen Schirmen, geben dem Raum etwas Herrschaftliches. Die hohen Arkadenfenster mit den schweren Brokatvorhängen, die rotweiß gemusterten Polstersitzelemente und die weißen ovalen, runden und quadratischen Marmortischplatten auf schweren eisernen Füßen verstärken den Eindruck eines adeligen Ambientes. Es sind nur wenige Gäste anwesend.

Ein schon etwas älterer Ober läuft dem Gast dienstbeflissen entgegen. Ohne den Ober auch nur eines Blickes zu würdigen, reicht der stattliche Herr diesem seinen Trenchcoat, seinen Hut und seine schwarzen Lederhandschuhe.

Gezielt geht er ein paar Schritte in Richtung des Billardraumes, an dessen Eingang vor den Spieltischen ein großer Tisch steht, auf dem verschiedene Tageszeitungen und Wochenmagazine aufliegen.

Der elegante Gast greift nach der Extraausgabe der Deutschen Allgemeinen Zeitung, die mit großen schwarz unterstrichenen Lettern titelt: *Der Führer an die Nation/Komplott völlig zusammengebrochen/Unser Gelöbnis: Bedingungslose Treue*
Der noble Gast steuert den kleinen quadratischen Marmortisch im ersten Arkadenfenster an und nimmt vom herbeieilenden Ober eskortiert auf einem

der rotweiß gepolsterten Stühle Platz. Mit der offenen Hand auf das auf dem Tisch liegende Blatt Papier deutend, signalisiert der Gast ihn doch mit dem Kaffeehausfrühstücksangebot zu bedienen.

„Bitte sehr, gerne Herr Direktor, zu Ihren Diensten!“ Der Ober, ein weißes feinsäuberlich gefaltetes Stofftuch über dem linken Unterarm tragend, eilt in Richtung Serviceraum davon.

Der respektvoll angesprochene Gast greift nach dem Zeitungshalter und liest noch einmal die Schlagzeilen und folgt dann dem Text auf der ersten Seite:

Zwei Befehle des Führers
Himmler zum Befehlshaber des Heimatheeres ernannt
Generaloberst Guderian in den Generalstab berufen

Führerhauptquartier 21.Juli 1944
Der Führer hielt heute nacht im deutschen Rundfunk folgende Ansprache an das deutsche Volk.
Deutsche Volksgenossen und Volksgenossinnen!
Ich weiß nicht zum wievielten Male nunmehr ein Attentat auf mich geplant und zur Ausführung gekommen ist. Wenn ich heute zu Ihnen spreche, dann geschieht es aber besonders aus zwei Gründen:
1. Damit Sie meine Stimme hören und wissen, daß ich selbst unverletzt und gesund bin.
2. Damit Sie aber auch Näheres erfahren über ein Verbrechen, daß in der deutschen Geschichte seinesgleichen sucht. Eine ganz kleine Clique ehrgeiziger, gewissenloser und zugleich verbrecherischer dummer Offiziere hat ein Komplott geschmiedet, um mich zu beseitigen und zugleich mit mir den Stab der deutschen Wehrmachtsführung auszurotten. Die Bombe, die von dem Oberst Graf von Stauffenberg gelegt wurde, krepierte zwei Meter an meiner rechten Seite. Sie hat eine Reihe mir treuer Mitarbeiter sehr schwer verletzt, einer ist gestorben.
Ich selbst bin völlig unverletzt, bis auf ganz kleine Hautabschürfungen, Prellungen oder Verbrennungen. Ich fasse das als Bestätigung des Auftrages

der Vorsehung auf, mein Lebensziel weiter zu verfolgen, so wie ich es bisher getan habe.

Der Ober stellt eine Tasse dampfenden Kaffees auf den Tisch, rückt die Zuckerdose und das Milchkännchen etwas mehr in Richtung des Gastes und stellt ein Glas Wasser dazu. Schließlich nimmt er auch noch den Teller mit dem Weißbrothörnchen und dem kleinen Glas oranger Marillenmarmelade von seinem kunstvoll balancierten Tablett und schiebt es neben die Kaffeetasse.

„Bitte sehr, Herr Direktor, lassen Sie es sich munden, bitte gerne!" Und mit einem ordentlichen Diener zieht sich der Kaffeehausangestellte wieder zurück.

Am Kaffee nippend konzentriert sich der elegante Herr wieder auf die Lektüre seiner Zeitung.

Denn ich darf es vor der ganzen Nation gestehen, daß ich seit dem Tage, an dem ich in die Wilhelmstraße einzog, nur einen einzigen Gedanken hatte, nach besten Wissen und Gewissen meine Pflicht zu erfüllen, und daß ich, seit mir klar wurde, daß der Krieg ein unausbleiblicher war und nicht mehr aufgeschoben werden konnte, eigentlich nur Sorge und Arbeit kannte und in zahllosen Tagen und durchwachten Nächten nur für mein Volk lebte.
Es hat sich in einer Stunde, in der die deutschen Armeen in schwerstem Ringen stehen, ähnlich wie in Italien nun auch in Deutschland eine ganz kleine Gruppe gefunden, die nun glaubte wie im Jahre 1918 den Dolchstoß in den Rücken führen zu können. Sie hat sich diesesmal aber schwer getäuscht.
Die Behauptung dieser Usurpatoren, daß ich nicht mehr lebte, wird jetzt in diesem Augenblick widerlegt, da ich zu Euch, meine lieben Volksgenossen, spreche. Der Kreis, den diese Usurpatoren darstellen, ist ein denkbar kleiner. Er hat mit der deutschen Wehrmacht und vor allem auch mit dem deutschen Heer gar nichts zu tun. Es ist ein ganz kleiner Klüngel verbrecherischer Elemente, die jetzt unbarmherzig ausgerottet werden. Ich befehle daher in diesem Augenblick:

1. Daß keine zivile Stelle irgendeinen Befehl entgegenzunehmen hat von einer Dienststelle, die sich diese Usurpatoren anmaßen.

2. Daß keine militärische Stelle, kein Führer einer Truppe, kein Soldat irgendeinem Befehl dieser Usurpatoren zu gehorchen hat, daß im Gegenteil jeder verpflichtet ist, den Übermittler eines solchen Befehls oder den Geber eines solchen Befehls entweder sofort zu verhaften oder bei Widerstand augenblicklich niederzumachen.

Ich habe, um endgültig Ordnung zu schaffen, zum Befehlshaber des Heimatheeres den Reichsminister Himmler ernannt. Ich habe in den Generalstab Generaloberst Guderian berufen, um den durch Krankheit zur Zeit ausgefallenen Generalstabschef zu ersetzen, und einen zweiten bewährten Führer der Ostfront zu seinem Gehilfen bestimmt.

In allen anderen Dienststellen des Reiches ändert sich nichts. Ich bin der Überzeugung, daß wir mit dem Austreten dieser ganz kleinen Verräter- und Verschwörer-Clique nun endlich aber auch im Rücken der Heimat die Atmosphäre schaffen, die die Kämpfer der Front brauchen. Denn es ist unmöglich, daß vorn Hunderttausende und Millionen braver Männer ihr letztes hergeben, während zu Hause ein ganz kleiner Klüngel ehrgeiziger, erbärmlicher Kreaturen diese Haltung dauernd zu hintertreiben versucht. Diesmal wird nun so abgerechnet, wie wir das als Nationalsozialisten gewohnt sind.

Ich bin überzeugt, daß jeder anständige Offizier, jeder tapfere Soldat in dieser Stunde das begreifen wird.

Welches Schicksal Deutschland getroffen hätte, wenn der Anschlag heute gelungen sein würde, das vermögen die wenigsten sich vielleicht auszudenken. Ich selber danke der Vorsehung und meinem Schöpfer nicht deshalb, daß er mich erhalten hat – mein Leben ist nur Sorge und ist nur Arbeit für mein Volk – , sondern, wenn ich danke, nur deshalb, daß er mir die Möglichkeit gab, diese Sorgen weiter tragen zu dürfen und in meiner Arbeit weiter fortzufahren, so gut ich das mit meinem Gewissen und vor meinem Gewissen verantworten kann.

Es hat jeder Deutsche, ganz gleich, wer er sein mag, die Pflicht, diesen Elementen rücksichtslos entgegenzutreten, sie entweder sofort zu verhaften oder – wenn sie irgendwie Widerstand leisten sollten – ohne weiteres niederzumachen. Die Befehle an sämtliche Truppen sind ergangen. Sie werden blind ausgeführt, entsprechend dem Gehorsam, den das deutsche Heer kennt.

Ich darf besonders Sie, meine alten Kampfgefährten, noch einmal freudig begrüßen, daß es mir wieder vergönnt war, einem Schicksal zu entgehen, das nicht für mich Schreckliches in sich barg, sondern das den Schrecken für das deutsche Volk gebracht hätte.

Ich ersehe daraus auch einen Fingerzeig der Vorsehung, daß ich mein Werk weiter fortführen muß und daher weiter fortführen werde!

Das Ablegen der Zeitung und eine winzige Handbewegung des Gastes genügt, um das Herbeieilen des aufmerksamen Obers zu aktivieren. Die drei orangen Lebensmittelmarken und die größere Silbermünze, die der Gast in das mit der Rechnungsnote versehene rotbraune Lederetui legt, lassen ein großzügiges Trinkgeld für den Kaffeehausbediensteten erahnen. Ohne auf eine Reaktion des Obers zu warten, erhebt sich der gutgekleidete Herr, nimmt seinen Trenchcoat entgegen, setzt seinen Hut auf und fasst seine schwarzen Lederhandschuhe mit der linken Hand. Mit einem leichten Kopfnicken und einem kurzen Lächeln verlässt der Gast das Kaffeehaus durch die vom Ober aufgehaltene Türe.

18. Juli 2019

Ein übler Gestank schlägt ihm entgegen, als er die Türe zum Flur aufstößt. Es ist ein Gemisch aus Abfall, Schweiß, Urin und Exkrementen, das sich wie ein Orkan seines Körpers bemächtigt. Paul wird es speiübel. Natürlich war er vorgewarnt. Vor Monaten hatte sein jüngerer Bruder Martin einen Bericht über ihren Zustand per WhatsApp gesandt, trotzdem hatte er diese Radikalität so nicht erwartet.

Ein Blick rechts durch die offen stehende Tür des Badezimmers gibt ihm die augenscheinliche Begründung für den penetranten Geruch im Haus. Der nicht geschlossene Toilettendeckel ist eher das Mindeste für den „aromatischen" Zustand dieser Wohnung. Bergeweise verdreckte Wäsche, urinverfärbt mit sichtbaren Spuren von Exkrementen, Handtücher mit Stockflecken, gebrauchte zusammengeknüllte Putzlappen, verschwitzte Unterwäsche, mit Essensresten verschmierte Jogginghosen, Sweatshirts und Schlafanzugseile bedecken den altmodisch mit kleinen beigen Rauten gefliesten Boden. Auf einem im Eck liegenden Waschlappen sieht er bereits einen leichten weißen Schimmelflaum.

Waschbecken und Badewanne sind vollgemüllt mit leeren Waschmittelbehältern, Medikamentenverpackungen, offenen Zahnpastatuben, Duftsprüh- und Cremedosen. Der erbsengrüne Handtuchhalter ist abgebrochen und liegt zwischen den Wäschestücken am Fußboden. Unter dem Waschbecken steht ein großer grauer Plastiksack, in dem offenbar Wäsche und Abfall zu gleichen Teilen Platz gefunden haben.

Ihm steigt ein Würgen in die Kehle. Er muss sich beherrschen sein Frühstück bei sich zu behalten. Mit zwei schnellen Schritten betritt er das dunkle Esszimmer, schaltet die Deckenbeleuchtung an und schließt die Türe hinter sich. An Durchatmen ist aber auch hier nicht zu denken. Zwar liegt der beißende Uringestank nicht mehr so stark in der Luft, er wird aber lediglich abgelöst von einem muffig verbrauchten Geruchsgemisch aus abgestandenen Essensresten, verfaulten Zimmerpflanzen und schweißdurchwaberten Kleidungsstücken in überheizter Zimmertemperatur.

Bevor er das Chaos in den weiteren Zimmern in Augenschein nimmt, reißt er zunächst alle Fenster sperrangelweit auf, zieht die Rollos nach oben und dreht die Heizung ab. Er öffnet die Terrassentüre und geht ein paar Schritte in den Garten. Luft holen, durchatmen, zur Besinnung kommen.

In aller Früh hatte ihn heute Morgen der Anruf von Elisabeth aus dem Schlaf gerissen. Seine Schwester, die von ihren Brüdern nur Elly genannt wird, meldete nahezu emotionslos, die Mutter sei heute Nacht gestorben. Sie selbst müsse heute in die Praxis und könne vor Mittag nicht weg. Martin sei auf Dienstreise in den Staaten und nicht vor Sonntag zurück. Bernhard, sein älterer Bruder, ist zwar auch schon in Rente, lebt aber in Hamburg und wird wohl erst abends vor Ort sein können.

„Wo ist sie denn jetzt?", hatte er seine Schwester gefragt.

„Sie hat wohl gestern Abend den Notrufknopf betätigt.", wusste Elly zu berichten, „Den Leuten vom Roten Kreuz habe ich bereits letztes Jahr den Hausschlüssel überlassen, damit sie ins Haus können, wenn Not am Mann ist. Ich brauche ja mindestens eine Stunde, bis ich bei ihr sein kann!"

„Konnte!" verbesserte Paul, „du bei ihr sein konntest!" Paul konnte sich diesen ironischen Einwurf nicht verkneifen, Elly ignorierte ihn aber kommentarlos.

„Die haben sie in die Klinik gebracht, es war aber schon zu spät und in der Nacht ist sie gestorben."

Also packte er ein paar Utensilien zusammen, setzte sich ins Auto und fuhr die einhundertfünfzig Kilometer nach Villingen in die Klinik, um als Ansprechpartner für die notwendigen Formalitäten zur Verfügung zu stehen.

Seit Jahren hatte er keinen Kontakt zu dieser Frau, die seine leibliche Mutter war. Um es genau zu beschreiben, Gefühle zu seiner Mutter waren ihm seit vielen Jahrzehnten fremd. Ein Trauma, das ihn verfolgt, seit er zehn Jahre alt war. Von der Familie getrennt lebend hatte er bereits damals das geringe Interesse seiner Mutter an ihm wahrgenommen, es aber noch nicht richtig einzuordnen vermocht. In den fünf folgenden Jahrzehnten war seine Beziehung zu dieser Frau ein Auf und Ab, das aber immer wieder von ihrer herrischen und selbstgefälligen Art negativ belastet und geprägt wurde. Der spärliche Kontakt, den er zu ihr hielt, war eher seiner Neigung zu seinem Vater geschuldet als zu ihr. Nach dem Tod seines Vaters vor zwei Jahren brach der Kontakt dann gänzlich ab, ohne dass ihn das in irgendeiner Weise belastet hätte. Er reagierte auch lediglich auf die klare Ansage der Frau zwei Jahre vor Vaters Tod, dass sie sich verbitte, dass er sich in ihre persönlichen Dinge einmische. Sie sagte ihm sehr klar, dass sie ihn in ihrem Hause nicht mehr sehen wolle.

Konsequent nahm er im Gegensatz zu seinen Geschwistern, denen sie auch allen die Türe wies, ihr Angebot an und betrat sein Elternhaus bis zum heutigen Tage nicht wieder. Das letzte Mal begegnete er ihr bei der Beerdigung seines Vaters. Elly kümmerte sich in den letzten Jahren um sie, besuchte sie mindestens einmal pro Woche und versuchte, sie zu unterstützen. Diese Hilfe war aber auch nur partiell möglich. Denn herrisch und übelgelaunt, je nach Tagesform, verwehrte diese Frau auch ihrer Tochter immer wieder den Zugang zum Haus. Meist bellte sie ihre Erledigungs- und Einkaufswünsche nur zum gekippten Fenster raus und Elly – dem Gefühl nicht entronnen, doch einst an ihrer Nabelschnur gehangen zu haben - kam ihren Wünschen nach, stellte die Einkäufe und Medikamente vor die Haustüre und fuhr – oft wutgeladen und verärgert - wieder zurück nach Freiburg.

Natürlich hatte er andere Pläne für die kommenden Tage, aber im Hinterkopf war selbstverständlich immer präsent, dass der Tod der über neunzigjährigen Mutter jederzeit ins Haus stehen könnte und dann die Abwicklung der anstehenden Erledigungen und Arbeiten auf der Agenda stehen würden. Dass er, als zeitverfügender Rentner, sich dieser Aufgabe nicht entziehen konnte, war ihm sehr wohl bewusst, da seine beiden jüngeren Geschwister noch voll im Beruf stehen und Bernhard, der älteste unter den Geschwistern seinen Lebensmittelpunkt seit Jahrzehnten nach Hamburg verlegt hat.

Das Rauchen hatte er seit Jahren aufgegeben, jetzt aber, im Garten seiner Kindheit, der verwildert - sich selbst überlassen - in den letzten Jahren offensichtlich sich seiner eigenen Schönheit bemächtigt hat, überkommt ihn das Verlangen, sich wieder eine Pfeife zu stopfen, sich auf die alte hölzerne Gartenbank - er hatte sie selbst geschreinert und seinem Vater zu seinem fünfundsechzigsten Geburtstag geschenkt - zu setzen und in der frischen Luft des grau bewölkten Sommertages, seinem Körper wieder „Geschmack" zu geben. Die widerlichen Inhalationen der vergangenen fünf Minuten aus seinem Körper zu verbannen, seine Gedanken zu sortieren und einen Anfang zu finden. Einen Anfang für die Bewältigung des wartenden Chaos in den Räumen nebenan.

Er darf seiner aufsteigenden Wut keinen Platz lassen. Wenn er nicht Wochen hier verbringen will, muss er einen klaren Kopf bewahren. Er darf sich nicht auf emotionale Vergangenheitsbewältigung einlassen. Nüchtern, wie er die letzten Jahrzehnte mit dem Faktum „Familie" umgegangen war, hat er auch jetzt an die Sache heranzugehen. Mit einem klaren Plan, mit entschlossener Rigorosität und ohne vorwurfsvolle Verurteilung hat er hier die Aufräumarbeiten seiner Herkunftsfamilie zu erledigen. Kein Wenn und kein Wäre, keine Sentimentalitäten, harmonisch den schäbigen Rest von Familie retten zu wollen, aber auch kein Nachtarocken! Klar muss er bleiben, strukturiert und manchmal auch hart und gnadenlos. Elly und Bernhard würden nachsichtig genug sein, würden eher verdrängen wollen, melancholisch entschuldigend die Wahrheit beugen wollen.

Er hat längst auf seine Art ‚Heimat' gefunden. Inzwischen sind andere Orte seine Heimat, andere Menschen und vor allem andere Werte. Die bigotte Gesetzgebung seiner Mutter, die sich die katholischen Glaubensthesen nach ihrer Fasson zurechtbog, um daraus ihre Machtansprüche zu kreieren, hatte er seit Jahren ohne schlechtes Gewissen abgestreift und sich ein eigenes Bild von Humanismus zu Eigen gemacht.

In einer kurzen, sehr begrenzten Zeit hat er nun ohne Groll, dieses Kapitel in seinem Leben endgültig zu schließen. Martin wird ihm möglicherweise dabei eine Stütze sein. Dazu muss er aber zurück in das Chaos dieses Hauses.

Paul macht ein paar Schritte in das hohe noch etwas feuchte Gras. Eine To-do-Liste schießt ihm ungefiltert durch den Kopf. Er zwingt sich ruhig zu bleiben.

Systematisch sollte er vorgehen, strategisch und vor allem logisch. „Martin müsste man sein!“ Er grinst in sich hinein. Seinem jüngeren Bruder unterstellt er insgeheim ein fotografisches Gedächtnis gepaart mit ein paar computerähnlichen Datenverarbeitungssystemen. Er kennt kaum einen Menschen, der aufgenommene Eindrücke und Informationen so rasch und logisch verarbeitet und in den Kontext setzt, wie Martin das tut. Seit dem totalen Zusammenbruch der Ehe ihrer Eltern vor fünf Jahren kommuniziert er mit seinen drei Geschwistern per Mail und in einer WhatsApp-Gruppe. Eigentlich wollte er sich das ersparen und hatte sich innerlich vehement dagegen gesträubt, sich in die Angelegenheiten seiner Eltern einzumischen. Die rationale Einsicht, dass er ebenso wie seine Geschwister immer auch Betroffener von deren Eskapaden sein würde, verbot ihm letztlich, sich den Folgen des Beziehungsdramas dieser beiden Alten zu entziehen. Seine oft ironischen und sarkastischen Einlassungen in diesen Chats stießen mehrmals auf Unverständnis. Manchmal fehlte ihm einfach der nötige Ernst, den er den abstrusen Handlungen der beiden alten Streithähne hätte entgegenbringen sollen. Während Elly und Bernhard sich maßlos emotional echauffierten, lieferte Martin regelmäßig messerscharfe Analysen und befreite die Fakten von Ironie und Emotionalitäten, so dass sich stets eine rationale Agenda herauskristallisierte.

Genauso eine vernunftorientierte geistige Sortiermaschine wünscht er sich jetzt, um den Wust an Eindrücken von Chaos und Unordnung möglichst systematisch auf die Reihe zu bekommen. Eines ist ihm aber klar, Untätigkeit ist genauso fehl am Platz wie Übereifer. In den nächsten Stunden wird er wohl auf sich allein gestellt sein. Elly wird erst am späten Nachmittag zu erwarten sein und Bernhard wird er wohl abends vom Bahnhof abholen müssen. Wann Martin aufschlagen wird, ist ihm völlig unklar. Bisher weiß er noch nicht einmal, in welchem Teil der Staaten er sich wieder geschäftlich rumtreibt. Wenigstens ist es diesmal der Westen, aus dem er rasch nach Hause kommen sollte. Bei Vaters Tod war es China, von wo sie ihn zurückriefen. Da war es nicht ganz unkompliziert, spontan einen Flug nach Deutschland zu bekommen.

Zunächst muss er aber zurück in dieses Chaoshaus.

„Die restlichen Fenster aufreißen!“, schießt es ihm durch den Kopf, denn bei diesem penetranten Gestank würde jede weitere Aktivität zur körperlichen Tortur. Natürlich muss er sich gleich nochmal in der Klinik melden, um auf dem Laufenden zu bleiben, was die Versorgung des Leichnams angeht. Allerdings will er die Abwicklung der Formalitäten doch Bernhard und seiner Schwester überlassen. Sie hatten die Sache auch bei Vaters Tod in die Hand genommen und sind mit den Einzelheiten wohl vertrauter als er.

Im Esszimmer, in das er von der Terrasse aus wieder als erstes tritt, sind neben einer Unmenge von Medikamentenschachteln, die beiden Tische ebenso wie die Stühle stapelweise mit Mappen, Akten, Briefen, Karten, Rechnungen, Kontoauszügen und sonstigem Schreibkram eingedeckt.

„Das hat Zeit!“, denkt er, darum muss er sich später und intensiver kümmern. Unter diesem Wust von Papieren dürfte sich das ein oder andere Schriftstück befinden, das für die Abwicklung der Hinterlassenschaften von Bedeutung sein könnte oder diese wenigstens etwas erleichtern und damit beschleunigen könnte. Er fischt zwei Teller mit angetrockneten Essensresten unter einem Papierstapel hervor, entscheidet sich dann aber doch, sie stehen zu lassen, nachdem er in die danebenstehenden Kaffeetasse blickt und einen undefinierbaren graugrünen Moosbelag auf der Restflüssigkeit ausmacht. Er sollte sich Gummihandschuhe besorgen, bevor er irgendetwas aus diesem Haushalt anfasst. In der kleinen Küche, die ohne Türe nur durch einen Durchgang vom Esszimmer getrennt ist, scheint die Asozialität seinen Höhepunkt erreicht zu haben. Auf der Anrichte, dem Herd und der Spüle türmt sich ein Geschirrberg neben dem anderen. Seit Wochen scheint hier weder abgewaschen, geputzt oder aufgeräumt worden zu sein. Als Jugendlicher hatte er sich über die unglaubliche Menge an Kaffee- und Speiseservicen echauffiert, die seine Mutter angelegt und immer wieder erweitert hatte. Zu jedem Anlass waren neue Geschirrteile aufgetaucht und Schränke dienten in erster Linie dazu, das Geschirr zu bunkern. Und das geschah mit System. Denn Geschirr wurde nach dem Status des Gastes serviert, wobei der Familie die unterste Geschirrkategorie vorbehalten blieb. Nur wenn Paul zum Beispiel mit einer der Mutter nicht bekannten Freundin auftauchte, stieg er in der Geschirrklasse einen Schritt nach oben. Der ganz rechte Schrank war dem hohen Besuch vorbehalten. Dem Pfarrer zum Beispiel oder auch mal dem Bürgermeister, wenn er zu einem runden Geburtstag zum Gratulieren kam. In den letzten Wochen hat sich die Geschirrmenge offenbar als nützliche nicht versiegende Quelle erwiesen. Und durch die nicht mehr identifizierbaren Essensreste wurde selbst dem adeligen Porzellangeschirr die Würde genommen und es musste sich in die profanen Keramiktellertürme einreihen. Gleich in der Nachbarschaft auf der Arbeitsplatte grün angeschimmeltes Brot, zwei grau verrunzelte Karotten mit weißen Trieben, ein Margarinebecher mit Schimmelpilzkulturen, ein angebissener schwarzbraun verfaulter Apfel, pilzblühende Joghurtbecher, graue schmierige Wurstscheiben und jede Menge Lebensmittelverpackungsmüll.

Paul steht fassungslos staunend in der kleinen Küche. Zum einen wundert er sich, dass es hier nicht nur so wimmelt vor Ungeziefer, aber tatsächlich bemerkt er davon gar nichts, zum anderen fragt er sich, wie es sein kann, dass in diesem Haus ein Pflegedienst zwei bis dreimal in der Woche ein und aus geht, ohne Alarm zu schlagen. Derselbe Pflegedienst, der jeden Monat eine Zweitausend-Euro-Note in Rechnung stellt. Der Sache will er noch auf den Grund gehen. Das ist für ihn noch nicht abgeschlossen. Denn immerhin haben sie zu viert ja versucht eine amtliche Betreuung für ihre Mutter zu erwirken, die aber damals von einem Gutachter abgelehnt wurde. Ein Besuch in diesem Haushalt hätte die Sachlage doch schlagartig geändert. Und Bernhard hatte den Pflegedienst doch über ihren Antrag informiert. Hier ist etwas gründlich schief gelaufen. Paul nimmt sein Handy aus der Tasche und dokumentiert die bereits in Augenschein genommenen Räume.

Dann geht er ins Wohnzimmer. Auch hier schlägt ihm ein heftig stickiger Luftschwall entgegen. Er zieht die Rollos nach oben und öffnet die beiden Fenster. Auf dem Boden neben dem Fernsehsessel liegen verschwitztes Bettzeug und einige getragene Wäschestücke. Ein offener Müllbeutel scheint mit benutzten Windeln und Einlagen gefüllt zu sein. Daneben stehen drei Aktenordner. Paul sieht auf die Rückenbeschriftung. Die Schrift ist unverkennbar die seines Vaters. Sein Vater schrieb nicht viel, hatte aber eine sehr akkurate Schrift. Die Buchstabenhöhe war so exakt gleich, dass man meinen konnte, der Vater hätte immer mit Zeilen aus den Heften der ersten Schuljahre geschrieben. Zudem hatten seine Buchstaben eine nahezu auf den letzten Grad gleiche Neigung nach rechts. Auch hatte er sich nie neuere Buchstaben angeeignet, sondern verwendete neben den lateinischen Buchstaben, auch verschiedene Buchstaben aus dem Fundus der alten deutschen Schrift. Über das kleine U setze er stets einen kleinen Ring und das doppelte M kennzeichnete er lediglich mit einem Querstrich auf dem einfachen M. Die Ordner sind mit dem Vereinsnamen „Schwarzwaldverein/Wandervögel“ betitelt, der Sparte im Verein, der sein Vater als Verantwortlicher Jahrzehnte lang vorstand. Darunter liest Paul die Unterkapitel „Mitglieder“, „Vorstand“, „Partnervereine“ „Ausflugsfahrten“ auf dem einen Ordner, „Kasse“, „Konto“ „Protokolle“ und „Satzung“ auf dem zweiten Ordner. Zwischen der Beschriftung „Jahresfahrten“ und „Schriftverkehr“ auf dem dritten Ordner erkennt Paul wesentlich kleiner und sehr schwach lediglich mit Bleistift geschrieben ein mathematisches Pluszeichen und in Großbuchstaben das Wort BA CH mit einem Abstand zwischen dem A und dem C. Paul schüttelt den Kopf.

Er hatte mit seinem Vater vor vielen Jahren eine sehr heftige Auseinandersetzung über die Art der Vereinsführung. Paul prophezeite ihm, dass sein Verein wohl zum Scheitern verdammt sei, wenn die Werte und Inhalte weiter so gepflegt würden, wie er dies tue. Junge Menschen seien nicht in den Verein zu locken mit der Aussicht, deutsche Volkslieder zu singen oder alte deutsche Volkstänze zu tanzen oder beim Wandern in alten Geschichten zu schwelgen. Wenn sein Verein, dessen jüngste Mitglieder damals über 50 Jahre waren, überleben wolle, müsse er jungen Leuten eine Perspektive für ihre Freizeitgestaltung anbieten. Sein Vater war der Meinung, an Fahrten zu Thermalbädern, Busfahrten in Städte mit Partnervereinen und die jährliche Fahrt zur Baseler Fasnacht oder schöne Wanderungen im Wutachtal können sich doch auch junge Leute beteiligen. Das seien wunderbar erholsame und sehr informative Ausflüge. Paul schüttelte nur den Kopf über die Naivität seines Vaters.

Das eigenartige Kürzel auf dem dritten Ordner verbucht Paul unter die Schrulligkeit, die er dem Verein seines Vaters seit damals zuschrieb. Eigentlich hakt er die Ordner gleich als Containerfall ab. Entschließt sich dann in Gedanken aber doch, erst einmal bei dem Verein nachzufragen, ob an den Unterlagen Interesse für das Vereinsarchiv besteht. Eine kleine Zusatzaufgabe, wenn zum Schluss noch Zeit bleibt.

Das Bett, das Vater die letzten Jahre, die er in diesem Haus verbrachte, hier im Wohnzimmer genutzt hat, weil er körperlich nicht mehr in der Lage war in den ersten Stock zu steigen und weil er wohl das Schlafzimmer nicht mehr mit seiner Frau teilen wollte, scheint unberührt zu sein. Auch sonst herrscht in diesem Zimmer relative Ordnung. Lediglich die Schreibklappe des Wohnzimmerschranks, die sein Vater für die bürokratische Familienverwaltung, seine Kreuzworträtsel und seine Briefmarkensammlung nutzte, ist ebenfalls beladen mit Papierstapeln, die nicht verraten, ob sie Wichtiges oder Belangloses enthalten. Die Pflanzen im übergroßen Blumenfenster, das von seiner Mutter in den siebziger Jahren heftig gefordert wurde, da es wohl zum modischen Standard wohlhabender Leute gehörte, zu denen sich Pauls Mutter immer zugehörig wissen wollte, scheinen offensichtlich versorgt worden zu sein. Vielleicht ist es aber auch die mediterrane Genügsamkeit der Pflanzenarten, die ein Verwelkungs-und Vergammelungs-Szenario bisher verhindert haben.

Nach seinem Wissensstand aus den Berichten des WhatsApp-Chats ist ihm klar, dass er die Räume im oberen Stockwerk nicht einfach betreten kann. Seit Jahren hat seine Mutter jedem den Zutritt dorthin verwehrt. Sie hat das Schloss auswechseln lassen und den Schlüssel dazu versteckt, so dass nur sie die Räume betreten konnte. Es ist reine Zeitvergeudung, jetzt nach dem Schlüssel zu suchen. Eine Inspektion wird erst dann möglich sein, wenn der Schlüssel bei den Entsorgungsarbeiten hier im unteren Stockwerk auftaucht.

Paul wirft noch einen Blick in das zum Vorratszimmer umgebaute Kinderzimmer seiner Brüder. Die Einbauschränke sind verschlossen und mit Kleidern verhängt. Der Boden ist zu zweidrittel mit gefüllten Plastiktüten vollgestellt. Die Kühlschrankkombination surrt relativ laut und im vorderen Teil des Zimmers stehen mehrere Kästen mit Mineralwasser. Die Luft ist zwar stickig und durch die abstrahlende Wärme des Kühlschrankes sehr warm, aber im Vergleich zu dem Mief im restlichen Haus einigermaßen erträglich. Trotzdem steigt Paul zwischen den Plastiktüten durch zum Fenster, um es zu öffnen. Das Rollo, das zwischen den Lamellen Licht und Luft in den Raum lässt, zieht Paul nicht nach oben.

Dann inspiziert Paul noch den Keller. Die Werkstatt ist picobello aufgeräumt, wie er das all die Jahre von seinem Vater kannte. Ebenso der ehemalige Partykeller, der zum Lagerraum von Diakästen, Briefmarkenalben, Puzzles-Boxen und sonstigen Hobbyutensilien umgestaltet wurde. Paul muss lächeln, wenn er die drei Schaukeln vor der Bar-Theke sieht, die sie mit viel Mühe in den Siebzigerjahren als Barhockerersatz an die Betondecke geschraubt hatten. Oh ja, er hatte so manches ausgelassenes Fest mit seinen Freunden hier unten gefeiert. Bilder seiner Jugend blitzen kurz in seinen Gedanken auf. Wie weit entfernt, wie verändert doch heute das alles ist. Sein Leben hatte viele Türen. Durch viele ist er gegangen und viele hat er hinter sich geschlossen. Nein, da sind kein Bedauern, kein melancholisches Nachtrauern und kein Heimweh. Die Türen sind zu. Das ist gut so. Und die Türen bleiben zu. Der Weg, den er gegangen ist, hat ihn zufrieden und glücklich gemacht, hat ihn aus jeder Niederlage lernen lassen, mit jedem Fehler klüger und mit jedem Sieg ruhiger und gelassener werden lassen. Hier geht er durch keine Tür zurück. Hier wickelt er ab, nicht mehr und nicht weniger. Ja, es war vorgesehen, dass er hier Wurzeln schlagen sollte, die Erde hier ließ ihm aber keine Luft zum Atmen. Er hat seine Wurzeln woanders geschlagen, dort saugt er das Wasser aus der Erde, dort ernährt er sich. Dort tankt er für sein Leben, dort blüht sein emotionaler Baum. Natürlich hat er hier einen Stempel eingeprägt bekommen, es gab viele schöne Zeiten. Aber es gibt keinen Grund dieser Zeit nachzuweinen. Er ist da, um Reste zu beseitigen, Reste, die nicht mehr in der Lage sind, ihn aus dem Gleichgewicht zu bringen. Es geht nur noch um den Schlusspunkt. Und wenn seine Geschwister dazu bereit sind, wird mit der

Beerdigung der Mutter und dem Verkauf dieses Hauses das Kapitel dieser Stadt und ihrer Zeit endgültig geschlossen.

Im kleinen Vorratskeller findet er außer einem Regal mit Konservendosen, Marmelade- und Einweckgläsern lediglich eine spärlich gefüllte Kartoffelkiste, die allerdings schon seit längerer Zeit Triebe züchtet und unter sich eine braune Pfütze angelegt hat. Paul zuckt die Achseln. Das könnte auch mein Keller sein, denkt er nachsichtig.

Die Waschküche allerdings weist ein ähnliches Bild wie das Bad im Erdgeschoß auf. Haufenweise Wäsche, die nicht nur Schweiß, sondern auch Urin und Exkremente aufgenommen hat, bedeckt nahezu den kompletten Boden. Die vor den Eisengittern geöffnete Kellerfensterscheibe lässt hier unten den dazu gehörenden penetranten Gestank Gott sei Dank nicht zu. Wieder bemächtigt sich Zorn bei Paul. Es ist nicht die Tatsache, dass ein alter Mensch mit seiner Versorgung allein nicht mehr zurechtkommt, die ihn wütend macht. Dafür hat er sogar sehr viel Verständnis. Es ist oder besser gesagt war diese selbstgerechte und sture Herrschsucht seiner Mutter, die nichts mit Altersdemenz zu tun hatte, sondern ihr das ganze Leben zu eigen war. Eine Herrschsucht mit der sie dem Vater das Leben zur Hölle machte und die Kinder aus dem Haus trieb. Eine Herrschsucht, die ihr nie erlaubte, irgendjemanden an sich heranzulassen und ihr ein von Gott gegebenes Recht einräumte, alles nach ihrem alleinigen Willen gestaltet zu bekommen. An ihren Fingern hatten die Fäden zu hängen und die Marionetten hatten stets nach ihrer Pfeife tanzen müssen.

Der Zustand des Hauses heute ist ein markantes Abbild dieser Herrschsucht. Denn hätte sie Hilfe gestattet, sie hätte Danke sagen müssen. Und das wäre nie über ihre Lippen gekommen. Lieber hat sie sich abgeschottet und ist in Verwahrlosung erstickt, als sich und anderen einzugestehen, dass sie nicht mehr die wäre, die die Ansage macht.

Aber auch darunter zieht Paul jetzt den Schlussstrich. Kein Zorn, keine Wut sagt er sich, greift in der Werkstatt seines Vaters nach den gestapelten schwarzen Plastikwannen, die sein Vater für die Maurerarbeiten am Haus ebenso verwendete wie in den letzten Jahre bei seiner Gartenarbeit. In den Wannen wird er in den nächsten Stunden wenigstens die gröbsten Verunreinigungen aus dem Haus schaffen und damit den Aufenthalt in diesem Haus einigermaßen erträglich machen.

Auch wenn der Leichnam seiner Mutter noch nicht unter der Erde ist, wird er noch heute einen Container bestellen, um möglichst bald mit der Entsorgung des Mülls zu beginnen. Er ist sich ganz sicher, dass weder er, noch seine Geschwister gewillt sind, irgendetwas von den Haushaltsutensilien oder dem Mobiliar an sich zu nehmen.

Gut gereinigt und desinfiziert könnte man das ein oder andere einem Sozialkaufhaus überlassen. Der Großteil aber wird wohl im Container landen, denn bei der Auswahl ihrer Einrichtung haben seine Eltern immer nur auf den Preis und nie auf die Qualität geachtet. Der Katalog „Moderne Hausfrau" war wohl die Haupteinkaufsquelle der beiden.

Für Paul ist eine halbe Stunde nach der Rückkehr in sein Elternhaus klar, das erste wird die ungefilterte Entsorgung des Hausstandes sein. Bis zur Beerdigung in ein paar Tagen wird er wohl auch einen Überblick über den Schreibkram haben und einer Verwertung des Hauses wird dann wohl nichts mehr im Wege stehen. In spätestens zehn Tagen sollte der Spuk hier beendet sein.

Paul tritt vor die Türe und wählt die Mobilnummer seines Bruders Bernhard.

13. April 1945

„Sie sind wieder soweit kuriert, Gefreiter Rösler. Bewegen können Sie wieder alles! Wie sieht es mit den Schmerzen aus?"

„Na, ja...." Hubert Rösler wiegt seinen Kopf, wird aber sofort vom Stabsarzt unterbrochen.

„Jetzt spielen Sie hier mal nicht die Memme, Rösler! Der Endsieg braucht jeden Mann! Sie können laufen und ihre Arme bewegen und ein Gewehr können Sie auch wieder halten! Das bisschen Wehwehchen, da beißen Sie mal die Zähne aufeinander!" Der Stabsarzt lässt keinen Widerspruch zu.

„Sie sind völlig gesund! Sie gehen ins Wehrbereichskommando und holen sich Ihren Marschbefehl! Heil Hitler!"

„Heil Hitler!" Hubert Rösler salutiert und verlässt das Sprechzimmer.

Auf dem Gang trifft er auf Hildegard. Sie hatte sich gleich nach seiner Einweisung ins Lazarett im Januar medizinisch um ihn gekümmert. Im Laufe der Wochen hatten sie sich dann angefreundet. Nach einem gemeinsamen Abend in ihrem winzigen Schwesternzimmer waren sie sich aber wegen ihrer politischen Ansichten in die Haare gekommen. Hildegard wehrte alle weiteren Annäherungsversuche von Hubert Rösler ab und es blieb bei den notwendigen Begegnungen in den Behandlungsräumen. Trotzdem blieb ihr Umgang aber sehr freundschaftlich.

„Und? Was ist mit dir?" Hildegard blickt ihn fragend an.

„Marschbefehl abholen und sofort wieder einrücken!" Hubert Rösler zuckt mit den Achseln.

„Na, da seid ihr euch ja richtig einig, der Degenhardt und du!", Hildegard versucht nicht spöttisch zu wirken, „Alles für den Endsieg und möglichst mit voller Kraft und ohne Pause! Wo liegt denn deine Einheit?"

„In Schwerin, glaube ich.“ Auch Hubert Rösler versucht lächelnd, ihren Sarkasmus zu überhören.

„Naja, da hast du ja eine lange Reise vor dir, Hubert. Hoffentlich kommst du unbeschadet durch!“

„Ich werde wohl nach Prag müssen und dann über die Frontleitstelle nach Berlin. Mal sehen! Und du? Meinst du, du kannst hier bleiben?“

„Muss ich ja wohl! Irgendwann will ich aber auch mal wieder heim nach Düsseldorf. Vier Jahre war ich nicht mehr zuhause. Ich weiß nicht, ob sie alle noch leben.“ Hildegard fährt sich etwas fahrig mit der Hand durch das Gesicht, als wolle sie aufkommende Tränen verscheuchen, bevor sie erkennbar würden. Dann lächelt sie wieder.

„Ich muss weiter!“ Sie drückt ihm flüchtig die Hand. „Alles Gute, Hubert!“ Dann geht sie, ohne sich noch einmal umzudrehen den Korridor entlang. Hubert Rösler sieht ihr nach bis sie in einem der Behandlungszimmer verschwindet. Dann geht auch er nachdenklich und etwas melancholisch.

14. April 1945

Es ist ein sonniger Apriltagmorgen als Hubert Rösler bei der Frontleitstelle in Prag eintrifft.

„Marschbefehl!, Wehrausweis!“

Hubert Rösler reicht die Papiere über den Tresen.

„Feldausbildungsregiment 640 nach Schwerin!“ Ein Stempel knallt auf den Marschbefehl.

„Sie gehen jetzt zum Wilsonbahnhof und nehmen den nächsten Fronturlauber nach Berlin. Im Wehrbereichskommando Berlin VII melden Sie sich zur weiteren Verfügung, beziehungsweise zur Weiterfahrt nach Schwerin! Heil Hitler!“

„Heil Hitler!“ Schon war Hubert Rösler abgefertigt und in Marsch gesetzt.

FRONTURLAUBER: PRAG – BERLIN ALLE ZWEI STUNDEN!

An jeder Ecke im Bahnhof sind die Anschläge mit dieser Information zu lesen. Hubert Rösler bleibt stehen und stutzt.

‚Prag-Aussig-Berlin‘, liest er und weiter: ‚Prag-Aussig-Dresden-Berlin‘, aber auch: ‚Prag-Reichenberg-Görlitz-Berlin‘

‚Reichenberg-Görlitz!‘ Er ist aufgeregt. Seit zwei Jahren war er nicht zuhause. In ein paar Tagen hat er Geburtstag! Und jetzt fährt der Zug durchs Sudetenland, hält in Mélník, in Jungbunzlau, in Turnov, womöglich auch in Reichenau!

Sein Marschbefehl lautet ‚umgehend! ‘. Warum aber soll nicht irgendetwas dazwischen kommen? Hubert Rösler schwankt. Er gibt sich einen Ruck und verlässt – sturmgepäckbeladen – den Bahnhof wieder. Im Strom der ankommenden und der abfahrenden Soldaten spielt es keine Rolle, in welcher Schlange man sich bewegt. Hubert Rösler versucht sich normal zu geben.

Aufmerksam versucht er Kontrollstellen von Feldjägern oder Gestapotrupps auszumachen. Er erreicht problemlos das kleine Sträßchen Růžová. Er überquert die Jindřisská und biegt gleich wieder rechts ab in das Gässchen Panská, das er entlang in die Altstadt läuft. Ihm ist klar, dass er das Risiko in diesen kleinen schmalen Gassen eingeht, kontrolliert zu werden, wenn er hier auf eine Feldjägerpatrouille trifft. Er hofft aber, dass diese sich eher in den belebten Teilen der Altstadt aufhalten. Gott sei Dank hat er die Taschenuhr, die ihm sein Vater zusteckte, als er eingezogen wurde noch immer bei sich. Er muss die Zeit rumkriegen, sich hier unauffällig und ruhig verhalten, bis die zwei Fronturlauber über Aussig durch sind.

Es ist fünf Uhr nachmittags, als er in den Zug nach Berlin über Reichenberg steigt. Er setzt sich an die Stirnseite des Abteils unmittelbar an die Waggontüre. Der Zug hält in Mělník. Der Zug hält auch in Jungbunzlau, dann in Turnov. Hubert Rösler wird nervös. „Hoffentlich hält er auch in Reichenau! Sonst war alles umsonst!“ betet er innerlich.

Der Zug hält tatsächlich. „Reichenau“! Hubert Rösler kennt diesen Bahnhof ganz genau. Er steht auf, schultert sein Gepäck. Er sieht zum Fenster raus. Nur Einsteigende, keine Aussteigenden. Ein paar Uniformierte am Bahnsteig, aber offensichtlich keine „Offiziellen“, „Kettenhunde“? Er weiß es nicht. Hubert Rösler steht dicht bei der Waggontüre. Das Abfahrtssignal ertönt, ein langgezogener Pfiff aus der Trillerpfeife. Die letzten Türen werden lautstark zugeschlagen. Der Zug setzt sich langsam in Bewegung. Hubert Rösler hat die Hand am Türgriff. Er sieht sich um. Niemand außer ihm ist im Türbereich. Jetzt passiert er das Bahnhofsgebäude. Er drückt den Türgriff nach unten. Die Plattform kippt nach oben, die Türe wird nach außen gedrückt, bewegt sich aber augenblicklich wieder auf Hubert Rösler zurück. Er stemmt sich dagegen, zwei Schritte auf den Waggontreppen, ein Sprung auf den Bahnsteig. Hinter ihm kracht die Waggontüre wieder zu. Ohne sich umzudrehen macht er ein paar schnelle Schritte ins Bahnhofsgebäude. So rasch, wie er den Bahnhof betreten hat, verlässt er ihn auf der anderen Seite auch wieder. Abermals mit ein paar Schritten überquert er den Vorplatz und ist mit einem Sprung in der bereitstehenden Straßenbahn. Er nimmt sein Sturmgepäck von der Schulter, setzt sich, atmet durch. Er ermahnt sich, nicht nervös zu wirken. Er lässt seinen Blick durch den Wagen schweifen. Niemand scheint von ihm besonders Notiz zu nehmen. Mit einem Ruck setzt sich die Bahn in Bewegung. Eine Viertelstunde später ist Hubert Rösler daheim.

„Mein Gott, Hubert! Du bist hier?!" Maria Rösler schließt ihren Sohn in die Arme und drückt ihn minutenlang schweigend.

„Mama!" stammelt er und löst sich aus der Umarmung.

Sein Vater steht die ganze Zeit wortlos im dunklen Gang und sieht freudig, aber auch sorgenvoll auf seinen Sohn.

„Junge, wie kommt es, dass du da bist?" Auch sein Vater umarmt ihn kurz, aber herzlich.

„Komm einfach erst mal rein!" Die Mutter zieht ihn über die Türschwelle, nicht ohne nochmal nach rechts und links die Straße entlang zu blicken. Umständlich legt Hubert Rösler sein Marschgepäck im Flur ab.

In der Küche ist es wohlig warm. Der große gusseiserne Herd dient in den kalten Monaten immer auch als Heizung. Die Mutter hat einen großen Topf Kartoffeln auf der Feuerstelle. Das Küchenfenster ist -trotzdem es einen Spalt geöffnet ist- mit Wasserdampf beschlagen.

„Komm, setz dich!", fordert die Mutter ihren Jungen auf. „Es gibt nicht viel, Kartoffeln und Fett und ein bisschen Rahm mit Schnittlauch! Mehr gibt der Garten noch nicht her und auf die Karten gibt's nicht viel. Der Krieg halt!"

„Macht nichts, Mama! Mir ist es nicht schlecht gegangen im Lazarett. Ein bisschen hat es immer gegeben und ich bin im Stab, da gibt es auch mal eine Scheibe Brot mehr."

„Was macht denn dein Arm? Du mühst dich ja doch noch sehr beim Gepäck und beim Mantel." Besorgt sieht ihn die Mutter an.

„Es war ein glatter Durchschuss, aber eigentlich habe ich wieder mal Glück gehabt, weil die Nerven und die Sehnen alle wieder funktionieren. Es tut schon noch ab und zu weh, aber es ist auszuhalten."

Die Mutter stellt den beiden Männern die heißen Kartoffeln hin, sorgt für Teller und Besteck und hört dabei nicht auf, ihrem Sohn jedes Detail abzufragen, während sie den Tisch mit dem spärlichen Mahl deckt.

Hubert Rösler bemerkt, dass sein Vater sehr wortkarg bei ihnen sitzt und ihn nicht aus den Augen lässt.

„Papa, was ist?"

„Es ist gut mein Junge, lass uns essen und dann reden wir, ja?"

Hubert Rösler kennt seinen Vater. Früher – während Huberts Lehrzeit in der Schlosserwerkstatt seines Vaters – hatte sein Vater etwas Elementares zu sagen, wenn er so wie jetzt da saß und schwieg.

Nach dem Essen gehen die beiden in den Garten. Es dämmert bereits stark in die Nacht und es ist merklich kühler geworden. Sein Vater zündet sich einen Zigarrenstumpen an, an dem er sicher schon einige Tage raucht. Sie schlendern hinüber zur großen Birke und bleiben an der Holzbank stehen.

„Du hast keinen Heimaturlaub, stimmt's?" Der Blick seines Vaters ist besorgt.

„Nein, ich hab den Marschbefehl nach Schwerin!"

„Du weißt, was das heißt, Junge?"

Hubert Rösler zuckt mit den Achseln.

„Du bist fahnenflüchtig, Hubert. Das heißt es, nicht mehr und nicht weniger!"

„Aber ich bleib doch nicht. Morgen fahre ich weiter! Ich hab euch zwei Jahre lang nicht gesehen. Das wird man verstehen. Außerdem habe ich das Verwundetenabzeichen."

„Nein mein Junge, die verstehen jetzt nichts mehr! Der Krieg ist verloren, glaub es mir! Die Russen stehen an der Oder, die Amerikaner und die Engländer bombardieren Berlin und Hamburg ohne Unterlass und die Franzosen haben das Elsass längst wieder unter Kontrolle. Es ist vorbei Hubert, glaub mir. Er hat sich verzockt, der Führer!"

„Papa, was redest du da!" Hubert Rösler, der seinen Vater immer mit Respekt und Hochachtung begegnet war, sieht in die erschöpften Augen des nahezu Siebzigjährigen. Immer war er ein leidenschaftlicher Verfechter der nationalsozialistischen Idee gewesen. Er war das erste Parteimitglied in Reichenau und hatte nie ein Hehl aus seiner Meinung gemacht. Er war streng, er war gerecht, er war auch gütig und seine politische Überzeugung hinderte ihn nicht daran, vier tschechische Gesellen zu beschäftigen, sie mit Anstand und Würde zu behandeln und sie neben dem vollen Lohn auch täglich am eigenen Tisch zu verpflegen.

Was war mit ihm geschehen? Wie konnte er nur so über den Führer reden?

„Hubert, sei nicht blind! In drei Wochen spätestens ist der Krieg zu Ende. Wenn sie nicht vorher kapitulieren, werden die Alliierten alles in Schutt und Asche legen. Sieh zu Hubert, dass du dich die nächste Zeit versteckst. Wenn sie dich erwischen, wirst du standrechtlich erschossen, glaub mir! Und die Tschechen knüpfen dich auf, wenn sie dich in dieser Uniform antreffen. Versteck dich! Einen besseren Rat kann ich dir nicht geben. Wenn es aus ist, dann komm wieder heim. Du musst die Werkstatt übernehmen. Ich bin alt, ich kann nicht mehr lange mit meinem kaputten Bein. Sieh einfach zu, dass du durchkommst!"

„Papa, nein, ich fahre morgen Früh weiter mit dem Fronturlauber. Ich schaffe das schon!"

Hubert Rösler hatte das Gefühl seinen Vater innerlich zusammenfallen zu sehen.

„Wenn du meinst, Junge." Es war die leise Stimme eines alten Mannes. Noch nie hatte Hubert seinen Vater so bedrückt, so niedergeschlagen, so resigniert erlebt.

„Ich komme zurück, ich verspreche es dir, Papa!“

Sie gehen schweigend zurück durch den Garten. Hubert Rösler merkt, wie in ihm das Gefühl von Angst hochsteigt. Die Sorge seines Vaters ist urplötzlich sehr präsent in ihm. Er legt den gesunden Arm um die Schulter seines Vaters.

„Ich komme zurück, Papa! Ich komme zurück!“ bekräftigt er nochmals, als müsse er sich selbst davon überzeugen.

15. April 1945

Die Mutter stellt ihm ein Einweckglas gefüllt mit Kartoffelsalat neben seine Tasse. Hubert Röslers Augen glänzen. Er sieht grüne Gurkenstückchen, Ei und sogar ein paar kleine Stückchen Speck durch das Glas.

„Mama, wo hast du denn die Sachen her? Und angemacht mit Rahm, Mama!"

„Ein bisschen Festtag haben wir allemal noch irgendwo. Du hast in ein paar Tagen Geburtstag, da darf ich an die Reserve! Aber iss ihn bald, mein Junge, nicht dass er kippt und du ihn wegwerfen musst."

„Mach dir da mal keine Sorge!" Hubert Rösler lacht und küsst seine Mutter.

Er trinkt seinen restlichen Malzkaffee und steckt das letzte Stück der mit Mutters selbstgemachter Pflaumenmarmelade bestrichener Scheibe Brot in den Mund.

Er knöpft seine Uniformjacke zu, zieht sich vorsichtig den Mantel über den verletzten Arm und schultert sein Marschgepäck.

Die Mutter bleibt in der Küche. Sie hat Tränen in den Augen. Er küsst sie auf die Stirn.

An der Haustüre umarmt er den Vater.

„Geh die Leite entlang, nimm nicht die Straßenbahn, das ist zu gefährlich heute Morgen. Pass auf dich auf!"

Stumm sieht der Vater ihm nach, als Hubert Rösler über die Gärten nach hinten zum Wald läuft. Es ist ziemlich kalt an diesem Morgen. Die hohen grauen Schichtwolken sehen aber nicht so aus, als würden sie Regen oder gar noch einmal Schnee verheißen. Im Schutz der Bäume bewegt er sich unmittelbar neben dem Bahngleis in Richtung Bahnhof. Er darf nicht am Bahnsteig warten. Die Gefahr, dass dort Kettenhunde auftauchen ist zu groß. Er hat Glück. Noch hat er nicht lange geschützt im Buschwerk gewartet, als er von weitem den Zug kommen sieht.

Wieder schießt diese Frage durch seinen Kopf: „Hoffentlich hält der Zug?“ dann geht er los, um etwa zeitgleich mit dem Zug den spärlich belebten Bahnsteig zu erreichen. Die letzten paar Meter muss er sich sputen. Der Fronturlauber kommt mit pfeifenden Bremsen zum Stehen. Er versucht unauffällig einen Überblick zu bekommen, ob nicht doch irgendwo ein Feldjägerkommando postiert ist. Der Zug steht. Hubert Rösler steigt den Gelassenen spielend ein. Im Zug sind überraschend wenige Fahrgäste. Viele Sitze sind noch frei und er findet sogar noch ein völlig leeres Abteil.

Mit dem Gedanken: „Hoffentlich sind keine Kettenhunde in diesem Zug!“ setzt er sich hin.

Er hört das Abfahrtssignal und eine zuschlagende Waggontüre. Der Zug setzt sich in Bewegung. Hubert Rösler lehnt sich zurück.

Die Türe zum Abteil wird aufgezogen. Ein Offizier, ein Hauptmann tritt ins Abteil, fixiert Hubert Rösler und zieht hinter sich die Abteiltüre wieder zu.

Unwillkürlich denkt er an die Worte seines Vaters. Gedanken wie Deserteur, standrechtlich erschießen und Todesstrafe schießen durch sein Hirn. Er merkt, dass er die Kontrolle über sich verliert. Er schwitzt, seine Knie zittern. Er will aufstehen, weiß, dass er salutieren muss, er beugt sich nach vorne. Der Offizier gibt mit einer leichten Handbewegung das Zeichen, dass er sitzen bleiben solle. Ganz ruhig setzt sich der Offizier ihm gegenüber.

„Marschbefehl bitte und Soldbuch!“, befiehlt er knapp.

Hubert Röslers Hände zittern. Er greift in seine Uniformtasche. Krampfhaft versucht er seine Unruhe zu verbergen. Es gelingt ihm nicht. Der Offizier lässt ihn nicht aus den Augen. Endlich reicht er dem Hauptmann die Papiere. Der nimmt sie, blättert, liest, blättert wieder und sieht Hubert Rösler an.

„Feldausbildungsregiment 640!“ Der Hauptmann nickt leicht mit dem Kopf.

„Über Wehrbezirkskommando Berlin zum Festungspackverband acht! Schwerin, nicht Reichenau!“

Hubert Rösler sieht zu Boden.

„Dreizehnter April! Nicht Fünfzehnter!“ Und wieder blättert er im Soldbuch.

„Zweiundzwanzig Jahre in ein paar Tagen, Gefreiter Rösler!“ Dann schweigt der Hauptmann einen Augenblick und sieht den Gefreiten scharf fixierend an.

„Passen Sie mal auf, Rösler, in wenigen Minuten sind wir in Reichenberg. Da wird über Lautsprecher durchgesagt ‚Alle aussteigen! ‘. Sie steigen nicht aus, verstanden!“ Hubert Rösler nickt gehorchend.

„Nehmen Sie Ihr Marschgepäck und gehen Sie mit in mein Abteil. Dort bleiben Sie die ganze Zeit sitzen und achten darauf, dass niemand in meinen Papieren rumwühlt. Verstanden!“

„Jawohl, Herr Hauptmann!“ Hubert Rösler weiß nicht wie ihm geschieht, aber er hat sich langsam wieder im Griff.

„Das ist ein Befehl und wenn irgendjemand Fragen stellt, Sie, Gefreiter Rösler, haben den Befehl von Hauptmann Rose! Verstanden?“

„Jawohl, Herr Hauptmann!“ Wieder macht er Anstalten zu salutieren.

„Lassen Sie mal gut sein, Rösler. Nehmen Sie Ihre Ausrüstung und kommen Sie mit!“

Sie gehen durch die Abteile ans hintere Ende des Zuges. In den hinteren Waggons ist der Zug doch gut ausschließlich mit Uniformierten besetzt. Das Glas der Zugtüre zum Offizierswaggon ist mit schwarzer Farbe blind gemacht. Das Abteil des Offiziers hat nur drei Sitzplätze auf der einen Seite, die Sitzplätze der anderen Seite sind durch eine Liege ersetzt. Unter dem Fenster ist für den ersten Sitz ein Tisch angebracht, auf dem sich einiges an Papier stapelt.

„Setzen Sie sich und bleiben Sie sitzen, solange wir in Reichenberg halten. Danach können Sie es sich auch auf der Liege bequem machen!“ Hauptmann Rose lächelt Rösler zu, dreht sich um, verlässt das Abteil und geht in die Richtung zurück, aus der sie gerade gekommen waren.

Ein paar Minuten später fährt der Zug in Reichenberg ein. Kaum kommt er zum Stehen, ertönt krächzend über die Bahnsteiglautsprecher die Aufforderung „Alle aussteigen! Alle aussteigen!“. Genau wie der Hauptmann es vor ein paar Minuten gesagt hatte.

Hubert Rösler bleibt, wie ihm befohlen war, auf seinem Platz im Inneren des Abteils sitzen. Er meidet das Fenster, versucht aber doch neugierig das Treiben auf dem Bahnsteig zu erfassen. Er sieht eine Menge Kettenhunde. Die karge Beschriftung auf deren Blechschildern lässt ihn vermuten, dass es ein GFP-Kommando ist. Er hört laute Rufe und Befehle. Auf dem Bahnsteig sind nun offensichtlich alle Insassen angetreten, doch im Zug ist noch Bewegung. Auch von dort hört er Rufe und Befehle. Türen werden auf und zu geschoben. Offensichtlich waren einige nicht ausgestiegen und scheinen jetzt sehr unsanft auf den Bahnsteig bugsiert zu werden. Unruhe ergreift ihn. Reicht es, diesen Leuten zu sagen: „Ich sitze hier auf Befehl von Hauptmann Rose!“? Ihm fällt auf, dass Rose ihm weder seinen Marschbefehl, noch sein Soldbuch zurückgegeben hat. Er wird nervös.

Inzwischen findet auf dem Bahnsteig eine rigorose Marschbefehlskontrolle statt. Ganz offensichtlich mit einer sehr rabiaten Behandlung derer, die über keine einwandfreien Papiere verfügen und nicht in diesem Zug sitzen dürften.

In der Erwartung auch von den Zugkontrolleuren auf den Bahnsteig komplimentiert zu werden nimmt sein beklemmendes Gefühl zu. Die Kontrolleure steigen aber aus dem vorletzten Waggon wieder aus. Das Offiziersabteil ist offensichtlich tabu für sie. Er atmet hörbar durch und ist beruhigt, als er sieht, dass die ersten kontrollierten Soldaten wieder in den Zug einsteigen. Scheinbar wird nicht einmal der Hälfte der Passagiere die Weiterfahrt erlaubt. Nach einer knappen halben Stunde ist der Spuk zu Ende und der Zug setzt sich wieder in Bewegung. Im Vorbeifahren sieht er den großen Trupp zurückgebliebener Soldaten auf dem Bahnsteig stramm stehen.

Ein paar Minuten später kommt Hauptmann Rose wieder zurück ins Abteil und setzt sich ihm gegenüber auf die Liege.

„Unerfreulich, so ein Halt! Sehr unerfreulich! Wir sollten unsere Kräfte an anderer Stelle bündeln und nicht auf Bahnsteigen verplempern!" Der Hauptmann schüttelt den Kopf, Hubert Rösler sieht ihn verständnislos an.

„Wo waren Sie im Einsatz, Rösler?"

„In Riga war ich und an der Netze, Herr Hauptmann!"

„Arbeitsdienst?"

„Ja, ja, auch, 43 in Katalonien in Le Perthus und in Narbonne in Frankreich. Achtzehn Monate als Ordonnanz."

„Als Ordonnanz? Wem waren sie da zugeteilt?"

„Einem Major von Maltitz!"

Der Hauptmann lächelte. „Dem von Maltitz, so, so. Ausgezeichnet!"

Hubert Rösler kann sich keinen Reim auf Hauptmann Roses Kommentar machen. Aber ihm bleibt auch wenig Zeit, darüber nachzudenken. Der Hauptmann fährt nämlich umgehend mit der Befragung fort.

„Rösler, Sie sind Feldausbildungsregiment? Mit zwanzig Jahren? Wie geht das denn? ROB im Soldbuch, zwar gestrichen, aber drin?"

„Ja, ich habe die Offiziersausbildung für alle Infanteriewaffen. Nur das Geschütz habe ich nicht. Ich hatte kurz vor Schluss zu viele Strafpunkte. Da war es dann aus mit Offizier. Aber Ausbilder wurde ich dann doch."

„HJ-Ausbildung, Rösler?"

„Ja, ja, natürlich. Mit 17 Jahren schon Fähnlein-Führer. Ich hatte 160 Jungs!"

„Sind Sie Parteimitglied?"

Rösler stockt. „J-Ja, ich glaub schon!"

„Was heißt denn das? Sind Sie oder nicht?"

„Wissen Sie Herr Hauptmann, ich sollte natürlich nach meinem Achtzehnten feierlich aufgenommen werden, aber da war ich ja in Katalonien. Da hat der

Landrucker, unser Ortsgruppenleiter, meinem Vater gesagt, es wird nachgeholt, wenn ich auf Urlaub bin. Da ist es aber dann auch nicht gegangen, weil der Landrucker nicht da war. Gestern hat mir meine Mutter gesagt, sie haben die Sachen alle vorbei gebracht. Parteibuch, Abzeichen, „Mein Kampf" und ich weiß nicht, was ich noch alles bekomme. Die Feier wird später nachgeholt. Nach dem Krieg, denke ich."

„Nach dem Krieg, denken Sie, Rösler. Ja, mal sehen! Also so ganz offiziell und öffentlich sind sie jedenfalls noch nicht in der Partei, nicht wahr?"

„Ich habe keine Ahnung, wie amtlich das Paket ist, das meine Mutter da bekommen hat. Ich hatte gestern auch keine Zeit für die Sache..."

„Ist schon in Ordnung, Rösler. Hören Sie zu, Sie fahren nicht nach Schwerin. Sie steigen in Berlin wie vorgesehen aus und melden sich dort beim Wehrbereichskommando. Ich komme nachher wieder zu Ihnen und bringe Ihnen den neuen Marschbefehl."

„Jawohl, Herr Hauptmann!" Hubert Rösler macht Anstalten aufzustehen.

„Bleiben Sie sitzen, Rösler!" Hauptmann Rose legt dem Gefreiten die Hand auf die Schulter während er sich erhebt. Bevor er das Abteil verlässt, dreht er sich noch einmal um, lächelt einen Augenblick und richtet sich dann mit sehr ernster Miene wieder an Hubert Rösler.

„Rösler, wären Sie bereit, dem deutschen Volk einen überaus großen Dienst zu erweisen?"

„Selbstverständlich, Herr Hauptmann, selbstverständlich!" Mit einem Satz springt Rösler von seinem Sitz in die Höhe. Der Hauptmann macht einen kleinen Schritt auf Rösler zu.

Fast flüsternd fragt er: „Auch wenn Sie dafür vielleicht Ihr Leben riskieren müssen, Rösler?"

Hubert Rösler sieht in das entschlossene Gesicht des Hauptmanns. Er schluckt.

Zögerlich sagt er: „Ja, Herr Hauptmann, auch dann!"

Der Hauptmann nickt schweigend, sieht den jungen Gefreiten einen kurzen Augenblick nachdenklich an. Dann dreht er sich um und verlässt das Abteil.

Hubert Rösler steht eine Weile bewegungslos da und blickt auf den Gang des Abteils in dem der Hauptmann gerade verschwunden ist. Er versteht nicht, was sich da gerade abgespielt hat. Klar ist ihm allerdings, dass der Hauptmann ihn eigentlich hätte dem Standgericht zuführen müssen und es nicht getan hat. Drei Wochen hatte sein Vater gesagt. Drei Wochen und ein paar Tage davon scheint er mit diesem Hauptmann wohl gewonnen zu haben. Auch wenn dieser ihn offensichtlich in ein Himmelsfahrtkommando schicken möchte. Hat er deswegen auf das Standgericht verzichtet? Hubert Rösler weiß sich keinen Reim auf all das, was da in der letzten Stunde über ihn hereingebrochen ist.

Trotzdem fühlt er eine befreiende Erleichterung in sich. Hauptmann Rose kommt ihm im Moment wie eine starke riesige Hand vor, die sich schützend über sein Leben ausbreitet. Langsam setzt er sich wieder auf seinen Sitz zurück. Er sinniert über die Fragen nach, die der Hauptmann ihm gestellt hatte und möchte sie mit den letzten Sätzen des Hauptmannes in Verbindung bringen. Sein Vater kommt ihm in den Sinn, die Birke und die Bank von gestern Abend. „Ich komme zurück!“ hatte er seinem Vater versprochen und „auch wenn Sie dabei Ihr Leben riskieren müssen!“ hat er vor wenigen Minuten dem Mann versprochen, der ihm dieses Leben bereits ohne weiteres hätte nehmen können.

15. April 1945 Berlin.

Seit fünf Tagen schweigen die Bomben über Berlin. Seit fünf Tagen regnen die Bomben über Potsdam.

Margarete Freiländer gießt den heißen Kaffee in die grüne Tasse mit dem Goldrand und stellt sie auf die Untertasse. Sie löst einen halben Teelöffel Milchpulver darin auf in dem sie behutsam umrührt, bis sich alle Klümpchen aufgelöst haben. Sie prüft kurz mit beiden Händen, ob ihre Frisur sitzt, streift anschließend ihren Rock an den Oberschenkeln zurecht, zieht die graue Kostümjacke ein bisschen nach unten und überprüft in der Glasscheibe der Küchenanrichte den Sitz ihrer schwarzgepunkteten weißen Bluse. Sie greift nach der Kaffeetasse und läuft den langen Gang entlang bis zum Büro des Reichsministers. Sie klopft, wartet aber nicht auf die Reaktion aus dem Büro, öffnet die graue schmucklose Türe und geht forsch auf den Schreibtisch zu, hinter dem sie den strenggescheitelten Kopf des Ministers über der vor ihm liegenden Kladde sieht. In der rechten Hand hält er den schwarzgrünen Füllfederhalter, in der linken den Knauf der Löschpapierwippe.

„Hauptmann Rose ist da, Herr Reichsminister!"

Der Minister sieht auf, presst für einen Moment seine Lippen zusammen, zieht dabei seine Augenbrauen nach oben und bläst erleichtert wirkend Luft durch den nun wieder leicht geöffneten Mund.

„Soll reinkommen!", sagt er kurz, während er sich vom Stuhl erhebt, „und Margarete, bringen Sie noch eine zweite Tasse Kaffee bitte und dann will ich bitte nicht mehr gestört werden."

Den letzten Satz kannte Margarete Freiländer bereits. Zwar ist dieser Satz relativ neu im Repertoire ihres Chefs, aber seit Hauptmann Rose im Juli 1944 im Reichsministerium aufgetaucht ist, will der Minister bei deren Unterredungen nicht gestört werden. Noch nie hatte sie ein Protokoll schreiben müssen, wie es bei fast allen anderen Besuchern der Fall ist, noch nie wurde einer der

Mitarbeiter zu den Beratungen zugezogen. Noch nie hatte sie irgendeine Notiz von einer Unterredung mit Hauptmann Rose in die Finger bekommen.

Sie sieht auf den Tisch in der Sitzecke neben der Türe, geht darauf zu, streicht das kleine weiße Deckchen gerade, stellt den Aschenbecher und das Tischfeuerzeug darauf. Sie öffnet die kleine Schublade des Tisches, nimmt eine Schachtel Zigaretten der Marke MOKRI heraus und legt sie ebenfalls auf das weiße Deckchen neben die beiden anderen Rauchutensilien.

Der Minister war inzwischen mit seiner Tasse Kaffee an den Tisch gekommen. Er stellt die Tasse auf dem Tisch ab, sieht sie an und lächelt etwas gequält. Margarete ist überrascht. Zu selten hat sie ihren Chef lächeln sehen. In den letzten Monaten war er ganz und gar in sich gekehrt. Manchmal hatte sie das Gefühl, dieser Mann sei in Depressionen gefallen. So kraft- und mutlos schleppte er sich durch die letzten Monate. Seine Frau und seine Kinder waren gleich nach der ersten Bombennacht aus Berlin nach Bad Segeberg ins elterliche Anwesen umgesiedelt. Er verbrachte weiterhin seine Zeit hier in der Reichshauptstadt, ohne zu wissen warum. Der Führer hatte sich in seinen Bunker verkrochen, wollte ihn aber auch lange davor schon nicht mehr sehen. Seine Meinung war nicht gefragt, sein Rat nicht erwünscht. Margarete Freiländer macht sich ernsthaft Sorgen um ihn.

Jetzt steht er neben ihr, einen halben Kopf größer als sie und lächelt.

„Es wird gut, Margarete!", sagt er plötzlich und legt eine Hand auf ihre Schulter. „Irgendwie wird es gut werden!" Er nickt gedankenverloren.

„Holen Sie Rose herein! Ja, ja, schicken Sie Rose herein!"

Hauptmann Rose reicht dem Minister schweigend die Hand. Kein Salutieren, kein „Heil Hitler!", nur ein schweigendes Händeschütteln.

„Nehmen Sie Platz, Rose!" Der Minister bietet dem Gast mit einer kurzen Handbewegung einen der beiden Sessel an. Margarete Freiländer stellt Rose die Tasse Kaffee auf den Tisch. Hauptmann Rose dankt mit einem kurzen

Kopfnicken. Der Reichsminister sieht seiner Mitarbeiterin nach und wartet, bis sie das Büro verlassen hat und die Türe hinter sich geschlossen hat.

„Und, haben Sie eine Lösung, Rose? Wir haben nicht mehr allzu viel Zeit!"

„Ich glaube ja. Ich habe eine Lösung!"

Im Frühjahr 1944 hatte Hauptmann Rose wie viele unter den Offizieren der Wehrmacht von Gerüchten über einen Putsch gegen Hitler Wind bekommen. Längst hatte man im Offizierskorps erkannt, dass der Führer sich verrannt hatte. Die Kriegsstrategie konnte nicht aufgehen. Die Wehrmacht war nicht in der Lage, an allen Fronten gleichzeitig Stärke zu zeigen. Der Russlandfeldzug war gescheitert. Der Russe steht bereits an der Oder und die Wehrmacht wird die Stellung kaum mehr halten können. Die Luftschlacht in England wurde nach unglaublich hohen Verlusten eingestellt. Wertvolle und kriegsentscheidende Einheiten – vor allem Panzerdivisionen- mussten nach Afrika und auf den Balkan verlegt werden, um die Südflanke zu sichern. Seit Juni 1944 sind die Alliierten im Westen von der Normandie aus in breiter Front im Vormarsch. Die gesamte Generalität fleht an allen Fronten um Nachschub und Unterstützung. Hitlers Befehle lassen jeglichen militärischen Sachverstand missen. Und wenn man den hinter vorgehaltener Hand gestreuten Gerüchten glauben darf, scheint er ein kranker, geistig verwirrter Mann geworden zu sein, der sich in seinen Bunker zurückgezogen hat und die Realität nicht mehr wahrnimmt.

Graf von Stauffenbergs Ansatz war fraglos der richtige. Aber er scheiterte. Mit diesem Scheitern, davon war Hauptmann Rose damals überzeugt, war jede weitere Chance, die gute nationalsozialistische Idee für Deutschland zu retten ohne wieder als Verlierer aus dem Krieg hervorzugehen, vertan. Als Hauptmann Rose im Herbst letzten Jahres über den Prozess gegen Graf von Schulenburg am Volksgerichtshof mit dem Minister ins Gespräch kam, waren sich die beiden einig, dass Claus Schenk Graf von Stauffenbergs Plan den Nationalsozialismus in Deutschland hätte retten können. Seine Einstellung zu einer neuen deutschbestimmten Rechtsordnung, seine Auffassung von der naturgegebenen Rangstellung innerhalb der Völker und seinem klaren Bekenntnis zum

Rassengedanken hätten die grandiose nationalistische Idee des 3. Reiches retten können. Die totale militärische Vernichtung Deutschlands hätte vor einem halben Jahr mit der Kapitulation noch vermieden werden können. Nur so wäre ein „Remis-Frieden“ mit den Alliierten zu verhandeln gewesen. Hitler dachte aber nicht einmal im Traum daran, sich die verfahrene Situation selbst einzugestehen, geschweige sich den Alliierten zu ergeben. Ein schnelles Kriegsende im Sommer letzten Jahres aus einer noch relativ starken Position heraus mit vielen Protektoraten als Verhandlungskapital, hätte Stauffenberg zu einem starken deutschen Führer machen können und als solcher hätte er die Vormachtstellung der Deutschen in Europa behutsamer und durchdachter, als Adolf Hitler dies getan hat, aufbauen können. Die Hilflosigkeit gegen Hitlers Endsiegwahn im gesamten Führungsstab der Wehrmacht war seither überall präsent ohne dass irgendjemand wagte, Fakten beim Namen zu nennen.

„Wir können nicht in Apathie verfallen, Rose!“, hatte der Reichsminister damals zu ihm gesagt. „Wir sind es unserem Vaterland schuldig, zu handeln. Auch wenn wir wahrscheinlich nur einen kleinen Samen aussäen können und nicht wissen, ob die Saat aufgeht und auch wenn wir selbst die Früchte unseres Handelns nicht mehr ernten können, wir haben die Pflicht zu handeln! Stehen Sie an meiner Seite, Rose?“ Hauptmann Rose wusste zu diesem Zeitpunkt noch nicht, was der Minister damit gemeint hatte. Trotzdem nahm er die ausgestreckte Hand des Ministers. Schweigend waren sie sich damals einig.

Anfang dieses Jahres trafen sie sich dann ein paar Mal im Reichsministerium. In einigen Gesprächen kristallisierte sich heraus, dass für die Zeit nach der unausweichlichen Niederlage Kapital ins sichere und möglichst neutrale Ausland geschafft werden sollte, um der deutschen Idee in einem Nachkriegsstaat wieder einen Start zu ermöglichen.

„Rose, die Alliierten werden nach dem Krieg rücksichtsloser denn je gegen alles vorgehen, was mit unserer Regierung und mit unserer Partei zu tun hatte. Und jeder, den sie nur im Umfeld der NSDAP ausmachen können, wird vors Kriegsgericht kommen und ich versichere Ihnen, es wird eine Todesstrafe nach der anderen hageln. Mich werden Sie danach sicher nicht mehr unter den

Lebenden wissen. Und ob Sie davonkommen, stelle ich auch in Frage. Aber sie können nicht alle vernichten. Irgendjemand muss das alles hier wieder aufbauen. Deutschland wird kein Brachland inmitten von Europa werden. Deutschland muss weiterleben, Deutschland wird weiterleben. Rose, finden Sie jemand, dem wir einen kleinen Samen anvertrauen können, damit das wahre Deutschland nicht verloren geht. Finden Sie jemanden. Sie sind nahe dran am Volk. Und finden Sie schnell jemanden, denn viel Zeit bleibt uns nicht mehr!"

Hauptmann Rose war bewusst, dass er sich mit dem Auftrag in der nahezu selben Situation befand wie Claus Schenk Graf von Stauffenberg. Sein Ansinnen war hehr. Die Rettung der nationalen, nationalsozialistischen, der deutschen Idee! Nach Kriegsende würde man ihn dafür unter den Deutschen wohl feiern, wenn er überlebt, vor Kriegsende würden ihn dieselben Leute jedoch an die Wand stellen. Aber ein Zurück gibt es jetzt nicht mehr. Und bei genauem Überdenken kommt Rose zu dem Schluss, dass es für diese Operation ausgesprochen wenig Mitwisser gibt. Bisher waren die Gespräche immer nur zwischen ihm und dem Minister abgelaufen. Selbst Frau Freiländer, die scheinbar ein sehr vertrautes Verhältnis zu ihrem Chef hat, hatte immer erst das Zimmer zu verlassen und die Türe zu schließen, bevor der Minister seine Pläne eröffnete oder nach Ergebnissen fragte. Es wird also keine „Operation Walküre" geben, keinen Putsch, keinen Staatsstreich. Es wird nur ganz wenige Eingeweihte geben und die Hoffnung, dass das Überleben des deutschen Vaterlandes aus deren Händen gelingen möge. Er, Hauptmann Rose, ist dazu bereit, auch auf das Risiko hin, sein eigenes Leben dafür zu opfern.

Der Reichsminister nippt an seiner Kaffeetasse, stellt sie wieder auf die Untertasse und greift nach der Schachtel Zigaretten. Er öffnet sie, klopft auf deren Unterseite und hält dem Hauptmann die Schachtel hin. Rose nimmt die vorstehende Zigarette und greift nach dem Tischfeuerzeug. Er reicht erst dem Minister die Flamme. Mit einem kräftigen Zug zieht dieser den ersten Tabakqualm tief ein. Rose macht es ihm gleich.

„Erzählen Sie, haben Sie jemanden?“ Der Minister lehnt sich zurück in seinen Sessel und betrachtet die Zigarette in seiner Hand.

„Es ist ein junger Gefreiter. In diesen Tagen wird er zweiundzwanzig. Sudetendeutscher. Ich glaube, er ist der Richtige für uns!“

„Woraus schließen Sie das, Rose?“

„Am besten fang ich so an. Eigentlich hätte ich ihn standrechtlich erschießen lassen müssen, denn er hatte einen Marschbefehl von Prag nach Schwerin für vorgestern. Ich habe ihn heute Morgen aus dem Zug heraus vor Reichenau beobachtet. Er lief eine Zeitlang neben dem Zug her, überprüfte offensichtlich sehr geschickt den Bahnsteig nach Kontrollen und stieg mit dem Halt des Zuges sofort zu. Er tat dies alles sehr gelassen und mit einem sicheren Auftreten. Hätte ich ihn nicht aus der Bahn im Blick gehabt, sein Plan wäre aufgegangen.“

„Aber er hatte sich doch offensichtlich abgesetzt? Wenn ich das richtig sehe. Was sollte diese Rückkehr denn?“

„Nein, er ist kein Deserteur, Herr Minister! Der Mann wird in den nächsten Tagen zweiundzwanzig Jahre und war seit zwei Jahren nicht zu Hause bei seinen Eltern. Er hat schlicht und einfach ein paar Fronturlauber in Prag durchfahren lassen, um den Zug zu nehmen, der über Reichenau fuhr, um seine Mutter und seinen Vater zu sehen. Ist das ein Verbrechen, Herr Minister? Heimweh ist das, nichts anderes. Und statt sich anschließend aus dem Staub zu machen, hat er so viel Ehrgefühl, sich wieder in die Truppe einzureihen. Und das hat er nicht ungeschickt getan. Genau so einen Mann brauchen wir. Auf den ist Verlass!“

„Sie mögen Recht haben! Haben Sie ihn ein bisschen abgeklopft? Hat er schon etwas geleistet? Ist er auf Linie ohne auffällig geworden zu sein?“

„Geradezu ideal, wenn ich das richtig einschätze. ROB im Soldbuch, aber wieder gestrichen, weil er die letzte Hürde wohl nicht geschafft hat. Trotzdem Feldausbildungsregiment. Einsatz Ostfront Riga und Westpreußen jeweils im Stab mit zwei Verwundungen. Verwundetenabzeichen in Schwarz. Und das

Ganze bereits mit einundzwanzig Jahren. Herr Minister, die Qualitäten dieses Mannes haben andere offensichtlich auch bereits erkannt."

„Arbeitsdienst? War er zum Arbeitsdienst abkommandiert?"

„Ja, das auch! Und stellen Sie sich vor, 1943 in Narbonne, bei Graf von Maltitz!"

„Beim Maltitz an der Westfront. Da hat er sicher ein schlaues Leben gehabt!" Der Minister lacht kurz auf.

„Da gibt es aber noch etwas sehr Interessantes bei diesem Rösler. Mit 17 Jahren war er bereits Fähnlein Führer bei der HJ. Und selbstverständlich sollte er dann in die Partei aufgenommen werden. Das hat aber aus Termingründen nicht geklappt. Man hat ihm die Parteimitgliedschaft wegen seiner Abwesenheit erst in den letzten Wochen irgendwann ins Elternhaus gebracht. Er hat davon erst gestern von seiner Mutter erfahren und die Sachen noch nicht einmal ausgepackt. Er hat den Aufnahmeantrag also noch nicht unterschrieben. Die feierliche Aufnahme soll es erst nach dem Krieg geben, hat ihm sein Ortsgruppenführer mitteilen lassen."

Der Minister lacht bitter. „Darauf wird er wohl länger warten müssen!"

„Das heißt, nur der engste Kreis in der Ortsgruppe in Reichenau, womöglich nur der Ortsgruppenleiter und Röslers Familie wissen von der Parteimitgliedschaft, die offiziell noch nicht vollzogen ist. Eigentlich ideal, nicht wahr?"

„Das scheint wirklich ein loyaler Mann zu sein, der zur Not keine Spuren hinterlässt. Gut gemacht, Rose. Weiß der Mann Bescheid? Wie weit haben Sie ihn eingeweiht und wo ist er jetzt?"

„Eingeweiht ist er noch nicht, Herr Minister. Aber ich habe ihn gefragt, ob er bereit ist dem Vaterland einen Dienst zu erweisen, auch wenn er dabei sein eigenes Leben einsetzen müsste. Er hat dem zugestimmt. Ich habe ihn mit einem RM-Sondermarschbefehl ausgestattet und ihn zum Wehrbezirkskommando geschickt. Dort hat er auf seinen weiteren Einsatz zu warten. Ich habe ihn ja ins System zurückholen müssen, sonst wird er ja zur

Fahndung ausgeschrieben und uns womöglich noch während der Operation an die Wand gestellt.“

„Recht so, Rose! Sie wissen, dass wir keine Zeit mehr haben und handeln müssen!“

„Rösler ist da, Herr Minister. Meinetwegen kann es morgen losgehen.“

„Morgen, Rose? Wollen Sie riskieren, dass dieser Rösler draufgeht, wenn die Tommies heute Nacht wieder Berlin ins Visier nehmen? Sie waren im Zug und haben vielleicht nicht viel mitbekommen. Gestern haben sie Potsdam bombardiert und beim Russen dauert es auch nicht mehr lange, bis er in der Stadt ist. Dann wird es sehr eng, Rose. Sind Sie bereit? Wenn ja, dann sehen Sie zu, dass Sie so schnell wie möglich mit ihm aus Berlin weg kommen. Von meiner Seite kann es in einer halben Stunde losgehen. Ich habe alles vorbereitet.“

Hauptmann Rose blies den Rauch über den Tisch. Es fiel ihm sichtlich schwer, so abrupt die Stadt wieder verlassen zu müssen. Sich allerdings der Gefahr auszusetzen, in den Bombenhagel der Engländer zu kommen oder sich durch die Straßen quälen zu müssen, um dem Feind auszuweichen, ließ ihn das Drängen und die Eile des Ministers verstehen.

„Gut, wenn Sie meinen!“ Rose erhebt sich gleichzeitig mit dem Minister.

15. April 1945

Hubert Rösler sieht auf seinen Marschbefehl: ‚Wehrbezirkskommando Berlin VII in Kreuzberg Skalitzerstraße. Sondereinsatz RM'. Zusammen mit seinem Soldbuch und seinem Wehrpass hatte Hauptmann Rose ihm diese Bescheinigung in die Hand gedrückt und ihm gesagt, er solle sich vom Bahnhof aus einfach durchfragen. Weit sei es nicht und dort solle er jedenfalls warten, bis er von ihm neue Anweisungen bekäme. Auf den Plattformen und in der Halle des Schlesischen Bahnhofs herrscht ein sehr dichtes und eiliges Gedränge. Die Angst vor den Bombenangriffen der Engländer sitzt scheinbar jedem hier im Nacken und vor allem die Uniformierten streben sehr eilig aus und in die spärlich ankommenden und abfahrenden Züge. Trotzdem sieht er Feldjäger- und GFP-Trupps, die immer wieder allzu eilige Soldaten barsch stoppen, kontrollieren und auch abführen. Hubert Rösler fühlt sich mit seinen Papieren sehr sicher. Die Angst aus der vergangenen Nacht und heute Morgen, die sich durch die Sorge seines Vaters in ihm breit gemacht hatte, war nun verflogen. Hauptmann Rose hat ihn zu seiner Selbstsicherheit zurückfinden lassen. Zwischen der Bahnhofsmauer und einem wohl aus dem letzten Angriff der Engländer stammenden Schuttberg sucht er sich einen ruhigen und versteckten Platz, öffnet seinen Rucksack, nimmt sein Wehrmachtsbesteck und das Einweckglas seiner Mutter heraus. Er ist hungrig und hat sich die letzten Stunden doch sehr auf den Kartoffelsalat seiner Mutter gefreut.

Es ist kurz nach fünf Uhr Nachmittag, als er sich auf den Weg durch das zerbombte Berlin zum Wehrbezirkskommando Kreuzberg macht.

Eine resolute Frau mit streng nach hinten gekämmten blonden Haaren, in brauner Uniform herrscht ihn ziemlich unfreundlich an und deutet auf zwei nackte braune Holzstühle gleich neben der Türe, durch die Hubert Rösler die Meldestelle betreten hatte.

„Nehmen Sie Platz da! Es kommt gleich jemand zu Ihnen!" sagt sie und stöckelt lautstark mit ein paar Akten unter dem Arm aus dem Zimmer.

Hubert Rösler sieht sich um. Es ist eine lange karg ausgestattete Schreibstube. Die beiden Fenster sind mit schwarzen Lederrollos verdunkelt. Über den zwei nicht besetzten Schreibtischen brennen jeweils Deckenlampen mit schwarzen Metallschirmen. An der Stirnwand neben einer weiteren Türe steht ein kleiner runder Tisch mit ein paar Zeitungen. Auf dem Stuhl daneben sitzt ein junger Soldat. Es scheint ein Melder zu sein. Hubert Rösler nickt ihm freundlich zu. Der junge Soldat reagiert kaum merklich auch mit einem leichten Kopfnicken. Hubert Rösler sieht zu Boden und wartet.

Die Türe neben dem Melder fliegt auf. Ein Oberleutnant und ein Feldwebel stürmen in die Schreibstube. Hubert Rösler springt auf und salutiert. Die beiden beachten ihn aber nicht.

„Was machen wir mit dem MG-Schützen, Herr Oberleutnant, Kriegsgericht?"

„Kriegsgericht? Halten Sie sich nicht mit solchem Kram auf, Wiesner! Schreiben Sie ihn auf die Fahndungsliste. Kurzer Prozess! Aufknüpfen, wenn er erwischt wird und ein Schild um den Hals, damit jeder versteht, wie mit Deserteuren umgegangen wird. Wie heißt der Mann?" Der Oberleutnant setzt sich an einen der Schreibtische.

Der Feldwebel sieht auf einen Aktendeckel in seiner Hand: „Rösler, Gefreiter Hubert Rösler! Sollte seit gestern Mittag schon hier sein!"

Hubert Rösler ist wie vom Donner gerührt. Sekundenlang erstarrt er vor Schreck, als er seinen Namen hört. Zu sich kommend macht er drei schnelle Schritte auf den Schreibtisch zu den beiden Offizieren hin.

„Was wollen Sie denn!" fährt ihn der Feldwebel an.

„Sie haben meinen Namen genannt, Herr Feldwebel!" Hubert Rösler nimmt Haltung an. Der Melder an der Wand reißt die Augen weit auf.

„Wieso? Sie sind der MG-Schütze? Sie sind der Gefreite Hubert Rösler?" Der Feldwebel glotzt Hubert Rösler ungläubig an.

„Jawohl, Herr Feldwebel, jawohl Herr Oberleutnant!" Hubert Rösler zittern die Knie.

Einen Moment sind die beiden Offiziere perplex und sehen sich verdutzt an.

„Wo kommen Sie denn her? Und vor allem, wo waren Sie die letzten beiden Tage?“ Der Feldwebel hat sich gefangen und baut sich vor Hubert Rösler auf.

„Ich komme vom Schlesischen Bahnhof! Ich bin heute Nachmittag dort angekommen und habe hier meinen Marschbefehl.“ Er zieht die Bestätigung aus seiner Uniformtasche und will sie gerade dem Feldwebel reichen, als der Oberleutnant aufspringt und ihm das Papier aus der Hand reißt. Er sieht auf das Papier und liest. Dann schlägt er mit der flachen Hand krachend auf die Schreibtischplatte.

„RM- Sondereinsatz! Verdammt nochmal!“ Sein Gesicht läuft rot an und er brüllt in den leeren Teil der Schreibstube vor ihm:

„Da sollen wir diese Stadt halten und an allen vier Fronten dem Feind Paroli bieten und dann nimmt man uns regelmäßig die wichtigsten und besten Männer für irgendwelche Scheißsonderaufträge weg! Sind wir denn bloß noch die Arschlöcher der Nation!“

Es herrscht eine kurze Pause. Der Feldwebel hat seine martialische Haltung aufgegeben und sieht leicht verunsichert zu seinem Oberleutnant hin. Hubert Rösler versucht sein aufkommendes Triumphgefühl so gut wie möglich zu verbergen, da ihm nun bewusst ist, dass Hauptmann Rose ihn offensichtlich wirklich mit einem Persilschein ausgestattet hat.

„Die Bolschewiken stehen an der Oder. Keine Ahnung, wie lange wir noch dagegen halten können. Wir brauchen jeden Mann da draußen und die in den Ministerien haben nichts anderes zu tun, als uns die wichtigsten Leute aus dem Verkehr zu ziehen! Schön langsam können mich diese Parteibonzen am Arsch lecken! Die merken wohl nicht, dass das Feuer schon unter ihren eigenen Ärschen brennt!“

Der Oberleutnant hat sich in seinem cholerischen Anfall in Rage geredet. Er läuft neben den Schreibtischen wie ein unruhiger Tiger auf und ab. Beide Hände vor der Brust schlägt er immer wieder die Fingerspitzen aufeinander.

Das schrille Läuten des Telefons lässt alle vier Männer zusammen zucken. Der Feldwebel fasst sich als erster wieder und greift nach dem Hörer: „Wehrbezirkskommando Berlin sieben, Wiesner!“, meldet sich der Feldwebel.

„Jawohl Herr Hauptmann, der Oberleutnant ist hier. Einen Moment, bitte!“

Der Feldwebel reicht den Hörer an den Oberleutnant weiter.

„Oberleutnant Gassner!“

Langsam setzt sich der Oberleutnant wieder auf den Schreibtischstuhl, während er aufmerksam dem Gesprächspartner am anderen Ende der Leitung zuhört.

„Jawohl, Herr Hauptmann......in Ordnung, Herr Hauptmann!....In Ordnung, Herr Hauptmann! Heil Hitler!“

Dann legt er auf.

„Staude!“ der Oberleutnant wendet sich dem Melder auf dem Stuhl zu: „Bringen Sie den Gefreiten in die Küche runter. Die Daschner soll ihm einen starken Kaffee machen und ein paar Brote geben. Was Sie zeitlich nicht mehr schaffen, das packen Sie sich ein, Rösler! Sie werden ein wenig Proviant brauchen. Sie verlassen Berlin heute Abend noch. In spätestens einer Stunde werden Sie hier abgeholt.“

„Jawohl, Herr Oberleutnant!“ Staude steht auf und salutiert, bevor Hubert Rösler es tun konnte.

„Was soll ich jetzt mit ihm machen, Herr Oberleutnant?“ der Feldwebel sieht verwirrt den abziehenden Soldaten nach.

„Streichen! Wiesner, streichen Sie ihn von der Liste! Der Mann ist abkommandiert!“

Erleichtert hört Hubert Rösler diesen letzten Befehl des Oberleutnants an seinen Feldwebel.

Der Melder Staude kommt in die Küche. Hinter ihm erscheint Hauptmann Rose. Er trägt seinen grauen Hauptmannsmantel und seine Offiziersmütze. Die schwarzen Lederhandschuhe hält er zusammen geknautscht in der rechten Hand. Hubert Rösler sieht auf. Inzwischen hat er bereits zwei Tassen Kaffee getrunken. Er ist Bohnenkaffee nicht gewohnt und fühlt sich ein wenig euphorisch. Er steht auf ohne zu salutieren und ohne Hitlergruß.

„Herr Hauptmann!“

„Kommen Sie mit Rösler! Wir müssen uns sputen“ Hauptmann Rose deutet dem Gefreiten, sein Marschgepäck zu schultern. Hubert Rösler versucht das so zügig wie möglich zu machen und sich seine Verwundung nicht anmerken zu lassen.

„Haben Sie eine Fahrerlaubnis, Rösler?“

„Ja, ich besitze den Wehrmachtsführerschein, ich bin im Stab öfter einen Kübelwagen gefahren. Wenn Sie wollen, dass ich einen Kübelwagen fahre, ich kann das.“

„Keinen Kübelwagen, Rösler! Keinen Kübelwagen!“

Sie waren vor der Kommandantur angekommen. Hauptmann Rose geht vor ihm die Stufen hinunter. Die grüßenden Soldaten, die ihnen entgegenkommen beachtet der Hauptmann nicht. Sein schneller Schritt scheint einzig und allein Hubert Rösler ein Zeichen zur Eile zu sein. In einer kleinen Nebenstraße parkt ein PKW. Daneben steht ein Soldat auf einem Motorrad mit laufendem Motor. Der Hauptmann geht auf den Soldaten zu, spricht ganz kurz mit ihm. Hubert Rösler kann wegen des Motorgeräusches nicht hören, was der Hauptmann sagt, aber es muss wohl die Aufforderung gewesen sein, dass der Soldat seinen Platz verlassen kann. Denn dieser zieht die Motorradbrille ins Gesicht, gibt Gas und braust davon.

Hauptmann Rose geht auf das Auto zu, öffnet den Wagen und bedeutet dem Gefreiten einzusteigen. Hubert Rösler staunt einfach nur. Noch nie in seinem Leben ist er in einem Mercedes gesessen.

„Steigen Sie schon ein, Rösler!", fordert ihn der Hauptmann auf, „staunen können Sie später, wir müssen zusehen, dass wir aus der Stadt rauskommen, bevor es richtig dunkel wird."

Rösler nimmt sein Gepäck von der Schulter und will es in den Kofferraum legen.

„Nein Rösler, lassen Sie Ihre Sachen im Fond! Legen Sie es auf den Rücksitz und dann kommen Sie endlich!"

Hubert Rösler will sich auf den Beifahrersitz setzen.

„Nein, Rösler, Sie müssen fahren! Wenn wir hier in der Stadt in eine Kontrolle kommen, darf nicht der Gefreite von einem Hauptmann gefahren werden."

„Aber Herr Hauptmann, ich bin noch nie mit einem solchen Auto..."

„Setzen Sie sich rein und fahren Sie, ein Kübelwagen funktioniert auch nicht anders. Jetzt machen Sie schon, wir haben keine Zeit zum Üben!"

Hubert Rösler wechselt die Seite und setzt sich hinters Steuer. Hauptmann Rose hat inzwischen auf dem Rücksitz Platz genommen. Und reicht dem Gefreiten den Autoschlüssel nach vorne. Mit zittrigen Händen startet er den Benz. Er legt den Gang ein, lässt das Gaspedal langsam kommen und zieht dabei seinen linken Fuß von der Kupplung. Der Mercedes setzt sich geschmeidig weich in Bewegung.

„Na sehen Sie, geht doch prima!" Hauptmann Rose ist zum wiederholten Mal mit seiner Auswahl zufrieden. Selbst als Fahrer macht sich dieser Gefreite anscheinend ganz gut.

Die Fahrt durch Berlins Straßen erweist sich als höchst kompliziert. Wenn sich die Straßen wegen der Bombenschäden nicht als unpassierbar präsentieren, sind es immer wieder die Kontrollposten, die ihre Fahrt stoppen. Hauptmann Roses Papiere gewähren aber nahezu problemloses Passieren aller Kontrollpunkte.

Sie haben die Stadtgrenze fast erreicht, als sie in Lichtenrade noch einmal an einem Kontrollposten gestoppt werden. Hauptmann Rose reicht wortlos die Papiere aus dem Wagen. Hubert Rösler hat den Leergang eingelegt und wartet mit laufendem Motor, geradeaus blickend auf das Kommando zur Weiterfahrt. Der kontrollierende Unteroffizier beugt sich zum heruntergelassenen Wagenfenster hinunter.

„Bitte, lassen Sie seitlich ranfahren, Herr Hauptmann."

Hauptmann Rose sieht den Unteroffizier fragend an.

„Sie sollten im eigenen Interesse die Verdunkelungstücher über die Scheinwerfer ziehen. Wir erwarten auch heute wieder Luftangriffe. Und mit den Scheinwerfern sind Sie ein gefundenes Fressen für die Tommies."

„Fahren Sie ran, Rösler", gibt Hauptmann Rose eine kurze Anweisung. „Die Abblendtücher liegen sicher im Kofferraum. Machen Sie zügig!"

Hubert Rösler bringt den Benz am Rand zum Stehen. Er steigt aus, geht hinter das Auto und öffnet den Kofferraum. Die Abblendtücher liegen neben dem rechten Radkasten. Außer drei großen Benzinkanistern und einem kleinen Lederkoffer liegt ein gefüllter Sturmgepäcktornister im Kofferraum. Rösler ist erstaunt. Sollte er sich mit Hauptmann Rose tatsächlich noch zu Fuß irgendwo auf den Weg machen müssen? Irritiert schließt er den Kofferraum wieder, zieht die Abblendtücher über die Scheinwerfer und verzurrt sie. Der Unteroffizier, der inzwischen einen Kradfahrer angehalten hat, sieht zu ihm herüber und bedeutet ihm mit einer kurzen grüßenden Handbewegung, dass er weiterfahren kann.

„Wir müssen zusehen, dass wir möglichst die größeren Städte umfahren, Rösler, die Gefahr in ein Sperrfeuer zu geraten ist dort einfach zu groß."

„Wohin fahren wir denn eigentlich, Herr Hauptmann?" Hubert Rösler weiß nicht, in welche Richtung er das Fahrzeug steuern soll. Und eigentlich ist er auch neugierig, welcher Sonderauftrag hinter den so geheimnisvollen Aktionen der letzten Stunden steckt. Den Hauptmann direkt darauf anzusprechen, wagt er jedoch nicht.

„Wir müssen an die Südgrenze, Rösler! Und zwar so schnell wie möglich. Das heißt für uns beide, wir werden die Nacht durchfahren. Einer von uns schläft, der andere fährt. Unser Ziel ist Lörrach. Das aber behalten Sie für sich, wenn wir kontrolliert werden, haben Sie verstanden!“

„Jawohl, Herr Hauptmann!“

„Worum es genau geht, werde ich Ihnen sagen, wenn es an der Zeit ist. Sie müssen nicht mehr wissen, als notwendig, das ist zu Ihrem eigenen Schutz. Ich habe Ihnen gesagt, dass es kein Kinderkram ist, den wir hier zu erledigen haben. Und jedes Detail, das Sie von dieser Operation wissen, kann Sie Ihr Leben kosten. Deshalb fragen Sie bitte nicht. Die notwendigen Informationen bekommen Sie von mir immer zur rechten Zeit. Haben Sie das verstanden, Rösler?“

„Jawohl, Herr Hauptmann!“

„Halten Sie sich jetzt in Richtung Dessau! Fahren Sie, solange Sie können. Wenn Sie müde werden, werde ich fahren. Bis dahin mach ich so gut es geht die Augen zu und versuche etwas zu schlafen. Und noch etwas, Rösler, Militärposten sollten kein Problem für uns sein. Einer Kontrolle der Staatspolizei sollten wir tunlichst aus dem Weg gehen. Manchmal sind Nebenstrecken sicherer, Rösler. Wecken Sie mich in jedem Fall, wenn Sie irgendeine Kontrolle bemerken und tun Sie das möglichst sofort.“

„In Ordnung, Herr Hauptmann!“

Damit ist Hubert Rösler in den nächsten Stunden allein auf der Fahrt auf den dunklen Straßen. Langsam gewöhnen sich seine Augen zwar an die unbeleuchtete Straßenführung, aber er merkt natürlich, wie anstrengend und ermüdend die Fahrt in der Dunkelheit ist. Erleichtert ist er immer dann, wenn er einem Militärfahrzeug folgen und sich an dessen spärlicher Beleuchtung orientieren kann.

Es ist fast Mitternacht, als er kurz vor Erfurt einen Kontrollposten bemerkt. Sein etwas hektischer Tritt auf die Bremse, ist wohl seiner aufkommenden

Müdigkeit geschuldet. Aus dem Fond des Wagens ertönt Hauptmann Roses Stimme.

„In Ordnung, Rösler, ich bin wach. Fahren Sie langsam an die Barriere ran und überlassen Sie das Reden mir."

Hubert Rösler bringt den Mercedes auf Zeichen der Militärpolizisten kurz vor der Schranke zum Stehen.

Ein Unteroffizier klopft an das Fahrerfenster. Rösler kurbelt es nach unten.

„Fahren Sie rechts ran und steigen Sie aus!" Die Stimme des Unteroffiziers klingt sehr bestimmend und barsch.

Hauptmann Rose fordert ihn auf, an seine Seite herüberzukommen.

„Motor aus und aussteigen!", befiehlt der Unteroffizier sehr nachdrücklich.

Jetzt wird Hauptmann Rose laut: „Sie sehen wohl nicht, mit wem Sie es zu tun haben, Mann! Sehen Sie gefälligst in den Wagen und dann sehen Sie schleunigst zu, dass Sie an meine Seite kommen! Das ist ein Befehl, Herr Unteroffizier!"

Diesen Ton hatte Hubert Rösler von seinem Hauptmann bisher noch nicht gehört. Der Unteroffizier beugt sich langsam nach unten und sieht in den Wagen. Offensichtlich erkennt er erst jetzt, dass ein Hauptmann im Fond des Wagens sitzt.

Sein „Jawohl, Herr Hauptmann!" klingt etwas verhalten. Mit seiner Waffe im Anschlag wechselt er auf die andere Seite des Mercedes. Hauptmann Rose hält ihm die Papiere hin. Der Unteroffizier nimmt sie entgegen und wirft einen längeren Blick darauf.

„Ich bitte um Entschuldigung, Herr Hauptmann, aber mein Befehl lautet, keinen Wagen durchzulassen und Personen in Privatfahrzeugen einer Leibesvisite zu unterziehen."

„Ist schon in Ordnung! Sie sehen ja, dass es zwar ein Privatfahrzeug ist, aber im militärischen Einsatz." Roses Stimme ist wieder angenehm ruhig. Er hält die Hand hin, um seine Papiere wieder entgegen zu nehmen.

„Es tut mir Leid, Herr Hauptmann, ich muss meinem Vorgesetzten Bericht erstatten. Ich habe meine Befehle!"

Damit dreht sich der Offizier um und gibt zwei Soldaten ein kurzes Handzeichen, die sich daraufhin mit der Waffe im Anschlag vor dem Auto platzieren. Dann geht er auf das etwas zurückgesetzte Haus auf der rechten Straßenseite zu und verschwindet in der dunklen Eingangstüre. Hubert Rösler sieht neben dem Haus zwei abgestellte LKWs, die mit Tarnplanen überspannt sind. Auch dort stehen noch einige bewaffnete Soldaten. Auch auf der linken Seite erkennt Rösler im Schutz der Dunkelheit einige Soldaten.

Es dauert eine Weile, bis an der Haustüre wieder Bewegung zu erkennen ist. Ein Offizier, den Hubert Rösler beim Näherkommen als Leutnant ausmacht, kommt, gefolgt von dem Unteroffizier zum Fenster des Hauptmannes an das Auto.

„Guten Abend, Herr Hauptmann, es tut mir leid, wenn ich Ihnen Umstände bereite, hier herrscht Ausgangssperre. Ich kann Sie hier nicht durchlassen."

„Aus welchem Grund, Herr Leutnant? Ich habe einen wichtigen Auftrag, der keinen Aufschub duldet!" Rose scheint genervt und beunruhigt.

„Es gibt größere Militärbewegungen der Waffen SS, Sie würden sicher in Kürze wieder aufgehalten und sicher wieder zurückgeschickt!"

„Welche Alternative besteht? Wir müssen schnellstens nach Coburg!"

„Fahren Sie zurück und halten sich dann links Richtung Elxleben! Rechts an Erfurt und Arnstadt vorbei ist wohl der klügere Weg, auch wenn er länger ist. Zwischen Erfurt und Weimar ist es dicht. Ausgangssperre und wie gesagt, jede Menge Militärbewegungen, da kommen Sie nicht durch. Sie fahren wirklich besser rechts rum."

„Danke für die Auskunft, das hilft uns sehr." Hauptmann Rose streckt seine Hand aus dem Fenster. Der Leutnant reicht ihm die Papiere wieder.

„Gute Fahrt und viel Glück!", grüßt der Leutnant.

„Ihnen eine ruhige Nacht!", antwortet ihm Rose nun auch wieder sehr freundlich.

„Dann drehen Sie mal um, Rösler und fahren Sie noch zwei, drei Kilometer, dann nehmen Sie einen Benzinkanister, füllen den Tank nach. Anschließend fahre ich weiter."

16. April 1945

Als Hubert Rösler auf der Rückbank des Mercedes erwacht, dämmert es bereits. Der Wagen steht. Hauptmann Rose hat seine Türe geöffnet und ist gerade dabei aus dem Wagen zu steigen. Hubert Rösler setzt sich auf. Er sieht aus dem Fenster. Der Wagen steht an einer niedrigen Hecke und dahinter weiten sich offenbar Wiesen aus. Die andere Straßenseite ist gesäumt von hohen Pappeln, hinter denen sich ebenfalls eine weite Wiesenlandschaft auftut. Häuser sind keine zu sehen. Hauptmann Rose steht hinter der Hecke, um dem nur allzu menschlichen Drang nachzukommen, Wasser zu lassen. Hubert Rösler steigt aus, um es ihm gleich zu tun.

„Wo sind wir, Herr Hauptmann?"

Rose kommt einige Schritte auf Hubert Rösler zu, legt ihm von hinten die Hand auf die Schulter und zieht an der Zigarette, die er sich offensichtlich vorher schon angezündet hatte.

„Wir sind gut vorangekommen, Rösler! Haben wohl unverschämtes Glück gehabt bisher. Lediglich die paar Kontrollen in Berlin und die bei Erfurt. Eigentlich kaum zu glauben in diesen Zeiten. Aber es scheint dem Ende entgegen zu gehen und die Leute werden nun doch dort eingesetzt, wo sie auch gebraucht werden. Wir hätten es uns schon lange nicht mehr leisten sollen, unsere Leute zu kontrollieren und zu schikanieren, statt ein sinnvolles militärisches Konzept zu verfolgen. Er war halt doch nur ein kleiner Gefreiter, wie Sie Rösler und hat nicht einmal die Ausbildung genossen, wie Sie. Auch wenn Sie diese noch nicht beendet haben. Aber Sie sind ja noch jung. Das kann ja noch werden. Er ist aber ohne jede Ausbildung der Oberbefehlshaber und das Ergebnis sehen Sie jetzt, Rösler. Deutschland ist am Ende, glauben Sie mir. Es braucht jetzt einen Neuanfang. Wie das gehen soll, ist mir völlig schleierhaft, aber wir Deutschen können nicht einfach ausgelöscht werden. Das ist nicht möglich. Das darf auch nicht sein. Und was wir heute machen, das ist einem Naturgesetz folgen."

Hubert Rösler knöpft seine Hose zu, dreht sich um und sieht den Hauptmann fragend an.

„Sehen Sie, Rösler, diese riesenhohen Pappeln da. Wie alt mögen Sie sein? Achtzig, hundert, hundertfünfzig Jahre, ich kann es Ihnen nicht sagen, aber begonnen haben sie vor vielen Jahren als ganz kleiner Samen, den auch ein großer Baum abgeworfen hat. Und sehen Sie wie prächtig und stolz sie da stehen. Mit uns Deutschen ist das ebenso. Der große starke Baum des deutschen Nationalsozialismus ist umgefallen. Viel zu früh. Weil sein Gärtner einfach ein paar grobe Fehler gemacht hat. Aber der Baum hat bereits viele Samen angesammelt und die fallen auf fruchtbaren Boden. Damit die neuen Triebe aber nicht alle von den neuen Gärtnern, wie immer sie auch heißen mögen, Amerikaner, Franzosen, Engländer, Russen oder vielleicht sogar Deutsche, ausgerissen werden, müssen wir zusehen, dass wir den ein oder anderen Samen dort pflanzen, wo ihn keiner vermutet. Wo er gehegt und gepflegt wird, bis er so stark ist, dass wir ihn wieder in unserem eigenen Garten anpflanzen können und ihm die Schädlinge nichts mehr antun können. Rösler, Sie werden derjenige sein, der den Samen an einen sicheren Ort zu bringen hat. Das ist nicht ungefährlich und es kann sogar auch scheitern. Wir bauen aber auf Sie und wir glauben, dass Sie den deutschen Samen, die große Idee des Nationalsozialismus, die wahre deutsche Identität, an einem sicheren Platz einpflanzen können. Sie sind jung und wenn alles gut geht, dann werden Sie diese Pflanze auch pflegen können, bis sie so stark ist, dass wir sie wieder stolz und mit erhobenem Haupt in unserem deutschen Garten unbehelligt anpflanzen und Blüten treiben lassen können."

Hubert Rösler kann die Gedanken des Hauptmannes nicht richtig einordnen. Aber als er bei den Worten dieses Mannes hinauf in die Kronen der mächtigen Pappeln sieht, läuft es ihm heiß und kalt den Rücken hinunter. Die Haare an seinen Unterarmen richten sich auf und er bekommt Gänsehaut. Wieder fällt ihm sein Vater ein. Und wieder fällt ihm ein, dass er versprochen hatte, heimzukommen. Scheinbar muss er eine sehr gefährliche Hürde nehmen. Aber ganz offensichtlich rechnet selbst Hauptmann Rose damit, dass sein Auftrag nicht mit den nächsten Tagen erledigt sein wird. Hauptmann Rose setzt auf sein, Hubert Röslers, Überleben. Ja, er setzt scheinbar auf sein Leben, auf sein langes Leben.

„Genug philosophiert, Rösler. Wir haben noch einen langen Tag vor uns. Stärken Sie sich ein bisschen und dann bringen Sie uns sicher zum Ziel. Jetzt am Tag sollten Sie wieder fahren, um die Rangordnung nach außen hin zu wahren."

Hubert Rösler isst zwei Mettwurstbrote aus seinem Proviant. Hauptmann Rose füllt ihm aus seiner Thermoskanne heißen schwarzen Bohnenkaffee in seine Blechtasse. Hubert Rösler trinkt. Der Kaffee tut gut. Ein warmes wohliges Gefühl durchflutet ihn und weckt in ihm neuen Tatendrang. Was ist in den letzten achtundvierzig Stunden alles passiert? Welch eine Wendung hat sein Leben genommen? Zum zweiten Mal durchquert er Deutschland in so kurzer Zeit, ohne mit der Front in Berührung zu kommen. Wieder denkt er an die Bank an der Birke und die Worte seines Vaters.

Der Hauptmann hat die Karte auf der Motorhaube ausgebreitet und zeigt mit dem Finger auf Rothenburg.

„Hier sind wir, Rösler. Wir fahren jetzt nach Ulm und dann hoffe ich, können wir über Donaueschingen bis nach Lörrach fahren, ohne Feindberührung zu haben. Die Franzosen sind in dem Eck da unten ziemlich aktiv. Auf der anderen Seite schützt das vor weiteren Bombardements der Briten. Die haben vor einem Jahr Karlsruhe platt gemacht und vor ein paar Monaten Freiburg. Lange wird das aber auch nicht mehr gut gehen. Prägen Sie sich die Strecke ein. Jetzt müssen wir aber zusehen, dass wir weiterkommen."

Rose faltet die Karte zusammen und verstaut sie in seiner Aktentasche im Fond des Mercedes. Dann drängt er zur Eile.

„Lassen Sie uns fahren. Füllen Sie aber vorher den Tank noch einmal auf."

Trotz mehrerer Kontrollen, die sie ohne größere Probleme passieren können, erreichen sie kurz nach zwölf Uhr mittags die Stadt Lörrach. Ein Militärposten an der Stadtgrenze bedeutet Hubert Rösler anzuhalten. Als er das Fenster runterkurbeln will, hält der Hauptmann ihn zurück.

„Lassen Sie mal, Rösler!“ Rose öffnet die Türe, steigt aus und geht auf den Posten zu.

Hubert Rösler beobachtet den Hauptmann, wie er bei dem Posten offensichtlich Auskunft zu einem Ziel in der Stadt einholt. Eigenartigerweise deutet der sehr junge Soldat in verschiedene Richtungen. Hubert Rösler ist sich nicht sicher, ob Hauptmann Rose sich da kompetent beraten lässt.

Nach ein paar Minuten wird die Straßensperre beiseitegeschoben, Hauptmann Rose setzt sich wieder in den Wagen und bedeutet Rösler, weiterzufahren.

„Die Verteidigung befindet sich hier scheinbar nahezu in Auflösung.“ Rose schüttelt den Kopf. „Dieser Soldat ist kaum sechzehn Jahre alt und soll mit seinen zwei noch jüngeren Kameraden eine Stadt abriegeln? Ist das zu glauben? Zumindest kennt er sich gut aus und gibt bereitwillig Auskunft. Der „Volkssturm“ hat mehrere Gebäude in Beschlag genommen. Neben den Zollhäusern auch eine Schule und wenn ich das richtig sehe, belegen sie drei Gaststätten, den „Grünen Baum“, das Hotel „Zum Hirschen“ und den „Markgräfler Hof“. Diese drei Etablissements werden wir tunlichst meiden. Da kommen wir sicher nicht zur Ruhe und stehen wohl auch unter ständiger Beobachtung. Fahren Sie einfach die Brombacher Straße hier weiter. Wir suchen uns auf der anderen Seite der Stadt eine Bleibe.“

Hubert Rösler fährt den Wagen langsam in die Stadtmitte. Auf der Straße herrscht erstaunlich viel Treiben. Neben hastenden Frauen, Mütter mit Kindern und alten Männern, sind immer wieder sehr junge Soldaten in gescheckten Tarnanzügen zu sehen, die sehr zielgerichtet unterwegs sind.

Auf dem Marktplatz wundert sich Hubert Rösler über die Schienen auf der Fahrbahn. Offensichtlich gibt es in diesem Grenzstädtchen eine Straßenbahn. Zwar kann er nirgendwo eine der Bahnen ausmachen, die Schienen zeugen aber von der offensichtlichen Existenz eines solchen Verkehrsmittels. Er folgt den Schienensträngen über den Marktplatz hinaus in die Baseler Straße, wie er an einem alten mächtigen Hotelgebäude lesen kann.

„Das Hotel ist nicht gut für uns!“, erklärt Rose im Vorbeifahren, „Zu prominent in der Stadtmitte wollen wir uns auch nicht einrichten. Außerdem ist die Stadtmitte nach den Industrieeinrichtungen immer das zweite Ziel der Bomberpiloten. Da sehen Sie links! „Zum schwarzen Bären“! Halten Sie da mal, Rösler!“

Rose steigt aus, weist Hubert Rösler an, das Auto nicht zu verlassen und niemanden auf das Auto Zugriff zu gewähren, bevor er nicht zurück sei. Dann geht er die sechs Stufen zu der weißen Gasthaustüre hinauf und verschwindet im Gebäude.

Hubert Rösler betrachtet die mächtige schwarze Bärenfigur auf dem dunkelgrünen Sims über dem Eingang des Gasthauses. Es ist eine ansehnliche Gaststätte mit einer einladenden Fassade. Der Stil des Gebäudes erinnert ihn an zu Hause. Die gemauerten reliefartigen Fensterleibungen, die dunkelgrünen Fensterläden und der ins Gebäude zurückgesetzte Gaststätteneingang ähneln den Häusern in Reichenberg schon sehr. Das Parterre dient wohl den Gasträumen, die zwei Stockwerke darüber scheinen Mietzimmer zu sein. Jeweils acht Fenster zählt er auf der Straßenseite. Hier ist also das Ziel ihrer Fahrt. Hier soll er endlich erfahren, worum es bei dieser Operation eigentlich geht. Hauptmann Rose sprach von einem „Samen“, den er setzen solle und den er wohl hegen und pflegen solle, um die deutsche, die nationalsozialistische Idee am Leben zu erhalten. Rösler ist seit dem Halt bei Rothenburg sehr irritiert. Hauptmann Rose glaubt also ebenso wenig wie sein Vater an den Endsieg. Glaubt nicht, dass der Führer die Wehrmacht mit großartigen Waffen ausstatten wird, dass der Feind an allen Fronten zurückgedrängt werden wird, dass Deutschland letztlich als großartiger Sieger in die Weltgeschichte eingehen wird. Hätte sein Vater, der so unerschütterlich an die Idee Hitlers geglaubt hat, der so euphorisch von dem einen großen deutschen Reich geträumt und gesprochen hat, ihm nicht so zweifelnd geraten, sich zu verstecken; hätte sein Vater ihm nicht so deutlich gezeigt, dass er den Glauben an den Endsieg verloren hatte, er, Hubert Rösler, hätte es als seine Pflicht angesehen, Hauptmann Rose nach seiner Rede heute Morgen umgehend bei der Staatspolizei zu melden. Aber würde er damit nicht auch seinen Vater verraten? Was war geschehen? Was ist schiefgelaufen in diesem Land? War sein Engagement in der Hitlerjugend, war sein Einsatz an der Front, waren seine Verwundungen umsonst? Würde Deutschland nach der Schmach von 1918 jetzt noch mehr unterjocht, noch mehr geknebelt von den Feinden aus ganz Europa und auch aus Amerika? All die Stunden auf der langen schweigsamen Fahrt gingen ihm solche Gedanken durch den Kopf. Und die Zweifel, dass Hauptmann Rose ihn da in etwas hineingezogen hat, das ihm höchst zuwider war, drängten sich immer wieder mächtig in den Vordergrund. Nur was sollte er machen? Würde man ihm glauben, wenn er von Roses Gedanken berichten würde? Würde Rose nicht vielmehr ihn ans Messer liefern, wenn er sich weigern würde, ihm zu gehorchen? Schließlich ist er, wie ihm auch sein Vater drastisch vorhielt, ein Deserteur. Nein, er hat keine andere Wahl, er muss sich dem Schicksal ergeben, muss Rose folgen und beten und hoffen, dass Rose Recht hat und ein mögliches Ende des Krieges nicht so pessimistisch sieht, wie es sein Vater so verzweifelt tat.

Hauptmann Rose klopft an die Autoscheibe und schreckt Hubert Rösler aus seinen Gedanken auf.

„Fahren Sie das Auto dort in die Seitenstraße, Rösler und dann nehmen Sie Ihr Gepäck. Wir haben hier zwei gute Zimmer bekommen."

Hubert Rösler stellt den Wagen ab, wie ihm der Hauptmann, der ihm zu Fuß folgt, aufgetragen hat. Er schultert sein Marschgepäck und öffnet anschließend den Kofferraum. Hauptmann Rose, der sich inzwischen seinen Mantel angezogen hatte und in die Lederhandschuhe geschlüpft war, tritt neben ihn.

Zuerst hebt Hubert Rösler den kleinen Lederkoffer aus dem Auto. Dann greift er zum Tornister. Der ist ungleich leichter als sein Marschgepäck. Etwas verwundert hebt er ihn aus dem Kofferraum, sperrt den Mercedes ab und reicht dem Hauptmann den Schlüssel. Als er das Gepäck aufnehmen will, hält ihn der Hauptmann zurück.

„Lassen Sie nur, Rösler, mein Gepäck trage ich selber!"

Als Hubert Rösler in seinem Zimmer im ersten Stock sich gerade auf das Bett setzt, klopft es kurz und Hauptmann Rose tritt unvermittelt in das Zimmer.

„Bleiben Sie sitzen, Rösler!“, verhindert Hauptmann Rose jede Ehrenbezeichnung, „Stärken Sie sich unten erst mal richtig und dann legen Sie sich ein paar Stunden aufs Ohr. Sie haben heute eine lange Nacht vor sich und es wäre gut, Sie hätten alle Ihre Sinne beisammen. Sie brauchen wirklich Ihre ganze Konzentration. Aber ich habe keine Sorge, dass Sie nach der vergangenen Nacht jetzt nicht gut schlafen in diesem komfortablen Bett. Ich wecke Sie rechtzeitig und dann bekommen Sie Instruktionen für die Operation heute Nacht.“

Nachdem Hauptmann Rose das Zimmer verlassen hatte, sucht Hubert Rösler das Bad auf der Etage auf, macht sich frisch und geht hinunter in den Gastraum. Die Wirtin, eine stämmige grauhaarige Frau im schwarzen Wollkleid und weißer Schürze weist ihm einen Tisch zu und serviert ihm sofort eine hellgrüne Erbsensuppe. Kaum hatte er die Suppe ausgelöffelt, trägt die Frau einen Teller mit Kartoffeln, Kraut und zwei großen Blut- und Leberwürsten auf. Sie stellt eine Karaffe Wasser und ein Glas auf den Tisch.

„Lassen Sie sich‘s schmecken!“, wünscht sie Hubert Rösler in einem ihm nicht bekannten Dialekt einen guten Appetit. Hauptmann Rose ist nicht zu sehen.

Nach dem Mahl geht er wieder in sein Zimmer nach oben, legt sich ins Bett und fällt nach ein paar weiteren fragenden Gedanken in einen tiefen traumlosen Schlaf.

Ein leises Klopfen lässt Hubert Rösler aufschrecken. Die schweren dunkelbraunen Vorhänge und die kleinen immer wiederkehrenden Ornamente an der weißen Wand verwirren ihn. Er braucht einen Moment, um zu begreifen, wo er ist. Er schüttelt sich und holt dabei die letzten Stunden wieder in sein Gedächtnis. Es klopft wieder.

„Rösler, sind Sie wach?“ Es ist Hauptmann Roses gedämpfte Stimme.

„Ja, Herr Hauptmann!“, antwortet Hubert Rösler, springt aus dem Bett, dreht den Schlüssel um und öffnet die Türe einen Spalt.

Hauptmann Rose hält ihm ein in Packpapier gewickeltes Bündel hin. „Ziehen Sie das an, Rösler, in Uniform können Sie heute Nacht nicht gehen. Ich komme in fünfzehn Minuten zu Ihnen. Seien Sie startklar bis dahin!“

Hubert Rösler nimmt das Paket entgegen und nickt. Er reißt das Packpapier auf. Zum Vorschein kommen eine dunkelgraue Pudelmütze, eine dunkelbraune Stoffhose, ein rotblaugestreifter Wollpullover und eine braune Jacke. Wieder sucht er das Etagenbad auf, macht sich frisch und kleidet sich zügig an. Die Sachen passen alle. Zuletzt schnürt er sich seine Knobelbecher und harrt der Dinge, die da kommen werden. Er zieht den Vorhang etwas zurück und sieht auf die Straße hinunter, auf der viele Menschen es ziemlich eilig haben. Es ist später Nachmittag, es dämmert bereits leicht und die Leute scheinen schnell nachhause gelangen zu wollen. Wieder fällt ihm die Schiene der Straßenbahn auf. Eine Bahn hat er bisher aber weder gesehen noch gehört. Es klopft. Hauptmann Rose kommt ins Zimmer. Er trägt den Tornister bei sich. Hubert Rössler macht zwei Schritte auf ihn zu, um ihm den Rucksack abzunehmen.

„Lassen Sie es gut sein, Rösler, es geht schon. Sie müssen ihn noch lange genug tragen!“ Rose setzt den Tornister neben dem Bett ab und setzt sich auf einen der beiden Stühle an den kleinen Tisch.

„Setzen Sie sich, Rösler und hören Sie mir genau zu.“

Hubert Rösler setzt sich auf den anderen Stuhl und sieht in das ernste Gesicht des Hauptmannes.

„Rösler, ab jetzt sind Sie ganz auf sich alleine gestellt.“ Hauptmann Rose spricht leise, aber sehr deutlich und nachdrücklich. „Mit dem Tornister haben Sie keine allzu schwere Last, aber eine sehr schwere Verantwortung zu tragen. Ich habe Sie ausgesucht, weil ich überzeugt bin, dass Sie die Aufgabe erledigen können und die Operation zu einem erfolgreichen Ende bringen werden. Mir ist klar und Ihnen sollte es auch bewusst sein: Die Sache kann auch schiefgehen. Wenn das der Fall sein sollte, könnten Sie das mit dem Leben bezahlen müssen. Das habe ich Ihnen von Anfang an gesagt und Sie haben zugestimmt, richtig?“
Hubert Rösler nickt etwas zaghaft.

„Wenn es schiefgeht, Rösler und Sie überleben, dann haben wir uns nie getroffen! Sie kennen mich nicht! Ist das klar?“ Wieder nickt der Gefreite.

„Und jetzt hören Sie genau zu. Wir sind hier unmittelbar an der Schweizer Grenze. Heute Nacht werden Sie diesen Tornister in die Schweiz bringen. Dafür können Sie keinen der Zollübergänge benutzen. Sie müssen die Grenze unbemerkt passieren. Das, Rösler, ist zunächst der gefährlichste Teil der Operation. Sie haben nämlich zwei Gegner. Zum einen dürfen unsere Leute Sie nicht erwischen und zum anderen könnte es auch sein, dass die Schweizer Polizei Sie postwendend an einen Zollübergang bringt, wenn Sie ihnen in die Hände fallen und Sie an unsere Leute übergibt. Beide Szenarien bedeuten das Scheitern der Operation und wohl auch Ihren Exitus. Darüber müssen Sie sich stets im Klaren sein. Rösler, ich weiß, dass Sie ein ausgezeichneter Soldat sind. Ich weiß, dass Sie ein vorbildlicher Fähnlein-Führer bei der Hitlerjugend waren. Machen Sie sich also zu nutzen, was Sie dort mit Ihren Jungs in den Wäldern trainiert haben. Bewegen Sie sich heute Nacht geräuschlos und unsichtbar. Wenn Sie morgen Basel erreichen, haben Sie das Gröbste überstanden. Sie fragen sich ja wohl die ganze Zeit schon, um was es überhaupt geht, nicht wahr?“ Wieder nickt Hubert Rösler nur, jetzt aber wesentlich aufmerksamer und erregter.

„Ich habe Ihnen heute Morgen ja schon angedeutet, dass wir - und mit wir meine ich Persönlichkeiten, die bis hinauf in der Regierung mitarbeiten - der festen Überzeugung sind, dass Hitler so große Fehler gemacht hat, dass dieser Krieg nicht mehr zu gewinnen ist. Wir wissen, dass die Alliierten uns nach einem Sieg nicht verschonen werden. Alle, die wir an diesem Krieg beteiligt sind, werden von den Siegern gnadenlos gedemütigt werden. Es wird schlimmer werden als 1918. Da können Sie sicher sein. Wir werden das nicht verhindern können. Aber wir können dafür sorgen, dass nach dem Krieg auch irgendwann wieder mit dem Aufbau der Idee von einer großen Nation begonnen werden kann. Das wird Zeit brauchen. Da sind wir uns ganz sicher. Vielleicht viele Jahre, vielleicht sogar Jahrzehnte. Rösler, Sie sind ein junger Mann. Ein junger Mann, der die Idee einer großen deutschen Nation in sich trägt. Sie sind so jung und haben aus Sicht der baldigen Sieger nichts mit dem, was in den letzten Jahren geschehen ist, zu tun. Man wird Sie ganz sicher nicht im Fadenkreuz haben. Deshalb habe ich mich für Sie entschieden. Und Sie geben mir Ihr Wort, dass Sie sich der Verantwortung bewusst sind und das, was Sie heute tun, für Deutschland tun und solange treu dazu stehen, bis Sie von dem Auftrag, den Sie heute von mir bekommen, entbunden werden?“ Hubert Röslers Knie beginnen zu zittern. Er sieht den Hauptmann mit großen Augen an.

„Geben Sie mir Ihr Wort darauf, Rösler?“

„Ja, Herr Hauptmann, ich gebe Ihnen mein Wort!“ Eigentlich will Hubert Rösler dem Hauptmann mit fester Stimme antworten. Er schafft es aber nicht. Nervös brechen seine Worte in sich zusammen und enden in einem zittrigen Krächzen.

„In diesem Tornister ist Geld. Sehr viel Geld in sehr großen Scheinen in der Schweizer Währung. Dieses Geld, Rösler, werden Sie nach Basel bringen. Sie werden dort bei der Schweizer Bankgesellschaft auf Ihren Namen ein Nummernkonto eröffnen und das ganze Geld auf Heller und Pfennig einzahlen. Den Einzahlungsbeleg liefern Sie mir, wenn alles gut geht, hoffentlich schon übermorgen hier ab. Zurück können Sie übrigens den ganz normalen Grenzübergang in Riehen benutzen. Da fahren Sie mit der Straßenbahn direkt zur Grenze. Haben Sie den Auftrag verstanden, Rösler?“

„Jawohl, Herr Hauptmann! Wieviel Geld ist denn in dem Tornister?“

„Das spielt jetzt keine Rolle. Das erfahren Sie, wenn Sie das Geld umpacken in der Schweiz. Sie können nicht mit dem Tornister und dieser Kleidung in Basel in der Bank auftauchen. Hier haben Sie dreihundert Schweizer Franken.“ Hauptmann Rose zieht aus der Innentasche seiner Uniform ein graues Kuvert und legt es vor dem Gefreiten auf den Tisch.

„Zählen Sie das Geld nach, Rösler! Der Grenzübertrittschein für den Rückweg ist auch drin, den benützen Sie aber nur notfalls, sollte es Schwierigkeiten geben oder irgendjemand Fragen stellen. Wenn Sie in Basel angekommen sind, nehmen Sie sich ein Zimmer. Am besten im Ramsteiner Hof in der Rittergasse. Das ist ganz in der Nähe vom Münster. Und auch die Schweizer Bankgesellschaft ist ganz in der Nähe. Dann besorgen Sie sich einen dunklen

Anzug, Hemd, Krawatte, Schuhe, Hut und einen leichten Mantel. Sie müssen seriös aussehen, wenn Sie in die Bank gehen. Außerdem kümmern Sie sich um eine geeignete Aktentasche, in die Sie das Geld umpacken. Auch da, Rösler, ist Seriosität gefragt. Also wählen Sie die Tasche sorgsam aus. Ich vertraue da ganz auf Sie. Die Abwicklung bekommen Sie ohne große Probleme sicher selbst hin. Lassen Sie sich aber dabei nicht über den Tisch ziehen, ein bisschen verhandeln werden Sie schon müssen. Überlegen Sie sich eine sehr private Geschichte. Die Bank wird sicher nachfragen, woher das Geld kommt. Sie kommen ja aus einer Unternehmerfamilie, da kann man ja durchaus mal Geld im Ausland sicher anlegen wollen. Lassen Sie einfach Ihrer Phantasie freien Lauf. Es kann niemand in der Schweiz nachweisen, ob Sie nicht aus einem lukrativen, weil kriegswichtigen Betrieb stammen, Rösler. Bis dahin haben Sie noch ein paar Stunden Zeit, da wird Ihnen schon etwas Plausibles einfallen. Und noch etwas ganz Wichtiges, Rösler: Finden Sie eine Regelung mit der Bank, dass keinerlei Bankpost hier ins Reich gelangt. Vereinbaren Sie eine Hinterlegung in der Bank oder organisieren Sie ein Postlager. Nehmen Sie sich dafür, wenn nötig auch einen Tag mehr Zeit. Außer Ihnen und uns darf für eine längere Zeit niemand von diesem Geld etwas wissen. Haben Sie verstanden?“ Rose sieht dem etwas verängstigten Hubert Rösler wieder sehr mahnend ins Gesicht. Dieser nickt wieder diensteifrig.

„Jetzt geht es zunächst darum, dass Sie über die Grenze kommen. Sehen Sie her!“

Der Hauptmann greift in die aufgenähte Tasche des Tornisters und zieht eine Karte hervor. Er faltet Sie vor Hubert Rösler auf dem kleinen Tisch aus. Beide beugen sich über die Karte.

„Sehen Sie, hier sind die ‚Eiserne Hand‘ und der Herrenwald. Die Schweizer Grenze ragt hier wie ein Finger in unser Reichsgebiet. Die Grenzanlagen auf unserer Seite enden hier in Maienbühl. Dieser ganze Zipfel, das sind fast vier Kilometer, hat keine Grenzanlage. Aber, Rösler, hier gehen zum einen Patrouillen mit scharfen Hunden, zum anderen gibt es sehr gut getarnte Laubhütten, in denen bewaffnete Wachposten liegen. Soweit ich in Erfahrung bringen konnte, sind das aber alles ganz junge Kerle hier aus dem Ort, die als Volkssturm eingesetzt sind. Da hat sicher noch nie einer geschossen, aber verlassen Sie sich nicht darauf, Rösler. Sehen Sie zu, dass Sie da irgendwo durchkommen. Wie Sie das machen, das brauche ich Ihnen sicher nicht zu sagen. Da sind Sie erfahren genug. Wie Sie sehen, ist dieser Finger sehr schmal. Die ‚Eiserne Hand' ist gerade einmal zweihundertfünfzig Meter breit. Also bewegen Sie sich auch äußerst vorsichtig, wenn Sie die Grenze passiert haben und geben Sie höllisch darauf Acht, dass Sie nicht auf der gegenüberliegenden Seite auf die Patrouillen stoßen. Gehen Sie in einem Korridor von einhundert bis einhundertfünfzig Meter südwestlich nach unten. Hier unten wird es noch enger. Aber da stoßen Sie auf Schweizer Grenzvorrichtungen. Hier im Tornister haben Sie eine Kombizange. Für Sie dürfte es kein Problem sein, den Zaun zu öffnen, denn scheinbar gelingt es öfters irgendwelchen nicht geübten suspekten Subjekten, die Grenze hier illegal zu durchbrechen. Sehen Sie aber trotzdem zu, dass Sie möglichst keinem Posten begegnen. Wie gesagt, die könnten Sie sofort wieder an dem nächsten Zollhaus abschieben. Und bedenken Sie, Sie haben sehr viel Geld bei sich. Das kann Sie auf der einen Seite retten, aber kann Ihnen auch den Kopf kosten. Bei so viel Geld vergisst so mancher auch mal seine gute Erziehung und dann könnte man schnell gar nichts mehr von Ihnen hören. Also versuchen Sie wirklich unsichtbar nach Basel zu kommen. Trauen Sie sich das zu, Rösler?"

„Natürlich, Herr Hauptmann. Ich hab das an der Ostfront geschafft, dann schaffe ich das auch an der Schweizer Grenze!"

„An der Ostfront hat es Sie aber erwischt! Das darf Ihnen heute nicht passieren!"

„Nein, erwischt hat es mich nicht. Einmal bin ich den Bolschewiken entwischt, als sie mich gestellt hatten und das zweite Mal hatte ich Pech, weil sie wahllos in die Baumkronen geballert haben und ein Baumkrepierer dann einfach auf mich runtergefallen ist. Das war einfach nur Zufall und Pech!"

„Na gut, Rösler, dann wollen wir mal hoffen, dass heute nicht wieder Zufall und Pech zusammentreffen. Aber weiter, wenn Sie unterhalb von Maienbühl sind, also durch die Schweizer Grenzanlage durch, dann gehen Sie bitte auch weiterhin geschützt südwestlich hinunter bis zu den Häusern von Riehen. Sie sollten dann irgendwann auf die Inzlinger-Straße treffen. Gehen Sie die einfach gerade weiter, am Ende stoßen Sie auf die Straße nach Basel. Das ist genau die Verlängerung von der Straße da unten vor diesem Haus. Sie erkennen Sie an den Straßenbahnschienen. Und auf der anderen Seite der Grenze fährt sogar eine Bahn. Mit der können Sie dann in die Innenstadt von Basel fahren. Aber bedenken Sie bitte auch da die ganze Zeit, Sie haben sehr viel Geld in dem Tornister. Lassen Sie ihn möglichst ständig am Rücken und halten Sie sich mit Bekanntschaften zurück. Übrigens, Sie nehmen nur Ihre zivile Kennkarte mit, Wehrpass und Soldbuch bleiben bei mir. Ziehen Sie sich an, Rösler, um Ihre Sachen hier kümmere ich mich. Für die Stadt setzen Sie noch Ihre Wehrmachtsmütze auf und ziehen ihren Mantel drüber. Entledigen Sie sich der beiden Sachen irgendwo im Wald. Gehen Sie hier rechts hinunter Richtung Stetten und halten sich dann wieder rechts aus der Siedlung raus auf dem Steinenweg Richtung Salzert. Das sollten Sie nicht verfehlen können. Im Ort halte ich mich noch kurz hinter Ihnen, sollte eine übereifrige Streife Sie kontrollieren wollen, kann ich noch eingreifen. Ab dem Wald sind Sie dann auf sich selbst gestellt. Viel Glück, Rösler, ich verlasse mich auf Sie!"

Hauptmann Rose steht auf, drückt Hubert Rösler die Hand und sieht ihm sehr ernst in die Augen.

„Bis bald, machen Sie's gut, Rösler, alles Gute!" Dann verlässt er das Zimmer.

Hubert Rösler atmet tief durch. Er sieht auf den Tornister. Geld in die Schweiz. Das also ist das Geheimnis. Er hebt den Tornister noch einmal prüfend hoch. Er ist wirklich nicht schwer. Hubert Rösler zieht sich den Wehrmachtsmantel über die Jacke. Es fühlt sich etwas beklemmend an und er bekommt einen kurzen Schweißausbruch. Er steckt das Kuvert und die Karte in die Tasche, nimmt den Tornister auf den Rücken, steckt die Pudelmütze in die Manteltasche und setzt sich die Wehrmachtskappe auf. Sein Marschgepäck lässt er gepackt im Zimmer zurück. Dann macht er sich auf den Weg.

An der nächsten Straßenecke sieht er sich kurz um. Hauptmann Rose ist gute zwanzig Meter hinter ihm. Er geht zügig Richtung Stetten und erreicht über die Hauptstraße den Steinenweg. Dort verlässt er den Ort. Nach gut einem Kilometer stetig leicht bergauf gehend, bleibt Hubert Rösler stehen. Er sieht sich um. Weder vor ihm noch hinter ihm ist jemand zu sehen. Er nimmt den Tornister vom Rücken, zieht den Mantel aus, steckt die Militärmütze in den Ärmel, setzt sich die Pudelmütze auf und schultert den Rucksack wieder. Den Mantel hängt er an einen Baumstamm. Er verlässt den Weg und hält sich linker Hand einer Wiesenhecke entlang bis an den Waldrand. Er hofft, dass nicht hier schon Wachleute postiert sind, um vom Wald aus die Wiese zu überwachen. Die Karte hatte er sich intensiv eingeprägt. Seiner Meinung nach dürfte die Grenze keine hundertfünfzig Meter weit entfernt sein. Im Schutz der Bäume und der schon fortgeschrittenen Dämmerung versucht er so nahe wie möglich an den Grenzweg mit deutschen Patrouillen zu gelangen. Seine Augen haben sich längst an das diffuse Licht im Wald gewöhnt. Als er den Weg, der sich vor ihm hell vom Waldboden abhebt, erkennt, hockt er sich tief geduckt hinter einen Baumstamm. Der Tornister drückt ihn ein bisschen schmerzhaft auf seinen verletzten Arm. Immer wieder lauscht er in die Dunkelheit. Auf dem Weg kann er die sich dunkel abhebende Patrouille gut erkennen. Er wartet, bis sie sich weiter nach oben entfernt hat und schleicht dann bis auf einige Meter an den Grenzstreifen heran. Dort verschanzt er sich hinter einem Baum und beobachtet den Wegabschnitt und den Waldrand der Eisernen Hand. Fast zwei Stunden sitzt Hubert Rösler dort nahezu bewegungslos. Manchmal muss er in sich hineingrinsen, weil er daran denkt, wie oft er seine Jungs in den Geländespielen zur Weißglut gebracht hatte. Er hatte nur irgendwo einen Schatten nutzend gesessen und sich nicht gerührt. Wie vom Erdboden verschluckt hatten ihn die Jungs stundenlang gesucht, während er sie stets im Blick hatte. Nie hatte er geglaubt, dass das Spiel einmal so todernst werden würde, wie es gerade eben ist. Die Hunde sind in erster Linie das Problem, nicht die Posten. Aber längst hat er die Windrichtung ausgemacht und weiß den leichten Wind vom Weg her auf sich zukommen. Zwei Patrouillen sind unterwegs. Er scheint fast in der Mitte an dem Knick des ungewöhnlichen Grenzfingers zu sitzen. Die Patrouillen bewegen sich eine von oben hinunter und die andere von unten nach oben. Es dauert immer fast fünfzehn Minuten, bis die Patrouillen sich gute sechzig Meter oberhalb von ihm treffen. Das heißt, dass die ganze Länge des Grenzabschnittes ohne Bewachung ist, wenn die Patrouillen oben und unten angekommen sind. Es bleiben ihm sicher gute fünf bis sieben Minuten, von seinem Versteck aus über den Weg in den Schweizer Teil des Waldes zu gelangen. Durch die auffälligen Bewegungen der Hunde und einige unverständliche Wortfetzen hat Hubert Rösler auch weiter oben eine dieser Laubhütten ausgemacht, in der sich offensichtlich Wachposten versteckt halten. Der von ihm einsehbare Abschnitt nach Maienbühl hinunter scheint frei von einer solchen Hütte zu sein. Er hofft es zumindest, denn nach unten wäre er ungeschützt, wenn er hier den Übertritt versuchen würde. Er wartet ab, bis die beiden Patrouillen aus seinem Sichtfeld verschwunden sind. Geduckt bewegt er sich zunächst noch im Schatten der Hecke auf die Grenze zu. Gut dreißig Meter hat er zu überwinden. Er duckt sich. Geht auf die Knie. Auf allen Vieren kriechend überquert er den Weg, um auch einem eventuellen unten versteckten Wachposten keine Zielscheibe zu bieten. So schnell er kann krabbelt er über den steinigen Weg. Ein spitzer Stein reißt ihm die Handfläche seiner rechten Hand auf. Es schmerzt und er blutet. Er ärgert sich, dass er seine Handschuhe nicht angezogen hat. Aber er robbt weiter. Um das Blut kann er sich nicht kümmern. Er muss in den Wald bevor die Hunde da sind. Die werden das Blut wittern. Er geht in die Hocke und läuft los. Mit den Fingern drückt er auf den Riss in der Handfläche, um zu verhindern, dass allzu viel Blut auf die Erde tropft. Er bewegt sich sehr langsam, um keine allzu lauten Geräusche zu verursachen. Von oben her ist er bereits durch die ersten Bäume geschützt und von unten her gibt es bisher keine Regung. Er ist im Wald. Um sich an die veränderte Dunkelheit zu gewöhnen, hält er einen Moment inne. Dann setzt er einen Fuß behutsam nach dem anderen auf dem Waldboden auf, um ja kein lautes Ästeknacken in der nächtlichen Stille zu verursachen. Er kommt nur langsam voran. Aber er ist sich sicher, er ist auf Schweizer Boden. Ob allerdings die Posten und die Hunde diese Tatsache respektieren, ist er sich nicht sicher. Nun weht der Wind für ihn ungünstig. Die Hunde werden nicht nur das Blut, sondern auch seine Witterung aufnehmen. Er versucht tiefer in den Wald vorzudringen. Es geht steil bergauf. Er hört die erste Patrouille. Die beiden

Grenzer reden miteinander. Noch sind sie weit genug entfernt, dass er sich noch einige Meter weiter nach oben arbeiten kann. Dann legt er sich auf den Boden. So vorsichtig wie er nur kann, legt er sich mit dem Kopf nach unten hinter eine dicken Buchenstamm. Die Männer kommen näher. Nun registriert er auch die von unten kommende Patrouille. Einer der Hunde schlägt an. Gleich darauf bellt auch der zweite. Sie müssen sein Blut bemerkt haben. Die Hunde bellen in den Wald hinein. Taschenlampen blitzen auf. Vier Lichtkegel gleiten langsam über die Bäume hinweg. Hubert Rösler drückt sein Gesicht fest in das Buchenlaub. Die Augen nicht aufmachen. Keine Spiegelung bieten. Er hofft, dass der Tornister keine Reflexe sendet. Die Posten scheinen bis an den inneren Wegrand getreten zu sein. Systematisch suchen sie den Wald ab. Die Hunde, zur Ordnung gerufen, schweigen inzwischen. Hubert Rösler hört die Stimmen der Männer.

„Siehst du jemanden?“

„Nein, hier ist niemand zu sehen!“

„Hier auch nicht!“

„Es ist auch nichts niedergedrückt und kein Ast abgeknickt!“

„ Gestern hat meiner auch angeschlagen. Das war aber ein Reh!“

„Da ist sicher kein Reh! Das würdest du hören.“

Die Hunde sind offenbar sehr unruhig. Hubert Rösler hört ihr Quengeln und leichtes Jaulen.

„Ruhig, jetzt!“, schnauzt einer der Männer. Die vier suchen weiter mit den Taschenlampen Baum für Baum ab.

„Komm lass es, in Reichweite ist niemand und weiter oben können wir sowieso nichts mehr ausrichten.“

„Sag den Jungs da oben, die sollen hier runter gehen. Meistens kommen ja noch welche nach! Wir sehen uns da mal um.“ Eine Patrouille verschwindet im Wald auf der anderen Seite. Hubert Rösler hebt langsam seinen Kopf. Die Lichtkegel der Taschenlampen huschen gespenstisch in die Richtung, in der er noch vor ein paar Minuten gesessen ist. Der Hund wird wohl gleich wieder anschlagen. Und tatsächlich dauert es keine weitere Minute und das laute Bellen durchdringt wieder die Nacht. Beide Patrouillen kommen im Laufschritt wieder auf den Wegabschnitt zurückgerannt, in dem Hubert Rösler noch regungslos hinter der Buche liegt.

„Da muss jemand rüber sein! Ganz sicher!“

Wieder huschen die Lichtkegel der Taschenlampe durch den Wald. Wieder bellen die Hunde und wieder werden sie zurückgepfiffen, bleiben aber unruhig. „Hoffentlich lassen sie die nicht von der Leine!“ Das ist Hubert Röslers größte Sorge.

„Wir warten hier. Holt die Jungs von oben. Die sollen hier Posten beziehen!“

Zwei der Grenzer gehen auf dem Weg wieder nach oben. Ein paar Minuten später kommen die beiden beorderten Grenzposten zu der wartenden Patrouille, die nicht aufgehört hat, mit ihren Lampen den Wald abzusuchen.

Nach einer Weile beratendes Gemurmel macht sich auch die zweite Patrouille wieder auf den Weg nach unten. Die beiden Posten bleiben am Weg unten. Mit ihren Signallampen leuchten sie abwechseln einige Meter der einen und der anderen Seite des Waldes ab. Hubert Rösler bleibt bewegungslos liegen. Seine Gedanken schlagen Purzelbäume. Er liegt verdammt nahe an der Grenzlinie. Wenn einer der Posten auf die Idee kommt einen Hund loszulassen, hat er ein Problem. Auch wenn er wieder zurückgepfiffen würde, er könnte so arge Verletzungen davontragen, dass an ein Weiterkommen nicht mehr zu denken ist. Wenn er weiter in die Schweizer Seite hineingeht, würden sie die Hunde sicher nicht laufenlassen. Das wäre wohl zu offensichtlich illegal. Hauptmann Rose sagte etwas von blutjungen Posten und auch die Grenzer sprachen von Jungs. Die beiden da unten sind vielleicht wirklich noch ein paar Jahre jünger als er. Die würden doch nicht schießen. Zum einen ist er von den Bäumen gedeckt und zum anderen würden sie einen Grenzzwischenfall provozieren, der ihnen wohl richtig Ärger einbrocken würde. Bis die Patrouillen wieder zurück sind, sollte er sein unvorteilhaftes Versteck verlassen haben. Die Hunde schlagen wegen seiner Blutspuren dort unten garantiert wieder an. Ohne

Geräusche wird er sich nicht wegbewegen können. Das ist ihm klar. Aber die beiden machen mit ihren Stiefeln unkontrollierten Lärm, dass er sich ein paar Laute sicher leisten kann. Er muss es riskieren. Die beiden da unten sind jedenfalls noch einige Minuten wesentlich ungefährlicher als in Kürze die Hunde und ihre Führer. Er hebt seinen Kopf. Behutsam dreht er sich auf die Seite und versucht dabei hinter dem Buchenstamm zu bleiben. Das Rascheln des alten Laubes bleibt dabei nicht aus.

„Da ist was!" Der Posten dreht sich in seine Richtung. Der zweite Mann kommt mit ein paar schnellen Schritten an seine Seite. Die Lichtkegel huschen durch die Bäume. Hubert Rösler verharrt augenblicklich.

„Hast du nichts gehört?" Der junge Posten macht einen Schritt in den Wald hinein.

„Nicht, bleib da!" Sein Kamerad hält ihn zurück. Hubert Rösler nutzt den Moment der Ansprache, um sich in die Hocke aufzurichten. Unerfahren, die beiden, schießt es ihm durch den Kopf. Er macht ein paar Schritte rückwärts nach oben. Natürlich raschelt das Laub wieder und er steigt auch auf einen kleinen Zweig dessen Bruch kurz durch den Wald zischt.

„Halt! Stehen bleiben oder ich schieße!" Hubert Rösler dreht sich um und rennt den Hang hinauf.

„Dann schieß doch, du Dummkopf!", denkt er. „Wohin denn? In die Bäume? Baumkrepierer kenne ich schon!", feixt er innerlich in sich hinein. Das Geld in diesem Tornister ist zwar kein Stahlhelm, schützt aber auch wenigstens ein bisschen. Er versucht immer knapp an Bäumen vorbei zu laufen, um gleich dahinter wieder Deckung zu finden. Er hört die Hunde bellen. Aber er weiß, er hat sicher dreißig oder vierzig Meter geschafft und ist jetzt weit genug im Inneren dieser „Eisernen Hand". In einer Erdkuhle kauert er sich nieder. Er hält kurz den Atem an und lauscht in den Wald. Er versucht den Hundelärm von den Geräuschen aus dem Wald zu selektieren. Es wäre ungünstig hier jetzt auf einen Schweizer Grenzer zu stoßen und womöglich wieder zurückgedrängt zu werden. Aber es scheint noch ruhig zu sein. Allerdings ist ihm klar, dass mit dem Hundegebell allen bewusst ist, dass sich jemand im Wald befindet und den illegalen Grenzübertritt versuchen will. Das wird wohl eine längere Nacht für ihn. Er richtet sich auf. Hauptmann Rose sprach von einem Korridor von einhundert bis einhundertfünfzig Metern. In dem bewegt er sich bisher noch nicht. Er würde sich auch wesentlich sicherer fühlen, wenn er den obersten Punkt dieses Hanges schon erreicht hätte. Auch wenn es dunkel ist, hätte er gerne beide Seiten im Blick. Nun lässt er sich viel Zeit. Bei jedem Schritt tastet er zuerst mit dem Fuß den Boden ab, um ja nicht wieder auf einen Zweig zu treten, der unwiderruflich seine Position signalisieren würde. Es dauert sicherlich mehr als eine halbe Stunde, bis er die vielleicht fünfundzwanzig Meter bis zu der oberen Kante des Hanges hinter sich gebracht hat. Plötzlich setzt wieder ein lautes Hundegebell ein. Gefolgt von lauten Rufen: „Stehen bleiben! Stehen bleiben! Bleiben Sie stehen, Mann!" Hubert Rösler glaubt das - trotz der Hunde - aus den Rufen herauszuhören. Er meint auch wieder kurze Lichtkegel zwischen den Bäumen gesehen zu haben. Unten am Hang ist jedenfalls Aufruhr. Es wird durcheinander geredet. Er versteht zwar die einzelnen Worte nicht, schließt aber aus der Lautstärke, dass es doch einen Zwischenfall gegeben haben muss.

Da hat jemand wohl Pech gehabt, denkt er. Pech, das sein Glück sein kann. Wenn er sich eine Weile ruhig verhält hier im Wald und sich die Aufregung gelegt hat, wird er es wohl leichter haben, in Richtung Basel durchzukommen. Wie Hauptmann Rose ihn angewiesen hat, bewegt er sich den Tumult nutzend vorsichtig, aber etwas zügiger südwestlich den Hang entlang. Er stößt auf einen länglichen mehrere Meter tiefen Krater, der parallel zum Hang verläuft. Hinuntersteigen ist ihm zu riskant. Aber auch auf der Kante sollte er höllisch aufpassen, dass er nicht wieder zu weit in Richtung Grenze abdriftet. Die Enge vor Maienbühl ist ja sicher nicht mehr als hundert Meter breit. Er tastet sich wieder langsamer nach vorne. Am liebsten würde er die Grenzvorrichtungen der Schweizer in Sichtweite haben und diese von einem sicheren Versteck aus beobachten können. Es geht ziemlich steil bergab. Das Unterholz wird dichter. Immer wieder hält er inne und hört in den Wald. Und dann nimmt er Schritte wahr. Unter ihm. Ja, es sind Schritte, gleichmäßige Schritte. Und die treten nicht im Wald auf Laub und Gehölz, die bewegen sich auf einem Weg mit Kies.

Hubert Rösler verharrt bewegungslos. Die Schritte kommen näher. Ganz sicher kann er die Entfernung nicht einschätzen, da er den Höhenunterschied nicht ausmachen kann. Er ist sich aber sicher, dass er nicht mehr als zwanzig Meter von dem Weg entfernt sein kann. Der höchste Lautstärkepegel ist bereits überschritten. Die Person, wohl ein Grenzer, entfernt sich auf der linken Seite von ihm schon wieder. Er wartet, bis er gar nichts mehr hört. Dann bewegt er sich geduckt und sehr vorsichtig weiter durch das Unterholz. Nach einigen Metern sieht er den Weg, der sich hell vom Wald absetzt. Er sieht auch den Stacheldrahtverhau. Beängstigend sieht der nicht aus in der Dunkelheit. Hubert Rösler glaubt, an der Ostfront schon schwierigere Hürden überwunden zu haben. Was ihm viel mehr Sorgen bereitet, ist die riesengroße offene Wiese, die sich nach der Stacheldrahtbarriere und dem Weg nach unten auftut. Rechts und links, das weiß er von der Karte, sind die Grenzvorrichtungen der Wehrmacht. Wenn nur an den oberen Eckpunkten jeweils ein Mann postiert ist, präsentiert er sich auf dem Silbertablett, wenn er die Wiese hinunter läuft. Er richtet sich hinter einem kleinen Fichtenbaum bequem sitzend ein. Von hier aus kann er den Weg auf beiden Seiten gut einsehen und hat einen ausreichenden Blick auf die Wiese. Er muss noch in der Dunkelheit über diese freie Fläche. Das ist ihm klar. Zunächst muss er aber den Takt der Schweizer Patrouillen studieren, um ein Zeitfenster zu haben, um über die Wiese zu gelangen.

Es dauert mehr als eine halbe Stunde, bis Hubert Rösler von der linken Seite her wieder den Takt der Schritte vernimmt. Er zählt vierundfünfzig Tritte, bis der Grenzsoldat auf seiner Höhe und dreiundvierzig weiter, bis er ihn rechts nicht mehr hört. Rösler überlegt. Wenn er an den Zaun ginge und ihn aufschneidet, kann er, sobald er die Schritte wieder hört leicht zurück in sein Versteck gehen, bevor der Posten ihn sehen könnte. Er zwängt seinen gesunden Arm aus einem Schultergurt und holt die Kombizange aus der Tornistertasche. Schlüpft wieder durch den Schultergurt und steht hinter der Fichte auf. Er sieht sich nach rechts und links um, dann läuft er langsam und gebückt das letzte Stück des Hanges hinunter bis zum Drahtverhau. Der Riss auf seiner Handfläche schmerzt, als er die Zange an den Draht ansetzt. Als er zuzwicken will, rutscht der Draht aus der Zange. Verblüfft schiebt Rösler die meterhohe Stacheldrahtrolle mit der Hand ein Stück auf die Seite. Ohne große Probleme drückt er mit beiden Händen den Draht auseinander und eröffnet ihm einen Durchschlupf, durch den er ohne Schwierigkeiten kriechen kann. Auf dem Bauch kriecht er zwischen zwei Drahtringen in die Rolle hinein. Die beiden Ringe sind nicht fixiert, so dass er sie ganz leicht an die beiden nächsten Ringe drücken kann, die ganz offensichtlich im Boden befestigt sind. Es dauert keine zwei Minuten, bis er durch ist und am Wegrand kauert. Die Zange lässt er im Gras liegen. Er lauscht. Es sind keine Schritte zu hören. Vorsichtig setzt er den ersten Fuß auf den Weg. Der Grasstreifen in der Mitte lässt einen fast lautlosen zweiten Schritt zu. Auch der letzte Schritt gelingt ihm geräuschlos. Die paar Meter im lichten hohen Wald bis zur Wiese geht er gebückt. Er inspiziert die Wiese noch einmal genauer. Er muss sich mindestens fünfzig Meter in der freien Wiese bewegen. Zwar beginnt der Wald rechts schon früher, aber dort sind die Grenzanlagen zu sehen. Sicher gibt es dort auch Schweizer Posten. Er sollte sich also erst ein gutes Stück unterhalb der letzten Grenzbefestigung an den Wald bewegen. Hubert Rösler nimmt den Tornister von der Schulter, öffnet die Schultergurte und wickelt sich die Lederriemen um die rechte Hand. Auf dem Bauch liegend robbt er sich auf die offene Wiese und zieht den Tornister hinter sich her. Die Lederriemen schneiden sich in seine Hand. Diesmal achtet er weniger auf die minimalen Geräusche, die er und der Rucksack verursachen als darauf, so flach wie möglich über das Gras zu robben. Immer wieder muss er die Riemen etwas lockern, um sich nicht das Blut abzuschnüren. Als er bereits gut die Hälfte hinter sich gebracht hat, hört er wieder das erste Knirschen von Schritten. Er drückt sich flach gegen den Boden, zieht den Tornister zu sich heran und schiebt die Hand darunter. Sein Gesicht presst er in das feuchte Gras. So verharrt er einige Minuten, bis er keinen Laut mehr vom Weg über ihm hört. Mühselig bringt er auch die restliche Strecke bis zum Waldrand hinter sich. Ziemlich kraftlos und durchgeschwitzt erreicht er den Feldweg, der am Wald entlang nach unten verläuft. Im Schutz der Bäume versucht er einige Minuten wieder seine Kräfte zu sammeln und macht sich dann auf den Weg bergab. Am Ende der Wiese trifft Hubert Rösler auf einen Bauernhof. Das Schnaufen der Rinder erschreckt ihn zunächst, aber schnell stellt er fest, dass alles ruhig ist auf dem Hof. Er läuft rechts am unbeleuchteten Wohnhaus vorbei und folgt dem Weg in den Wald. Zwar benutzt er den Waldweg, hält sich aber doch ganz am Rand des Weges, um gegebenenfalls hinter den Bäumen Deckung zu finden, wenn doch ein Grenzwächter auftauchen sollte. Er kommt zügig voran. Nach einer knappen Viertelstunde macht der Weg eine Kurve nach rechts und führt in einem Hohlweg den Hang hinunter. Hubert Rösler überlegt kurz, ob er nicht einen anderen Weg suchen sollte, um nicht von beiden Seiten der Gefahr ausgesetzt zu sein, von möglichen Beobachtern entdeckt zu werden. Er verwirft seinen Plan jedoch. Er glaubt nicht, dass jetzt, weit nach Mitternacht, hier draußen irgendjemand sich versteckt hält. Schließlich ist die Schweiz nicht in den Krieg involviert. Einige hundert Meter weiter endet der Hohlweg und mündet in eine befestigte Straße. Auf einem kleinen Straßenschild liest er den Straßennamen: Inzlingerstraße. Hubert Rösler sieht keine Lichter. Es ist eine dunkle Straße, die, wenn er sich richtig erinnert nach oben an den Zollübergang in das deutsche Inzlingen führt und nach unten in der Baseler Straße enden sollte, auf der die Straßenbahn fährt, wie Hauptmann Rose ihm das erklärte. Noch war es zu früh, in die Siedlung hinunter zu laufen. Er läuft die Straße zwar hinunter, schaut sich aber rechts und links um, ob er nicht einen geschützten Platz entdeckt, an dem er sich ein paar Stunden ungestört ausruhen könnte. Auf der rechten Seite sieht er etwas versetzt einen kleinen Bauernhof. Oberhalb des Bauernhauses und der Stallung erkennt er die Scheune, die er leicht von hinten über die feuchte Wiese angehen kann. Es ist ruhig auf dem Hof. Er geht an der Scheunenwand entlang und hofft, dass kein Hund anschlägt. Er späht unter der Tennenauffahrt durch zum Wohnhaus hin. Alles ruhig. Die Tenne steht offen. Langsam geht er seitlich der Auffahrt nach vorne. Wieder bleibt er stehen und sieht sich um. Es ist weiterhin still auf dem Hof. Außer ein paar beruhigenden Schnaufern der schlafenden Tiere aus dem Stall bleibt alles friedlich und ruhig. Er geht die Auffahrt empor und versucht sich an die Dunkelheit auf der Tenne zu gewöhnen. Viel Heu ist zu dieser Jahreszeit nicht mehr in der Scheune. Er steigt eine kurze Leiter nach oben und stapft bis an die Dachkannte durch das Heu. Endlich kann er den Tornister ablegen. Er reibt sich die beiden Schultern, zieht seine Jacke aus und legt sie als Unterlage auf das Heu. Dann legt er sich selbst in das weiche trockene Gras, schlüpft mit seinem gesunden Arm durch die Schultergurte des Tornisters und fällt augenblicklich in einen tiefen Schlaf.

21. Juli 2019

Seit zwei Tagen sitzen Paul und seine Geschwister nun schon in den beiden Wohnzimmern, um das Chaos des Papierkrams in den Griff zu bekommen. Nach dem ersten „Containertag“ sind sie fast genötigt, akribisch Seite für Seite durchzugehen. Die Hoffnung, den offensichtlichen Müll großzügig in einem Container entsorgen zu können, zerschlug sich bereits in der ersten Stunde. Denn als Bernhard den riesigen Stapel Altpapier in der Papiertonne unterbringen wollte, hielt er plötzlich zwei Hunderteuroscheine in der Hand. Damit begann die Sisyphusarbeit. Zwölfhundert Euro fanden sie im Altpapier und in den Tablettendosen, die sie eigentlich der Apotheke zum Entsorgen bringen wollten, fanden sich zehn Goldmünzen. Paul war damit schlagartig klar, dass sein Zeitplan sich wohl in Luft aufgelöst hatte. Auch nach der Beerdigung würde es wohl weitergehen in diesem Haus.

Vor ihm auf dem Tisch stehen die drei Vereinsordner, von denen einer ihm am ersten Tag wegen der eigenartigen Beschriftung aufgefallen war. Seine Schwester Elly hat die Beschäftigung mit dem Verein kategorisch abgelehnt. „Dieser Verein hat mich bis zum Schluss genervt! Lass mich bloß mit dem Kram in Ruhe!“, hat sie Paul erwidert, als er sie bat, doch diese Ordner mal durchzublättern, da er der Meinung war, das Kapitel könne man schnell abwickeln. Aus der Familie ist sicherlich niemand auf diese Unterlagen erpicht, allerdings könnten der Verein oder die Stadt für ihre Archive dafür Interesse zeigen.

Nun hat er die Sichtung wohl selbst zu erledigen, um zumindest zu sichern, dass nichts Privates an die Öffentlichkeit weitergegeben wird. In der Tat sind in erster Linie Protokolle von Vorstands- und Mitgliederversammlungen, Planungen für Wanderungen, Feste, Ausflugs- und Badefahrten, Weihnachtsfeiern und ähnliche Anlässe abgeheftet.

Warum die jährliche Vereinsfahrt zur Basler Fasnacht nicht unter den Ausflügen im ersten Ordner, sondern unter „Jahresfahrten“ im dritten Ordner eingeordnet ist, lässt Paul ein wenig stutzen. Offensichtlich hat sein Vater bei der Wertung der Vereinsaktivitäten auch ein eigenes Verständnis gehabt, das Paul nicht nachvollziehen kann. Er nimmt den dritten Ordner zur Hand.

„Was hat die Aufschrift „BA CH" für eine Bedeutung?" Paul ist selbst engagiert in mehreren Organisationen und Vereinen und kann den Inhalt der Ordner durchaus nachvollziehen. Was diese Aufschrift „BA CH" allerdings bedeuten soll, erschließt sich ihm nicht.

Er schlägt den Ordner auf, blättert durch die Jahresfahrten-Unterlagen, Gaststätten- und Hotelprospekte, Teilnehmerlisten, Fasnacht-Plaketten-Listen und andere Organisationsschriftstücke.

Dann hält er das Blatt „BA CH" in der Hand. Paul stutzt.

„Kommt mal her!" Paul ruft seine Geschwister. Er legt das Blatt auf den Tisch und fragt: „Sagt Euch das was?" Die Geschwister beugen sich über den Tisch.

Das Blatt hat unverkennbar nur handschriftliche Aufzeichnungen ihres Vaters. Unter der Titelzeile, die nur dieses eigenartig geschriebene Wort BA CH umfasst, wieder mit diesem Abstand zwischen dem A und dem C, steht das Datum 17.4.1945 in der Zeile darunter die Abkürzung SBG Basel KN: QZG7-8336-4327-4195. Die Buchstabenfolge SBG ist längs durchgestrichen, allerdings nicht mit demselben Stift, mit dem die Buchstaben geschrieben sind. Die nächste Zeile lautet: Sch.F.: 6235, K.W.: Ingeborg. Im Anschluss an diese für Paul und seine Geschwister nicht nachvollziehbare Buchstaben- und Zahlenfolge schrieb sein Vater: „18. April, H. Rose Bericht erstattet." Nach einem kleinen Absatz ist eine weitere Notiz zu lesen, die wohl mit dem Stift geschrieben wurde, mit dem die drei Buchstaben durchgestrichen wurden. „Ab 1999 UBS. neues K.W. 1100 Jahre Nördlingen."

Die vier Geschwister sehen sich fragend an. Martin zieht einen klaren Schluss aus der Information, die er dem Blatt entnimmt. „Basel ist in der Schweiz. BA könnte also die Abkürzung für Basel sein und CH ist die Landeskennung der Schweiz. Und UBS ist ja wohl die größte Schweizer Bank!"

Paul sieht Martin eine Weile zweifelnd an. „Du meinst, Vater hatte ein Konto in der Schweiz?"

„Was heißt hier hatte, vielleicht hat er es ja noch!" Martin lacht. „Vielleicht hat er uns sein ganzes Leben nur Theater vorgespielt mit seiner permanenten Geldnot!"

„Das glaubst du ja selbst nicht!", schüttelt Bernhard den Kopf, „seine Kinder waren ihm doch immer das Allerwichtigste, er hätte uns doch nie etwas vorenthalten. Und wenn er Geld gehabt hätte, dann hätte er uns doch nie um Unterstützung gebeten, wie er das in den letzten Jahren gemacht hat."

„Das glaube ich auch!", gibt ihm Elly Recht.

„Und was sind das dann für Hieroglyphen da?" Martin ist wieder ernst geworden. Er bearbeitet mit seinen Fingern das Smartphone. „Hier bitte, SBG ist die Abkürzung für Schweizer Bankgesellschaft." Paul sieht Martin über die Schulter. „Da schau, am 4.Mai 1998 wurde die SBG in UBS umbenannt!"

Martin nickt. „Das werden wir uns dann doch etwas genauer ansehen müssen. Aber ich kapier das auch nicht. Offensichtlich hat er ja über eine längere Zeit irgendetwas damit zu tun gehabt oder zumindest etwas vorgehabt. Was um alles in der Welt hatte Vater mit einer Schweizer Bank am Hut?"

Auch Bernhard scheint ziemlich irritiert zu sein. „Ich kann das nicht glauben. Das hat sicher nichts mit ihm zu tun!"

„Sei es, wie es ist, ich kümmere mich darum. Irgendetwas lässt sich sicher noch rausfinden darüber." Paul nimmt das Blatt vom Tisch und legt es zu den aussortierten Papieren, die sie in einem gelben Ablagekästchen bei Seite gelegt hatten, da sie für sie noch erhaltenswert oder rechtlich relevant erschienen.

Café Drechsel

Es ist leicht bewölkt. Die ersten morgendlichen Sonnenstrahlen geben trotz der tristen politischen Großwetterlage der letzten Wochen dieser Stadt einen Hauch von Lebensmut gepaart mit nahezu zynischer Heiterkeit. Der elegant gekleidete Herr schenkt der Lebhaftigkeit auf der Straße aber kaum Beachtung. Ohne sich um die Geschäftigkeit anderer Passanten zu kümmern strebt er geradewegs auf das Café Drechsel zu. Der Ober hält ihm bereitwillig die Türe auf, nimmt mit einem ordentlichen Diener den kurz angedeuteten Gruß des vornehmen Gastes entgegen und kümmert sich um dessen Mantel, Hut und Handschuhe. Routiniert gelassen überfliegt der morgendliche Gast die Schlagzeilen der Zeitungen und Magazine auf dem großen Tisch. Ohne sich zu seinem Tisch unter dem ersten Arkadenfenster zu begeben, liest er verschiedene fett gedruckte Überschriften: *„Harry S. Truman wird Roosvelts Nachfolger“*, *„Tod der Künstlerin Käthe Kollwitz“* und *„Schwere Kämpfe um Breslau“*. Seine besondere Aufmerksamkeit gilt allerdings den Nachrichten der Neuen Züricher Zeitung, die mit dem Titel *„Feste Verbindung zwischen West- und Ostfront“* überschrieben sind. Er greift nach dieser Schweizer Tageszeitung und begibt sich an seinen Tisch im Café, an dem der Ober bereits mit dem Tablett mit einem Kännchen Kaffee, einem Glas Wasser und einem Kuchenteller mit einem Butterhörnchen und einem Schälchen Marillenmarmelade steht. Freundlich nickend nimmt der Gast Platz, nippt den ersten Schluck des heißen Kaffees und bestreicht sich ein vom Hörnchen abgebrochenes Stück mit Marmelade. Dann vertieft er sich wieder in die Berichterstattung um die Ereignisse an der Elbe.

London 27. April (Reuter) Am Freitagnachmittag wurde ein Sonderkommuniqué indem es heißt:

„General Eisenhower hat mitgeteilt, daß zwischen seinen Truppen und den Streitkräften unserer russischen Verbündeten ein fester Kontakt hergestellt worden ist. Die Kommandanten einer amerikanischen Division und einer russischen Gardedivision sind am 26. April um 16 Uhr in Torgau

zusammengekommen. Der gegenseitige Austausch alliierter Kriegsgefangener wurde besprochen. Die erste Fühlungsnahme zwischen Patrouillen erfolgte am 25. April, als ein Oberleutnant und drei Mann einer Aufklärungstruppe einer amerikanischen Division auf einen Vortrupp einer russischen gardedivision stießen."

Der vornehme Gast legt die Zeitung auf den Tisch und widmet kurz sich seinem Frühstück, bevor er die weiteren Nachrichten studiert.

Gleichzeitige Bekanntgabe in den drei Hauptstädten

London, 27.April (United Press) Die Nachricht vom Zusammenschluß der amerikanischen und russischen Armeen wurde gleichzeitig in London, Washington und Moskau offiziell bekanntgegeben. Anläßlich des historischen Ereignisses gaben Churchill, Truman und Stalin besondere Erklärungen ab.

Torgau, 27. April (United Press) Der Zusammenschluß der russischen und amerikanischen Streitkräfte war schon am Donnerstag vollzogen. Die Nachricht wurde jedoch nicht freigegeben, bis an einem bestimmten Abschnitt eine feste Verbindung zwischen den Kampfkräften der alliierten Armeen hergestellt war. Die erste Fühlungnahme erfolgte durch Patrouillen in dem schmalen Niemandsland zwischen Mulde und Elbe, aus dem sich die deutschen Streitkräfte bereits zurückgezogen hatten. Vier Soldaten des 273. Regiments der 69. amerikanischen Infanteriedivision gingen zu einer Erkundungsaktion am Mittwoch in die Zone östlich der Mulde vor. Gegen Mittag trafen sie auf die ersten russischen Vorhuten. In einem unbeschreiblichen Freudentaumel stürzten die Soldaten aufeinander zu und reichten sich die Hand. Es handelte sich um Einheiten des 174.Regiments der 58. russischen Gardedivision, die sich in diesem Gebiet vortasteten, um die Fühlung mit den Amerikanern aufzunehmen. Die vier Amerikaner kehrten mit einem russischen Major und drei Soldaten nach ihren Linien zurück. Sofort begaben sich die Russen nach dem Divisionshauptquartier. Es wurde eine formelle Zusammenkunft der höheren Offiziere beider Parteien vereinbart, die im Laufe des Donnerstags im Niemandsland erfolgte. Später wurde in Torgau ein gemeinsames Hauptquartier eingerichtet. Die Hauptkräfte Bradleys und Konjews sind zurzeit noch durch einen schmalen Streifen Niemandsland getrennt. Die Stäbe befassen sich mit den Formalitäten für die Festsetzung der Demarkationslinie. Die durch den Korridor führenden Linien werden von vorgeschobenen russischen und amerikanischen Abteilungen scharf bewacht. Amerikaner und Russen verkehren in engster Freundschaft und Herzlichkeit.

Ein kurzes Handheben des zeitungslesenden Gastes bedeutet dem Ober, auf einem kleinen Silbertablett ein rotbraunes Lederetui an den Tisch zu bringen, in dem sich die Verzehrrechnung befindet. Ohne den Betrag zu überprüfen, legt der Gast einige Bewirtungsmarken und eine größere Banknote in das Etui, lässt sich seinen Mantel und seinen Hut reichen, zieht seine Lederhandschuhe über die Finger und verlässt das Café, nicht ohne vom Ober mit dem Gruß: „Besten Dank, Herr Direktor, für Ihren Besuch! Wünsche noch einen angenehmen Tag!“ verabschiedet zu werden.

17. April 1945

Die morgendliche Unruhe und das Muhen der Kühe lassen ihn hochschrecken. Er kommt zu sich und versucht sich zu orientieren. Ein paar Schritte neben ihm steht ein junges Mädchen mit einer Heugabel und grinst. Hubert Rösler springt auf und drückt sich gegen einen Dachbalken.

„Na, gut geschlafen?" Das Mädchen flüstert.

„Ja, ja, entschuldigen Sie, ich wollte....nur..!" Hubert Rösler stottert verlegen.

„Sie müssen sich nicht entschuldigen. Sie sind nicht der Erste, der es sich hier gemütlich gemacht hat. Bleiben Sie noch eine Weile, wenn wir die Tiere versorgt haben, gibt Ihnen Mama gewiss einen Kaffee!" Das Mädchen flüstert weiter in einem niedlichen Schweizer Dialekt und Hubert Rösler muss sich ein bisschen anstrengen, um sie zu verstehen.

„Ich komme Sie in ein paar Minuten holen. Bleiben Sie ruhig da." Das Mädchen wirft noch einige Gabeln voll Heu auf den Tennenboden hinunter und stapft dann zur Leiter. Als sie sich umdreht, um auf die Leiter zu steigen, lächelt sie und wirft ihm einen kurzen Gruß mit der Hand zu. Hubert Rösler hört sie auf der Tenne arbeiten und offensichtlich mit einem Handwagen die Auffahrt hinunter fahren.

Soll er bleiben? Hauptmann Rose hatte ihn eindringlich vor Kontakt mit Menschen gewarnt. Auch weiß er nicht, wie die Menschen hier mit den Grenzgängern umgehen. Auf der anderen Seite war dieses Mädchen sehr freundlich. Sie war sicher nicht viel jünger wie er. Trotz ihres Stallgewandes sah sie nett aus. Und das Gesicht unter dem roten Kopftuch war wohlwollend und freundlich. Hubert Rösler kann sich nicht vorstellen, dass dieses Mädchen Böses im Schilde führt. Er zieht seine Jacke über, schlüpft in die Schultergurte, stapft nach vorne zur Leiter und steigt auf den Tennenboden hinunter. Rechts neben dem Tor sind einige zugesägte Bretter penibel luftig aufgestapelt. Er setzt sich. Den Tornister kann er auf dem Rücken behaltend abstellen. Hubert Rösler sieht hinunter auf die nebligen Wiesen. Es ist ein klarer, frischer Morgen. Der Himmel ist nahezu wolkenlos. Unten hinter den Wiesen sieht er die Häuser von Riehen. Rechts erkennt er die Grenzanlagen. Kurz überlegt er, was passieren würde, wenn er nicht mehr zurückginge. Da ist scheinbar viel Geld im Tornister. Er könnte sich sicher damit eine schöne Zeit machen. Sie würden ihn bestimmt jagen. Hauptmann Rose ist nicht alleine. Da stehen viel mehr dahinter bis in die höchsten Regierungsämter hinein, wie er sagte. Sie würden ihn jagen und ihn ganz sicher finden. Nie würde er Ruhe finden. Da ist sich Hubert Rösler sicher. Und vor allem hatte er seinem Vater versprochen: „Ich komme zurück!" Ja, er wird zurückkommen. Die größte Hürde hat er wohl hinter sich. Wenn er jetzt noch bis Basel kommt und diese Banksache erledigen kann, dann ist er aus dem Schneider und Rose wird ihn nicht fallen lassen. Da ist er sich ganz sicher.

„Kommen Sie!" Plötzlich steht das Mädchen neben ihm. Er hatte erwartet, dass sie wieder die Auffahrt hoch kommen würde. Doch sie kam durch die Scheune.

„Gehen wir dort hinunter, es ist nicht gut, wenn andere Leute Sie bei uns sehen würden!" Das Mädchen deutet mit dem Finger auf die gegenüberliegende Giebelwand der Tenne. Hubert Rösler steht auf und folgt ihr.

Das Mädchen führt ihn nicht auf die Eingangstüre des Wohnhauses zu. Die graue Holztüre von dem niedrigen Bau zwischen Wohnhaus und Stall öffnet das Mädchen, in dem sie sich mit einem leichten Druck mit der Schulter gegen die Türe stemmt. Hubert Rösler sieht in eine dunkle graue Waschküche aus der ihm ein Schwall Kernseifengeruch entgegenschlägt.

„Machen Sie Ihre Jacke und Ihre Hose sauber. Da ist Seife und da das Wasser. So können Sie nicht unter zivilisierte Leute gehen." Das Mädchen öffnet die Türe sehr weit, damit etwas Licht in die Waschküche fällt. Sie schiebt die Seifenschale auf dem Rand des steinernen Waschtroges näher zum Wasserhahn.

„Da ist auch eine Bürste, die können Sie benutzen!"

Hubert Rösler sieht an sich hinunter und stellt peinlich fest, dass er sich wirklich ziemlich verdreckt diesem hübschen Mädchen präsentiert hatte. Er setzt den

Tornister ab, zieht die Jacke aus und beginnt unter dem fließenden Wasser die Zeugen der letzten Nacht aus seinen Kleidern zu waschen.

Das Mädchen nimmt ihn mit in das Haus. In der geräumigen Bauernküche steht eine kräftige Frau am Herd und rührt in der Pfanne einige Eier.

„Guten Morgen!", grüßt Hubert Rösler. Die Frau dreht sich zu ihm um und lächelt kopfnickend. Unverkennbar ist dies die Mutter des Mädchens.

„Setzen Sie sich!" Das Mädchen deutet auf die Bank. Auf dem Tisch stehen ein Brotkorb, ein kleines Butterfässchen und drei Teller neben denen Messer und Gabel liegen. Hubert Rösler setzt sich auf die Bank. Das Mädchen stellt zwei Schalen dampfenden Kaffee vom Herd auf den Tisch und setzt sich auf den Stuhl neben Hubert Rösler. Die Frau bringt die große Pfanne an den Tisch und füllt die Teller mit Rührei.

„Wir haben nur das, was der Hof hergibt. Unsere Lebensmittel hier sind auch rationiert!", sagt sie beinahe entschuldigend.

„Oh, das ist gut!" Hubert Rösler sieht ihr zu, wie sie die Pfanne zurück auf den Herd stellt und sich auch mit einer Schale Kaffee zu ihnen an den Tisch setzt.

„Es ist großzügig von Ihnen, dass ich mit Ihnen essen darf!" Hubert Rösler ist die Entschuldigung der Frau fast peinlich, so selbstverständlich, wie er hier eingeladen wurde. Sie beginnen zu essen.

„Sie sind heute Nacht rübergekommen?", fragt die Frau. Hubert Rösler nickt. Er hofft nicht weiter gefragt zu werden, um diese netten Leute nicht vor den Kopf stoßen zu müssen. Er sieht das Mädchen an. Sie lächelt. Er merkt, wie er rot anläuft. Sieht sofort auf seinen Teller und greift nach dem Kaffee.

„Sind Sie Jude?" Das Mädchen sieht ihn an.

„Ingeborg!", tadelt die Mutter.

Hubert Rösler schüttelt den Kopf und sieht dabei kurz in das keck fragende Gesicht des Mädchens.

„Deserteur!" flüstert er. „Deserteur!"

Dann nehmen die drei das Morgenessen schweigend zu sich. Als die Frau aufsteht, sieht sie ihre Tochter an.

„Das ist wahrlich ein Grund über die Grenze zu gehen. Die ganze deutsche Wehrmacht hätte das tun sollen, bevor sie diesen Irrsinn begonnen haben! Recht haben Sie! Alle sollten das tun!“

Die Frau setzt sich wieder an den Tisch. Sie beugt sich näher zu Rösler hinüber.

„Wir sind verpflichtet, alle Fremden auf der Kommandantur zu melden. Gestern hatten wir eine jüdische Familie hier. Wir haben mit ihnen gefrühstückt, wie mit Ihnen jetzt. Ihre Flucht war sehr gefährlich und dramatisch. Wir sind dann zur Kommandantur mit ihnen. Am Nachmittag ist hier ein Polizeiauto vorbeigefahren und drinnen sitzen die drei Flüchtlinge von der Frühe. Sie haben sie in Inzlingen am Zollhaus wieder ausgeschafft. Alles umsonst! Und was man so hört? Was wird wohl aus denen werden? Es waren so liebe Leute.“

Hubert Rösler ist entsetzt und erschreckt. „Bringen Sie mich auch zur Polizei?“

„Nein, guter Mann, ich spiele nicht mehr den Henker! Da können Sie sich sicher sein!“ Die Frau steht empört auf und wendet sich dem Herd zu.

„Ich will Ihren Namen nicht wissen, nicht woher Sie kommen und wohin Sie gehen. Und wenn man mich fragt, haben Sie hier nicht geschlafen und keinen Schluck Kaffee getrunken. Packen Sie Ihre Sachen und gehen Sie. Seien Sie aber vorsichtig auf der Straße. Viele sind nicht unterwegs, aber die wenigen können gefährlich sein.“

Hubert Rösler steht auf. Das Mädchen auch. Hubert sieht sie an. Sie lächelt etwas gequält und besorgt. Sie ist sehr hübsch, denkt Rösler. Das Mädchen könnte ihm gefallen. Ingeborg heißt sie. Wieder merkt er, dass die Röte in ihm aufsteigt.

„Und noch etwas!“ sagt die Frau ohne sich umzudrehen. „Sie waren nie hier, wenn man Sie fragt! Viel Glück!“

Hubert Rösler schultert den Rucksack und geht zur Küche hinaus. Das Mädchen folgt ihm den kühlen Gang entlang bis zur Hoftüre.

Hubert dreht sich noch einmal zu ihr um.

„Wie heißt du?“ fragt sie.

„Hubert!“

Er sieht ihr in die Augen. Dann dreht er sich um und geht vom Hof.

Die Straße ist auch am hellen Tag erstaunlich ruhig. Und trotz der Sonnenstrahlen, die sich auf das Pflaster verirren, hat die Straße das Gespenstische der Nacht nicht verloren. Die beiden Frauen, die ihm auf dem Weg nach unten begegnen, scheinen über diesen jungen Mann mit dem Rucksack, der nassen Jacke und den feuchten Hosenbeinen in ihrer Straße sehr wohl Bescheid zu wissen. Sie reagieren auf sein Grüßen nicht und sehen krampfhaft in den Boden, als sie an ihm vorübergehen.

Am Ende der Straße stößt er wirklich auf die Straße mit den Schienen der Straßenbahn. Diese Straße ist belebt. Pferdewagen, Menschen auf Fahrrädern und viele Fußgänger sind hier unterwegs. Kinder, die zur Schule gehen, Frauen und Männer, die zur Arbeit hasten, etliche Lieferfahrzeuge und das „Trämli“, wie die Leute es hier an der Haltestelle liebevoll nennen. Hubert Rösler sieht dem elektrisch betriebenen Straßenbahnwagen entgegen. Er weiß, dass er den Wagen an der Haltestelle nicht nehmen darf. Dieser fährt nach rechts in Richtung Grenze und Lörrach. Er muss in die entgegengesetzte Richtung. Überrascht stellt er fest, wie viele Leute hier zusteigen, obwohl es doch höchstens noch ein oder zwei Stationen bis zur Grenze sein können. Auf der einen Seite glaubt er, dass er in einem größeren Menschenauflauf nicht so auffallen würde, auf der anderen Seite hat er die Sorge, dass er vielleicht den einen oder anderen, dem er besser aus dem Weg gehen sollte, übersehen könnte. Er überquert die mit vielen Schweizer Fahnen beflaggte Straße und setzt sich in dem kleinen Wäldchen auf der anderen Straßenseite auf einen Baumstamm. Er sieht dem dunkelgrünen Straßenbahnwagen mit den gelben

Zierleisten und der Wagen Nummer 153 nach. Ein großes weißes Schild am Dach des Waggons weist die Bahn als die Linie sechs aus. Auf der Plattform an der Haltestelle steht ein älterer Mann und raucht. Gerne hätte Hubert Rösler sich jetzt auch eine Zigarette angezündet. Er denkt an das Mädchen. Am liebsten hätte er sich noch länger mit ihr unterhalten. Er hätte sich um die genaue Adresse kümmern sollen, sich nach ihrem Nachnamen erkundigen sollen, dann hätte er ihr schreiben können. Wer weiß, vielleicht ändern sich die Zeiten ja wieder und sie hätten sich wieder treffen können. Er versucht die Gedanken wegzuwischen. Was hatte ihre Mutter da über die Deutschen gesagt? Wohlwollend hatte das nicht geklungen. Besser so, wie es ist. Hauptmann Rose wäre sicher auch nicht erbaut, wenn er von seinen Gedanken an dieses hübsche Mädchen wüsste. Ingeborg! Ingeborg heißt sie. Er versucht die Gedanken an dieses Mädchen zu vertreiben. Er hat eine Aufgabe. Eine Aufgabe, die von ihm alle Aufmerksamkeit verlangen würde in den nächsten Stunden. Er sieht die grüne Bahn zurückkommen. Es ist derselbe Wagen, Nummer 153 von der Linie sechs. Hubert Rösler überquert die Straße und stellt sich in die Schlange der Leute, die offensichtlich alle mit dem „Trämli" in Richtung Basel fahren wollen. ‚Ingeborg!' denkt er beim Einsteigen, ‚Ingeborg!' Der Fahrkartenschaffner sieht ihn erstaunt an, als er die fünfundzwanzig Rappen für die Fahrt nach Basel mit einem Fünffrankenschein bezahlt. Hauptmann Rose hat ihm keine Münzen im Kuvert mitgegeben. Nur Scheine. Und der Fünffrankenschein ist der kleinste, den er hat. Aber scheinbar ist auch der schon auffällig. Dieser kleine Fauxpas hätte eigentlich nicht passieren dürfen. Hoffentlich bleibt es bei der kurzen Verwunderung des Billeteurs. Gott sei Dank sind bereits jetzt so viele Passagiere in diesem kleinen Bähnchen, dass alle Sitzplätze belegt sind. So kann Rösler mit einigen anderen stehen bleiben und braucht den Tornister nicht abzusetzen. Er findet einen Platz, an dem er den Rucksack gegen die Bahnwand pressen kann und so nicht darauf achten muss, ob sich irgendjemand daran zu schaffen macht. Hubert Rösler versucht so gelassen wie möglich zu bleiben. Er weiß nicht, wie weit er fahren sollte mit dieser Bahn. Mit den lauten Ansagen des Schaffners an der Türe kann er nicht viel anfangen. Zum einen versteht er manchmal gar nicht, was dieser Mann mit seinem Schweizer Dialekt überhaupt sagt, zum anderen kann er mit den

Straßennamen ja überhaupt nichts anfangen. Er möchte aber auch nicht fragen, um sich nicht als Fremder erkennen zu geben. So unauffällig wie möglich versucht er aus dem Fenster zu sehen. Das Münster sollte er erkennen und rechtzeitig aussteigen können. Vielleicht gibt es ja auch eine Haltestelle mit den Namen ‚Marktplatz', ‚Rathausplatz' oder sogar ‚Münster'. Innerlich stellt er sich aber darauf ein, einige Schritte zu Fuß in der Stadt zurücklegen zu müssen, um die Ritterstraße und den Gasthof zu finden, in dem er sich das Zimmer nehmen soll. An den vielen Menschen, die sich in den kleinen Wagen der Bahn drängen, merkt Hubert Rösler, dass er der Innenstadt immer näher kommt. Und plötzlich geht die Fahrt auch über eine Brücke. Unter ihm, das musste der Rhein sein und auf der linken Seite, hoch über dem Ufer sieht er den mächtigen Bau einer Kirche. Das müsste das Münster sein. Hubert Rösler orientiert sich in Richtung Ausstieg.

„Schifflände!" ruft der Schaffner, als das „Trämli" mit einem Ruck zum Stehen kommt. Ohne zu drängeln, verlässt Hubert Rösler mit vielen anderen Fahrgästen die Straßenbahn und macht sich gleich auf den Weg über den Rheinsprung hinauf in Richtung Münster. Er muss nicht lange suchen, bis er den Ramsteiner Hof gefunden hat und muss grinsen, als er vor dem Gasthof steht. Der „Schwarze Bär" in Lörrach gleicht diesem Gasthof fast, wie ein Ei dem anderen. Lediglich die Farben sind nicht dieselben. Der Anstrich hier ist weiß und die Fensterläden grau. Aber der Stil des Hauses ist exakt derselbe. Hauptmann Rose hat wohl ein Faible für eine bestimmte Art von Nachtasylen. An der Schifflände hat er ein nobles Hotel gesehen. Aber da würde er wohl zu sehr auffallen, wenn er in diesem Aufzug ein Zimmer bestellen würde. Er bezieht ein Zimmer im ersten Stock und ist froh, endlich den Rucksack ablegen zu können. Er reibt sich die Schultern. Die Jacke, in deren Tasche seit heute Morgen die Pudelmütze steckt, zieht er aus und legt sich für einen Moment auf das Bett. Wieder denkt er an das Mädchen, ruft sich aber zur Ordnung und versucht die nächsten Stunden zu sortieren. Bevor er sich, wie Hauptmann Rose ihm aufgetragen hat, bei einem Herrenausstatter seriös einkleiden lässt, sollte er sich noch frischmachen, um nicht zu sehr Aufsehen zu erwecken. Anschließend würde er sich auch um eine geeignete Tasche kümmern. Was soll er in der ganzen Zeit mit dem Tornister machen? Ist der sicher hier in diesem Zimmer? Bisher hatte er ihn noch nicht geöffnet. Und eigentlich möchte er es auch jetzt noch nicht tun. Niemand, selbst er weiß nicht, wieviel Geld in diesem Rucksack ist. Wieso sollte also irgendjemand in sein gemietetes Zimmer eindringen und in seinen Sachen wühlen wollen? Trotzdem steht er auf, hebt Bettzeug und Matratze aus dem Bett und zieht ohne Lärm zu machen den eisernen Federbettrost aus dem Bettgestell. Er legt den Tornister auf den Fußboden innerhalb des Bettgestells, nicht ohne den sich dort angesammelten Staub mächtig aufzuwirbeln. Anschließend richtet er das Bett wieder so her, wie es war und legt sich auch wieder auf das gemachte Bett, um den Eindruck eines normalen Gastes zu erwecken. Dann macht er sich fertig. Er nimmt die Geldscheine aus dem Kuvert, steckt sie in seine Brieftasche, sperrt das Zimmer ab und verlässt den Gasthof ohne vom Wirt, der sich offenbar in der Küche aufhält, bemerkt zu werden.

Zwei Stunden später ist er zurück. In einem hellen Mantel, einer dunklen Hose, blitzblanken Halbschuhen und mit Hut betritt er den Gasthof. In der linken Hand trägt er eine Arzttasche, die etwa genauso groß ist, wie der Rucksack, den er die letzten beiden Tage auf dem Rücken trug. Den Wirt, der ihn aus der Gastzimmertüre verwundert ansieht, grüßt er mit einem leichten Lüften des Hutes.

„Grüezi, Herr Doktor!", entfährt es dem Gastwirt stotternd. Hubert Rösler geht die Treppen nach oben und versucht nicht zu grinsen. In seinem Zimmer nimmt er einen Kleiderbügel aus dem muffig riechenden schmalen Kleiderschrank, zieht seinen Mantel darüber und hängt ihn außerhalb des Schrankes auf. Den Hut legt er auf einen der beiden Stühle. Dann betrachtet er sich noch einmal von oben bis unten und versucht auch in den Fensterscheiben, sein Spiegelbild zu erkennen. Noch nie in seinem Leben hatte er vorher so teure Kleider getragen. Einhundertachtzig Franken hat er ausgegeben. Er legt die Jacke ab, öffnet die Arzttasche und entnimmt ihr die Kleidung, die er bisher getragen hatte und die Stiefel. Dann hebt er wieder Bettzeug und Matratze aus dem Bett, zieht den Rost nach vorne und greift sich den Tornister. Bevor er ihn öffnet, richtet er das Bett wieder.

Er öffnet die Riemen des Tornisters und schlägt ihn auf. Er zieht die Schleife an der Kordel auf und dehnt den Stoff nach beiden Seiten. Hubert Rösler entnimmt die oben auf liegenden zwei Paar grauen Wollsocken, nagelneue Unterwäsche, ein Handtuch, einen Waschlappen, eine Tube Zahnpasta und eine Zahnbürste, Kernseife, Rasiercreme, ein Rasiermesser und einen Kamm. Dann hebt er das braune Packpapier hoch. Er sieht Banknotenbündel mit dem Wert fünfhundert. Ungläubig starrt er in den Rucksack. Er braucht einen Augenblick, um zu begreifen, was er da vor seinen Augen hat. Dann greift er in den Tornister. Tatsächlich ein Bündel mit Fünfhundert-Franken-Scheinen. Hubert Rösler zittert am ganzen Leib. Er starrt auf seine Hand. Langsam blättert er die Scheine durch. Es sind lauter Fünfhunderter. Einer wie der andere. Er versucht sich zu beruhigen, presst seine Fußsohlen gegen den Boden, schließt die Augen. Das darf doch nicht wahr sein. Gerade erst war er in einer euphorischen Stimmung, weil er mit dreihundert Schweizer Franken einkaufen war. Noch nie in seinem Leben hatte er zu allem, was man ihm angeboten hatte, Ja und Amen sagen können. Noch nie hatte er nicht nachzurechnen brauchen, ob er sich leisten konnte, was man ihm anbot. Jetzt sitzt er hier in einem mittelprächtigen Gasthaus in den teuersten Klamotten, die er je am Leibe trug und schwimmt offenbar im Geld. Er beginnt die Scheine in dem Bündel in seiner Hand zu zählen. Er muss zweimal ansetzen, weil er vor lauter Aufregung und zitternden Fingern die Scheine nicht einzeln auseinanderbringen kann. Endlich ist er durch. Einhundert Scheine. Einhundert mal fünfhundert Franken. Er versucht zu rechnen. Fünfzigtausend Franken in einem Bündel. Wieder merkt er, dass er zu Zittern beginnt. Mit wieviel Geld ist er die letzten Tage auf der Reise gewesen? Das Geld lag bereits im Benz, als Hauptmann Rose und er in Berlin losgefahren sind. Hubert Rösler hat den Rucksack im Kofferraum des Autos gesehen, als er die Blendschutztücher herausgeholt hatte. Im schwarzen Bären hatte der Hauptmann den Tornister auf seinem Zimmer, solange er geschlafen hatte. Seit gestern Abend trug er das Geld stets bei sich. In der Nacht über die Grenze, in der Scheune, in der Küche stand das Geld direkt neben der Ingeborg. In der Straßenbahn berührten X-Leute den Tornister ohne die geringste Ahnung, dass sie neben einem Vermögen ungeahnten Ausmaßes standen. Rösler ist völlig außer sich. Langsam greift er wieder in den Rucksack. Er nimmt ein Bündel nach dem anderen heraus. Vierundzwanzig Bündel. Vierundzwanzig mal einhundert Fünfhundert-Franken-Scheine. Hubert Rösler springt auf. Er läuft zur Zimmertüre. Er versucht den Schlüssel im Schloss nach rechts zu drehen. Es geht nicht. Er hatte bereits abgeschlossen. Er drückt die Klinke nach unten. Die Türe ist abgeschlossen. Er will sich aber vergewissern, dass das tatsächlich der Fall ist. Noch einmal greift er nach dem Schlüssel und dreht nach rechts. Abgeschlossen. Aufgeregt läuft er wieder zum Tisch. Eine Million und zweihunderttausend Schweizer Franken. Er betrachtet die Geldbündel auf dem Tisch. Ab und zu greift er sich eines und blättert ihn mit den Fingern durch. Dann besinnt er sich, nimmt die Arzttasche und beginnt die Geldbündel sorgsam hineinzuschichten. Hauptmann Roses Ermahnung kommt ihm in den Sinn. Seriosität ist in der Bank das A und O. Er hat das Bankgebäude vorhin am Sankt Albangraben entdeckt und weiß, es sind von hier aus nur ein paar Minuten zu laufen. Im Moment ist er zu nervös um loszugehen. Er muss sich beruhigen. Erst dann kann er sich auf den Weg machen. Sich bewusst zu sein, ein Vermögen in der Hand zu halten und damit einfach durch die Leute zu spazieren, wird für ihn nicht einfach sein. Hauptmann Rose sagte, mit dem Grenzübertritt hätte er das Ärgste hinter sich. Für ihn ist jedoch der Gang zur Bank in ein paar Minuten die größte Herausforderung. Zunächst will er sich aber noch Zeit geben und sich dazu zwingen, ruhig zu werden. Er setzt sich auf das Bett. Über eine Million Franken. Ingeborg fällt ihm ein. Wie schön wäre es, es wäre sein Geld, er könnte einfach wieder zu ihr zurückfahren, sie fragen, ob sie mit ihm nach Amerika oder Kanada gehen würde. Doch dann hört er seinen Vater und er hört sein Versprechen: „Ich komme zurück!" „Ja!", sagt er laut, „ja, Papa, ich komme zurück!" Hauptmann Rose wird stolz auf ihn sein, wenn er ihm die Kontobelege gibt. Er wird nach Hause fahren und Ingeborg in der Schweiz wird für immer sein Traum bleiben. Er steht auf, zieht sich das Jackett an, dann den Mantel, setzt den Hut auf und greift nach der Tasche. Als er das Zimmer hinter sich abschließen will, schießt ihm durch den Kopf, dass er auf der Bank ja seine Kennkarte brauchen wird. Noch einmal geht er zurück ins Zimmer, nervös versichert er sich, dass seine Kennkarte auch in seiner Brieftasche ist, verlässt dann den Gasthof und tritt mit einem Vermögen in der Hand auf die Straße. Er versucht so unbeteiligt wie möglich den Menschen auf der Gasse zu begegnen. Die Frauen sehen nicht, wie heute Morgen, als er mit seinem Rucksack unterwegs war, in den Boden, sondern grüßen ihn zum Teil sogar und der ein oder andere Herr lupft auch seinen Hut. Er weiß aber, dass sie das auch bereits taten, als er frisch eingekleidet in den Gasthof zurückgekehrt war. Um den vielen Menschen aus dem Weg zu gehen, biegt er in die Bäumleingasse ein, verlässt diese nach ein paar Schritten wieder und läuft das Luftgässlein vor bis zum Sankt-Albangraben. Er überquert die belebte Straße und geht auf dem Trottoir nach rechts auf das Bankgebäude zu. Er versucht keinen Blick in eines der übergroßen Fenster der Bank zu werfen, um nicht durch irgendeine Bewegung seiner inneren Unsicherheit Ausdruck zu verleihen. Auch um den markanten Rundbau läuft er herum ohne den Blick in Richtung der Fenster zu wenden. Zügig und ohne einen Moment zu zögern betritt er von der Aeschenvorstadt aus das Bankgebäude. Eine junge Frau in einem dunkelblauen Kostüm und einer strahlendweißen Bluse kommt ihm mit einem Lächeln entgegen, sie streckt ihm die Hand entgegen und spricht ihn an: „Guete Tag, mein Herr, kann ich Ihnen behilflich sein?"

Hubert Rösler hat, seit er die Bank betreten hat, seine Sicherheit wiedergefunden, er zieht seinen Hut und drückt der adretten Frau die Hand: „Oh, sehr gern, ich möchte gerne ein Konto eröffnen."

„Bitte sehr, da drüben bei meiner Kollegin an der Schalterkabine…." Hubert Rösler unterbricht die Dame und spricht etwas leiser.

„Bitte, ein Nummernkonto, gnädige Frau und einen etwas größeren Betrag. Geht das ein bisschen diskreter?"

„Oh, verzeihen Sie, da muss ich den Kollegen bitten, folgen Sie mir bitte!" Freundlich lächelnd geht die Frau einen Schritt voraus auf die weiße Marmortreppe zu. Eine halbe Treppe höher leitet sie Rösler links in den Gang und öffnet die erste Türe zu einem Beratungszimmer. Ein schwerer eichener Tisch steht in der Mitte des Raumes mit jeweils zwei dazu passenden, dunkelgrün gepolsterten Eichenstühlen an seinen beiden Längsseiten. Die schweren Vorhänge passen wiederum farblich zu den Stuhlpolstern. An der

Wand hängt ein monumentales Bild einer Berglandschaft und im Eck steht ein zwei Meter hoher Gummibaum mit großen gepflegten und sicher täglich polierten Blättern.

„Darf ich Ihnen Ihren Mantel abnehmen?" Die junge Dame hängt den Mantel und Röslers Hut an die kleine schmiedeeiserne Garderobe links neben der Türe.

„Nehmen Sie bitte Platz, mein Herr, ich sag meinem Kollegen Bescheid. Sie werden gleich bedient. Darf ich Ihnen eine Tasse Kaffee oder Tee anbieten?"

„Gerne eine Tasse Tee, das wäre sehr nett von Ihnen!" Hubert Rösler will sich so weltmännisch wie möglich geben, auch wenn ihm der Sinn im Moment überhaupt nicht nach Tee oder Kaffee steht.

„Einen Augenblick bitte, ich bin sofort wieder bei Ihnen!" Die junge Frau schließt hinter sich die Türe und Hubert Rösler ist allein in diesem luxuriösen Zimmer. Er setzt sich an den Tisch mit dem Rücken zum Fenster und dem Blick in Richtung Türe. Die Tasche stellt er neben sich zwischen den beiden Stühlen ab. Er betrachtet das große Bild, sieht staunend zur Stuckdecke hinauf und begutachtet ergriffen die großartige Maserung der Eichenmöbel.

Kurz darauf betritt die junge Dame nach einem kurzen, leisen Klopfen wieder das Zimmer.

„Bitte sehr, Ihr Tee!", lächelt sie Hubert Rösler an und stellt ein kleines Tablett mit einem blumigen goldumrandeten Porzellankännchen mit dazu passender Tasse und Zuckerdose auf den Tisch.

„Mein Kollege ist sofort bei Ihnen, verzeihen Sie bitte ein paar Minuten Wartezeit, aber Sie waren halt nicht angemeldet...", die junge Frau zuckt bedauerlich mit den Schultern, „aber es wird nicht lange dauern!"

„Das ist schon in Ordnung, gnädiges Fräulein, in diesen Zeiten ist es nicht ganz einfach, sich nach Basel durchzuschlagen. Somit konnte ich auch keinen festen Termin ins Auge fassen, wann ich hier in der Stadt sein würde. Da nehme ich das bisschen Wartezeit schon in Kauf, seien Sie nur unbesorgt, es stört mich nicht ein paar Minuten warten zu müssen.“ Hubert Rösler gefällt sich im Moment in seiner von dieser Frau umsorgten Rolle.

„Danke, das ist großzügig von Ihnen, aber seien Sie versichert, mein Kollege ist sofort bei Ihnen.“

Damit verlässt die junge Frau das Zimmer zum zweiten Mal mit einem überaus freundlichen Lächeln.

Ein paar Minuten später klopft es wieder an der Türe. Hubert Rösler steht auf, ein Mann Anfang Dreißig, mit dunklem Haar und einer runden Hornbrille tritt ins Beratungszimmer. Er trägt einen braunen Anzug, ein weißes Hemd mit einer graubraun gestreiften Krawatte und auffällig blankgeputzte braune Halbschuhe. Von der linken Hand an die Seite seiner Hüfte geklemmt, trägt er eine dicke, schwarze, lederne Schreibmappe mit einem silbernen Schiebeverschluss.

Mit einem breiten Lächeln tritt er auf Hubert Rösler zu, streckt ihm die rechte Hand entgegen.

„Guete Tag, mein Name ist Frei, Urs Frei, verzeihen Sie, dass ich Sie habe warten lassen müssen.“ Der Banker hat einen kräftigen Händedruck

„Hubert Rösler, guten Tag, Herr Frei, ich weiß, Sie sind sehr beschäftigt und warten nicht nur darauf, dass sich jemand wie ich hier bei Ihnen meldet.“ Hubert Rösler, versucht mit ein bisschen Humor die schwierige Situation, vor der er in den nächsten Minuten wohl stehen wird, etwas aufzulockern.

„Jetzt bin ich ja ganz für Sie da, Herr Rösler, was kann ich denn für Sie tun?“ Der Banker zieht den Stuhl gegenüber von Hubert Rösler vom Tisch ein Stück weg, deutet mit der Hand auf Röslers Stuhl und sagt höflich: „Bitte setzen wir uns doch!“

Er legt die Ledermappe auf den Tisch und öffnet sie. Hubert Rösler erkennt neben einem leeren Schreibblock verschiedene Formulare in den Fächern der Mappe. Er selbst greift in die Innentasche seiner Anzugjacke und nimmt seine

Brieftasche heraus. Er zieht seine Kennkarte aus dem Etui und legt sie dem Bankmann auf den Tisch.

„Damit Sie auch sicher sein können, mit wem Sie es zu tun haben, Herr Frei! Meine Angelegenheit ist etwas heikel und ich hoffe, wir können gut zusammenarbeiten."

Urs Frei greift nach Röslers Kennkarte und wirft einen prüfenden Blick auf den Ausweis.

„Aus Reichenau sind Sie, Herr Rösler, Kreis Gablonz an der Neiße, das ist ja auch nicht gerade der nächste Weg hierher nach Basel."

„Ob Sie es glauben oder nicht, Herr Frei, vor zwei Tagen war ich noch in unserem Geschäft bei meinem Vater!"

„Respekt, Herr Rösler, in diesen Zeiten in ihrem Land ist das wohl eine beachtenswerte Leistung! Und wie kann ich Ihnen jetzt behilflich sein? Meine Kollegin sagte, sie wollten bei uns ein Konto einrichten und einen größeren Betrag darauf einzahlen. Wie groß ist der Betrag denn? Und was haben Sie sich denn vorgestellt?"

„Sehen Sie, Herr Frei, die Situation bei uns ist sehr unsicher und durch die Bombardierungen ist schon sehr viel zerstört. Da ist es einfach notwendig, wenigstens etwas von dem Kapital, das man noch hat, sicher anzulegen. Die Firma meines Vaters hat sehr lange sehr gute Geschäfte gemacht. Aber im Moment sieht es so aus, als könnten wir ganz schnell viel, wenn nicht gar alles verlieren. Mein Vater hat mich deshalb mit einem großen Teil unseres Kapitals hierher geschickt, damit wir vielleicht nach dem Krieg wieder etwas aufbauen und unseren Betrieb wieder weiterführen können."

„Was für einen Betrieb haben Sie denn in Reichenau, Herr Rösler?"

„Wir haben eine Schlosserei, eine Metall verarbeitende Werkstatt!"

„Oh ja, Herr Rösler, ich kann mir gut vorstellen, dass Sie viel Arbeit hatten in den letzten Jahren!"

Hubert Rösler ist sich nicht ganz sicher, ob Herr Frei bei dieser Bemerkung nicht eine gewisse Ironie hat mitschwingen lassen, aber er überspielt seine Zweifel und kommt auf den Punkt.

„Herr Frei, ich habe einen sehr großen Betrag bei mir und bitte Sie, mir ein Nummernkonto dafür einzurichten."

„Für ein Nummernkonto bedarf es durchaus eines hohen Betrages. Wie viel wollen Sie denn einzahlen, Herr Rösler?" Offensichtlich traut der Banker dem jugendlichen Hubert Rösler keinen allzu hohen Betrag zu. Jedenfalls hat Hubert Rösler das Gefühl, dieser Herr Frei sieht sich eher mit einem kleinen Fisch im Gespräch, dem er erklären müsste, dass der Schuh eines Nummernkontos für ihn doch ein wenig zu groß sei. Diesem Eindruck möchte Hubert Rösler von Anfang an einen Riegel vorschieben.

„Es handelt sich um einen Millionenbetrag, Herr Frei!"

Hubert Rösler spürt die Stimmung, die er mit diesem Satz ausgelöst hat und fühlt sich in das Zimmer des Ramsteiner Hofes zurückversetzt, als er den ersten Blick in den Tornister geworfen hatte. Er sieht die entsetzt ungläubige Miene des Bankers und konkretisiert seine Ansage.

„Genauer gesagt, Herr Frei, um einskommazwei Millionen Schweizer Franken!"

Nach einer langen schreckensstarren Pause, während der Hubert Rösler seinem Gegenüber unnachgiebig in die Augen sieht, stottert der Bankangestellte: „W-w-wieviel? Wieviel, bitte?"

„Einskommazwei Millionen Franken! Sie haben richtig gehört!" Auch jetzt hält Hubert Röslers unnachgiebiger Blick dem entgeistert Dreinblickenden stand.

„Ich…ich…ich muss nachfragen, ich muss mit meinem Vorgesetzten…. Wissen Sie, Herr Rösler, da kann ich nicht alleine… Sie wollen ja sicher auch… ich muss wegen den Konditionen einfach Rücksprache halten, Herr Rösler. Das verstehen Sie doch, oder…?" Ganz offensichtlich ist es Hubert Rösler gelungen, diesen Herrn Frei völlig aus der Fassung zu bringen.

„Natürlich, Herr Frei, Sie haben sicher Ihre Vorschriften und selbstverständlich kann ich mir denken, dass so ein Betrag nicht so mir nichts dir nichts auf ein Konto gut geschrieben und verzinst werden kann. Gehen Sie ruhig und beraten Sie sich. Mein Anliegen ist es, das Geld hier zu deponieren und ich möchte, dass alles korrekt und sauber abgewickelt wird."

Urs Frei erhebt sich umständlich aus seinem Stuhl. Scheinbar zweifelt er immer noch an diesem jugendlich aussehenden Herrn Rösler, denn als er bereits den Türgriff in der Hand hält, dreht er sich noch einmal ungläubig um.

„Sie haben wirklich das Geld bei sich?"

Hubert Rösler bückt sich zu der Arzttasche nieder, öffnet sie und nimmt ein Bündel der Fünfhundert-Franken-Scheine heraus und legt es auf den Tisch.

„Ja, ich habe das Geld wirklich bei mir!"

Er beugt sich ein zweites Mal nach unten, nimmt ein weiteres Geldbündel heraus und legt es neben das erste.

„Vierundzwanzig mal fünfzigtausend Franken!"

Der Banker nickt fassungslos.

„Ich komme gleich wieder, Herr Rösler, bitte entschuldigen Sie!"

Hubert Rösler legt die beiden Geldscheinbündel wieder zurück in die Tasche. Dann zieht er das Tablett mit dem Tee zu sich heran, das er bisher nicht angerührt hatte und gießt sich eine Tasse ein. Der Tee ist bereits lauwarm, aber das stört ihn weiter nicht. Auch an ihm ist die Sache hier nicht spurlos vorüber gegangen. Auch wenn er auf Herrn Frei abgeklärt und professionell gewirkt haben mag, innerlich ist er ebenso aufgewühlt und erregt wie dieser, als er gerade das Zimmer verließ und der Tee trägt jetzt sicherlich etwas zur notwendigen inneren Beruhigung bei.

Es dauert eine ganze Weile, bis Herr Frei wieder zurück in das Besprechungszimmer kommt. Zur Überraschung von Hubert Rösler kommt er tatsächlich wieder alleine. Eigentlich hatte er erwartet, irgendeiner von den gewichtigen Vorgesetzten würde den so verunsicherten Berater unterstützen und ihm vielleicht die Butter vom Brot holen wollen. Urs Frei ist aber alleine. Er hat einige weitere Papiere dabei und legt sie in seine Mappe.

„Herr Rösler, wir wollen gerne mit Ihnen ins Geschäft kommen und ich richte Ihnen gerne ein Konto bei unserer Bank ein." Urs Frei hat sich offensichtlich in den vergangenen Minuten wieder gefangen und seine professionelle Geschäftstüchtigkeit wieder zurückgewonnen. Er legt Hubert Rösler ein gedrucktes Formular auf den Tisch.

„Bitte, Herr Rösler, lesen Sie sich das sorgfältig durch und bestätigen Sie mir die volle Zustimmung dafür mit Ihrer Unterschrift. Und bitte, könnte ich noch einmal Ihren Ausweis sehen?"

Hubert Rösler reicht Herrn Frei noch einmal seine Kennkarte über den Tisch und beginnt das Blatt vor sich zu lesen. Darauf soll er versichern, dass das von ihm eingezahlte Geld legal erworben, in seinem rechtmäßigen Besitz ist und er alle Vollmacht über die Verwendung dieses Geldes besitzt. Hubert Rösler ist sich im Klaren, dass das, was er hier bestätigen muss, nicht der Wahrheit entspricht. Er hat keine Ahnung, ob Hauptmann Rose und seine Leute dieses Geld legal erworben haben, auch weiß er nicht, ob sie rechtmäßige Besitzer dieses Geldes sind. Eines weiß er aber sicher, im Moment hat er die Vollmacht über die Verwendung des Geldes, zumindest solange er es hier auf dieser Bank deponieren kann. Ohne zu zögern setzt er seine Unterschrift unter das Blatt und datiert es mit ‚Basel, den Siebzehnten April Neunzehnhundertfünfundvierzig'.

Urs Frei hat inzwischen die Daten aus der Kennkarte auf ein weiteres Formblatt übertragen. Dieses Blatt mit den Kontodaten schiebt er ebenfalls über den Tisch.

Hubert Rösler sieht sich das Blatt an. Es enthält die sechzehnstellige Kontonummer. Die drei ersten Stellen sind die Buchstaben QZG, dann folgt die Zahl sieben, dann ein Bindestrich und anschließend drei Vierergruppen aus Zahlen, die jeweils wieder mit einem Bindestrich getrennt sind. Darunter steht die Erläuterung, dass dieses Nummernkonto personalisiert ist und auf seinen Namen, Hubert Rösler, mit seinem Geburtsdatum und seiner Adresse in

Reichenau, Kreis Gablonz an der Neiße, in der Schulgasse Nummer drei, geführt wird.

Auch dieses Blatt unterschreibt Hubert Rösler zusammen mit der Ortsangabe ‚Basel' und dem Datum.

„Wie wollen Sie das Geld denn anlegen, Herr Rösler, wir haben da verschiedene Angebote, je nachdem mit welchem Risiko…" Urs Frei wird von Hubert Rösler unterbrochen.

„Sehen Sie, Herr Frei, die Zeiten mit dem Krieg in vielen Ländern sind nicht gerade dazu angetan, spekulierend mit Geld umzugehen, wenn man selbst nicht täglich damit zu tun hat. Ich möchte gerne einen möglichst langen und festen Zinssatz auf dieses Geld haben. Man kann später immer noch etwas daran ändern, wenn es angebracht ist."

„Da haben Sie sicher Recht, Herr Rösler, aber attraktive Zinsen kann ich Ihnen nur anbieten, wenn Sie das Geld wenigstens zum Teil eine längere Zeit bei uns belassen. Wenn Sie es wirklich zum Wiederaufbau Ihrer Firma nach dem Krieg brauchen, dann kann das ja ganz schnell gehen, wenn man die momentane Nachrichtensituation richtig einschätzt, nicht wahr?"

„Glauben Sie, dass der Führer nicht mehr lange durchhält?"

Hubert Rösler beißt sich fast auf die Zunge, als er merkt, auf welches Frage- und Antwortspiel er sich da gerade mit dem Mann aus der Schweiz eingelassen hat. Nach seinem Vater und Hauptmann Rose ist das nun schon der Dritte, der innerhalb der letzten drei Tage an den Endsiegversprechungen des Führers zweifelt. Hubert Rösler wünscht sich nichts sehnlicher, dass dieser Krieg so schnell wie möglich vorbei ist, aber er will und kann sich nicht vorstellen, dass Hitler und damit die Deutschen und damit vor allem auch er selbst als Verlierer aus dieser Schlacht gehen. Irgendwie hat er immer fest daran geglaubt, dass der Führer es noch schafft, das Ruder herumzureißen und es wieder mehr und mehr Erfolgsmeldungen geben wird, die er so gerne mit seinem Vater an ihrem Volksempfänger in der Werkstatt verfolgt hatte.

„Herr Rösler, Sie wären doch nicht mit ihrem ganzen Vermögen hier bei uns, wenn Sie selbst noch daran glaubten, dass dieser Krieg für die Deutschen noch zu gewinnen sei. Die Schweizer sind in Alarmbereitschaft, die Franzosen und die Polen sind sogar in der Schweiz bereits stationiert. Die deutsche Wehrmacht würde, wenn sie die Schweiz angreifen würde, auf massivsten Widerstand stoßen. Vom Westen sind die Amerikaner mit den Franzosen und den Engländern weit nach Deutschland vorgedrungen und die Russen, mit all ihren Verbündeten haben dasselbe von Osten her getan. Wenn Sie unsere Nachrichten mitverfolgen, dann wissen sie, dass es nur noch eine Frage von ein paar Tagen ist, bis die beiden Einheiten sich in der Mitte treffen und Deutschland in einen Nord- und einen Südteil separieren. Hier in der Schweiz glaubt niemand mehr an ein längeres Hinauszögern des Kriegsendes."

„Ja, ja, Herr Frei, da haben Sie schon Recht, aber sind das nicht alles Spekulationen? Hat Hitler nicht schon mehrmals der Welt bewiesen, dass er alle überraschen kann? Er spricht von einer Wunderwaffe, die die Alliierten in die Knie zwingt. Was, wenn er diese Trumpfkarte in den nächsten Tagen noch zieht?"

„Hätte er das nicht schon längst getan, nach all den Verlusten in den letzten Monaten?"

„Gewiss, das könnte man vermuten. Herr Frei, um was es uns ja eigentlich geht, ist, wie wir mit all diesen Unabwägbarkeiten mit dem Geld hier umgehen." Hubert Rösler nimmt die Arzttasche vom Boden hoch und setzt sie auf seine Oberschenkel.

„Ich gehe davon aus, Herr Frei, dass mein Vater und ich in den nächsten zehn Jahren nicht auf das Geld zugreifen werden. Was können Sie mir da anbieten?"

„Wirklich, Herr Rösler? Glauben Sie wirklich, dass in den nächsten zehn Jahren nicht an den Wiederaufbau in Deutschland zu denken ist? Wäre das nicht schrecklich, wenn es noch so lange so zerstörerisch weitergehen würde?"

„Das will ich damit gar nicht sagen, Herr Frei. Wir sind auch zuhause nicht ganz mittellos und zunächst muss ja wohl erst geklärt werden, in welche Richtung es in Deutschland weitergeht und wer in der nächsten Zeit das Sagen hat. Sollten Sie Recht behalten, dann ist unser Geld bei Ihnen in sicheren Händen, denn die Sieger würden sich sicher alles einverleiben, was ihnen möglich ist und wenn der Führer die Wende doch noch schafft, werden wir wohl gar nicht so viel investieren müssen. Beide Varianten lassen es also zu, das Geld bei Ihnen länger und gewinnbringend anzulegen."

„Wenn Sie meinen, Herr Rösler? Ich kann Ihnen drei Prozent anbieten, wenn Sie das Geld bei uns wirklich zehn Jahre liegen lassen."

„Drei Prozent? Ist das nicht etwas sehr wenig für so viel Geld und eine doch ziemlich lange Zeit?" Hubert Rösler möchte sich nicht als naiver Laie abspeisen lassen. Eigentlich hat er keine Ahnung von Geldgeschäften, aber zuhause in der Werkstatt hatte er öfter miterlebt, dass sein Vater das erste Angebot der Händler immer zurückgewiesen hat.

„Es sind unsichere Zeiten, Herr Rösler, da können auch wir kein hohes Risiko eingehen. Was hatten Sie sich denn vorgestellt?"

Hubert Rösler hatte gar keine Ahnung, wie Geldgeschäfte gehandhabt werden. Und schon gar nicht, Geldgeschäfte in dieser Dimension. Aber er weiß, dass er nichts zu verlieren hat, deshalb entscheidet er sich, hoch zu pokern.

„Ich dachte schon an mindestens fünf Prozent, Herr Frei. Welches Risiko haben Sie denn wirklich mit meinem Geld? Sollte das seinen Wert irgendwann verlieren, dann habe ich allein den Schaden. Für Sie als Bank geht es doch so oder so weiter. Man wird Ersatz schaffen und Sie werden doch ganz vorne mit dabei sein bei einer solchen Änderung. Ich wäre doch der, der leer ausgehen würde."

Der Banker hatte wohl mit einer solchen Argumentation dieses jungen Mannes nicht gerechnet und musste offensichtlich zur Kenntnis nehmen, dass auf dessen Seite doch ein eher unerwartetes Geschäftsgebaren zu erkennen ist.

„Das übersteigt nun wieder meine Kompetenz, Herr Rössler, ich muss mich da noch mit meinen Vorgesetzten absprechen. Können Sie sich noch ein paar Minuten hier gedulden?"

„Das ist kein Problem, Herr Frei, fragen Sie nur nach!“

Und wieder sitzt Hubert Rösler alleine in diesem monströsen Besprechungszimmer. Schnell greift er zur Teetasse und kippt den Inhalt komplett und auch eine zweite Tasse mit ein paar Schlucken in sich hinein. Er muss sich schütteln und wundert sich selbst über seine Dreistigkeit. Trotzdem er den weltmännischen gut gekleideten Herrn hier in der Bank spielt, fühlt er sich innerlich unwohl und fehl am Platze. Aber er muss das hier durchziehen, ohne dass dieser Herr Frei davon Wind bekommt, dass es sich nicht um sein Geld und das Geld seines Vaters handelt. Mit dem, wie er das bisher hinbekommen hat, ist er zufrieden, auch wenn ihm bewusst ist, dass er mit der Zeitspanne von zehn Jahren vielleicht doch etwas überzogen hat.
Urs Frei erscheint wieder im Besprechungszimmer, setzt sich auf seinen Stuhl und blättert in seiner Mappe.

„Ich darf Ihnen dreikommafünf Prozent anbieten, Herr Rösler, können wir uns darauf einigen?“

Hubert Rösler hatte sich schon auf die goldene Mitte eingestellt und diese auch erwartet. Deshalb war seine Enttäuschung auch nicht gespielt, als er antwortet.

„Nein, Herr Frei, dann kommen wir nicht ins Geschäft. Sie wissen, dass Sie nicht die einzige Bank hier in Basel sind. Dann werde ich mir wohl einen anderen Partner suchen müssen.“

Hubert Rössler greift mit der rechten Hand nach der Tasche, schiebt mit der linken Hand die Papiere auf dem Tisch in Richtung des Bankers und macht Anstalten, sich von seinem Platz zu erheben.

„Einen Augenblick, Herr Rösler, warten Sie!“ Urs Frei versucht Hubert Rösler zum Bleiben zu bewegen.

„Passen Sie auf, ich gebe Ihnen noch nullkommafünf Prozent drauf. Ich nehme das auf meine Kappe. Aber mehr geht beim besten Willen nicht, Herr Rösler und seien Sie versichert, mehr bekommen Sie auch auf keiner anderen Bank in der Schweiz. Da können Sie sicher sein, die werden Ihnen auch die Dreifünf nicht so ohne weiteres anbieten. Lassen Sie uns den Abschluss mit vier Prozent machen. Sie wissen doch selbst, dass das ein grandioses Angebot ist."

Hubert Rösler stellt zögerlich die Tasche wieder auf dem Boden ab und sieht Herrn Frei in die Augen.

„Vielleicht haben Sie recht, Herr Frei, aber Sie können mir mit einer weiteren Sache noch entgegen kommen. Zumindest in der nächsten Zeit möchte ich nicht, dass die Bankpost zu mir an die deutsche Adresse gesandt wird. Ist es möglich, bei Ihnen ein Postfach zu eröffnen, in dem der Schriftverkehr an mich hinterlegt werden kann?"

„Banklagernd in einem Schließfach ist natürlich möglich, Herr Rösler, aber dafür fallen auf jeden Fall Gebühren an und es ist ratsam, dass Sie hin und wieder mit uns Kontakt aufnehmen, um nach dem Rechten zu sehen."

„Was heißt hin und wieder bei Ihnen? Und wie hoch sind die Gebühren für das Schließfach?"

„Wollen Sie noch mehr als den Schriftverkehr bei uns deponieren?"

„Nein, es geht nur um die Unterlagen für dieses Konto!"

„Dann können Sie die Einheit Eins, das ist unsere kleinste mit sechs Zentimeter Höhe belegen, die kostet...lassen Sie mich nachsehen..." Urs Frei blättert in seiner Mappe. „...die kostet zwei Franken im Monat. Die kann ich Ihnen nicht ersparen, Herr Rösler!"

„Das ist in Ordnung. Machen Sie die Dinge fest, wie Sie mir es angeboten haben, dann zahle ich mein Geld bei Ihnen ein."

„Das freut mich, Herr Rösler, dass wir uns letztlich doch einigen konnten. Lassen Sie uns noch einmal durchgehen, was wir abschließen werden, ich lasse dann alles vorbereiten und unterschriftsfertig machen. Wir erstellen Ihnen eine Eingangsbestätigung auf dieses Nummernkonto über eine Million und zweihunderttausend Franken in bar, Sie erhalten einen Mietvertrag und den Schlüssel für ein Schließfachdepot in unserem Hause. Ist das so korrekt, Herr Rösler?"

Urs Frei sieht fragend zu Hubert Rösler herüber. Scheinbar ist er zufrieden, den Kunden mit einer dermaßen hohen Bargeldsumme in seinem Haus gehalten zu haben.

„Das ist korrekt, Herr Frei, vergessen Sie aber nicht das Ergebnis unserer wichtigsten Verhandlung, den festen Zinssatz von vier Prozent für den Zeitraum von zehn Jahren auf den Kontounterlagen einzutragen."

„Selbstverständlich, Herr Rösler, ein einmal gegebenes Wort zählt in unserer Bank ohne Wenn und Aber!" Urs Frei erhebt sich. „Ich lasse alles vorbereiten, es wird eine kleine Weile dauern. Fräulein Stangel bringt Ihnen noch einmal frischen Tee, um Ihre Wartezeit etwas zu verkürzen!"

Nach einer nicht allzu langen Wartezeit bei frischem, heißen Tee, setzt sich Urs Frei wieder zu Hubert Rösler an den Tisch. Neben seiner Mappe hat er eine weitere dünne Ledermappe bei sich, öffnet diese und nimmt das oberste Blatt aus der Mappe.

„Als allererstes habe ich hier das Kontoblatt für die Eröffnung Ihres Nummernkontos. Hier sehen Sie die Nummer!" Urs Frei deutet mit dem geschlossenen Füllfederhalter auf die erste Nummernfolge QZG7 –. Darunter stehen ein zehnjähriger Sperrvermerk, der Zinssatz von vier Prozent, sowie die Bestätigung, dass alle Auskünfte über das Konto nur über das Schließfach einzusehen sind.

„Ich würde Ihnen raten, Herr Rösler, zu Ihrer Sicherheit, das Konto auch noch mit einem Kennwort zu belegen. Man weiß ja nie was passiert, wenn jemand an die Nummer kommt, gibt es immerhin noch eine Hürde, bevor jemand Unberechtigtes an das Geld rankommt. Hier könnten Sie dies auf unserem Kontoblatt eintragen, auf Ihrem Durchschlag erscheint das Kennwort nicht. Sehen Sie hier!" Urs Frei deutet mit dem Füllfederhalter auf den Durchschlag.

Hubert Rösler überlegt kurz, dann schreibt er „Ingeborg" in das ausgesparte Kennwortfeld. Anschließend hinterlässt er hinter seinem Namen als einziger Zeichnungsberechtigter seine Unterschrift.

„Wenn Sie mir bitte das Geld jetzt aushändigen, Herr Rösler, dann bekommen Sie von mir diese Einzahlungsbescheinigung, die ich Ihnen selbstverständlich hier im Stempel unterzeichne."

Hubert Rösler öffnet die Tasche und zählt vierundzwanzig Geldscheinbündel auf den Tisch. Urs Frei nimmt jedes einzelne dieser Päckchen und blättert die Scheine mit den Fingern prüfend durch.

„Sind Sie damit einverstanden, dass das gesamte Geld von unseren Damen noch durchgezählt wird. Wir haben da unsere Vorschriften, wenn wir die nicht einhalten, haften wir persönlich für Unregelmäßigkeiten. Ich gebe Ihnen hier die Einzahlungsbescheinigung und unterzeichne Sie Ihnen, sobald ich die Bestätigung der Summe bekomme. Ist das in Ordnung?"

„Ja, ja, das ist in Ordnung!"

Der Banker steht auf und öffnet die Türe, worauf zwei junge Mädchen ins Zimmer kommen. Sie begrüßen Hubert Rösler sehr freundlich und fangen sofort an, die Geldscheine zu zählen und die Bündel in eine kleine Holzkiste zu stapeln, die eines der Mädchen mitgebracht hatte.

Urs Frei hält in seiner Tätigkeit inne und sieht wie auch Hubert Rösler den beiden beim Zählen zu. Die beiden Mädchen bestätigen nach ein paar Minuten, dass jeweils einhundert Scheine in den Geldeinheiten gebündelt sind. Urs Frei schraubt seinen Füllfederhalter auf und setzt seine Unterschrift auf die Einzahlungsbestätigung, während die beiden Mädchen das Zimmer mit der Geldkiste verlassen.

„Bitte sehr, Herr Rösler, hier ist Ihr Einzahlungsbeleg!"
Hubert Rösler wedelt das Blatt ein paarmal hin und her, um die Tinte der Unterschrift trocken zu wissen, faltet den Beleg sorgsam zusammen und steckt ihn sich in die Anzugtasche.

„Hier ist Ihr Kontoblatt, der Mietvertrag und eine Mappe für ihr Schließfach mit der Nummer Zweiundsechzig-fünfunddreißig. Wir können anschließend gleich hinuntergehen, dann erhalten Sie auch Ihren Schlüssel dazu. Die Bank hat einen zweiten Schlüssel. Das Fach ist nur mit beiden Schlüsseln zu öffnen. Ihre

Bankpost wird durch einen Schlitz an der Rückseite Ihres Schließfaches eingeworfen.“ Während Hubert Rösler den Vertrag unterschreibt, erklärt Urs Frei, dass die Mietgebühren von vierundzwanzig Franken im Jahr dem Konto bei der jährlichen Zinsberechnung belastet werden. Als alle Formalitäten erledigt sind, steht Urs Frei auf und reicht Hubert Rösler die Hand.

„Es freut mich sehr, Herr Rösler, dass Sie unserem Hause das Vertrauen schenken und ich begrüße Sie herzlich in unserer Bankfamilie. Ich biete Ihnen an, dass ich Sie stets persönlich betreue, wenn Sie unser Haus besuchen und mich auch stets persönlich um alle Abwicklungen auf Ihrem Konto bei uns kümmern werde. Herzlich willkommen!“

Hubert Rösler drückt dem Banker die Hand und fühlt sich wirklich wie ein gewichtiger Geschäftsmann.

„Lassen Sie uns noch zu den Schließfächern gehen. Dort können Sie jeder Zeit Ihre Kontounterlagen einsehen. Wenn Sie sich anmelden, und den Schlüssel vorweisen, bekommen Sie immer Zutritt zu Ihrem Schließfach.“

Hubert Rösler greift nach seiner Tasche, nimmt seinen Hut und seinen Mantel von der Garderobe und folgt Urs Frei in den Schließfachraum im Untergeschoß. Dort deponiert er die unterschriebene Kontoeröffnung und den Mietvertrag im Schließfach, nicht ohne die Kontonummer auf einen Zettel geschrieben zu haben, den ihm Urs Frei aus seiner Mappe gereicht hatte. Urs Frei reicht ihm den Schließfachschlüssel und nimmt den zweiten Schlüssel an sich, nachdem das Fach versperrt ist.

„Die Kontonummer und das Kennwort sollten sie immer getrennt aufbewahren, Herr Rösler, sonst macht das Kennwort keinen Sinn!“, gibt ihm Urs Frei noch mit auf den Weg, bevor er ihn sehr freundlich verabschiedet und ihn an einem Seiteneingang die Türe aufhält.

„Geschafft!“ Hubert Rösler geht ein paar Schritte Richtung Marktplatz und atmet ein paarmal kräftig durch. Hat er den von ihm verlangten Auftrag zur Zufriedenheit von Hauptmann Rose erfüllt? Hatte Urs Frei Recht, als er ihm sagte, mehr als vier Prozent würde er bei keiner anderen Bank bekommen?

Würde Hauptmann Rose mit seinem Verhandlungsergebnis einverstanden sein? Eigentlich wollte Hubert Rösler sich erleichterter fühlen, als er das im Moment tut. Langsam geht er Richtung Innenstadt. Eigentlich ist alles sehr glatt gelaufen. Hauptmann Rose sprach erst von der Rückkehr am Donnerstag. Er hatte wohl damit gerechnet, dass er erst nach einem vereinbarten Termin mit der Bank verhandeln könne. Hubert Rösler denkt an seinen Vater. „Versteck dich und warte bis der Krieg aus ist!" hatte er ihm geraten. Jetzt könnte er bleiben, morgen seinen Geburtstag hier feiern, Ingeborg noch einmal treffen und abwarten. Hubert Rösler schüttelt den Kopf. „Dann bin ich zum zweiten Mal desertiert!" Hauptmann Rose würde ihn diesmal sicher nicht mehr raushauen! Und ob das Versteck hier wirklich so sicher ist? Auch hier in der Stadt ist das Hakenkreuz präsent, wenn auch nicht so markant wie in den deutschen Städten und Soldaten sind hier scharenweise, wer weiß schon, wie man mit ihm verfahren würde, wenn man ihn aufgreifen würde. Sein Auftrag hier hat auch so viel Geheimnisvolles. Nein, er wird zurückfahren über die Grenze, wie mit Hauptmann Rose besprochen. Er redet sich ein, dass er sehr zuversichtlich sein kann, dass Hauptmann Rose ihn weiter schützen wird, auch wenn er vielleicht einen schlechten Abschluss bei der Bank gemacht hat. Das kann man ja revidieren und vielleicht neu verhandeln. Außerdem hätte Hauptmann Rose ihm ja einen Zinssatz nennen können, dann hätte er eine Orientierung gehabt. Egal, er wird zurückgehen. Heute Nacht wird er im Ramsteiner Hof bleiben und morgen mit der Trambahn zurückfahren. Im Grunde ist dann wieder ein Tag weniger von den drei Wochen, die sein Vater dem Krieg noch gab. In einem kleinen Gasthof auf dem Marktplatz isst er Kartoffelpuffer mit Weißkraut, läuft am Rhein entlang, der sehr wenig Wasser führt und geht dann zurück in sein Zimmer. Nach einigen phantasievollen Träumen widersteht er der Versuchung zu Ingeborgs Hof zu fahren, um sie noch einmal zu treffen. Vor allem die konsequente Haltung ihrer Mutter lässt ihn den Plan verwerfen.

22. Juli 2019

Elly erklärt gerade den Ablauf der Beerdigung, die Donnerstagnachmittag auf dem Villinger Friedhof stattfinden soll, als das Telefon im Wohnzimmer läutet. Paul steht auf und geht an die Anrichte und nimmt ab.

„Rösler", meldet er sich.

„Herr Rösler, guten Tag, mein aufrichtiges Beileid zum Tod Ihrer Mutter, Herr Rösler. Wir sind alle sehr betroffen und traurig, dass Ihre Mutter so plötzlich verstorben ist...."

„Vielen Dank, aber wer spricht denn bitte?" Paul sieht auf das Display, das „unbekannter Teilnehmer" anzeigt.

„Ja, wissen Sie Herr Rösler, ich rufe an im Namen von Herrn Rose. Sie sind doch der Sohn, nicht wahr, oder?"

„Das ist richtig, ich bin ein Sohn von Frau Rösler! Und was kann ich für Sie tun oder für Herrn Rose?"

Martin schreckt bei dem Namen Rose hoch. Zweifelnd sieht er Paul an und fuchtelt mit der Hand, um anschließend auf den gelben Ablagekasten zu zeigen. Paul verzieht fragend das Gesicht.

„Wissen Sie Herr Rösler, ihre Eltern haben für Herrn Rose etwas verwaltet und das müssten wir mit Ihnen klären, damit Herr Rose wieder an sein Eigentum kommt. Ich weiß, Sie haben im Moment sicher alles andere im Kopf, als Herrn Roses Anliegen zu erledigen, aber für uns ist die Sache halt auch sehr wichtig und deshalb rufe ich an."

Martin war inzwischen aufgestanden und legt Paul das BA CH-Blatt aus dem Ablagekasten auf die Anrichte. Mit dem Finger deutet er auf den Satz „18. April: H. Rose Bericht erstattet." Und lässt seinen Finger unter dem Namen Rose liegen. Paul nickt seinem Bruder verständnisvoll zu.

„Und was soll das sein, was meine Eltern da von Herrn Rose verwalten, wenn ich fragen darf?"

„Ja wissen Sie, das ist nicht ganz einfach zu erklären, Herr.....“

„Also, Sie sind lustig! Sie wollen, dass ich Ihnen etwas aus dem Nachlass meiner Eltern geben soll, von dem Sie behaupten, es gehöre einem gewissen Herrn Rose, aber Sie können mir nicht sagen, was es ist? Denken Sie nicht, dass es schwierig ist, Ihnen etwas zu geben, von dem ich nicht weiß, was es ist?“

„Ja also....“

„Jetzt reden Sie halt nicht um den heißen Brei herum, sondern sagen Sie schon, um was es geht!“ Pauls Stimme ist jetzt deutlich energischer. Martin macht ihm allerdings ein Zeichen, etwas geduldiger zu sein. Scheinbar hat er Angst, der Anrufer könnte das Gespräch beenden.

„Wissen Sie Herr Rösler, ich sagte doch schon, es ist nicht ganz einfach...“

Paul reißt nun aber der Geduldsfaden. „Passen Sie mal auf. Sie haben vollkommen Recht, wir haben im Moment weiß Gott etwas anderes zu tun, als den Wünschen von Leuten nachzukommen, die uns weder ihren Namen noch Ihr Anliegen nennen. Überlegen Sie sich genau, was Sie wollen, bevor Sie hier noch einmal anrufen! Guten Tag!“ Dann legt er auf.

„Mensch, spinnst du?“ Martin ist nicht einverstanden mit dem Ende des Telefonates und Elly und Bernhard scheinen ihm beizupflichten.

„Du hättest doch wenigstens abwarten können, bis er gesagt hätte, was er genau will?“

Paul nickt. „Ich weiß, Martin. Was der will, scheint ja wohl eindeutig. Es hat etwas mit dem Blatt zu tun. Ich wollte nicht irgendetwas mit ihm verhandeln, ohne dies mit euch abgesprochen zu haben. Für den scheint es ja wichtig zu sein, sonst ruft der uns nicht an, bevor Mutter noch unter der Erde ist. Der rührt sich schon wieder. Da bin ich überzeugt. Bloß, was machen wir jetzt?“

„Du hast Recht, hinter der Sache steckt wohl doch etwas, sonst hätte Vater es nicht so geheimnisvoll verschlüsselt. Und dieser sonderbare Anruf lässt ja auch auf nichts anderes schließen! Aber welche Strategie fährt man, wenn man nicht weiß, um was es geht?“ Martin sieht seine Geschwister ratlos an.

„Ich weiß nicht, ob es etwas damit zu tun hat.", mischt sich Elly nachdenklich ein. „Mama hat in den letzten Jahren niemanden an irgendetwas im Haus rangelassen und wenn man irgendeinen Papierfetzen in die Hand genommen hat, ist sie fuchsteufelswild geworden und hat dir gleich die Tür gewiesen. Ob sie irgendetwas in der Richtung mitbekommen hatte und deshalb hier alles auf den Kopf gestellt hat?"

„Wenn sie bei Vater irgendetwas von einem Konto mitbekommen hat, von dem sie nichts wissen durfte, dann erklärt sich mir vieles zwischen den beiden!", ergänzt Bernhard sie.

„Wer weiß, ob sie von ihm etwas erfahren hat?", gibt Paul zu bedenken. „ Wenn der uns anruft, vier Tage, nachdem sie tot ist, dann gehe ich davon aus, dass er auch Mutter angerufen hat, als er Vaters Todesanzeige gelesen hatte. Dann wusste sie von ihm, dass er etwas hat, was angeblich Herrn Rose gehört. Und vielleicht hätte sie da ja ein Stückchen abbekommen können."

„Meine Vermutung, dass BA CH mit der UBS Bank in der Schweiz zu tun hat, scheint mir nach diesem Telefonat nicht mehr ganz so abwegig zu sein, oder?" Damit erntet Martin allgemeine Zustimmung.

„Und wenn ich bedenke, wo die Vereinsakten gestanden waren, als ich hier reingekommen bin, dann war sie scheinbar ganz nahe dran, das zu finden, was wir letztlich gefunden haben."

„Paul, du solltest dich auf jeden Fall darauf einstellen, dass es um eine Banksache geht, wenn der wieder anruft. Ich könnte mir vorstellen, dass er vielleicht doch mal ein Schnäppchen mit einer Briefmarke gemacht hat und der Herr Rose weiß etwas davon." Das ist das, was sich Bernhard am ehesten bei seinem Vater vorstellen kann. Warum er Briefmarken aber in der Schweiz deponiert haben sollte, war ihm schleierhaft.

„Wir reden hier vom April 1945!", erinnert Martin seinen älteren Bruder, „Meinst du Vater hatte damals wirklich Briefmarken im Kopf!"

„Jedenfalls nehme ich mal an, der Herr meldet sich bald wieder und dann wissen wir sicher Genaueres. Ein zweites Mal, wird er sich nicht abbrechen lassen. Ich werde ihn jedenfalls nicht entlassen, ohne dass er Klartext redet."

„Vielleicht machst du ja ein Treffen mit ihm aus", schlägt Elly vor, „ dann sitzen wir alle mit am Tisch und werden sehen, auf was wir in diesen heiligen Hallen noch stoßen können."

Das Telefon läutet wieder. „Unbekannter Teilnehmer" Paul deutet mit dem Finger auf das Display. Er nickt, hebt ab und meldet sich.

„Rösler"

„Herr Rösler, ich bin es nochmal, bitte legen Sie nicht auf. Ich erkläre Ihnen auch, um was es geht!"

„Ich höre!" Paul hat längst den Knopf auf Mithören gestellt, so dass auch seine Geschwister die Stimme am anderen Ende des Telefons gut hören können.

„Ihr Vater hatte für Herrn Rose seit vielen Jahren ein Konto verwaltet und wir möchten gerne mit Ihnen darüber reden, wie wir eine Übergabe im Sinne aller regeln können. Wir haben schon mit Ihrer Mutter darüber gesprochen, aber wie Sie ja wissen, war es in der letzten Zeit etwas schwierig mit ihr zu kommunizieren. Ich denke, wir können das sehr viel unkomplizierter regeln, meinen Sie nicht auch?"

„Ein Konto verwaltet? Mein Vater? Welches Konto soll das denn sein?" Paul stellt sich seinem Gesprächspartner gegenüber dumm. „ Und wer bitte sind „Wir"? Und wieso hat Herr Rose sein Konto nicht selbst verwaltet?"

„Wissen Sie, Herr Rösler, das ist wirklich eine sehr lange und komplizierte Geschichte und ich weiß nicht, ob es notwendig ist, das alles aufzurollen. Es ist auch nicht das private Konto von Herrn Rose, sondern von einer Organisation, der Herr Rose vorgestanden hat. Am besten wäre es, wenn Sie uns einfach die Unterlagen von diesem Konto übergeben, wir kümmern uns dann um alles Weitere und natürlich sollen Sie auch etwas davon haben. Wir würden Sie mit einem großzügigen Betrag für Ihr Bemühen entlohnen."

„Was meinen Sie mit ‚großzügig'?", Paul blinzelt seinen Geschwistern zu. Martin nickt heftig und Elly grinst.

„Ich denke, wir können durchaus über einen schönen sechsstelligen Betrag reden!"

„Sechsstellig?" Paul spielt den Überraschten, „handelt es sich denn um ein so reichbestücktes Konto, das mein Vater da verwaltet hat?"

„Es handelt sich vor allem um ein sehr wichtiges Konto, Herr Rösler! Der ideelle Wert ist nicht zu beziffern!"

„Hören Sie, Herr....Ihren Namen weiß ich immer noch nicht..." Paul lässt bewusst eine Pause.

„Mein Name tut auch nichts zur Sache, aber nennen Sie mich gerne Hermann!"

„Hören Sie, Herr Hermann oder sonst wie, wenn mein Vater ein Konto von einem Herrn Rose oder dessen Organisation verwaltet hat und wenn dieser Herr Rose und seine Organisation die rechtmäßigen Besitzer dieses Kontos sind, dann werden wir selbstverständlich das Konto ohne Wenn und Aber an Herrn Rose und dessen Organisation übergeben und zwar auf Heller und Pfennig."

„Das ist schön zu hören. Ich wusste es ja gleich, dass wir uns zügig einig werden." Der Mann am anderen Ende klingt erleichtert.

„Da ist nur ein Problem, Herr Hermann!" Paul lässt wieder eine rhetorische Pause.

„Und welches bitte, Herr Rösler, vielleicht lässt sich auch das schnell lösen zwischen uns beiden?"

„Wir haben bisher keine Unterlagen eines Kontos gefunden. Zugegeben, wir haben bei weitem noch nicht alles durchsehen können in den letzten beiden Tagen, aber bisher wie gesagt sind bei seinen Konten keine Unterlagen aufgetaucht, die auf ein Konto hindeuten, das für jemand anderen verwaltet worden sein soll. Um welches Konto handelt es sich denn? Können Sie mir die Kontonummer und die Bank dazu sagen?"

Auf der anderen Seite des Telefons tritt Schweigen ein.

Martin hebt anerkennend seinen Daumen. Paul hat offensichtlich eine Karte ausgespielt, die ihnen wirklich weiterhelfen könnte. Die vier Geschwister lauschen gespannt.

„Herr Rösler…", kommt zögernd die Stimme des angeblichen Herrn Hermann von der anderen Seite der Leitung, „das überrascht mich jetzt doch. Sie haben doch sicher längst die wichtigen Unterlagen Ihrer Eltern durchgesehen. Da müsste das Konto doch aufgefallen sein. ….Es ist…ein Schweizer Konto."

Scheinbar fällt es diesem Herrn Hermann schwer, Informationen zu äußern, die er eigentlich von seinem Gegenüber hören wollte.

„Ein Schweizer Konto?" Paul gibt sich äußerst überrascht. „Ein Schweizer Konto bei meinem Vater?"

„Ja, ein Schweizer Konto! Aber ich vermute einmal, dass es in den letzten beiden Jahren doch in der Hand Ihrer Mutter war."

„Egal, Herr Hermann, ein Schweizer Konto im Besitz meiner Eltern….. Glauben Sie mir, wenn es dieses Konto wirklich gibt, dann taucht es garantiert noch auf. Aber bitte haben Sie Verständnis, dass wir im Moment anderes im Kopf haben als dieses Konto. Unsere Mutter ist gestorben und geben Sie uns da doch bitte auch die Zeit zum Trauern, bevor wir uns auf die Suche nach diesem Konto machen."

„Da haben Sie wohl Recht, Herr Rösler, Sie sind der Herr Paul Rösler, nicht wahr?"

„Ganz recht, Herr Hermann, Sie sind ja gut im Bilde über unsere Familie. Sie haben wohl sehr engen Kontakt mit meinem Vater gepflegt."

„Ja, ja, Herr Rösler, was man ja von Ihnen nicht behaupten kann. Deshalb habe ich mir auch erlaubt, mich so zügig bei Ihnen zu melden."

Elly und Bernhard plustern sich empört auf. Martin wirkt sehr gefasst, während Paul nahezu gelassen freundlich reagiert.

„Wissen Sie was, Herr Hermann, lassen Sie uns trotzdem unsere Mutter zuerst unter die Erde bringen und melden Sie sich ein paar Tage nach der Beerdigung wieder, die ist übrigens am Donnerstag. Bis dahin haben wir ganz bestimmt schon einiges mehr gesichtet und vielleicht sind wir bis dahin auch auf dieses Schweizer Konto von Herrn Rose und seiner Organisation gestoßen. Seien Sie ohne Sorge, so Sie den rechtmäßigen Anspruch auf dieses Konto haben, werden Sie alle Unterlagen von uns erhalten."

„Das hört sich doch sehr gut an. Ich werde mich in ein paar Tagen wieder bei Ihnen melden. Und dann besprechen wir alles Weitere. Noch einmal mein herzliches Beileid, Herr Rösler."

„Vielen Dank auch nochmal. Bis demnächst Herr Hermann und auf Wiederhören!" Paul unterbricht die Verbindung mit dem Druck auf die Taste mit dem roten Telefonhörer und stellt den Hörer in die Basis zurück. Dann wendet er sich seinen noch schweigenden Geschwistern zu.

„Mein lieber Schwan!", lässt Martin zuerst Luft ab, „da haben wir ja ein tolles Erbe an der Backe!"

„Das wir auch ganz schnell wieder loswerden können!" Ellys Hände zittern, als sie sich zu Wort meldet. „Wir packen alles, was mit dem Konto zu tun hat in eine Kiste, Paul du triffst dich mit dem Hermann, kassierst den sechsstelligen Betrag und fertig. Ganz ehrlich, mir ist total flau, das darf doch alles nicht wahr sein und jetzt sagt bloß nicht jemand von euch, dass an dieser Sache nicht alles stinkt!"

„Mafia!", entfährt es Bernhard.

Paul lacht. „Hast Du Bella Italia gehört oder Nastrowje?" Dann wird er wieder ernst. „Nein, dass der Vater mit der Mafia Geschäfte gemacht hat, das glaube ich ja überhaupt nicht und er selbst ist sicherlich auch kein Typ gewesen, auf den die Mafia aus welchem Land auch immer ein Auge geworfen hätte. Nein, nein! Nur eines sag ich euch: Auf dem Konto ist Geld, richtig viel Geld drauf. Die bieten nicht einen sechsstelligen Betrag, wenn Sie damit das Konto leerräumen. Und das hohe Lied vom ‚ideellen Wert' kann der so laut wie er will trällern, das kauf ich dem nie ab. Ja, wir haben da scheinbar wirklich in ein ziemlich heikles Nest gestochen und wirklich was an der Backe!"

„Könnt ihr euch wirklich vorstellen, dass Vater irgendein Ding gedreht hat? Und das offensichtlich über Jahre? Also in meinen Kopf will das nicht rein!" Bernhard schüttelt ungläubig den Kopf. Dass er sich in seinem Vater so getäuscht haben soll, macht ihn fassungslos.

Martin greift zu dem BA CH-Papier. Er sieht es nicht an. Längst kennt er jeden Buchstaben darauf.

„Neunzehnhundertfünfundvierzig!" Er nickt bedächtig leicht mit dem Kopf. „Neunzehnhundertfünfundvierzig! Nein, ein Ding hat er nicht gedreht, das glaube ich nicht, aber wir wissen alle, dass er im Grunde seines Herzens ein treuer Mann war, aber halt nicht nur ein treuer Mann, auch ein treuer Nazi. Auch wenn er es uns Jahrzehnte verschwiegen hat. Aber wenn an der Sache etwas dran ist, dann würde es mich nicht wundern, wenn es mit seiner Affentreue zu denen zu tun hätte."

„Siebzig Jahre später, Martin, das glaubst du doch selbst nicht!" Elly schüttelt vehement den Kopf.

„Elly, wach auf!", empört sich Paul, „Die gleiche Affentreue hatte er doch zu Mutter. Vor dreißig Jahren hat er mir schon gesagt, dass er sich trennen will und was in den letzten Jahren los war, habt ihr alle mitbekommen. Wenn du seinen Reden glauben kannst, war ja angeblich zwischen den beiden schon nach zwei Jahren Feuer unterm Dach. Und wann ist er gegangen?"

„Fang nicht wieder damit an. Das hat uns alle genug Kraft gekostet. Das ist und bleibt deren Sache. Schluss! Punkt! Aus! Ich kann es nicht mehr hören!"

„Sorry, Elly!", entschuldigt sich Paul wieder weniger aufgebracht.

Martin bleibt die ganze Zeit sehr nachdenklich. „Und trotzdem, Rose und fünfundvierzig, seid mir nicht böse, mir schwant da nichts Gutes. Vor allem müssen wir einen kühlen Kopf bewahren. Und so sicher bin ich mir nicht, ob wir mit dem Hermann nicht doch ein härteres Kaliber vor der Brust haben, als wir uns das vorstellen können."

„Meinst du, wir sollen die Polizei einschalten?" Elly sieht Martin fragend an.

Paul schüttelt den Kopf. „Was erzählen wir denen? Dass Vater ein Konto verwaltet hat? Dass uns ein Herr Hermann angerufen hat und uns darüber aufgeklärt hat, dass das Konto einem Herrn Rose gehört? Dass er uns für die Übergabe hunderttausend Euro geben will? Da werden die ganz bestimmt sehr aktiv, die Herrn Polizisten."

„Paul hat Recht. Bisher ist die Sache mysteriös, aber auch nicht mehr. Einer von uns sollte so schnell wie möglich nach Basel fahren und so viel wie möglich über dieses Konto in Erfahrung bringen." Martin wirkt sehr nachdenklich. Auch Bernhard scheint in eine Art Schockstarre gefallen zu sein durch die Wucht, mit der die Dinge in den letzten Minuten über ihn hereingebrochen sind.

„Wenn ich es recht bedenke", sagt er, „dann kann sich von uns doch keiner mehr unbemerkt bewegen. So wie dieser Hermann sich angehört hat, haben die uns doch schon im Visier. Wenn einer von uns in die Schweiz fährt, der setzt sich doch der höchsten Gefahr aus."

Martin gibt ihm Recht. Sie sind sich alle vier einig, sie müssen sehr besonnen und sehr vorsichtig agieren.

18. April 1945

Am nächsten Morgen, es ist sein Geburtstag, macht er sich auf den Weg zur Straßenbahn. Seinen feinen Anzug, Hemd und Krawatte hat er sorgsam zusammengefaltet in der Arzttasche verstaut und wieder die Kleider angezogen, die er bei seinem nächtlichen Grenzübertritt getragen hatte, um nicht allzu sehr aufzufallen und an der Grenze womöglich Schwierigkeiten zu bekommen. Hut und Mantel fanden im Rucksack Platz.

An der Schifflände besteigt er wieder die Linie sechs und ergattert gleich einen Sitzplatz. Bei der Haltestelle Inzlingerstraße versucht er zwischen den stehenden Passagieren hindurch einen Blick auf die Straße zu bekommen, da er auf der linken Seite nur den freien Blick auf das kleine Wäldchen hat, in dem er gestern Morgen gesessen und auf die Bahn gewartet hatte. Er erstarrt einen Augenblick förmlich. Auf der anderen Straßenseite läuft Ingeborg. Sie trägt einen grauen knielangen Mantel, den sie um die Taille mit einem Gürtel geschnürt hat. Ihre schlanken Waden stecken in grauen Strümpfen mit dunkelgrünen Karos und an den Füßen trägt sie braune Halbschuhe. Die Hände hat sie in den Manteltaschen und ihre Haare trägt sie feinsäuberlich gekämmt offen unter einem Haarreif. Hubert Rösler ist perplex, die Gedanken in dieser Straßenbahn haben wohl verrückt gespielt, sind gesprungen zwischen Grenze, Hauptmann Rose und dem Mädchen. Immer wieder schalt er sich, nicht mehr an sie zu denken und da läuft sie nun, keine zehn Meter von ihm entfernt. Er springt auf, greift nach der Arzttasche und dem Rucksack, drängt sich zwischen den mürrischen Passagieren durch und springt aus der bereits anfahrenden Straßenbahn auf die Straße. Mit ein paar schnellen Schritten ist er auf dem Trottoir und läuft in Richtung Riehen dem Mädchen hinterher. Als er sie bis auf drei Meter eingeholt hat, ruft er ihren Namen:

„Ingeborg!“

Das Mädchen dreht sich um und bleibt stehen.

„Hubert!“ Verwundert sieht sie ihn an.

„Was machst du hier? Ich denke, du bist längst in Basel?“

Hubert Rösler macht noch ein paar Schritte auf sie zu. Er lässt die Gepäckstücke auf das Pflaster fallen und fasst mit einer Hand nach ihrer Schulter. Überwältigt von ihren Gefühlen greift auch sie an seine Schulter. Ihre Wangen berühren sich. Fast erschrocken fahren beide auseinander. Verlegen lächeln sie sich an.

„Was machst du hier noch?" Ingeborg wiederholt ihre Frage, um ihre Verlegenheit zu überspielen.

„Ich....Ich fahre zurück nach Deutschland!"

Ingeborgs Verlegenheit wechselt augenblicklich in blankes Entsetzen. Mit aufgerissenen Augen und einem unterdrückten Schrei im halboffenen Mund starrt sie Hubert Rösler an.

„Waaas?" Ungläubig schüttelt das Mädchen den Kopf.

„Ich .. Ich muss wieder zurück!" Hilflos misslingt es Hubert Rösler dem erschreckten Mädchen eine Erklärung zu geben.

„Du bist Deserteur? Die bringen dich um! Wieso gehst du zurück?"

Hubert Rösler sieht in das verständnislose Gesicht dieses unglaublich schönen Mädchens.

„Ja, ich bin Deserteur, aber nicht so, wie du denkst, Ingeborg!"

Wieder hatte er ihren Namen genannt. Wieder ist sie überwältigt. Noch niemand hat so wie er ihren Namen ausgesprochen. Ihr Entsetzen legt sich langsam, sie kommt zu sich.

„Komm mit!" Sie greift nach der Arzttasche und Hubert Rösler nimmt den Rucksack. Sie fasst ihn an der Hand und überquert mit ihm die Straße mit den Schienen und läuft einen schmalen Weg durch das kleine Wäldchen auf das freie Feld Richtung des kleinen Grenzflusses Wiese zu. Am Feldrand steht eine Bank aus Birkenholz, auf die sie sich setzt und ihn neben sich zieht.

„Wie falsch denke ich, wenn ich glaube, dass die Deserteure umbringen? Bist du desertiert oder nicht? Wie kannst du in dieses Land zurückgehen wollen?" Ingeborg ist hin und her gerissen. Ihre Gefühle für diesen jungen Mann überwältigen sie, sein Handeln kann sie aber offenbar nicht nachvollziehen. Hubert sieht sie an. Wie soll er ihr das alles erklären? Er würde einfach mit ihr loslaufen wollen. Alles liegen und stehen lassen. Sie bei der Hand fassen, wie sie das gerade getan hat, über das Feld laufen, über die Grenze, nein grenzenlos, keine Fragen stellen müssen, keine Antworten geben müssen, einfach nur unbeschwert laufen....

„Es ist eine lange und komplizierte Geschichte, Ingeborg! Wie soll ich dir das erklären?"

„Fang einfach damit an! Oder hast du es so eilig wieder da rüber zu kommen?"

„Nein, eilig habe ich es nicht, ich bleibe gerne noch eine Weile bei dir. Aber hast du denn Zeit?"

„Nicht viel, bei uns lahmt eine Kuh, da muss ich sehen, ob ich etwas Alkohol bekomme, damit wir ihr Kräuterumschläge machen können. Aber das muss dich nicht hindern mir zu erklären, was ich nicht verstehe!"

„Ingeborg, ich bin Soldat und ich war im Lazarett, weil ich verwundet war, hier am Arm. Vor ein paar Tagen sollte ich zu meiner Einheit fahren, bin aber zu meinen Eltern gefahren. Ich habe sie seit zwei Jahren nicht gesehen. Deshalb bin ich Deserteur. Ich bin schon auf der Liste gestanden."

„Auf welcher Liste?"

„Erschießen! Standrechtlich erschießen!"

Ingeborg hält sich die Hand vor den Mund.

„Mein Gott! Woher weißt du das?"

„Ich war in dem Büro gesessen, als der Befehl gegeben worden ist."

„Und wie bist du ihnen entkommen?"

„Überhaupt nicht. Ein Offizier hat mich schon vorher abgefangen und mich in ein Sonderkommando gesteckt. Er hat mir das Leben gerettet und deshalb bin ich hier." Hubert Rösler hat ein ganz mulmiges Gefühl. Auf der einen Seite will er Ingeborg nicht vor den Kopf stoßen, auf der anderen Seite weiß er um Hauptmann Roses Warnung, sich nicht auf Bekanntschaften einzulassen.

Ingeborg sieht ihn von unten her an.

„Du bist also nicht in die Schweiz desertiert, sondern in ihrem Auftrag hier?"

„Das ist auch nur wieder halb richtig! Ich weiß nicht, wie ich dir das erklären soll. Eigentlich darf ich gar nicht über all das reden, was ich hier mache. Aber, Ingeborg, ich will dich wiedersehen. Ich möchte gerne....!"

„Du bist in ihrem Auftrag hier, Hubert? Wirklich? Was für ein Auftrag ist das?"

„Ingeborg, hhhe...!"

„Was für ein Auftrag ist das, Hubert?" Ingeborgs Blick ist nun kalt, hart und unerbittlich.

„Ich....musste Geld auf einer Bank einzahlen! Mehr nicht!"

„Mehr nicht? Du bringst ihr Geld hierher und sagst ‚mehr nicht'?" Die Lippen des Mädchens zittern.

„Die haben die ganze Welt in Schutt und Asche gelegt, haben Unglück über Millionen von Menschen gebracht, selbst wir, die eigentlich gar nichts mit dem Krieg zu tun haben wollten, sind bombardiert worden. Hunderte Male haben wir Fliegeralarm gehabt, seit Jahren müssen wir jede Nacht alles verdunkeln, dürfen das Haus nicht verlassen, ein Leben in ständiger Angst und jetzt bringen die ihr Geld hier bei uns in Sicherheit? Hubert - und du hilfst ihnen dabei?"

„Aber das sollte doch alles nur für uns sein, Ingeborg! Wir sind doch 1918 betrogen worden und gedemütigt. Das musste doch wieder zurechtgerückt werden. Wir mussten uns doch wehren gegen die Bolschewiken, gegen die Tschechen, die Juden und alle, die uns betrogen haben. Es war doch alles nur für uns, nur für eine gute Sache!"

„Welche gute Sache, Hubert? Millionen und Abermillionen Tote, Kinder ohne Eltern, Eltern ohne Kinder, zerstörte Städte, zerstörte Länder? Was für eine gute Sache, Hubert?"

„Ingeborg, wir sind doch nicht wie die alle. Ich habe die gesehen in Russland, die sind nicht wie wir, die sind doch viel einfacher, viel primitiver, die sind nicht so wie wir ein stolzes und ein gescheites Volk. Und da können wir doch nicht zulassen.....!"

„Hubert, wen meinst du mit ‚Wir'? Euch Deutsche, vielleicht? Ich bin Schweizerin, bin ich nicht so viel wert wie du? Bin ich-wie hast du gesagt? – primitiver, als du...?"

„Nein, du doch nicht, aber...!"

„Aber? Die Franzosen vielleicht? Die habt ihr doch angegriffen. Die wohnen da drüben, keine zehn Kilometer von hier. Sind die primitiver? Oder die Marokkaner, die auch da drüben wohnen, weil sie Freunde von den Franzosen sind, sind die primitiver? Sind deren Kinder weniger wert als meine Kinder oder deine? Hubert, was redest du da?"

„Ingeborg, ich wollte den Krieg auch nicht, aber ich denke, der Führer wollte alles wieder gut machen. Vielleicht hat er ein paar Fehler gemacht..."

„Ein paar Fehler gemacht? Ein paar Fehler gemacht?! Hubert, seit ich dreizehn Jahre alt bin, kommen fast tagtäglich Menschen auf unseren Hof, so wie du gestern gekommen bist. Menschen, die alles hinter sich lassen mussten, weil ihre Geschäfte zerstört worden sind, weil ihnen ihr Haus genommen wurde, ihr Besitz, weil ihnen der Mann genommen wurde oder die Mutter, der Vater, das Kind, weil sie gelbe Sterne tragen mussten und in Konzentrationslager abtransportiert wurden. Weil sie dort ermordet wurden! Und jetzt sag nicht, du weißt das nicht! Ihr alle wisst es! Die Nazis haben damit doch immer posiert! Haben euch doch immer damit gedroht. Wer nicht so ist wie wir, dem machen wir Beine! Ist das vielleicht nicht so? Sag bloß, du kennst nicht die großen Plakate mit den bedauernswerten Gestalten aus den Konzentrationslagern. Die großen Plakate hat auch von euch keiner übersehen können!"

„Aber das sind doch alles Verbrecher gewesen, die uns bestohlen und betrogen haben!"

„Verbrecher, Hubert? Ärzte, Kaufleute, Rechtsanwälte, Musiker, Schriftsteller? Alle Verbrecher? Hubert mach die Augen auf!“

„Ingeborg, wie kannst du so reden? Der Führer will etwas ganz Großes aufbauen, das meint der ehrlich, glaube es mir!“

„Wirklich, Hubert?“ Ingeborg wird plötzlich ganz ruhig, nachdem sie sich zwischendurch fast in Rage geredet hatte. Hubert nickt ihr bestätigend zu.

„Hubert, liest du eigentlich Bücher?“

„Ja, gerne sogar!“

„Und was hast du so gelesen in der letzten Zeit?“

„Wieso willst du das wissen?“ Hubert sieht Ingeborg an. Jetzt lächelt sie wieder.

„Nur so, sag halt, welche Bücher magst du besonders gerne?“

„Die vom Karrasch gefallen mir schon sehr gut. Ich habe 'Stein, gib Brot' von ihm gelesen und natürlich den ‚Parteigenossen', das sind schon Superbücher und dann mag ich auch den Oberkofler, von dem hab ich ‚Das Stierhorn' gelesen. Das war auch sehr gut. Der schreibt so schöne Bauernromane.“

„Und warum hast du das Buch von deinem Führer noch nicht gelesen?“

„Du meinst ‚Mein Kampf'?“

„Genau, ‚Mein Kampf'!“

„Als ich vor ein paar Tagen zuhause war, hat meine Mutter mir gesagt, dass ich es von der Partei geschenkt bekommen habe. Das liegt bei mir zuhause. Hast du es denn gelesen? Ist es gut?“

„Ja, Hubert, ich habe es gelesen, nicht ganz, aber sehr viel davon. Und du solltest es auch lesen. Dann würdest du vielleicht aufhören, so über ihn zu reden. Es ist ein schreckliches Buch und da steht alles drin, was in den letzten Jahren geschehen ist. Hubert, ich hab seit gestern viel an dich gedacht. Ich glaube, fast nur an dich gedacht. Du hast mir gefallen, als ich dich da im Heu habe schlafen sehen. Und ich habe geträumt von dir. Aber ich muss dir jetzt eins sagen, ich kann mir nicht vorstellen, jemanden als Freund zu haben, der das gut findet, was euer Führer verbrochen hat. Geh wieder zurück nach Deutschland und wenn dir die Augen nicht bald aufgehen dort, komm nie wieder in die Schweiz zurück!"

Ingeborg steht auf, über ihre Wangen laufen ungehemmt die Tränen. Sie sieht ihn noch einmal an, legt ihm eine Hand auf die Schulter und sagt: „Schade!" Dann geht sie, ohne sich noch einmal umzudrehen.

Hubert Rösler sitzt wie versteinert auf der Birkenbank. Unfähig ihr hinterherzulaufen, unfähig, irgendetwas zu ihr zu sagen. Sie hat ihm eine Liebeserklärung gemacht, wie noch kein Mädchen vor ihr und dann an seinem Weltbild gerüttelt und ihn vor den Kopf gestoßen, dass ihm scheint, als würde ihm der Boden unter den Füßen weggezogen. Völlig konsterniert starrt er auf das Feld hinaus. Im Ohr klingelt ihm ihr letztes Wort „Schade!" Dann versinkt er in wehmütigen Gedanken.

Wie lange er auf dieser Bank gesessen hat, weiß er nicht. Ihn fröstelt und er spürt sich langsam wieder. Die Arzttasche und der Tornister stehen neben der Bank, so wie Ingeborg und er sie dort abgestellt hatten. Langsam nimmt er auch die Geräusche von der Straße her wieder wahr. Er versucht wieder klare Gedanken zu fassen. Er muss über die Grenze. Hauptmann Rose wartet auf ihn. Ingeborg hat sich verabschiedet. Ihr hat er nicht versprochen, dass er zurückkommen würde, ihr nicht. Seinem Vater und Hauptmann Rose schon. Er muss über die Grenze. Hubert Rösler steht auf, greift nach den beiden Gepäckstücken und macht sich auf den Weg zur Straße. Als er in die Trambahn einsteigt, dreht er sich noch einmal um und sieht die Inzlingerstraße hinauf. ‚Ingeborg! ' schreit es durch seinen Kopf, ‚Ingeborg! ' und ‚Schade!'. Dann setzt sich die Bahn in Bewegung, zwei Haltestellen später ist er an der Grenze.

Hubert Rösler trägt den Tornister auf dem Rücken und die Arzttasche in der Hand als er auf den Schweizer Grenzposten zugeht. Seine Kennkarte hält er in der Hand. Nach einem kurzen Blick auf das Foto winkt der Schweizer ihn weiter zum Schlagbaum. Dort warten die deutschen Zöllner. Links und rechts von den beiden Häuserfronten sind bis fast zur Straßenmitte Stacheldrahtrollen unter den beiden Schlagbäumen. Der kleine stacheldrahtfreie Korridor in der Mitte der Straße ist von vier deutschen Soldaten besetzt. Hubert Rösler hat im Ramsteiner Hof bereits den Schließfachschlüssel und den Einzahlungsbeleg unter seiner gebrauchten Unterwäsche und den Beutel mit seinem Waschzeug deponiert. Seine Kennkarte hat er griffbreit in der Jackentasche. Den Grenzübertrittschein, den Hauptmann Rose ihm in Lörrach mitgegeben hat, behält er noch bei sich. Auch dieses Dokument trägt den Vermerk ‚Sonderkommando: RM' und soll ihm womöglich weiterhelfen, sollte es Schwierigkeiten an der Grenze geben. Der Unteroffizier sieht auf Röslers Kennkarte. Er winkt seinem Kollegen und gibt ihm den kurzen Befehl: „Übernehmen!" Dann wendet er sich Hubert Rösler mit einer Ansage zu. „Folgen Sie mir!" Mit ausgreifenden Schritten strebt er dem zweistöckigen Gebäude mit dem großen Vordach auf der linken Straßenseite zu. Er öffnet die schwere Eingangstüre und geht zügig auf den hinter der Schalterbarriere sitzenden Feldwebel zu.

„Der Gefreite Rösler ist da!", meldet er kurz. Hubert Rösler stutzt. Er ist in Zivilkleidung hier angekommen und hat sich lediglich mit der Kennkarte ausgewiesen. Woher weiß dieser Unteroffizier, dass er Gefreiter ist? Der Feldwebel springt auf, kommt hinter dem Schaltertisch vor und bedeutet Hubert Rösler ihm zu folgen. In einem kleinen Zimmer mit einem Tisch und zwei Stühlen und einem vergitterten Fenster fordert der Feldwebel Rösler auf, die Arzttasche zu öffnen. Der Feldwebel wirft einen Blick in die Tasche, sieht Hubert Rösler fragend an und während er mit der Hand unter die Kleider fährt, fragt er:

„Nobel, nobel! Wozu brauchen Sie das?"

Hubert Röslers Reaktion ist prompt: „Hochzeit!"

„Hochzeit? Gratuliere! Aber wieso heiraten Sie nicht in Uniform, wie es sich gehört, Herr Gefreiter?" Der Feldwebel wirkt aggressiv und angriffslustig. Hubert Rösler ist wieder nicht auf den Mund gefallen.

„Nicht ich war der Bräutigam, Herr Feldwebel. Ich war nur geladen und dort herrschte Kleidervorschrift. Wenn Sie es genau wissen wollen." Er zieht das Grenzdokument aus der Tasche und hält es dem Offizier unter die Nase.

„Das brauchen Sie mir nicht zu zeigen, ich weiß wer Sie sind! Geben Sie mir Ihren Tornister!" Der Feldwebel greift nach dem Rucksack und öffnet ihn.

„So, so, mit Mantel und Hut! Das ist ja das volle Programm. Man feiert bei Familie Großkotz, während andere hier ihren Kopf hinhalten müssen."

Hubert Rösler merkt, dass die Situation kritisch wird. Zwar weiß der Feldwebel offensichtlich sehr genau über ihn Bescheid, aber scheinbar schützt ihn das nicht. Die Laune ähnelt der des Leutnants in Berlin. Eigentlich hatte Hubert Rösler Hauptmann Rose und eine relativ einfache Einreise hier erwartet. Wenn der Feldwebel den Tornister leerräumt, wird er den Schlüssel finden und den Einzahlungsbeleg. Hubert Rösler ahnt, dass das nicht nur für ihn, sondern auch für Hauptmann Rose Ärger bedeuten könnte, bei der Stimmung, die dieser Feldwebel verbreitet.

„Entschuldigen Sie, Herr Feldwebel, aber ich wäre etwas vorsichtiger mit den Äußerungen über Ihre Vorgesetzten. Es geht hier nicht um irgendeine ‚Familie Großkotz', sondern um ranghöchste Militärs, über die Sie hier herziehen." In der Vorwärtsverteidigung sieht Hubert Rösler die einzige Möglichkeit, dem Feldwebel wenigstens einigermaßen Einhalt zu gebieten. Sollte Hauptmann Rose mit seiner Operation inzwischen aufgeflogen sein in den zwei Tagen, die er in der Schweiz war, hätte man ihn doch sofort am Schlagbaum verhaftet und würde ganz anders mit ihm umspringen. Eher vermutet Hubert Rösler hinter dem Missmut des Feldwebels wieder den Frust, den er auch beim Wehrbereichskommando in Berlin schon erfahren hat. Und tatsächlich bricht der Feldwebel die Kontrolle des Tornisters ab, nachdem er Röslers gebrauchte Unterhose herausgezogen hatte. Missgelaunt schiebt er den Rucksack auf ihn zu.

„Von mir aus verpfeifen Sie mich, Gefreiter Rösler. Wir schieben hier Dienst, sind den Angriffen der Tommys und der Franzen ausgesetzt und müssen uns den Mist der Schweizer Kollegen da drüben tagtäglich anhören und dann sollen wir die Herrschaften auch noch hofieren, die als Sonderkommando in teuren Kleidern ihre Tage in Basel bei Hochzeiten verbringen, während hier unsere Leute in den Schützengräben verrecken! Glauben Sie, dass das Spaß macht und die Moral der Truppe stärkt? Setzen Sie sich, ich rufe den Hauptmann in Lörrach an, der wird Sie in ein paar Minuten abholen."

Damit dreht sich der Feldwebel um und will das Zimmer verlassen.

„Ich führe auch nur Befehle aus, Herr Feldwebel! Und ich habe auch im Schützengraben gelegen. Nicht hier an der Schweizer Grenze, an der Ostfront! Auge in Auge mit den Bolschewiken! Die Kugeln sind mir nur so um die Ohren geflogen! Und es hat mich zweimal erwischt. Dass ich noch lebe, gleicht einem Wunder, wenn Sie es genau wissen wollen. Einen Drückeberger brauche ich mich nicht nennen zu lassen. Keine Angst, ich werde Sie nicht verpfeifen, Sie sollten sich aber überlegen, was Sie zu wem sagen. Auch wenn Sie im Rang höher stehen als ich, es könnte auch für Sie nach hinten losgehen. Es ist nur gut gemeint von mir, Herr Feldwebel."

Der Feldwebel sieht ihn mit unbeweglicher Mine an. Dann nickt er ganz leicht mit dem Kopf und schließt die Türe hinter sich.

„Kommen Sie, Rösler!" Hauptmann Rose betritt noch nicht einmal das Zimmer. Vom Gang aus fordert er Hubert Rösler auf, unter den Augen des Feldwebels und einiger weiterer Grenzsoldaten die Grenzstation zu verlassen. Der Benz steht auf der anderen Seite des Schlagbaumes in der Baseler Straße Richtung Stetten. Hauptmann Rose geht eilig darauf zu, reicht Rösler den Wagenschlüssel und setzt sich in den Fond des Mercedes. Hubert Rösler verstaut sowohl die Arzttasche, als auch den Rucksack im Kofferraum des Wagens, setzt sich ans Steuer und fährt zügig in Richtung Stetten davon.

Nach einer Weile beginnt Hauptmann Rose das Gespräch.

„Gab es Probleme an der Grenze?"

„Geringfügig!"

„Was heißt geringfügig, Rösler?"

„Der Feldwebel wollte Auskunft über die Kleider in den Taschen!“

„Und? Was haben Sie gesagt?“

„Hochzeit!“

Der Hauptmann lacht auf. „Großartig, Rösler, wirklich großartig! Dieser Feldwebel ist ein sehr unangenehmer Geselle. Der hätte uns beinahe noch Ärger gemacht. Hat er sich zufrieden gegeben mit Ihrer Antwort?“

„Das hat er, nachdem ich ihm erklärt habe, dass ich nicht aus dem Urlaub aus der Schweiz komme, sondern an der Ostfront gekämpft habe, wurde er etwas kleinlauter.“

„Sehr gut, Rösler! Und wie ist es in Basel gelaufen?“

„Reibungslos, Herr Hauptmann! Denke ich wenigstens.“ Hubert Rösler schränkt seine Wertung über den Verlauf in Basel etwas ein. Er weiß, er muss vorsichtig sein, die Begegnung mit Ingeborg konnte ihm noch deutlich Ärger bescheren. Er muss bei seinem Bericht höllisch aufpassen. Dass er in der Bank so ohne Nachdenken Ingeborgs Namen als Kennwort verwendet hatte, wurmt ihn bereits jetzt, da Hauptmann Rose daraus durchaus Schlüsse ziehen könnte.

„Wieviel Geld haben Sie eingezahlt, Rösler?“

Diese Frage hatte Rösler erwartet. Das war die erste Frage, die ihn auf den Zahn fühlen sollte. Hauptmann Rose stellt damit seine Verlässlichkeit auf die Probe. Egal was passiert wäre, egal, welche Erklärung er abgeben würde, wenn die Summe nicht mit der Summe übereinstimmt, die ihm mitgegeben wurde, dann würde er wohl durch die Mangel gedreht werden. Eines war Hubert Rösler aber auch klar. Hauptmann Rose muss ihn weiter schützen, denn er ist im Moment der einzige Zeichnungsberechtigte auf dem Konto in Basel.

„Einskommazwei Millionen Franken!“

„Rösler, ich wusste, dass ich mich auf Sie verlassen kann!“ Im Rückspiegel sieht Hubert Rösler, dass Hauptmann Rose sich zufrieden in den Ledersitz zurücklehnt, die Augen schließt und kurz lächelt.

„Wie haben Sie das Konto angelegt?"

„Ich habe es zehn Jahre fest angelegt…" Hauptmann Rose verzieht seinen Mund und lässt ein kritisches Zischen durch seine Zähne hören.

„…zu vier Prozent!"

„Zu wie viel?" Mit beiden Händen greift Hauptmann Rose nach der Sitzlehne des Beifahrersitzes und schnellt nach vorne. Sein Gesicht ist unmittelbar an Hubert Röslers rechtem Ohr.

„Zu vier Prozent!" Hubert Rösler bleibt ganz ruhig. Er hatte keine Ahnung, zu welchem Zinssatz er das Geld hätte anlegen sollen. Wenn es jetzt einen Disput darüber geben sollte, würde er sich nicht scheuen, Hauptmann Rose dafür die Verantwortung zu geben, ihn im Vorfeld nicht über die Geldanlage genauer informiert zu haben.

„Vier Prozent? Das ist doch nicht wahr!" Hauptmann Roses Stimme ist nahe daran sich zu überschlagen.

„Herr Hauptmann, doch, ich habe das Geld zu vier Prozent angelegt! Ich hatte doch…"

„Rösler, wie haben Sie das denn gemacht? Vier Prozent? Das ist ja unglaublich!" Hauptmann Rose lässt sich wieder in seinen Sitz zurückfallen Und schüttelt den Kopf.

„Wenn Sie mir jetzt drei gesagt hätten, hätte ich Sie unter anderen Umständen für das EK Eins vorgeschlagen. Wenn Sie mit zweikommafünf gekommen wären, hätte ich Ihnen immer noch auf die Schultern geklopft. Jetzt bringt der vier Prozent daher! Rösler, was sind Sie für ein Kerl!"

Urs Frei hatte also Recht. Keine Bank hätte ihm mehr gegeben. Er hatte gepokert und offensichtlich sehr hoch gewonnen. Hubert Rösler durchläuft ein warmer Schauer. Wenigstens ein schöner Erfolg an seinem zweiundzwanzigsten Geburtstag.

„Sie flunkern doch nicht, Rösler, oder?"

„Natürlich nicht, Herr Hauptmann, der Einzahlungsbeleg ist im Tornister!"

„Haben die Grenzer ihn gesehen?" Hauptmann Rose ist nun wieder sehr gefasst.

„Nein, meine gebrauchten Unterhosen haben sie von der Einsichtnahme abgehalten." Hubert Rösler grinst.

„Sie sind mir einer. Wirklich mit allen Wassern gewaschen, mein lieber Schwan!" Auch der Hauptmann kann sich das Grinsen nicht verkneifen.

„Fahren Sie zum ‚Schwarzen Bären', wir machen dort noch einen kurzen Halt, wir essen eine Kleinigkeit und bekommen dort vielleicht auch noch einen guten Kaffee, dann berichten Sie mir die Details. Anschließend fahren wir heute noch weiter."

An einem ruhigen Ecktisch im ‚Schwarzen Bären' berichtet Hubert Rösler während des Essens mit leiser Stimme dem Hauptmann in aller Ausführlichkeit über seine Erlebnisse der letzten beiden Tage. Er erzählt von der Grenzüberschreitung in der Nacht, von seinem Einkauf in Basel, der Begrüßung als ‚Doktor' im Ramsteiner Hof und alle Einzelheiten von seinem Bankbesuch bei Herrn Frei. Seine Begegnung mit Ingeborg spart er allerdings aus und beschränkt seine Erzählung auf Ingeborgs Mutter. Er überreicht dem Hauptmann den Einzahlungsbeleg. Prüfend sieht der Hauptmann das Papier an.

„Darauf kann ich aber nicht erkennen, dass Sie das Geld mit vier Prozent angelegt haben, Rösler!" Der Hauptmann scheint aber zumindest zufrieden zu sein, die korrekte Summe auf dem Beleg zu sehen.

„Das ist mit Ihrem Auftrag auch nicht möglich, Herr Hauptmann. Ich habe ein banklagerndes Schließfach gemietet, in dem alle Unterlagen des Kontos aufbewahrt werden, so wie Sie es angeordnet haben. Dort finden Sie die Unterlagen über das Konto, auf denen alle Einzelheiten aufgeführt sind. Hier ist der Schlüssel für das Schließfach. Die Nummer ist Zweiundsechzig-fünfunddreißig." Hubert Rösler schiebt dem Hauptmann den Schlüssel über den Tisch.

„Die Kosten für das Schließfach sind übrigens zwei Franken im Monat. Die werden jedes Jahr mit der Zinsabrechnung als Gebühren vom Konto einbehalten. Ist das so in Ordnung?“

„Natürlich, Rösler! Aber den Schlüssel behalten erst mal Sie. In der nächsten Zeit verlasse ich mich darauf, dass Sie sich um das Konto kümmern. Je nachdem wie sich die Dinge entwickeln, werde ich mich bei Gelegenheit auch persönlich mal bei der Bank vorstellen und nach dem Rechten sehen. Aber da warten wir erst einmal ein paar Wochen ab.“ Hauptmann Rose schiebt den Schlüssel wieder über den Tisch zurück.

„Da ist noch etwas, Herr Hauptmann!“ Hubert Rösler fühlt sich etwas mulmig. Ihm ist aber klar, dass er dem Hauptmann nicht verschweigen kann, dass das Konto mit einem Kennwort gesichert ist. Sollte er wirklich in der nächsten Zeit nach Basel fahren und durch das Kennwort nicht an das Konto rankommen, würde er offensichtlich Ärger bekommen.

„Noch etwas?“ Der Hauptmann sieht Hubert Rösler verwundert an.

„Das Konto ist mit einem Kennwort gesichert! Der Herr Frei hat mir das geraten.“

Der Hauptmann lacht entspannt. „Gut so, Rösler! Und wie lautet das Kennwort?“

Hubert Rösler schluckt und räuspert sich. „Ingeborg!“

„Ingeborg? Wie kommen Sie denn auf den Namen, Rösler?“ Der Hauptmann grinst.

„Ist wohl Ihre Freundin zuhause, oder?“

„Ja, ja!“ Hubert Rösler nickt und sieht betreten auf den Teller vor ihm.

Der Hauptmann wird ernst: „Rösler, Sie wissen, über diese Operation dürfen Sie mit niemandem reden. Und wenn ich niemanden sage, dann meine ich niemanden. Auch nicht mit Ihrer Freundin. Wie lange sind Sie mit Ihr denn schon zusammen?“

„Zusammen?.. ich?.. nein, noch gar nicht...!" Hubert Rösler stottert verlegen.

Hauptmann Rose lacht erleichtert.

„Na, das ist doch bestens, Rösler, sie weiß wohl noch gar nichts von ihrem Glück! Jetzt seien Sie nicht so schamhaft, Rösler, jeder Soldat braucht doch einen Grund, wieder nachhause kommen zu wollen. Und es müssen nicht immer nur die Mutter und der Vater sein. Da brauchen Sie sich nicht zu schämen. Vielleicht träumt Sie ja auch von Ihnen und wartet sogar auf Sie!" Wieder lacht der Hauptmann, steht langsam auf und wendet sich ab zum Gehen. Dann dreht er sich noch einmal um.

„Wenn Sie ausgetrunken haben, Rösler, gehen Sie in Ihr Zimmer nach oben und holen Ihr Marschgepäck. Wir fahren dann in dreißig Minuten los. Bleiben Sie in Zivil, das ist besser, die Franzosen sind schon in der Gegend. Halten Sie aber trotzdem ihre Feldbluse und Ihre Mütze griffbereit. Man kann nie wissen."

„Was mache ich mit den Sachen hier?" Hubert Rösler deutet auf die Arzttasche und den Tornister. Hauptmann Rose grinst wieder über das ganze Gesicht.

„Hochzeit, Rösler! Das Zeug können Sie natürlich behalten, vielleicht freut sich Ihre Ingeborg ja noch darüber!" Er lacht etwas spöttisch auf.

„Ähh.., da ist noch das restliche Geld!" Hubert Rösler greift in seine Hosentasche.

„Das lassen Sie mal auch bei sich. Sie werden in der nächsten Zeit hoffentlich mehr als einmal Gelegenheit haben, es auszugeben!" Dann dreht sich der Hauptmann um und verschwindet in der Küche.

Eine halbe Stunde später sitzt Hubert Rösler wieder am Steuer des Mercedes Benz und fährt in östlicher Richtung inmitten einer Militärfahrzeugkolonne aus Lörrach hinaus. Hauptmann Rose in seiner Uniform scheint eine Art Garantie dafür zu sein, dass sie nicht gestoppt werden und man dieses zivile Auto ungehindert in der Kolonne fahren lässt.

„Wir versuchen Richtung Donaueschingen durchzukommen, Rösler. Es wird womöglich einige Kontrollen geben, aber solange wir mit denen hier mitfahren können, sollten wir Ruhe haben. Das hier sieht mir eh nach Rückzug als nach Stellung halten aus. Da wird der Führer übermorgen an seinem Geburtstag wenig Freude haben!“ Hauptmann Rose scheint sich mit seiner Aussage wenig über die Aktivitäten der Einheit auf der Straße zu wundern.

„Da geht es ihm nicht besser als dem gemeinen Soldaten, Herr Hauptmann.“ Hubert Rösler weiß, dass er eine spitze Zunge damit riskiert, inzwischen ist ihm aber klar, dass er wohl weit mehr an den Endsieg des Führers glaubt als der Hauptmann. Da sind wieder die Worte seines Vaters: ‚In drei Wochen spätestens ist der Krieg zu Ende, Hubert! ‘. Versteck dich, solange! Wenn die Deutschen dich erwischen, stellen sie dich an die Wand und die Tschechen knüpfen dich auf! ‘

„Ja richtig, Rösler, Sie haben ja heute Geburtstag. Meinen herzlichen Glückwunsch! Das wäre mir doch jetzt bald durch die Lappen gegangen. Sehen Sie, dann sind die neuen Kleider doch gerade am passenden Tag bei Ihnen angekommen. Erzählen Sie später einmal bloß nicht, Sie wären an Ihrem zweiundzwanzigsten Geburtstag nicht reich beschenkt worden.“ Der Hauptmann klopft ihm lachend von hinten auf die Schultern.

„Wirklich alles Gute, mein lieber Rösler, jetzt liegt es an Ihnen, dass Sie den Tag gut zu Ende bringen und uns sicher ins Quartier steuern.“

„ Vielen Dank, Herr Hauptmann, vielen Dank. Fahren wir zurück nach Berlin?“

„Wo denken Sie hin, Rösler! Das ist wohl nicht mehr möglich. Berlin liegt seit heute Morgen unter einem Bombenteppich. Und die Alliierten rücken im Westen ebenso schnell vor wie die Russen von Osten. Es dauert sicher nicht mehr lange, dann geben sich die beiden die Hand. Unsere Wehrmacht leistet nahezu keinen Widerstand mehr, Rösler. Es geht zu Ende, glauben Sie mir. Sehen Sie doch raus aus dem Fenster, das kann man doch nur mehr als Auflösungserscheinung bezeichnen. Wir haben verloren, Rösler, da müssen wir uns nichts mehr vormachen. Umso wichtiger war Ihr Einsatz in den letzten Tagen und da haben Sie sich allen Respekt verdient. Die deutsche Idee wird nicht sterben und Sie haben einen großartigen Beitrag dazu geleistet, Rösler!“

Mit einem Mal prasseln Ingeborgs Worte von heute Morgen wie ein Trommelfeuer auf ihn ein. Er sieht ihre Tränen, hört ihr letztes ‚Schade'. Wie kann sie so reden? Sie muss doch verstehen, welche Menschen das sind, diese Juden, diese Tschechen, Russen, Bolschewiken, Franzosen, sie alle haben uns Deutsche gedemütigt, betrogen, bestohlen, hintergangen. Die Polen haben den Krieg angefangen...Wir mussten uns wehren, mussten zurückschießen. Die Deutschen können sich doch nicht alles gefallen lassen. Nein, Hauptmann Rose ist sicher kein schlechter Mensch und der hat sicher das Buch vom Führer gelesen und er gibt ihm Recht. Die Ideen des Führers stimmen, er ist halt nur kein ausgebildeter Offizier und hat ein paar blöde Fehler gemacht, deshalb geht der Krieg jetzt verloren. Ganz bestimmt. Ingeborg hat da sicher einiges falsch verstanden. Er muss sie wiedertreffen, muss mit ihr reden. Muss ihr irgendwie erklären, dass sie doch auch zu der auserwählten Rasse gehört. Der Führer will ein neues Deutschland. Er will es für das arische Volk. Für jeden einzelnen will er Recht und Gerechtigkeit. Sie muss einfach verstehen, dass eben nicht alle Menschen gleich sind. Das ist einfach eine Lüge. Die arische Rasse ist naturgegeben einfach höher gestellt. Ist kein solcher Pöbel und Mischvolk. Und das ist doch nicht nur die Ansicht von Adolf Hitler. In Amerika ist es doch genauso. Natürlich sind die Weißen dort die Intelligenten, die Zivilisierten und nicht die Neger. Und warum lassen die Amerikaner die Juden nicht ins Land, die aus Deutschland abhauen? Und die Russen? Haben die nicht schon lange erkannt, dass die Juden eine mindere Rasse sind? Die haben doch schon vor vielen Jahrhunderten eine klare Linie zwischen sich und denen gezogen. Nein, Ingeborg, du hast nicht Recht, lass uns reden, du hast da sicherlich etwas falsch verstanden. Ich muss sie wiedertreffen, ich muss ihr das alles erklären. Ingeborg!

Der aufgewühlte Hubert Rösler mahnt sich innerlich zur Ruhe, versucht sich auf die Straße zu konzentrieren und sich nicht weiter von seinen Gedanken ablenken zu lassen.

Hauptmann Rose sucht über den Rückspiegel Blickkontakt zu Hubert Rösler zu halten und interpretiert sein Schweigen auf seine Weise.

„Sie sind ein bescheidener junger Mann, Rösler, das ist gut so. Und es wird die Zeit kommen, da brauchen Sie ihr Licht nicht mehr unter den Scheffel zu stellen. Das versichere ich Ihnen. Sie werden es weit bringen in Ihrem Leben."

„Glauben Sie?"

„Ganz bestimmt!"

„Wo fahren wir denn jetzt hin? Wenn ich fragen darf?"

„Sie dürfen fragen. Wir fahren nach Villingen. Da kann ich Sie womöglich eine Zeit lang unterbringen und dafür sorgen, dass Sie zumindest in der nächsten Zeit nicht mehr an die Front müssen. Wir versuchen über die Berge zu fahren. Ich hoffe zum einen, dass die Franzosen heute nicht auf die Idee kommen, dort ihre Bomben abzuwerfen und dass zum anderen nicht irgendwelche übereifrigen Gestapo oder SS-Kommandos unterwegs sind. Die können wir absolut nicht gebrauchen. Fahren Sie da vorne links ab Richtung Schönau."

Hubert Rösler steuert den Wagen aus der geradeausfahrenden Militärkolonne heraus und biegt links auf die weniger befestigte und leicht ansteigende Straße ein. Wohin er fahren soll ist ihm nicht klar. Von einem Ort namens Villingen hat er jedenfalls bis heute noch nie etwas gehört und es ist ihm auch nicht klar, wie lange sie noch unterwegs sein werden.

„Die Lage ist inzwischen sehr unübersichtlich geworden.", beginnt Hauptmann Rose nach einigen schweigsamen Minuten im Auto wieder zu reden, „Die Franzosen sind meines Wissens schon sehr weit vorgerückt und ich kann Ihnen nicht versprechen, dass wir nicht bereits auf irgendwelche Trupps stoßen werden. Außerdem haben sie längst ihre Luftangriffe von der Nacht auch auf den Tag verlegt, so dass ein weiteres Fahren in dieser Kolonne sicherlich risikoreicher ist, als sich hier einzeln fortzubewegen. Auch wenn die Wahrscheinlichkeit groß ist, dass wir einige Umwege fahren müssen. Ich hoffe trotzdem, Rösler, dass ich Sie einigermaßen sicher unterbringen kann und dass Sie den Krieg unversehrt überstehen können. Eines müssen Sie wissen: Sie tragen ein Staatsgeheimnis mit sich. Dessen sollten Sie sich stets bewusst sein. Solange es mir möglich ist, werde ich zu Ihnen Kontakt halten. Der kann sicher auch einmal für eine längere Zeit unterbrochen bleiben. Das soll Sie nicht beunruhigen. Nur eines sollten Sie wissen, Rösler, sollte es mir aus welchen Gründen auch immer nicht mehr möglich sein, zu Ihnen Kontakt aufzunehmen, dann bewahren Sie Ruhe und warten ab, bis sich jemand bei Ihnen meldet. Ich habe Vorsorge getroffen, dass sich in diesem Fall jemand mit Ihnen in Verbindung setzt. Und jetzt hören Sie genau zu und merken sich das Prozedere. Die Losung ist grundsätzlich ‚Ingeborg Rose' und zwar in dieser Reihenfolge. Ich gehe davon aus, dass die beiden Namen bei Ihnen nicht in Vergessenheit geraten und es nicht notwendig ist, dass Sie diese Losung irgendwo schriftlich hinterlegen müssen. Ferner werde ich auch die ersten vier Stellen der Kontonummer weitergeben, so dass Sie von Ihnen bei dem Kontaktmann abgefragt werden können. Haben Sie das verstanden, Rösler?"

Hubert Rösler sieht über den Rückspiegel in die Augen des Hauptmannes und bestätigt seine Aufmerksamkeit mit einem klaren: „Jawohl, Herr Hauptmann! ‚Ingeborg Rose' und die Abfrage der ersten vier Stellen der Kontonummer, also QZG7."

„Genau so, Rösler! Das nur für den Fall, sollte ich ausfallen. In der nächsten Zeit werden Sie wohl der Kontoinhaber bleiben. Sie haben mit dem Herrn Frei ja einen Zeitraum von zehn Jahren festgelegt, der scheint mir zwar sehr hoch gegriffen, aber man kann ja nie wissen, wie sich alles entwickeln wird. Ich gehe aber davon aus, dass wir spätestens nach dieser Zeit das Geld wieder nach Deutschland transferieren können. Keine Sorge, Sie bekommen von mir dazu klare Instruktionen. Wenn das reibungslos klappt, Rösler, werden Sie sicherlich auch davon profitieren, das kann ich Ihnen heute schon versprechen. Wenn wir heute einigermaßen durchkommen und Villingen erreichen, werden Sie wieder auf sich allein gestellt sein. Solange die Wehrmacht in Villingen die Stellung hält, sind Sie laut Soldbuch und Wehrpass einem Reichsministerium unterstellt und bekommen keinen weiteren Marschbefehl. Dafür habe ich gesorgt. Sollten die Franzosen oder irgendwelche anderen Alliierten Villingen einnehmen, empfehle ich Ihnen sich von diesen Papieren zu trennen und nur Ihre Kennkarte zu benutzen. Welche Geschichte Sie sich bei eventuellen Befragungen und Verhören dann ausdenken, überlasse ich Ihnen. Sie haben ja bewiesen, dass Sie in dieser Hinsicht sehr kreativ sind. Und es wird niemanden in Villingen geben, der von Ihnen oder über Sie irgendeine Geschichte erzählen kann. Niemand kennt Sie dort, also seien Sie vorsichtig mit dem, was Sie von sich preisgeben. Sie müssen überleben, einfach nur überleben. Alles andere ist im Moment unwichtig. Nur eines müssen Sie wissen und sich strikt daran halten, Rösler: Verlieren Sie niemals ein Wort über das Geld. Niemals und das meine ich sehr ernst. Es ist auch zu Ihrer eigenen Sicherheit! Haben Sie mich verstanden, Rösler?"

„Jawohl, Herr Hauptmann!" Hubert Rösler bestätigt dem Hauptmann zwar mit klarer Stimme, dass er seinen Ausführungen gefolgt war und sie auch verstanden hat, innerlich ist er aber aufgewühlt. Das Bild, das Hauptmann Rose gerade gezeichnet hat, löst in ihm ähnliche Gefühle aus, wie Ingeborgs Worte das vor ein paar Stunden getan haben. Stimmt denn sein Weltbild überhaupt nicht mehr? Er könnte von den Franzosen verhört werden. Von den Leuten, denen damals in Le Perthus Mayor Maltitz Befehle erteilt und sie verhört hat? Das soll sich plötzlich alles umkehren? Und Hauptmann Rose zweifelt daran scheinbar überhaupt nicht mehr? Haben wir wirklich wieder verloren? Hubert Rösler spürt innerlich so etwas wie Verzweiflung in ihm hochsteigen. Hat Ingeborg Recht, wenn Sie sagt, dass dieser lange Krieg nur Tod und Zerstörung über die Welt gebracht hat? Dass alles, auch sein aufrichtiger Glaube an die Richtigkeit seines Handelns umsonst war. Villingen, wo immer das liegt, es ist weit weg von seinem Zuhause, es ist weit weg von seinen Eltern. Wie geht es mit der Werkstatt weiter, wenn Papa nicht mehr kann und er nicht bald nachhause kommt? ‚Ich komme wieder, Papa! ', hat er versprochen. Wie soll er das einhalten, wenn die Franzosen ihn nicht mehr weglassen?

„Fahren Sie ran, Rösler, fahren Sie ran! Tiefflieger!" Hauptmann Roses Schrei reißt Hubert Rösler aus seinen Gedanken. Geistesgegenwärtig lenkt er den Wagen links von der Straße an den Waldrand. Im Schutz der Bäume stoppt er. Er reißt die Türe auf, lässt sich aus dem Auto fallen, rappelt sich hoch und läuft ein paar Schritte in den Wald. Hauptmann Rose steht augenblicklich neben ihm. Das Dröhnen der Flugzeuge ergreift das ganze Tal. Durch die Bäume blicken die beiden in den Himmel. Vierzig oder fünfzig Flugzeuge dröhnen über sie Richtung Südosten hinweg. Hubert Rösler starrt einfach nur in den Himmel.

„Gott sei Dank, Rösler, keine Tiefflieger, die Amerikaner, lauter B-17 Maschinen. Die können einfach so ungehindert über uns wegdonnern und ihre Bomben abwerfen, wo immer sie wollen. Und sehen Sie auch nur eine JU 88, einen Uhu, eine Hornisse, geschweige denn eine Schwalbe oder eine ME 163? Weit und breit nichts zu sehen, Rösler. Der Widerstand ist längst zusammengebrochen. Die Luftwaffe ist genauso fertig wie das Heer. Die sind auch nur noch auf dem Rückzug, wie Sie ja selbst gesehen haben. Der Krieg ist verloren. Es ist aus und zwar sehr bald, Rösler. Jetzt gilt es umzudenken, ganz schnell umzudenken und kühlen Kopf bewahren."

Die Bomber sind nur noch klein am Himmel zu sehen. Das Dröhnen wird leiser, bleibt aber Hubert Rösler im Ohr.

„Kommen Sie, wir müssen zusehen, dass wir vor der Dunkelheit noch ans Ziel kommen. Bevor die Ausgangssperre beginnt. Ziehen Sie jetzt besser ihre Feldbluse über und setzen die Mütze auf."

Die beiden steigen wieder in den Wagen. Ohne große Schwierigkeiten gelingt es Hubert Rösler wieder auf die Straße zu lenken und die Fahrt fortzusetzen. Wenn Hauptmann Rose bis zur Dunkelheit Villingen erreichen will, dann kann es ja so weit nicht mehr sein.

Die Dämmerung bricht schon herein, als sie sich von Süden her der Stadt Villingen nähern. Während in den Dörfern, die sie passierten das Leben vom Auto aus gesehen seinen normalen Gang geht, ändert sich das Bild hier in Stadtnähe völlig. Links und rechts der Straße sind viele sehr junge Uniformierte mit ihren Feldkanonen und Gewehren postiert. An den Waldrändern und den Buschhecken der Wiesen sind vereinzelt mit Tarnplanen verdeckte Schützengräben auszumachen. Die Zufahrtsstraße ist verbarrikadiert. Sie passieren drei Kontrollen bevor sie überhaupt in Häusernähe kommen. Hauptmann Rose ist offenbar die Garantie, dass sie unbehelligt die lange Pappelallee entlang Richtung Stadt einfahren können, seine Papiere, die er stets wortlos aus dem Fenster reicht, sorgen jedes Mal für ein schnelles Öffnen der Barrikaden. Auf der rechten Seite ist freies Feld. Gleich an der ersten Abzweigung biegen sie rechts in die Hindenburgstraße ab, wie Hubert Rösler auf einem schiefstehenden Straßenschild lesen kann. Auf der linken Seite in dem kleinen Wäldchen sind ebenfalls sehr junge Soldaten postiert, von denen sie durchgewinkt werden, sobald man den Hauptmann im Fond des Wagens erkannte. Unmittelbar nach den ersten Häusern auf der rechten Seite biegen sie von der Teerstraße ab, um links in eine der befestigten Kiesstraßen einzufahren. Nach etwa hundert Metern bedeutet Hauptmann Rose den Wagen vor einem kleinen Häuschen mit steilem Dach und kleinem Vorgarten anzuhalten.

Der Hauptmann greift in seine Aktentasche und reicht Hubert Rösler ein dickes braunes Kuvert nach vorne.

„Da sind Ihre Wehrmachtspapiere und Lebensmittelmarken drin. Die sollten Sie eine Weile über Wasser halten. Gehen Sie sorgsam damit um, man weiß ja nie, wie lange Sie darauf noch angewiesen sind. Noch eine wichtige Sache, Rösler, sollte die Wehrmacht die Stadt verlassen müssen, wäre es angebracht, wenn man Sie nur noch als Zivilist antreffen würde."

Hubert Rösler dreht sich um und sieht den Hauptmann fragend an.

„Das ist reiner Selbstschutz, Rösler, glauben Sie mir, manchmal muss man sein Fähnlein mit dem Wind drehen, um zu überleben!"

Ganz verstehen kann Hubert Rösler nicht, was Hauptmann Rose damit meint.

„Ich werde mich jetzt von Ihnen verabschieden. Leutnant Riegger wird Sie gleich in Ihr neues Heim einweisen und dann mit mir weiterfahren. Wie ich Ihnen schon gesagt habe, Rösler, kann es sein, dass eine Weile Funkstille zwischen uns herrscht. Das muss Sie nicht beunruhigen. Ich melde mich ganz sicher wieder bei Ihnen oder jemand mit der besagten Losung. Sie sind jetzt ganz auf sich allein gestellt. Diese Stadt habe ich ganz bewusst für Sie ausgesucht. Sie ist nicht allzu weit von der Grenze weg, so dass Sie durchaus die Gelegenheit bekommen könnten, nach Basel zu gelangen. Zum anderen gibt es hier einige nicht so schlechte Metallwerke, bei denen Sie mit Ihrer Ausbildung doch Arbeit finden können. Wie immer der Neustart aussieht, Rösler, ich wünsche Ihnen auf jeden Fall alles Gute. Sie haben Ihre Sache glänzend gemacht! Ich bin stolz auf Sie!“

Hubert Rösler ist einen Moment total perplex. Ein Gefühl von einem ausgesetzten Tier kommt in ihm auf. Sein Hals ist wie zugeschnürt und er hat einen Kloß in der Kehle. Will ihn der Hauptmann hier mitten in der Pampa, einem Fleck auf der Welt, wo er noch nie in seinem Leben war, einfach allein lassen? Weit weg von allem, was er sein Zuhause nennt? Soll er hier bleiben, wo er niemanden kennt, wo er nicht weiß, in welche Richtung er sich bewegen kann, wo er aber wohl weiß, dass es zu Ingeborg mehr als hundert Kilometer sind und nach Reichenau noch viel, viel weiter? In ihm stürzen mit einem Mal alle seine Träume in sich zusammen. Er ist nahe dran laut loszuheulen.

Der Hauptmann sieht offensichtlich Hubert Rösler die aufkommende Panik an und redet beruhigend auf den Gefreiten ein.

„Jetzt seien Sie nicht so schockiert, Rösler. Sie haben bis hierher überlebt. Das ist zunächst mal das Allerwichtigste. Sehen Sie zu, dass es so bleibt. Das Haus da hat einen Luftschutzkeller. Nutzen Sie den rechtzeitig, wenn es notwendig sein sollte. Und wie es dann weitergeht, Rösler, dass weiß noch keiner von uns, da werden wir uns alle auf ein anderes Leben einstellen müssen! Die nächsten paar Wochen bleiben Sie einfach mal hier. Wenn die Lage wieder überschaubarer wird, melde ich mich bei Ihnen, da können Sie beruhigt sein.“

„Und meine Eltern..?“ Mehr zu sagen ist Hubert Rösler nicht in der Lage. Er schweigt, weil er merkt, dass seine Stimme weinerlich wirken würde.

„Rösler, von Osten her kommen die Russen. Ich habe keine Ahnung, ob Reichenberg überhaupt noch unter unserer Kontrolle ist. Wir können nur abwarten und hoffen. Das gilt für Sie ebenso wie für mich. Ich kann auch nicht mehr nach Berlin zurück. Und meine Familie ist in dieser Stadt. Verstehen Sie? Wir sind Soldaten, Rösler, wir müssen das hinnehmen wie es kommt. Auch wenn es ein hoher Preis ist, den wir dafür zahlen müssen. Aber wir wissen, wir tun es für unser Vaterland! So und jetzt gehen Sie, wir müssen sehen, dass wir hier wegkommen.“

Der Hauptmann reicht Hubert Rösler über die Sitzlehne schweigend die Hand und nickt ihm verständnisvoll zu. Hubert Rösler steigt aus, nimmt das Kuvert, seine Waffe und sein Marschgepäck und nach ausdrücklicher Aufforderung des Hauptmanns auch die Arzttasche und den Tornister. Dann geht er auf das Haus zu. Im Eingang steht ein Leutnant, den Rösler auf Mitte dreißig schätzt und weist ihm den Weg in die kleine Küche. Sie hat etwas Heimeliges mit dem kleinen weißen Tisch, den drei braunen Holzstühlen und dem ockerfarbenen Küchenbuffet. Im Eck neben dem Fenster gibt es ein emailliertes weißes Spülbecken und einen Herd neben dem ein gefüllter Holzkorb steht. Von der Decke hängt eine Glühbirne, die nach oben mit einem weißen Glas, das nach außen mit transparenten Faltenzacken ausläuft, beschirmt ist. Der Leutnant zeigt ihm auch noch das Schlafzimmer, in dem ein dunkelbraunes hölzernes Bett und ein dazu passendes Nachtkästchen steht. An der Wand gibt es eine Garderobe mit mehreren Haken, an denen Kleiderbügel hängen. Das Fenster ist mit schwarzem Tuch verhangen. Die Beleuchtung ist eine nackte Glühbirne. Auf der anderen Seite des Flurs befindet sich eine Badestube, die neben der Toilette und dem Waschbecken mit einer emaillierten Wanne und einem Kohlebadeofen ausgestattet ist. Hubert Rösler ist mächtig überrascht von diesem Luxus, was den Leutnant zu der Bemerkung veranlasst:

„Der Führer hat schon immer auch an die kleinen Leute gedacht. Das Haus ist erst vor fünf Jahren für Leute wie Sie und mich gebaut worden. Hier haben Sie die Hausregeln!" Damit drückt er Hubert Rösler den zusammengefalteten Zettel in die Hand, den er schon die ganze Zeit in der Hand gehalten hatte.

Dann steigen die beiden über eine Außentreppe in den Keller, der über eine doppelte Holztüre zugänglich und mit einer Blende nach oben verdeckt ist. Am Türrahmen erkennt Hubert Rösler, dass das Mauerwerk sehr massiv ist. Auf der Treppe hatte er bereits festgestellt, dass auch die Decke des Kellers ziemlich verstärkt gebaut wurde. Der Raum im Keller wirkt wesentlich größer als die Zimmer oben. Der gesamte Raum wird in der Mitte lediglich von zwei Säulen gestützt. An den Wänden stehen Holzbänke, auf denen zusammengefaltet einige Wolldecken und Sitzkissen liegen. Ein kleiner Teil des Raumes ist noch einmal abgetrennt und mit einer Türe versehen. Dahinter befindet sich ein

Waschherd mit einem großen Wasserkessel und zwei Wäschekörben, die hochkant gegen die Wand gelehnt sind.

„Das ist der Luftschutzraum!", erklärt ihm der Leutnant, „der wird von allen im Haus genutzt, oben wohnt eine Frau mit ihren drei Töchtern. Von der Nachbarschaft kommen auch einige bei Fliegeralarm hierher. Sind alles ganz nette Leute und alle arisch."

Der Leutnant geht nicht mehr mit ins Haus hinein, gibt ihm den Schlüssel und geht zügig auf die Straße zum Auto. Unmittelbar danach fährt der Wagen unbeleuchtet die Straße hinunter und biegt nach rechts ab.

Hubert Rösler steht vor dem Haus und versucht sich einigermaßen zu sortieren. Er faltet den Zettel auf, den Leutnant Riegger ihm in die Hand gedrückt hat. Unkonzentriert beginnt er zu lesen, ohne den Sinn wirklich wahrzunehmen: Reichheimstättengesetz für Wohnheimstätten: „...die Wohnstätte soll das Wohnbedürfnis ihres Inhabers auf eigener Scholle sichern und befriedigen.....Sie soll weiter nach Bestand und wirtschaftlicher Benutzung ihrem jeweiligen Eigentümer als feste Grundlage seines bürgerlichen Daseins, so dann auch der Gesamtheit als dauernde Unterlage für die Lebensführung eines Volksgenossen, des gegenwärtigen oder eines anderen Inhabers erhalten bleiben.....immer vorausgesetzt, es handelt sich um einen arischen Bürger..." Zum wiederholten Mal hat er heute zu hören bekommen, dass es einen erheblichen Unterschied zwischen ihnen, den Ariern und allen anderen Menschen gibt. Nur Ingeborg hat das heute Morgen so vehement bestritten. Dabei ist sie doch eigentlich auch Arierin. Natürlich, die Schweizer sind das auch, genauso wie die Österreicher. Adolf Hitler selbst ist doch aus Österreich, durch und durch arisch. Wieso soll Ingeborg dann nicht auch zu den Guten zählen. Warum ist sie nur so heftig geworden. Eigentlich hätte sein zweiundzwanzigster Geburtstag doch sehr schön für ihn werden können, wenn sie alles andere nicht gesagt hätte, vor allem nicht dieses „Schade!", ihm nur diese Liebeserklärung gemacht hätte: „Eigentlich habe ich die letzten beiden Tage nur an dich gedacht!" Was wäre das für ein Morgen gewesen. Dann diese schönen Kleider und jetzt auch noch eine eigene Wohnung mit Badestube.

Wäre sie nur hier. Seine Gedanken schweifen ab, die Sirenen schreien, Fliegeralarm!

23. Juli 2019

Am Abend sitzen die Geschwister gemeinsam in der Pizzeria „Flughafen“ in Villingen. Übermorgen wird die Beerdigung sein. Mit dem festen Vorsatz in der Öffentlichkeit kein Wort über die Schweizer Sache zu verlieren, dreht sich ihre Unterhaltung in erster Linie über die komplizierte Haushaltsauflösung, die Beerdigung und den anschließend geplanten Hausverkauf. Irgendwann spricht Paul seinen Bruder Martin dann doch noch an.

„Dich beschäftigt doch die ganze Zeit noch etwas, Martin? Ich sehe dir doch an, dass du noch an etwas knabberst.“

Martins Augen huschen für einen Bruchteil einer Sekunde durch den vollbesetzten Gastraum.

„Wisst ihr was 1999 in Deutschland alles los war?“

Die drei sehen ihren Bruder fragend an.

„Was soll die Frage?“

„Ihr wisst es also nicht! Dann sage ich es euch: Fünfzig Jahre Grundgesetz, fünfzig Jahre Bundesrepublik Deutschland! Zehn Jahre Mauerfall, Rau wird Bundespräsident, Günter Grass bekommt den Literaturnobelpreis, Ernst August von Hannover und Caroline von Monaco heiraten und Johann Wolfgang von Goethe feiert seinen 250. Geburtstag! Alles 1999.“

„Ja und? Willst du uns dein Wissen präsentieren? Vielleicht ist ja auch noch ‚Titanic‘ im Kino gelaufen!“ Elly sieht ihren Bruder eher vorwurfsvoll an.

„Nein, Elly, das war schon 1997. 1999 war ‚Notting Hill‘ mit deinem Liebling Hugh Grant! Aber um das geht es nicht. Überlegt Euch mal. Das alles ist 1999 passiert und der Vater schreibt ‚1999: 1100 Jahre Nördlingen‘? Kann mir das jemand erklären? ‚1100 Jahre Nördlingen‘? Da feiert das Land an allen Ecken und Enden und er zelebriert ein kleines schwäbisches Städtchen, in dem er sein Leben lang nie war. Kapiert ihr das? Mir ist es jedenfalls total schleierhaft.“

Die Vier schweigen.

Paul schneidet ein Stück von seiner Pizza ab, als er plötzlich Messer und Gabel fallen lässt, in sich zusammensackt und vom Stuhl auf den Boden rutscht. Elly erfasst die Situation als erste und springt auf. Auch die beiden Frauen am Nachbartisch springen hoch. Elly schiebt den Stuhl zur Seite, greift Paul unter die Arme und zieht ihn ein Stück unter dem Tisch hervor und legt ihn dann in stabile Seitenlage.

„Paul!“, spricht sie ihn an, „Paul!“ Sie schlägt ihm leicht auf die Backe. Paul öffnet die Augen.

„Wasser! Martin, komm gib mir das Wasser!“ Martin reicht ihr sein Wasserglas. Inzwischen sind mehrere Gäste aufgestanden und stehen im Halbkreis um den am Boden Liegenden herum.

„Ich ruf die Rettung!“ Eine der Frauen vom Nebentisch greift nach ihrem Smartphone

„Das ist nicht nötig!“ Paul, der gerade das Wasserglas vom Mund absetzt, beschwichtigt. „Es geht schon wieder, nur ein bisschen Kreislauf. Halb so schlimm. Ich bin gleich wieder okay!“

„Aber ist es nicht besser, wenn…?“ Die hilfsbereite Frau wackelt mit dem Smartphone hin und her.

„Vielen Dank, aber das ist wirklich nicht nötig, ich bin Krankenschwester!“, versucht Elly die Frau zu beruhigen, „ich fahre ihn in die Klinik.“

„Ich muss nicht in die Klinik, es geht schon wieder.“ Paul rappelt sich langsam hoch.

„Wir fahren in die Klinik, Paul!“ Elly besteht sehr resolut auf ihrem Vorhaben.

Paul versucht eine weitere zaghafte Weigerung, doch Elly lässt nicht locker.

„Es macht doch keinen Sinn, so einen Kollaps zu ignorieren.“, mischt sich Bernhard ein, „Du bist doch erst operiert worden, da würde ich mich schon checken lassen nach so einem Blackout.“

Auch Martin drängt zur Fahrt in die Klinik. „Bernhard hat Recht, Paul. Komm Elly, bring ihn in die Klinik. Sicher ist sicher. Das Risiko ist einfach zu groß!"

Paul gibt sich geschlagen. Elly greift nach ihrer Handtasche, fasst Paul um die Hüfte und unter den Blicken nahezu aller anderen noch stehenden und sitzenden Gäste verlassen die beiden die Pizzeria.

Als die beiden im Auto sitzen und losfahren, sieht Paul im Rückspiegel die Blinklichter eines anderen Autos kurz aufblitzen. Offensichtlich wurde der Wagen mit der Fernbedienung geöffnet.

„Fahr ein bisschen langsamer", bittet Paul seine Schwester und versucht im Seitenspiegel die Zufahrtsstraße zur Pizzeria im Auge zu behalten.

„Ja, es kommt ein Wagen. Fahr jetzt einfach zu, die wissen ja, wohin wir fahren!"

„Das war filmreif." Elly grinst. „Hast du geübt?"

„Klar, das mache ich zweimal täglich", scherzt Paul zurück. „ Es ist ein weißer BMW mit Tübinger Kennzeichen. Achte bei der Rückfahrt mal drauf!"

Elly fährt nicht ins Parkhaus. Sie stellt den Wagen auf einem der Notaufnahmeparkplätze ab und beide gehen in die Klinik. Der weiße BMW hält auf dem Seitenstreifen der Buseinfahrt gegenüber der Cafeteria. Paul macht Elly darauf aufmerksam. Dann setzen sie sich ins Wartezimmer der Notaufnahme ohne an der Anmeldung vorzusprechen.

„Du hast das alles geregelt?" Paul fragt seine Schwester sicherheitshalber noch einmal.

„Ja, keine Angst. Du bist eingecheckt und belegst sogar ein Einzelzimmer ‚First Class! ', wie gewünscht."

„Dann hoffen wir mal, dass die nicht auf die Idee kommen einen Krankenbesuch zu machen!"

„Das wäre blöd! Dann fliegen wir auf." Elly sieht ihren Bruder erschrocken an. „Das wäre fei wirklich blöd!"

„Was wollen die denn jetzt? Mehr als ich dem Hermann gesagt habe, würden sie doch auch nicht erfahren. Außerdem, was würden die Schwestern denn anderes sagen, als ‚bereits entlassen', wenn sie mich nicht finden! Also mach dir mal keine Sorgen. Lass sie wissen, dass du mir nachher noch den Schlafanzug bringst, dann sieht alles perfekt aus."

Zwanzig Minuten später verlässt Elly die Klinik wieder. Als sie die Buseinfahrt abwärts fährt, versucht sie krampfhaft geradeaus zu sehen, während sie den weißen BMW passiert, der immer noch in der Reihe mit anderen Autos auf dem Seitenstreifen parkt. Auf der Straße gibt sie Gas und macht sich auf den Weg zurück in die Pizzeria zu ihren anderen beiden Brüdern. Als sie den Kreisverkehr an der Klinik in Richtung Villingen verlässt, sieht sie den weißen BMW gerade von der Klinik oben kommend in den Kreisverkehr einfahren.

„Sie checken ihn jetzt erst mal und dann bleibt er über Nacht zur Beobachtung." Elly spricht nicht sehr leise, als sie ihren Brüdern Bericht erstattet. „Ich bringe ihm nachher noch seine Waschsachen und seinen Schlafanzug. Vielleicht ist er bis zur Beerdigung am Donnerstag wieder da." Die beiden Frauen am Nebentisch nicken bestätigend bevor sie der Bedienung das Zeichen geben, dass sie zahlen wollen.

Während die drei Geschwister noch bei einem Glas Rotwein plaudernd in der Pizzeria sitzen, lässt sich Paul mit dem Taxi zum Bahnhof fahren und besteigt um einundzwanzig Uhr sechs auf Gleis eins den Regional Express nach Basel.

19. April 1945

Frau Hiemisch von oben hatte ihn am gestrigen Abend noch ermahnt, in der Küche die Verdunkelung vorzuziehen, weil er ohne Nachzudenken nach dem Fliegeralarm den Lichtschalter betätigt hatte. Ihre drei Töchter sind hübsche junge Mädchen. Sigrid, die älteste, - sie ist fünfzehn - hat ihm ein Buch geliehen. ‚Der Ruepp' von einem Ludwig Thoma. Es sei zwar viel Bayerisch darin geschrieben, aber man kann es schon verstehen. Es sei ein trauriges Buch von einem Priester, hat sie ihm verraten. Lesen ist etwas ganz Tolles, weil man da ganz schnell ganz woanders sein könne. Sie selbst sei gerade in Berlin, denn sie liest gerade „Emil und die Detektive" von Erich Kästner. Ob denn der Kästner nicht verboten sei, hatte Hubert Rösler sie gefragt. „Ja schon!", hatte sie geantwortet, „aber nicht der Emil! Der ist erlaubt!" Und dann haben sie eine Stunde lang nebeneinander gelesen.

Heute hat Hubert Rösler die meiste Zeit im Haus verbracht. Lediglich um Essbares hatte er sich gekümmert und sich bei der Ausgabestelle am unteren Ende der Straße in die Schlange eingereiht. In dieser Stadt pulst es. Zweimal hat es bereits Fliegeralarm gegeben. Ständig sind Wehrmachtsfahrzeuge zu sehen und zu hören. Die Soldaten, viele vom Jäger-Ersatz-Bataillon 56, wie Hubert erfahren hat, scheinen alle sehr nervös und beunruhigt zu sein. Gerüchte, die Franzosen seien nahe der Stadt, halten sich unter den Anstehenden -meist Frauen- sehr hartnäckig. Überraschenderweise hatte sich niemand für ihn interessiert. An der Ausgabestelle hatte er ein kleines Brot, eine Papiertüte mit Kartoffeln und einen viertel Weißkohlkopf und ein kleines Päckchen Schweineschmalz ergattert. Offenbar ist die Versorgung der Stadt weitgehend zusammengebrochen. Viele mussten wohl unverrichteter Dinge wieder nachhause gehen, soweit er vom Vorgarten aus dem Schimpfen einiger Passanten entnommen hatte.

Er liegt auf dem Bett und starrt an die Decke. Was passiert jetzt, was kann er tun? Soll er sich doch einfach bei der Kommandantur melden? Die Stadt mit verteidigen? Die Soldaten, die er gesehen hatte, waren zum Teil genauso jung wie die Grenzer in Lörrach. „Volkssturm 287 Villingen" nennt sich die Einheit angeblich und hat den Befehl der Rundumverteidigung der Stadt. Hubert Rösler hat allerdings den Eindruck, dass die Lage sehr unübersichtlich ist. Die Befehle, die er beobachten konnte, waren nicht unbedingt zielgerichtet und klar. Einmal laufen die Trupps die Straße stadtauswärts, um im nächsten Moment im Laufschritt wieder Richtung Innenstadt zurückzukehren. Ein militärisches Konzept und eine zielführende Strategie sind darin nicht zu erkennen. Er ist Ausbilder, ihn könnte man doch gebrauchen in dieser Situation. Hauptmann Rose will ihn aber nicht mehr an der Front wissen. Ebenso wie sein Vater hatte er ihm den Rat gegeben, sich zu verstecken und nicht mehr aktiv mitzumischen. Hauptmann Rose hat aufgegeben, den Krieg für verloren erklärt und er, Hubert Rösler, soll überleben. „Das ist das Allerwichtigste!", hatte er gesagt. Und er hat doch auch seinem Vater versprochen, zurückzukehren. Er wird hier bleiben. Sich vor der eigenen Wehrmacht verstecken. Wenigstens ein paar Tage. Vielleicht beruhigte sich die Situation und er kann dann zum Wehrbereichskommando gehen und sich mit dem Soldbuch melden. Was hindert ihn daran, zu sagen, der Sonderauftrag sei erledigt und er hätte seine Gruppe verloren. Wieder dröhnen die Sirenen. Wieder ist Fliegeralarm. Hubert Rösler steht auf und geht in den Keller. Auf der Treppe trifft er Sigrid. Sie hat ihr Buch unter den Arm geklemmt. Sein ‚Ludwig Thoma' liegt noch auf dem Küchentisch. Er dreht noch einmal um und geht zurück in die Küche. Jetzt ist das Dröhnen von Flugzeugen zu hören. Bei den beiden vorherigen Alarmen blieben die Bomber aus. Jetzt sind sie offensichtlich im Anflug. An der Haustüre hört er das unverkennbare Pfeifen von abgeschossener Munition. Die Luft zerspringt mit der Detonation der ersten Bombe. Der Boden unter ihm zittert, der nächste Einschlag und wieder dieses Pfeifen. Hubert Rösler stürmt die Treppe hinunter. Beim dritten Einschlag zieht er instinktiv den Kopf unter der Blende ein und geht in die Hocke. Er öffnet die erste Holztüre und zieht sie hinter sich zu, bevor er die zweite öffnet. Im Kellerraum sitzen mehr Menschen als bisher. Die Hiemischmädchen klammern sich ängstlich an die Mutter. Während von draußen ein Einschlag nach dem anderen und das permanente Dröhnen der Bombermotoren zu hören ist, dominieren das Schluchzen und Weinen der Mädchen und das Beten einer älteren Frau im Eck den Kellerraum.

„Ist unser Haus jetzt kaputt?", fragt das jüngste der Hiemischmädchen ihre Mutter.

„Nein, nein, ganz sicher nicht!", beruhigt sie die Mutter.

„Das war weiter weg!", mischt sich Hubert Rösler ein, „sicherlich ein paar hundert Meter. Und gar nicht mal so viele Einschläge! Das war ganz sicher ein sehr gezielter Angriff! Wie weit ist denn der Bahnhof weg?"

„Da gibt es nichts mehr zu bombardieren. Den haben die Amerikaner schon vor zwei Monaten zerstört", klärt ihn Frau Hiemisch auf.

„Dann vielleicht irgendein kriegswichtiger Betrieb in der Nähe?", gibt Hubert Rösler zu bedenken.

Frau Hiemisch nickt: „SABA oder der Kienzle! Das trifft viele, wenn das stimmt."

Nachdenklichkeit kehrt ein. Die Kellerbesucher starren vor sich hin und hängen ihren Gedanken nach.

„Wo kommen Sie eigentlich her? Von hier sind Sie der Sprache nach ja nicht? Wieso sind Sie nicht bei der Truppe?" Ein älterer Mann, der neben der betenden Frau sitzt, sieht Hubert Rösler unverhohlen fragend an. Alle anderen richten den Blick auf Hubert Rösler.

„Nein, ich bin nicht von hier, ich bin aus Reichenau!"

„Von der Insel im Bodensee?"

„Nein, Reichenau im Sudetenland!"

„Ah, aus dem Protektorat!"

„Ja, genau."

„Und warum sind Sie nicht bei der Truppe? Sie sind doch ein gesunder junger Mann!"

„Wieder gesund oder besser gesagt noch nicht ganz gesund. Ich war an der Ostfront. Da hat es mich zweimal erwischt!" Hubert Rösler zieht seinen Pullover hoch und zeigt seine Narben. „Bis vor vier Tagen war ich im Lazarett und dann musste ich einen Offizier herfahren. Und wenn es ruhiger wird hier, muss ich zurück zu meiner Einheit. Die ist in Schwerin oben."

Der alte Mann fängt laut das Lachen an.

„In Schwerin? Die sehen Sie nie wieder. Die Einheit geht ohne Sie zu Grunde!"

„Erwin, sei ruhig! Rede doch kein so dummes Zeug daher!" Die Betfrau greift nach dem Arm ihres Mannes.

„Das ist doch die Wahrheit, Rosa, und der junge Mann weiß das doch längst. Die Franzosen stehen vor der Türe und dann ist das tausendjährige Reich zu Ende! Da beißt die Maus keinen Faden ab!"

„Sei doch still, Erwin, sei still!"

Im Keller herrscht betretenes Schweigen. Die Mädchen haben das Weinen aufgehört und sehen alle drei zu Hubert Rösler rüber. Der schweigt, wie alle anderen auch.

20. April 1945

Schnell hat es sich in der Stadt herumgesprochen, dass die Bomben gestern Abend die SABA-Werke zerstört hatten. Wie ein Lauffeuer geht im Moment die Nachricht von Haus zu Haus, dass die Franzosen von Mönchweiler her die nördliche Stadtgrenze erreicht haben. Die Aktivitäten der Wehrmacht an diesem frühen Nachmittag sehen aber nicht nach Verteidigung der Stadt aus, sondern eher nach Abzug. Und tatsächlich verbreitet sich eine Nachricht rasend schnell, die Kreisleitung der NSDAP habe ihre Zentrale im Romäusring verlassen und der ganze Führungsstab sei dabei, aus der Stadt in Richtung Südwesten abzuhauen. In Hubert Röslers Ohren klingen nicht nur die Häme über die bisher so lautstarken Parteigenossen, sondern auch unverhohlene Wut und Zorn über die Feigheit, die sie an den Tag legen und über die Schutzlosigkeit, in der sie jetzt die wehrlosen Bürger vor den Besatzern hinterlassen. Er hatte den sich mit immer mehr verängstigten Nachbarn füllenden Keller verlassen und sich auf sein Bett gelegt. Sogar die Verdunkelung hat er zurückgezogen und das Fenster geöffnet in der Gewissheit, dass keine weiteren Fliegerangriffe mehr folgen werden, wenn die Franzosen schon in der Stadt sind. Er will sich nicht weiter dem vorwurfsvollen Gerede der Leute aussetzen und sich womöglich auch wieder rechtfertigen müssen. Plötzlich steht Sigrid in seinem Zimmer.

„Kommst du mit? Ich will mal sehen, was vorne auf der Vöhrenbacher los ist. Aber alleine will ich nicht gehen.“

Hubert Rösler richtet sich auf und sieht das Mädchen an.

„Das ist gefährlich, das weißt du, oder?“

Das Mädchen nickt: „Aber wir können doch nicht einfach nur immer im Keller sitzen und warten. Wenn es irgendwelche Nachrichten gibt, müssen wir doch auch Bescheid wissen, oder nicht?“

Hubert Rösler springt aus seinem Bett, schlüpft in seine Stiefel und zieht seinen Pullover über.

„Du hast Recht, nur immer abwarten, kann auch nicht gut sein. Komm mit, du kennst dich ja aus, oder?“

Wieder nickt das Mädchen und strahlt über das ganze Gesicht.

„Weiß deine Mutter, dass wir weggehen?“

„Natürlich nicht! Meinst du, sie würde mich gehen lassen? Die hat doch genausoviel Angst wie Hanna und Ruth. Ich habe ihr gesagt, dass ich zu dir hochgehe und wieder in den Keller komme, wenn du auch runtergehst.“

Hubert Rösler grinst. „Ein neugieriges Mädchen kann niemand aufhalten, selbst die Angst nicht, richtig?“

„Wenn du dabei bist, brauche ich doch keine Angst haben, oder?“ Sigrid lacht ihn an.

„Du bist ja ganz schön vertrauensselig! Komm!“

Die beiden verlassen das Haus. Die kleinen Straßen sind wie leergefegt. Alle Bewohner dieser Häuschen haben sich verkrochen. Trotzdem ist die Luft mit Unruhe und Rumoren erfüllt, was offenbar von der Straße herrührt, über die Hubert Rösler vor zwei Tagen in die Stadt gefahren ist. Das Mädchen zieht ihn zwischen den Häusern über einen schmalen Trampelpfad in Richtung der Hindenburgstraße. Sie laufen auf der rechten Seite der Straße hinauf zu dem kleinen Wäldchen. Im Schutz der Bäume sehen sie eine nicht enden wollende Schlange von ausgemergelten Männern in verdreckten Uniformen, die Hubert Rösler nur allzu gut kennt. Sigrid sieht ihn an.

„Sind das die Franzosen?“, fragt sie ihn flüsternd.

Hubert Rösler schüttelt den Kopf.

„Nein, das sind keine Franzosen, das sind Russen.“

„Russen? Das sind die Arbeiter von den SABA–Werken und vom Kienzle. Mami hat gesagt, dass da viele russische Gefangene arbeiten. Die sind vom Stammlager da unten bei der Richthofstraße.“

Nachdenklich sieht Hubert Rösler das Mädchen an.

„Da magst du Recht haben!“ Wie zu sich selbst redend fügt er hinzu: „Wenn das Lager schon aufgelöst wird und die Gefangenen abrücken, dann ist der

Krieg hier zu Ende. Dann haben wir verloren. Und das am sechsundfünfzigsten Geburtstag des Führers."

Die beiden laufen die Vöhrenbacher Straße hinunter in Richtung Innenstadt. Vereinzelt kommen ihnen aufgeregte Menschen entgegen. Einige haben Handwägen oder auch Leiterwägen bei sich. Von der Wehrmacht und vom Volkssturm ist nichts zu sehen. Zum ersten Mal betritt Hubert Rösler die Villinger Innenstadt. Ab und zu sind die Hand- und Leiterwägen nun auch gefüllt mit Säcken von Zucker und Reis. Hubert Rösler sieht Marmeladeneimer, abgepackten Käse und andere Lebensmittel in großen Verpackungseinheiten in den Wägen der davoneilenden Frauen und Männer. Sigrid sieht irritiert den Menschen und ihrer Beute hinterher.

„Plünderungen! Die Leute plündern irgendwelche Lager. Das ist Anarchie, Sigrid. Das ist nicht gut. Ohne Führung geht das nicht. Das kann schlimm enden. Lass uns umkehren und heimgehen!"

Er greift das Mädchen am Arm und macht sich mit ihr auf den Rückweg. Unter dem Torbogen des Riettores bückt sich Hubert Rösler nach einem Zettel mit einer handschriftlichen Nachricht. Im Schutz des Tores liest er: ‚Angesichts der aussichtslosen Lage werde ich keinerlei Versuche zur Verteidigung unserer Stadt in die Wege leiten, um sie nicht in letzter Stunde noch der teilweisen oder vollständigen Vernichtung preiszugeben'. Hubert Rösler lässt den Zettel wieder fallen. Das ist die Kapitulation. Nun ist er sich ganz sicher. So einen Satz schreibt nur ein für die Stadt Verantwortlicher. Auch wenn, wie die Leute sagen, alle von der Partei abgezogen sind. Wenn das ihre Entscheidung war, wollen sie einfach nur die Stadt vor der Zerstörung bewahren. Und das ist doch auch edelmütig. Hubert Röslers Glaube an ehrbare Absichten der NSDAP kehrt langsam wieder in sein Bewusstsein zurück.

Er kann nicht einschlafen. Seine Gedanken springen hin und her. Vater, Mutter, Hauptmann Rose, Ingeborg, Basel, das Geld, Villingen, Vom-Stein-Straße, das Zimmer hier. Er steht am geöffneten Fenster. Die kalte Nachtluft tut ihm gut. Von der Stadt unten durchschneiden ab und zu Gewehrsalven die nächtliche

Ruhe und der wolkenlose Himmel ist schon mehrmals für einige Sekunden mit Leuchtkugeln rot eingefärbt gewesen. Scheinbar gibt es doch noch einige, die Widerstand leisten. Aber innerlich hat er nun auch aufgegeben. Die lang ersehnte und vom Führer angekündigte Wunderwaffe gibt es offenbar nicht. Vielleicht sollte er Hauptmann Roses Rat ernst nehmen. Überleben. Ruhig halten und überleben. Er ist ein Geheimnisträger und was immer aus diesem Land werden würde, ihm kommt auf jeden Fall eine Rolle zu, die er zu erfüllen hat. Hauptmann Rose wird sich auf ihn verlassen können. Zu einhundert Prozent. Er geht zur Garderobe und entnimmt der Feldblusentasche den Schließfachschlüssel. Zweiundsechzig-fünfunddreißig selbst bei diesen Lichtverhältnissen, kann er die Zahl auf dem Schlüssel erkennen. Was immer passiert, wenn jetzt die Franzosen die Macht übernehmen, den Schlüssel darf man bei ihm nicht finden. Zumindest darf man ihn nicht mit ihm in Verbindung bringen. Er sieht sich trotz der Dunkelheit im Zimmer nach einem geeigneten Versteck um. Ein Versteck unter der Matratze oder unter den Bodendielen scheint ihm zu gewöhnlich und zu leicht zu entdecken. Letztendlich findet er zwischen der Garderobenplatte und der Wand einen Schlitz, in dem er den Schlüssel mit etwas Geschick verschwinden lassen kann. Um wieder an ihn heranzukommen, wird er wohl die Garderobe abschrauben müssen. Das soll aber im Moment nicht sein Problem sein. Dann nimmt er sein Soldbuch und seinen Wehrpass und geht in die Badestube. Im emaillierten Badeofen macht er ein kleines Feuer. Er hält es ganz klein, um nicht mit dem rauchenden Kamin draußen Aufmerksamkeit zu erregen. Als die Flammen lodern, wirft er die beiden Dokumente ins Feuer und sieht dabei zu, wie sie von den Flammen vernichtet werden. Es dämmert bereits, als Hubert Rösler sich endlich ins Bett legt und nach längerem Dösen endlich einschläft.

21. April 1945

Ein ohrenbetäubender Knall und das Erzittern des Hauses reißen Hubert Rösler aus seinen Träumen und lassen ihn hochschrecken. Draußen ist es heller Vormittag. Er greift nach seinen Kleidungsstücken und rennt in Richtung Kellertreppe. Im Kellerraum ist noch niemand. Noch schlaftrunken registriert er, dass es keinen Fliegeralarm gegeben hatte. Also auch alle anderen nicht vor diesem Angriff gewarnt wurden.

Er schlüpft in seine Hose und ist gerade dabei, sein Hemd zuzuknöpfen, als Sigrid in den Keller hinuntergestürmt kommt.

„Schnell komm, Hubert, komm schauen!"

Sie fasst ihn bei der Hand und will ihn nach oben zerren. Hubert macht sich los und bückt sich.

„Lass mich wenigstens noch anziehen. Ich kann so doch nicht auf die Straße gehen. Sind es nicht die Franzosen?"

Das Mädchen zuckt mit den Schultern.

„Ich habe keine Ahnung, dahinten ist eine riesige Rauchsäule. Komm schnell und schau dir das an!"

Sie rennt ohne Hubert Rösler hinauf auf die Straße. Als Hubert Rösler auch auf die Straße tritt, haben sich schon einige der Nachbarn dort zusammengefunden und blicken auf die schwarz, weiß und grau in den Himmel steigende riesige Rauchwolke im Südwesten der Stadt.

„Das muss in Pfaffenweiler drüben sein!" Die durcheinander redenden Frauen und Männer sind sich da ganz sicher.

„Das hat ja einen Schlag gemacht, als sei ein ganzes Munitionslager in die Luft geflogen!" Erwin, der Mann von der Betfrau, gibt sich sehr kundig.

„Ich kann mir nicht erklären, was da mit einem solchen Donnerschlag sonst in die Luft gehen soll. Seht euch das an, das sieht ja aus, als brennt da das ganze Dorf."

„Das Dorf ist es nicht, das liegt ein gutes Stück mehr links!" Ein anderer alter Mann zeigt mit seinem Krückstock in die Richtung, in der er Pfaffenweiler verortet.

‚Sprengen von Munition! Klar! ', hat er in der Ausbildung nicht gelernt, dem Feind bei einem Rückzug keine Munition und funktionstüchtiges Material zu hinterlassen? Hubert Rösler kann sich sehr gut vorstellen, dass man sich vor den heranrückenden Franzosen von nichttransportfähiger Munition verabschiedet hat.

„Waren das die Russen von gestern? Die sind doch dort hingegangen, oder?" Sigrid steht mit fragendem Gesicht neben ihm.

„Nein, Sigrid, die Russen waren das nicht. Mein Gott, die sind hoffentlich schon alle über die Berge und haben damit gar nichts zu tun! Ich denke, wir werden es bald erfahren, was da vor sich gegangen ist. Jetzt scheint es ja wieder ruhig zu sein."

Tatsächlich verbreitet sich gegen Mittag die Nachricht, dass das letzte Kommando der Waffen-SS im Wald bei Pfaffenweiler ein Munitionslager gesprengt hat.

Am frühen Nachmittag ist von der Stadt her das Rasseln von Panzerketten und das Dröhnen vieler Militärfahrzeugen zu hören. Wieder sitzen alle im Schutzraum des Kellers und harren der Dinge, die da kommen könnten.

„Das war es dann wohl!", der Erwin meldet sich in der betretenen Stille wieder zu Wort, „Villingen wird wohl ab heute zu Frankreich gehören und Berlin war die längste Zeit unsere Hauptstadt! Jetzt heißt es Französisch lernen und ‚Vivat, Paris!' zu rufen."

„Erwin, sei doch bloß einmal still!" Seine Frau blickt ängstlich in die Runde.

„Was hast du denn, Rosa, jetzt bin ich doch auf der richtigen Seite, jetzt kann mir doch nichts mehr passieren. Jetzt müssen sich die anderen in Acht nehmen, gell Soldat?"

Wieder hat er es auf Hubert Rösler abgesehen. Ihm fällt Hauptmann Rose ein: ‚Es wird schlimmer als 1918, Rösler! ', hatte der prophezeit. Hubert Rösler nickt.

„Da haben Sie wohl Recht, mein Herr! Was jetzt kommt, kennen wir Deutschen doch bereits. Zumindest Sie in Ihrem Alter. Was die Franzosen 1918 mit uns gemacht haben, das werden sie 1945 sicher noch gründlicher wiederholen, nicht wahr? Aber ob es da reicht, einfach nur ‚Vivat, Paris! ' zu rufen, wage ich zu bezweifeln."

„Da haben Sie wohl recht, junger Mann, die werden sicher andere Saiten aufziehen wie damals. Da können wir uns alle auf etwas gefasst machen! Hier werden sich die Dinge gewaltig ändern!"

„Ja, die Dinge werden sich ändern und ich glaube, lange müssen wir darauf nicht mehr warten!"

„Kann es wirklich noch schlechter werden als die letzten Jahre, junger Mann? Zeigen Sie mir eine Familie hier in der Gegend, die nicht mindestens einen Menschen wegen dieses sinnlosen Krieges opfern musste. Alle unsere jungen Leute, unsere Zukunft, sind Kanonenfutter für die kruden Ideen dieses wahnsinnigen Gefreiten geworden. Als hätten wir vierzehn bis achtzehn nicht schon Lehrgeld genug bezahlt."

Hubert Rösler steht auf, um nach oben zu gehen. Er will sich nicht erneut auf eine Auseinandersetzung mit diesem alten Mann einlassen.

„Ja, ja, gehen Sie nur, ihr wollt das nicht hören, ich weiß. Und ich kann es ja auch verstehen, ihr habt nichts anderes gelernt, habt immer bloß diesen Propagandamist bei der HJ gehört und wart noch nicht mal mit der Ausbildung fertig, als ihr schon an den Maschinengewehren gesessen habt. Gehen Sie nur, Sie können ja gar nichts dafür. Gehen Sie nur!"

Die Frau neben ihm hat das Weinen angefangen. Hubert Rösler denkt an das mutlose Gesicht seines Vaters, denkt an seine Mutter. Würde sie auch weinen, wenn sie jetzt in so einem Keller säße? Vielleicht mit der Gewissheit, dass ihr einziger Sohn gefallen ist und nie mehr heimkehren wird. Würde sie nicht auch weinen, wie diese Frau da drüben weint? Er will sie nicht fragen, ob sie ihren Sohn verloren hat. Er will keine Wunden aufreißen. Er hört Ingeborgs erregte Worte auf der Bank am Waldrand. Hört wieder und wieder ihr ‚Schade! '. Hubert Rösler verlässt den Keller.

Die Franzosen sind nicht die Franzosen, die Hubert Rösler kennt. Die Franzosen sind Marokkaner und erfüllen damit allein von ihrem Aussehen her das Klischee bei den jungen Leuten in der Stadt, das ihnen Jahre lang eingebläut wurde. Vor allem diejenigen, die sich dem Werwolf-Aufruf verpflichtet fühlen, glauben ihren eigenen Kampf mit Sabotagen gegen die Besatzer kämpfen zu müssen. Es wird eine nächtliche Ausgangssperre von dreizehn Stunden verhängt und bald kursieren klare Befehle an die Bevölkerung. Jeder zivile Bürger hat eine weiße Armbinde zu tragen und immer in Besitz von einem deutschen Ausweis mit Lichtbild sein. Der von den Franzosen eingesetzte Bürgermeister Bräunlich lässt einen Aufruf an alle Bürger verteilen. Hubert Rösler hält das Flugblatt in der Hand:

„Ihr habt es in der Hand, Eure Stadt und Eure Familien vor weiteren Schäden an Gut und Blut zu bewahren, wenn Ihr den Aufforderungen des französischen Stadtkommandanten strikte Folge leistet. Erwachsene sorgen dafür, dass vor allem die Jugend keine Unbesonnenheit begeht, die für die gesamte Bevölkerung schwerste Belastungen mit sich bringen würde!"

Über das Wochenende gelingt es Hubert Rösler sich in seiner Behausung ruhig zu halten und den Besatzern aus dem Weg zu gehen. Zwar hatte er zu Ohren bekommen, dass Soldaten der französischen Division systematisch die Häuser durchkämmen, um eventuelle Nationalsozialisten aufzustöbern, aber auch um Waffen und andere brauchbare Gegenstände zu konfiszieren. Bisher hat er allerdings noch keinen Besuch von Seiten der französischen Soldaten erhalten. Spät in der Nacht auf Sonntag nimmt er seinen Karabiner samt seiner Munition und macht sich trotz Ausgangssperre auf den Weg in den nahegelegenen Wald. Natürlich hatte er den nachmittäglichen Aufruf mitbekommen, alle Waffen am Rathaus abzugeben. Die Gefahr, dort als Soldat erkannt zu werden, schien ihm aber zu groß. Hauptmann Roses Warnung, sich den Franzosen als Zivilist zu zeigen, erscheint ihm jetzt durchaus plausibel. Weiß er doch jetzt, dass sich alle Parteioberen aus dem Staub gemacht haben. Also muss es eine potentielle Gefahr für denjenigen geben, der sich als Freund des Führers zu erkennen gibt. Er weiß, dass er sich ebenso sorgsam verhalten muss wie vor ein paar Tagen an der Grenze in Lörrach. Bereits im Haus versucht er sich so zu bewegen, dass niemand mitbekommt, dass er das Haus verlässt. Der kleine Schleichweg durch die Häuser, den Sigrid ihm gezeigt hatte, erweist ihm gute Dienste. Er geht nicht bis zur Straße vor, sondern läuft hinter den Häusern über die Wiesen vor bis an den Waldrand. Im Schutz der Bäume bleibt er einige Minuten lang stehen und vergewissert sich, dass keine Posten in der Nähe sind. Dabei weiß er auch heute nicht, von wem eigentlich mehr Gefahr ausgehen würde, von den Franzosen, die ihn für einen deutschen Partisanen halten könnten oder von einem versprengten Volkssturmkommando, das ihn als Verräter liquidieren könnte. Hier aber, ein gutes Stück unterhalb der Straße scheint alles ruhig zu sein. Vorsichtig bewegt er sich Stück für Stück in den Wald hinein. Als er glaubt, weit genug vom Waldrand entfernt zu sein, stellt er den Karabiner an einen Baumstamm und legt die beiden Patronenschachteln hinter den Kolben. Genauso vorsichtig, wie er gekommen war, macht er sich wieder auf den Rückweg. Als er die Türe seines Schlafzimmers vorsichtig schließt, ist er sich sicher, dass niemand seinen nächtlichen Ausflug bemerkt hat. Er zieht sich aus und legt sich schlafen.

23. April 1945

Am Montagmorgen beschließt Hubert Rösler sich nach etwas Essbarem umzutun. Er weiß nicht, ob die Lebensmittelkarten, die ihm Hauptmann Rose überlassen hatte, nach all den Ereignissen der letzten Tage ihre Gültigkeit noch behalten haben. Mit einer weißen Binde um den rechten Arm und seiner Kennkarte in der Tasche, macht er sich über das Hubenloch auf den Weg in die Innenstadt. Seine Pudelmütze hat er tief in die Stirn gezogen und seine Jacke bis an den Hals geschlossen. In der Vöhrenbacher Straße scheint es eine Lebensmittelausgabestelle zu geben. Jedenfalls hat sich vor einem kleinen Ladengeschäft eine längere Schlange gebildet. Hubert Rösler reiht sich bei den Wartenden ein. Ein Zivilist, der in Begleitung von zwei uniformierten und bewaffneten Marokkanern ist, tritt auf ihn zu.

„Ausweis!“ Der Befehl ist kurz und klar.

Hubert Rösler zieht seine Kennkarte aus der Tasche und reicht sie dem Mann. Der Mann blickt auf die Kennkarte, dann wieder auf Rösler, steckt die Kennkarte ein und sagt: „Mitkommen!“

Die beiden Marokkaner nehmen Hubert Rösler in die Mitte und führen ihn in Richtung Riettor ab. Hinter dem Tor biegen sie links ab, um nach einhundertfünfzig Metern ein großes Gebäude zu betreten, das Hubert Rösler wie ein Schulgebäude vorkommt. Er wird im ersten Stock in ein Büro geführt.

„Setzen!“, schnauzt der Deutsche Hubert Rösler an und deutet auf den einzelnen Stuhl, der vor einem Schreibtisch steht. Einer der beiden Marokkaner bleibt hinter Rösler stehen, der andere verlässt zusammen mit dem Deutschen wieder das Zimmer. In diesem kleinen Büro steht dieser schwere pultähnliche Schreibtisch und dahinter drei Holzstühle. Über dem mittleren Stuhl leuchtet an der Wand ein großes weißes Rechteck, über dem ein Nagel aus der Wand steht. Offensichtlich hing dort bis vor sehr kurzer Zeit ein Bild, das abgenommen wurde. Hubert Rösler braucht keine große Fantasie, um sich vorzustellen welches Bild dort vor ein paar Tagen noch gehangen hatte. In zu vielen Amtsstuben hatte er in den letzten Jahren gesessen. Und auch in seiner Bürgerschule in Reichenau, war die Bildauswahl nicht allzu variantenreich gewesen. Ein großes Fenster auf der Ostseite ermöglicht Hubert Rösler einen Blick in Richtung Innenstadt. An der gegenüberliegenden Wand steht ein kleiner Schrank mit einem großen silbernen Schlüssel im Schloss. Nach einer Weile dreht sich Hubert Rösler zu dem Soldaten hinter ihm um. Der Mann lächelt ihn freundlich an. Sicherlich ist er nicht älter als er selbst. Als Rösler sich erheben möchte, hebt der Marokkaner abwinkend die Hand und sagt freundlich, aber bestimmt: „No, no, no!" Hubert Rösler bleibt sitzen und wartet.

Von irgendeiner Kirche her war jede Viertelstunde der Glockenschlag zu hören. Hubert Rösler sitzt nun schon seit einer dreiviertel Stunde in diesem Büro ohne, dass sich irgendetwas tut. Nachdem der Marokkaner nicht spricht, hat Hubert Rösler lange Zeit, um sich Gedanken über die nächsten Ereignisse zu machen. Sie werden ihn befragen und er weiß sich gewappnet. Endlich geht die Türe auf. Ein kleiner blonder Mann in Zivil mit einem Aktendeckel in der Hand tritt hinter den Schreibtisch. Ihm folgt ein großer schlanker Mann mit dunklen Haaren, einem hageren Gesicht mit hohen Geheimratsecken und einer großen, dunklen, runden Brille. Die beiden setzen sich Hubert Rösler gegenüber und geben dem Soldaten das Zeichen, das Zimmer zu verlassen. Der Hagere ist Franzose, spricht aber leidlich gut deutsch.

„Hubert Rösler, geboren am achtzehnten April dreiundzwanzig in Reichenberg, ist das richtig?" Im aufgeschlagenen Aktendeckel liegt seine Kennkarte, aus der der Franzose seine Daten rausliest.

„Ja, neunzehnhundertdreiundzwanzig, das ist richtig!" Hubert Rösler bestätigt sein Geburtsjahr.

„Wie kommen Sie hierher nach Villingen, Herr Rösler? Ihre Kennkarte weist Sie als Bürger aus Reichenau im Kreis Gablonz aus?"

„Ich komme aus Reichenau, das ist richtig. Mein Vater hat dort eine Schlosserei....!" Der Franzose unterbricht ihn nicht unfreundlich, aber sehr bestimmt.

„Herr Rösler, ich möchte wissen, wieso wir Sie hier in Villingen antreffen, Sie als junger Mann mit zweiundzwanzig Jahren in Zivil hier in der Stadt? Gestatten Sie uns die Frage, wie das möglich ist? Sollten Sie in Ihrem Alter nicht bei der deutschen Wehrmacht sein?" Der Franzose lächelt leicht süffisant, stützt seinen Ellenbogen auf den Schreibtisch und federt sein Kinn ganz leicht mit dem Daumen seiner rechten Hand und sieht Hubert Rösler an. Hubert Rösler weicht seinem Blick aus und sieht auf die Schreibtischplatte.

„Ich bin Soldat.....oder besser gesagt, ich war Soldat!"

„Sie waren Soldat? Wie kann ich das verstehen? Entlassen? Wieso das?" Seine beiden Gegenüber sehen ihn verdutzt fragend an.

„Ichch.....bin fahnenflüchtig, bin desertiert!" Hubert Rösler sieht den beiden nun direkt ins Gesicht.

„Sie sind desertiert? Im Ernst? Sie waren hier im Jäger-Ersatz-Bataillon 56 und sind desertiert?" Der Franzose sieht ihn ungläubig an und Hubert Rösler weiß, dass er ihn nun mit seiner Geschichte überraschen kann.

„Nein, ich gehöre nicht zu diesem Bataillon, ich war beim Feldausbildungsregiment 640."

„Und wo ist das stationiert oder im Einsatz, wenn ich fragen darf?" Der Franzose sieht fragend zuerst seinen blonden Kollegen an und dann wieder Hubert Rösler.

„In Schwerin!" Hubert Rösler ist sich der Wirkung seiner Aussage bewusst.

Überrascht und kopfschüttelnd sehen sich die beiden an.

„Wo bitte? In Schwerin? Jetzt aber erklären Sie mal im Detail, wie Sie von Schwerin bis hier nach Villingen kommen. Das ist ja eine abenteuerliche Geschichte! Ich höre!"

Der Franzose lehnt sich in seinen Stuhl zurück und verschränkt die Arme vor der Brust. In seinem Gesicht spiegelt sich eine gewisse Belustigung. Offenbar amüsiert von der Art, wie sich der junge Mann vor ihm zu rechtfertigen gedenkt. Der Blonde wirkt eher beunruhigend auf Hubert Rösler. Würde er alleine vor ihm sitzen, wäre das Verhör vermutlich bedrohlicher.

„Ich bekam im Lazarett einen Marschbefehl von Prag nach Berlin…." Rösler beginnt mit seinem Bericht, weiß aber, dass er auf der einen Seite bei der Wahrheit bleiben muss, um nicht bei Rückfragen in die Bredouille zu geraten, auf der anderen Seite weder seinen Auftrag offenbaren, noch den Hauptmann ans Messer liefern darf.

„Sie waren verwundet?"

„Ja, hier am Arm, glatter Durchschuss!" Er zeigt auf seinen verletzten Arm.

„Als der Zug in Reichenau gehalten hat, bin ich einfach ausgestiegen und zu meinen Eltern gegangen. Mein Vater hat mir gesagt, dass ich mich verstecken soll und warten soll, bis der Krieg zu Ende ist, weil mich entweder die Tschechen aufknüpfen oder ich standrechtlich erschossen werde, weil ich desertiert bin. Er war der Meinung, dass der Krieg in ein paar Wochen zu Ende sein wird."

„Da hat er hoffentlich Recht, Ihr Vater! Und was haben Sie dann gemacht?" Der Franzose scheint offensichtlich sehr interessiert an seiner Geschichte. Hubert Rösler hat nicht das Gefühl, dass es sich um ein strenges Verhör handelt, eher um das Abklopfen seiner Gesinnung. Der Blonde scheint offenbar ein Deutscher zu sein, der nicht unbedingt vom Führer überzeugt ist.

„Ich dachte, in Deutschland kann ich mich doch gar nicht verstecken und wollte ins Ausland. Mir ist da nur die Schweiz eingefallen."

„Und wie sind Sie hier runtergekommen?" Wieder scheint es nur Neugier zu sein, die den Franzosen zu seiner Frage bewegt.

„Ich bin zurück nach Prag mit dem Fronturlauber. Das ging ohne Probleme. Keine einzige Kontrolle und dann bin ich mit einem leeren Güterzug heimlich bis nach Nürnberg. Dort hat mich dann aber ein Hauptmann erwischt. Und wollte meinen Marschbefehl sehen."

„Und? Der hat Sie dann nicht gleich an die Wand gestellt?"

„Nein, der hat zwar gesagt, dass er das jetzt tun müsste, aber er hat mich dann gefragt, ob ich bei einer Sonderoperation mitmachen würde, dann könnte er mich raushauen. Da habe ich dann halt ja gesagt."

Der Franzose wurde hellhörig. Er beugte sich vor an den Schreibtisch und fragte ziemlich scharf nach: „Sonderoperation? Um was ging es dabei genau?"

Hubert Rösler schüttelte den Kopf.

„Das weiß ich nicht. Ich habe nur den Auftrag bekommen ein Auto zu fahren."

„Ein Auto? Ein Militärfahrzeug?" Die Fragen des Franzosen werden bohrender.

„Nein, ein Zivilfahrzeug, einen schwarzen Mercedes."

„Und wohin mussten Sie fahren und wieso?"

„Hierher nach Villingen, ich weiß nicht warum! Der Hauptmann….."

„Wie heißt der Hauptmann?" Der blonde Deutsche unterbricht Hubert Rösler.

„Mir hat er gesagt Müller, aber ich glaube, das war nicht sein richtiger Name."

„Wieso glauben Sie das?"

„Bei einer Kontrolle, bei der der Hauptmann immer ausgestiegen ist und ein bestimmtes Papier hergezeigt hat, hat einer der Soldaten ihn Hauptmann Moser oder so ähnlich genannt. Ich konnte es aber nicht genau verstehen."

Der Franzose beugt sich ganz weit zu Hubert Rösler über den Tisch.

„Was haben Sie in Villingen denn dann gemacht?"

„Eigentlich gar nichts, wir sind in die Vom-Stein-Straße gefahren, dort habe ich eine kleine Wohnung von einem Leutnant übernommen und er ist mit dem Hauptmann weggefahren. Mehr weiß ich nicht." Hubert Rösler sieht die beiden Männer ihm gegenüber abwechselnd an.

„Was wissen Sie über diese Sonderoperation? Sie sind doch nicht mit einem leeren Wagen hierher gefahren, oder?" Die Augen des Franzosen sind streng auf ihn gerichtet. Er hält seinem Blick stand und schüttelt mit dem Kopf.

„Nein, leer war das Auto nicht, im Kofferraum standen ein Marschgepäck-Tornister und drei große Kanister Benzin. Einmal musste ich damit auftanken. Der Hauptmann hatte eine Aktentasche bei sich und einen kleinen Koffer, mehr habe ich nicht gesehen!"

„Und hier in Villingen sind Sie einfach ausgestiegen und haben die Wohnung übernommen? Verstehe ich das richtig? Keine weiteren Anweisungen, wie Sie sich zu verhalten haben?" Die Fragen werden nun etwas nachdrücklicher. Hubert Rösler muss sich sehr konzentrieren und versuchen, nicht in irgendeine Fangfragenfalle zu stolpern.

„Der Hauptmann meinte, ich könnte mich hier ja gut verstecken oder mich in die Schweiz durchschlagen, wovon er mir aber eher abraten würde!"

„Wieso, denn das?", fragte der Franzose dazwischen. Hubert Rösler lacht kurz auf.

„Weil ich ihnen, den Franzosen, in die Hände laufen würde!"

Jetzt grinst der Franzose: „Scheinbar sind sie da aber in sichereren Händen als bei Ihren eigenen Leuten! Und weiter, was hat er Ihnen sonst noch für Ratschläge gegeben?"

„Eigentlich keine mehr, er hat sich verabschiedet und war der Meinung, dass wir uns wohl nicht mehr wiedersehen würden und dass ich nun auf mich alleine gestellt wäre. Irgendwie war das eine total komische Situation."

„Wieso komisch?"

„Naja, ich kenne hier niemanden und ich bin in meinem Leben noch nie hier gewesen. Ich kenne die Stadt nicht, ich weiß noch nicht einmal, wo sie genau liegt. Da fühlt es sich schon komisch an, wenn man einfach so ausgesetzt wird!"

„Es ist Krieg, junger Mann, Krieg! Und da verschlägt es uns alle weiß Gott wohin!"

Der Franzose steht auf, der Blonde dann auch.

„Kommen Sie, wir sehen uns Ihre Wohnung mal an."

Auf dem Beifahrersitz eines offenen Peugeot wird Hubert Rösler zu seiner Wohnung gefahren. Der Franzose und der Blonde sitzen auf der Rückbank.

In den nächsten Minuten drehen der Blonde und der französische Soldat, der am Steuer gesessen hatte, in seinem Zimmer und in der Küche jeden kleinsten Gegenstand um.

„Haben Sie Ihre Waffe vorgestern am Rathaus abgegeben?“ Der Franzose, der neben Hubert Rösler an der Küchentüre stehengeblieben war, sieht ihm ins Gesicht.

„Nein, ich habe Sie im Wald abgestellt!“ Hubert Rösler antwortet ehrlich.

Wie eine Furie dreht sich der Blonde um die eigene Achse, macht zwei Schritte auf Hubert Rösler zu. Mit seinem Gesicht unmittelbar vor seinem Gesicht fährt er ihn unbeherrscht heftig an.

„Sie Lügner, reden Sie doch keinen solchen Unsinn! Wo haben Sie ihr Gewehr versteckt? Raus mit der Sprache!“

Der Franzose drückt den Deutschen von Hubert Rösler zurück, stellt sich selbst vor den Blonden und zischt ihn leise an: „Sind Sie von Sinnen? Wir haben den Jungen mit dem Gewehr! Machen Sie, dass Sie rauskommen! Ich kann Sie so hier nicht gebrauchen!“

Wie ein begossener Pudel verlässt der Blonde das Zimmer. Der Soldat steht unschlüssig und betreten im Zimmer und sieht zu Boden.

„Allez aussi, nous avons terminé ici!“, fordert ihn der Franzose auf. Dann wendet er sich sehr besonnen und freundlich Hubert Rösler zu.

„Wo haben Sie das Gewehr abgestellt, Herr Rösler! Und welche Waffe war das?“

Hubert Rösler ist einen Moment ziemlich verunsichert ob der Ereignisse, die sich gerade vor seinen Augen abgespielt haben. Erleichtert konstatiert er, dass er in Sachen seiner Waffe die absolute Wahrheit gesagt hat und damit nicht in Erklärungsnot geraten kann.

„Da oben im Wald, einen Kilometer etwa von hier, Friedengrund heißt der Wald wohl, wenn ich das richtig mitbekommen habe von den Leuten hier. Dort habe ich meinen Karabiner an einen Baum gelehnt und die Munition dazugelegt. Ein ganz normaler Wehrmachtskarabiner. Ich wollte ihn nicht mehr bei mir haben und dachte, die Wehrmacht wird ihn beim Abzug finden und mitnehmen. Die hatten doch ihre Stellungen da oben, das habe ich gesehen, als wir in die Stadt kamen."

„Kennen Sie einen jungen Burschen namens Huger?" Immer noch hatte der Franzose einen sehr friedlichen und höflichen Ton.

„Nein, den kenne ich nicht. Ich kenne niemanden hier, außer den Leuten, die hier im Hause wohnen und vom Sehen, diejenigen, die mit im Keller saßen bei den Luftangriffen. Sonst kenne ich hier keinen. Ich bin erst seit fünf Tagen in dieser Stadt und habe mich versteckt."

„Schon gut! Wir haben diesen Jungen, der hat offenbar Ihren Karabiner gefunden. Ich glaube Ihnen. Woher haben Sie denn diese schicken Kleider da? Das sind doch keine Kleider, die ein Soldat mit sich herumträgt?" Der Franzose deutet auf den Anzug und den Mantel an der Garderobe.

„Die hat mir der Hauptmann dagelassen, weil ich doch meine Feldsachen nicht mehr tragen sollte."

„Sie hatten doch die Zivilkleidung, die Sie jetzt tragen, wozu dieses Zeug? Damit fallen Sie doch in dieser Stadt sofort auf!" Der Franzose schüttelt fragend den Kopf.

„Das habe ich auch gesagt, der Hauptmann meinte zum Wechseln und dass man ja nie wissen könnte...." Hubert Rösler lacht etwas verlegen.

„Herr Rösler, ich kann Sie brauchen hier in dieser Stadt. Melden Sie sich morgen um neun Uhr im Rathaus und fragen Sie nach mir, mein Name ist Faust, Morand Faust!" Der Mann reicht ihm freundlich lächelnd die Hand, gibt ihm seine Kennkarte zurück und verlässt mit einem französischen Gruß das Haus. Hubert Rösler sieht ihm nach, wie er wortlos in den Peugeot steigt, den

Blonden keines Blickes würdigt und dem Soldaten mit der Hand das Zeichen zur Abfahrt gibt.

Morgen im Rathaus? Nach Verhaftung sieht das Ganze ja nicht mehr aus und der Franzose, der sich Faust nennt, scheint ja, obwohl ein Besatzer ein ganz anständiger Mensch zu sein. Was hatte Hauptmann Rose gesagt: ‚Um zu überleben, muss man manchmal seine Fahne in den Wind halten'! Na denn, dann werde ich halt ab morgen für den Franzosen arbeiten! Besser als hier still herumzusitzen. Hubert Rösler ist sich nicht sicher, aber ihn beschleicht ein Gefühl, als habe er zum wiederholten Male in diesem Krieg Glück gehabt. Wieso hatte ihn ausgerechnet bei Ingeborg das Glück verlassen?

Café Drechsel

Vor ihm stehen der Kaffee, ein Glas Wasser und der kleine Teller mit dem Weißbrothörnchen und dem kleinen weißen Porzellanschüsselchen mit Marillenmarmelade. Der Kaffee ist heiß. Er nimmt einen kleinen Schluck, stellt die Tasse wieder auf die Untertasse zurück, bricht ein Stück des Hörnchens ab, bestreicht es mit etwas Marillenmarmelade und beißt ab. Kauend widmet er sich dem „Starken Appell des Gauleiters an die Hamburger" der unter dem großen schwarzen Aufmacher „Der Tod des Führers" in der Hamburger Zeitung zu lesen ist.

Um 23 Uhr sprach Karl Kaufmann, Gauleiter und Reichsstatthalter in Hamburg, über den Rundfunk zur hamburgischen Bevölkerung. Er sagte:

Parteigenossen, Volksgenossen!

Es ist die schwerste Stunde unseres Volkes, wenn uns heute die Nachricht erreicht, daß unser Führer kämpfend in des Reiches Hauptstadt gefallen ist. Was er uns alten Nationalsozialisten gewesen ist, was er für sein Volk erstrebt hat, das wird die Geschichte einmal von ihm künden. Was er uns hinterläßt, ist die unsterbliche Idee des nationalsozialistischen Reiches, und wozu wir verpflichtet sind, ist, in der tiefsten Notzeit unseres Volkes diesem Volke treu zu bleiben, für dieses Volk zu arbeiten, zu leben und zu sterben.

In dieser Stunde richte ich an Euch, Hamburger, meine heiße Bitte: Legt Euer Schicksal und Eure Zukunft vertrauensvoll wie bisher in meine Hand, folgt mir in unerschütterlichem Glauben und unerschütterlicher Disziplin auf diesem schweren Weg, den ich zu Ende gehen werde für das Wohl der mir anvertrauten Stadt und ihrer Menschen.

Der große elegante Mann mit den grau melierten Haaren steht auf. Nimmt seinen Ledermantel und seinen breitkrempigen Hut vom Haken, reicht dem herbeieilenden Ober einige Lebensmittelmarken, zieht seine schwarzen Lederhandschuhe an und verlässt das Kaffeehaus.

Mai 1945

Seit mehr als einer Woche steht Hubert Rösler im Dienst vom Chef der zivilen Polizei Morand Faust, dessen Aufgabe es ist, für Ordnung in der Stadt zu sorgen. Nach dem Abzug der deutschen Wehrmacht hatte es in der Stadt größere Plünderungen vor allem von Lebensmitteln in den Kasernen und gewalttätige Zerstörungen von Einrichtungen gegeben. Auch waren einige stadtbekannte Sympathisanten der NSDAP von rachsüchtigen Bürgern angegriffen worden. Fausts Augenmerk ist vor allem darauf gerichtet solche Übergriffe tunlichst zu unterbinden. Die bisherigen deutschen Polizisten sind wegen ihrer Parteizugehörigkeit nur bedingt wieder einsetzbar und das französische Kommando aus dem Stalag ist zum einen personell zu klein, zum anderen sprachlich nicht in der Lage, um den Deutschen klare Befehle zu erteilen. Morand Faust bleibt keine andere Wahl als aus der Villinger Bürgerschaft Männer zu rekrutieren, die relativ unbelastet von der Bevölkerung respektiert werden würden. Hubert Rösler scheint ihm geeignet zu sein, bei den Lebensmittelausgabestellen dafür Sorge zu tragen, dass es nicht zu Übergriffen kommt und eine ordnungsgemäße Ausgabe ohne Plünderungen sichergestellt ist.

Mit einer weißen Armbinde mit der Aufschrift ‚Police' ausgestattet, bekommt Hubert Rösler allmorgendlich im Rathaus mit einigen anderen meist wesentlich älteren Hilfspolizisten den Standort zugeteilt, an dem er seinen Dienst zu erledigen hat. Um Mauscheleien und Unter-der-Hand-Aktionen im Keim zu ersticken, wechselt sein jeweiliger Einsatzort von Tag zu Tag. Hubert Rösler ist zufrieden, denn so sind sein Versteckspiel und auch seine Sorge um die eigene Lebensmittelbeschaffung hinfällig geworden. Seine Wohnung darf er behalten und die Arbeit ist bisher ohne größere Probleme zu bewältigen. Es waren bisher nur einige aus dem Lager, die sich über die Regeln an den Ausgabestellen hinwegsetzen und ohne Lebensmittelkarten an Waren herankommen wollten. Hubert Rösler konnte das bisher immer gütlich lösen. Und sein Karabiner tat sein Übriges. Er hatte einen Karabiner in Empfang genommen, den er zur Abschreckung offen zu tragen hatte. Dass jeder der deutschen Polizisten nur über eine einzige Patrone verfügt, muss der

Bevölkerung gegenüber natürlich verschwiegen werden. Die Franzosen wollen somit ausschließen, dass die Deutschen die Waffen gegen sie richten. Hubert Rösler wird auch regelmäßig kontrolliert, ob er nicht von irgendwo anders her an Munition für seine Waffe gekommen ist.

Als er heute Morgen im Rathausbüro seinen Einsatzplan abrufen will, fällt sein Blick auf Meldungsblätter, die von den Franzosen den Angestellten der Stadt offensichtlich allmorgendlich auf den Schreibtisch gelegt werden. Die Nachricht vom Tod des Führers hatte sich gestern Abend bereits rumgesprochen. Die Überschrift „Adolf Hitler ist tot!“ und das Bild von ihm sind es nicht, die Hubert Rösler in blankes Entsetzen versetzen. Auf der rechten unteren Seite desselben Meldungsblattes ist ein Foto abgedruckt, das mit der Überschrift „Befreiung des Konzentrationslagers Überlingen-Aufkirch“ überschrieben ist. Hinter den ausgemergelten Gestalten in schwarzweißen Anstaltskleidern, die trotz ihrer offenbar sehr schlechten körperlichen Verfassung mit erleichtert freudigen, knochigen Gesichtern mit ihren Mützen winkend an einem Stacheldrahtzaun stehen, erkennt Hubert Rösler in der hinteren Reihe ein ihm wohlbekanntes properes Gesicht: Hauptmann Rose! Im ersten Moment kann er es nicht glauben und beugt sich vielleicht etwas zu neugierig über den Schreibtisch. Morand Faust, der den jungen Deutschen dabei beobachtet, fragt überrascht nach:

„Haben Sie es noch nicht erfahren, Herr Rösler, dass Hitler tot ist?“

„Doch, doch, natürlich, das hat sich gestern schon herumgesprochen!“ Hubert Rösler hat sich trotz seines Entsetzens schnell gefasst.

„Es ist wegen der Gefangenen dort!“ Er deutet auf das Bild. „Die sehen ja schrecklich zugerichtet aus!“

„Ja, Herr Rösler, die sehen sehr wohl schrecklich zugerichtet aus. Aber das betrifft nicht nur diese Menschen auf dem Foto da, das hatten Sie auch hier in der Stadt! Was glauben Sie, was im Stalag los war? Wir waren dort fast dreitausend Gefangene. Fragen Sie nicht, wie das mit der Verpflegung und vor allem mit den hygienischen Verhältnissen dort ausgesehen hat. Am liebsten hätte ich die deutschen Gefangenen, die in den letzten Tagen hier durch die

Stadt gekommen sind, alle durch das Lager laufen lassen, um ihnen zu zeigen, für welche menschenverachtende Idee sie gekämpft haben. Wir waren dort zusammengepfercht wie Tiere. Sie können sich gerne noch ein Bild davon machen. Ich gehe mit Ihnen gerne durch die Baracken, damit Sie sehen, wie ihr Deutschen mit uns umgegangen seid. Hier, nehmen Sie die Nachrichten mit und zeigen Sie es vor allem den jungen Leuten, die immer noch meinen, wir seien die Unmenschen!"

Er nimmt das Bündel Nachrichtenblätter und drückt es Hubert Rösler in die Hand. Dann wendet er sich den anderen Wartenden zu und beginnt mit der Einsatzeinteilung. Hubert Rösler faltet die Papiere sorgfältig zusammen und steckt sie in die Tasche. Er wird sich nach seinem Einsatz Zeit nehmen, den Bericht genauer zu lesen.

Mit den aufgefalteten Nachrichtenblättern sitzt Hubert Rösler am Küchentisch und betrachtet das Bild der befreiten Gefangenen aus dem KZ in Überlingen. Natürlich hatte er schon Bilder aus Konzentrationslagern gesehen. Die Partei hatte oft genug zur Warnung an alle subversiven Aufrührer in der Zeitung oder auf Plakaten Bilder veröffentlicht, um klar zu machen, dass gegen alle, die dem deutschen Volk schadeten, konsequent und in aller Härte vorgegangen würde. Morand Faust, der doch so ein freundlicher und gar nicht rachsüchtiger Mann ist, hatte sich aber heute Früh sehr echauffiert über das Lagerleben im Stalag hier in Villingen und ihm ist sofort wieder Ingeborgs heftige Rede an der Bank in Basel in den Sinn gekommen.

Warum aber ist Hauptmann Rose unter den befreiten Gefangenen? Zunächst hatte Hubert Rösler heute Morgen an einen Irrtum, eine Verwechslung oder eine frappierende Ähnlichkeit dieses Gefangenen mit Hauptmann Rose geglaubt. Aber ohne Frage ist der Mann unmittelbar vor ihm auf dem Foto dieser Leutnant Riegger, der ihm diese Wohnung hier überlassen hat. Es steht für ihn außer Frage: Der Mann auf dem Foto ist Hauptmann Rose. Was ist schief gelaufen? Wieso ist er verhaftet worden und in diesem KZ gelandet? Ist die Sache aufgeflogen? Es muss doch unmittelbar nach dem Halt hier passiert sein. In der Meldung steht, dass die Franzosen am fünfundzwanzigsten April auf das Lager gestoßen sind und die Gefangenen befreit haben. Es liegen also gerade einmal sieben Tage zwischen der Abfahrt von Hauptmann Rose vor diesem Haus hier und seiner Befreiung aus dem KZ. Hubert Rösler zermartert sich den Kopf. Was war passiert? Ist er selbst nun auch in Gefahr? Oder rettet ihn gar die Besatzung der Franzosen hier vor dem Konzentrationslager? Aber was sollte sein Verbrechen denn sein? Er hat doch nur Befehle ausgeführt. Befehle, die er als Gefreiter von einem Hauptmann bekommen hatte. Wie hätte er da anders handeln sollen, als er es getan hatte? Nein, wenn Hauptmann Rose ihn nicht als Deserteur verraten würde, hätte er von Seiten der Deutschen nichts zu befürchten, sollte der Krieg doch noch gewonnen werden. Und seine Aussagen hier vor den Franzosen würde er sicherlich rechtfertigen können, da alle Parteioberen und die Wehrmacht hier abgezogen waren und ihm keine andere Wahl blieb, als mit den Franzosen zu kooperieren. Und trotzdem lässt ihn die Sorge nicht ruhen, was mit ihm geschehen würde, wenn die Sache wirklich aufgeflogen ist. Schließlich ist das gesamte Geld in der Schweiz auf einem Konto mit seinem Namen. Wenn Hauptmann Rose sich als unschuldig darstellt und behauptet, ihn nicht zu kennen, wie er das von ihm verlangt hatte, sollte er bei seinem Grenzübertritt auffliegen, bliebe alles an ihm hängen. Wie sollten Sie aber auf ihn kommen, wenn Hauptmann Rose vorgibt, ihn nicht zu kennen? Dann würde er ja doch seinen Namen auch nicht ins Spiel bringen? Wie aber sind sie auf Hauptmann Rose gekommen? Wieso hat man ihn verhaftet? Auf der anderen Seite wurde er ja laut diesem Bericht und dem Foto ja befreit! Hauptmann Rose lebt also! Und seine Situation ist nach Hubert Röslers Schlussfolgerungen ja gar nicht mal so schlecht. Aus Sicht der Franzosen ist er ganz offensichtlich ein Hitlergegner, sonst würde er ja nicht in einem KZ interniert gewesen sein.

Eines steht jedenfalls fest, der Hauptmann wird sich ganz sicher bei ihm melden, wenn er die Möglichkeit dazu bekommt und er es für richtig hält. Mit dem Konto in Basel hat er einen Auftrag für sein Land übernommen. Dafür steht er gerade und wird diesen Auftrag auch bis zum Ende erfüllen, so wahr er Hubert Rösler heißt. Hauptmann Rose kann sich voll und ganz auf ihn verlassen.

Er geht in die Badestube, dann ins Schlafzimmer, legt sich ins Bett. Seine Gedanken sind bei seiner Mutter und seinem Vater. Die Sorge um sie treibt ihn noch eine Weile um. Ingeborg bemächtigt sich seiner Gedanken und Phantasien. Bald ist er tief eingeschlafen.

8. Mai 1945

Als Hubert Rösler am Morgen seinen Dienst antritt, begrüßt ihn Morand Faust mit der Nachricht, dass Deutschland kapituliert hat und der Krieg zu Ende ist.

„Dönitz hat die Kapitulation gestern unterschrieben und vor ein paar Minuten ist sie in Kraft getreten." Es ist kein Siegerjubel in seinem Gesicht zu sehen. Geschäftsmäßig, wie er all die Tage mit den Mitarbeitern umgegangen ist, gibt Faust diese Meldung auch an die anderen Hilfspolizisten weiter und geht gleich zur Tageseinteilung über.

„Gott sei Dank ist es zu Ende!" Ja, Hubert Rösler ist auch erleichtert, denn er hätte sich für die vergangenen zwei Jahre seines Lebens etwas Schöneres vorstellen können, als dieses entbehrliche Herumlungern an den verschiedenen Fronten, die ständige Angst vor den Feinden und die grenzenlose Zerstörung, die er in den vielen Städten, die er passieren musste, gesehen hatte. Eigentlich hätte er zu Hause den Betrieb seines Vaters längst übernehmen, seine Meisterprüfung machen und vielleicht auch seinen Neigungen, dem Wandern und dem Turnen mit seinen Freunden, frönen können. Soldat sein ist nie sein Lebensziel gewesen. Er ist es, weil er an die gute Sache geglaubt hat und immer noch glaubt. Aber für ewig dieses Leben führen, scheint ihm sehr überdrüssig. Auf dem Schreibtisch von Morand Faust sieht er ein Briefkuvert liegen mit zwei grünen Briefmarken. Briefmarken würden ihn auch interessieren. Gedankenverloren sieht er auf das Bild eines Frauenkopfes, eine weiße Zwei und das kleine ‚f' dahinter. Das würde ihm auch Spaß machen. Diese kleinen bunten Wertmarken auf den Briefen zu sammeln.

„Nehmen Sie den mit, wenn er Ihnen so gut gefällt!" Überrascht schreckt Hubert Rösler aus seinen Gedanken auf, als Faust plötzlich neben ihm steht und ihm den Briefumschlag hinhält.

„Danke...gerne, äh!" Er kommt etwas ins Stottern, wendet sich dann aber doch an den Polizeichef. „Wird es denn möglich sein, wieder nach Hause zu fahren, jetzt, wo der Krieg zu Ende ist?" Der Franzose sieht den jungen Deutschen eher mitleidig an. „Sie sind im Osten von Berlin zuhause, mein Junge. Da ist es leider noch nicht zu Ende mit dem Krieg. Mit den Sowjets gibt es noch kein

Kapitulationsabkommen. Die waren mit den ausgehandelten Bedingungen nicht einverstanden. Ans nach Hause fahren ist für Sie noch nicht zu denken. Da geht es Ihnen nicht anders als uns, wir sehnen uns auch nach unseren Familien, aber wir haben hier noch viel zu tun. Und Sie auch, los an die Arbeit!" Er lächelt Hubert Rösler milde an und deutet ihm mit der Hand sich auf den Weg zu seinem Einsatzort ans Bickentor zu machen. Hubert Rösler verlässt das Büro, in der Hand hält er den Briefumschlag mit der grünen Marke. Gedankenverloren steckt er das Kuvert in seine Tasche.

Sigrid Hiemisch steht in seiner Küche und bringt ihm zwei Eier, die sie von einem Nachbarn zwei Häuser weiter ab und zu bekommen. Der hält in seinem Garten etliche Hühner. Da Hubert Rösler gerne bei offenem Fenster schläft, wird er häufig morgens vom Krähen des Hahnes geweckt. Im Gegenzug bezahlt Frau Hiemisch den Nachbarn mit den ersten Salatköpfen aus dem Garten und Hubert Rösler gibt ab und zu das Mehl weiter, dass er im Rathaus ohne Lebensmittelkarte bekommt.

Sigrid bleibt an seinem Küchentisch stehen und sieht auf das Kuvert mit der grünen Briefmarke.

„Von wem hast du denn den Brief bekommen! Das ist doch kein Brief von hier, oder?"

Er muss lächeln.

„Nein, das ist kein Brief von hier. Der ist auch nicht an mich geschickt worden, den habe ich vom Rathaus mitgebracht. Mein Chef dort ist ein Franzose und dieser Brief ist in Frankreich aufgegeben worden mit einer französischen Briefmarke."

„Und wer ist die Frau? Ist das die französische Führerin?" Das Mädchen ist neugierig und Hubert Rösler muss lachen.

„Nein, das ist die Nationalfigur von Frankreich, die Marianne!"

„Mama hat oben eine ganze Menge Briefumschläge. Da ist meistens der Kopf vom Führer drauf. Ich dachte, das ist in Frankreich auch so?“ Das Mädchen wird ein bisschen rot und ist verlegen. Gleich aber fasst sie sich wieder und fragt:

„Soll ich dir die ganzen Briefumschläge bringen? Mama verwendet sie immer nur zum Ofen anzünden. Wenn du ihr anderes Papier besorgst, kannst du die Umschläge sicher alle haben.“

„Das ist eine tolle Idee, Sigrid! Bring mir die Briefumschläge, ich schneide die Briefmarken alle aus und das Papier kannst du wieder mit nach oben nehmen. Und ich werde zusehen, dass ich vom Rathaus ein paar alte Zeitungen oder Schmierpapier bekomme, dann habt ihr sicher genug zum Feuermachen und ich habe ein bisschen Spaß mit den Briefmarken.“

„Au fein, ich helfe dir eine Weile beim Ausschneiden!“ Das Mädchen läuft freudestrahlend aus dem Zimmer und ist ein paar Minuten später mit einem Stapel Briefkuverts wieder in Hubert Röslers Küche.

„Schau mal, ich habe auch gleich meine Schere mitgebracht!“

Gemeinsam sitzen die beiden zusammen am Küchentisch und schneiden die Briefmarken von den Briefumschlägen. Hubert Rösler hat einen Suppenteller mit Wasser gefüllt, in das sie die ausgeschnittenen Marken legen, die sich dort so nach und nach vom Umschlagspapier ablösen.

„Du kannst die Marken ganz vorsichtig aus dem Wasser heben und auf die Zeitung legen!“ Während Hubert Rösler eine alte Tageszeitung auf dem Tisch ausbreitet, leitet er das Mädchen an die Marken zum Trocknen auf der Zeitung auszubreiten.

„Du musst das ganz vorsichtig machen. Es darf keine Zacke umknicken, sonst ist die Marke beschädigt und verliert ihren Wert!“

„Welchen Wert haben die Briefmarken denn? Ich denke, wenn ein Stempel auf einer Marke ist, dann kann man sie doch nicht mehr gebrauchen, oder?“

„Da hast du schon Recht, als Briefmarke auf einem Brief kannst du sie nicht mehr verwenden, aber es gibt Briefmarkensammler, die zahlen dafür Geld und das kann manchmal ganz viel Geld sein.“

„Aber doch nicht mehr als auf der Marke steht, oder? Da stehen drei Reichspfennig drauf, dafür bekommst du doch nicht mehr, oder?“

„Dafür bekomme ich sicher nicht mehr, das stimmt. Aber da gibt es zum Beispiel die berühmte ‚Blaue Mauritius‘. Das ist eine Briefmarke aus dem Land Mauritius und die ist ungefähr vor einhundert Jahren gedruckt worden. Alle haben die Briefmarke, nachdem sie ihren Brief gelesen haben weggeschmissen oder verbrannt, wie deine Mama. Nur zehn oder zwölf Menschen haben ihren Briefumschlag aufbewahrt. Die Briefmarke ist heute also ganz, ganz selten. Und deswegen ist sie sehr viel wert.“ Hubert Rösler erzählt dem Mädchen, was er vor dem Krieg zuhause manchmal in der Zeitung gelesen hat und was sich in seinem Kopf festgesetzt hat.

„Wie viel ist die ‚Blaue Mauritius‘ denn jetzt wert?“ Neugierig will das Mädchen offenbar mehr wissen, während sie die ersten abgelösten Briefmarken fein säuberlich in einer Reihe auf der Zeitung zum Trocknen legt.

„Ich glaube, man hat für die „Blaue Mauritius‘ zwei englische Pence zahlen müssen vor hundert Jahren und wenn ich mich recht erinnere, habe ich vor dem Krieg einmal in der Zeitung gelesen, dass eine von diesen paar übrigen Marken für über eintausend amerikanische Dollars verkauft worden ist.“

„Das ist richtig viel Geld, amerikanische Dollar, oder?“

„Ja, das ist richtig viel Geld! So viel haben wir alle zusammen nicht!“

Hubert Rösler erschrickt etwas über sein Gespräch mit dem Mädchen. Über Geld sollte er lieber nicht reden. Hinter der Garderobe steckt ein Geheimnis, mit dem er diese ‚Blaue Mauritius‘ sicher kaufen könnte, aber er sollte sich nicht leichtfertig in solche Gespräche verwickeln lassen. Sigrid ist ein sehr schlaues und neugieriges, junges Mädchen und einmal verplappert, könnte sie immer weiterbohren und ihn in ernsthafte Verlegenheit bringen.

„Wenn du diese Briefmarken jetzt sammelst, dann werden sie vielleicht auch ganz viel wert. Weil heute natürlich jeder die Briefumschläge zum Feuermachen verwendet. Und in hundert Jahren bekommst du dann richtig viel Geld dafür und bist reich!"

Hubert Rösler lacht wieder schallend.

„In hundert Jahren, liebe Sigrid, da kann ich mit dem vielen Geld gar nichts mehr anfangen, denn da liege ich ganz bestimmt schon tief unter der Erde und du sicherlich auch. Aber, wenn wir jetzt sammeln und unsere Kinder oder Enkel die Briefmarken finden, dann könnte es schon sein, dass da ein paar wertvolle Briefmarken dabei sind, weil sie ganz selten geworden sind. Aber jetzt haben wir einfach ein bisschen Freude daran, die kleinen bunten Papierstückchen zu sammeln, oder?"

„Genau und eine ganz seltene hast du jetzt schon in deiner Sammlung, Hubert! Eine ‚grüne Marianne', die ist hier ganz bestimmt sehr selten und würde viele amerikanische Dollars bringen, wenn hier irgendjemand Dollars hätte!" Beide beugen sich über den Tisch und sehen lachend auf die ‚grüne Marianne', die abgelöst vom Briefumschlagspapier auf der Wasseroberfläche im Suppenteller schwimmt.

Café Drechsel

Es ist ein sonniger Frühlingstag. Vor den großen Arkadenfenstern des Kaffeehauses Drechsel stehen auf dem Bürgersteig drei Tische mit braunen Weidekorbstühlen. Zwei junge Krankenschwestern sitzen ganz links an einem der Tische und genießen die erste warme Frühlingssonne bei einem Glas Limonade. Der elegante Herr mit den graumelierten Haaren sitzt in seinem schwarzen Ledermantel direkt an der Eingangstüre des Cafés. Seinen Hut und seine schwarzen Lederhandschuhe hat er auf dem zweiten Korbsessel abgelegt. Gerade bekommt er das Frühstück serviert. Der Ober bedient ihn mit Kaffee, einem Glas Wasser und einem kleinen Teller mit einem Weißbrothörnchen und einem Schälchen Marillenmarmelade. Die Zeitungsauswahl ist an diesem Tag sehr dürftig. Er hält die aktuelle vierseitige Fallschirmausgabe des heutigen Tages in der Hand, mit der in deutscher, russischer, französischer und englischer Sprache die deutsche Kapitulation bekannt gegeben wird.

S.H.A.E.F.   Fallschirm Ausgabe

Nummer 25 Supreme Headquarters Allied Expeditionary Force 8. Mai 1945
Das tägliche Organ des Alliierten Oberkommandos
FRIEDEN
DOENITZ KAPITULIERT
Der Tag des Sieges in Europa ist da. In Übereinstimmung mit den zwischen den drei Grossmächten getroffenen Vereinbarungen wird das Ende des Krieges in Europa heute nachmittag um 15 Uhr über den Rundfunk offiziell verkündet. Die Nachricht von der bedingungslosen Kapitulation aller deutschen Streitkräfte gegenüber allen alliierten Mächten wurde zuerst über Radio Flensburg dem deutschen Volk bekannt gegeben. Der neue Aussenminister des Reiches, Graf Schwerin von Krosigk, erklärte, dass das Oberkommando der Wehrmacht auf Befehl von Grossadmiral Doenitz die Einstellung des Kampfes angeordnet habe.

„Eine Fortführung des Krieges", so stellte Schwerin von Krosigk fest, „würde nur sinnloses Blutvergiessen und unnötige Zerstörung bedeuten."

Fünf Jahre, acht Monate und fünf Tage nach seinem Ausbruch hat der Krieg in Europa ein Ende gefunden. Bis jetzt ist eine offizielle Ankündigung des alliierten Oberkommandos noch nicht erfolgt, Berichterstatter melden jedoch, dass der Vollzug der bedingungslosen Kapitulation von Deutschland am Montag früh 2.41 Uhr in Reims stattfand, wo sich das vorgeschobene Hauptquartier von General Eisenhower befindet.

Nach Berichten der Korrespondenten haben das Dokument über die bedingungslose Kapitulation Generaloberst Jodl für Deutschland, General Bedell Smith für die USA und Grossbritannien, General Iwan Susloparoff für die Sowiet-Union und General Francois Sevez für Frankreich unterzeichnet. Wie noch berichtet wird, hat General Eisenhower dem Unterzeichnungsakt nicht beigewohnt, jedoch später den General Smith und den deutschen Admiral v. Friedeberg empfangen.

Das britische Informationsministerium kündigte gestern Nacht an, dass der heutige Tag als „Tag des Sieges in Europa" und zusammen mit dem morgigen Mittwoch als Feiertag gilt. Das Informations-Ministerium gab weiter bekannt, dass entsprechend den Abmachungen zwischen den drei Grossmächten der engliche Ministerpräsident am Dienstag um 15 Uhr eine offizielle Erklärung über den Rundfunk abgeben und König Georg VI am gleichen Tag um 21 Uhr zum gesamten englischen Weltreich sprechen wird.

Ohne auf die beiden jungen Damen zu achten, steht der elegante Herr von seinem Korbsessel auf, legt eine Reihe grüner und grauer Lebensmittelmarken auf den Tisch und geht ohne sich umzudrehen in Richtung Innenstadt davon.

Mai 1945

Der Krieg ist aus! Die Nachricht, so sehr sie Hubert Rösler erwartet hatte, so sehr gleicht sie einem Donnerschlag in seinem Inneren. Es gibt Deutschland nicht mehr! Dieses Land, sein Land hat verloren und ist verloren. Die Glocke des Münsters hatte ohne Unterlass geläutet, obwohl es schon auf Mitternacht zugegangen war. Der Platz vor dem Rathaus war voller Menschen gewesen.

„Waffenstillstand in ganz Deutschland!“ hatte der Polizeichef neben ihm nur gesagt und dann hatte er noch dazu gefügt: „Totalkapitulation!“

Keine Ahnung, was er sich noch erhofft hatte. Sein Vater war der erste, der ihm unmissverständlich zu verstehen gegeben hatte, dass der Krieg zu Ende gehen würde und Deutschland ein weiteres Mal der Verlierer sein würde. Hauptmann Rose hat ihm das dann auch mehr oder weniger bestätigt und der saß doch an der Quelle. Der musste es doch wissen im Ministerium in Berlin. Und die letzten beiden Wochen hier in dieser kleinen Stadt war alles doch schon vollzogen. Hier ist der Krieg seit mehr als zwei Wochen zu Ende, hier heißen die Befehlshaber „Franzosen“! Hier hat kein Deutscher mehr etwas zu sagen, keine NSDAP, keine SS, keine SA und keine Gestapo! Hier versucht ein Franzose Ordnung und Ruhe in die Stadt zu bringen. Zwar hat er auch eine Waffe im Holster, aber er ist freundlich, hat keinen barschen Befehlston, wie die Parteileute, die Kettenhunde, die Gestapo. Die ständige Angst ist nicht mehr da, die Angst vor den Fliegerangriffen, den Feinden, den Franzosen, den Tommys und den Bolschewiken. Selbst die Angst vor den Marokkanern ist verschwunden, die für viele der Menschen, vor allem die Jungen, mit ihrem fremdländischen Aussehen hier in der Stadt zunächst genau das Bild abgegeben haben, das selbst er bei der Hitlerjugend doch gelernt hatte. Nun teilen sie ihre Schokolade mit den Kindern, stecken alten Menschen Kartoffeln oder Brot zu und gehen sonntags sogar mit ins Münster zum Gottesdienst. Was sind das für Menschen? Hubert Rösler schlägt sich so manche Nacht schlaflos um die Ohren, zweifelnd, ob alles, wovon er so felsenfest überzeugt war, nicht doch Risse bekommen hat. Immer mehr trauert er der heftigen Auseinandersetzung mit Ingeborg nach. Immer öfter denkt er daran, hier alles stehen und liegen zu lassen und zu ihr zurückzugehen. Sie bitten, sein Verhalten zu vergessen. Hatte sie nicht gesagt, er solle nur zurückkommen, wenn er seine Meinung geändert habe? Hatte sie nicht doch eine kleine Türe offen gelassen? Könnte er ihr erzählen, dass er Franzosen kennengelernt habe, wie damals beim Arbeitsdienst, die auch nette und freundliche Menschen waren, wie Faust es ist? Könnte er ihr sagen, dass Faust und seine Leute dafür gesorgt haben, dass die Marokkaner eben nicht mehr Frauen und Mädchen, wie Sigrid eines ist, vergewaltigen und schänden, wie sie es scheinbar in den ersten Tagen nach der Besetzung mit der Begründung gemacht haben, deutsche Soldaten hätten das mit ihren Frauen auch getan. Könnte er ihr berichten, dass sie den Deutschen nun nett und freundlich begegnen. Könnte er ihr sagen, dass sein Vater zuhause in ihrem Betrieb Tschechen angestellt hatte, dass die bei ihnen jeden Tag mit am Tisch gesessen haben. Dass nie etwas Schlimmes vorgefallen war? Eigentlich waren es lauter nette Kerle. Die Bolschewiken haben auf ihn geschossen, das stimmt und das muss sie auch akzeptieren und die Juden haben doch das deutsche Volk betrogen, das kann sie doch nicht leugnen. Die haben den Reichstag angezündet, die haben alles Geld an sich gerissen, das kann sie doch nicht bezweifeln. Er würde nicht mehr über all die Dinge mit ihr reden. Er würde ihr Recht geben und ihre Meinung akzeptieren. Sie könnten doch trotzdem so viele Dinge gemeinsam machen. Sie sind doch jung, haben das Leben vor sich. Er würde sich Arbeit suchen und würde für sie sorgen. In diesen schlaflosen Nächten nimmt er sich immer wieder vor, egal was da kommen mag, er würde nach Basel zurückgehen, würde sie suchen. Vielleicht ginge sie mit ihm mit nach Deutschland. Sie hatte zwei Tage nur an ihn gedacht. Vielleicht denkt sie immer noch an ihn. Vielleicht tun ihr ihre heftigen Worte auch leid. Wenn sie hier wäre, warum sollte er seine Versprechen nicht halten können, er bräuchte ihr nichts von dem Konto erzählen. Sobald sich Hauptmann Rose bei ihm meldet, würde er ihn bitten, das Konto zu übernehmen. Jetzt, wo der Krieg aus ist, hat er ja nichts mehr zu befürchten und kann das Geld ja selbst verwalten. Und er, Hubert Rösler, würde mit all dem abschließen. Vielleicht kann er ja zurück nach Reichenau und Papas Betrieb übernehmen. Vielleicht kommt Ingeborg ja mit.

Es ist so vieles geschehen in den letzten Wochen. Bis zu seinem Besuch zuhause, war eigentlich noch alles in Ordnung. Klar, er war an der Front, weg von daheim, hungrig, müde, verwundet, aber er wusste, wofür er das alles tat. Es machte Sinn: für Führer, Volk und Vaterland! Das hatte er gelernt, das hatte er seinen Jungs in der HJ immer wieder eingetrichtert, das haben sie ihm geglaubt und er hatte selbst daran geglaubt. Sein Vater war überzeugt von der Richtigkeit ihres Engagements. Sein Vater war in der Partei und er in der Hitlerjugend. Da stimmte doch alles. Und in den letzten Wochen ist sein Weltbild völlig auf den Kopf gestellt worden. Sein Vater hatte ihm geraten sich zu verstecken. Verstecken vor denen, für die sie sich doch stark gemacht hatten. Hauptmann Rose hat ihn zu einer Sache angestiftet, die er immer noch nicht ganz durchblickt, die aber offensichtlich nicht im Sinne des Führers war, sonst hätte nicht alles so heimlich ablaufen müssen. Und jetzt dient er den Franzosen. Denen, die er vor ein paar Tagen noch hätte erschießen müssen, wenn er noch bei der kämpfenden Truppe gewesen wäre. Und die sind freundlich zu ihm. Viel freundlicher, als die Spieße und Uffze in Riga oder Deutschkrone. Wie soll er das alles verstehen. Er will zu Ingeborg. Wenn er an sie denkt, geht es ihm gut, dann wird er ruhig, dann kann er auch schlafen.

Die Arbeit am Tage tut ihm gut. Er ist abgelenkt und kommt nicht so sehr ins Grübeln, wie abends zuhause auf dem Bett. Die Franzosen tun alles dafür, dass es ruhig bleibt in der Bevölkerung. Fronleichnam wurde heute gefeiert, wie vor dem Krieg und alle Bürger waren gestern auch zum Fest der Heiligen Jeanne d'Arc eingeladen. Seine Funktion als Hilfspolizist hatte Hubert Rösler bisher noch keinerlei Schwierigkeiten bereitet. Zwar gibt es immer wieder kleinere Übergriffe von ehemaligen Zwangsarbeitern, vor allem, wenn sie an alkoholische Getränke gekommen sind, aber in den meisten Fällen können die französischen Besatzer mit Hilfe der zivilen Polizei diese Privatscharmützel unaufgeregt beenden. Bei manchen dieser Einsätze ist auch Hubert Rösler dabei und erfährt von Seiten der Villinger Bürger freundlichen Respekt.

Juni 1945

Der Sommer kündigt sich mit warmen Junitagen an. Hubert Rösler nimmt seine Aufgabe routinemäßig an den Lebensmittelausgabestellen wahr und beginnt sich Gedanken zu machen, wie er sich beruflich weiterentwickeln kann. Da sein Chef, Morand Faust, offensichtlich einen Narren an ihm gefressen hat und ihn immer wieder in private Gespräche verwickelt, nimmt er sich den Mut, ihn danach zu fragen, ob es nicht eine Stelle in der Polizeibehörde oder der Stadt gäbe, wo er sich als Schlosser nützlich machen könne. Das sehr rasche Einlösen des Versprechens von Faust, sich darum zu kümmern, überrascht Hubert Rösler dann doch.

„Herr Rösler, kommen Sie bitte in mein Büro!" Ganz gegen seine geschäftsmäßige Gewohnheit überlässt der Polizeichef heute Morgen die Einteilung der Einsatzorte seinem Stellvertreter und bittet Hubert Rösler zum Rapport.

Hubert Rösler schließt die Türe hinter sich. Faust steht hinter seinem Schreibtisch, blickt auf den vor ihm liegenden Aktenstapel und blättert die oberen Seiten langsam vor und zurück. Er sieht nicht auf und sucht erstmals nicht den Blickkontakt zu Hubert Rösler.

„Ich bin Ihrem Wunsch nachgekommen, Herr Rösler, ab sofort sind sie vom Polizeidienst entbunden. Sie werden von jetzt an dem Centre de Récupération überstellt und unterstützen unsere Leute bei der Maschinendemontage im SABA-Werk. Da brauchen sie Fachleute wie Sie einer sind und der die deutsche Sprache beherrscht!"

Hubert Rösler steht die Überraschung ins Gesicht geschrieben.

„Ich hätte es vorgezogen, unter Ihnen in meinem Beruf tätig zu sein, Herr Faust!"

„Sie sind ein guter Mann, Herr Rösler und ich habe gerne mit Ihnen zusammengearbeitet, aber so, wie ich Sie kennengelernt habe, ist es besser, wenn Sie bei uns Franzosen bleiben. Ich werde nämlich heute noch in meine Heimat zurückgehen. Das ist der Grund, warum ich Sie jetzt anders untergebracht habe!“ Der Franzose blickt Hubert Rösler jetzt ins Gesicht. Er geht um den Schreibtisch herum und reicht dem jungen Deutschen die Hand. „Au revoir, machen Sie es gut! Ich wünsche Ihnen wirklich alles Gute, Herr Rösler! Und sollten wir uns jemals wiedersehen, dann hoffe ich, dass dies unter freundlicheren Umständen sein wird als dieses Mal! “

„Sie gehen? Das ist aber sehr schade! Vielen Dank für alles, Herr Faust! Vielen Dank und auf Wiedersehen!“

Hubert Rösler ist von der Eröffnung des Franzosen wirklich überrumpelt und für einige Momente sprachlos.

„Nun fassen Sie sich wieder, vielleicht kommt Ihre Zeit auch bald, dass Sie Ihre Sachen packen und nach Hause gehen können. Ein wenig werden Sie noch durchhalten müssen!“

Der Polizeichef dreht sich um und geht wieder hinter seinen Schreibtisch und, als wäre nichts Besonderes geschehen, fordert er Hubert Rösler geschäftsmäßig auf, mit dem vor dem Rathaus wartenden französischen Soldaten in die Hermann-Schwer-Straße zu fahren.

Die Arbeit im Bau 32 der SABA-Werke liegt Hubert Rössler. Obwohl ihm klar ist, dass die deutsche Wirtschaftskraft mit seiner Tätigkeit immens geschwächt werden soll, ergibt er sich seinem Schicksal und arbeitet kooperativ mit den französischen Monteuren eng zusammen, allerdings bleibt es bei der Kollegialität während der Arbeitszeit. Weder die französischen Männer noch Hubert Rösler suchen näheren privaten Kontakt zueinander. Die abgebauten Maschinen werden regelmäßig auf LKWs verladen und an verschiedene Adressen in Frankreich abtransportiert. Seine Abende verbringt Hubert Rösler weiterhin meist alleine in der Vom-Stein-Straße. Ab und zu besucht ihn Sigrid, die im Büro der Seidenweberei Arbeit gefunden hat und von dort immer wieder alte frankierte Briefumschläge mitbringt, deren Briefmarken sie sich dann an diesen Abenden gemeinsam widmen.

24. Juli 2019

Paul fährt mit der Straßenbahn in den Sankt Alban-Graben. Er hatte gestern trotz der fortgeschrittenen Stunde im Ibis-Budget-Hotel am Baseler Bahnhof noch ein Zimmer für die Nacht bekommen. In der UBS-Bank bittet er einen jungen Angestellten um die Einsicht in das Konto seines Vaters und legt ihm die Kombination des Nummernkontos vor.

„Einen Augenblick, Herr Rösler!" Der junge Mann lässt Paul am Schalter stehen.

„Guete Tag, Herr Rösler, mein Name ist Pia Odermatt. Bitte folgen Sie mir in das Besprechungszimmer." Eine attraktive Frau Mitte Dreißig tritt auf Paul Rösler zu und reicht ihm die Hand. Paul Rösler folgt der großgewachsenen Frau, die einen Aktenordner unter ihrem linken Arm trägt, die Treppen nach oben in ein modern, aber kühl eingerichtetes Besprechungszimmer.

„Sie haben meinem Kollegen eine Kontonummer gezeigt. Das scheint ein Nummernkonto bei uns zu sein. Dürfte ich die Kombination noch einmal sehen?" Die Frau macht einen sehr sympathischen Eindruck auf Paul Rösler.

„Das Konto gehörte meinem Vater. Der ist vor knapp zwei Jahren gestorben. Und wir sind jetzt erst auf das Konto gestoßen. Hier ist die Nummer." Paul legt Frau Odermatt den Zettel mit der Nummern auf den Tisch."

Pia Odermatt liest die Nummer und nickt.

„Ja, Herr Rösler, das ist ein Konto bei uns. Und wenn Sie der Sohn von Herrn Hubert Rösler sind, dann kann ich Ihnen auch sagen, dass ich Ihren Vater einige Jahre betreut habe. Von meiner Seite nehmen Sie bitte mein aufrichtiges Beileid zum Tod Ihres Vaters. Wir haben uns bereits gedacht, dass Ihr Vater selbst nicht mehr kommen würde. Er war die letzten Male ja schon sehr gebrechlich. Und er hatte ja auch schon ein gesegnetes Alter, Ihr Vater!"

„Ja, ja, er war vierundneunzig. Das ist sehr wohl ein gesegnetes Alter." Paul hat inzwischen seine Brieftasche aus der Jacke genommen und legt seinen Ausweis auf den Tisch.

„Mit Ihrer Formulierung „Wenn ich der Sohn sein sollte“, stellen Sie ja in Frage, ob ich wirklich der Sohn von Hubert Rösler bin. Hier ist mein Ausweis und ich habe auch den Erbschein meines Vaters dabei.“

Paul entnimmt seiner Brieftasche auch den Erbschein und faltet ihn auseinander, bevor er ihn Pia Odermatt auf dem Tisch hinschiebt.

„Danke, Herr Rösler, danach hätte ich Sie natürlich zuerst gefragt. Das ist üblich und das haben Sie ja auch selbstverständlich erwartet. Sie wissen, es ist nicht ganz so einfach, ein Konto zu übernehmen. Und das von Ihrem Vater schon gleich gar nicht! “

Die nette Bankerin sieht Paul freundlich an.

„Soll das heißen, diese Legitimationen reichen nicht aus, um von Ihnen Auskunft über das Konto meines Vaters zu bekommen?“

Pia Odermatt nickt nachdenklich, während sie den Erbschein intensiver in Augenschein nimmt. Nach einer Weile sieht sie Paul an und nickt noch einmal kurz und heftiger.

„Ja, Herr Rösler, das ist genau so, wie Sie es sagen. Auch wenn es für Sie jetzt vielleicht etwas schwieriger wird, über dieses Konto Auskunft zu bekommen und letztlich natürlich auch Zugriff, Sie werden es verstehen, wenn ich Ihnen sage, dass im letzten Jahr eine junge Dame hier in unserem Haus war, die sich mit einer Vollmacht Ihrer Mutter ausgewiesen hat, um Auskunft über ein Konto von Herrn Hubert Rösler zu bekommen. Im Übrigen hat sie denselben Erbschein vorgelegt wie Sie.“

Pia Odermatt schlägt den Aktenordner auf, blättert einige Seiten um und zeigt Paul dann eine Kopie des Erbscheines. Paul wirft einen Blick in den Ordner und sieht die Aussage der Bankerin bestätigt.

„Wissen Sie, wer diese Frau war?“ Paul sieht die Frau fragend an.

„Ja, natürlich. Wir haben ihren Ausweis kopiert, wie ich das auch mit dem Ihren machen werde. Aber bitte haben Sie Verständnis dafür, dass ich Ihnen auch diese Auskunft erst dann geben kann, wenn Sie die volle Berechtigung auf das Konto Ihres Vaters nachgewiesen haben."

Paul lacht kurz auf. „Selbstverständlich! Dann verraten Sie mir doch, wie ich diesen Nachweis erbringen kann."

Freundlich und bemüht, nicht allzu förmlich zu wirken, blickt Pia Odermatt Paul an.

„Ihr Vater hat bei uns vertraglich verfügt, dass der Zugriff nur mit dem korrekten Passwort gestattet werden darf. Und mehr oder weniger unbedacht hat er noch eine weitere Hürde errichtet, in dem er verfügt hat, dass alle Unterlagen nur über ein Schließfach bei uns zur Einsicht freigegeben werden dürfen. Sie brauchen dazu aber die Schließfachkombination."

„Frau Odermatt, ich habe ein paar Daten bei mir, die wir in den Unterlagen meines Vaters gefunden haben. Meine Geschwister und ich sind uns natürlich im Klaren darüber, dass das eventuell nicht die richtigen Daten sind, vor allem, weil wir mit der Bezeichnung „K.W." von meinem Vater – was wohl Kennwort heißen soll – zwei verschiedene Kennwörter haben." Paul Rösler greift nach einem Werbeblock der Bank, der auf dem Tisch liegt und nach einem der Kugelschreiber.

„Ich habe die Daten bewusst nicht aufgeschrieben, sondern sie mir nur eingeprägt. Für den 17.April 1945 haben wir folgende Daten!" Paul reißt ein Blatt vom Block und schreibt: SBG: Sch. F.: 6235, K.W.: Ingeborg.

„Für das Jahr 1999 haben wir wiederum diese Daten!" Paul schreibt auch die Daten auf das Blatt: Ab 1999 UBS. neues K.W. 1100 Jahre Nördlingen.

Paul sieht Pia Odermatt fragend an. Die Frau greift nach dem Zettel. Sie blättert in ihrem Ordner, überprüft den Zettel vergleichend mit Daten in Ihren Akten einige Sekunden lang. Scheinbar ist sie sich unschlüssig und kämpft innerlich mit sich, wie sie auf Pauls Informationen und Fragen reagieren soll.

„Herr Rösler,...ich...ich muss Rücksprache halten. Bitte haben sie Verständnis, ich lasse Sie einen Augenblick allein. Bitte bedienen Sie sich bei den Getränken. Wie gesagt, ich bin gleich wieder zurück."

Sie klappt den Ordner zu, klemmt ihn unter den Arm und greift nach dem Blatt Papier, im Gehen dreht sie sich noch einmal um und nimmt auch Pauls Ausweis und den Erbschein an sich.

„Ich kopiere mit Ihrem Einverständnis die beiden Dokumente für unsere Akten und bringe Sie gleich wieder mit." Sie nickt Paul fragend zu.

„Tun Sie das, tun Sie das. Ich habe da nichts zu verbergen und gehe davon aus, dass niemand Fremder Einsicht in die Akten erhält."

„Natürlich nicht, Herr Rösler. Das bleibt alles bankintern." Pia Odermatt hat Ihre Sicherheit wieder gefunden und wirkt relativ erleichtert, als Sie mit den Unterlagen in den Händen das Besprechungszimmer verlässt.

„Jetzt hat es doch etwas länger gedauert, Herr Rösler. Entschuldigen Sie bitte. Sie besitzen offensichtlich einige authentische Unterlagen von Ihrem Vater, Herr Rösler." Pia Odermatt ließ Paul eine gute halbe Stunde in dem Besprechungszimmer alleine, bis sie wieder mit den Unterlagen zurückkam. Nun sitzt sie ihm wieder gegenüber ohne den Ordner wieder zu öffnen. Sie schiebt ihm seinen Ausweis und den Erbschein über den Tisch, während sie ihm freundlich lächelnd offensichtlich die Entscheidung aus der vorangegangenen Beratung mitteilt.

„Trotzdem können wir Ihnen heute den Zugriff auf das Konto Ihres Vaters nicht gestatten. Das liegt aber nicht in unserem Entscheidungsspielraum. Ihr Vater hat ausdrücklich verfügt, dass das aktuelle Kennwort zwingend notwendig ist, damit wir den Zugriff zulassen können. Und die beiden von Ihnen vorgelegten Kennwörter sind nicht das aktuelle Kennwort."

Paul sieht die junge Frau prüfend an und überlegt ein paar Augenblicke.

„Frau Odermatt, können Sie mir bestätigen, dass die Daten, die ich Ihnen vorgelegt habe, irgendwann in der Vergangenheit die korrekten Daten waren?"

Nun sieht Pia Odermatt ihren Besucher kritisch an. „Was wollen Sie damit bezwecken, Herr Rösler?"

„Sehen Sie, wir sind nach dem Tod unserer Mutter auf diese Unterlagen gestoßen. Offensichtlich hat meine Mutter ebenso wenig von dem Konto gewusst wie wir Kinder. Allerdings gibt es irgendjemanden Fremden, der von diesem Konto weiß. Dieser Fremde behauptet, dass dies sein Geld wäre und fordert das Geld zurück. Scheinbar hat er aber überhaupt keine Daten von diesem Konto, da er von uns die Kontoübergabe verlangt. Ich weiß, das klingt alles ein bisschen suspekt. Für uns ist es das auch. Aber wir wollen die Sache so schnell wie möglich abwickeln. Deshalb hilft uns jede kleine Information. Also auch die, ob die Daten irgendwann einmal korrekt waren."

„Das kann ich Ihnen guten Gewissens bestätigen. Die Daten sind soweit korrekt, nur das Kennwort ist nicht aktuell."

„Ich habe Ihnen zu den beiden Kennwörtern jeweils ein Jahr genannt. Heißt das, dass die beiden Kennwörter für die Jahre 1945 und 1999 gegolten haben?"

Pia Odermatt zögert etwas nachdenklich, bevor sie Pauls These mit einem kurzen „Korrekt!" bestätigt.

„Das heißt mein Vater hat das Kennwort jedes Jahr geändert?" Paul ist sich mit diesem Schluss nicht ganz sicher, sieht aber voller Erwartung auf die junge Bankfrau. Pia Odermatt nickt wortlos.

„Und können Sie mir bestätigen, dass das letzte Kennwort aus dem Jahr 2017 stammt?"

Auch das bestätigt Pia Odermatt mit einem Nicken.

Paul greift nach seinem Ausweis und dem Erbschein, faltet diesen zusammen und steckt ihn wieder in seine Brieftasche.

„Danke, Frau Odermatt, ich hoffe, Ihre Information bringt uns einen Schritt weiter."

Er steht auf und reicht ihr die Hand. Sie hält seine Hand länger als er es erwartet hat, sieht ihn noch einmal etwas eindringlich an.

„Da ist noch etwas, Herr Rösler."

„Ja?" Paul verharrt in der Abschiedsposition.

„Im letzten Jahr hatten wir vor dieser Dame noch einen zweiten Besuch. Ein Herr wollte Einsicht in das Konto Ihres Vaters. Er hatte die Daten die Sie von 1945 haben. Wir haben ihm natürlich, wie Ihnen jetzt, die Einsicht und den Zugriff auf das Konto verweigert."

„Na super! Ganz offenbar hat unser alter Herr uns da ein Kuckucksei ins Nest gelegt, an dem wir richtig zu beißen haben. Es muss sich ja offensichtlich lohnen, an das Konto ranzukommen!" Paul lacht bitter auf.

„Da liegen Sie nicht falsch, Herr Rösler. Auf Wiederluaga, ich würde mich freuen, Sie bei uns wiederzusehen!" Paul ist geneigt, ihr diesen Wunsch auch als einen ehrlichen abzunehmen.

„Auf Wiedersehen, Frau Odermatt. Ich kann Ihnen nicht versprechen, ob wir uns wiedersehen, denn es würde ja nur Sinn machen, wenn wir an das aktuelle Kennwort kommen." Jetzt lacht er besser gelaunt, nickt der jungen Frau am Ausgang noch einmal zu und macht sich dann wieder auf den Weg zum Bahnhof.

Juli 1945

Das schlichte Büroschild an der Türe lautet:‚Commandant de Reille'. Auf Hubert Röslers Klopfen hin dringt ein klares „Oui, qu'y a-t-il!" aus dem Büro. Bei Arbeitsantritt heute Morgen hatte Hubert Rösler die Aufforderung erhalten, sich im Büro des Kommandanten zu melden. Bisher hatte er keinerlei Kontakt zum Leiter des ‚Centre de Récupération' und hatte sich über diesen Befehl nicht nur gewundert, sondern ihn auch mit einer gewissen ängstlichen Skepsis aufgenommen. Zwar ist ihm nicht bewusst, irgendeinen Fehler begangen zu haben oder sich den französischen Kollegen gegenüber unkorrekt verhalten zu haben, die Erfahrungen der letzten Wochen haben aber gezeigt, dass auch bei den französischen Besatzern Informationen angekommen waren, die dem einen oder anderen deutschen Mitarbeiter nicht nur die Arbeitsstelle gekostet hatten, sondern zu Verhaftung und Internierung geführt hatten. Als er noch bei der Hilfspolizei tätig war, waren zwei der deutschen Kollegen direkt aus dem Dienst nach Schwenningen in das Sammellager gebracht worden. Hubert Rösler hatte nie erfahren, aus welchem Grund dies geschehen war. Morand Faust hatte darüber kein Wort verloren. Ihn beschleicht nun die Angst, dass vielleicht doch irgendetwas von der Geldtransaktion im April bei den Franzosen gelandet sein könnte. Mit einem sehr mulmigen Gefühl öffnet er die Türe zum Kommandantenbüro.

Commandant de Reille, ein sehr stattlicher großer, schlanker Mann, steht in einer perfekt sitzenden Uniform am Fenster und sieht seinem Besucher entgegen.

„Ah, Monsieur Rösler, kommen Sie, nehmen Sie Platz!" Er tritt hinter seinen Schreibtisch und bietet mit einer weit ausholenden Geste Hubert Rösler den Holzstuhl vor dem Bürotisch an.

„Sie wundern sich wohl, Monsieur Rösler, wieso ich Sie kommen lasse." Der Commandant spricht nicht so fließend Deutsch, wie Morand Faust dies tat, aber seine Sprachkenntnisse sind offenbar so gut, dass er sich leidlich artikulieren kann.

Mit einem Kopfnicken bestätigt Hubert Rösler dies dem Kommandanten, der auch sogleich fortfährt:

„Morgen muss die Formmaschine, die Sie heute demontieren nach Belfort gefahren werden. Ich möchte, dass Sie diese Tour begleiten. Meine Leute....“, der Kommandant blättert in einem Aktenstapel, „...Picard, Lepoutre und Fanchon, Sie kennen die vielleicht vom Verladen schon? Die sprechen kein gutes Deutsch. Wir wissen auch nicht, ob die Straßen bis in die Schweiz schon wieder alle problemlos befahrbar sind. Da können Sie als Deutscher vielleicht ganz hilfreich sein. Sie fahren morgen Früh los! Genaue Anweisungen und die nötigen Grenzpapiere erhalten Sie morgen vor der Abfahrt. Richten Sie sich darauf ein, dass Sie ein paar Tage unterwegs sind. Ihre Unterbringung und Verpflegung übernehmen selbstverständlich wir, um Ihre persönlichen Dinge müssen Sie sich allerdings selbst kümmern. D'accord?“

Hubert Rösler nickt zustimmend und bestätigt mit einem „Jawohl, Herr Kommandant!“ den soeben überraschend erhaltenen Auftrag.

Der Kommandant steht auf. Für ihn scheint die Sache damit erledigt zu sein. Er hat einen Auftrag erteilt, der einem Befehl gleich kommt und den der junge Deutsche zu erledigen hat. Auch wenn der zeitliche Spielraum für Hubert Rösler sehr kurzfristig ist. Der knappen Ansage hat Folge geleistet zu werden. Der Kommandant geht mit schnellen Schritten an die Türe und hält sie Hubert Rösler auf.

„Auf Wiedersehen!“, verabschiedet Hubert Rösler sich fast militärisch. Der Kommandanten nickt anerkennend und schließt hinter ihm die Türe.

Der lange hohe Gang des Werksgebäudes verstärkt Hubert Röslers Hochgefühl um ein Vielfaches, als er nun alleine vor der Türe des Büros steht. In seinem Kopf dreht sich im Moment alles nur um Ingeborg! Morgen soll er in die Schweiz fahren. Er weiß nicht wo Belfort liegt. Er wird sich eine Karte besorgen müssen und nachsehen. Natürlich ist die Schweizer Grenze lang und er hat keine Ahnung, wo die Franzosen die Grenze überschreiten müssten. Aber die Maschine soll nach Frankreich gehen, also müsste ein Grenzübergang sehr weit im Westen angefahren werden und das könnte doch Basel sein. Die Dinge hier laufen alle nicht mehr so streng und strikt, wie in den ersten Wochen nach Kriegsende. Und seine Stellung bei den Franzosen ist scheinbar doch sehr vertrauenswürdig, sonst hätte der Kommandant doch nicht ausgerechnet ihn ausgewählt. Vielleicht ergibt sich ja die Möglichkeit irgendwie mit Ingeborg Kontakt aufzunehmen. Ingeborg, Schweiz, morgen, Ingeborg! Hubert Rösler gibt sich einen Ruck und versucht seine Sinne wieder in Ordnung zu bringen. Er steht immer noch unmittelbar vor der Bürotür der Kommandanten. Aufgerüttelt läuft er los. Er versucht sich innerlich so in den Griff zu bekommen, dass man ihm sein Aufgewühltsein nicht anmerkt. Noch heißt sein Auftrag lediglich, LKW, Schweiz und Belfort - nicht mehr und nicht weniger. Er muss seine Euphorie zügeln. Die Franzosen bestimmen den Takt und er darf sich nicht durch sein unbedachtes Verhalten verraten. Hubert Rösler geht in die Maschinenhalle. Er nimmt seine Werkzeuge und fährt dort mit dem Abbau der Maschine fort, wo er gestern aufgehört hatte. In seinem Kopf aber hämmert immer noch nur ihr Name: Ingeborg!

Tatsächlich Basel! Den Grenzübergang Lörrach, den sie nun am frühen Abend erreicht haben, kennt Hubert Rösler sehr gut. Diesmal soll er ihn also von der deutschen Seite her passieren. Ihr LKW steht in einer Kolonne von mehreren Fahrzeugen. Einige zivile PKWs, in der Mehrzahl aber sind es französische Militärfahrzeuge und deutsche Wehrmachtsfahrzeuge, die mit der Trikolore als beschlagnahmt gekennzeichnet sind, die am Schlagbaum warten und nach und nach vom Schweizer Grenzpersonal abgefertigt werden. Picard, der die ganze Fahrt am Steuer saß und auch der Chef dieses Transportes ist, geht mit den Papieren in das Grenzbüro. Hubert Rösler hatte ihm seine Kennkarte und seinen französischen Ausweis, der ihm heute Früh ausgehändigt worden war, mitgegeben und ihm einigermaßen verständlich gemacht, dass er, wenn es notwendig sein sollte, mit zu den Schweizer Grenzposten gehen würde. Picard hatte aber abgewinkt, da bereits beim ersten Kontakt mit den Schweizern ein gut französischsprechender Grenzer zu ihrem Fahrzeug gekommen war.

Den ganzen Tag waren sie unterwegs gewesen, Hubert Rösler hatte auf dem Rücksitz des Führerhauses Platz genommen, die drei Franzosen saßen vorne. Hubert Rösler hat sehr wohl das Gefühl, dass die Franzosen nicht unbedingt erfreut sind, ihn als Deutschen mit in ihrem Fahrzeug zu haben. Die meiste Zeit der Fahrt gibt es auch keine große Kommunikation zwischen ihm und den Franzosen. Die Dörfer, die er vor ein paar Wochen in die andere Richtung durchfahren hatte, haben in den letzten Kriegstagen ganz offensichtlich unter den Kampfhandlungen gelitten. Viele Häuser sind zerbombt und zum Teil ausgebrannt oder von Artilleriefeuer gezeichnet. Selbst eine zerstörte Kirche und völlig zerschossene Waldflächen zeugen von heftigen Auseinandersetzungen zwischen der Wehrmacht und den Franzosen. Zweimal müssen sie Umleitungen fahren, weil die unter Sperrfeuer genommenen Straßen noch nicht wieder befahrbar sind. Von den ortsansässigen Bewohnern lässt sich Hubert Rösler die sinnvollsten Nebenstrecken erklären und leitet Picard mit den Worten ‚á droite', ‚á gauche' und ‚tout droit' schnellstmöglich wieder auf die Hauptstraße zurück. Ausgebrannte Militärfahrzeuge und auch Panzer gehören rechts und links zum Straßenbild der Orte. Die Franzosen freuen sich zwar gedämpft, aber doch merklich über jedes zerstörte Wrack aus Wehrmachtsbeständen. Hubert Rösler versucht diese Schadenfreude zu ignorieren und stellt sich lange Zeit während der Fahrt schlafend. Seine Gedanken schweifen immer wieder zu Ingeborg. Er zermartert sich den Kopf, wie es ihm gelingen könnte, wenigstens ein paar Stunden in der Nähe von Basel für sich zu sein, um vielleicht doch zu versuchen Ingeborg zu treffen.

Picard kommt zurück. Wortlos schwingt er sich auf den Fahrersitz und lenkt den LKW an der Kolonne vorbei bis an die rotweiß gestreifte Schranke. Der französische Posten spricht ein paar Worte mit Picard, die Hubert Rösler nicht verstehen kann, dann öffnet er die Schranke. Picard lenkt den Laster auf Geheiß des Schweizer Grenzpostens an die rechte Fahrbahnseite. Er bedeutet Hubert Rösler auszusteigen und springt selbst aus dem Führerhaus.

„Kommen Sie mit ins Büro!" Der Schweizer Grenzer winkt den beiden zu und geht voran.

„Sie sind deutscher Staatsbürger, Herr Rösler?" Der Grenzbeamte in der Schreibstube sieht seine Kennkarte und dann Hubert Rösler an.

„Wir haben da ein Problem, die Einreise von deutschen Staatsbürgern unterliegt einer besonderen Überprüfung."

„Einreisen? Ich will nicht einreisen! Wenn ich das richtig sehe, dann soll das nur eine Durchreise sein. Unsere Zieladresse ist Belfort in Frankreich!"

„Das weiß ich, aber Vorschrift ist Vorschrift! Für uns reisen Sie ein. Und wenn ich das richtig verstanden habe, fahren Sie heute nicht mehr weiter. Sie bleiben im französischen Stützpunkt hier in Riehen."

„Und, bitte, was heißt das jetzt?" Hubert Rösler sieht den Beamten an. Picard steht neben ihm und kann dem Gespräch offensichtlich nicht folgen. Sein Gesichtsausdruck deutet klar an, dass ihn die Scherereien, die ihm der Deutsche da macht, gehörig nerven. Hubert Rösler ist klar, dass der Grenzbeamte das auch nicht übersehen kann und dass Picards Verhalten nicht unbedingt erfolgsfördernd ist.

„Entweder Sie gehen wieder zurück oder Ihr deutscher Ausweis wird eingezogen und Sie bekommen ihn erst wieder, wenn Sie die Schweiz über diese Grenze wieder verlassen! Bis dahin bekommen Sie eine befristete Aufenthaltsberechtigung für die Schweiz." Der Beamte zuckt bedauernd mit der Schulter.

In Hubert Röslers Kopf sausen die Gedanken wie Blitze hin und her. Er versucht die Fakten zu ordnen. Zurückgehen will er nicht. Wenn er das tut, kann er Ingeborg garantiert nicht treffen. Die Information, dass sie hier in Riehen offenbar übernachten, lässt ihn an seine Chance glauben. Ein befristeter Aufenthalt in der Schweiz! Er braucht diesen befristeten Aufenthalt. Er hat eine Idee.

„Bitte, dann nehmen Sie meine Kennkarte und geben mir die Aufenthaltsberechtigung. Wie lange ist die denn gültig?"

„Ihre Lieferung geht nach Belfort?"

„Genau!"

„Das ist nicht sehr weit. Sie fahren in Saint Louis über die Grenze. Ich denke, da können Sie morgen Abend wieder zurück sein. Ich kann Ihnen die Genehmigung für zwei Tage ausstellen. Das geht schon!“ Der Grenzbeamte bestätigt sein Angebot mit leichtem Kopfnicken.

„Wir müssen dort auch abladen, das könnte sich in die Länge ziehen“, gibt Hubert Rösler zu bedenken, „stellen Sie die Genehmigung bis übermorgen aus, dann sind wir auf der sicheren Seite! Wenn wir morgen zurück sind und sofort weiterfahren, tausche ich die Berechtigung ja sowieso wieder ein und damit verfällt sie doch, oder?“

„Drei Tage ist auch noch möglich. Das kann ich machen!“

„Die Aufenthaltsberechtigung und der französische Ausweis da, lassen mich in Saint-Louis aber dann schon wieder einreisen?“ Hubert Rösler sieht den Beamten skeptisch an.

„Das ist korrekt! Da brauchen Sie sich keine Sorgen zu machen. Das regeln wir schon!“

Picard und Hubert Rösler verlassen das Schweizerische Grenzbüro mit einer Aufenthaltsgenehmigung für drei Tage in der Schweiz. Der Beamte hat zusätzlich sogar die Ortsbegrenzung Basel in das Papier eingetragen. Als sie den Stützpunkt des 34. Regiments der französischen Armee erreicht haben und ihre Einquartierung erwarten sollen, nutzt Hubert Rösler die Möglichkeit, mit Hilfe eines gut deutschsprechenden französischen Soldaten seinen drei Begleitern seinen Plan zu erklären.

„Ihr braucht mich in Frankreich nicht und ohne meinen deutschen Ausweis könnte ich euch in Frankreich nur Scherereien einbringen. Beim Abladen in Belfort sind sicher genügend Helfer vor Ort. Ich habe hier die Aufenthaltsberechtigung bis übermorgen. Ich bleibe hier in der Kaserne. Und ihr holt mich morgen Abend wieder ab und wir fahren zurück. Das wäre mein Vorschlag. Ich bin Euch doch nur ein Klotz am Bein, das habt ihr ja da an der Grenze mitbekommen!“ Er will vor allem den Eindruck erwecken, als würde sein Bleiben eine Hilfe für die drei Franzosen sein. Dass die drei eher erleichtert sein würden über seinen Plan, ist ihm durchaus bewusst, Hindernis könnte aber der Marschbefehl aus Villingen sein, ihn, Hubert Rösler, mitnehmen zu müssen. Die drei Franzosen beraten sich eine Weile und tragen dann exakt den von ihm vermuteten Einwand vor, ihn mitzunehmen, sei schließlich ein Befehl.

„Ihr könnt doch sehr glaubhaft begründen, dass der Grenzübertritt für einen Deutschen in die Schweiz nun mal mit größeren Problemen behaftet ist und es nur zu Verzögerungen gekommen wäre, wenn ich weiter mitgefahren wäre! Außerdem muss es ja in Villingen keiner erfahren. Ich verlasse morgen mit euch den Stützpunkt hier und am Abend treffen wir uns wieder, bevor ihr hier wieder einfahrt."

Nach einigem Hin und Her stimmen die Franzosen zu. Hubert Rösler ist erleichtert. Ihm wird ein karges Einzelzimmer in dem Kasernenblock zugewiesen. Er lässt sich in voller Montur auf das Bett fallen. Besser hätte es doch gar nicht laufen können. Wenn den Franzosen über Nacht keine Bedenken kommen, käme er problemlos aus dieser französischen Stellung raus und hätte den ganzen Tag Zeit zum Hof von Ingeborg zu gehen. Weit ist es ja nicht. Die Straße nach Lörrach, auf der die Straßenbahn fährt, ist hier um die Ecke nur ein paar hundert Meter entfernt. Die dunkle Straße zur Grenze an der Eisernen Hand ist ihm noch im Bewusstsein, als hätte er sie gerade eben erst durchschritten. Seine Gedanken spielen verrückt. Die Nacht im April, das Mädchen vor seinem Heulager, das Frühstück in der Küche mit Ingeborgs Mutter, der Mittag an der Bank am Waldrand; er verheddert sich in den Erinnerungen an die Tage im April. Wahrheit und Phantasie werden zu einem bunten Traumbild, das ihn unruhig in den Schlaf fallen lässt. „Morgen möchte ich dich wiedersehen, Ingeborg!" Mit dem Mädchen in seinen Gedanken schläft Hubert Rösler ein.

Der Himmel ist wolkenlos, die kühle Morgenluft tut gut nach den vergangenen heißen Tagen. Der LKW bahnt sich seinen Weg an die Baseler Straße vor. Reges Treiben beherrscht bereits früh morgens das Straßenbild. Viel eher als im besetzten Deutschland hat hier offenbar die Normalität des Lebens wieder eingesetzt. Obgleich Hubert Rösler weiß, dass der Krieg auch hier an der Grenze der neutralen Schweiz nicht spurlos vorübergegangen ist. Fliegeralarme waren in den Kriegsjahren eher das Normale und den durch Bomben zerstörten Bahnhof hatte er ja mit eigenen Augen gesehen. Nicht behindert durch Besatzermächte kann dieses freie Land Schweiz natürlich viel schneller wieder zur alltäglichen Ordnung zurückfinden, als die Deutschen das können, die unter der Knute der Franzosen für jeden Aufbauschritt die Erlaubnis einholen müssen. Und wenn er an die Ladung hinter ihm denkt, dann sind Aufbau und Wiederherstellung von Arbeitsplätzen in Deutschland in der nahen Zukunft erstmal nicht zu erwarten. Er denkt an das Geld, das hier in unmittelbarer Nähe zum Abruf bereit liegt. Im Moment würde es in den Händen der Besatzer versickern, ohne dass es dem deutschen Volk einen Nutzen bringen würde. Ihm schwant, dass er noch eine Weile der Hüter dieses „Schatzes" sein würde. Den kurzen Gedanken, heute auch noch die Bank aufzusuchen, verwirft er sofort wieder. Zum einen steckt der Schließfachschlüssel noch immer zwischen Wand und Garderobe in seinem Schlafzimmer, zum anderen hatte ihm Herr Frei ja gesagt, dass erst am Jahresende neue Abrechnungsunterlagen erstellt werden würden. Sich der Gefahr auszusetzen, vielleicht doch von einem Schweizer Polizisten aufgehalten zu werden, wenn er sich zu viel im öffentlichen Raum dieser Stadt bewegt, scheint ihm auch zu gewagt. Vielmehr würde er sich freuen, Ingeborg zu treffen und vielleicht sogar den Tag mit ihr verbringen zu können. Die Straße zu ihrem Hof hinauf sollte er problemlos unkontrolliert hinter sich bringen können.

Sie sind an der Baseler-Straße angekommen. Picard biegt nach rechts Richtung Basel ab und hält am Straßenrand. Hubert Rösler würde sich nach links Richtung Lörrach auf den Weg machen. Auf seiner Taschenuhr zeigt er den Franzosen die Sechs und deutet auf den Straßenrand draußen. Er ist sich sicher, dass sie sich verständlich darauf geeinigt haben, dass er heute Abend um sechs Uhr an dieser Stelle wieder in den LKW zusteigen werde. Die Franzosen nicken, Hubert Rösler steigt aus und wartet, bis der LKW Richtung Basel außer Sichtweite ist. Dann läuft er auf der Baseler Straße entlang bis zur Abzweigung nach Inzlingen.

Erschrocken stellt Hubert Rösler fest, dass die vor ein paar Monaten dunkle und leere Straße nach Inzlingen heute eine belebte und viel genutzte Straße ist. Vor allem sind innerhalb von den paar Minuten, die er am Straßeneck zögerlich gewartet hatte um die Situation einzuschätzen, bereits zwei Polizeistreifenwagen mit uniformierten Schweizern in die Straße eingefahren. Dunkel erinnert er sich an die Erzählung von Ingeborgs Mutter, dass jüdische Flüchtlinge wieder an die deutschen Grenzer übergeben wurden. Sie hatte damals das Polizeiauto mit den Flüchtlingen in der Inzlingerstraße gesehen. Da oben in der Inzlingerstraße ist demnach ein Grenzübergang nach Deutschland, der wieder aktiv ist und somit diese Straße wieder belebt.

Hubert Rösler geht ein Stück auf der Baseler Straße zurück und läuft an einem kleinen Bachlauf parallel der Inzlingerstraße nach oben in Richtung ‚Eiserne Hand'. Als er die Inzlingerstraße überquert und auf die Hinteregli Straße stößt, merkt er, dass er ein kleines Stück zu weit nach oben gelaufen ist. Nach ein paar Schritten ist er auf dem Hohlweg, der ihm vom April noch so gefährlich in Erinnerung geblieben ist. Ingeborgs Hof liegt etwas weiter unterhalb des Hohlweges. Auch diesmal geht er den Hof von der Seite an, den er zwei Nächte vor seinem Geburtstag erstmals betreten hat.

Wieder läuft er über die Wiese der Scheune zu. Er geht unter der Tennenauffahrt durch und macht einen vorsichtigen Schritt am Eck in den Hof. Unschlüssig bleibt er stehen. Es ist ruhig auf dem Hof. Die Hühner scharren und gackern ab und zu, aber vom Stall und vom Haus her ist es still. Jetzt hört er ein Klappern in der Milchkammer. Der Wasserhahn wird aufgedreht und offensichtlich wird ein Eimer mit Wasser gefüllt. Hubert Rössler zögert. Das Wasserlaufen verstummt. Das blecherne Geräusch des Aufschlagens eines Henkels auf den Wassereimer ist deutlich zu hören. Plötzlich steht Ingeborg in ihrem Stallgewand vor der Milchkammer. Ungläubig starrt sie auf Hubert Rösler. Ihr entfährt ein spitzer Schrei, sie lässt den blauen Emaileimer einfach fallen, der mit einem metallenen Lärm auf der Betonplatte aufschlägt. Das Wasser klatscht nach allen Seiten in den Hof und an die Hauswand. Sie rennt auf ihn zu und fällt ihm ungebremst in die Arme. Hubert Rösler muss seine ganze Kraft zusammennehmen, um nicht durch ihrem Schwung von den Beinen gerissen zu werden. Sie küsst ihn, umarmt ihn, streichelt seinen Kopf und flüstert immer wieder nur „Hubert! Hubert!“ und „Mein Gott, Hubert!“ Wortlos sehen sie sich an. Staunend, ungläubig, überschäumend! Dann küssen sie sich, umarmen und herzen sich. Hubert weiß nicht, wie ihm geschieht. Überwältigt von ihrem Gefühlsausbruch lässt er sich fallen in die Liebkosungen dieses Mädchens. All die Zweifel und Bedenken sind verflogen. Diese nagende Ungewissheit all die Wochen, all die Vorwürfe an sich selbst und an das Mädchen, all die Rechtfertigungen sind wie weggeblasen. Sie liebt ihn. Sie hat ihn nicht einfach abgeschrieben, sie liebt ihn, so wie er sie liebt. All sein Sich-Martern, all seine Sorge, waren nicht nötig. Ingeborg liebt ihn.

Als sie wieder zur Besinnung kommt, drückt sie ihn mit beiden Armen von sich weg, sieht ihn lächelnd an und fragt:

„Woher kommst du? Und was machst du hier?“

„Ich arbeite für die Franzosen. Und wir sollten eigentlich eine Maschine nach Belfort bringen. Die haben mich hier abgesetzt und holen mich auf dem Rückweg heute Abend wieder ab!“

Wieder springt Ingeborg in seine Arme, wieder küsst sie ihn! Und zwischen den Küssen und Liebkosungen dringen abgehackt ihre Worte an sein Ohr!

„Du bleibst...den ganzen ...Tag! Bis...heute....Abend!“ Und immer küsst sie ihn, streichelt seine Wangen und küsst ihn wieder.

Plötzlich lässt sie ab von ihm, macht einen Schritt zurück und stellt sich mit den Armen in die Hüfte gestemmt vor ihm auf.

„Was stehen Sie hier so untätig herum, junger Mann! Wir müssen das Heu einbringen bevor es Nacht wird. Auf marsch, marsch, an die Arbeit!“

Hubert Rösler sieht sie verdutzt an.

„Ja, ja, das ist ernst gemeint, Mama ist draußen mit dem Fuhrwerk, das muss beladen werden. Die Heumandeln müssen abgedeckt und das Heu auf den Wagen geworfen werden. Wir können einen jungen Mann gut gebrauchen.

Mach den Eimer da nochmal voll Wasser, den habe ich ja wegen dir verschüttet. Ich hole unterdessen eine Heugabel für dich."

Immer noch steht Hubert Rösler ungläubig regungslos da und kann das gerade Geschehene kaum fassen.

„Ja, was glaubst du denn? Ich habe nicht frei, das Heu muss rein und die Tiere müssen versorgt werden. Wenn du bei mir bleiben willst, dann musst du mit auf die Wiese! Oder willst du dir lieber irgendwo in einem Gasthaus einen Rausch ansaufen bis deine französischen Kameraden wiederkommen?"

„Nein, nein, ich bleib bei dir und natürlich gehe ich mit aufs Feld!" Hubert Rösler lacht befreit auf und löst sich aus seiner Schockstarre. Er rennt über den Hof, greift sich den Henkel des Emaileimers und füllt den Eimer erneut in der Milchkammer, die er von seinem ersten Besuch ja leidlich kennt.

Händchenhaltend und sich immer wieder in die Augen blickend, laufen sie hinter dem Hof hinauf zu der Wiese, auf der Ingeborgs Mutter zwischen den vielen Heumanderl bereits begonnen hat, das Heu auf den Fuhrwerkwagen aufzulegen. Sie sieht nur kurz auf, als Ingeborg, die Heugabel über der Schulter an der Hand mit dem wassereimertragenden Hubert auf der Wiese ankommt. Sie grinst kurz und sagt trocken: „Heute können wir jeden brauchen, der zupacken kann." Sie nimmt eine Blechtasse aus ihrem Schurz hervor, taucht sie in den inzwischen abgestellten Wassereimer und trinkt das kühle Wasser in einem Zug aus. Dann hat sie auch schon wieder ihre Forke in der Hand und macht sich wieder an die Arbeit. Hubert Rösler sieht den beiden Frauen erst ein paar Augenblicke zu und versucht dann ebenso wie sie die Heumännchen abzudecken. Es bedarf aber einiger missglückter Anläufe, bis er den Dreh raus hat und mit der Geschwindigkeit der Frauen mithalten kann. Als der Wagen hochbeladen ist und die Mutter auf dem Kutschbock die Ochsen Richtung Hof treibt, liegen die beiden eng zusammengekuschelt oben auf dem Heu und können sich nicht aneinander satt sehen. Von der Tenne aus füllen sie Fuhrwerk für Fuhrwerk den Heustock mit dem frischen Heu wieder auf.

„Im Juli schläft es sich bequemer in unserem Hotel als im April!", scherzt Ingeborg.

„Dann muss ich mich halt wieder einmieten in eurem Hotel!", gibt Hubert Rösler schlagfertig zurück.

Mittags sitzen sie nachdem sie den dritten Wagen abgeladen hatten, wieder in der Küche. Auf dem Herd hatte eine Suppe mit Spätzle vor sich hingeköchelt. Ingeborg stellt jedem einen Teller davon auf den Tisch und den Brotkorb in die Mitte.

„Hubert ist mit den Franzosen hergekommen", erklärt Ingeborg ihrer Mutter, „heute Abend wird er wieder aufgelesen."

„Was machen Sie bei den Franzosen?" Die Mutter sieht ihn nicht an. Während sie ihre Suppe löffelt stellt sie ihm nahezu belanglos diese Frage.

„Ich bin einige Wochen als Hilfspolizist für die Franzosen tätig gewesen. In erster Linie musste ich dafür sorgen, dass die Lebensmittelausgabe ohne Probleme über die Bühne gehen konnte. Es gab da schon Plünderungen und Übergriffe und das wollten die Franzosen verhindern. Jetzt bin ich in der Demontage tätig. Die Franzosen bauen viele Maschinen bei uns ab und lassen sie nach Frankreich transportieren. Da muss ich mithelfen weil ich Schlosser bin."

„Ob das richtig ist, wage ich zu bezweifeln!" Die Mutter schüttelt den Kopf. „Wie wollen die den Deutschen Arbeit zuweisen, wenn sie ihnen die ganzen Fabriken abbauen. Na ja, wahrscheinlich haben die mit dem Aufbau ihrer zerbombten Städte genug zu tun. Da produzieren die so schnell nichts anderes mehr. Vor allem keine Waffen!" Ihr eher vorwurfsvoller Blick ist nicht zu übersehen. Die beiden jungen Leute schweigen.

Die Mutter stellt jedem noch einen Teller mit Kartoffelsalat und einem Stück Fleischwurst hin, bevor sie sich wieder an die Arbeit machen. Bis halb fünf laden sie einen Wagen nach dem anderen zuerst auf, um ihn dann auf der Tenne wieder abzuladen. Hubert Rösler weiß, er wird morgen seine Arme nicht mehr rühren können vor Schmerzen und Muskelkater. Die Bewegungen mit der schwerbeladenen Heugabel sind so ungewöhnlich für ihn, dass er jetzt bereits das Ziehen in seinen Armen und Händen spürt. Während die Mutter im Stall und in der Milchkammer bereits Vorbereitungen für das Melken trifft, hilft Hubert Rösler Ingeborg, die Kühe von der nahen Weide in den Stall zu treiben.

„Ich kann nicht mit dir runtergehen!", Ingeborg sieht Hubert entschuldigend in die Augen, „Mama braucht mich im Stall! Es geht alleine nicht!"

„Ist schon gut, Ingeborg. Ich bin froh, dass ich heute bei dir bleiben konnte!"

„Danke, das war ganz lieb von dir, dass du uns geholfen hast." Sie umarmt ihn und küsst ihn.

„Sehen wir uns wieder?" Sie sieht ihn mit großen Augen erwartungsvoll an.

„Natürlich sehen wir uns wieder, was denkst du denn? Darf ich wieder kommen?"

„Sie dürfen wiederkommen!" Die schroffe Stimme der Mutter schreckt die beiden auseinander.

Die Mutter drückt Hubert Rösler ein kleines Paket in Packpapier in die Hand.

„Eine kleine Brotzeit! Und danke für Ihre Hilfe! Kommst du, Ingeborg?" Dann geht sie in den Stall zurück.

Noch einmal umarmen sie sich, noch einmal küsst sie ihn innig und streichelt ihm über die Wangen.

„Du kommst wirklich bald wieder?" Sie sieht ihn sehnsuchtsvoll an.

„Sobald ich kann bin ich wieder bei dir! Versprochen!" Als er hinunter auf die Straße geht, sieht er noch einmal zu ihr, die winkend im Hof steht, zurück und ruft: „ Ich schreibe dir! Gleich morgen!"

„Ich warte drauf!" ruft sie zurück und sieht ihm nach, bis er auf dem Hohlweg verschwunden ist.

August 1945

Nun muss er sich endlich hinsetzen und schreiben, ohne das Geschriebene gleich wieder zu verwerfen und zu vernichten. Auch wenn er festgestellt hat, dass der Postverkehr noch nicht wieder vollständig aufgenommen worden ist und zum Teil sogar noch verboten ist, seit er von Basel zurück ist, versucht er nahezu jeden Abend seine Gedanken und Gefühle in Worte zu fassen und Ingeborg alles zu schreiben, was ihm auf dem Herzen liegt. Aber jedes Mal, wenn er das Geschriebene liest, ist es ihm entweder zu kitschig, zu spröde oder zu politisch oder es gibt einfach das nicht wieder, was er ihr sagen will. Schreiben war halt noch nie seine Stärke und seinen Gefühlen kann er mit Worten einfach sehr schlecht Ausdruck verleihen. Heute aber muss es sein, schließlich sind bald vierzehn Tage seit ihrem Treffen vergangen. Und er sehnt sich natürlich auch unendlich nach einer Nachricht von ihr und weiß, er wird sie erst bekommen, wenn sein Brief bei ihr angekommen sein wird.

Er schreibt ihr nun, dass er sich sehr wohl gefühlt habe, den ganzen Tag neben ihr gearbeitet zu haben, dass er sich riesig gefreut hat, dass er sie angetroffen hat und dass sie ihm gezeigt hat, dass sie ihm seine Meinungsäußerung im April nicht nachgetragen hat. Er schreibt ihr von seiner Arbeit, von seiner kleinen Wohnung hier in Villingen, er schreibt ihr von seinen gelegentlichen Treffen mit Sigrid und ihrer beiden Leidenschaft für die Briefmarken. Und er schreibt ihr von seinem festen Willen, sie bald wieder besuchen zu kommen. Und am Ende des Briefes schreibt er ihr auch mit etwas holprigen Worten, dass er gerne mit ihr zusammen sein wolle und er hoffe, dass das irgendwann mal möglich sein könne. Er liest den Brief nicht mehr durch, sondern steckt ihn sofort, als er fertig ist, in ein Kuvert und adressiert ihn an sie nach Riehen, Kanton Basel in der Schweiz.

Es ist schon sehr spät, aber Hubert Rösler sitzt mit seiner Feder und dem kleinen Tintenfässchen am Küchentisch und schreibt noch einen zweiten Brief. Er beginnt: „Lieber Papa! Liebe Mama! Ich hoffe, dieser Brief erreicht euch wohlbehalten in Reichenau…..“ Es fällt ihm nun wesentlich leichter, seine Sorge und sein Heimweh in Worte zu fassen. Seit Monaten hat er von seinen Eltern keine Nachricht mehr erhalten. Er weiß noch nicht einmal, ob sie überhaupt noch leben. Aus den öffentlichen Bekanntmachungen weiß er, dass Reichenau in der sowjetischen Besatzungszone liegt und offensichtlich gibt es zwischen den Russen und den anderen drei Besatzungsmächten wesentliche Auffassungsunterschiede, wie das Leben in Deutschland organisiert werden soll. Hubert Rösler ist sich nicht sicher, ob sein Brief seine Eltern überhaupt erreichen wird und wenn, ob er nicht zensiert bei ihnen ankommen würde. Deshalb vermeidet er jegliche politische Anspielungen und schreibt nur, dass es ihm gut geht, dass er den Krieg überlebt hat und als Schlosser bei den SABA-Werken Arbeit gefunden hat. Es ist ihm eigentlich nur wichtig, dass seine Eltern erfahren, dass er noch am Leben ist. Das allein würde ausreichen, um seinem Vater wenigstens die Hoffnung zu geben, dass er sein Versprechen einhalten und zurückkommen würde, um die Werkstatt zu übernehmen.

An diesem Abend liegt er erleichtert in seinem Bett. Die beiden Briefe liegen auf dem Küchentisch und morgen wird er versuchen, sich zwischendurch eine Stunde loszueisen und die Briefe bei der Post in der Oberen Straße aufzugeben. Heftiger als sonst verwirren ihn seine Gedanken vor dem Einschlafen. Ist das Versprechen, das er seinem Vater gegeben hat, denn überhaupt vereinbar mit seiner Sehnsucht mit Ingeborg zu leben? Ingeborg lebt offensichtlich ganz allein mit ihrer Mutter auf dem Hof in Riehen. Sie wird ihre Mutter nicht im Stich lassen, wird wohl auf dem Hof bleiben. Die Werkstatt, die er aber versprochen hat zu übernehmen, steht viele hundert Kilometer von diesem Hof entfernt. Es sind verzweifelte Gedanken, die ihn in einen unruhigen Schlaf fallen lassen.

„Du hast Briefe geschrieben?“ Sigrid deutet auf die beiden Kuverts, die Hubert Rösler in der Hand hält, als sie sich frühmorgens auf dem Weg zur Arbeit vor dem Haus begegnen. Hubert Rösler schießt die Röte ins Gesicht. Natürlich will er Sigrid nichts von Ingeborg erzählen und vor allem nicht von der Schweiz. Sigrid ist ein aufgewecktes junges Mädchen und erzählt gerne und viel. Ganz schnell könnte sie sich verplappern und er käme in Erklärungsnot und würde sein ruhiges Dasein in dieser Stadt womöglich verlieren. Dummerweise ist der Brief an Ingeborg obenauf, so dass Sigrid ihre Adresse sofort registriert hat.

„Der Brief geht in die Schweiz. Wem schreibst du denn da?"

Er kommt ins Stottern, schiebt den Brief an seine Eltern nach oben und versucht eine Erklärung zu finden.

„Ich versuche zu meinen Eltern wieder Kontakt zu bekommen. Die sind in der Ostzone und ich weiß nicht, ob mein Brief sie erreichen wird. Deshalb versuche ich es über eine Bekannte in der Schweiz. Die Alliierten sind sich ja nicht so grün. Da kann schon mal der ein oder andere Brief verloren gehen. Die Schweiz ist neutral gewesen im Krieg und hat vor allem gute Kontakte in den Osten. Vielleicht geht es ja so besser und vielleicht schneller."

Gott sei Dank haben es beide eilig, zu ihren Arbeitsplätzen zu kommen, so dass Sigrid nicht weiter nachbohren kann. Hubert Rösler hofft, dass sie es bis zur nächsten Begegnung vielleicht vergessen hat und nicht mehr weiterfragen würde.

Gerne hätte er Sigrid ein paar Marken aus dem Postamt mitgebracht, um sie auf andere Gedanken zu bringen. Aber auf dem Postamt gibt es keine Briefmarken. Der Postbeamte erklärt Hubert Rösler, dass es für deutsche Staatsbürger keinen Postverkehr in der französischen Besatzungszone gibt. Und Briefe auf einem offiziellen Weg nicht mehr befördert werden können. Hubert Rösler ist ratlos.

„Es gibt keinen offiziellen Postweg mehr? Wieso nicht? Wie soll ich meinen Eltern mitteilen, dass ich lebe? Wie kann ich Kontakt zu ihnen aufnehmen?"

„Sie können das gar nicht, aber wenn Sie es über das Rote Kreuz versuchen, können Sie vielleicht Glück haben, dass Ihr Brief weitergeleitet wird." Der Postbeamte zuckt bedauernd mit der Schulter.

„Was machen Sie denn hier dann noch?" Hubert Rösler sieht den Mann skeptisch an.

„Wir haben hier massenhaft Feldpost, die wir versuchen an den Mann zu bringen. Das ist aber alles noch aus den vergangenen Monaten und es nicht so einfach, die richtigen Adressaten ausfindig zu machen.“

„Gut, dann wünsche ich Ihnen viel Erfolg bei Ihrer Arbeit, ich gehe dann mal zum Roten Kreuz!“

„Vielen Dank, Erfolg können wir gebrauchen. Ich gebe Ihnen einen guten Rat, wenn Sie irgendeine Möglichkeit haben, den Brief über das französische Rote Kreuz zu verschicken, dann tun Sie das. Das ist mit Sicherheit erfolgreicher.“

„Wo sitzt denn das französische Rote Kreuz?“

„Am besten stellen Sie den Kontakt über einen der Soldaten her, wenn Sie jemanden kennen, wäre das von Vorteil.“ Wieder zuckt der Postbeamte nur mit der Schulter und sieht Hubert Rösler bedauernd an.

Mutlos geht er zurück in die Fabrik, um sich wieder an die Arbeit zu machen. Auf dem Weg nimmt er sich vor, einen seiner französischen Kollegen zu bitten, den Brief an seinen Vater an das französische Rote Kreuz weiterzuleiten. Und tatsächlich gelingt ihm das ohne Probleme.

Den Brief an Ingeborg behält er bei sich. Als am späten Nachmittag die nächste Maschine auf den LKW verladen wird, spricht Hubert Rösler den Fahrer Picard an. Er zeigt ihm den Brief an Ingeborg und fragt ihn sehr gestenreich, ob er ihn mitnehmen kann in die Schweiz. Über den Kollegen, der den Brief an seinen Vater an sich genommen hatte und der leidlich deutsch versteht, erklärt Hubert Rösler, dass er selbstverständlich die Portokosten in der Schweiz übernehmen würde und Picard den Brief dort frankiert in einen Briefkasten stecken solle. Nach den Erfahrungen der ersten LKW-Ladung nach Belfort im Juli, ist Hubert Rösler nicht mehr bei den Fahrten notwendig gewesen. Bedauerlicherweise. Hätte er sich mit den Soldaten so gut verstanden wie zum Beispiel mit Morand Faust, dann hätte man die Sache vielleicht so drehen können, dass er öfter als Beifahrer mit in die Schweiz hätte fahren können und sich mit Ingeborg hätte treffen können. Dazu ist die Stimmung zwischen ihm, dem Deutschen, und den französischen Soldaten zu gespannt. Den Brief nehmen die Franzosen aber gerne mit. Offensichtlich sind sie Rösler noch dankbar dafür, dass sie einen großen Teil ihrer Fahrt damals ohne ihn fahren konnten. Sie machen auch kein erpresserisches Geschäft daraus. Hubert Rösler verspricht ihnen, den Portobetrag in Schweizer Franken morgen Früh dabeizuhaben. In seinem eleganten Anzug hat er ja noch das restliche Geld von seinem Baselbesuch im April aufbewahrt.

Als er die SABA-Halle an diesem Abend verlässt, hat er ein mulmiges Gefühl. Werden seine Eltern den Brief jemals erhalten? Werden sie erfahren, dass er lebt? Und Ingeborg, versteht sie, dass er solange nicht schreiben konnte? Weiß sie vom Verbot der Franzosen, dass Deutsche keine Briefe verschicken dürfen? Wartet sie trotzdem auf einen Brief von ihm? Er hatte es ihr leichtsinnigerweise versprochen, als er noch nicht wusste, dass das gar nicht mehr so einfach ist in Deutschland wie es einmal war. Sie wird doch auch gespürt haben, wie gerne er mit ihr zusammen war und wie groß seine Sehnsucht nach ihr ist. Sie wird auf ihn warten. Ganz sicher. Zumindest redet er es sich ein. Er hofft, dass er sich auf den Franzosen verlassen kann und sie seinen Brief wirklich in ein paar Tagen bekommt. Er sollte den Franzosen einen kleinen Betrag mehr mitgeben, damit sie den Brief auch wirklich einstecken.

Am Abend läuft er ziellos auf dem Magdalenenberg umher, weil ihm in der Wohnung die Decke auf den Kopf gefallen wäre.

September 1945

Sigrid und Hubert Rösler sitzen über einer Schachtel Briefmarken, die Sigrids Schwester Hanna von einer Nachbarin mitgebracht hatte, bei der sie am Nachmittag auf die kleine Tochter aufgepasst hatte, während die Mutter unterwegs war um Essbares für die Familie zu organisieren.

„Sag mal, hast du nicht Lust, mit in den Wanderverein zu kommen? Du sitzt jedes Wochenende nur alleine hier herum und liest nur. Das ist doch nicht gut für dich, oder?“

Sigrid will Hubert Rösler schon länger dazu überreden an den Wochenenden mit zum Wandern zu gehen.

„Ich denke, der Schwarzwaldverein ist aufgelöst worden? Haben die Franzosen ihn denn nicht verboten? Du hast doch davon erzählt oder täusche ich mich da?“

Sigrid grinst.

„Ja, natürlich ist der Verein verboten. Die haben Angst, dass wir wieder eine HJ machen. Aber wer kann uns denn daran hindern zu wandern? Wir haben keine Kluft oder Uniform an, wir nehmen keine Wimpel mehr mit und wir übernachten auch nicht mehr in den Hütten, weil sie geschlossen worden sind.“

„Ihr lauft also jetzt bloß so ziellos umher?“ Er weiß, dass er Sigrid mit seiner Bemerkung provoziert.

„Du bist gemein! Nein, wir laufen nicht nur ‚bloß so ziellos umher! ‘ Wir haben immer ein Ziel und wir nehmen unsere Zelte mit und haben unser Essgeschirr dabei und machen Lagerfeuer und singen und haben viel Spaß miteinander. Aber wenn du der Einsiedler bleiben möchtest oder deine Füße zu schnell Blasen bekommen, weil du zu empfindlich bist, dann bleib halt da und werde schön langsam zur Kellerassel oder zum Grottenolm!“

Hubert Rösler lacht hell auf.

„Jetzt hast du mir aber eine richtige Retourkutsche gegeben, meine Kleine!"

„Ich bin nicht ‚deine Kleine! ' Ich hab dir ein Angebot gemacht, aber wenn du dich über mich lustig machen willst, bitte, dann verkriech dich halt in deinem Loch! Ich gehe jedenfalls wandern am Wochenende!"

„Na, jetzt sei nicht gleich eingeschnappt wie eine Mimose. Wo soll es denn hingehen am Wochenende? Erzähl, vielleicht machst du mir ja den Mund wässrig?"

„Wir wollen nach Hornberg, wenn dir das etwas sagt!" Sigrid sieht ihn an, als gehe sie davon aus, Hubert Rösler hätte keine Ahnung von der Umgebung dieser Stadt.

Nun aber lacht er wieder schallend.

„Du hast sicher Recht, wenn du glaubst, dass ich nicht viel über den Schwarzwald weiß, aber Hornberg ist sogar bei uns im Sudetenland durchaus ein Begriff gewesen!"

„Hornberg?" Sigrid rümpft die Nase. „Hornberg ist ein Begriff gewesen und Villingen nicht?"

„Genau! Die Geschichte mit dem ‚Hornberger Schießen' hat sich, stell dir vor, sogar bis zu uns rumgesprochen!"

„Was ist das denn für eine Geschichte?"

Hubert Rösler lacht wieder.

„Du kennst sie nicht? Gut, dann werden wir uns am Wochenende aufmachen und versuchen zu erkunden, welche der Geschichten denn wirklich die ist, die dazu geführt hat, dass man vom ‚Hornberger-Schießen' redet, wenn es viel Getöse um eine Sache gibt und hinterher nichts dabei rauskommt!"

„Heißt das, du kommst mit am Freitag?" Sigrid strahlt über das ganze Gesicht.

„Ja, ich glaube ich muss am Samstag nicht ins Werk, da kann ich mich euch gerne am Freitag anschließen!"

Als sich die Wandergruppe am Freitagabend beim Kneippbad an der Brigach trifft, ist Hubert Rösler zunächst sehr erstaunt, dass er und ein gewisser Jost die einzigen männlichen Teilnehmer der zehnköpfigen Gruppe sind. Schnell wird ihm aber klar, dass viele der jungen Männer noch nicht wieder aus der Gefangenschaft zurückgekehrt sind, denn die meisten der älteren Mädchen reden während ihres ersten Wanderabschnittes nach Unterkirnach von ihren Verlobten, die sie bald zurückerwarten. Sigrid hat ihn der Gruppe vorgestellt und weicht ihm zusammen mit ihrer Freundin Maria die ganze Strecke nicht von der Seite. Sie erzählen viel von ihren Wanderungen im Schwarzwaldverein und hören ihm zu, wenn er von seinen Geländespielen und Zeltlagern mit seinen Jungen von der Hitlerjugend erzählt. Jost und Anneliese, die beiden ältesten der Gruppe und offensichtlich auch die Leiter der jungen Mädchen, scheinen ein Paar zu sein. Die anderen Mädchen, wohl zwei oder drei Jahre älter als Sigrid und Maria scharen sich um Hertha, die offenbar die Wortführerin dieses - ohne Unterlass gackernden - Hühnerhaufens ist. Nach einigen Kilometern beginnen die Mädchen zu singen. Die Fahrtenlieder sind Hubert Rösler wohlbekannt und es tut gut als Ausgleich für das Geschnatter der Mädchen nun schöne Melodien zu hören, denn singen können sie alle sehr gut und manches Lied wird sogar zweistimmig intoniert. Hubert Rösler denkt bei den Liedern an zu Hause und singt kräftig mit. Als man sich einmal kurz uneinig ist, welches Lied gesungen werden soll, stimmt er das Lied von den ‚Hohen Tannen' an und singt es ganz allein, während die anderen schweigend lauschend neben ihm her wandern. Natürlich muss er anschließend die Sage vom Rübezahl und seinen Zwergen aus dem Isergebirge erzählen. Bei einem kurzen Halt an der Romäusquelle erfährt er dann von den Mädchen einiges über das weiche Wasser dieses Brunnens und muss seinen Wasservorrat komplett austauschen.

Am Talsee in Unterkirnach schlagen sie ihr Nachtlager auf. Die Mädchen haben kleine Zelte dabei in denen sie zu zweit ihre Schlafstätten errichten. Dann entfachen sie ein kleines Lagerfeuer und sitzen im Halbkreis mit Blick auf den See, erzählen Geschichten und singen noch einige lustige Lieder. Die

Mädchengruppe um Hertha haben die beiden jüngeren Mädchen an Hubert Röslers Seite abgelöst und fragen ihn über seine Erlebnisse an der Front ebenso ein Loch in den Bauch wie über seine Abenteuerfahrten als Fähnrich bei der Hitlerjugend mit seinen Jungs. Das Interesse an ihm lässt auch die nächsten beiden Tage nicht nach. Als sie am Sonntagabend mit der Schwarzwaldbahn wieder in Villingen ankommen und sich zwischen den zerstörten Häusern des Bahnhofsviertels verabschieden, verspricht Hubert Rösler auch künftig wieder mit der Gruppe auf Wanderschaft zu gehen.

„Wann immer ich Zeit habe, bin ich bei euren Touren dabei! Es hat wirklich Spaß gemacht mit euch."

Jost klopft ihm auf den Rücken.

„Richtig so, Hubert, mach mit bei uns, ich fühle mich dann nicht immer ganz so allein unter all diesen weiblichen Schönheiten!" Die Mädchen lachen.

„Ehrlich Hubert, wir können dich gut bei uns gebrauchen. Es wäre schade, wenn die Gruppe nach dem Vereinsverbot auseinanderfallen würde. Und neue Mitglieder tun dann halt immer gut. Und du bringst so viele neue und interessante Dinge mit, da kommen die Mädel gerne auf die Wanderungen mit."

„Gerne Jost, ich komme gerne wieder mit. Die beiden Tage haben mir richtig gut gefallen und ich habe hier ja sonst niemanden in meinem Alter."

„Fein, ich freue mich, wenn du mitmachst bei uns!"

Auf dem Heimweg in die vom-Stein-Straße hat Hubert nun wieder Sigrid neben sich.

„Es hat dir ja doch ein bisschen gefallen, oder?" Sie grinst.

„Ja, es hat mir sogar sehr gefallen. Es war wirklich eine sehr schöne Wanderung!"

„Und es ist doch etwas ganz anderes wenn, anstatt allein in der Küche zu hocken, fünf hübsche, schlanke Mädchen um dich rumtanzen und dir schöne Augen machen, oder?" Sie grinst immer noch sehr spitzbübisch.

„So, haben mir fünf Mädchen schöne Augen gemacht? Welche drei denn nicht?“ Jetzt grinst Hubert Rösler das Mädchen an.

„Es war ja wohl nicht zu übersehen, dass Hertha seit Freitagabend immer in deiner Nähe zu finden war, oder? Sag bloß, du hast davon nichts mitbekommen? Da würdest du sie aber sehr enttäuschen!“

„Ist da vielleicht jemand eifersüchtig, ha?“

Sigrid lacht kurz und ehrlich auf.

„Da brauchst du keine Angst haben, Hubert, ich bin gut versorgt und in meinem Alter gibt es doch noch einige in Villingen, die mir schöne Augen machen. Aber bei den anderen ist das etwas schwieriger. Die müssen sich schon ranhalten, dass sie von den wenigen, die noch da sind einen abbekommen.“

„Nanu, das sind ja ganz neue Perspektiven unter denen ich die Sache wohl sehen muss! Soll ich hier wohl verhökert und unter die Haube gebracht werden? Du kleines Schlitzohr!“

Sigrid lacht immer noch.

„Hertha würde es sicher gerne sehen, einen von den jungen Männern an ihrer Seite zu haben. Ich glaube, sie beneidet die Anneliese schon sehr um ihren Jost!“

„Mein liebes Kind, mach dir mal keinen allzu schweren Kopf darüber, wie du deine Wanderfreunde verbandeln kannst. Überlass das uns schon selber, wer mit wem und wer mit wem nicht!“

Im Hausflur verabschieden sich die beiden und diesmal nehmen sie sich sogar in die Arme dabei.

Oktober 1945

Zum dritten Mal ist er jetzt schon mit den „Zugvögeln" wandern gewesen. Die Gruppe ist größer geworden, Sigi und Herbert, die früher schon mit im Schwarzwaldverein waren, sind zurückgekommen aus der Gefangenschaft. Sie haben ihren Humor nicht verloren. Sie sind zwar etwas blass und abgemagert, aber trotzdem mit viel Übermut mit ihnen am Wochenende unterwegs gewesen. Eigentlich wollten sie an den Mummelsee, mussten aber ihr Vorhaben ändern, denn dieser See ist Sperrgebiet der Franzosen. Deshalb sind sie über den Schwarzkopf an den Wildsee weiter gelaufen und haben dort spät ihr Nachtlager aufgeschlagen und einen romantischen Abend verbracht. Hubert Rösler genießt die Gesellschaft dieser jungen Leute. Vieles erinnert ihn an Zuhause und die Unbeschwertheit tut ihm gut.

Heute Vormittag muss wieder eine Maschine verladen werden. Seine Aufgabe ist es dafür zu sorgen, dass alle notwendigen Zubehörteile und Werkzeuge auf den LKW verladen werden und eine möglichst genaue Anleitung für die Inbetriebnahme der Maschine beigelegt wird.

Als der LKW vorfährt, springt Picard aus dem Führerhaus. Als er Hubert Rösler sieht stoppt er abrupt, klettert wieder zurück auf den LKW und kramt am Armaturenbrett. Er dreht sich grinsend um, springt wieder herunter und reicht Hubert Rösler in der Hand wedelnd ein Kuvert.

„C'est une trés belle fille!" Picard schließt den Zeigefinger und den Daumen seiner rechten Hand zu einem Kreis und führt diese zweimal von seinen zu einem Kuss geformten Lippen mit einem lauten Schmatzer weg.

Hubert Rösler steht paralysiert im Hof der Halle zweiunddreißig. Er braucht einige Sekunden, um zu begreifen, dass er einen Brief von Ingeborg in seinen Händen hält. Die Franzosen stehen zusammen und lachen verständnisvoll. Jaques, der Deutschsprechende, kommt auf ihn zu und versucht ihm so gut es geht zu erklären, wie es zu diesem Briefverkehr gekommen ist.

Wenn Hubert Rösler das richtig verstanden hat, dann hat Picard den Brief persönlich bei Ingeborg abgegeben. Nachdem er den kurzen Weg zu der

Adresse auf dem Brief herausbekommen hatte, war er wohl mit seinem LKW die Inzlingerstraße hochgefahren und hat sich nach Ingeborgs Hof durchgefragt. Offensichtlich konnten sich die beiden unterhalten, denn Picard hat ihr erklären können, dass der Postweg zwischen der französischen Besatzungszone und der Schweiz nicht funktioniert. Ingeborg hat dann mit ihm vereinbart, dass sie ihrerseits einen Brief an Hubert schreiben würde und ihn am französischen Stützpunkt im Erlensträßchen abgeben würde, damit Picard ihn beim nächsten Transport mitnehmen könnte.

Ingeborg hat den Franzosen wohl mit einer Flasche Aprikosenschnaps bezahlt, die Picard halb geleert Hubert Rösler und seinen Kollegen präsentiert. ‚Morand Abricotine' prangt auf der Flasche. Den Schluck, den Hubert nehmen soll, lehnt er dankend und lachend ab, wobei er den Franzosen klar macht, dass er selbst nach einem kleinen Schluck nicht mehr klar im Kopf wäre und arbeiten könnte. Die Aufforderung den Brief zu öffnen, lehnt er auch ab, wobei er dafür ein etwas spöttisches Lachen von den Franzosen erntet. Er steckt den Brief in seine Jackentasche. Seine Arbeit heute hätte aber mit einem Schluck Aprikosenschnaps auch nicht schlechter ausfallen können. Der Brief in seiner Tasche lässt ihn durch den Tag taumeln, als sei er wirklich angeheitert. Immer wieder muss er sich zur Raison rufen, um den Transport korrekt zu verladen.

Auf dem Bett liegt der Briefumschlag vor ihm. Seine Hände zittern. Er hat es dunkel werden lassen, hat dafür gesorgt, dass er nicht gestört wird heute Abend und gewartet, bis es im Haus ruhig geworden ist. Jetzt sitzt er auf seinem Bett. Mit seinem Taschenmesser schlitzt er vorsichtig das Kuvert auf. Er setzt sich - das Kissen in seinem Rücken - an die Kopflehne und zieht den Brief aus dem Umschlag. Nervös faltet er die Blätter auseinander.

29. September 1945 in Riehen /Schweiz

Lieber Hubert,

was war das für eine Freude, Deinen Brief zu erhalten. Natürlich hatte ich mich längst erkundigt, weil ich solange von Dir den versprochenen Brief nicht bekommen hatte, ob es in Deutschland noch Probleme gäbe mit dem Briefverkehr. Unser Postsekretär bestätigte meine Vermutung, dass Ihr noch durch ein Verbot der Franzosen am Verschicken von Nachrichten gehindert werdet. Das ist zwar eine unschöne Sache, aber zu verstehen allemal. So war die Freude umso größer, als Monsieur Picard mir Deinen Brief direkt zum Haus brachte. Und noch freudiger wurde ich, als er mir anbot, auch meinen Brief an Dich mitzunehmen und ihn Dir direkt in die Hand zu drücken. Du siehst, welche Liebenswürdigkeit bei allen Völkern dieser Erde herrscht. Wie menschliches und verständnisvolles Handeln bei fremden Menschen ebenso selbstverständlich ist, wie bei uns. Ich habe mich sehr darüber gefreut, dass Du jetzt für die Franzosen arbeitest und nicht mehr für dieses unsägliche Regime der Nationalsozialisten. Du musst doch jetzt alles mit anderen Augen sehen und begreifen, was für Unglück und Leid Euer Führer über die Welt gebracht hat. Nein, ich will nicht mit dem Finger auf Euch zeigen. Auch in unserem Land sind viele Dinge passiert, die ich zutiefst verabscheue und für die ich mich wirklich schäme. Vielleicht hätten meine Mutter und ich auch viel früher mutiger sein müssen. Vielleicht hätten wir uns nicht an die Vorschrift halten sollen und die armen Menschen, denen die Flucht hierher in die Schweiz gelungen ist, nicht auf der Polizeistation melden dürfen. Auch wenn uns dafür höchste Strafe angedroht war. Seit letzten Sommer haben wir es nicht mehr getan. So bist auch Du nicht an unsere Polizei ausgeliefert worden und konntest tun, was Du auch nicht hättest tun dürfen. Hubert, wir alle sind Menschen, die die Pflicht haben, selbstständig zu denken und zu entscheiden, ob eine Sache gut, gerecht und richtig ist. Wenn wir genau wissen, dass wir mit unserem Handeln anderen Schaden zufügen, ja sie vielleicht sogar in den Tod schicken, wie das unsere Grenzer mit den Menschen jüdischen Glaubens getan haben, indem sie diese wieder zurück in die Nazihölle geschickt haben, dann müssen wir uns für unser Gewissen entscheiden und uns gegen Vorschriften widersetzen. Hubert, wir haben es nicht getan und uns genauso mit Schuld beladen, wie Du das gemacht hast, als Du den wahnsinnigen Ideen eures Führers hinterhergelaufen bist. Wir beide sind noch jung, wir dürfen unseren Sinn noch ändern, wir dürfen noch erkennen, dass der

Weg, den wir eingeschlagen hatten nicht der rechte und gerechte war. Ich bin eine gläubige Christin und kenne viele Stellen aus der Bibel. Und ich weiß, dass mein Glaube nicht der einzige ist, der die Nächstenliebe zu einem der höchsten Gebote erhebt. Das System des Nationalsozialismus hat dieses Gebot in schändlichster Weise missachtet. Die ganzen Bilder aus den Konzentrationslagern, die ich hier in der Zeitung gesehen habe, haben mich entsetzt und erschüttert. Und mir ist sehr klar geworden, dass es viel schlimmer war, als wir uns das schon sehr schlimm vorgestellt hatten. Die Menschlichkeit wurde mit den Füßen getreten. So unglaublich, so unbegreiflich, so unfassbar, dass ich keine Worte dafür finden kann. Wir können die Uhr nicht mehr zurückdrehen, wir können all die Ermordeten nicht wieder lebendig machen und wir können niemanden der Geschundenen und Gequälten auch nur einen Moment aus ihrem Gedächtnis und ihrer Seele abnehmen. Aber wir können, nein Hubert, wir müssen ein für alle Mal dafür sorgen, dass niemals wieder einem Regime dieser Spielraum auf unserer Welt eingeräumt wird. Dafür müssen wir uns stark machen und jetzt ist es uns nicht mehr erlaubt, wegzusehen, wie wir das schweigend und dienend gemacht haben. Ich habe von den Münchener Studenten gelesen, die wegen ein paar Flugblättern vor zwei Jahren, glaube ich, hingerichtet wurden. Haben die nicht aus christlichen Motiven gehandelt? Ich denke doch, oder? Und hat das Mädchen nicht noch bis ganz zum Schluss sogar dem Richter noch ihre Meinung gesagt? Das wurde wenigstens bei uns in der Zeitung geschrieben. Hubert, die ist für ihre Meinung in den Tod gegangen, weil sie nicht weggeschaut hat. So, denke ich, müssen wir junge Menschen alle werden. Wir sind nicht mehr so jung, dass wir auf die Propaganda von Führern reinfallen dürfen. In einem Monat werde ich dreiundzwanzig und Du bist ja auch ungefähr so alt. Wir sind also alt genug, um unsere Meinung mit erhobenem Haupt zu vertreten. Und wir haben nach allem, was wir jetzt schon wissen und was vielleicht noch alles ans Tageslicht kommt, die verdammte Pflicht, nicht mehr zu schweigen und untätig zu bleiben.

Du Lieber, sei mir nicht böse, dass mein Brief nicht mit dem angefangen hat, was ich Dir Liebes sagen will. All die Monate habe ich schwer an unserer Auseinandersetzung am Bankerl genagt. Ich war wie vor den Kopf gestoßen, als ich erfahren habe, dass Du wieder zurückgehst. Offensichtlich freiwillig, offensichtlich mit gutem Gewissen. Ich konnte es nicht glauben, dass Du das alles gerechtfertigt hast. Du warst für mich der Deserteur, der auch an die Wand gestellt wird, wenn er ihnen in die Hände fällt. Und dann ist in einem Moment alles in sich zusammengefallen, als Du mir gesagt hast, Du gehst zurück.

Hubert, ich habe lange nachgedacht über uns. Du bist vom ersten Augenblick, als ich Dich gesehen habe, in meinem Herzen gewesen. Und all die Monate konnte ich mich nicht gegen Dich wehren. Immer wieder hast Du Dich in mein Leben eingemischt und immer wieder habe ich mich mit Händen und Füßen dagegen gewehrt. Du hast aber gewonnen und bist geblieben. Ich weiß, ich habe Dich aus meinem Land vertrieben, habe gesagt, Du sollst nicht mehr zurückkommen, wenn Du weiter denen dienen willst. Und dann stehst Du hier im Hof. Stehst einfach nur da. Umarmst mich, lässt meine Küsse, mein Streicheln, meine Tränen zu und sagst, dass Du jetzt für die Franzosen arbeitest. Hubert, mein Herz wollte mir zerspringen in diesem Augenblick. Der Tag mit Dir auf dem Feld war so ein Glück für mich. In mir war ein Vulkanausbruch, der meinen ganzen Körper mit Lava der Friedfertigkeit durchströmt hat. All die Kämpfe, die ich ausgefochten habe, waren nun im Frieden angekommen. Natürlich habe ich Dich verdammt wegen Deiner Überzeugung, aber ich habe irgendwann auch begonnen, mich selbst zu hinterfragen. Wie hätte ich gehandelt in Deinem Land, wenn ich noch nicht mal in meinem Land den Mut hatte aufzuschreien. Wo doch die Konsequenzen für mich nicht halb so schlimm gewesen wären wie für Dich. Ja, ich habe bereut, Dich so schroff abgewiesen zu haben. Es stand mir nicht zu, Dich so zu verurteilen. Aber heute stehen wir an dem Punkt, an dem wir nicht mehr umhinkönnen, uns wirklich unserer Gesinnung bewusst zu werden. Heute müssen wir streng und unnachgiebig mit uns sein. Hubert, wenn wir uns dem nicht entziehen und uns wirklich wahrhaftig hinterfragen, mit welchen Werten wir unser Leben gestalten wollen, dann haben wir doch eine Zukunft, oder? Ich würde das alles ganz gerne mit Dir zusammen machen. Wenn Du das auch willst, dann glaube ich ganz fest daran, dass wir einen Weg zusammen finden.

Jetzt haben wir erst einmal einen Weg dafür gefunden, dass unsere Briefe bei uns ankommen. Findest Du nicht auch, dass das schon ein sehr großer Schritt ist? Monsieur Picard ist ein großer Tropfen Glück in unserem Leben.

Ich warte ungeduldig auf Deine Antwort und küsse Dich

Ingeborg

Hubert Rösler sieht starr vor sich hin. Ganz langsam lässt er den Brief auf seine Beine sinken. Sein Herz klopft ihm bis zum Hals. Ingeborg liebt ihn. Natürlich waren der Tag mit ihr beim Heueinführen, ihre Küsse, ihre Umarmungen, ihre Zärtlichkeit eigentlich Zeichen genug, dass sie sich genauso in ihn verliebt hatte, wie er sich in sie verliebt hat. Aber sie hatten an diesem Tag nicht miteinander geredet. Sie hatten nichts geklärt, nach dem heftigen Abschied im April. Jetzt hat sie in diesem Brief alles beim Namen genannt. Hat ihm hier schwarz auf weiß ihre Gefühle gestanden. Sie will mit ihm gemeinsam etwas aufbauen. Sucht offenbar in ihren Gedanken nach einem Weg, wie das gelingen könnte. Sind seine Gedanken nicht ähnlich? Denkt er nicht ebenso ständig daran, wie er mit ihr leben könnte? Versucht er nicht Tag für Tag, alle seine Träume unter einen Hut zu bringen? Er will liebend gerne mit ihr zusammen sein, will das Versprechen an seinen Vater und seine Gefühle für sie in Einklang bringen. Sie versteht die deutsche Sache nicht. Das liest er sehr wohl aus ihrem Brief. Sie macht Hitler für die üblen Dinge in den Konzentrationslagern verantwortlich und auch für den Krieg. Das sieht er ganz anders. Man kann den Führer nicht für all die Grausamkeiten, die jetzt zu Tage treten, verantwortlich machen. Das hat er sicher nicht so gewollt. Er wollte das Beste für sein Volk. Er hat sich zur Wehr gesetzt gegen die Ungerechtigkeiten, die dem deutschen Volk von den Juden, den Polen, den Tschechen, den Bolschewiken und auch von den Franzosen angetan wurden. Mag schon sein, dass es da ein paar Dinge gegeben hat, die in den Konzentrationslagern aus dem Ruder gelaufen sind. Aber das haben doch die zu verantworten, die in diesen Lagern gearbeitet haben. Und irgendwie mussten die sich doch auch gegen das Gesindel behaupten. Da waren die ein oder anderen strengeren Methoden einfach notwendig. Aber diese Dinge dürfen ihrer Liebe doch nicht im Weg stehen. Irgendwann wird sie das auch verstehen, da ist er sich ganz sicher. Können sie all die Dinge nicht begraben und vergessen? Ist ihre Liebe denn nicht viel wichtiger und zu wertvoll, um sie mit der großen Politik zu belasten, an der sie genauso wenig ändern werden kann, wie er? Gut, er wird, wenn sich Hauptmann Rose bei ihm meldet, das Geld abgeben. Die Verhältnisse haben sich geändert und er sieht keinen Grund, warum er das Konto in Basel weiterhin behalten soll. Vielleicht sieht Hauptmann Rose das ja ebenso und er braucht ihn gar nicht darum zu bitten. Er hat mit dem Geld doch nichts zu tun. Es ist doch nicht sein Geld. Er wird es Hauptmann Rose zurückgeben und Ingeborg dann ohne schlechtes Gewissen gegenübertreten können. Sie muss davon gar nichts mehr wissen. Und wenn sie wirklich noch einmal nach seinem Aufenthalt in der Schweiz im April fragt, wird er ihr sagen können, dass er alles rückgängig gemacht hat und die Sache für ihn erledigt ist.

Hubert Rösler ist viel zu aufgeregt, um sich sofort hinzusetzen und Ingeborg zu antworten. Seine Gedanken flattern genauso unruhig und verrückt, wie sein Herz. Er läuft in seiner kleinen Wohnung hin und her. Am liebsten würde er rausgehen, auf den Magdalenenberg laufen und seine Freude und Unruhe hinausschreien. Aber er beherrscht sich. Er möchte nicht riskieren, irgendjemanden jetzt zu treffen und seine Gedanken und Gefühle für Ingeborg auf die Seite schieben zu müssen. Er wird ihr schreiben in den nächsten Tagen, wird sich erkundigen, wann der nächste Transport nach Belfort geht und wird Picard den Brief für Ingeborg mitgeben. Im Moment weiß er gar nicht, wie er anfangen soll zu schreiben. Seine Gefühle kann er nicht in Worte fassen. Er wird ihr schreiben. Morgen vielleicht oder in den nächsten Tagen, wenn er sich beruhigt hat, wenn er wieder klare Gedanken fassen kann, ja, dann wird er ihr schreiben.

Café Drechsel

Der Regen hat nachgelassen. Zwischen den grauen Wolken sind sogar schon wieder kleine blaue Himmelsoasen auszumachen. Vereinzelte Regentropfen zeichnen in den Pfützen auf dem Gehsteig noch ihre quirligen Wellenringe, die von dem Herrn im grauen eleganten Mantel und dem breitkrempigen Hut nicht beachtet werden. Mit zügigen Schritten - in der linken Hand einen großen schwarzen Regenschirm haltend - läuft er zielstrebig die Straße hinunter, peinlich darauf achtend, mit seinen blankgeputzten schwarzen Lederhalbschuhen nicht in eine der Wasserlachen zu treten. Er überquert die Fahrbahn und hält auf das Café Drechsel zu. Er öffnet die Türe, schiebt seinen Regenschirm zusammen, nicht ohne ihn ein paar Mal kurz zu öffnen und zu schließen, um das Wasser auf den Gehsteig abzuschütteln. Dann tritt er in das Kaffeehaus.

Der Ober läuft dem Gast entgegen und greift mit einer leichten Verbeugung nach dem Regenschirm.

„Guten Morgen, Herr Direktor, darf ich Herrn Graf den Mantel abnehmen? Bitte sehr!“

Der Angesprochene reicht dem Ober seinen Hut, seine schwarzen Lederhandschuhe und dann auch seinen Mantel, geht ein paar Schritte in Richtung des Billardraumes an den großen Tisch, auf dem die Tageszeitungen aufliegen. Mit geübtem Blick fliegt er über die Schlagzeilen der verschiedenen Zeitungen. Er stutzt. „Süddeutsche Zeitung“ liest er. Diese Zeitung hat er hier noch nie liegen sehen. Er greift nach dieser Zeitung und geht zurück in den Gastraum.

Der Ober steht bereits am Tisch des ersten Arkadenfensters und schiebt mit einem ergebenen „Bitte sehr, Herr Direktor!“ den schwarzen Stuhl beiseite, damit der Gast sich ohne Mühe auf die rotweißgemusterte Polsterbank setzen kann.

„Ich darf Ihnen Frühstück servieren, wie immer, Herr Direktor?“

Der gutgekleidete Herr nickt lediglich mit einem kurzen feinen Lächeln dem Ober zu, der mit einem, „Bitte, gerne!“ sich rasch in Richtung Serviceraum entfernt.

„Süddeutsche Zeitung, Münchener Nachrichten aus Politik, Kultur, Wirtschaft und Sport. 1. Jahrgang/ Nummer 1, Lizenz Nr. 1 der Nachrichtenkontrolle der Militärregierung Ost, Samstag, 6.Oktober 1945.

Zum Geleit: Zum ersten Male seit dem Zusammenbruch der braunen Schreckensherrschaft erscheint in München eine von Deutschen geleitete Zeitung. Sie ist von den politischen Notwendigkeiten der Gegenwart begrenzt, aber durch keine Zensur gefesselt, durch keinen Gewissenszwang geknebelt…..“

„Bitte sehr, Herr Direktor!“ Der Ober stellt sein Tablett auf dem Tisch ab. Mit gekonntem Schwung stellt er die weiße Porzellantasse vor dem Gast ab und gießt aus der silbernen Kanne Kaffee ein. Er schiebt das Kännchen mit der Kaffeesahne näher an die Kaffeetasse und stellt die Zuckerdose dazu und das Glas Wasser. Dann platziert er den Teller mit einem Butterhörnchen, auf dem auch ein kleines Glasschälchen Marillenmarmelade steht und legt eine weiße Stoffserviette und ein Streichmesser daneben.

„Ich wünsche einen guten Appetit, Herr Direktor! Bitte sehr!“ Wieder verbeugt sich der Ober, nachdem er den freundlichen Blick des Gastes und sein leichtes Kopfnicken als Dank registriert hat und entfernt sich wieder vom Tisch.

„….Sie wird als Stimme einer freiheitlichen Gegenwart allen jenen jungen Kräften offen stehen, die an der geistigen und kulturellen Umgestaltung Europas mitwirken wollen. Wir beginnen auf schmaler Plattform mit geringen Mitteln und spiegeln damit die allgemeine Lage…..“

Der elegant gekleidete Herr sieht von der Zeitung auf, gießt sich Kaffeesahne in seinen Kaffee, nimmt eine Löffelspitze Zucker dazu und trinkt, nachdem er einmal kurz umgerührt hat, seinen Kaffee. Er bricht das Butterhörnchen, streicht etwas Marmelade darauf und beißt ein kleines Stück ab. Dann wendet er sich wieder der Zeitung zu. Er blättert. *„Dachauer Häftlinge als*

Versuchsobjekte! Massenmörder von Warschau in München verhaftet!"
Wieder blättert er weiter. Seite Sieben:

„Welche Vermögen sind gesperrt?
Diesem Wirtschaftsbericht scheint das ungeteilte Interesse des eleganten Gastes zu gelten. Ganz offensichtlich gilt auch dem kleinsten Detail seine uneingeschränkte Aufmerksamkeit.
Auf Grund eines von der Militärregierung erlassenen Gesetzes wurde das Vermögen zahlreicher Personen und Körperschaften einer Sperre unterworfen. Die Anwendung dieses Gesetzes Nr. 52 der Militärregierung spielt zur Zeit im täglichen und wirtschaftlichen Leben eine bedeutsame Rolle. Dies einesteils deshalb, weil die Zahl der von der Vermögenssperre erfaßten Personen und Körperschaften immerhin verhältnismäßig groß ist; andernteils hat die Sperre- von einigen besonderen Ausnahmen abgesehen- eine vollständige Blockierung der diesbezüglichen Vermögensmassen zur Folge. Der Kreis der von der Sperre Betroffenen ist im Artikel I und II des Gesetzes Nr. 52 festgelegt. Im Wesentlichen handelt es sich dabei um folgende Personen, Körperschaften und Vermögensmassen: 1. Das Deutsche Reich, seine Länder, Gaue, Provinzen und andere gleichartige Gebietskörperschaften, ferner die von diesen kontrollierten gemeinwirtschaftlichen Unternehmungen, öffentliche Körperschaften und Monopole. 2. Regierungen, Staatsangehörige und Einwohner von Staaten (mit Ausnahme Deutschlands), welche seit 1.9.1939 im Krieg mit irgendeiner der Vereinten Nationen gewesen sind, sowie Regierungen, Staatsangehörige und Einwohner von Gebieten, die von einem derartigen Staate oder von Deutschland besetzt wurden. 3. Die NSDAP, nebst ihren Aemtern, Abteilungen und Stellen, sowie die Organisationen, die zu ihr gehörten, ihr angeschlossen waren oder von ihr betreut wurden; diejenigen Beamten, leitenden Mitglieder und Gönner der NSDAP, deren Namen von der Militärregierung bekannt gemacht werden. 4. Alle von der Militärregierung in Haft genommenen sowie in Verwahrung gehaltenen Personen. 5. Alle von der Militärregierung verbotenen......."

Wieder greift der elegante Herr zu seiner Kaffeetasse. Er isst sein Butterhörnchen auf, trinkt den Rest seines Kaffees aus und zeigt mit einem leichten Anheben seines rechten Zeigefingers dem Ober an, dass er gewillt ist zu gehen.

„Bitte sehr, Herr Direktor!“ Der Ober stellt ein kleines Silbertablett mit einem braunen Ledermäppchen auf den Tisch und beeilt sich den Mantel des Gastes und die anderen Kleidungsrequisiten zu holen. Der elegante Herr legt neben der obligatorischen Silbermünze wieder eine grüne Reisemarke und zwei graublaue Kaffeemarken für Urlauber in die Mappe, schiebt die Zeitung auf die Seite des Tisches und verlässt – den Regenschirm in der Hand - in Mantel, Hut und Handschuhe gekleidet mit einem zufriedenen Lächeln das Kaffeehaus.

November 1945

Die Wochen fließen dahin. Picard hatte ihm erklärt, dass die fälligen Transporte nicht mehr über Basel gehen. Die Maschinen werden nun über Straßburg nach Nancy und Paris geliefert. Hubert Rösler ist verzweifelt. Ingeborg sollte längst Antwort von ihm haben, ihm erschließt sich aber kein Weg, ihr einen Brief zukommen zu lassen. Immer wieder sitzt er abends am Küchentisch und versucht, seine Gedanken zu ordnen und ihr zu antworten. Immer wieder verwirft er das Geschriebene und wirft die Briefe ins Feuer des Küchenherdes. Stümperhaft erscheinen ihm seine Worte und von kläglichen Erklärungen beeinflusst, wieso sie solange auf einen Brief von ihm warten musste. Die Sorge, der Brief könnte letztlich nicht ankommen und von jemand Falschem gelesen werden verstärken seine Bedenken und seine Hemmung ihr zu schreiben, was in ihm vorgeht.

Die Nachricht, dass über den normalen Postweg wieder Briefe verschickt werden können, bringt ihm Sigrid von ihrer Arbeitsstelle mit. Hubert Rösler versucht den Schweißausbruch, den diese Nachricht bei ihm auslöst, zu vertuschen.

„Es soll bald wieder ganz neue Briefmarken geben!“, erzählt sie stolz, als sie am Abend bei Hubert Rösler kurz zur Türe reinschaut. Draußen ist es längst dunkel. Es ist kalt und die Straßen sind voll mit nassem Schneematsch. Sigrid will ihm nur kurz berichten und steht mit ihren nassen Stiefeln im Flur.

„Wir bekommen seit einigen Tagen wieder ganz offiziell Briefe ins Büro und wenn man bar zahlt, kann man bei der Post auch wieder Briefe verschicken. Ganz sicher können wir bald mit unserer Briefmarkensammlung wieder weitermachen, Hubert. Ich habe im Büro schon allen gesagt, dass sie beim Öffnen der Briefe ja nicht die Briefmarken beschädigen sollen und alle alten Kuverts mir geben sollen.“ Sie umarmt ihn, drückt ihre kalte Wange an seine und ist dann auch schon wieder draußen.

Heute Nacht muss der Brief an Ingeborg geschrieben werden und morgen muss er versuchen, den Brief bei der Post aufzugeben.

Wie schön ist's zu entrinnen
Des Städtchens engen Bann,
Und Träume auszuspinnen,
Umrauscht vom grünen Tann;
Wie schön, im Gras zu liegen,
Den blauen Himmel sehn,
In seligem Genügen
Die Einsamkeit verstehn!

Bei all dem Tannenwehen,
Beim Herdenglockenklang,
Beim Blick von Bergeshöhen
Tönt leise dir der Sang.
Du kennst die traute Kunde,
Das ewig junge Lied:
„Nimm wahr des Glückes Stunde
Mit fröhlichem Gemüt!"

Es ist ein Gedicht, mit dem er Ingeborgs Brief diese Nacht beginnt. Auf einer der Wanderungen mit den ‚Zugvögeln' hat er es während einer Mittagsrast in sein kleines schwarzes Büchlein geschrieben, das er seit einiger Zeit immer bei sich hat, um alles für ihn Wichtige zu notieren. Er lag damals im Gras, ließ die warme Herbstsonne auf sich scheinen und fasste seine Eindrücke, in diesem Gedicht zusammen. Aber er weiß genau, dass seine Gedanken auch damals nur um Ingeborg kreisten. Endlich kann er mit diesem Gedicht sich alles von der Seele schreiben. Endlich kann er ihr schreiben, wie sehr er sich nach ihr sehnt, wie gerne er sich einfach auf den Weg machen würde um bei ihr zu sein. Er kann ihr mitteilen, dass ihr Brief sehr abgegriffen und gebraucht aussieht, weil er ihn täglich immer wieder liest. Er kann ihr erklären, dass Picard nicht mehr nach Basel gefahren ist und er nicht wusste, wie er Kontakt zu ihr aufnehmen konnte. Er kann ihr erzählen, dass er immer noch für die Franzosen arbeitet und dass er sich ganz fest vorgenommen hat, gleich nach Neujahr, wenn er ein

paar Tage frei bekommt, nach Riehen zu kommen oder zumindest nach Lörrach, um sie zu treffen. Er kann ihr sagen, dass er auch glaubt, dass es einen Weg geben muss, den sie zusammen gehen können und er alles tun wird, um diesen Weg freizuschaufeln.
Er liest das Geschriebene nicht mehr durch, steckt die Briefbögen in ein Kuvert, verschließt und adressiert den Brief und steckt ihn in seine Jackentasche.

„Eigentlich werden Briefe nicht über die Besatzungszonengrenzen hinaus befördert!" Der Postbeamte erklärt Hubert Rösler, dass die Franzosen sich einem uneingeschränkten Postverkehr für die Deutschen widersetzen und die zonenübergreifende Zustellung noch etwas problematisch ist. ‚Basel Transit 17' funktioniere seines Wissens aber, weil er von dort noch täglich Feldpostkarten bekäme. Hubert Rösler bezahlt zweiundvierzig Reichspfennig Gebühr. Der Postbeamte setzt einen violetten zweisprachigen Stempel ‚Gebühr bezahlt' und ‚Port payé' und den runden Tagesstempel ‚Villingen Schwarzwald' auf den Briefumschlag und wirft den Brief in den offenen Postsack, der hinter ihm an der Wand befestigt ist.
„Hoffentlich kommt der Brief auch wirklich an!" Eigentlich möchte Hubert Rösler dem Postbeamten mit seiner fröhlichen Bemerkung noch eine konkrete Zusage für einen zuverlässigen Versand entlocken, aber mit dem Hinweis, der Brief käme zurück an den Absender, wenn er nicht zugestellt werden könne, macht er Hubert Rösler nicht gerade Hoffnung, dass der Brief Ingeborg auch erreichen würde.

Dezember 1945

Seit einigen Wochen kann Hubert Rösler wieder richtig als Schlosser arbeiten. Die Maschinendemontage ist beendet und die Produktion von Metallspielzeug sollte für Weihnachten anlaufen. Kommandant de Reille hat bei der interalliierten Kommission die Aufhebung des Produktionsverbots durchgesetzt und die entsprechende Konzession für ein unverdächtiges Produkt erhalten. Hubert Rösler hat den Auftrag bekommen, die verbliebenen Maschinen umzurüsten und ist seit Tagen dabei mit einigen der wieder eingestellten Ingenieure die Materialrestbestände auf die Verwertbarkeit für die neue und für die Firma ungewöhnliche Produktion von Spielzeugkränen umzurüsten. Nun läuft die Produktion in den nicht zerstörten Hallen zum Teil wieder und fast vierhundertfünfzig der ehemaligen Arbeiter sind wieder in der Firma tätig.

Nach einem langen Arbeitstag sitzt Hubert Rösler in der Küche. Auf dem Herd stehen zwei Töpfe aus denen das Blubbern des kochenden Wassers zu hören ist. Kartoffeln und Rosenkohl hat sich Hubert Rösler heute Abend zubereitet. Sigrid kommt freudestrahlend in die Wohnung gestürmt.
„Du hast Post bekommen! Sieh mal, mit ganz tollen Briefmarken drauf!" Sie legt einen Briefumschlag mit fünf grauen Marken auf den Tisch. Auf den Marken ist eine weiße Taube mit einem Briefumschlag im Schnabel zu sehen, in einem violetten Kranz stehen in weißer Schrift die Jahreszahlen 1845 und 1945 , in schwarzer Schrift prangt zwischen den ausgebreiteten Taubenflügeln eine schwarze Zehn und unter der Taube liest Hubert Rösler ‚HELVETIA'.
‚Ingeborg!', schießt es ihm durch den Kopf. Bisher hatte er Ingeborg auch vor Sigrid geheim halten können. Nun steht sie erwartungsvoll vor ihm, neugierig zu erfahren, von wem der Brief aus der Schweiz wohl ist und ungeduldig, die schönen Marken vom Briefumschlag zu lösen.
Hubert Rösler nimmt den Brief und dreht ihn um. Ingeborg hat ihren Vornamen nicht ausgeschrieben, sondern lediglich mit einem I. abgekürzt.
„Wer ist der I. Schwegler?" Prompt kommt die Frage von Sigrid, die über seine Schulter den Absender liest.

„Du bist aber neugierig! Hast du noch nie etwas von einem Postgeheimnis gehört?“ Hubert Rösler lacht und dreht sich zu Sigrid um. Er möchte so unbefangen, wie möglich wirken, obwohl er innerlich völlig aufgewühlt ist und natürlich darauf brennt, Ingeborgs Brief zu lesen.
„Der Absender fällt nicht unter das Briefgeheimnis!“, kontert das Mädchen schlagfertig.
„Da hast du auch wieder Recht! Pass auf, ich öffne den Brief jetzt und lese ihn nachher. Wir beide lösen aber gleich die Marken vom Kuvert und du bekommst drei von den fünfen für dein Album. Einverstanden?“
„Fein, die Marken aus der Schweiz haben wir ja beide noch nicht. Willst du mir nicht verraten, wer der I. Schwegler ist? Es ist immerhin dein erster Brief, den du hier bekommen hast, oder? Und das ist doch sehr spannend, wenn man einen Brief aus der Schweiz bekommt.“
Sigrids Neugier ist dann doch so groß, dass er ihr wohl eine Erklärung geben muss.
„Die Frau Schwegler ist eine Krankenschwester, die mich im Lazarett gepflegt hat. Die ist offensichtlich im Moment in der Schweiz und hat mir geschrieben!“
„Woher hat die denn deine Adresse?“
„Du bist aber wirklich sehr neugierig, Sigrid! Ich habe schon einige Briefe mit meinem Absender von hier verschickt. Zum Beispiel an meine Eltern. Wahrscheinlich haben die meine Adresse weitergegeben.“
„Ist sie nett, diese Krankenschwester?“
„Ja, sie war sehr nett und wir haben uns genauso gut verstanden wie wir beide. Langt das jetzt an Auskunft?“
Gott sei Dank hat Sigrid damit keine weiteren Fragen mehr. Hubert Rösler öffnet das Kuvert, entnimmt den Brief und legt ihn scheinbar belanglos auf den Küchenschrank. Dann schneiden sie die Briefmarken aus und lösen sie im Wasserbad vom Umschlag ab. Sigrid nimmt sich drei der Marken und verabschiedet sich mit einem freundlichen „Gute Nacht!“ und geht nach oben.

Wieder setzt sich Hubert Rösler auf sein Bett. Den Brief vom Küchenbuffet hält er in der Hand und seine Aufregung ist ebenso groß wie bei Ingeborgs ersten Brief.

5. Dezember 1945 in Riehen /Schweiz

Lieber Hubert!

Was für ein liebes Gedicht. Du hast mich sehr überrascht und ich habe nicht erwartet, von einem Mann so etwas zu lesen. Ich bin wirklich gerührt, Hubert. Es hat wieder sehr lange gedauert, bis ich von Dir Nachricht bekommen habe. Natürlich habe ich mir gedacht, dass es mit Monsieur Picard Probleme gegeben hat. Aber warum hast Du ihm nicht den Brief einfach mitgegeben und ihn von Frankreich an mich schicken lassen. Die Post von dort funktioniert einwandfrei. Aber jetzt kommen ja Deine Briefe hoffentlich immer direkt bei mir an. Schön, dass sich einiges wieder normalisiert. Wenn Du wirklich nach Weihnachten ein paar Tage kommen könntest, das wäre wunderbar. Am Hof gibt es im Januar nicht sehr viel zu tun, da kann ich Mama auch mal alleine lassen und wir könnten vielleicht mal eine Schneewanderung machen. Wäre das nicht herrlich? Was gäbe ich darum, einmal mehr Zeit mit Dir verbringen zu können. Ich möchte Dir so viel erzählen und würde gerne eine ganze Menge von Dir erfahren. Ja Hubert, Du bedeutest mir sehr viel und hast Dich in meinen Gedanken eingenistet, wie eine Schwalbe im Frühling auf unserem Hof. Aber eigentlich kenne ich Dich kaum. So wenig weiß ich von Dir, dass ich manchmal denke, dass wir uns doch noch sehr fremd sind, obwohl ich mich so nahe bei Dir fühle. Ich weiß, dass es große Hürden geben wird, die wir überwinden müssen. Nicht nur die Entfernung, nicht nur Dein Zuhause und mein Zuhause sind unter einen Hut zu bekommen. Wir müssen miteinander reden, wir müssen uns fragen, ob wir nur auf unser Herz hören wollen oder ob unsere Ansprüche, unsere Erwartungen, unsere Träume vom Leben auch zusammenpassen. Weißt Du, ich tue mich sehr schwer mit dem Gedanken, nur Magd, Mutter oder Hausfrau in meinem Leben zu sein. Ich möchte gerne noch viel lernen, möchte vielleicht studieren und bin mir auch gar nicht sicher, ob ich hier in der Schweiz bleiben möchte oder vielleicht irgendwo in der Welt Neues und Aufregendes entdecken möchte. Eigentlich habe ich noch eine ganze Menge vor in meinem Leben und eigentlich möchte ich Dir nicht alles in einem Brief verraten. Ich

möchte mit Dir reden, mit Dir planen, mit Dir überlegen, auf welche abenteuerliche Reise wir uns noch zusammen begeben könnten.
Wie würde ich mich freuen, wenn Du kämst und wir endlich einmal mehr Zeit miteinander verbringen könnten.
Ich sehne mich nach Dir. Schreib bald wieder. Jeden Tag werde ich auf einen Brief von Dir warten.
Ich umarme Dich innig
Ingeborg

Er liest den Brief immer und immer wieder. Ingeborgs Gedanken scheinen sich mit den seinen zu decken und ihre Überlegung, die Schweiz verlassen zu wollen, stimmt ihn sehr hoffnungsvoll. Er nimmt sich fest vor, ihr regelmäßig mindestens einmal in der Woche einen Brief zu schreiben.
Hubert Rösler isst in der Küche seine Kartoffeln und den Rosenkohl dazu. Dann legt er sich wieder auf das Bett und hängt seinen Gedanken an Ingeborg nach.

Heilig Abend 1945

Natürlich hatte Hubert Rösler Ingeborg einen Weihnachtsbrief gesandt. Aus der Firma hatte er sich ein kleines Stückchen Silberdraht besorgt und daraus für sie ein filigranes Herzchen gearbeitet, es an ein silbernes Kettchen gehängt, das er für ein Kilogramm Mehl in der oberen Straße an einem kleinen Flohmarktstand erworben hatte. Mit einem Klebestreifen hatte er das Kettchen dann auf dem Briefpapier befestigt. Und endlich gibt es ja auch wieder gültige Briefmarken. Wegen des Gewichtes hatte er gleich zwei Marken mit dem badischen Wappen zu dreißig Reichspfennig auf den Briefumschlag geklebt.
Heute am Heiligen Abend hält er ihren Brief in der Hand. Das Kuvert ist diesmal um einiges dicker als sonst und es fühlt sich ganz weich an. Die bunten Marken mit der Alpenrose und dem Frühlingskrokus verwandeln den Brief in ein weihnachtliches Geschenkepäckchen.
Er wird es erst aufmachen, wenn er mit der Hiemisch-Familie aus der Mitternachtsmette im Münster zurück sein wird. Es wird eine kurze Nacht werden, denn für den Weihnachtsfeiertag haben sie sich zu einer Winterwanderung durch das Brigachtal an die Donauquelle nach Donaueschingen verabredet.

Es sind zwei Herrentaschentücher, die Ingeborg liebevoll mit ineinanderlaufenden Initialen H und I bestickt hat, die Hubert Rösler aus seinem Schweizer Weihnachtspäckchen in der Nacht dieses Heiligen Abend auspackt. Es ist eine kleine Freude, diese mit feinem, weißem Garn gestickten Buchstaben zu fühlen und die lieben Zeilen von ihr zu lesen. Trotzdem erfasst ihn eine müde Traurigkeit und ein sonst wenig gekanntes Heimweh. Wie lange hat er keine Nachricht von Zuhause mehr erhalten. Acht Monate sind es her, seit er mit seinem Vater und mit seiner Mutter gesprochen hat. So verliebt er sich nach Ingeborg sehnt, so sehr vermisst er seine Eltern, so sehr wünscht er sich nach Reichenau, nach dem Isergebirge, nach seinen Jungs, einfach zurück nach seinem Zuhause.

Weihnachtstag 1945

„Bei jedem Wetter wird gewandert!" Jost hatte alle Zugvögel aufgefordert, am Weihnachtstag mitzuwandern. Und das Wetter ist nicht gerade einladend. Es ist kalt und nass. Das Thermometer zeigt knapp über Null Grad und die Schneeflocken sind manchmal doch eher Regentropfen. Trotzdem kommt eine kleine Schar zusammen, die sich mit Sigrid und Hubert Rösler auf den Weg der Brigach entlang macht. Der nasse Schnee knirscht unter dem festen Schuhwerk der jungen Wanderer und bald fangen Anneliese und Jost an, diesmal keine Wanderlieder, sondern Weihnachtslieder zu singen und alle stimmen gerne mit ein, so dass schnell eine fröhliche und auch weihnachtliche Stimmung aufkommt. Hertha erzählt, dass ihr Bruder in der letzten Woche heimgekommen ist. Er sei zwar schwer verwundet worden an der Ostfront, habe aber überlebt und das ist schließlich das Wichtigste. Sie laufen über die schneebedeckten Wiesen und Felder bis nach Brigachtal. Jost, Anneliese und Hubert Rösler studieren die Wanderkarte und entscheiden sich die Brigach zu verlassen und über den Weißwald nach Donaueschingen zu wandern, weil sie im Wald dann doch nicht dem nassen Niederschlag so ausgesetzt sind. In der kleinen hölzernen Weißwald-Hütte machen sie eng zusammengekauert ein paar Minuten Rast, essen ihre mitgebrachten Brote und trinken heißen Tee aus ihren Thermoskannen. Über das Fronholz marschieren sie nach Donaueschingen rein, nicht ohne dass der ein oder andere Schneeball sein Ziel auf dem gewünschten Rücken gefunden hat. Dabei hat es Hertha besonders auf Hubert Rösler abgesehen und landet auch ein paar gute Treffer. Sigrid zwinkert Hubert Rösler ein paarmal zu, um ihm zu zeigen, dass sie offenbar mit ihrer Menschenkenntnis nicht so schlecht gelegen hat. Der Fronholzhütte stellen sie dann auch noch gemeinsam einen kleinen lustigen Schneemann wie einen Hausherrn vor die Türe. Die übermütige Stimmung der kleinen Wanderschar ist aber doch etwas getrübt, als sie durch die Straßen der Innenstadt gehen und die vielen zerstörten Häuser, die den Bombenangriffen zum Opfer gefallen sind, sehen. Am Ende der Straße betreten sie zuerst die barocke Kirche St. Johann zu einem stillen Gebet, bevor sie einen Blick auf ihr Ziel, die Donauquelle und das fürstliche Schloss, werfen. Im Bräustüberl der

fürstlichen Brauerei wärmen sie sich dann auf, sitzen um den Tisch, trinken Tee und essen Marmorkuchen.
Bevor sie sich zur provisorischen Bahnstation aufmachen wollen, um nach Villingen zurückzufahren, geht Hubert Rösler auf die Toilette.
Gedankenversunken steht er am Pissoir, als er von der Seite angesprochen wird.
„Frohe Weihnachten, Rösler!"
Hubert Rösler erstarrt im ersten Moment. Langsam dreht er sich, während er seine Hose richtet, zur Seite.
„Frohe Weihnachten, Herr Hauptmann!"
Hauptmann Rose legt den Zeigefinger auf seine Lippen.
„Nicht mehr ‚Hauptmann', Rösler! Nicht mehr ‚Hauptmann'! Herr Rose, einfach nur ‚Herr Rose', Rösler! Wir wollen doch keine schlafenden Hunde wecken, oder?" Rose lacht etwas gezwungen.
„Wie geht es Ihnen, Rösler? Sie haben ja gut Anschluss gefunden. Ich habe Sie in der Stube eine Weile beobachtet. Sie haben ja viel Spaß mit diesen jungen Leuten, nicht wahr!"
„Ja, ja Herr Haupt... äh Rose, das ist eine Wandergruppe aus dem ehemaligen Schwarzwaldverein. Ich bin durch eine Mitbewohnerin aus dem Haus auf sie gestoßen. Die Hiemisch Sigrid, die ist übrigens auch mit dabei...heute...äh."
Hubert Rösler ist immer noch etwas konsterniert. Natürlich hatte er damit gerechnet, dass Hauptmann Rose irgendwann bei ihm auftauchen werde, aber dass es ausgerechnet am Weihnachtsfeiertag und hier auf einer Toilette sein würde, macht ihn schon etwas perplex.
„So, so, dann ist Ihre Wohnung in Villingen ja auch nicht so übel, wenn ich das recht verstehe, oder?" Hauptmann Rose zwinkert verschmitzt mit dem rechten Auge und kann sich ein zweideutiges Grinsen nicht verkneifen.
„Nein, ja, also die Wohnung ist sehr in Ordnung. Da kann ich gar nicht klagen und die Familie Hiemisch war mir sehr behilflich, doch, doch, wir kommen sehr gut miteinander aus."
„Sehen Sie, Rösler, das ist doch genau das, was wir erreichen wollten. Haben Sie Arbeit gefunden?"

Hubert Rösler wird etwas nervös, weil er zu den anderen zurückmuss, um den vorgesehenen Zug nach Villingen rechtzeitig zu erreichen.
„Ja, ich arbeite für die Franzosen. Zuerst war ich bei der Hilfspolizei und jetzt bin ich in den SABA-Werken als Schlosser tätig."
„Ausgezeichnet, Rösler, ausgezeichnet! So wollten wir das. Das ist doch wirklich hervorragend. Sie müssen zurück zu Ihren Freunden, lassen Sie uns ausführlich miteinander reden. Ich erwarte Sie morgen Abend um achtzehn Uhr an der alten Eiche auf dem Magdalenenberg. Dann gehen wir ein paar Schritte miteinander und können ungestört reden, einverstanden?"
„Das ist gut, Herr Hauptmann...!"
„Rose, Rösler, Rose nicht mehr Hauptmann!"
„Ja..natürlich, Herr Rose, Herr Rose natürlich....ich werde da sein...morgen am Magdalenenberg...bei der Eiche.."
„Bis morgen, Rösler!" Hauptmann Rose verlässt die Toilette und als Hubert Rösler ihm eine Minute später folgt, kann er ihn im Gastraum nicht mehr entdecken. Die anderen sind bereits wieder startklar, haben ihre Mäntel angezogen, ihre Mützen und Hüte aufgesetzt und die Rucksäcke bereits in den Händen. Alle warten nur auf Hubert Rösler. Gemeinsam ziehen sie los zum Bahnhof.

26. Dezember 1945

Heute Abend wird er sich mit Hauptmann Rose treffen. Auf dem Bett liegend legt Hubert Rösler sich gedanklich zurecht, was er dem Hauptmann alles sagen und auch fragen will. Lebt er in Donaueschingen? Welch ein Zufall, dass er ausgerechnet in der Gaststätte ist, als der Hauptmann sich auch dort aufhält. Ist der Hauptmann vielleicht sogar ganz froh, ihn getroffen zu haben, um von ihm das Geld zu bekommen? Sicher wird er es auch sehr gut gebrauchen können. Schließlich ist es ja ausländische Währung, da ist die Gefahr nicht ganz so groß, dass es seinen Wert verliert. Bei der Reichsmark weiß man es im Moment ja überhaupt nicht. Wie schön wird es sein, wenn er das Geld in den nächsten Tagen abgestoßen haben wird. Dann kann er Ingeborg ganz beruhigt besuchen und ihr offen sagen, dass er die Sache hinter sich gebracht hat, weswegen sie ihm damals so böse war. Natürlich hat Hubert Rösler immer wiedermal daran gedacht, warum Hauptmann Rose in den letzten Kriegstagen noch verhaftet worden ist und im Konzentrationslager interniert wurde. Vielleicht ergibt sich ja heute eine Möglichkeit den Hauptmann danach zu fragen. Vor allem interessiert ihn, ob damit auch das Konto in Basel in Gefahr geraten ist und er sich Sorgen machen muss, vielleicht von den Franzosen dazu noch befragt zu werden.
Das Klopfen an der Türe reißt ihn aus seinen Gedanken hoch. Er steigt aus dem Bett und öffnet die Türe. Sigrid schlüpft an ihm vorbei.
„Du hast einen Brief bekommen!“, stellt sie lakonisch fest.
„Aus der Schweiz?“
„Das hättest du wohl gerne, was? Von deiner Krankenschwester, ha? Da wirst du dich noch gedulden müssen, der hier ist aus Ceskoslovensko!“, sie hält ein graues Kuvert nach oben, „Zumindest sind die Briefmarken aus Ceskoslovensko! Drei Stück und alle verschieden, da müssen wir verhandeln!“
„Mein Gott, Sigrid! Du denkst nur an die Marken. Das ist ein Brief von meinem Vater, komm gib her. Und sei mir nicht böse. Lass mich bitte allein. Ich habe lange nichts von Zuhause gehört. Lass mich den Brief lesen, die Marken interessieren mich jetzt erst mal überhaupt nicht. Kannst du das verstehen?“

Sigrid verzieht das Gesicht ein bisschen. Sie merkt, dass sie die Situation vollkommen falsch eingeschätzt hat und Hubert Rösler wohl in seinen Gefühlen verletzt hat.
„Tut mir leid, Hubert! Wirklich! Entschuldige, bitte!“ Sie reicht ihm den Brief und geht wortlos und etwas geknickt wieder nach oben.
Hubert Rösler ist allein. Er öffnet den Brief.

Reichenau, 23. November1945

Lieber Hubert!

Gestern ist Dein Brief hier angekommen. Was für eine Freude, zu wissen, dass Du lebst und dass es Dir gut geht. Mutter hat geweint vor Freude. Wie schwer waren die letzten Monate in der ständigen Ungewissheit, nicht zu wissen, ob Du den Krieg heil überstanden hast. Mutter hat nicht viel geklagt, aber natürlich habe ich ihr angesehen, wie die Sorge an ihr genagt hat. Wie die ganze Lebensfreude aus ihr gewichen ist mit jedem Tag, den der Krieg länger gedauert hat. All die schwere Last ist von ihr gefallen und wir sind uns in den Armen gelegen, als wir lesen durften, dass Du durchgekommen bist. Alles, was hier geschieht und bereits geschehen ist, spielt jetzt keine Rolle mehr. Du lebst. Alles andere hat die Wichtigkeit für uns jetzt verloren. Du musst dort bleiben, wo Du jetzt bist. Du darfst auf keinen Fall zurückkommen. Alles hier hat sich verändert. Die Werkstatt und auch das Haus sind von den Tschechen beschlagnahmt worden. Vaclav, unser Geselle, Du erinnerst Dich sicher an ihn, hat sich für uns eingesetzt. So dürfen wir wenigstens noch die beiden unteren Zimmer und die Küche bewohnen. Aber wir wissen nicht, wie es weitergeht. Vielen anderen ist es sehr viel schlechter gegangen. Sie sind abgeführt worden in aller Öffentlichkeit, viele sind nur mit einem kleinen Koffer in der Hand fortgeschickt worden. Wohin wissen wir nicht. Ich stehe als alter Mann nach vierzigjährigem, schweren Ringen vor einem Trümmerhaufen meines Schaffens und mit buchstäblich nichts in der Hand da. Aber ich will nicht allzu sehr klagen. Du lebst

und wir haben überlebt. Alles hier ist jetzt in tschechischer Hand. Wir wissen nicht, was mit uns passieren wird. Aber wir versuchen guten Mutes zu bleiben und hoffen inständig, dass wir uns bald wiedersehen.
Hubert, mein Junge, wenn Du wirklich die Chance hast, bei den Franzosen zu arbeiten, wenn sie Dich akzeptieren und Dich sogar so gut behandeln, wie Du geschrieben hast, dann sei einfach fleißig und beweise Ihnen, dass Du ein guter Junge bist und mit Arbeit und Fleiß ein rechtschaffenes Leben führen willst. Wir hoffen jedenfalls inständig, dass wir uns irgendwann wiedersehen werden. Allein das Wissen, dass es Dir gut geht, gibt vor allem Mutter wieder neuen Lebensmut. Und lässt uns ermutigt in die Zukunft blicken.
Hoffentlich erreicht Dich unser Brief auch, so wie Dein Brief hier angekommen ist.
Mutter schickt Dir eine innige und herzliche Umarmung und ich schließe mich dem gerne an.
Hubert, achte auf Dich, sei fleißig und trage immer Sorge dafür, dass Dir nichts geschehen kann.
Wir warten auf Nachricht von Dir.
Dein erleichterter Vater.

Seine Augen haben sich während des Lesens mit Tränen gefüllt. Wie gerne würde er seine Eltern in die Arme nehmen. Wie gerne hätte er sie hier. Wie gerne würde er sich auf den Weg zu ihnen machen. Aber sein Vater hat ihn ja gerade davor gewarnt. Offenbar hat er es hier wesentlich besser getroffen, als zuhause in Reichenau. Schon im April scheint sein Vater geahnt zu haben, dass die Tschechen die Oberhand bekommen werden im Sudetenland. Nun ist es genau so gekommen. Vielleicht kann er sie irgendwann bald mal hierher zu sich holen. Wenn die Werkstatt und das Haus beschlagnahmt sind, was soll sein alter Vater dann noch dort? Vielleicht gibt es ja hier einen neuen Anfang. Und vielleicht dann auch mit Ingeborg. Er ist hin und her gerissen zwischen Traurigkeit und Erleichterung, zwischen Wut über die Ungerechtigkeit seinem Vater gegenüber und Hoffnung, dass vielleicht auch durch ihren Gesellen, den Vaclav, alles doch wieder gut werden wird. Trotzdem laufen ihm die Tränen ungehindert über die Wangen.

Am Nachmittag setzt er sich hin und schreibt an seinen Vater.

Langsam wird es Zeit, sich auf den Weg zur Eiche auf dem Magdalenenberg zu machen. Er muss pünktlich sein, wenn er Hauptmann Rose nicht von vorneherein verärgern will. Er zieht seine Stiefel an, seinen warmen Mantel und macht sich auf den Weg. Die beiden lila und blauen Briefmarken mit den Zweigen und den tschechischen Männergesichtern drauf von Vaters Brief schneidet er aus und legt sie für Sigrid auf die Treppe.

Die Dämmerung ist schon sehr weit fortgeschritten, als Hubert Rösler die Eiche auf dem Magdalenenberg erreicht. Im Tal hinter sich sieht er die Lichter von Villingen leuchten. Auf dem Weg hat er in manchen Fenstern die für diese Gegend so typischen liebevoll ausgeschnittenen bunten Papiersterne gesehen und an einem Haus einen wunderschönen Herrenhuter-Stern. Von hier oben mutet die ganze Stadt weihnachtlich beleuchtet an. Auch auf der südlichen Seite senden die Lichter von Rietheim und Pfaffenweiler weihnachtliche Stimmung an diesem ersten friedlichen Weihnachtsfest seit vielen Jahren. Hubert Rösler sieht sich um. Von Hauptmann Rose ist nichts zu sehen. Er lehnt sich an die alte Eiche und sucht hinter ihrem Stamm Schutz vor dem kalten Ostwind. Vom Tal hört er den Glockenschlag des Münsters zur vollen Stunde. Es muss jetzt fünf Uhr sein. Da sieht er, wie sich aus dem Schatten des Waldes hinter dem keltischen Fürstengrab eine Gestalt abzeichnet, die auf die Eiche zukommt.
„Guten Abend, Rösler!“ Hauptmann Rose hat offensichtlich geschützt vom Wald Hubert Rösler beim Ankommen an der Eiche beobachtet. Obwohl der dicke Eichenstamm Hubert Rösler eigentlich in der Dunkelheit verschlucken müsste, kommt der Hauptmann geradewegs auf ihn zu.
„Guten Abend, Herr Hauptmann!“
„Nicht mehr Herr Hauptmann, Rösler! Nicht mehr Herr Hauptmann! Bitte prägen Sie sich das ein. Das würde mich nur in Schwierigkeiten bringen, wenn

es an die falschen Ohren gelangt. Nennen Sie mich bitte Herr Rose. Bitte merken Sie sich das. Das wird sehr wichtig sein in der nächsten Zeit."
„Entschuldigen Sie, Herr Rose! Das ist mir einfach so rausgerutscht!"
„Ist schon in Ordnung, Rösler, hier ist es ja nicht so schlimm, aber es sollte Ihnen künftig halt nicht mehr rausrutschen, verstanden!"
„Jawohl, Herr Rose!"
„Lassen Sie uns ein paar Schritte gehen! Kommen Sie!" Hauptmann Rose fasst Hubert Rösler am Arm und schlägt den Weg Richtung Pfaffenweiler ein.
„ Wie ist es Ihnen ergangen, Rösler? In Ihrer jungen Truppe scheinen Sie sich ja sehr wohl zu fühlen, wenn ich das gestern richtig gesehen habe, nicht wahr?"
„Ja, ja, die Gruppe ist sehr lustig. Es ist ein schöner Zeitvertreib, mit denen wandern zu gehen und der Schwarzwald hier lädt ja auch geradezu ein dazu."
„Und in der Arbeit, wie läuft es da bei Ihnen?"
„Ich kann nicht klagen. Zuerst hatte ich einen guten Posten bei der Villinger Polizei und seit Juni bin ich in den SABA-Werken und kann wieder als Schlosser arbeiten. Die Franzosen sind sehr zuvorkommend zu mir."
„Sehen Sie, Rösler, das ist genau das, was wir vorgehabt haben. Sie sind gut versorgt, man hat Sie aus der Überprüfung rausgenommen und so können Sie unauffällig das Konto verwalten, bis wir es einsetzen können. Das läuft doch wie geschmiert!"
„Wollen Sie denn das Geld nicht wieder zurück, Herr Rose? Sie sind doch auch nicht im Überwachungsvisier der Franzosen, wenn ich das richtig sehe, oder?"
„Wie meinen Sie das, Rösler?"
„Die Sache mit dem Geld ist doch wohl noch aufgeflogen, nachdem Sie mich hier abgesetzt haben, oder etwa nicht?"
„Rösler, um Gottes Willen, wie kommen Sie denn darauf?"
„Sie wurden doch noch verhaftet von unseren Leuten und waren doch im Konzentrationslager in Überlingen eingesperrt. Das stimmt doch, oder?"
„Woher haben Sie denn die Information, Rösler? Was denken Sie sich da denn bloß aus?"
„Herr Rose, ich war hier in Villingen Hilfspolizist bei Herrn Monrad Faust. Und auf seinem Schreibtisch habe ich einen Bericht mit einem Bild gesehen, auf dem die Befreiten aus dem Konzentrationslager Überlingen abgebildet waren

und da waren Sie und der Leutnant Riegger auch unter den Gefangenen. Das stimmt doch, oder etwa nicht?"
Hauptmann Rose scheint etwas nervös zu werden. Offensichtlich ist ihm dieses Wissen bei Hubert Rösler unangenehm.
„Was war das für ein Bericht, Rösler, den Sie da gesehen haben? Sind Sie sicher, dass Sie da mich und Herrn Riegger auf dem Bild gesehen haben?"
„Ja, da bin ich mir sicher. Ich habe den Bericht auch bei mir zu Hause!"
„Waaas?" Hauptmann Rose kann sein Entsetzen jetzt nicht mehr verbergen.
„Ja, Monsieur Faust hat mir das Meldeblatt überlassen!"
„Mann Rösler, haben Sie ein Wort von mir oder Herrn Riegger an diesen Franzosen weitergegeben?"
Hubert Rösler bleibt stehen und sieht Hauptmann Rose ins Gesicht, so gut es in der Dunkelheit geht.
„Was denken Sie denn von mir, Herr Rose? Die haben mich überprüft und ich bin intensiv befragt und gefilzt worden und ich wurde selbstverständlich auch gefragt, wie ich als junger einsatzfähiger deutscher Mann so einfach hier in Villingen landen kann."
„Und was haben Sie denen gesagt?" Hauptmann Rose scheint beunruhigt und außer sich zu sein.
„Ich habe ihnen eine Geschichte erzählt, die sie mir offensichtlich abgenommen haben."
„Welche Geschichte, Rösler?"
„Die Geschichte, dass ich desertiert sei und von einem Offizier namens Müller gezwungen worden bin, ein Auto von Nürnberg bis nach Villingen zu fahren. Ein Auto, das kein Militärfahrzeug gewesen ist. Weil ich mir sicher war, dass irgendjemand das Auto wohl gesehen hat und mich auffliegen lassen könnte, wenn ich von einem Militärfahrzeug oder einem anderen Auto erzählen würde. Und ich habe ihnen auch gesagt, dass ich der Meinung bin, dass der Offizier nicht ‚Müller' geheißen hat. Und offenbar habe ich das so glaubhaft erzählt, dass sie mich danach sogar als Hilfspolizist angestellt haben!"
Sichtlich erleichtert setzt Hauptmann Rose den Weg wieder fort.
„Das haben Sie gut gemacht, Rösler, sehr gut gemacht! Wirklich!"
„Und wieso waren Sie nun im Konzentrationslager, Herr Rose?"

„Sehen Sie, Rösler, ich habe Ihnen doch schon einmal gesagt, manchmal muss man Schritte gehen, die ungewöhnlich sind um seiner Sache zu dienen. Unsere Sache ist nicht aufgeflogen, da machen Sie sich völlig umsonst Sorgen. Ganz im Gegenteil, damit die Sache unentdeckt bleibt und wir Sie nicht alleine lassen müssen, sind Herr Riegger und ich von hier aus nach Überlingen gefahren. Rösler, das muss aber wirklich unter uns bleiben, was ich Ihnen jetzt anvertraue. Sie müssen wissen, wenn das jemand anderes erfährt und an die falschen Leute weitergibt, sind auch Sie und Ihr unbeschwertes Leben hier in Villingen gefährdet. Wir haben uns - rechtzeitig bevor die Franzosen eingerückt sind - unter die Gefangenen des Konzentrationslagers gemischt. So sind wir bisher der Überprüfung durch die Franzosen entgangen. Wenn Sie jetzt den Mund halten, wird es auch so bleiben und wir halten unsere schützende Hand weiter über Sie, verstanden Rösler?"
„Ja, schon Herr Rose, aber ich würde Ihnen gerne das Konto übergeben wollen. Wissen Sie, eigentlich brauchen Sie mich doch gar nicht mehr und ich könnte doch...."
„Rösler! Sie haben mir ein Versprechen gegeben! Und Sie sollten nicht vergessen, ich habe Ihnen die standrechtliche Erschießung erspart! Und sollten Sie es nicht wissen, auch heute gibt es Richter, die rechtsgültige Urteile sprechen und vollstrecken lassen, wenn Soldaten der Wehrmacht Fahnenflucht nachgewiesen werden kann! Jetzt reden Sie also kein so dummes Zeug daher. Sie sehen doch, dass unsere Tarnung auf sehr dünnen Füssen steht. Sie können davon ausgehen, dass man sich Herrn Riegger und mich durchaus noch vorknöpfen kann. Selbstverständlich darf man bei uns dann nicht ein Schweizer Konto mit so viel Geld entdecken. Sie sind durch mit der Überprüfung. Ihnen wird man nicht mehr zusetzen. Das Konto ist bei Ihnen in sicheren Händen. Und da wird es in der nächsten Zeit auch bleiben. Ich habe Ihnen vertraut und auf Sie gesetzt und ich verlasse mich auf Sie, Rösler! Haben Sie verstanden!"
„Ja, ja, aber..!" Hubert Rösler ist nun sichtlich unsicher und hin und hergerissen. Er versucht seine Gedanken an Ingeborg wegzuschieben.
„Kein aber, Rösler, was ist mit Ihnen los? Stehen Sie nicht mehr zu unserer Sache? Hat Ihnen der Franzmann einen Floh ins Ohr gesetzt und wollen Sie jetzt wirklich noch einmal desertieren?"

„Nein, nein, nein...ich meine bloß.... Ich dachte, Sie könnten das Geld.....es wäre einfach wieder bei Ihnen. Ich habe nur gemeint, das wäre jetzt ja möglich....."
„Das Konto ist bei Ihnen in den sichersten Händen, Rösler! Wir vertrauen da voll und ganz auf Sie. Und wenn die Zeit reif ist, dann werden wir Ihnen rechtzeitig Bescheid geben und eine Überschreibung veranlassen. So lange betreuen Sie dieses Konto und wir werden dafür sorgen, dass es Ihnen möglich sein wird, dies auch zu tun. Machen Sie sich darum keine Gedanken, Sie bekommen von uns die entsprechenden Anweisungen. Vertrauen Sie uns, auch wenn es nicht so aussieht, wir haben immer noch unsere Beziehungen. Bisher läuft alles wie geplant und so soll es doch auch bleiben, oder etwa nicht?" Die Ruhe und Gelassenheit mit der Hauptmann Rose nun auf Hubert Rösler einredet, brechen jeden Widerstand bei ihm und veranlassen ihn seinen Plan, Rose das Geld zurückzugeben, gehorsam fallen zu lassen.
„Ja, jawohl Herr Haupt....äh...Herr Rose!"
Inzwischen sind sie über das Tannhörnle an der Straße nach Pfaffenweiler angelangt. Überrascht stellt Hubert Rösler fest, dass der schwarze Mercedes auf dem Waldweg geparkt ist. Hauptmann Rose bleibt ein gutes Stück vor dem Auto stehen und sieht Hubert Rösler eindringlich an.
„Rösler, es läuft alles blendend bisher. Enttäuschen Sie mich nicht und sorgen Sie durch Ihr Verhalten dafür, dass alles so bleibt und unsere Sache zu einem erfolgreichen Ende führt. Ich verlasse mich auf Sie!"
„Ja, ja natürlich, Herr Rose!"
„Wann werden Sie wieder in die Schweiz fahren, Rösler? Haben Sie sich darüber schon Gedanken gemacht?"
„Ich habe Ende Januar ein paar Tage Urlaub. Wir wissen nicht, welche Produktion dann im Werk weiterläuft. Bisher haben wir Kinderspielzeug gemacht. Das wird aber nach Weihnachten nicht mehr weitergehen. Wir werden wohl auf etwas anderes umstellen müssen und da gibt es ein paar Tage Leerlauf. Die Zeit werde ich wohl nutzen und versuchen, ein Tagesvisum nach Basel zu bekommen."
„Seien Sie vorsichtig, Rösler. Verzichten Sie lieber darauf, wenn es Schwierigkeiten geben sollte. Nur nicht zu sehr auffallen, verstanden!"
„Jawohl, Herr Rose!"

„Ich werde mich im Februar oder März wieder bei Ihnen melden, dann können Sie mir ja berichten. Aber wir halten das so wie heute, niemand muss erfahren, dass wir uns treffen, haben Sie verstanden!"
„Ja, jawohl, Herr Rose!"
„Gut so, Rösler! Und noch eine Sache, Rösler! Wenn Sie nachher in Ihre Wohnung kommen, vernichten Sie das Meldeblatt der Franzosen sofort! Haben Sie verstanden! Sofort! Ich verlasse mich auf Sie!" Hauptmann Rose klopft ihm auf die Schulter. „Machen Sie es gut, Rösler!" Damit dreht sich Hauptmann Rose um und geht im zügigen Schritt auf den Mercedes zu. Bevor er den Wagen erreicht, leuchten die Rücklichter und die Scheinwerfer auf und der Motor wird gestartet. Hauptmann Rose steigt an der Beifahrerseite zu. Dann startet der Mercedes und fährt links Richtung Pfaffenweiler davon.
Hubert Rösler starrt dem Auto konsterniert nach.
‚Es läuft alles wie geplant und so soll es auch bleiben! ' Hauptmann Rose verlangt von ihm, das Konto weiterhin zu behalten. Er ist ein Teil des Planes, den er nicht kennt. In dem er aber eine Rolle spielt und offensichtlich nicht aussteigen kann. Wie hatte Rose gesagt, auch jetzt werden Deserteure noch verurteilt und erschossen. Er muss das Konto behalten, solange Hauptmann Rose das befiehlt, sonst wird er hingerichtet. Ingeborg muss davon ja nichts erfahren. Er wird im Januar zuerst auf die Bank gehen und dann versuchen Ingeborg zu treffen. Irgendwie wird er das schon hinbekommen.
Auf dem Heimweg über den Schleifehof gehen ihm hunderttausend Gedanken durch den Kopf. Natürlich denkt er an Ingeborg und überlegt, ob und wie er ihr die Sache mit dem Konto erklären könnte. Natürlich überlegt er, ob er ihr überhaupt von Hauptmann Rose und dem Konto erzählen darf und soll. Natürlich denkt er an den Meldezettel und überlegt hin und her, ob er ihn wirklich vernichten soll. Aber natürlich macht er sich seine Gedanken darüber, dass Hauptmann Rose und der Leutnant sich – wie Hauptmann Rose es ausdrückte - ‚unter die Gefangenen der Konzentrationslagers gemischt hatten'. Haben die beiden wirklich einfach nur die Uniformen ausgezogen, sich ein paar Tage im KZ einquartiert und sich dann von den Franzosen befreien lassen. Eigentlich ein genialer Plan, sich zu tarnen und sich dem großen Abrechnen, das ja in den letzten Monaten begonnen hat, zu entziehen. Hauptmann Rose hat

gesagt, er werde seine schützende Hand über ihn halten. Hat er dazu wirklich noch die Macht?
Hubert Rösler ist voller Zweifel.

In der schwarzen Mercedeslimousine, die sich auf der Straße in Richtung Vöhrenbach bewegt, lässt Hauptmann Rose seinen Gedanken laut seinen Lauf.
„Da stimmt etwas nicht, Riegger! Der Rösler wackelt. Dem müssen wir auf den Zahn fühlen."
Leutnant Riegger sieht ihn, das Lenkrad fest in der Hand kurz von der Seite an.
„Ja, ja, ich täusche mich da nicht. Irgendwas läuft da nicht mehr rund. Ich habe ihn wieder auf Spur gebracht, aber da ist Sand im Getriebe. Zum einen wollte er, dass ich das Konto übernehme, zum anderen weiß er von unserem KZ-Aufenthalt..."
„Wie denn das?"
Riegger sieht wieder kurz zu Rose rüber.
„...scheinbar hat er das Foto gesehen, das dieser Franzmann am Zaun gemacht hat. Angeblich ist es auf einem Meldezettel der Franzosen abgedruckt gewesen. Er hat es vom Polizeichef in Villingen bekommen und hat es sogar bei sich in der Wohnung."
„Wahnsinn! Und jetzt!"
„Er wird es vernichten. Da bin ich mir sicher. Ich habe es ihm jedenfalls gerade noch einmal eindringlich eingebläut. Er wird es vernichten, Riegger. Ich habe ihn im Griff, glauben Sie mir. Trotzdem müssen wir ein Auge auf ihn werfen. Demnächst will er in die Schweiz fahren. Ich glaube, es wäre ganz gut, wenn er das nicht unbeobachtet machen würde. Vielleicht werfen Sie auch ein Auge auf diese Wandervögel, möglicherweise hat ihm von denen einer einen Floh ins Ohr gesetzt.
„Kein Problem, Rose, die habe ich sowieso schon im Visier."

„Und was ist mit SABA? Ist da von den Franzosen etwas Konspiratives im Gange?"
„Ah, das glaube ich weniger, die sind doch im Moment nur darauf aus, die Leute zu beschäftigen, um sie ruhig zu halten. Ich glaube, von der Seite ist das Wenigste zu erwarten. Aber ich lass da auch mal meine Beziehungen spielen. Vielleicht lässt sich ja etwas erfahren. Wir haben da genügend von unseren Leuten positioniert."
„Gut, Riegger! Es wäre ein Drama, wenn ausgerechnet der Rösler die Sache vermasseln würde. Halten Sie mich auf dem Laufenden, ich habe ihn im Griff und der wird funktionieren, glauben Sie mir!"
Leutnant Riegger setzt den Blinker und lenkt den Mercedes rechts ab nach Furtwangen.

Café Drechsel

In einem hellen Leinenanzug, auf dem Kopf einen weißen Gatsby-Hut und an den Füßen cognacfarbene Budapester, läuft der hochgewachsene schlanke Herr auf dem linken Bürgersteig stadteinwärts. Die morgendlichen Brötchenkunden beim Bäcker, die zum Markt eilenden Hausfrauen und die ihren Hund gassiführenden Rentner scheinen seiner Aufmerksamkeit ebenso zu entgehen wie die Clique der jungen Männer in Jeans und T-Shirts und die Mädchen in den bunten Sommerkleidern. Zielbewusst geht er auf das Café Drechsel zu. Ohne sich an den Zeitungstisch zu begeben, steuert der vornehme Herr den kleinen quadratischen Marmortisch unter dem ersten Arkadenfenster an und nimmt auf dem rot-weiß-gepolsterten Stuhl Platz. Er entnimmt der Innentasche seines Jacketts ein rotes Taschenbuch, das mit schwarzen Lettern titelt: *Ingo Müller/ Furchtbare Juristen/ Die unbewältigte Vergangenheit unserer Justiz.*

Der aufmerksame Ober serviert ein Kännchen Kaffee mit einem Glas Wasser und auf einem Kuchenteller ein Butterhörnchen mit einem kleinen Schälchen oranger Marillenmarmelade. Mit einer leichten Verbeugung und einem höflichen: „Ihr Frühstück, Herr Direktor, lassen Sie es sich schmecken!“ zieht sich der Cafébedienstete wieder zurück. Der vornehme Gast gießt sich einen Schluck Milch in seinen Kaffee und rührt ihn, nachdem er auch die obligatorische Löffelspitze Zucker zugefügt hat, bedächtig um und trinkt.

Er greift nach dem Buch und öffnet es auf der mit einem Lesezeichen gekennzeichneten Seite.

Allgemein hatten die ehemaligen NS-Richter Verurteilungen betreffend wenig zu befürchten. So wurde beispielsweise der Marinerichter Adolf Holzwig 1953 vom Landgericht Hamburg freigesprochen. Holzwig hatte am 9. Mai 1945, also einen Tag nach der bedingungslosen Kapitulation, fünf Matrosen wegen Fahnenflucht zum Tode verurteilt und das Urteil einen Tag später vollstrecken lassen. Dieser Verurteilung war vorangegangen, dass am 4. Mai in Norddeutschland und Dänemark die die Matrosen zu diesem Zeitpunkt betreffende Teilkapitulation in Kraft getreten war, was die fünf Matrosen dazu veranlasst hatte, sich am 6. Mai aus ihren Unterkünften auf den Weg nach Hause zu begeben. Der ehemalige Marinerichter wurde in erster Instanz verurteilt, der Bundesgerichtshof hob diese Verurteilung jedoch wieder auf, da auch nach der Kapitulation die Richtlinie Hitlers betreffend die Todesstrafe bei Fahnenflucht Gültigkeit gehabt hätte, „wenn sie ‚unerlässlich' gewesen wäre, ‚um die Manneszucht aufrechtzuerhalten'". Das Landgericht Hamburg sprach daraufhin den ehemaligen Marinerichter und seinen Kommandeur frei, „da selbst nach dem Zusammenbruch der Nazi-Herrschaft ‚kein Grund [bestand], diese Richtlinien als Ganzes für ungerecht oder übermäßig grausam oder für ungültig anzusehen." Hauptgutachter in dem Verfahren gegen Holzwig war Erich Schwinge, Kommentator des Militärstrafgesetzbuches und Verfasser des apologetischen Werkes ‚Die deutsche Militärjustiz in der Zeit des Nationalsozialismus', der nach 1945 seine Karriere ungestört fortsetzen konnte. Schon im Wintersemester 1946/47 bekam er wieder eine Professur in Marburg, 1954 wählte ihn die dortige Universität zu ihrem Rektor; zeitweilig bekleidete er auch das Amt eines stellvertretenden Landesvorsitzenden der hessischen FDP. Mehr noch: Schwinge sorgte mit seiner rastlosen Publikationstätigkeit auch dafür, die Geschichtsschreibung über die Militärgerichtsbarkeit im Zweiten Weltkrieg nachhaltig zu beeinflussen. Danach erschienen die Militärrichter geradezu als letzte Hüter der Rechtsstaatlichkeit, die den Anforderungen des NS-Regimes wacker widerstanden hatten.

Der vornehme Herr isst sein Butterhörnchen, das er sorgsam mit Marillenmarmelade bestreicht, trinkt auch die zweite Tasse Kaffee und signalisiert dem aufmerksamen Ober, dass er zahlen möchte. Wie immer legt er eine Geldnote in das vom Ober gereichte rotbraune Etui, greift nach seinem Hut, den er an den Knopf der Garderobe gehängt hatte und verlässt mit einem kurzen am Hut angezeigten Gruß das Café und geht in Richtung Innenstadt.

Januar 1946

Seit einigen Tagen versucht Hubert Rösler zu erfahren, ob es für ihn möglich ist, die Grenze zwischen der französischen Besatzungszone und der Schweiz zu passieren. Es ist nicht leicht gesicherte Auskunft zu bekommen. Inzwischen weiß er aber, dass er im Besitz einer Sondergenehmigung oder einer sogenannten Grenzkarte sein müsste um Ingeborg besuchen zu können. Nachdem alle offiziellen Versuche bei der Stadtverwaltung, an eine Sondergenehmigung zu kommen gescheitert sind, sinniert er tagelang darüber nach, ob er es noch einmal wagen sollte, über die ‚Eiserne Hand' in die Schweiz zu gelangen. Die Gefahrenstellen kannte er ja schon. Das Problem würden diesmal nicht Grenzer auf der deutschen oder besser gesagt der französischen Seite sein, sondern eher die Schweizer, die sich offenbar vehement gegen die Einreise von deutschen Staatsbürgern zur Wehr setzen.
Ein paar Tage vor seinem Urlaub kommt ihm in der Halle 31 Monsieur Picard entgegen. Hubert Rösler bleibt kurz stehen und fasst Picard kurz am Arm. Während die anderen Monteure, mit denen Hubert Rösler in den Bau 32 unterwegs ist, nur kurz abstoppen und dann weitergehen, verständigen sich Picard und Hubert Rösler mit Wortfetzen darauf, sich in der Mittagspause zu treffen. Picard scheint nun doch zum Glücksfall für Ingeborg und ihn zu werden, denn Hubert Rösler erfährt von ihm, dass just am kommenden Montag, dem achtundzwanzigsten Januar, eine Fahrt vom Werk hier in Villingen nach Basel festgelegt ist, die Picard zu fahren hat. Künftig sollen die Tablettenröhren aus Aluminium, die seit diesem Monat bei den SABA-Werken gefertigt werden, auch an mehrere interessierte Baseler Pharmaunternehmen geliefert werden. Die erste Lieferung der Prototypen soll eben in der letzten Januarwoche erfolgen.
Noch am Nachmittag macht sich Hubert Rösler auf den Weg ins Verwaltungsgebäude, um bei Kommandant de Reille vorzusprechen. Ohne Umschweife erklärt er dem Kommandanten, dass er in seinen Urlaubstagen gerne eine bekannte Familie in Basel besuchen möchte und bittet ihn, ihm

dafür eine Sondergenehmigung für den Grenzübertritt zu besorgen. De Reille, der Hubert Röslers Arbeit offensichtlich ähnlich respektvoll anerkennt wie Faust das getan hatte, teilt ihn kurzerhand als Fahrzeugbegleiter bei Picard ein und versichert ihm, dass am Montag Früh alle notwendigen Papiere vorliegen werden und er sich pünktlich um sieben Uhr bei Picard einzufinden habe, um den Transport nach Basel zu begleiten. Der Transport werde diesmal mit dem Opel Blitz durchgeführt, da es sich lediglich um wenige Kisten mit Prototypen handelt, die nach Basel geliefert werden müssten. Die Betriebsleiter würden mit dem PKW fahren und an drei Tagen in verschiedenen Betrieben die Produkte vorstellen. Am späten Mittwochnachmittag müsse er sich wieder bei Picard in Basel einfinden, um die Rückfahrt anzutreten.
Hubert Rösler ist außer sich vor Freude, als er sich an diesem Abend auf den Heimweg macht.

21. Januar 1946

„Guete Tag, Herr Rösler!" Urs Freis Händedruck ist kräftig wie Hubert Rösler es vom April noch in Erinnerung hat. „Sie sind sehr pünktlich! Die deutsche Tugend -alles exakt zu seiner Zeit- ist ja sprichwörtlich."
Hubert Rösler lacht.
„Das ist aber nicht abhängig von meiner Tugend, Herr Frei, ich habe im Moment schlicht und einfach nur diese Gelegenheit über die Grenze zu gelangen. Ich bin in einem französischen Auftrag für Schweizer Firmen unterwegs und da nutze ich halt die Gelegenheit!"
Auch Urs Frei lacht jetzt.
„Das ist gut, wenn die internationale Zusammenarbeit wieder so gut klappt. Kommen Sie, gehen wir zusammen zu den Schließfächern, dann können Sie Ihr Konto ungestört einsehen."
Im Untergeschoss öffnet Urs Frei den Raum zu den Schließfächern und bietet Hubert Rösler einen Stuhl an dem Tisch an, der mitten im Raum steht.
„Damit Sie auch wissen, dass wir korrekt arbeiten, bitte ich Sie um die Kontonummer und das Codewort Ihres Kontos, Herr Rösler!"
Ohne zu zögern greift Hubert Rösler in seine Manteltasche und reicht Urs Frei den Zettel mit der Kontonummer. „Das Codewort ist ‚Ingeborg'!"
„Das ist korrekt! Bitte öffnen Sie das Schließfach, Herr Rösler!"
Hubert Rösler steht auf und geht zu seinem Schließfach im Eck des Raumes. Zweiundsechzig-fünfunddreißig. Er nimmt den Schlüssel, den er gestern unter der Garderobe wieder hervorgeholt hatte, aus der Innentasche seines Mantels und steckt ihn in das eine Schlüsselloch. Auch Urs Frei steckt den Schlüssel, den er offensichtlich in der Hand gehalten hatte, in das zweite Schlüsselloch. Dann öffnet Hubert Rösler das Schließfach.
„Sie können in Ruhe alles durchsehen, ich lasse Sie jetzt allein. Wenn Sie fertig sind, dann läuten Sie hier bitte!" Urs Frei deutet auf einen Klingelknopf neben der Türe. „Ich bin dann sofort wieder bei Ihnen und wir können Ihr Fach dann wieder verschließen. Lassen Sie sich aber ruhig Zeit."
Damit verlässt er den Schließfachraum und lässt Hubert Rösler allein.

Im Schließfach liegt die grüne Pappmappe mit den Unterlagen noch genau so, wie Hubert Rösler sie vor neun Monaten hineingelegt hat. Ein Briefkuvert, das auf der Mappe liegt, nimmt Hubert Rösler aus dem Fach und setzt sich wieder an den Tisch. Mit seinem Taschenmesser öffnet er den Briefumschlag und faltet den darin liegenden Kontoauszug auseinander. Mit großen Augen bestaunt er die Zahlen, die er auf dem Auszug liest.
Dreiunddreißigtausendsiebenhundertneunundsiebzig Franken und sechsundzwanzig Rappen wurden am zweiten Januar dem Konto gutgeschrieben. Achtzehn Franken wurden für die Schließfachmiete dem Betrag wieder abgezogen. Das Konto hat einen richtig großen Batzen Geld mehr bekommen. Hauptmann Rose wird zufrieden sein. Er heftet das Kontoblatt in die grüne Mappe und legt sie wieder in das Fach zurück. Dann drückt er auf den Klingelknopf. Es dauert wirklich nur einen Moment bis Urs Frei den Raum wieder betritt.
„Sind Sie zufrieden, Herr Rösler? Ist von uns alles nach Ihren Vorstellungen vollzogen worden und Ihr Vermögen korrekt verzinst worden?"
„Alles bestens, Herr Frei, alles bestens! Ich bin sehr zufrieden mit dem, was ich gelesen habe." Hubert Rösler gibt wieder den Geschäftsmann, verabschiedet sich von Urs Frei und verlässt die Bank.
Gemächlich schlendert er hinunter zur mittleren Rheinbrücke. In der Eisengasse kauft er in einem kleinen Bäckerladen ein kleines rotes Schokoladenherz, dann steigt er in die Straßenbahn Nummer sechs und fährt Richtung Riehen.

Ingeborg strahlt über das ganze Gesicht, als sie Hubert Rösler die Türe öffnet. Sie macht zwei Schritte auf ihn zu, lässt sich von ihm umarmen und sucht mit großen wachen Augen Blickkontakt zu ihm, während sie ihn innig küsst. Die Gefühle übermannen Hubert Rösler. Er spürt sie in seinen Armen, ihren ganzen Körper an seinen gepresst durchströmen ihn Wellen voller Wärme, Zärtlichkeit und Begehren.
„Da! Für dich!" Verschämt drückt er Ingeborg das rote Schokoladenherz in die Hand.
„Du bist süß!" Wieder küsst sie ihn.

„Kommt doch erst mal herein!“ Ingeborgs Mutter steht im Hausgang und schüttelt verständnisvoll lächelnd ihren Kopf. „Ihr müsst doch nicht da draußen in der Kälte euer Wiedersehen feiern! Kommt rein in die Stube, da ist es warm und es gibt Kuchen und Kaffee.“
Die beiden lachen nun auch, Ingeborg greift nach Hubert Röslers Hand, zieht ihn ins Haus und schließt hinter ihm die Türe.
Es ist wirklich gemütlich warm in der Küche und bei einem Stück Marmorkuchen und einer Tasse echten Bohnenkaffee erzählt Hubert Rösler erst einmal, wie es ihm gelungen ist, die Grenze zu passieren. Denn auch die beiden Frauen wissen, dass das für deutsche Staatsbürger im Moment nicht so ohne weiteres möglich ist.
„Du kannst wirklich bis übermorgen bleiben?“ Ingeborg kann ihre aufrichtige Freude kaum zügeln.
„Ja, Ingeborg, ich habe die ganze Woche Urlaub, aber ich muss wieder mit Monsieur Picard am Mittwochnachmittag zurückfahren, um problemlos über die Grenze zu kommen. Ich möchte mich auch ganz strikt daran halten, denn vielleicht kann ich diesen Grenzübergang dann öfter mal nutzen. Wenn es zu Vertragsabschlüssen mit Baseler Firmen kommt, wird es von Villingen aus ja künftig regelmäßige Transportfahrten geben!“
„Wenn du mir versprichst, die dann auch zu nutzen, lass ich dich am Mittwoch wieder gehen!“ Ingeborg und ihre Mutter lachen und auch Hubert Rösler stimmt mit ein.
„Wollen wir morgen ein bisschen wandern? Es wird ein schöner Tag und das könnten wir ausnutzen?“ Es ist Ingeborg anzumerken, wie sie voller Tatendrang ist, mit Hubert Rösler gemeinsam etwas zu unternehmen.
„Gerne, ich habe große Lust dazu!“ Die Bestätigung bekräftigt Hubert Rösler mit einem Kuss auf Ingeborgs Backe. Die läuft ein bisschen rot an und strahlt wieder über das ganze Gesicht.

Es ist ruhig im Haus. Das große dicke Federbett unter dem Hubert Rösler liegt und das Kopfkissen sind ein bisschen klamm. Die Kammer ist nicht geheizt und selbstverständlich hat er das Fenster auch einen Spalt geöffnet. Zum Schlafen braucht er immer frische Luft. Hubert Rösler liegt wach und lässt seinen

Gedanken freien Lauf. Der Mond wirft spärlich Licht durch das Fenster und seine Augen gleiten durch die kleine Kammer. Die Einrichtung ist sehr gemütlich. Ein schlichtes braunes Bauernbett mit einem passenden Nachtkästchen, ein alter Kiefernschrank, ein liebevoll dekorierter Tisch mit einer Obstschale in der zwei Äpfel und ein paar Walnüsse liegen, zwei passende Stühle dazu und ein handgewebter Fleckenteppich auf dem Boden. Ingeborg hat ihn, nachdem sie beide kräftig im Stall beim Melken und Füttern mitgeholfen hatten, gemeinsam in der Küche zu Abend gegessen hatten und danach noch eine kleine Weile am Tisch gesessen und erzählt hatten, über die Treppe hier in die Kammer geführt. Nach einem innigen Gute-Nacht-Kuss ist sie aus dem Zimmer geschlüpft und hat ihm schelmisch zugezwinkert.
Er hört ein Knarzen auf dem Gang draußen. Leise wird die Kammertüre geöffnet und eine weiße Gestalt schlüpft herein. Ingeborg trägt ein weißes Nachthemd, ihre Haare fallen lang über ihre Schulter und sie ist barfuß. Mit zwei, drei Schritten ist sie neben seinem Bett.
„Rück ein bisschen!", flüstert sie leise und dann schlüpft sie zu ihm unter die Decke.
Hubert Rösler hält für einen Moment den Atem an. Es ist das erste Mal in seinem Leben, dass ein Mädchen neben ihm im Bett liegt. Ihre kalten Füße suchen den Kontakt zu seinen. Sie zieht die Decke fest an ihrem Hals zusammen. Er sieht in ihre großen Augen, fühlt die kalte Nasenspitze und spürt ihren Atem unmittelbar an seinem Gesicht. Ihre Hand sucht seine, streichelt über seine Brust und dann versinkt er im Wellenmeer ihrer langen Haare in einen innigen nicht enden wollenden Kuss. Sie beugt sich über ihn, er umfasst ihren Körper, lässt seine Hand sanft über ihren Rücken gleiten, hält auch nicht inne, als er an ihren Lenden angekommen ist und streichelt begierig über ihren runden festen Po. Seine Sinne kippen in eine nie gekannte Zügellosigkeit. Längst kann er sein Begehren nicht mehr verheimlichen, weder seinen Körper noch seinen Verstand hat er im Griff. Unbeholfen und unfähig zu handeln sucht er nach Orientierung, um sich nicht der zügellosen animalischen Lust zu überlassen. Noch nie ist ihm sein Leben so aus den Händen geglitten, noch nie ist er so berauscht und überwältigt in ein Meer von Begehren und Lust gestürzt. Noch nie hat der warme, zärtliche Körper eines Mädchens ihm alle Sinne

geraubt. Noch nie hat er einen Mädchenkörper so Haut an Haut an ihm gespürt. Das dünne Nachthemd setzt ihm keine Grenzen ihre Brüste zu spüren, ihren Bauch an seinem steifen Glied, seine Schenkel an ihren Schenkeln.
Sie hält inne. Löst ihren Mund von seinem. Mit der Hand streift sie sich die Haare aus dem Gesicht. Atemlos liegt sie über ihm, auch sein Atem ist ohrenbetäubend in der Stille der Kammer.
„Lass uns vernünftig sein, Hubert!" Sie sieht ihn wieder mit ihren großen Augen an. „Wir haben noch so viel Zeit und wir müssen noch so viel von uns kennenlernen. Mir fällt es auch schwer mich nicht einfach treiben zu lassen. Seit Wochen träume ich davon, so bei dir zu liegen, wie jetzt gerade. Seit Wochen stelle ich mir vor, wie es ist, deine Wärme zu spüren, deine Haut, deinen Körper….Aber seit all dieser Zeit möchte ich auch so viel von dir wissen, möchte dich finden, nicht nur deinen Körper, ich möchte dich da drinnen finden!" Sie legt die Hand auf die linke Seite seiner Brust. „Nimm mich in den Arm Hubert, ich will hier bleiben bei dir, möchte mit dir einschlafen und mit dir aufwachen. Ich möchte wissen, ob es mir gut geht dabei und ob es dir genauso gut geht. Ja, irgendwann möchte ich auch mit dir schlafen, aber gib uns einfach noch ein bisschen Zeit, ja?"
Hubert Rösler nickt nur. Sein kurzes „Ja!" kommt nur als ein leiser Hauch aus seinem Mund. Er ist völlig aufgelöst und unsortiert. Er hört die Worte, die sie sagt, ergibt sich ihren so vernünftigen Wünschen, während seine Lust ihm noch längst nicht die Zügel wieder in die Hand gegeben hat. Ihre Brust auf seiner, seine Hand auf ihrem Po, ihr Bauch auf seinem Glied, alles Körperliche drängt sich ungefiltert vor alle vernünftigen Worte, die sie ihm ins Ohr flüstert. Unfähig sich zu bewegen, würde er am liebsten fliehen, um sie nicht wieder gegen sich aufzubringen. Er bleibt liegen, versucht seine aufgewühlte Hitze in den Griff zu bekommen. Ingeborg kuschelt sich neben ihn. Er lässt sie ihren Kopf auf seinen Arm betten. Seine Hand liegt auf ihrem Oberarm. Ihre Füße suchen die Wärme zwischen seinen Unterschenkeln. Ganz nah rückt sie mit ihrem Gesicht an seines. Er spürt ihren Atem. Er spürt das Schlagen seines Herzens, auf dem ihre Hand unmerklich sanfte Bewegungen macht. Nach einer Weile wird ihr Atem regelmäßig. Er lauscht in die Stille der Kammer hinein, realisiert das Momentum dieser Nacht und irgendwann schläft auch er ein.

„Wir laufen zur Sankt Chrischona-Kirche und gehen dann hinunter zur Rheinhalde. Das letzte Stück können wir ja dann mit dem Trämli fahren. Bis zur Stallarbeit sind wir wieder zurück, Mama!“ Wohin die Wanderung heute gehen soll, hat Ingeborg schon länger geplant. Heute Morgen im Bett hat sie ihm erzählt, dass sie ihm die schönen Seiten von Basel zeigen möchte, ohne den ganzen Tag in der Stadt rumzulaufen. Hubert Rösler hat ihrem aufgeregten Erzählen gerne zugehört. Ihr Kopf lag wieder auf seinem Arm und ihre Bettwärme durchdrang seinen ganzen Körper. Als sie aus dem Bett hüpfte und für einen Moment ihre schönen weißen Oberschenkel unter dem hochgerutschten Nachthemd zu sehen waren, wünschte er sich, sie bliebe bei ihm liegen und sie hätten alle Zeit der Welt den Tag zusammen im Bett zu verbringen. Sie aber küsste ihn auf den Mund und bat ihn, fertig zu sein, wenn sie nach der Stallarbeit in die Küche zum Frühstück kommen würde.
Nun sitzt sie da, hat ihre Haare zum Zopf geflochten und zu einem Nest auf ihren Kopf gesteckt, sie trägt eine blaue Hose und hat ihre Wanderstiefel bereits an. Ihre bunte Strickjacke hat sie noch nicht zugeknöpft und lässt Hubert Rösler einen freien Blick auf ihren schönen Busen, den sie in einer weißen Bluse versteckt. Den ganzen Tag werden sie für sich haben und Ingeborg scheint das genauso zu genießen wie er, denn sie kommt ihm heute früh sehr zappelig vor.
„Ich habe euch ein paar Brote und heißen Tee für die Jause hergerichtet. Lasst euch nur Zeit, es ist ein schöner Tag heute, ihr werdet gute Sicht haben. Aber zieht euch warm an, es ist ziemlich kalt.“ Ingeborgs Mutter deutet auf die beiden blechernen Brotdosen und die Thermosflasche, die auf der Küchenanrichte stehen.
Ingeborg knöpft ihre Strickjacke zu, zieht sich einen warmen Wintermantel an, wickelt sich einen bunten Schal um und setzt sich die dazu passende Strickmütze auf. Sie reicht Hubert einen kleinen grünen Stoffrucksack mit braunen Ledergurten und bittet ihn, die Brotdosen und die Thermosflasche darin zu verstauen. Dann machen sich die beiden auf den Weg.
Sie laufen zuerst ein kleines Stück die Inzlingerstraße hinauf und biegen dann rechts in den Auenweg und laufen über freies Feld. Die Sonnenstrahlen

verwandeln die dünne Schneedecke zu einem glitzernden Kristallteppich. Es fällt Hubert Rösler schwer, mit offenen Augen über die Landschaft zu blicken, zu sehr ist er geblendet von den reflektierenden Schneefeldern. Dankbar nimmt er zur Kenntnis, dass Ingeborg den Weg in den Wald einschlägt.
„Macht es dir eigentlich etwas aus, dass ich älter bin als du?" Ingeborg sieht ihn von der Seite her an. Sie greift nach seiner Hand und schlüpft mit ihrer in seine Manteltasche. Er lacht kurz auf.
„Hast du den Eindruck, dass mich das stört?"
„Nein, überhaupt nicht. Eigentlich will ich nur wissen, ob du das überhaupt registriert hast?"
Empört sieht er sie an. „Was denkst du denn von mir? Glaubst du, mein Interesse an dir ist so gering, dass ich noch nicht einmal merken kann, wie alt du bist?"
Sie küsst ihn und beide gehen lachend weiter.
„Ich möchte sogar vielmehr von dir wissen."
„So, so! Was denn zum Beispiel?" Ingeborg sieht ihn keck an.
„Zum Beispiel, ob du Bäuerin bist oder ob du irgendetwas anderes gelernt hast?"
„Oho, ist dir Bäuerin zu wenig ehrenhaft oder wie verstehe ich deine Frage?"
„Unsinn, so meine ich das nicht? Es macht mir auch viel Spaß auf dem Bauernhof und ich finde das wirklich einen schönen Beruf!"
„Ich helfe der Mama, sie müsste das sonst alles allein machen. Ich bin Maturantin. Papa ist schon lange tot und Mama hat den Hof alleine weitergeführt, damit ich zur Schule gehen konnte. Ich habe vor zwei Jahren meine Maturität gemacht und habe schon noch vor zu studieren. Aber die Arbeit auf dem Hof gefällt mir auch sehr gut."
„Was willst du denn studieren?"
„Ach, ich weiß noch nicht so recht. Mein Traum ist Medizin oder aber irgendetwas anderes, bei dem man viel mit Menschen zu tun hat. Mal sehen."
„Und was ist dann mit dem Hof?"
„Vielleicht bekomme ich es ja unter einen Hut! Und du, was hast du gelernt?"
„Ich bin Schlosser! Einfach nur Schlosser!"

„Einfach nur? Das klingt so, wie gerade die ‚Bäuerin'! Das ist doch ein toller Beruf!"
„Ja, das stimmt. Mein Papa hatte in Reichenau eine eigene Schlosserwerkstatt, die hätte ich übernehmen sollen, aber..." Hubert Rösler stockt und schluckt.
„Aber...? Warum hättest du sollen?"
„Papa ist von den Tschechen enteignet worden. Sie haben ihm alles genommen. Sein Haus und seine Werkstatt. Alles weg!"
Eine Weile gehen die beiden nachdenklich nebeneinander.
„Die Kleinen zahlen immer die Zeche, Hubert! Ich kann verstehen, dass du traurig und enttäuscht bist. Aber du musst einfach sehen, was Hitler mit den ganzen Menschen in den besetzten Gebieten gemacht hat. Was er mit den Juden gemacht hat, mit den Kommunisten, eigentlich mit allen Andersdenkenden. Er hat ihnen nicht nur die berufliche Existenz genommen, er hat sie nicht nur enteignet, er hat sie gedemütigt, gequält und sogar massenhaft getötet. Weißt du, wenn man es von außen betrachtet, dann kann man die Tschechen durchaus verstehen."
„Aber Mama und Papa haben unsere tschechischen Arbeiter immer gut behandelt. Sie haben immer ihren vollen Lohn bekommen, haben jeden Tag bei uns Essen bekommen und Papa hat sie gut ausgebildet. Wir hatten keinen einzigen Hilfsarbeiter, alle haben die Gesellenprüfung gemacht. Da kann man doch nicht so einfach daherkommen und ihm den ganzen Betrieb und auch seinen Besitz wegnehmen, für den er sein ganzes Leben geschuftet hat! Das geht doch nicht!"
„Ja, Hubert, das geht nicht! Da gebe ich dir Recht. Das geht nicht, wie es bei den Polen, den Juden, den Russen und bei den Tschechen nicht hätte gehen dürfen. Du, da hat keiner dagegen aufbegehrt. Die Menschen sehen deinen Vater und dich als einen, der dem Hitler gefolgt ist. Der ihn unterstützt hat. Was ja auch stimmt, oder etwa nicht? Und jetzt sehen sie sich im Recht! Ich sage ja, die Zeche bezahlen die Kleinen!"
„Das ist einfach ungerecht! Einfach nur ungerecht!"
„Hubert, du hast noch vor einem Jahr für sie gearbeitet. Und du hast ihre Ungerechtigkeit sogar mir gegenüber verteidigt. Es ist sehr gut, dass du jetzt für

die Franzosen arbeitest und nicht mehr für die! Das tust du doch jetzt nicht mehr, oder?"
„Nein, ja, natürlich, ich arbeite jetzt für die Franzosen." Hubert Rösler kommt ein bisschen ins Stottern und ihm wird ganz warm. Er will sie nicht anlügen, aber er weiß, dass er ihr nichts von dem Konto erzählen darf, weil sie sonst wieder genauso abweisend werden würde wie damals.
„Es tut mir wirklich leid um deine Eltern, aber ich kann die Tschechen verstehen und kann nicht den Stab über sie brechen! Wo leben deine Eltern jetzt?"
„In unserem Haus, aber nur mehr in einem ganz kleinen Teil davon. Ich kann sie nicht besuchen. Zumindest hat mir mein Vater geschrieben, dass ich bei den Franzosen bleiben soll. Bei den Tschechen geht es den Deutschen, glaube ich, gar nicht gut!"
„Ja, das habe ich auch gelesen. Vielleicht ändert sich ja doch noch einiges. Im Moment geht es ja ziemlich drunter und drüber. Was man so hört und liest, sind sich die Alliierten nicht mehr so einig wie noch vor ein paar Monaten, als sie noch einen gemeinsamen Feind hatten."
Lange gehen sie in Gedanken versunken schweigend nebeneinander her.
„Komm lass uns den Geradeweg gehen!" Ingeborg fasst ihn bei der Hand und zieht ihn auf den leicht ansteigenden Weg rechts hinüber. Ihr Tonfall hebt die Stimmung wieder ein bisschen ins Unbeschwerte.
„Den geraden Weg? Wo ist denn der gerade?" Hubert Rösler verzieht seine Miene in ein spöttisches Grinsen.
„Der heißt so. ‚Der Geradeweg'! Es gibt da unten nämlich auch den ‚Der Krummeweg'. Auf den treffen wir am Ende auch noch, bevor die beiden in den Kaiserweg münden. Wir gehen aber dann gerade weiter nach St. Chrischona."
Der bärtige Mann, der eine ganze Weile einige Meter hinter ihnen gelaufen ist, setzt seinen Weg auf der linken Seite fort.
Bald haben sie wieder heitere Gesprächsthemen und bleiben auch ab und zu mal stehen, um sich zu umarmen und zu küssen.
Vom Vorplatz der Kirche haben sie einen herrlichen Blick auf Basel. Ingeborg zeigt Hubert auch die ‚Eiserne Hand', über die er vor ein paar Monaten zum ersten Mal zu ihr kam. Sie deutet nordwestlich auf einen Kirchturm. „ Das ist Sankt Ottilien und da im Westen, man kann es ganz schwer erkennen, weil

Schnee auf dem Dach liegt, da erkennst du Sankt Margarethen am Bruderholz. Die beiden Kirchen und hier die Kirche von Sankt Chrischona, das sind die Kirchen der drei Schwestern, die nach der Legende nicht der heiligen Ursula ins Martyrium folgen wollten. Deshalb sind sie aus der Stadt getrieben worden und haben als Einsiedlerinnen gelebt. Für jede von ihnen ist eine Kirche erbaut worden. Aber wie gesagt, es ist nur eine von vielen Legenden, die sich um diese drei Schwestern von Basel ranken."
Die beiden setzen sich auf die Kirchenmauer, genießen den Weitblick von dieser Anhöhe aus und trinken aus dem Deckel der Thermosflasche heißen Tee. Der Mann, der vorhin hinter ihnen gelaufen ist, kommt aus der Kirche und läuft in Richtung Basel den Weg hinunter.
„Kennst du den Mann?", fragt Hubert Rösler seine Begleiterin.
„Nein, wieso?" Ingeborg sieht ihn fragend an.
„Irgendwie kommt der mir bekannt vor." Hubert Rösler schüttelt nachdenklich den Kopf. „Aber ich kenne doch hier niemanden. Komisch, ich weiß nicht, ob ich ihn hätte grüßen sollen?"
„Du täuscht dich sicher. Er hat dich doch auch nicht angesprochen. Hätte er dich gekannt, hätte er das doch sicher getan, oder?" Ingeborg hat Recht. Wahrscheinlich hatte er nur Ähnlichkeit mit jemandem, den er kannte.
„Lass uns weitergehen, mir wird kalt am Hintern!" Mit beiden Armen zieht Ingeborg ihn hoch. Er schultert den Rucksack und sie laufen durch den Wald nach Bettingen, vorbei am Friedhof Hörnli in die Rheinhalde hinein. Ingeborg weiß ihm sehr viel zu erzählen über die Besonderheiten der Natur, die sonderbaren Grenzsteine und die vielen kleinen Ortschaften und deren Sehenswürdigkeiten, die sie von manch einem Punkt ihrer Wanderung sehen können.
Tatsächlich fahren sie dann auch wieder ein paar Stationen mit dem Trämli. Hubert Rösler schweigt eine Weile, weil er nicht durch eine unachtsame Bemerkung Ingeborg über die gestrige Fahrt mit dem Trämli berichten will. Für Hubert Rösler kann es nicht schnell genug Abend werden. Wieder verbringen sie nach der Stallarbeit eine Weile mit Ingeborgs Mutter in der Küche. Sie erzählen von ihrer Wanderung und Hubert Rösler lauscht all den Legenden der drei heiligen Schwestern und ihren Kirchen.

Endlich liegt er wieder im Bett der kleinen Kammer und wieder schlüpft Ingeborg unter seine Decke.
Zärtlich aneinandergekuschelt erzählen sie sich noch aus ihrem Leben. Hubert Rösler weiß von seinen Jungs in Reichenau zu erzählen, von den ‚Zugvögeln' in Villingen und natürlich von Sigrid, den Briefmarken und der angeblichen Krankenschwester aus der Schweiz. Ingeborg amüsiert sich köstlich. Fest umarmt schlafen sie ein. Bei jedem kurzen Erwachen wünscht Hubert Rösler sich sehnlichst die Nacht sollte niemals zu Ende gehen.

Februar 1946

Im Gastraum des Hotels zum Ochsen in Furtwangen sitzen an einem Tisch in der Ecke zwei Herren, die sich leise unterhalten.
„Er war drei Tage in der Schweiz!"
„Drei Tage, was hat er dort so lange gemacht, Riegger?"
„Zuerst war er tatsächlich auf der Bank. Dann ist er mit der Straßenbahn nach Riehen gefahren und dort zu einem ziemlich abgelegenen Bauernhof gegangen. Übrigens direkt unter der ‚Eisernen Hand'. Dort ist er die Tage geblieben. Er hat da ein Mädchen. Ingeborg Schwegler heißt sie?"
„Wie heißt sie?"
„Ingeborg Schwegler!"
„Ingeborg? Wirklich Ingeborg, Riegger?"
„Ja, Rose, die heißt Ingeborg Schwegler!"
Hauptmann Rose sitzt einige Augenblicke nachdenklich und schweigend dem Leutnant gegenüber.
Fast zu sich selbst sagt er leise: „Er hat sie bei seinem Grenzübertritt kennengelernt! Ingeborg ist nicht seine Freundin in Reichenau, er hat sie damals erst gerade kennengelernt."
„Was meinen Sie, Rose?" Riegger kann Hauptmann Rose nicht folgen und sieht ihn fragend an.
„Ach nichts! Rösler hat mir von einer Ingeborg erzählt. Ich habe sie aber in seiner Heimat in Reichenau verortet und eine langjährige Jugendfreundin in dieser Ingeborg vermutet. Lassen wir das! Wie ist sie? Kann sie uns nützen?"
„Ich vermute mal eher nicht, Rose! Viel habe ich nicht mitbekommen von ihr, aber auf der Wanderung bin ich ein kleines Stück hinter ihnen gelaufen. Er hat mich nicht erkannt mit Brille und Bart. Sie ist sicher dem Widerstand zuzurechnen. Scheint mir eine Judenhelferin an der Grenze gewesen zu sein. Zumindest hat sie sehr viel für diese Brut übrig, soweit ich ihrem Reden recht folgen konnte. Sie ist sicher keine von uns. Und nicht wenig clever, das Fräulein."
„Und wie reagiert er da?"

„Der ist bis über beide Ohren in die verknallt. Für die tut der alles, wenn ich das richtig einschätze. Zumindest lässt er sich nicht von der Kälte abhalten sie abzuknutschen. Ich habe sie ein paar Mal sehr deutlich im Feldstecher gehabt. Der ist ganz schön heftig zur Sache gegangen."
„Sind Sie sich sicher, Riegger?"
„Das war nicht zu übersehen!"
„Ich meine das mit den Juden!"
„Ja, ganz sicher, sie hat ein flammendes Plädoyer für das Pack gehalten und auch für das andere Gesindel. Die ist nicht für uns. Ganz im Gegenteil!"
„Das erklärt sein Verhalten an Weihnachten! Da müssen wir einen Riegel vorschieben und zwar einen sehr klaren, Riegger! Das muss schnellstmöglich beendet werden, ehe es aus dem Ruder läuft."
„Soll ich...?" Leutnant Riegger macht mit der Hand unterhalb seiner Kehle eine eindeutige Bewegung in Richtung des Hauptmannes.
„Nein, um Gottes willen, so rigoros müssen wir zunächst nicht vorgehen. So eine Liaison kann sicher auch ganz harmlos beendet werden. Lassen Sie uns noch etwas mehr über die beiden erfahren, man kann so etwas auch mit ein paar Informationen zum Platzen bringen. Bleiben Sie dran an den beiden. Da ergibt sich ganz bestimmt noch etwas. Nicht umsonst wollte er aussteigen und mir das Konto zuschieben. Bleiben Sie dran und sehen Sie sich um, Riegger. Vielleicht lässt sich in dieser Wandergruppe ja was arrangieren. Den Schlüssel für die Wohnung in der Vom-Stein-Straße haben Sie doch noch, oder?"
„Selbstverständlich, Rose. Ich habe ein Auge auf ihn und wenn es nötig ist, sogar ein sehr genaues!"
„Gut so, Riegger, gut so. Sie wissen ja: Vertrauen ist gut, Kontrolle ist besser. Riegger, er darf uns nicht entgleiten, wir müssen jederzeit Bescheid wissen über ihn. Ich verlasse mich auf Sie."
Hauptmann Rose sieht seinem Gegenüber ernst und erwartungsvoll ins Gesicht.
„Das können Sie auch, Rose, wie immer zu einhundert Prozent."
Mit einem leichten Lächeln erhebt sich Hauptmann Rose, legt einen Geldschein auf den Tisch und verlässt zusammen mit dem Leutnant das Gastzimmer.

März 1946

Sigrid sitzt in der Küche, als er nach Hause kommt. Vor ihr auf dem Tisch liegen zwei Briefe.
„Hallo, Sigrid, na, wie war dein Tag?“ Hubert Rösler spielt den Belanglosen, obwohl der Anblick der beiden Briefe seinen Puls schlagartig in die Höhe gejagt hat.
„Och, ganz gut, heute hat der Chef wieder drei Frauen eingestellt, da habe ich ziemlich viel schreiben müssen. Wir sollen jetzt ja auch nach Frankreich liefern. Was das alles noch werden soll? Immer nur alles für die Franzosen oder die Marokkaner? Ich weiß nicht.“ Sie schüttelt den Kopf. „Wenigstens zahlen sie anständig. Mama sagt, sie bekommen immer Fleisch, Brot oder Seife, wenn sie bei Herrn Sauer Fotos machen lassen. Das ist ja heutzutage auch viel mehr wert als das Geld.“
Hubert Rösler hat sich inzwischen umgezogen und greift nach dem Brief mit den Schweizer Briefmarken.
„Sie schreibt ganz schön oft, deine Krankenschwester aus der Schweiz, stimmt's?“ Mit einem vielsagenden Grinsen sieht Sigrid Hubert an.
„Na und, stört es dich?“
„Überhaupt nicht, ich denke mir nur, dass sie halt doch nicht nur irgendeine Krankenschwester ist und vielleicht hat sie deine Adresse doch gar nicht von deinem Papa bekommen, oder?“
„Du mischt dich da in etwas ein, das dich gar nichts angeht, du kleiner Naseweis!“
„Du musst mich doch nicht anschwindeln, Hubert. Ich freu mich doch für dich. Ich habe schon lange bemerkt, dass du einen Narren an ihr gefressen hast. Wenn Briefe von ihr gekommen sind, bist du immer etwas ungeduldiger.“
„Also gut, Sigrid, sie ist meine Freundin. Aber wir leben halt weit auseinander und können uns nicht oft treffen, deshalb schreiben wir uns. Aber häng das bitte jetzt nicht an die große Glocke, hörst du?“
„Hubert? Was hältst du denn von mir? Habe ich irgendwann schon einmal etwas rausposaunt, was dich betroffen hat? Mach dir da mal keine Sorgen! Das bleibt unter uns. Von mir erfährt niemand etwas. Selbst Mama nicht!“

Hubert Rösler ist total gerührt. Er nimmt das Mädchen in den Arm und küsst sie auf die Stirn.
Sigrid sagt nichts. Sie lächelt nur, steht auf, winkt ihm zu und geht nach oben.

Hubert Rösler ist allein. Er nimmt den zweiten Brief vom Tisch. Er ist aus der Tschechei von seinem Vater. Zuerst wird er diesen Brief lesen, Ingeborgs wird er sich für später aufheben. Mit dem Taschenmesser öffnet er vorsichtig den Briefumschlag, penibel darauf achtend keine der Briefmarken zu verletzen. Die Schrift seines Vaters ist unverkennbar, aber er bemerkt ein leichtes Zittern in den Buchstaben. „Papa wird alt!" schießt es ihm durch den Kopf. Dann liest er.

Reinowitz, 28. Februar 1946

Lieber Hubert,

Mama und ich hoffen sehr, dass es Dir gut geht und Du Dich einigermaßen über Wasser halten kannst da unten im Schwarzwald. Mama geht es gar nicht gut. Wir haben alles verloren. Sie haben uns gestern aus unserem Haus abgeholt und uns hier ins Lager verbracht. Wir durften wirklich nur jeder einen Koffer mitnehmen. Mehr war uns nicht gestattet. Wir wissen nicht, was mit unseren Sachen geschehen wird. Wir erhalten nur immer die Auskunft, dass alles beschlagnahmt ist. Es sind auch lauter fremde Tschechen in unserem Haus und in der Werkstatt zu Gange gewesen. Es war uns aber nicht erlaubt, sie abzuhalten vom unsachgemäßen Umgang mit unserem Eigentum.
Hier im Lager sind tausende Menschen. Alles Sudetendeutsche. Wir sind in einer Baracke mit 30 anderen Personen in einem Schlafraum. Du kannst Dir nicht vorstellen, wie entwürdigend das ist. Dass ich das in meinem Alter noch mitmachen muss. Aber ich will nicht allzu sehr klagen und Dich damit belasten und traurig machen. Manche hier sagen, dass sie uns bald wieder nach Hause gehen lassen, denn die Tschechen können ja gar nicht auf die Versorgung durch uns Sudetendeutsche verzichten. Andere sagen wiederum, man wird uns nach

Deutschland abschieben. Angeblich kämen wir alle in die russische Besatzungszone. Aber richtig Bescheid weiß hier keiner.
Wir hoffen inständig, dass Du es besser hast, dass Du versorgt bist und dass Du die Möglichkeit hast, Dir etwas aufzubauen. Mama wünscht sich nichts sehnlicher, als Dich bald wieder in die Arme schließen zu können. Halte Dich tapfer, Hubert, sieh zu, dass Du Arbeit bekommst und Dich zumindest gut versorgen kannst, dass Du wenigstens zu essen hast und ein Dach über dem Kopf.
Wir hoffen sehnlichst, Dich bald wiedersehen zu können.
Alles Gute. Bleib gesund.

Dein alter Vater.

Hubert Rösler starrt entgeistert auf den Brief seines Vaters. Man hat ihnen also alles weggenommen. Wie kann das sein? Wie darf das sein? Wie hart hatte sein Vater gearbeitet, wie beschwerlich war der Aufbau der Werkstatt. Wie mühsam dann auch das Wohnhaus zu bauen. Welche Anstrengungen und Plagen hatte sein Vater auf sich genommen, um seiner Familie eine solide Lebensgrundlage zu schaffen. Und jetzt kommen diese Tschechen und entreißen ihm mit einem Federstrich den Lohn von jahrzehntelanger Arbeit und Mühe. Der Führer hatte doch Recht. Es sind Barbaren: Die Tschechen, die Bolschewiken, die Juden und all die anderen Ausländer. Sie sind alle gleich, skrupellos, gewissenlos und bösartig und bereichern sich an den ehrlichen und fleißigen Deutschen. Dem muss doch irgendjemand Einhalt gebieten. Eine unglaubliche Wut macht sich in ihm breit. Am liebsten würde er sofort zu seinen Eltern fahren und sich sein Eigentum und vor allem das seines Vaters wieder zurückholen. Er springt auf, zieht sich seine Schuhe und seinen Mantel an und läuft ohne Ziel und Sinn in Richtung Magdalenenberg. Er muss seiner Wut einfach freien Lauf lassen.

Den Brief von Ingeborg versteht er nicht. Nicht heute, nicht an einem Tag, an dem er erfahren hat, dass seine Eltern alles verloren haben, dass sie in ein Lager gesteckt worden sind, dass sie Reichenau verlassen mussten gerade mal mit einem Koffer in der Hand. Wie kann Ingeborg Verständnis für Leute haben, die seinen Eltern so etwas antun? Wie kann sie die verteidigen? Nein, heute kann er ihren Brief nicht noch einmal lesen, heute kann er ihr nicht beipflichten, dass die Deutschen an allem Schuld seien. Sein Vater hat redlich gearbeitet, sein Vater hat Tschechen angestellt gehabt, hat sie gut bezahlt, hat ihnen Brot und Arbeit gegeben und sie wirklich anständig behandelt. Und was machen die mit ihm jetzt? Die zeigen doch jetzt ihr wahres Gesicht! Das Gesicht, von dem der Führer immer gesprochen hat. Nein, Ingeborg, irgendwann musst du auch deine Augen öffnen und einsehen, wie ungerecht, wie unmenschlich diese Tschechen mit einem ehrlichen und aufrichtigen Deutschen wie seinem Vater umspringen. Nein, heute kann er Ingeborgs Brief nicht noch einmal lesen.

April 1946

Der Brief aus der Schweiz liegt auf dem Tisch. Was für ein Geschenk an seinem dreiundzwanzigsten Geburtstag. Sicher hat Sigrid ihn aus dem Postkasten geholt und ihn auf seinen Küchentisch gelegt. Sie weiß nichts von seinem Geburtstag. Er hat das Datum niemandem hier gesagt und sie hat nicht danach gefragt. Sigrid ist wirklich ein Engel. Seit er ihr von seiner Liaison zu Ingeborg erzählt hat, ist sie respektvoll unaufdringlich und verschwiegen. Sie stellt keine Fragen mehr zu den Briefen und zeigt auch mit keiner Miene mehr irgendwelche verschmitzten Gedanken. Weiterhin ist sie ihm aber eine sehr wertschätzende Freundin. Mindestens einmal in der Woche sitzen sie hier in der Küche zusammen und freuen sich über ihre Briefmarkenschätze, die sie inzwischen von überall her ergattern können. Und natürlich haben sie auch schon etwas von ihren spärlichen Tauschwaren in die neuen Briefmarken investiert. Aus dem Büro der Seidenweberei hatte Sigrid eine violette Marke mit dem Portrait von Johann Wolfgang von Goethe mit dem Wert von einer Mark mitgebracht, die dort im Papierkorb gelandet war. Die üblichen Wappenmarken vom letzten Jahr haben sie alle schon von überall her bekommen und fein säuberlich in Ihren selbstgebastelten Alben eingeordnet. Gestern hatte Sigrid ihm freudestrahlend verkündet, dass es nun auch eine blaue Marke mit Friedrich Schiller für zwei Mark und eine rote mit Heinrich Heine sogar für fünf Mark gäbe. Er musste ihr versprechen, am Samstag zu versuchen, diese Marken vielleicht auf dem Schwarzmarkt zu ergattern. Die Zigaretten, die Hubert Rösler für den Tausch am geeignetsten hält, wollte er diese Woche noch im Werk organisieren. Die Franzosen sind damit gut versorgt und ihm gegenüber auch sehr großzügig.
Er setzt sich an den Küchentisch und betrachtet Ingeborgs Brief. Auf der roten und der schwarzen Marke dieses Briefes sind Schweizer Bauernhäuser zu sehen und jeweils das rotweiß hervorstechende Schweizer Wappen. Das wird Sigrid sicherlich freuen und natürlich hofft sie, er würde ihr die beiden Marken überlassen. Er muss leicht grinsen.

Ihre Sammlung ist schon etwas umfangreicher als seine und das wird sich auch nicht mehr ändern, denn er gibt ja doch immer nach, wenn sie vor allem um die ausländischen Marken aus der Tschechei und der Schweiz bettelt.

Riehen am 14. April 1946

Lieber Hubert!
Es ist immer eine große Freude für mich, wenn mir der Herr Arbinger, unser Postbote, einen Brief von Dir mitbringt. Natürlich wäre es viel schöner, Du brächtest mir diesen persönlich und wärst hier bei mir. Zusammen könnten wir dann Deinen Geburtstag feiern. Zu dem ich Dir das Allerbeste wünsche. Ganz offiziell bist Du jetzt ein paar Monate genauso alt wie ich! Stimmt's? Was gäbe ich dafür, mit Dir darauf anstoßen zu können. Meine Sehnsucht nach Dir verzehrt mich schon manchmal und mir wäre es viel lieber, Du lebtest hier in meiner Nähe und wir könnten uns öfter besuchen. So bleibt es aber halt beim Schreiben und dem ungeduldigen Warten auf den nächsten Urlaub. Hast Du an Ostern ein paar Tage frei? Kannst Du vielleicht doch kommen? Oh, wie würde mich das freuen!
Lieber Hubert, es tut mir unendlich leid, was Deinen Eltern da gerade widerfährt. Nein, ich mag mir das nicht vorstellen, was das heißt, wenn man von seinem Zuhause fortgetrieben wird. Es tut mir wirklich in der Seele weh, wenn ich an sie denke. Natürlich habe ich Deine Verbitterung aus Deinen Zeilen herausgelesen. Und glaube mir, ich kann Dich wirklich auch verstehen. Trotzdem darfst Du nicht das Urteil über alle fällen, wie Du das in Deinem Brief getan hast. Sieh einmal, Deutschland hat den Krieg begonnen und ein Land nach dem anderen angegriffen. Dir mag man etwas anderes erzählt haben, aber wir haben es alle so in unseren Nachrichten zu hören und zu lesen bekommen. Nun nimm einfach nur mal an, wir würden ebenso unser Urteil

fällen wie Du. Glaubst Du wirklich, dass irgendjemand aus unserem Land jemals noch etwas mit einem Deutschen zu tun haben möchte? Wenn wir den Hitler heute einen Massenmörder nennen, sollen wir deswegen jeden Deutschen einen Massenmörder nennen und verurteilen? Sicher haben die Tschechen aus Reichenau Deinen Eltern Unrecht getan, aber sind deswegen alle Tschechen zu verurteilen? Sind deswegen alle Menschen aus der Tschechoslowakei böse? Hubert, genau das ist es, was wir lernen müssen und keiner von uns darf das jemals wieder so falsch machen, wie Hitler das gemacht hat und Ihr, die ihm alle geglaubt und mitgemacht habt. Natürlich gibt es böse Menschen in Tschechoslowakei, die gibt es aber auch in Deutschland und die gibt es auch bei uns in der Schweiz. Aber deswegen sind die Schweizer nicht alle böse, auch nicht alle Deutschen und auch nicht alle Tschechoslowaken. Hubert, solche Gedanken müssen wir uns schnell abgewöhnen, sonst wird es nie Frieden geben. Und Hubert, sonst kommen wir nie zusammen. Wie soll das funktionieren, wenn wir schon an jeder Grenze Vorurteile haben. Bitte Hubert, versuche wenigstens jeden Menschen als ein ganz eigenes Wesen zu sehen, das genauso wie Du und ich sein Glück sucht und finden will. Sind wir beide nicht das beste Bespiel? Wir kennen keine Grenzen. Zumindest versuchen wir wenigstens sie zu ignorieren. Lass uns wirklich daraus schöpfen und wenigstens unsere kleine Welt um uns herum friedlich gestalten. Dazu musst Du aber auch bereit sein bei Dir selber Grenzen zu sprengen und Mauern einzureißen. Du musst Deine Gedanken auf Achtung für alle Menschen einrichten. Und darfst einfach nicht so pauschal verurteilen.
Ganz sicher ändern sich die Zeiten und die Umstände auch in Eurem Land wieder. Ich bin mir ganz sicher, es wird sich Vieles wieder zum Guten wenden, wenn die Verantwortlichen einigermaßen vernünftig sind. Und dann wirst Du auch wieder mit Deinen Eltern zusammenkommen können. Ich befürchte aber, Deine Eltern und Du, Ihr müsst noch eine Weile Geduld haben. Du musst schon auch bedenken, Ihr habt den Krieg begonnen und Ihr habt ihn verloren. Ihr könnt jetzt nicht erwarten, dass die Dinge so laufen, wie Ihr Euch das vorstellt. Jetzt haben erstmal andere das Sagen in Deutschland. Das müsst Ihr jetzt einfach akzeptieren. Aber glaub mir, Hubert, diese Anderen haben keine so aggressiven Gedanken, wie sie Euer Führer gehabt hat. Und diese anderen

müssen auch auf Nachbarn wie uns zum Beispiel Rücksicht nehmen. Die können kein Interesse daran haben Euer Land verkommen zu lassen. Mitten in Europa! Da muss es eine Lösung geben, die allen gerecht wird. Es wird irgendwelche friedliche Lösungen geben müssen, die Zerstörungen aus diesem unsäglichen Krieg wieder aufzubauen. Und Ihr Deutschen müsst Euch daran gewöhnen, dass der Aufbau Eures Landes da nicht an erster Stelle steht. Wenn ich hier an der Grenze mitbekomme, wie viele Schweizer den Deutschen helfen. Wie viele Lebensmittel zu Euch geschickt werden, wie viel Heizmaterial und keine einzige offizielle Stelle arbeitet dagegen! Dann denke ich, stehen dahinter durchaus die Erkenntnis und das Interesse, dass Ihr nicht ganz ausbluten dürft. Und das stimmt doch hoffnungsfroh, oder nicht?
Lieber Hubert, ich weiß, Du musst eine schwere Zeit durchmachen. Ich stehe gerne an Deiner Seite und will gerne alles mir Mögliche unternehmen, wenn ich Dir helfen kann. Du bist in meinem Herzen und ich hoffe, dass Du mich auch im Herzen hast und mir vertrauen kannst. Ich bete dafür, dass es Dir gelingt, die so tief in Dir verwurzelten Vorurteile abzuschütteln und Du jedem Menschen zugestehen kannst, dass er dasselbe Recht auf Glück, Freiheit und Frieden hat, wie wir beide es für uns beanspruchen.
Meine Sehnsucht nach Dir ist unendlich. Komm, sobald es Dir möglich ist.
Noch einmal alles Gute zu Deinem 23.
In Liebe Ingeborg.

Wieder sitzt Hubert Rösler da im Zwiespalt seiner Gefühle. Da spürt er die uneingeschränkte Zuneigung von Ingeborg, weiß aber zugleich, dass sie die Welt nicht so begreift wie er das tut. Die Not seiner Eltern, die sie sich offenbar gar nicht richtig vorstellen kann, verfolgt ihn Tag für Tag und lähmt ihn manchmal völlig. Dann schöpft er Kraft aus der Liebe zu ihr, würde am liebsten in ihren Armen versinken. Andererseits wird er sich aber wieder seiner Verantwortung und seines Versprechens bewusst, die er Rose gegeben hat und aus dem dieser ihn nicht entlassen hat. Vielleicht noch nicht. Klar ist ihm allerdings, davon darf er Ingeborg niemals mehr etwas erzählen und solange er für Rose regelmäßig nach Basel fahren muss, wird er immer mit ihr zusammen sein können.

28. April 1946

Weißer Nebel hängt tief über den Hügeln. Auf das zarte Grün der Wiesen hat sich eine dünne weiße Decke gelegt. Es war wieder richtig kalt geworden in der Nacht und der morgendliche Reif gibt dem Land noch einmal einen winterlichen Anstrich. Heute Morgen hat sich eine große Gruppe auf den Weg gemacht, die Kirnberger Burgruine zu stürmen. Vor allem die Anzahl der Mädchen hat sich wesentlich erhöht. Am frühen Nachmittag wollen sie am Kirnberger See ankommen und dann nach Donaueschingen weitergehen und mit der Bahn nach Villingen zurückfahren. Sigrid ist vom gestrigen Tag noch ganz aufgebracht. Zwar haben sie nur die Schillerbriefmarke auf dem Schwarzmarkt bekommen, aber das ist doch ein großer Erfolg, denn die Marke hat sie gerade mal drei Zigaretten gekostet. Hatten sie doch mit wesentlich mehr gerechnet. Als sie von ihrem Handel erzählt, scheint vor allem Hertha sehr interessiert an der Geschichte. Bald aber ist Sigrid mit ihren Freundinnen ein gutes Stück voraus und Hertha ist die stete Begleitung an Hubert Röslers Seite. Er lauscht ihren Erzählungen ohne sich recht dafür zu interessieren. Hertha ist Krankenschwester im Friedrich-Krankenhaus in der Herdstraße. Sie weiß viel aus dem Krankenhaus zu erzählen. Ganz besonders war sie von der wunderschönen Kapelle des Krankenhauses angetan. Als Hubert Rösler ihr erzählt, dass er evangelisch ist, wird sie ganz euphorisch.
„Stell Dir vor, der Künstler, der die katholische Kapelle gestaltet hat, ist ein Villinger gewesen. Waldemar Flaig hat er geheißen. Die Kapelle ist so schön geworden, dass man ihm auch den Auftrag gegeben hat, den evangelischen Andachtsraum mit Fresken zu versehen."
„Und hat er es gemacht?" Hubert Rösler fragt zweifelnd nach.
„Oh ja, obwohl er damals schon sehr krank gewesen sein musste, denn ein Jahr danach ist er bei uns im Krankenhaus gestorben."
„Wie? Hast du schon dort gearbeitet, als er starb?"
„Nein, das war, glaube ich, 1932 oder so. Da habe ich da natürlich nicht gearbeitet, da war ich ja erst vier Jahre alt." Die beiden lachen und legen einen Schritt zu, denn sie müssen sich etwas sputen, um die Gruppe nicht aus den Augen zu verlieren.

Der Nebel hat sich längst verzogen und die Sonne spitzt durch die Bäume. Am weißen Stein machen sie eine kleine Mittagsrast und machen sich dann auf, um die letzten paar Kilometer zur Burgruine hinter sich zu bringen.
Hertha läuft wieder neben Hubert Rösler und erzählt ihm nun von ihrer Zeit beim BDM. Irgendwann fangen die beiden dann an, die Lieder anzustimmen, die sie mit ihren Jugendgruppen gesungen hatten. Auch die anderen stimmen mit ein und so ist die fröhliche Wanderschar schon von weitem zu hören und das letzte Stück bis zum Kirnbergsee vergeht wie im Flug.
Auch auf dem Donaueschinger Bahnsteig während der Wartezeit auf den Zug zur Heimfahrt stimmen die fröhlichen jungen Leute ihre Wanderlieder an.
Hubert Rösler, der als letzter der Gruppe in den Triebwagen nach Villingen einsteigt, bleibt kurz überrascht auf der letzten Treppe stehen. Auf der ersten Bank vor ihm sitzt Hauptmann Rose. Mit dem Finger auf dem Mund deutet der Hauptmann an, dass sich Hubert Rösler nicht als sein Bekannter zu erkennen geben soll. Als er neben seiner Bank stehen bleibt und abwartet, bis alle aus der Gruppe einen Platz gefunden haben, steckt Hauptmann Rose ihm einen Zettel zu. Hubert Rösler verstaut diesen in seiner Jackentasche und setzt sich auf den einzigen noch freien Platz. Wieder sitzt er neben Hertha.

30. April 1946

Es ist wieder der alte Baum an der er Hauptmann Rose an diesem letzten Aprilabend trifft. Diesmal steht Rose bereits an der Eiche, als Hubert Rösler pünktlich um Zwanziguhrdreißig, wie es auf dem Zettel stand, dort eintrifft.
„Guten Abend, Rösler! Na, waren Sie in Basel und haben nach dem Rechten gesehen?“
„Guten Abend, Herr Rose, oh ja, ich war bereits im Januar dort. Alles ist bestens. Ich habe mir den Kontoauszug angesehen. Der Betrag ist stattlich in die Höhe gegangen. Dreiunddreißigtausendsiebenhundertsiebenundneunzig Schweizer Franken sind als Zinsen gutgeschrieben worden. Und die achtzehn Franken Gebühren für das Schließfach sind abgezogen worden. Ich denke, das lässt sich doch sehen, oder?“
„Sehen Sie, Rösler, so gefallen Sie mir wieder besser. Sie freuen sich ja genauso über die positive Entwicklung wie wir das tun. Sicher werden wir noch einige Zeit lang Gras über die ganze Sache wachsen lassen müssen, aber letztendlich werden wir wenigstens ein kleines Startkapital haben, wenn es darum geht, das Schicksal unseres Landes wieder selbst in die Hand zu nehmen. Und Sie werden dann dabei auch eine veritable Rolle spielen. Glauben Sie mir, Rösler. Haben Sie nur etwas Geduld und bewahren Sie Ruhe. Früher oder später wird man Ihnen sehr dankbar sein für Ihren großartigen Einsatz für unser deutsches Vaterland.“
Hubert Rösler fühlt sich geschmeichelt von Hauptmann Roses Worten. Natürlich war es sein Verhandlungsgeschick, einen so hohen Zinssatz bei Herrn Frei auszuhandeln und das macht diesen hohen Betrag nun aus. Und er ist überzeugt, dass er das Lob von Hauptmann Rose auch wirklich verdient hat. Und eigentlich liegt Hauptmann Rose auch richtig damit, dass man ohne ein Startkapital keine Verantwortung für ein Land wie Deutschland übernehmen kann. Die Franzosen oder die Bolschewiken werden den Deutschen garantiert nichts hinterlassen, wenn sie sich wirklich in absehbarer Zeit aus Deutschland zurückziehen sollten. Also ist die Verwaltung von diesem Konto ganz gewiss eine staatstragende Aufgabe, auch wenn sie im Moment im Geheimen bleiben muss.

„Glauben Sie daran, Herr Rose, dass es uns Deutschen wirklich wieder erlaubt wird den Staat selbst zu verwalten?"
„Ja selbstverständlich, Rösler! Wo denken Sie denn hin? Glauben Sie wirklich, die Amerikaner machen in Deutschland eine Kolonie oder einen Zweitstaat auf? Die werden sich natürlich wieder nach Übersee zurückziehen und ganz bestimmt überlassen die das Terrain nicht den Franzosen, den Engländern und erst recht nicht den Bolschewiken. Da ist ihnen eine schwache deutsche Regierung allemal lieber, als eine andere überstarke europäische Macht. Da können Sie ganz sicher sein."
„Na, das wäre ja schön!"
„Da machen Sie sich mal keine Sorgen, das kommt schneller, als Sie denken. Und dann Rösler können Sie vielleicht auch wieder in ihre Heimat zurück. Sie treffen dann auch wieder ihre Eltern und auch ihre Ingeborg. Haben Sie zu ihr denn schon Kontakt aufgenommen?"
Der Schreck fährt Hubert Rösler in die Glieder. Ingeborg, woher weiß Rose von Ingeborg?
„Sie heißt doch Ingeborg, ihr Mädchen in Reichenau oder etwa nicht?"
Hauptmann Rose fährt flüsternd fort: „Unser Losungswort ist doch der Name Ihrer Freundin aus Reichenau. Das habe ich doch so richtig verstanden, nicht wahr?"
„Ja, ja, ja, das ist der Name meiner Freundin!", erleichtert besinnt sich Hubert Rösler auf die Erklärung, die der Hauptmann dem Losungswort gegeben hatte.
„Sehen Sie, Rösler. Das ist das A und O unserer Vaterlandsliebe. Wir müssen als Erstes diesem Land dienen, wo und wie immer wir können und müssen zweitens dafür sorgen, dass wir uns die reine menschliche Rasse auch erhalten. Und da ist es auch am besten, wenn wir auch unsere private Liebe den reinen Menschen unseres Vaterlandes schenken und uns nicht auf schöne Augen und falsche Versprechungen von Menschen außerhalb unseres Landes einlassen. Wissen Sie, unser Führer hat uns gezeigt, wo die Grenzen zu ziehen sind. Das Sudetenland ist und bleibt deutsch auf ewig. Und das Elsass auch. Und Österreich war noch nie anders als deutsch, wie unser Führer ja selbst ein großer Deutscher war. Aber sehen Sie, wenn wir über die Grenze zum Beispiel nach Luxemburg sehen, dann reden die zwar auch ein bisschen deutsch, aber

halt nur ein bisschen. Die haben schon etwas von Durchrassung. Das merken Sie an der Sprache. Das sind schon mehr Holländer als Deutsche. Und die Holländer kann man doch bitte nicht als Deutsche bezeichnen, oder?"
„Nein, nein, sicher nicht!"
„Sehen Sie, Rösler! So ist das mit allen anderen genauso. Auch die Menschen, die den rätoromanischen Dialekt sprechen, sind schon irgendwie durchrasst. Selbst, wenn man eine Sprache dem Indogermanischen zuordnet, sagt ja das Wort „Indo" bereits, wo diese Leute herkommen. Das sollten Sie nicht vergessen. Und wenn wir uns notgedrungen zum Beispiel wegen unseres Geldes auf den Schweizer, genauer gesagt auf den Baseler einlassen, dann muss man einfach wissen, dass deren Sprache ‚niederalemanisch' genannt wird. Und damit ist ja bereits eindeutig festgelegt, auf welchem Niveau sich diese Menschen bewegen. Wir dürfen das nie aus dem Auge verlieren, wenn wir Arier in dieser Welt überleben wollen. Deshalb finde ich es großartig, wenn Sie weiterhin fest zu ihrer Liebe zu einem reinen deutschen Mädchen stehen. Rösler, wir brauchen solche Leute wie Sie. Auch wenn wir das im Moment nicht sehr laut sagen dürfen. Die Zeit wird kommen, da wir wieder laut zu unserer Sache stehen können und unsere Fahne wieder hochhalten können. Rösler, Sie sind jung. Auf Leuten wie Ihnen werden wir aufbauen können. Ich habe Sie mit den jungen Menschen von der Wandergruppe beobachtet. Bleiben Sie dran, Rösler! Rekrutieren Sie daraus die Grundlage für ein neues Deutschland. Machen Sie Ihren Führungsanspruch sichtbar und beginnen sie behutsam die Werte dieser jungen Menschen zu stabilisieren und vermitteln Sie alles, was Sie als Fähnlein-Führer von der Pike auf gelernt haben. Dann müssen wir uns um unser so geschundenes deutsches Volk keine Sorgen machen."
Hubert Rösler war während Hauptmann Roses Ansprache schweigend neben ihm hergegangen. Nun haben sie fast wieder die Straße nach Pfaffenweiler erreicht. Wieder steht dort der Mercedes auf dem Waldweg. Wieder bleibt Rose einige Meter vor dem Auto stehen und verabschiedet Hubert Rösler.
„Halten Sie die Ohren steif, Rösler. Sie haben einen guten Arbeitsplatz und im Gegensatz zu anderen eine schöne Wohnung und Sie sind gut versorgt. Das wird so bleiben, wenn Sie sich weiterhin so loyal zu unserem Vaterland

verhalten. Ich melde mich bei Gelegenheit wieder bei Ihnen. Auf Wiedersehen.“
Hauptmann Rose reicht Hubert Rösler die Hand.
„Auf Wiedersehen, Herr Rose, auf Wiedersehen!“
Hauptmann Rose geht auf den Mercedes zu. Der Motor springt an, die Scheinwerfer und die Rücklichter blenden auf. Hauptmann Rose steigt an der Beifahrerseite ein. Dann setzt sich das Auto in Bewegung. Hubert Rösler sieht ihm nach, bis es an der Pfaffenweilerstraße nach links abbiegt und zwischen den Bäumen verschwindet.
Gedankenverloren geht er in die Südstadt zurück. Rose weiß nichts von Ingeborg. Er ist erleichtert. Er glaubt Ingeborg ist ein Mädchen aus Reichenau. Bei diesem Glauben muss er ihn lassen. Ingeborg ist eine Baselerin. Auf dem Weg zurück kriecht Verzweiflung in ihm hoch. Verzweiflung, die sich als Zweifel in ihm festsetzt.

September 1946

Die Schrift auf dem Briefkuvert ist unverkennbar die seines Vaters. Es sind keine tschechischen Briefmarken auf dem Briefumschlag. Es sind deutsche Marken mit Leipziger Motiven, die Hubert Rösler aber bisher noch nie gesehen hatte: Eine rote Marke mit dem neuen Rathaus zu zwölf Pfennig, eine graugrüne Fünfpfennigmarke mit der Nikolaikirche und eine rotbraune Marke mit dem Stadtwappen zu drei Pfennig. Seine Hände zittern, als er mit dem Messer den Brief öffnet. Sind seine Eltern in Deutschland? Kann er sie besuchen? Er versucht sich zu beruhigen. Er atmet tief durch, nimmt das Blatt Papier aus dem Kuvert.

23. August 1946

Lieber Hubert,

unsere schlimmsten Befürchtungen sind wahr geworden. Am 3. Juli sind wir von Reinowitz zurückgebracht worden ins Lager nach Reichenau. Wie hatten wir uns gefreut, weil wir dachten wieder nachhause zu kommen. Dann haben sie uns aber am 10. Juli wieder in einen Zug verfrachtet Mit diesem Transport wurden wir endgültig aus der Heimat ausgesiedelt nach Torgau. Das Lager dort war noch entwürdigender als die beiden in Reinowitz und Reichenau. Ich weiß nicht, mit wie vielen Menschen wir dort in einer Baracke hausten. Es gab nur ein paar wenige Latrinen, die wir alle gemeinsam nutzen mussten. Es stank erbärmlich. Zu Essen bekamen wir lediglich ein Stück Brot morgens und abends und eine Wassersuppe mit ein paar Kartoffelstückchen am Mittag. Es waren schreckliche Tage dort im Lager. Mama wurde sehr schwach, sie hielt aber tapfer durch. Am 5. August durften wir dieses Lager verlassen und wurden in das Lager nach Wernigerode gebracht. Dort ging es uns dann etwas besser und man kümmerte sich auch ganz schnell darum, dass wir aus dem Lager entlassen wurden. Uns

wurde in Veckenstedt eine Stube auf einem Bauernhof zugewiesen, in der wir jetzt leben. Natürlich ist es sehr eng. Aber es ist auf jeden Fall um Vieles besser als im Lager, weil wir wieder unseren eigenen Lebensraum haben und nicht weiter neben fremden Menschen leben und schlafen müssen. Die Bauersleute hier sind wirklich nett und hilfsbereit. Wir wollen nicht mehr klagen. Wir haben wieder Luft zum Atmen und wir haben uns beide. Mama geht zweimal die Woche in die Volksküche zum Kochen und zur Essensausgabe. Manchmal kann sie von dort ein Stück Brot mehr mit nachhause bringen. Es geht uns leidlich gut und wir wollen nicht klagen. Unser größter Wunsch ist es, Dich wieder in die Arme nehmen zu können. Meinst Du, Du kannst uns besuchen kommen? Wir sind zu alt, um uns um die ganzen Formalitäten zu kümmern. Vielleicht kannst Du es ja irgendwie möglich machen. Mama würdest Du damit wieder etwas mehr Lebensmut einhauchen. Das Wichtigste ist aber, Dir geht es gut und Du bist gut versorgt.
Lass bald etwas von Dir hören. Gib Acht auf Dich und versuche Dich möglichst gut durchzuschlagen. Deine Briefe klingen ja sehr ermutigend.
In der Hoffnung Dich bald mal wieder in die Arme schließen zu können

liebe Grüße von Deiner Mutter und Deinem alten Vater.

Sie haben alles verloren. Hubert Rösler sinkt auf das Bett. Er ist froh allein zu sein und lässt seinen Tränen freien Lauf. Von einem Weinkrampf geschüttelt schläft er schließlich ein.

Januar 1947

Die Kälte hat das ganze Land im eisernen Griff. Der Mangel an Heizmaterial und vor allem der Hunger bestimmen seit Wochen nahezu das gesamte Leben in der Stadt. Unmut über die französischen Besatzer macht sich breit. Besonders abfällig wird über die Fremdarbeiter geredet, denen die Besatzer genauso viel spärliche Lebensmittel zuteilen wie den Deutschen. Es gibt Beschwerdebriefe an die Militärleitung und Aufrufe zum Widerstand. Die Franzosen reagieren auffällig gelassen. „Wir haben die Fremdarbeiter aus dem Osten nicht geholt!“, heißt es in einer offiziellen Bekanntmachung. „Ihr habt sie selbst geholt und sie unter unwürdigsten Verhältnissen für euch arbeiten lassen. Diese Menschen werden von uns genauso gleichberechtigt behandelt wie jeder einzelne Deutsche. Für den Mangel in diesem kalten Winter können wir nichts. Das was wir anbieten können, wird aber gerecht durch alle geteilt. Wer sich dagegen auflehnt, macht sich strafbar. Illegale Übergriffe werden strengstens bestraft!“ Im SABA-Werk werden die Arbeiter von den Franzosen mit dem Allernotwendigsten versorgt. So ist Hubert Rösler bisher einigermaßen über die Runden gekommen.

Zum dritten Mal wird es Hubert Rösler gestattet die Lieferungen zu den Schweizer Pharmaunternehmen zu begleiten. Seine französische Grenzkarte bekommt er mit einem verständnisvollen Lächeln von De Reille ausgehändigt, Fragen aber stellt er nicht und verliert auch kein Wort über eventuelle Informationen, die ihm Picard gesteckt haben könnte. Picard und Hubert Rösler sind nicht gerade dicke Freunde geworden, aber sie haben Respekt voreinander und verbringen die Fahrten immer so gut es geht mit kameradschaftlichem Erzählen über alles Mögliche.

Wieder geht Hubert Rösler erst auf die Bank in Basel, bevor er sich nach Riehen aufmacht um ein paar Tage mit Ingeborg zu verbringen. Picard hat in der nächsten Woche eine weitere Lieferung in die Schweiz zu fahren und wird ihn dann wieder mitzurücknehmen.

Urs Frei begrüßt Hubert Rösler wie im vergangenen Jahr. Wieder führt er ihn in den Schließfachraum und lässt ihn mit seinen Unterlagen alleine. Bevor er den Raum verlässt, bittet Frei Hubert Rösler, sich anschließend noch ein paar Minuten Zeit für Ihn zu nehmen, er hätte ihm etwas zu sagen. Verwundert hebt Hubert Rösler den Kopf.
„Ich sage Ihnen Bescheid, wenn ich das hier abgewickelt habe!"
„Lassen Sie uns dann kurz in mein Büro gehen. Aber nun sehen Sie bitte erst einmal in Ruhe die Unterlagen an."
Der Kontostand hat sich um neunundvierzigtausenddreihundertdreiundzwanzig Franken erhöht. Gebannt starrt Rösler auf die Zahl und schluckt. Die Steigerung ist rasant. Noch nie in seinem Leben hat er mit so viel Geld jongliert. Die Tatsache, dass niemand einen Finger hat krümmen müssen, um fast fünfzigtausend Franken auf dem Konto gutgeschrieben zu bekommen, macht ihn fassungslos. Das bedeutet ja, dass Hauptmann Rose in acht Jahren, wenn das Geld verfügbar sein wird, eine halbe Millionen Franken mehr auf dem Konto haben wird, als er vor zwei Jahren eingezahlt hat.
Beeindruckt schreibt er sich die beiden Summen auf einen kleinen Zettel, legt die Unterlagen in die Mappe zurück und läutet, um mit Urs Frei das Fach wieder zu schließen.

„Gibt es noch jemanden, Herr Rösler, dem Sie den Zugriff auf Ihr Konto gestattet haben, von dem wir hier in der Bank nichts wissen?" Urs Freis Gesichtsausdruck weist eine Mischung aus Vorwurf und Besorgnis aus.
„Nein, natürlich nicht! Wieso fragen Sie?"
„Sagt Ihnen ein Herr Erich Hübner etwas?"
„Erich Hübner? Nein, wieso? Ich kenne keinen Erich Hübner!"
Urs Frei sieht Hubert Rösler sehr lange sehr ernst an, bevor er fortfährt zu reden.
„Herr Rösler, wenn das wirklich so ist, dann waren Sie sehr unvorsichtig. Und das hätte böse enden können." Er macht eine Pause.
„Vor ein paar Wochen kam ein Herr in diese Bank, der sich hier als Erich Hübner aus Freiburg vorstellte und auch auswies. Er fragte nach den Auszügen Ihres

Kontos. Er hatte diese Kontonummer!“ Urs Frei nimmt einen Zettel aus der Mappe, die vor ihm auf seinem Schreibtisch liegt und schiebt ihn zu Hubert Rösler.
„Sehen Sie? Das ist Ihre Kontonummer und auch das Kennwort.“
Auf dem Blatt Papier steht die Kontonummer mit der Zeichenfolge QZG7- am Anfang und darunter der Name „Ingeborg“.
„Wenn nicht zufällig ich den Herrn in Empfang genommen hätte, hätte er selbstverständlich die volle Auskunft von meinen Kollegen erhalten.“
„Sie haben ihm die Auskunft nicht gegeben?“
„Nein, ich habe Gott sei Dank schnell reagiert und habe ihm angeboten, mit ihm zum Schließfach zu gehen, um die dort gelagerten Unterlagen einzusehen.“
„Das hat er dann dankend abgelehnt, weil er den Schließfachschlüssel vergessen hätte. Er hat aber angekündigt, damit wiederzukommen.“
„Mir ist der Name völlig unbekannt und ich kann mir nicht erklären, wie jemand an die Nummer und das Kennwort gekommen sein könnte.“
„Haben Sie die Daten Ihrer Familie gesagt? Könnte von denen jemand unvorsichtig gewesen sein?“
„Nein Herr Frei, nein, nein, das kann ich mir nicht vorstellen, das ist ausgeschlossen:“
„Nun, ausgeschlossen ist es ja nicht, sonst hätten wir das Problem jetzt nicht.“
Nach einer kurzen nachdenklichen Pause, in der offensichtlich die Informationen des Bankers bei ihm erst in ihrer Vollständigkeit angekommen sind, spricht Hubert Rösler fast wie zu sich selbst:
„Herr Frei, für mich stellt sich die Frage, was kann ich daran ändern? Ich stelle mir vor, nicht Sie nehmen diesen Herrn Hübner in acht Jahren in Empfang, sondern Ihr Kollege und der Herr Hübner will nicht nur die Kontoauszüge, sondern hebt das Geld ab. Das wäre ja eine Katastrophe.“
„Da haben Sie Recht, Herr Rösler! Aber ganz so dramatisch ist es nicht. Bei einer Transaktion eines solchen Ausmaßes würden wir uns natürlich rückversichern. Die geht auch nicht von einem Tag auf den anderen. Außerdem sind Sie der alleinige Kontoinhaber. Es bedarf also Ihrer Zustimmung und Unterschrift, wenn Transaktionen durchgeführt werden sollen. Trotzdem würde ich Ihnen raten, das Kennwort zu ändern. Am besten ändern Sie es sogar

jedes Jahr, wenn Sie die Kontoauszüge abholen oder einsehen. Es wäre aber ganz wichtig, dass Sie das Kennwort nirgendwo aufgeschrieben haben. Sie sollten es wirklich nur im Kopf haben. Vielleicht entwickeln Sie sich ja ein System, so dass Sie jederzeit über eine Eselsbrücke vielleicht auf das Kennwort zurückgreifen können."
Nachdenklich nickt Hubert Rösler leicht.
„An Ihrer Stelle würde ich das Kennwort sofort ändern!"
„Gut, ja, das scheint sinnvoll!"
„Wollen Sie sich noch Bedenkzeit ausbitten oder haben Sie eine Idee für ein neues Kennwort?"
Nach einer kleinen Pause schüttelt Hubert Rösler leicht den Kopf.
„Nein, ich brauche keine Bedenkzeit, ich habe eine Idee."
Urs Frei schiebt Hubert Rösler den Kontovertrag über den Tisch.
„Auf der letzten Seite, neben der Unterschrift steht Ihr Kennwort. Streichen Sie es durch, zeichnen es ab und schreiben das heutige Datum dazu. Dann setzen Sie bitte das neue Kennwort darunter." Hubert Rösler tut, wie ihm geheißen wurde und schreibt unter den durchgestrichenen Namen Ingeborg „Friedrich Schiller".
Urs Frei legt das Kontoblatt ohne auf das neue Kennwort zu sehen wieder in die Mappe.
„Sie können sich das Kennwort merken?"
Hubert Rösler nickt.
„Und Sie vergessen es nicht bis nächstes Jahr?"
Hubert Rösler lächelt
„Ganz bestimmt nicht! Da machen Sie sich mal keine Sorgen."
Dann verabschiedet er sich von Urs Frei und begibt sich auf den Weg nach Riehen. Ingeborg hatte ihm geschrieben. Auch sie litten sehr unter den extrem kalten Temperaturen. Sehr sparsam würden sie nur die Küche heizen um die Holzvorräte nicht unnütz schnell zu minimieren. Die eingelagerten Kartoffeln und das Kraut würden auch noch einige Wochen reichen. Das gepökelte Schweinefleisch wird aber nicht für den täglichen Mittagstisch reichen. Und auch die Hühner würden nur sehr spärlich Eier legen. Das alles aber stört Hubert Rösler nicht. Er freut sich nach mehr als einem halben Jahr auf das

Wiedersehen mit ihr und darauf einige Tage und auch Nächte mit ihr zusammen zu sein.
Ihre Umarmung, ihre Küsse, ihr Lachen und ihre Freude zeigen ihm, dass auch sie sich riesig auf die kommenden gemeinsamen Tage freut. Viel unternehmen werden sie diesmal nicht können, dazu ist es einfach viel zu kalt. So verbringen sie die Tage nach der Stallarbeit in der Küche mit viel Erzählen und viel Lesen. Hubert Rösler versucht Ingeborg seine Begeisterung für das Briefmarkensammeln zu erklären und Ingeborg versucht Hubert das Schachspiel beizubringen.
Immer wieder kommt Hubert Rösler auf seine Eltern zu sprechen. Ingeborg sieht ihn mitleidig an und versucht beharrlich bei ihm Verständnis für die Tschechen zu wecken.
„Hubert, du musst dich selbst doch bloß als Beispiel nehmen. Sieh mal, du beklagst vehement, dass die Franzosen, die Belgier und ihre Alliierten 1918 euch Deutsche zu Unrecht verurteilt haben, euch dann mit den Reparationszahlungen ausgeblutet und euch den Lebensraum genommen haben. Und was habt ihr gemacht? Ihr wolltet euch mit Gewalt alles wieder zurückholen und habt die ganze Welt in einen neuen Krieg gestürzt. Und das nennst du richtig und gerecht. Wie kannst du jetzt die Tschechen verurteilen? Sie machen im Grunde genommen nichts anderes wie ihr gemacht habt. Sie holen sich ihren Lebensraum von euch zurück. Hubert, ich weiß, wie schwer es dir fällt, das einzusehen, weil es dich und deine Eltern ganz persönlich betrifft. Diesmal Hubert seid ihr ganz persönlich die Deutschen und nicht irgendein Staatsgebiet, um das es geht. Es geht wirklich um euren persönlichen Besitz. Das ist jetzt nicht irgendwie abstrakt, das ist unmittelbar und deshalb bist du so betroffen und auch verbittert."
„Ist das denn nicht zu verstehen, Ingeborg?"
„Doch, das ist zu verstehen, aber du darfst nicht nur deine eigene Seite betrachten, Hubert. Es geht nicht nur um deine persönlichen Gefühle. Es ist auch notwendig, sich sachlich Gedanken darüber zu machen und dazu gehört es halt, die andere Seite auch zu verstehen."
„Ich soll also die Tschechen verstehen?"

„Ja, Hubert, wenn wir nicht versuchen, die anderen auch zu verstehen, wird es niemals richtig Frieden geben. Das müssen wir alle lernen!“
Sie zieht ihn an sich und küsst ihn. „Auch du, Hubert! Komm, du bist am Zug, aber überlege dir den genau, sonst setze ich dich Schach matt!“ Sie lacht und sieht wieder auf die Spielfiguren.
In den Nächten liegen sie oft nackt nebeneinander, sind anschmiegsam und zärtlich. Hubert Rösler ergibt sich schweren Herzens der Bitte Ingeborgs noch damit zu warten, miteinander zu schlafen. Er genießt ihre Wärme neben sich, berührt gerne ihre Haut, streichelt sie und freut sich morgens wach zu liegen und sie schlafend neben sich betrachten zu können.

26. Juli 2019

Es war heiß gestern bei der Beerdigung auf dem Waldfriedhof. Gott sei Dank hatten die Bäume wenigstens etwas Schatten geboten und es hat auch nicht allzu lange gedauert, obwohl Elly -entgegen Pauls Vorstellung - der Mutter wenigstens eine einigermaßen würdig gestaltete Abschiedsfeier ausgerichtet hatte.

„Natürlich werden kaum Leute ans Grab kommen," hatte Elly ihm vorwurfsvoll vorgehalten, „es gibt ja kaum mehr Freunde und Bekannte, aber sie hat für alle bei jeder Gelegenheit eine schöne kirchliche Feier organisiert, dann soll sie auf ihrem letzten Weg auch eine schöne katholische Feier bekommen."

„Ja, ja, wenn es um die kirchlichen Feiern ging, hat sie sich nie lumpen lassen, da hast du schon Recht, Elly!", hatte ihr Paul geantwortet.

„Sei nicht so zynisch! Das war ihr nun mal wichtig und dann bleibt es für sie auch wichtig bis zum Schluss!" Paul wusste, dass Elly sich nicht abbringen lassen würde von ihren Plänen und gab klein bei.

Nun sitzen die Geschwister wieder in ihrem Elternhaus und arbeiten sich gemeinsam durch den noch immer vorhandenen Papierkram.

„Hast du die Leute gestern alle gekannt, Elly?" Paul sieht von den Kontoauszügen, die vor ihm liegen, hoch und schaut zu seiner Schwester, die ihm gegenüber am großen Esstisch sitzt und in einen Versicherungsordner vertieft ist. Elly blickt auf und legt ein Blatt auf dem Papierstapel neben sich ab.

„Die große Dunkelhaarige war eine der Krankenpflegekolleginnen von der Sandra, die sie ab und zu vertreten haben. Die Sandra selbst habe ich nicht gesehen. Das wundert mich schon sehr, dass die nicht zu Mutters Beerdigung gekommen ist, wo sie doch angeblich so dick befreundet waren? Ich finde das schon eigenartig. Die Nachbarn hast du ja alle gekannt oder?

„Nö, kenne ich nicht mehr alle oder besser gesagt, ich habe sie nicht mehr alle erkannt. Ist ja auch ein himmelweiter Unterschied, ob du einen Zehnjährigen gekannt hast und ihn dann als erwachsenen Mann wiedersiehst, wie das beim Günther war, ich habe ihn ehrlich nicht mehr erkannt."

„Jedenfalls waren das alles Leute hier aus der Straße und ich glaube, der ältere Herr mit dem Stock war ihr ehemaliger Frauenarzt." Elly wirft den Papierstapel in den großen Pappkarton mit Altpapier.

„Ich bin ja gespannt, wann sich dieser Hermann wieder meldet. Blicken hat er sich gestern ja nicht lassen, auch wenn er da war." Paul nickt nachdenklich mit dem Kopf.

„ Du bist dir ganz sicher, dass es wieder der weiße BMW von Dienstag war?"

„Garantiert. Es war derselbe BMW mit Tübinger Kennzeichen!"

„Ich habe ihn nicht gesehen!"

„Er stand ja auch nicht auf dem Parkplatz, sondern in der Marbacherstraße. Rechts in der Kurve nach den Behindertenparkplätzen unter den Bäumen."

„Du hättest eigentlich hingehen und dich bei ihm vorstellen können." Elly lacht.

„Dann hätte er gewusst, dass wir ihn auch im Visier haben. Im Moment scheint er sich sehr sicher zu fühlen in seinem Auto. Und ich muss ihm ja nicht gleich auf die Nase binden, dass ich in Basel war, oder?"

„Kommt ihr mal rüber zu mir?" Bernhard ruft aus dem Wohnzimmer nach seinen Geschwistern.

Martin ist aus seinem Sessel aufgestanden und zu seinem Bruder an das Schreibpult gegangen, auf dem einige Briefmarkenalben liegen. Auch Elly und Paul kommen ins Wohnzimmer. Bernhard lehnt sich in seinem Stuhl zurück und beginnt seinen Geschwistern die Sammeleigenarten ihres Vaters zu erklären.

„Seht mal her, das ist etwas ganz Ungewöhnliches. Papa hat alle seine Briefmarken fein säuberlich sichtbar in den Alben gesammelt. Hier die deutschen Marken hat er alle sogar auf vorgedruckten, wahrscheinlich sündteuren Sammelblättern gesammelt. Alle Briefmarken gibt es nur einmal und alle sind leider gestempelt. Er hat sie blöderweise sogar extra stempeln lassen. Wenn er das nicht gemacht hätte, wäre seine Sammlung heute wenigstens ein bisschen etwas wert. Aber das nur nebenbei. Gesammelt hat er sehr penibel, das habe ich auch bei den Alben gesehen, die ich in Hamburg habe. Die hat er mir vor ein paar Jahren schon gegeben, seine DDR-Sammlung und die von Österreich und dem Vatikan. Hier sind nur seine Deutschen Marken und seine Schweizsammlung."

„Seine Schweizsammlung? Er hat die Schweiz gesammelt? Interessant!" Paul zieht seine Augenbrauen hoch und auch Martin wird hellhörig.

„Jetzt sag bloß, er hat wirklich einen Volltreffer mit einer Schweizer Marke gemacht! Die 5 Rappen-Rayon-I-Marke zum Beispiel von 1850. Die ist sogar gestempelt ein bisschen etwas wert!" Bernhard ist erstaunt darüber, dass Martin diese Marke kennt.

„Nein, die Marke hat er leider nicht." Bernhard verzieht grinsend das Gesicht.

„Auch wenn er sie hätte, würde die das Konto ja nicht erklären!", wirft Paul ein, „die wollen ja das Konto und keine Briefmarke."

„Genau!" Bernhard greift nach dem offenen Album, das vor ihm liegt. „Was mir hier in der Schweizsammlung aufgefallen ist, ist dieses Blatt hier." Er blättert das offen liegende Albumblatt um. Die nächste Seite ist ein mit transparenten Steckfolien versehenes Sammelblatt, in das viele Marken nur zum Teil sichtbar fein säuberlich hintereinander eingesteckt sind.

„Das sind keine Schweizer Marken. Das sind alles deutsche Marken! In keiner anderen Sammlung hat er Marken aus einem anderen Land und diese hintereinander gesteckte Art findet ihr auch nirgendwo anders in seinen Alben. "

Elly schüttelt den Kopf. „Vielleicht hatte das die Mutter schon in ihren Händen oder er hat das Blatt in seiner Altersvergesslichkeit falsch eingeordnet. Was ist daran so ungewöhnlich? Das kann doch mal passieren bei den ganzen Alben, die er da hat, oder nicht?"

Bernhard schüttelt den Kopf. „Nein, das kann nicht passieren. Zum einen sind auch diese Marken -wie ihr seht - nach Papas Handschrift sehr akkurat eingesteckt und das Ungewöhnliche ist noch nicht zu Ende. Alle diese Marken sind nicht gestempelt. Alle! Und das gibt es in seinen Sammlungen sonst überhaupt nicht!"

Martin greift nach dem Sammelblatt, betrachtet es und setzt sich damit wieder in den Sessel. Seine Geschwister verharren in gespannter Aufmerksamkeit. Schnell erfasst er, dass es insgesamt einundsiebzig Marken sind, die auf diesem Blatt eingesteckt sind. Zehn Briefmarken in jeder Reihe. Nur in der letzten Reihe sind elf Marken hintereinander gesteckt. Jeweils die erste Marke ist ganz zu sehen, die anderen sind nur knapp bis zur Hälfte zu sehen. Martin erfasst von oben nach unten die Bilder der Marken in Sekundenschnelle. Friedrich Schiller, Saarland, Wildkaninchen, Till Eulenspiegel, 750 Jahre Berlin, Franz Schubert, Bistum Bamberg. Mit den Bildern erfasst Martin auch sofort, dass jede Markenreihe mit dem siebten Jahr der Dekade beginnt, angefangen von 1947 bis 2007. Er grinst in sich hinein und drückt die dritte Briefmarke in der ersten Reihe etwas nach vorne.

„Bernhard, sieh doch einmal nach, ob in der BRD-Sammlung 1950 die Bachmarke fehlt!"

„Warte mal!" Bernhard greift nach dem Album Nummer eins BRD, schlägt es auf und blättert.

„Nein, Martin, die fehlt hier nicht. Es ist die erste Marke aus dem Jahrgang 1950."

Etwas enttäuscht sieht Elly ihre Brüder an. Martin schien etwas entdeckt zu haben, was mit dem Nein von Bernhard wohl nicht mehr richtig zu sein scheint. Martin neigt seinen Kopf zweifelnd hin und her.

„Dann schau mal nach der Marke ‚Marienkirche Lübeck' 1951?"

„Die ist auch da!", bestätigt Bernhard, nach dem er zweimal umgeblättert hatte, „übrigens ist das auch die erste Marke von 1951."

„Ha!", entfährt es Martin, „Gaus 1955, sicher auch die erste Marke, oder?"

Bernhard blättert und nickt.

„Dann schätze ich mal, dass 1961 „die Pfadfinder" die erste Marke war?" Mit hochgezogenen Augenbrauen und mit beschwingten Kopfbewegungen sieht Martin seine Geschwister an.

„Richtig!" bestätigt Bernhard Martins These.

„Leute! Wir haben den Code geknackt! Wenn ich diese Marke nun rausziehe, ", er deutet auf die dritte Marke der vorletzten Reihe, „ dann sehe ich darauf die Zahl 1999 und 1100 Jahre Nördlingen!"

Vorsichtig zieht er die Marke aus der Steckreihe nach oben!

„Voilá! Was sage ich: 1100 Jahre Nördlingen!"

„Unglaublich!" Elly ist richtig aufgewühlt. „Gar nicht mal so blöd vom Papa!"

„So simpel, aber selbst für einen passionierten Briefmarkensammler nicht auf den ersten Blick zu erkennen." Bernhard sieht wie paralysiert auf das Sammelblatt, das Martin vor ihm auf das Schreibpult gelegt hat.

„Er hat jedes Jahr das Passwort geändert! Sehr vorbildlich eigentlich, aber eigentlich sehr ungewöhnlich. Vor allem für die Zeit damals. Scheinbar musste es damals schon einen Grund gegeben haben das Konto sehr gut zu schützen. Hier hat er es eigentlich großartig versteckt. Wir können aber sehr froh sein, dass er dieses Blatt angelegt hat, er hätte ja eigentlich immer nur in sein Album sehen müssen, dann hätte er das Passwort gehabt und ob wir das dann so schnell hätten knacken können, wer weiß?"

Elly sieht ihren jüngsten Bruder an. Sie lacht sogar freudig dabei, was in den letzten Tagen bei ihr eher selten der Fall war. Zum einen ist ihr der Tod der Mutter doch offenbar näher gegangen, als ihren Brüdern und diese elendige

Sisyphusarbeit durch diesen Papierkram tat ein Übriges. Auch nimmt sie die Anrufe des Herrn Hermann nicht so gelassen hin, wie es ihre Brüder ihr vorspielen.

„Und wie lautet das aktuelle Passwort nun?“ Sie sieht Martin und Bernhard fragend an.

„Schau her!“, Martin greift nach der Pinzette, die Bernhard auf dem Pult liegen hat.

„In der letzten Reihe gibt es elf Marken!“ Er greift mit der Pinzette die letzte Marke und zieht sie nach oben.

„Hätte er 2018 ein neues Passwort eingesetzt, wäre diese Marke in der achten Zeile sichtbar vorne gelandet. Scheinbar wollte er das aktuelle Passwort immer verdeckt halten. Es heißt also: ‚Das Mädchen mit dem Weinglas‘! Vielleicht auch ‚Jan Vermeer‘. Aber wenn ich die anderen Passwörter so betrachte, hat er ‚Das Mädchen mit dem Weinglas‘ genommen.“

Bernhard schüttelt den Kopf. „Hey wartet mal, da war doch irgendwo noch eine Sendung von 2018. Das Abo habe ich erst irgendwann letztes Jahr gekündigt, weil Mama mir den Brief gegeben hatte. Sie wollte mit den Briefmarken ja nie etwas zu tun haben!“ Bernhard bückt sich und sucht in einer der Albenkisten.

„Papa hat gewusst, dass Mutter sich nie um die Marken scheren wird. Das ist wohl auch ein Grund gewesen, das Passwort dort zu verstecken!“ Paul nickt nachdenklich. „Egal, wem das Geld wirklich gehört. Fest steht, Papa hatte darauf Zugriff und wenn ich das richtig einschätze, hat Mutter davon nichts oder zumindest nicht viel gewusst. Auf jeden Fall dürfte sie keine Ahnung von der Dimension des Kontos gehabt haben Zumindest nicht bis zu dem Zeitpunkt, als sich dieser Herr Hermann bei ihr gemeldet hat. Wenn er ihr auch einen sechsstelligen Betrag geboten hat, dann wird ihr das Wasser im Munde zusammengelaufen sein.“

„Immer deine Gehässigkeit, Paul!“ Elly reagiert sauer auf Pauls Einwand.

„Da ist die Sendung von 2018!" Bernhard hält triumphierend das auffällige Kuvert der Deutschen Post in die Höhe.

„Na, dann sieh mal nach, ob eine Marke doppelt drin ist." Martin hatte längst die Markenveröffentlichungen von 2018 auf seinem Tablet aufgerufen.

„Ich schätze mal, du wirst ein scheues Waldtier zweimal finden!" Er grinst seinen Bruder an. Bernhard öffnet das Kuvert und sieht sich die Briefmarken an. „Nein Martin, nicht nur das Reh ist zweimal. Alle Marken sind doppelt! Einmal gestempelt und einmal ungestempelt!"

Martin lacht wissend. „Na dann weißt du ja, wieso auf deinen Geburtstagsbriefen immer so schöne ausgefallene Briefmarken waren. Das Reh hättest du aber garantiert nicht zu deinem Siebenundsechzigsten bekommen!"

„Okay ihr beiden! Euer Ratespiel ist zu Ende!" Paul unterbricht seine beiden Brüder und mahnt zu Ernsthaftigkeit. „Wir müssen uns überlegen, wie wir die Sache mit dem Herrn Hermann angehen. Mich interessiert es schon, zu erfahren, was Papa uns da für ein Sümmchen hinterlassen hat. Es wird aber nicht ganz so einfach sein, noch einmal nach Basel zu fahren. Ich gehe davon aus, dass auf uns alle vier ein intensiver Blick geworfen wird. Wir müssen uns sehr ernsthaft eine Strategie überlegen, denn wir wissen nicht, wozu dieser Hermann in der Lage und vielleicht auch fähig ist."

Die drei Geschwister sehen Paul nun ernst an. Scheinbar ist allen vieren klar, dass die ganze Sache auch hochgefährlich sein könnte.

April 1947

Es ist sein vierundzwanzigster Geburtstag. Er hat ein Päckchen bekommen von seinen Eltern aus Veckenstedt. Ein paar warme selbstgestrickte Socken von seiner Mutter und eine Schachtel mit drei Zigaretten, die sein Vater sich sicher abgespart hat von seinen zugeteilten Rauchmarken und wieder ein langer Brief von seinem Vater. Gott sei Dank geht es ihnen einigermaßen gut in ihrer kleinen Wohnung. Zumindest will er das seinem Vater glauben, so, wie er es in dessen Brief lesen kann. Er nimmt sich fest vor, sich zu erkundigen, ob er seine Eltern besuchen kann. Irgendwie muss das doch möglich sein.
Auch Ingeborg hat einen Brief geschrieben. Er öffnet ihn behutsam und setzt sich auf das Bett, um ihn zu lesen. Natürlich gratuliert Ingeborg ihm zu seinem Geburtstag und wie in all den anderen Briefen vorher schreibt sie ihm sehr liebe Dinge, sodass es ihm warm ums Herz wird. Dann elektrisiert ihn aber diese Nachricht: Die französischen Besatzer haben zugestimmt, dass nach achtjähriger Unterbrechung anlässlich des Hebeltages das Baseler „Trämli" wieder nach Lörrach fahren darf. Eigentlich ist die Grenze nur mit einer französischen Grenzkarte zu passieren. Und jetzt soll, wie Ingeborg schreibt, die Tram wieder wie früher zwischen Basel und Lörrach pendeln. Hubert ist total aufgeregt. Das würde ja heißen, er könnte an den Wochenenden einfach so von Lörrach zu Ingeborg nach Riehen fahren und sie könnte auch einfach schnell mal über die Grenze kommen.
„Der Hebeltag? Was und wann ist der Hebeltag?"
Hubert Rösler liest Ingeborgs Brief weiter.

„Sicher fragst Du Dich, welcher Tag der Hebeltag ist und welche Bedeutung dieser Tag für uns Baseler, aber auch für die Lörracher hat. Johann Peter Hebel ist ein deutscher Schriftsteller und Dichter. Ich weiß nicht, ob Du von ihm schon einmal gehört hast. Du bist ja nicht aus dem Badischen. Dort kennt man ihn ganz sicher, weil er in einer sehr volkstümlichen alemannischen Sprache geschrieben hat. Sogar Goethe und die Brüder Grimm waren sehr von seinen Werken angetan, weil er eben nicht nur volkstümlich, sondern mit sehr viel Hintergrund seine Geschichten und Gedichte geschrieben hat. In den letzten

Jahren war er in Deutschland wohl nicht mehr sehr angesehen. Er hat nämlich ein paar sehr schöne Geschichten über die Juden geschrieben. Ich hab die alle gelesen. Und ich liebe diese Geschichten, weil er den Juden wirklich zugetan schien und sie mit seinen Geschichten sehr liebevoll beschrieben hat. Hebel ist in Basel geboren und ist hier zur Schule und aufs Gymnasium gegangen. Später war er dann acht Jahre in Lörrach Lehrer. Das Pädagogium in Lörrach trägt auch seinen Namen. Sein Geburtstag ist der zehnte Mai. So viel ich erfahren habe, soll das Fest natürlich am Sonntag stattfinden. Also am elften Mai. Meinst Du, Du könntest nach Lörrach kommen? Ich würde ganz bestimmt über die Grenze kommen. Schreib mir recht bald. Ich würde mich wahnsinnig freuen, wenn wir uns sehen könnten. Und stell Dir vor, die Bahn würde wieder jeden Tag rüberfahren. Wie schön das für uns wäre.
Jetzt feiere zuerst mal Deinen Geburtstag. Dein Geschenk würde ich Dir gerne in drei Wochen persönlich geben.
Deine Ingeborg.

Er ist wie elektrisiert. Ingeborg hatte Recht, als sie damals schrieb, dass sich alles ändern würde hier in Deutschland. Mama und Papa sind jetzt in Deutschland und der Weg zu ihr scheint jetzt auch viel einfacher zu werden. Er könnte sich wirklich richtig freuen über so viele gute Nachrichten an seinem Geburtstag. Wieso muss sie aber wieder so über die Juden schreiben? Wieso versteht sie nicht, welch hohes Gut die arische Abstammung ist? Hat Hauptmann Rose vielleicht doch Recht, wenn er sagt, die Baseler sind niederalemannisch und damit nicht mit den wirklichen Ariern gleichzusetzen? Aber sie ist doch so ein guter und feiner Mensch. Wieder steigt neben dem Hochgefühl ein bitterer Hauch von Verzweiflung in ihm hoch....

Es klopft an der Türe.
„Sigrid!", denkt er und ruft unbekümmert „Herein!"
Die Tür fliegt auf und ein mehrstimmiger Chor singt:
„Hoch soll er leben, hoch soll er leben, dreimal hoch!
Alt soll er werden, alt soll er werden, hundert Jahr!
Kinder soll er kriegen, Kinder soll er kriegen, zweimal drei!"

Hubert Rösler springt aus dem Bett und sieht erstaunt auf die Gruppe in der Türe.
Alle stehen sie in der Türe. Margarete, Hanni, Anneliese, Maria, Sigrid, Sigi, Herbert und Jost. In der Mitte Hertha, die einen Gugelhupf in den Händen hält, auf dem eine Kerze brennt.
„Alles Gute zum Geburtstag!"
Hertha hält ihm den Kuchen vors Gesicht und ruft: „Ausblasen!"
Mit einem kräftigen Puster bläst Hubert Rösler die Kerze aus. Da fällt ihm Hertha, nachdem sie den Kuchen auf den Tisch gestellt hat, schon um den Hals und drückt ihm einen dicken Kuss auf den Mund. Ein plötzlicher Blitz lässt Hubert Rösler erschreckt hochfahren. Alle lachen! Hanni hat einen Fotoapparat mit einem riesen Blitzlichtaufsatz in der Hand und hat den innigen Kuss festgehalten.
Bevor Hubert Rösler irgendetwas sagen kann, gratuliert ihm einer nach dem anderen. Die Mädchen umarmen ihn und geben ihm ein Küsschen auf die Wange, die Jungen klopfen ihm auf die Schulter und wünschen ihm ‚alles Gute! ‘.
„Woher wisst ihr, dass ich heute Geburtstag habe?" Erstaunt fragend sieht er in die Runde.
Jost lacht.
„Hat der gnädige Herr nicht einen Aufnahmeantrag bei den Zugvögeln ausgefüllt und dort auch sein Geburtsdatum hinterlassen?"
„Ah, daher weht der Wind!"
„Wir haben alles im Visier!" Anneliese nimmt ihn nochmal in den Arm.
„Und jetzt machen wir ein Fest!", legt Herbert fest. „Sieh einmal, was der Schwarzmarkt so alles hergibt für ein paar Zigaretten und zwei Vögel aus Omas Hühnerstall." Aus dem Flur holen sie ein paar Flaschen Wein und sogar eine Flasche Rum.
„Gläser hast du hoffentlich genug."
Ehe sich Hubert Rösler versieht, sitzen alle seine Wanderfreunde in seinem Schlafzimmer, wo immer sie einen Sitzplatz ergattert haben, jeder hat ein Glas in der Hand und es wird auf ihn angestoßen. Hanni drückt wieder auf den Auslöser ihres Fotoapparates als sie die Gläser hochhalten.

„Wo hast du denn den Fotoapparat her?“ Hubert Rösler ist erstaunt, denn bei ihren Wanderungen wurde bisher nicht fotografiert.
„Das ist Herthas Fotoapparat!“ Sie deutet mit der Kamera auf die neben Hubert auf dem Bett sitzende Hertha.
„Den hab ich am letzten Samstag am Bickentor von einem getauscht“, verkündet sie stolz.
„Da hast du aber ganz schön investieren müssen! Immerhin ist das eine gute Agfa mit Blitzaufsatz!“ Herbert scheint ein Fachmann zu sein.
„Überhaupt nicht. Ich habe den Fotoapparat für einen Spottpreis bekommen. Ich glaube, der Kerl hat keine Ahnung gehabt oder er war sehr hungrig. Ich habe ihm nur zehn Eier dafür gegeben. Und dann hat er mich gefragt, ob er noch einen Kohlkopf aus meinem Korb haben kann, dann würde er sogar noch etwas Besonderes draufgeben!“
„Und was ist das Besondere?“ Sigrid ist jetzt neugierig geworden, denn sie liebt die samstäglichen Besuche am Bickentor ja auch sehr und hofft immer, auch etwas ganz Besonderes für ein paar Lebensmittel oder Zigaretten erwerben zu können.
„Er hat mir eine Schachtel Lämpchen fürs Blitzlicht gegeben und da ist ein Film drinnen mit zwölf Bildern und wenn der voll ist kann ich ihn sogar kostenlos zum Entwickeln bringen. Er hat mir eine Adresse in der Gerberstraße gegeben. Wenn ich den Apparat da hinbringe, dann bekomme ich die ersten zwölf Bilder kostenlos entwickelt.“
„Dann gib aber bloß Acht, dass sie Dir in der Gerberstraße den Fotoapparat nicht gleich wieder abnehmen!“, lenkt Jost scherzhaft warnend ein.
„Papperlapapp! Hanni knipse mal schön fleißig, dann treffen wir uns bald zum Fotoanschauen wieder! Prost!“ Herbert hebt sein Glas, es wird wieder angestoßen und Sigi schenkt aus der zweiten Flasche nach.
Irgendwann hat Hertha den Brief aus der Schweiz in der Hand. Sie wedelt damit in der Luft.
„Seht mal Hubert bekommt Post aus der Schweiz! Von einer I. Schwegler! Ist das wohl seine heimliche Geliebte? Lasst uns doch mal nachsehen!“

Bevor Hubert Rösler reagieren kann, springt Sigrid auf, reißt Hertha, die gerade in den Briefumschlag hineinsehen wollte, den Brief aus der Hand und faucht Hertha erbost an.
„So etwas tut man nicht! Briefe von anderen gehen niemanden etwas an! Das gehört sich nicht!“
Sie läuft mit dem Brief in die Küche, wo sie ihn in die Tischschublade legt.
„Huhu! Kleines Moralapöstelchen! Bringt uns anständige Sitten bei!“ Hertha spielt die Ertappte und erntet einen bitterbösen Blick von der zurückkehrenden Sigrid.
Bald hellt sich die Stimmung aber wieder auf und der Abend wird ziemlich lustig. Jost erzählt eine Unmenge schlüpfriger Geschichten und Witze und je länger der Abend dauert, desto mehr wird gelacht, gesungen und weiter getrunken. Als der Wein zu Ende ist, wird auch die Flasche Rum geköpft.
Hubert Rösler weiß nicht, wann er an diesem Abend eingeschlafen ist. Er weiß auch nicht, wann die anderen nachhause gegangen sind. Sigrid war irgendwann nach oben gegangen, weil sie freitags sehr früh zur Arbeit muss, vielleicht auch, weil sie noch verärgert über Hertha war. Daran kann er sich noch erinnern und auch, dass er irgendwann aufgewacht ist und Hertha neben ihm im Bett lag. Auch das Bild hatte er ganz vage noch in seiner Erinnerung. Der einsame Morgen dieses neunzehnten April beschert ihm jedenfalls einen sehr schweren Kopf und einige Gedächtnislücken. Er kann sich nicht entsinnen, jemals so viel Alkoholisches getrunken zu haben, wie gestern Abend. Aber aus dem, was noch in seiner Erinnerung geblieben ist und angesichts der leeren Flaschen und Gläser, schließt er, dass es wohl ein sehr netter Abend gewesen zu sein scheint. Beim nächsten Treffen wird man davon erzählen und dann wird sich sicher auch herausstellen, dass er wohl der erste war, der dem Alkohol Tribut hat zahlen müssen und eingeschlafen ist. Da können die anderen wenigstens mal ein wenig über ihn herziehen. Er wird es aushalten.

Mai 1947

Jost hatte mit einigen seiner früheren Wanderfreunde aus dem Schwarzwaldverein für dieses erste Wochenende ein Treffen zu einer gemeinsamen Wanderung vereinbart. So fährt Hubert Rösler mit einigen aus der Zugvögelgruppe nach Ottenhöfen, um dort von der Ruine Bosenstein zum Eichhaldenfirst aufzusteigen und über den Karlsruher Grat zum Acherner Wanderheim zu laufen. Von Seebach aus soll es dann mit dem Bus wieder zurück nach Villingen gehen.
Natürlich wird Hubert Rösler aufgezogen, weil er an seinem Geburtstag offensichtlich die letzten Tropfen aus der Rumflasche nicht mehr mitbekommen hat.
„Da ist es ihm neben der Hertha doch etwas zu heiß geworden und „wumms!“ war er auch schon weggeschlafen!“
Herbert scheint wohl noch nüchtern gewesen zu sein und kann jedes Detail des Abends in seinem Zimmer wiedergeben. Die anderen haben ihren spöttischen Spaß und auch Hubert Rösler lässt es sich nicht nehmen, kräftig mitzulachen.
„Hertha, pack die Fotos aus und leg Beweise auf den Tisch!“ Sigi, Hanni und Margarete klatschen rhythmisch in die Hände. Und intonieren gemeinsam: „Fotos! Fotos! Fotos!“
Alle sehen Hertha an. Die verzieht aber enttäuscht ihr Gesicht.
„Es gibt keine Fotos!“
„Keine Fotos?“ Hanni ist verblüfft. „Ich hab doch den ganzen Film durchgeknipst. Wieso keine Fotos?“
„Ich bin gleich am nächsten Tag am Abend noch in die Gerberstraße gegangen und habe da bei diesem Herrn Hübner geläutet.“ Jost fällt Hertha ins Wort.
„...und der hat dir den Fotoapparat wieder geklaut! Wie ich es vorhergesagt habe, oder? “
„Nein!“ Hertha schüttelt den Kopf. „Den Fotoapparat habe ich noch!“ Sie bückt sich zu ihrem Rucksack hinunter und zieht den Fotoapparat heraus.
„Nein. Dieser Herr Hübner war total nett. Er hat mich auch gleich in die Wohnung gelassen und dann ist er mit dem Apparat in seine Dunkelkammer gegangen, um den Film rauszunehmen und mir einen neuen Film einzulegen.

Dann ist er aber rausgekommen und hat mir gesagt, dass gar kein Film eingelegt war in der Kamera."

„Wie bitte?" Herbert sieht Hertha konsterniert an. „Keine Beweisfotos von dieser Geburtstagsorgie?"

Hertha schüttelt den Kopf. „Nein, da hat mir dieser Lump am Bickentor doch tatsächlich mit seinem Ammenmärchen einen Krautkopf abgeluchst und ich bin drauf reingefallen!"

„Na ja, zehn Eier und ein Krautkopf für so eine gute Agfa ist auch kein Vermögen. Von Reingefallen kann man da nicht reden, liebe Hertha. Das ist immer noch ein Schnäppchen -zumindest dann, wenn du in den nächsten Monaten nicht verhungerst, weil du deine letzten zehn Eier und deinen letzten Krautkopf dafür hergegeben hast. Denn von dieser Agfa wirst du nicht satt werden, schätze ich mal. Es sei denn, du verdienst dir damit durch Hochzeitsbilder ein Vermögen!" Herbert gibt wieder den Fachmann in Sachen Fotoapparat.

„Ist wenigstens jetzt ein Film drin?" Hanni und Margarete sehen Hertha fragend an.

„Ja, ja, jetzt ist einer drin. Der Herr Hübner hat mir den sogar geschenkt, weil ich so enttäuscht war. Ich hatte mich so auf meine ersten Fotos gefreut und dann so etwas! Ich darf ihm den Film übrigens wieder bringen. Er entwickelt mir die Fotos dann ganz schnell. Das hat er jedenfalls versprochen!"

„Oh, haben sich da zwei gefunden?" Sigi grinst. „Der scheint ja ein ganz besonders lieber Mann zu sein, dein Herr Hübner!"

„Quatsch!", Hertha streckt beide Hände nach vorne und winkt ab. „Das ist doch ein alter Knacker! Der ist garantiert schon über vierzig und könnte mein Papa sein. Auf so einen steh ich nicht! Das kannst du mir glauben!"

Das Bedauern, dass es von dem Geburtstagstreffen keine Fotos gibt, hält nicht lange an. Die Vorfreude auf die Wanderung nimmt wieder überhand. Hubert Rösler findet es gar nicht so übel, dass es keine Fotos gibt. Er hat an diesem Abend den Überblick verloren, weil er es nicht gewohnt ist, Alkohol zu trinken. Wer weiß, welche Figur er auf den Fotos abgegeben hätte. Das hätte man ihm doch noch lange immer wieder unter die Nase gerieben, wenn es davon sogar Beweisbilder gegeben hätte.

So schnell, wie der Geburtstagsabend und sein kleiner Rausch Nebensache geworden und nach dem kurzen Geplänkel am Morgen in Vergessenheit geraten sind, ist es Hubert Rösler am liebsten. Manchmal wird man sich daran erinnern, mehr wird nicht bleiben. Die Fotos von diesem herrlichen Wandertag werden diesen weit öfter in Erinnerung bringen. Hubert Rösler ist zufrieden.

Mai 1947

Dieser strahlend blaue Himmel ist eine würdige Begrüßung für diesen ungeduldig erwarteten zweiten Maisonntag. Natürlich ist Muttertag. Viele feiern ihn ausgiebig und in den Familien. Seine Mutter hat den Tag immer negiert. „Amerikanischen Kram“, hat sie ihn genannt. Selbst als der Führer den Tag als Ehrentag für die Mütter erhoben und jedes Jahr Mutterkreuze an die Brust von vielen Frauen geheftet hat, blieb sich seine Mutter treu in ihrer Haltung: „Ich brauche den Tag nicht!“, hat sie jedes Jahr wieder gesagt und wird sie sicher auch heute wieder sagen, wenn sein Vater ihr vielleicht ein paar Schlüsselblumen pflückt und auf den Tisch stellt. Vielleicht legt er ihr ja seinen Brief auch neben die Kaffeetasse. Dann verkneift sie sich ihre Bemerkung über den Muttertag. Hubert Rösler atmet die frische Morgenluft ein. Mit schnellen Schritten durchquert er das Hubenloch und läuft Richtung Bahnhof. Immer noch sind nicht alle Schäden der Bombenangriffe im Umfeld des Bahnhofs beseitigt. Aber dafür hat Hubert Rösler heute keinen Blick. ‚Den Zug erreichen! ‘ heißt seine Devise und hoffentlich keine Verspätung. Um zwölf Uhr soll das Trämli in Lörrach einfahren. Ingeborg will dann dabei sein. Und wenn sie sich vielleicht wegen eines größeren Besucherandrangs verfehlen sollten, treffen sie sich um ein Uhr im Schwarzen Bären. „Gleich gegenüber von der „Hebel – Schule!“, hat Ingeborg geschrieben. Damals vor zwei Jahren mit Hauptmann Rose ist ihm die Schule nicht aufgefallen. Vor allem müssten sie ja unmittelbar vor der Schule damals das Auto abgestellt haben. Hubert Rösler hat jedenfalls keine Erinnerung an eine Schule.
Im Zug wird er regelrecht zappelig. Es geht ihm nicht schnell genug. Kurz vor Geisingen kommt der Schaffner. „Die Fahrkarten, bitte!“ Ein freundlicher Mann um die fünfzig tritt auf Hubert Rösler zu. Er hält ihm seine kleine braune Fahrkarte hin. „Nach Lörrach! In Singen umsteigen, junger Mann. Haben Sie Ihren Ausweis dabei? Im Zug nach Basel gibt es Kontrollen. “
Hubert Rösler nickt. „Ja, ja, ich habe meine Kennkarte dabei.“
Der Schaffner geht weiter.
Wie aus dem Nichts lässt sich Hauptmann Rose gegenüber von Hubert Rösler auf die Zugbank fallen.

„Guten Morgen, Rösler! Sie fahren nach Basel? Was führt Sie denn da heute hin?“
Erschrocken, ja regelrecht geschockt, sieht Hubert Rösler den Hauptmann konsterniert an. Er braucht eine Weile, bis er sich aus seiner Starre löst und wieder einen klaren Gedanken fassen kann.
„Warum gerade jetzt!“, denkt er. „Warum heute?“ Wieder spürt er das Gefühl der Verzweiflung in sich hochsteigen.
„Sie sind gar nicht mit Ihren Wanderfreunden unterwegs, fahren ganz allein Richtung Basel? Warum denn das?“
„Ich, ich will nach dem Rechten sehen, Herr Hauptmann! Mit dem Geld nach dem Rechten. Ich...“ Hubert Rösler kommt ins Stottern.
„Rose, nicht mehr Hauptmann, Rösler, nicht mehr Hauptmann, nur noch Herr Rose! Das müssen Sie sich endlich merken!“ Hauptmann Rose sieht sich vorsichtig im Zug um. Am Sonntagmorgen ist der Zug nur spärlich besetzt, so dass Hubert Röslers Fauxpas nicht ins Gewicht fällt.
„Sie wollen nach dem Rechten sehen? In Basel? Rösler, sind Sie noch gescheit? Heute ist Sonntag, da hat auch in der Schweiz keine Bank offen! Und bis morgen werden Sie doch nicht warten wollen, oder? Im SABA-Werk braucht man Sie doch morgen früh! Und das ist doch eine Rückfahrkarte für heute, nicht wahr?“ Hauptmann Rose sieht Hubert Rösler überlegen lächelnd an. Der hat sich aber wieder gefangen und ist sich seines Fehlers durchaus bewusst.
„Nein, Herr Rose, so habe ich das aber nicht gemeint. Wissen Sie denn nicht, was heute in Lörrach los ist? Die Franzosen haben offenbar der Grenzöffnung für alle ohne Grenzkarte zugestimmt. Und heute soll das erste Mal wieder die Straßenbahn von Basel nach Lörrach fahren. Ohne Grenzkontrolle! Herr Rose, stellen Sie sich vor, was das heißt? Ohne Kontrolle. Ich brauche immer nur nach Lörrach kommen und kann dann mit der Straßenbahn nach Basel rüber. Das vereinfacht doch alles um vieles. Meinen Sie nicht auch?“ Hubert Rösler ist ganz euphorisch, diesen Ausweg aus dem Dilemma gefunden zu haben.
„Ach so! Ich verstehe! Sie bereiten sich sehr akribisch auf Ihre Aufgabe vor. Rösler, das habe ich an Ihnen schon immer geschätzt. Woher habe Sie denn die Informationen bekommen, dass das heute in Lörrach stattfindet?“ Hauptmann

Rose sieht Hubert Rösler wieder etwas eigenartig zweifelnd von der Seite her an.
„Von Picard natürlich!"
„Picard? Wer ist Picard?"
„Na, der Fahrer vom SABA-Werk, mit dem ich bisher immer nach Basel gefahren bin und der die Transporte in die Schweiz fährt."
„Ach ja, der Herr Picard! Aber Rösler, dafür haben Sie doch noch den ganzen Sommer Zeit. Außerdem soll das meines Wissens in Lörrach heute lediglich eine Ausnahme sein. Die feiern da in den beiden Städten ein spezielles Fest..."
„Den Hebeltag!" unterbricht Hubert Rösler den Hauptmann.
„Stimmt, so heißt das da heute. Irgend so einen Prediger ehren sie da. Und dafür soll diese historische Bahn ein einziges Mal fahren. Mehr ist das heute nicht."
„Vielleicht wird ja doch mehr daraus. Ich glaube, es lohnt sich auf jeden Fall, sich das anzusehen. Meinen Sie nicht auch, Herr Rose?"
„Da werden heute so viele Leute sein, da wird man nicht viel erkunden können und für verbindliche Auskünfte wird niemand zur Verfügung stehen, Rösler. Ich glaube das ist eher eine ‚Schneiderfahrt', die Sie da machen wollen."
Der Zug wird langsamer und fährt in einen Bahnhof ein.
„Singen, hier Singen! Dieser Zug fährt nach kurzem Aufenthalt über Radolfszell weiter nach Konstanz. Ihre nächsten Anschlusszüge sind..."
Hubert Rösler springt auf.
„Ich muss umsteigen, Herr Rose, ich..."
„Bleiben Sie, Rösler, bleiben Sie. Sie fahren mit mir jetzt bei diesem herrlichen Tag mit nach Konstanz, da setzen wir uns in ein schönes Café am See und dann berichten Sie mir von Ihrem Bankbesuch im Januar. Ich weiß bis heute nicht, was sich auf unserem Konto getan hat. Setzen Sie sich, bleiben Sie."
Hauptmann Roses Anweisung klingt sehr deutlich und klar.
„Aber..." Hubert Rösler setzt sich langsam wieder auf seinen Platz zurück. Es ist ihm, als hätte ihm jemand die Faust in die Magengrube geschlagen. Der Zug setzt sich langsam wieder in Bewegung.
„Kommen Sie, Rösler, seien Sie einfach mal spontan. Sie haben doch keine Verpflichtungen, oder doch?" Wieder sieht Hauptmann Rose prüfend auf ihn.

„Nein...nein! Nein...natürlich nicht!" Hubert Rösler weiß, dass das Treffen mit Ingeborg in diesem Moment gestorben ist. Am liebsten würde er losheulen.

Café Drechsel

Die Straße ist an diesem trüben Morgen von hastender und hektischer Betriebsamkeit durchflutet. Eilende Menschen strömen stadtein- und stadtauswärts, die Fahrbahn ist wie jeden Morgen dem Motorenlärm und den Abgasen ausgeliefert. Stau ist an der Tagesordnung genauso wie die überquellende Menschenmenge an den Eingängen von U-und S-Bahn. Der gutgekleidete Herr schlängelt sich, manchmal seine schwarzbehandschuhte Hand leicht anhebend, um die mobiltelefonvertieften Passanten mit einem leichten Körperkontakt zu einem Seitenschritt zu bewegen, in Richtung des Cafés Drechsel. Fast erleichtert drückt er die Türe auf und wird vom freundlichen Ober begrüßt. Trotz gutem Besuch herrscht im Café eine im Gegensatz zur Straße draußen entspannt ruhige Atmosphäre. Nachdem sich der großgewachsene Herr seines Mantels, seines Hutes und der Handschuhe entledigt hat, greift er am großen Zeitungstisch nach der „Oberbadischen". An seinem Stammplatz wird er wie immer vom Ober mit seinem traditionellen Frühstück bedient und widmet sich bei Kaffee und Butterhörnchen dem Bericht über das Hebelfest in Lörrach vor 70 Jahren.

Zehntausende strömen zum Hebelfest von Markus Moehring
Einen solchen Tag hatte es bis dahin noch nicht in Lörrach gegeben: Fast die gesamte Bevölkerung war für das Hebelfest am 11. Mai 1947 auf den Beinen. Auch aus der Umgebung strömten Zehntausende nach Lörrach, allein aus der angrenzenden Schweiz kamen mehr als 18 000 Besucher. Für sie war die Grenze dazu für einen Tag geöffnet worden. Die große Geburtstagsfeier für Johann Peter Hebel löste eine Welle der Begeisterung aus. Zeitzeugen berichten davon bis heute voller Emotionen. Wie war es möglich, dass Johann Peter Hebel 121 Jahre nach seinem Tod solche Menschenmassen in Bewegung setzte? Ein Blick in die Zeit gibt Antwort und zeigt, warum dieses Ereignis bis heute so intensiv nachwirkt.
Als Lörrach 1947 Hebels Geburtstag feierte, lag das Kriegsende erst zwei Jahre zurück. Die Folgen des Krieges prägten den Alltag: Nahrungsmittel, Heizmaterial, Kleidung und Wohnungen waren knapp, der Hunger weit

verbreitet. Weit über 1000 Männer aus Lörrach waren tot, als Soldaten gefallen, viele weitere noch in Kriegsgefangenschaft. Kontakte in die Schweiz waren seit Jahren unterbrochen, die Grenze geschlossen. Moralisch stand Deutschland wegen der Verbrechen des NS-Regimes am Pranger. Einen deutschen Staat gab es nicht, Südbaden gehörte zur französischen Besatzungszone und wurde von Militärs regiert....
....das Hebelfest löste am 11. Mai 1947 große Begeisterung aus. Zehntausende strömten in die Stadt. Den Gedenkgottesdienst in der Stadtkirche hielt ein Baseler, Prediger Dr. Dieterle, ein besonderes Zeichen so kurz nach dem Krieg. Am Nachmittag führte ein feierlicher Umzug mit Musikkapellen, Gesangsvereinen, Trachtengruppen und Festwagen durch die Innenstadt. Ihm folgte eine Feierstunde im Hebelpark, ebenfalls ein emotionaler Ort. Erst ein Jahr zuvor war dort das Hebel-Denkmal feierlich wieder auf seinen Sockel gestellt worden, nachdem es im Krieg nicht wie angeordnet für die Rüstung eingeschmolzen worden war. Besondere Euphorie löste die Genehmigung der französischen Besatzungsbehörde aus, Schweizerinnen und Schweizern zum Hebeltag den Zutritt nach Lörrach zu genehmigen. Seit Jahren war die deutsch-schweizerische Grenze für die Bevölkerung geschlossen, jetzt stürmte sie in Basel die Polizeiposten um einen Tagespassierschein zu erhalten. Über 18 000 Schweizerinnen und Schweizer erhielten die Erlaubnis für den Grenzübertritt nach Lörrach zum Hebeltag.
Das Riesen-Fest war eine enorme logistische Herausforderung für die Lörracher Stadtverwaltung. Trams der Baseler Verkehrsbetriebe fuhren im Drei-Minuten-Takt zur Grenze nach Riehen, erstmals nach dem Krieg verkehrte die Tram auf badischer Seite auch wieder bis zum Bahnhof Lörrach. Für viele war der Hebeltag die erste Gelegenheit seit Jahren, sich wiederzusehen. Schweizer Gäste brachten Geschenke für die Not leidende Bevölkerung im Markgräflerland. Auch die Bewohner des übrigen Landkreises benötigten damals Passierscheine, um nach Lörrach zu kommen und erhielten sie umfassend für den Hebeltag. Die Besatzungsbehörden genehmigten Tanz bis Mitternacht, damals noch eine ungewohnte Ausnahme. So wurde der Hebeltag 1947 zum ersten großen Fest nach dem Krieg und zu einem Tag der Begegnung über die Landesgrenze hinweg.

Wie gewöhnlich legt der vornehme Gast einen Geldschein in das rotbraune Lederetui, das der Ober beiläufig auf dem kleinen quadratischen Marmortisch abgelegt hat. Er greift nach seiner Garderobe, erwidert den freundlichen Gruß und die Verbeugung des Obers mit einem leichten Antippen der rechten Hand an seine Hutkrempe und verlässt das Café in Richtung Innenstadt.

11. Mai 1947 Lörrach

In der Baseler Straße stehen im strahlenden Sonnenschein die Lörracher dicht gedrängt rechts und links der seit acht Jahren unbenutzten Gleise ihrer liebevoll genannten „Trämli". Zwanzig Jahre lang verkehrte die Baseler Trambahn mehrmals am Tag die Baseler Straße entlang bis zum Lörracher Marktplatz und durch die Turmstraße zum Hauptbahnhof. Mit Beginn des Krieges war die Grenze zu und der Kontakt zwischen den beiden Städten abgeschnitten und das „Trämli" kam nicht wieder nach Lörrach. Heute soll das Trämli endlich wieder zurückkommen. An der Landesgrenze erwartet Bürgermeister Pfeiffer mit seinem kompletten Stadtrat den festlich geschmückten Wagen der Linie sechs, der vom Direktor der Baseler Verkehrsbetriebe Herrn Dr. Otto Miescher höchstpersönlich geführt wird. Hinter dem grünen Tramwagen mit dem Baseler Stadtwappen an den Seiten drängen sich Tausende von Baselern, die nach langer Zeit den ungehinderten Grenzübergang wieder passieren wollen, durch das Beifall klatschende Spalier der Lörracher bis auf den Marktplatz hin. Ingeborg wird im Sog der Menschen einfach mitgeschoben. Angesteckt durch die Freude auf der Straße hier ergreift sie eine euphorische Stimmung, die mit der Freude auf ein Wiedersehen mit Hubert noch potenziert wird. Hemmungslos lachend und mit wildfremden Menschen plaudernd, hält sie Ausschau, ob sie ihn irgendwo in der Menge entdecken würde. Ganz besonders, als der Triumphzug den „Schwarzen Bären" passiert, reckt sie ihren Kopf weit nach oben und späht auf Zehenspitzen rechts und links in die Gesichter der jubelnden und klatschenden Menschen am Straßenrand. Die unglaublich große Menschenmenge macht ihren Erfolg aber zunichte. Es ist ihr einfach unmöglich, ihn in diesem Gewirr von lachenden Gesichtern auszumachen. Sie haben sich ja um ein Uhr im „Schwarzen Bären" verabredet. Solange kann sie sich in diesem Freudentaumel noch treiben lassen.

Er ist ihr da draußen nicht über den Weg gelaufen. Aber diese Stadt brodelt im Moment auch. Was für eine Freude so eine ganz normale Sache wie eine fahrende Straßenbahn doch auslösen kann! Angesichts der schweren Zeit ist diese überschäumende Stimmung einfach nur verständlich. Ingeborg lächelt.

Hubert wird gleich da sein. Sie setzt sich an einen Tisch im Gastraum. Noch ist der spärlich besucht, aber sie ist überzeugt, wenn draußen auf dem Marktplatz die Reden zu Ende sind, wird hier die Hölle los sein. Sie und Hubert werden sich dann aber draußen im Freudentaumel treiben lassen. Sie bestellt ein Zitronenwasser und sieht auf die Uhr über dem Tresen. Es ist zwei Minuten nach eins.

Der Kellner bringt das Glas Zitronenwasser.

„Entschuldigen Sie, sind Sie Fräulein Schwegler?“ Ingeborg ist überrascht, als der Kellner ihren Namen nennt.

„Ja, das bin ich, wieso?“

„Dieser Brief hier ist für Sie heute Morgen abgegeben worden.“

Der Kellner legt ein graublaues Briefkuvert neben das Wasserglas, lächelt sie an und geht wieder an den Schanktresen zurück.

Ingeborg greift nach dem Briefumschlag. Ihr Name steht darauf. Die Schrift ist ihr aber völlig unbekannt. Sie wendet den Umschlag. Ein Absender steht nicht darauf. Sie nimmt ihren Stielkamm aus der Handtasche und schlitzt den Umschlag auf.

In dem Kuvert sind zwei Fotografien. Auf beiden ist Hubert zu sehen. Auf dem einen Bild umarmt er ein blondes Mädchen, die auch beide Arme um ihn geschlungen hat und ihm einen innigen Kuss auf den Mund gibt. Auf dem anderen liegt er mit diesem Mädchen offenbar schlafend im Bett. Die oberen Knöpfe ihrer Bluse sind offen. Ihr BH ist verrutscht und gibt einen tiefen Einblick auf ihre weißen Brüste frei. Der Hof ihrer linken Brustwarze ist deutlich zu sehen und auch der dunkle Leberfleck unmittelbar darüber. Ihr Rock ist hochgerutscht, zwischen dem Strumpfhalter und ihrem hautfarbenen Schlüpfer ist ihr nackter Schenkel zu sehen, auf dem Huberts Hand liegt. Ingeborg starrt auf die Fotografien. Sie wird von einer Welle von Atemnot und Übelkeit überrollt. Ihre Knie beginnen zu zittern und auch ihre Finger hat sie nicht mehr in ihrer Gewalt. Sie presst ihre Unterarme gegen die Tischkante, um nicht ganz die Kontrolle über ihre Hände zu verlieren. Einen Moment denkt sie an einen bösen Traum. Dieser unendlich rasante Absturz aus der euphorischen Taumelwelt da draußen auf der Straße und ihrer unbändigen Vorfreude auf das Wiedersehen mit Hubert in diese unglaubliche Tiefe der Enttäuschung

sprengen in ihr alle vernünftig zu fassenden Gedanken. Ihre Gefühle scheinen wie im Sperrfeuer der letzten Kriegstage zu explodieren. Ein nicht endenwollender Aufschlag in der Wirklichkeit breitet sich in ihrem Körper aus, wie er brutaler und schmerzhafter nicht hätte sein können. Bitternis, die trotz vieler schon ertragener Schmerzen in ihrem jungen Leben neu und darum umso grausamer ist, hämmert auf sie ein. Wie kann das sein?
Wie kann sie sich so in ihm getäuscht haben? Wie kann sie ihm Briefe schreiben und ihre Seele und ihr Herz nach außen kehren? Wie kann er ihr seine Liebe schwören? Wie kann er ihr seine Zukunft versprechen und das auch in ellenlangen Briefen beteuern? Wie kann er...?
Sie dreht die Fotografien um. Durch die sich aufstauenden Tränen liest sie verschwommen:
„Lass die Finger von ihm! Er gehört seit langem zu mir!“
Langsam breitet sich eine Träne auf dem weißen Karton der Rückseite des Fotos aus und lässt die Tinte der geschriebenen Worte gerinnen.
Es war alles nur ein Spiel von ihm. Zitternd betrachtet sie noch einmal die Bilder. Es war alles nur ein Spiel. Und ihre Gefühle hat er als Spielball missbraucht. Sie versucht einigermaßen die Contenance zu bewahren. Sie möchte ihrer Enttäuschung hier in aller Öffentlichkeit keinen freien Lauf lassen. Ihrer Wut will sie gar keinen Platz einräumen. Das hat seine Armseligkeit nicht verdient.
Langsam steckt sie die Fotos wieder in den Briefumschlag.
Mit aller Kraft stemmt sie ihre Füße gegen den Fußboden, um das Zittern in den Knien in den Griff zu bekommen. Sie will das Lokal hier stolz und selbstbewusst verlassen.
„Hubert, du tust mir leid. Du tust mir wirklich leid!“ flüstert sie sich selber zu. Mit dem Taschentuch trocknet sie sich die Tränen aus den Augen. Sie rührt das Zitronenwasser nicht an, legt zwei Franken neben das Glas und verlässt mit raschem Schritt den Gastraum. Die ihr entgegenschlagende Ausgelassenheit auf der Straße kommt ihr plötzlich affig und gestelzt vor. Sie flieht in eine Seitengasse und macht sich über die ‚Eiserne Hand‘ auf den Heimweg. „Armer Hubert! Armseliger Hubert!“ Auf dem Heimweg an diesem sonnigen Maisonntag kann sie langsam ihre Gedanken wieder sortieren. Die Explosion

ihrer Gefühle kann sie aber nicht rückgängig machen und die lassen den Tränen freien Lauf.

11. Mai 1947 Villingen

Verzweifelt sitzt Hubert Rösler in seiner Küche. Er hätte sich von Hauptmann Rose in Singen verabschieden müssen. Er hätte aussteigen müssen und nach Lörrach weiterfahren müssen.
Ingeborg hat sicher um eins auf ihn gewartet. Er muss ihr schreiben. Aber was soll er ihr sagen? Er kann ihr nicht schreiben, dass er Hauptmann Rose verpflichtet ist. Schließlich hat er ihm das Leben gerettet. Er kann ihr nicht schreiben, dass er auf diesen Hauptmann hören muss, solange er dessen Konto verwaltet. Kann ihr nicht schreiben, dass der ihn aus heiterem Himmel mit nach Konstanz genommen hat. Dass dieser Hauptmann Rose bereits eine Fahrkarte für ihn in der Tasche hatte und mit ihm einfach am See saß, Kaffee trank und nur den lumpigen Zinsbetrag von ihm hören wollte. Er kann ihr nicht sagen, wozu dieses Geld einmal gebraucht werden wird. Ingeborg versteht das nicht. Ingeborg versteht das noch nicht. Irgendwann wird sie sicher einsehen, dass er den Hauptmann nicht enttäuschen darf und dass er sein Ehrenwort gegeben hat, dass er immer für sein Vaterland handeln muss, wie jeder andere das auch für sein Vaterland tun würde. Im Moment aber kann er ihr das alles nicht erklären. Im Moment muss er ihr erklären, warum er nicht in Lörrach war. Im Moment muss er ihr erklären, warum sie wohl umsonst im „Schwarzen Bären" auf ihn gewartet hat. Er muss einen Ausweg finden. Mit beiden Händen stützt er seinen Kopf auf, die Ellenbogen liegen auf der Tischplatte und vor ihm das Briefpapier und der Stift.
Wie soll er bloß anfangen? Ingeborg!

13. Mai 1947

„Und Riegger, wie ist es gelaufen?“ Hauptmann Rose hält sein Weinglas gegen das Licht und betrachtet den goldperlenden Wein.
„Ich denke, die ist bedient!“
„Wie hat sie denn reagiert?“
„Das Entsetzen war ihr anzusehen, aber sie ist dann nicht lange geblieben und hat sich gleich wieder auf den Weg nach Hause gemacht. Aber das hat gesessen!“
„Na, sehen Sie Riegger, wir bekommen das auch mit weniger drastischen Mitteln in den Griff. Rösler macht keine Probleme. Er hat nicht einen Moment gezögert, als ich ihn in Singen aufgefordert habe, sitzenzubleiben. Natürlich war er den ganzen Nachmittag zerfahren und nervös. Das wird sich geben. Die Kuh ist auf jeden Fall vom Eis und Sie müssen dafür sorgen, dass das auch so bleibt, Riegger!“
Der Leutnant sieht fragend von seinem Suppenteller auf.
„Was schlagen Sie vor, Rose?“
„Sie müssen jedenfalls dafür sorgen, dass der Briefverkehr unterbrochen wird. Nicht, dass er reumütig alles erzählt und sie ihm großzügig verzeiht!“
„Das ist schon geritzt. Wir haben ja die Walli im Villinger Postamt. Die habe ich darauf angesetzt.“
„Vor allem in den nächsten Tagen ist das sehr wichtig. Am besten ist, sie bekommt in den nächsten Monaten überhaupt keinen Brief von ihm. Und wenn man ihre Briefe auch abfangen kann, wäre das von allergrößtem Vorteil.“
„Die Walli sitzt am Verteiler. Am Morgen die Ausgangspost, am Nachmittag Eingang. Die hat den Überblick.“
„Gut so, Riegger! Sie achten darauf, dass er nicht plötzlich doch in so einem Liefer-LKW sitzt.“
„Das erfahre ich sofort. Herbert belädt den Blitz vom Picard!“
„Arbeitet der fest bei SABA?“
„Ja, er ist der Lademeister. Dem entgeht nichts und der ist zuverlässig.“
„Gut so, Riegger, gut so!“

Die beiden Männer sitzen noch länger als eine Stunde im Furtwanger Hotel zum Ochsen, plaudern über dies und jenes und lassen sich ein üppiges Abendessen und reichlich Wein servieren.

27. Juli 2019

Paul und Martin schleppen jeder einen Umzugskarton gefüllt mit Ordnern zu ihren vor dem Haus geparkten Autos und packen sie in den Kofferraum.

„Bist du sicher, in meinem Karton sind die Vereinsordner?“ Paul ruft laut zu Martin über die Straße.

„Ganz sicher, bei mir ist nur Versicherungskram drin! Elly nimmt den restlichen Schreibkram mit.“

Beide verschließen die Autos wieder und gehen gemeinsam wieder ins Haus.

Bernhard löffelt gerade Zucker in seine Kaffeetasse während Elly sichtlich nervös auf ihrem Stuhl im Esszimmer sitzt.

„Du bist dir sicher, dass der jetzt gleich anruft?“ Sie schüttelt den Kopf. „Du machst mir richtig Angst. Wenn der jetzt anruft, dann heißt das ja, dass wir auf Schritt und Tritt beobachtet werden.“

„Elly, das Auto steht vorne beim Edeka auf dem Parkplatz. Die sind da, glaube es mir. Und wenn er das Konto will und uns jetzt beobachtet hat, dann hat er nicht mehr viel Zeit, sich zu melden. Wir haben jedenfalls sehr deutlich gemacht, dass wir aufbrechen.“

Paul sieht seine Schwester ein wenig spöttisch an und Martin versucht sie zu beschwichtigen.

„Jetzt gehen wir bitte wirklich mal davon aus, dass die nicht in der Lage sind, uns alle vier zu beschatten. Und Angst brauchst du auch keine zu haben, Elly. Die wollen das Konto. Beziehungsweise im besten Fall das Geld, das auf diesem Konto ist. Und solange sie das nicht haben, halte ich es für ausgeschlossen, dass sie aktiv werden. Du magst Recht haben, du lebst in der Gegend und die offenbar auch. Aber nimm dich halt die paar Tage etwas in Acht. Du hast doch zwei Männer im Haus. Und letztendlich gibt es auch die 110, wenn wirklich etwas passieren sollte. Dann musst du halt….“

Das Telefon klingelt.

„Hab ich es gesagt?“ Paul steht auf und geht zum Sideboard. Er lässt es noch zweimal läuten, bevor er abhebt und auf laut stellt.

„Rösler!“

„Guten Tag, Herr Rösler, ich hoffe, ich rufe nicht zu früh an. Aber Sie sagten doch, ich solle mich nach der Beerdigung Ihrer Mutter wieder bei Ihnen melden.“

„Ah, Herr Hermann, nicht wahr?“

„Ja, ja, der Herr Hermann, ja, ja, das bin ich. Haben Sie denn in den Unterlagen Ihrer Eltern jetzt etwas gefunden von dem Konto?“

„Leider Herr Hermann, da muss ich Sie enttäuschen. Bisher ist nichts aufgetaucht. Aber Sie müssen schon verstehen, am Donnerstag haben wir überhaupt nicht danach suchen können und gestern haben wir einige Dinge erledigen müssen, die keinen Aufschub dulden.“

„Ja, ja, Herr Rösler, das verstehe ich sehr gut, aber wissen Sie, das mit dem Konto sollte auch recht zügig abgewickelt werden...“

„Herr Hermann, wir bemühen uns ja. Wir haben gestern wirklich alle Ordner mit den Bankangelegenheiten unserer Eltern auf den Kopf gestellt und jeden einzelnen Kontoauszug gesichtet. Tut uns leid, da ist nichts von einem Schweizer Konto zu finden. Wir sind nächstes Wochenende wieder in Villingen, kommen Sie gerne vorbei, Sie können alles selber durchsehen, wenn Sie wollen...“

„Nein, nein, Herr Rösler, das wird nicht nötig sein, aber irgendwo muss Ihr Vater doch die....“

„Herr Hermann, wenn mein Vater wirklich ein Konto von diesem Herrn.....“

„Rose! Herrn Rose!“

„Richtig, Herrn Rose verwaltet hat, dann hat dieser Herr Rose doch ganz sicher auch Unterlagen von diesem Konto in seinen Händen. Bringen Sie uns doch die vorbei und dann kümmere ich mich gerne darum, dass die Sache mit der Bank abgewickelt werden kann."

„Ja wissen Sie, Herr Rösler…." Der Mann am anderen Ende der Leitung scheint auf Pauls Vorschlag überhaupt nicht vorbereitet zu sein und wirkt plötzlich ziemlich verunsichert. Paul setzt noch einen drauf.

„Am besten, Herr Hermann, wir fahren zusammen in die Schweiz. Wo müssen wir denn dort hin? Nach Zürich oder nach Bern?"

„Nein, nicht nach Bern, nur nach Basel! Ääh…"

Der Anrufer hat offensichtlich erkannt, dass er mit der Nennung der Stadt einen Fehler gemacht hat und will ihn offenbar wieder korrigieren.

„.. also, meines Wissens nach muss das Konto wohl in Basel sein. Zumindest ist Herr Rose dort öfters gewesen."

„Wenn das so ist, dann müssen Sie doch irgendwelche Unterlagen in der Hand haben. Herr Hermann, versuchen Sie doch, wenigstens die Bank und die Kontonummer zu besorgen und dann melden Sie sich nächstes Wochenende wieder. Ich habe ab fünften August Urlaub, da ließe es sich einrichten, dass wir gemeinsam nach Basel fahren. Dann können wir die Sache doch schnell über die Bühne bringen. Die Bank wird uns sicher über die Eigentumsverhältnisse aufklären können."

„Sehen Sie Herr Rösler, wir…!"

Paul unterbricht den Mann am anderen Ende der Leitung.

„Herr Hermann, wir machen uns in den nächsten Minuten auf den Heimweg. Wir haben alle Familie und am Montag ist wieder Alltag und Arbeit angesagt. Wir wissen, dass wir die Sache unserer Eltern hier abwickeln müssen. Aber wir haben auch noch andere wichtige Dinge zu erledigen. Jeder von uns hat sich Arbeit aus diesem Haus mit ins Gepäck gepackt. Wir werden daran arbeiten, aber wir können uns nicht wochenlang ausschließlich mit den verdrehten Dingen unserer Eltern beschäftigen. Haben Sie dafür bitte Verständnis. Wenn wir fündig werden, erfahren Sie es als Erster!"

„Das freut mich, Herr Rösler, ja, Sie haben Recht. Wir haben halt auch unsere Vorgaben und ich bin nun mal beauftragt, mich um diese Abwicklung zu kümmern."

Paul versucht noch ein letztes kleines Manöver.

„Sagen Sie mir, Herr Hermann, von wem haben Sie denn den Auftrag? Welche Organisation ist denn die rechtmäßige Besitzerin dieses Kontos? Ich kann mir nicht vorstellen, dass wir ohne diese Auskunft bei der Bank irgendetwas bewirken können. Ich denke, da müssen sie schon handfeste Unterlagen vorlegen."

„Das werden wir, Herr Rösler, das werden wir."

„Dann ist es ja gut. Also melden Sie sich am nächsten Sonntag oder Montag, dann machen wir Nägel mit Köpfen! Bis dahin eine schöne Woche!"

„In Ordnung, Herr Rösler, bis nächsten Sonntag. Auch Ihnen eine schöne Woche, Guten Tag!"

Dann wird der Hörer auf der anderen Seite aufgelegt.

Eine Weile herrscht Schweigen bei den vier Geschwistern.

„Gut gemacht, Paul!" Martin meldet sich als erster wieder aus seinen Gedanken zurück. „Du hast ihn wirklich an der Angel gehabt. Immerhin hat er Basel verraten. Sie haben also mehr in der Hand, als sie uns wissen lassen."

„Aber die Bank und die Kontonummer hat er nicht rausgerückt!"

„Was erwartest du, Elly? Paul hat das trotzdem sehr diplomatisch gemacht. Für mich hat er sehr überzeugend geklungen und ich denke, dieser Hermann hat ihm das auch so abgekauft. Zwar glaube ich auch, dass die ganze Sache ziemlich stinkt und dass es auch nicht unbedingt ungefährlich für uns ist, aber Paul hat uns auf jeden Fall etwas Luft verschafft und denen auch Druck gemacht. Wie will der sich nächste Woche melden, wenn er nichts in der Hand hat? Wenn wir uns dumm stellen und weiterhin bei unserer Unkenntnis bleiben, wie wollen die uns dann zum Handeln verpflichten können?"

„Die haben jetzt aber auch eine Woche Zeit, sich eine Strategie zurechtzulegen!"

„Das schon, Bernhard, aber wir wissen nächste Woche auf jeden Fall weit mehr, wenn wir unseren Plan umsetzen. Und dann sehen wir, ob wir von denen noch ein Zuckerl dazubekommen. Jetzt lass Paul zuerst machen und du kommst am Freitagnachmittag wieder her. Dann sehen wir klarer. Komm, ich bring dich jetzt zum Bahnhof."

Damit steht Martin auf und greift nach seinem Trolley. Auch Bernhard nimmt seinen Koffer der etwas schwerer ist als bei der Herfahrt. Denn immerhin hat er die Schweizsammlung, so wie sein Vater sie hinterlassen hat in seinem Gepäck. Also auch mit der nicht logischen Sammelseite.

„Elly, gib Acht auf dich und bleib diese Woche in Freiburg. Lass das Haus hier lieber in Ruhe diese Woche." Auch Paul greift nach seinem Gepäck. Sie verlassen das Haus und machen sich auf ihren Heimweg.

September 1947

„In der letzten Zeit wirkst du manchmal ziemlich niedergeschlagen? Was ist los mit dir?"
„Nichts ist los mit mir! Alles ist gut!"
„Komm, Hubert, mir kannst du doch nichts vormachen! Hubert, es ist doch nicht nur hier so mit dir. Auf den Wanderungen bist du auch nicht gerade mehr der Fröhlichste." Sigrid legt die Pinzette aus der Hand.
„Meinst du, ich habe nicht gemerkt, dass deine ‚Krankenschwester' nicht mehr schreibt? Drei Monate habe ich keine einzige Schweizer Marke mehr von dir bekommen. Und in deinem Album haben sich die auch nicht vermehrt. Also, was ist los? Habt ihr euch gestritten? Jetzt rede schon, du kannst doch nicht alles in dich hineinfressen. Ich behalte es auch für mich, Ehrenwort!"
Hubert Rösler sieht das Mädchen dankbar an. Sie hat sich wirklich zu einer echten Freundin entwickelt und sie ist erwachsen und hübsch geworden.
„Ach weißt du, Sigrid. Ich habe Ingeborg versetzt. Ich wollte mich mit ihr treffen und es ist etwas dazwischen gekommen. Das hat sie mir offenbar sehr übel genommen. Denn ich habe danach nichts mehr von ihr gehört."
„Was ist denn dazwischen gekommen?"
„Ach, etwas in der Arbeit. Ich konnte halt nicht fahren!"
„Hast du ihr das nicht erklären können? Das ist doch nicht so dramatisch?"
„Mindestens zehn Briefe habe ich schon geschickt und ich habe mich tausend Mal entschuldigt, aber sie reagiert nicht."
„Also, wenn sie wegen so einer Lappalie gleich so beleidigt ist, dann ist sie nicht unbedingt die Richtige für dich!" Sigrid hebt leicht die Schultern und sieht ihn zweifelnd an.
„Warum fährst du nicht einfach zu ihr und erklärst ihr alles? Wenn ich das richtig gelesen habe, gibt es doch wieder eine Bahnverbindung nach Basel. Gibt es da nicht wieder eine Straßenbahn, die in eine deutsche Stadt fährt, Lörrach, oder so?"
Hubert Rösler nickt versonnen.

„Meinst du nicht, dass das jetzt zu spät ist? Ich habe ihr so oft geschrieben und alles erklärt. Glaubst du wirklich, sie würde mich anhören, wenn ich jetzt hinfahren würde?"
Sie schüttelt den Kopf. „Du hast Recht, das hättest du gleich machen müssen. Spätestens nach dem ersten Brief. Jetzt wird sie dich nimmer anhören. Das ist aber sehr kleinlich von ihr. Ich kann das nicht verstehen."
„Ich auch nicht!" Hubert starrt mit leerem Blick auf die Küchenwand. Dann kommt er wieder zu sich.
„Es tut gut, mit dir darüber zu reden. Du bist wirklich lieb, Sigrid!"
„Mann -Hubert! Wozu sind Freunde denn da? Du musst nicht immer alles nur in dich reinfressen! Darfst auch mal jammern und alles rauslassen, wenn dich was quält."
Bevor sie an diesem Abend nach oben geht umarmt sie Hubert Rösler innig.
„Wird schon wieder. Lass bloß den Kopf nicht hängen! Wie sagt meine Mutter immer: Andere Mütter haben auch nette Söhne! In deinem Fall natürlich Töchter!" Sie lacht, klopft ihm auf die Schulter und geht.

März 1948

Lange hatte er mit sich gerungen nach Riehen zu fahren, um vielleicht doch noch einmal mit Ingeborg zu reden. Fast ein Jahr ist es jetzt schon her, dass er nichts mehr von ihr gehört hat. Immer hat er sich gesagt, wenn er nach dem Geld sieht, wird er zu ihr gehen und fragen, warum sie ihm so böse ist. Aber Hauptmann Rose hat ihm gesagt, dass es keine Eile habe, den nächsten Kontoabzug abzurufen. Der Betrag bliebe ja doch das ganze Jahr unverändert. Da hatte er natürlich Recht und er konnte diesen Canossagang immer wieder um ein paar Wochen verschieben. Auf der anderen Seite hatte Herr Frei ihm aufgetragen, jeweils am Jahresanfang nach dem Konto zu sehen und es interessierte ihn natürlich auch, ob wirklich dieser Herr Hübner wieder aufgetaucht war. Mit Hauptmann Rose wollte er über diesen Herrn nicht sprechen, denn das könnte ja danach aussehen, dass er mit den Unterlagen des Kontos nicht vorsichtig genug umgegangen ist. Diesen Eindruck wollte er bei Hauptmann Rose nun wirklich nicht hinterlassen. Allerdings ist ihm immer noch schleierhaft, wie dieser Hübner an die Kontonummer und das Kennwort gekommen ist. Eigentlich kennen nur er und Hauptmann Rose Kontonummer und Kennwort. Und die Bank natürlich. Wie kommt dann dieser Hübner an die Information? Er versteht das nicht.

Hubert hat sich Urlaub genommen. Es ist ein herrlicher Tag, ähnlich wie im Mai letzten Jahres. Tatsächlich kann er mit dem Trämli vom Lörracher Hauptbahnhof problemlos bis nach Basel fahren. Die Entscheidung sich wieder zuerst um die Bankgeschäfte zu kümmern, kommt ihm heute eher wie ein Sich-vor-dem-Problem-drücken vor. Fast ist es schon Routine, von Herrn Frei empfangen zu werden. „Herr Hübner“, so versichert ihm Herr Frei, „ hat sich nicht wieder gemeldet.“ Hubert Rösler sieht sich den Kontoauszug an. Der Betrag ist um einundfünfzigtausendzweihundertundsechsundsiebzig Franken gestiegen. Hubert Rösler registriert den Betrag mit einem müden Lächeln, viel zu sehr ist er mit dem bevorstehenden Besuch in Riehen und mit der Begegnung mit Ingeborg beschäftigt.

„Wollen Sie nicht das Kennwort ändern?“, erinnert ihn Urs Frei, als er schon dabei war, die Mappe wieder zu schließen.
„Ja, natürlich! Ich war mit meinen Gedanken gerade ganz woanders. Entschuldigen Sie!“ Noch einmal öffnet er die Mappe und greift nach dem Kontovertrag. Er streicht das alte Kennwort aus, schreibt das neue darunter: „Sämann“. Er ergänzt seine Korrektur mit dem heutigen Datum und zeichnet dies mit seinem Kürzel ab.
„Sie haben ein System für Ihr Kennwort und können es abrufen, wenn Sie an das Geld wollen?“ Herr Frei sperrt lächelnd das Schließfach ab und sieht Hubert Rösler dabei an.
„Ja, ich habe ein System!“, bestätigt er dem Bankbeamten, „und ich bin sicher, dass niemand auf das Konto zugreifen kann, solange hier in der Bank nicht nur nach dem Schließfachschlüssel sondern auch nach dem Kennwort gefragt wird, so wie Sie es bei mir bisher immer gemacht haben, obwohl Sie mich kennen.“
„Das ist doch Ehrensache bei uns. Wo kämen wir denn da hin, wenn wir unseren Kunden die Sicherheit ihrer Einlagen nicht optimal schützen würden?“
Hubert Rösler verabschiedet sich und macht sich nun auf den Weg nach Riehen.

Mit einem Strauß frischer Tulpen steht er im Hof und sieht sich nach Ingeborg um. Alles ist wie es im vergangenen Jahr auch war. Zögerlich geht er auf die Haustüre zu. Plötzlich steht Ingeborgs Mutter in der Milchkammertüre.
Sie schüttelt mit einem leicht abweisenden Lächeln den Kopf.
„Du, Hubert? Was willst du hier?“
„Ich möchte...ist Ingeborg nicht da...? Ich würde...Kann ich mit ihr reden? Bitte?“
Wieder schüttelt die Frau ungläubig und abweisend den Kopf.
„Nein, Ingeborg ist nicht mehr da! Und ich glaube auch nicht, dass sie mit dir hätte reden wollen, wenn sie da wäre!“
„Aber ich verstehe das alles nicht? Ich habe ihr so oft geschrieben. Es tut mir ja leid, dass ich nicht kommen konnte. Ich habe es ihr doch aber erklärt und ich verstehe nicht, warum sie mir gar keine Antwort gibt?“
„Du hast ihr geschrieben? Hierher?“

„Ja, natürlich hierher. Zehn Mal mindestens! Wieso hat sie denn nie geantwortet?"
„Hier ist kein Brief von dir seitdem angekommen. Nicht ein einziger, Hubert! Du hast ihr sehr wehgetan und das hast du hoffentlich aus dem Brief, den sie dir geschrieben hat, herausgelesen."
„Ich habe keinen Brief von ihr bekommen. Keinen seit dem Tag, als ich nicht kommen konnte. Keinen seit fast einem Jahr!"
Hubert sieht zu Boden. Er muss sich zusammennehmen, um nicht das Heulen anzufangen.
„Hubert, ich glaube nicht, dass Ingeborg dich wiedersehen möchte. Sie lebt nicht mehr hier. Im September ist sie nach Zürich gegangen um zu studieren. Ich denke, du solltest sie vergessen. Vielleicht lernst du ja daraus wenigstens, dass so ein Miteinander, wie ihr es begonnen habt, in erster Linie auf Ehrlichkeit basiert. Noch dazu, wenn man in so einer Entfernung lebt, wie ihr beide das getan habt. So und jetzt geh bitte, ich muss zu sehen, dass ich mit meiner Arbeit weiterkomme."
„Darf ich....sagen Sie ihr trotzdem Grüße von mir und dass ich da war?" Er drückt der Frau die Tulpen in die Hand, dreht sich um und verlässt so schnell er kann den Hof.
Er registriert die Menschen nicht, die neben ihm im Trämli sitzen. Er weiß nicht mehr, ob er kontrolliert wurde an der Grenze und erinnert sich nicht, wie er in Lörrach in den Zug gestiegen ist.

Die ganze Zugfahrt zermartert er sich den Kopf. Wie hatte Ingeborg rausgefunden, dass er noch immer für Hauptmann Rose arbeitet. Immer wieder kommen ihm Ingeborgs Worte in den Sinn, die sie ihm damals an der Bank an den Kopf geschmissen hatte. Immer wieder ihr unbändiger Zorn, der sie überfiel, als er ihr gesagt hatte, dass er wieder zurück nach Deutschland geht. Immer wieder hört er sie sagen:
„Aber ich muss dir jetzt eins sagen, ich kann mir nicht vorstellen, jemanden als Freund zu haben, der das gut findet, was euer Führer verbrochen hat. Geh wieder zurück nach Deutschland und wenn dir die Augen nicht bald aufgehen dort, komm nie wieder in die Schweiz zurück!"

Und dann fällt ihm auch ihr *„Schade!"* ein.

Wie konnte sie herausbekommen, dass er auf der Bank war? Hat Picard etwas mitbekommen und hat sich bei ihr verplappert? Hat dieser Herr Hübner damit etwas zu tun? Eines weiß er aber gewiss: Es kann nur das Geld sein. Das ist das Einzige, wovon er ihr nicht erzählt hat. Das ist die einzige Unehrlichkeit, das einzige Geheimnis, das er vor ihr hatte. Ja, er weiß, dass sie das nie hätte erfahren dürfen. Er wusste, dass sie unerbittlich reagieren würde, wenn sie ihm da auf die Schliche käme. Und jetzt war es wirklich geschehen. Hätte er die Sache doch an Hauptmann Rose zurückgeben können vor zwei Jahren. Vielleicht wäre er dann jetzt bei ihr in Zürich. Oder sie mit ihm in der Nähe seiner Eltern. Wie hatte sie die Sache nur rausbekommen? Wo hatte er einen Fehler gemacht?

Er denkt auch über ihre Auseinandersetzungen nach. Vielleicht hat Hauptmann Rose doch Recht. Diese Menschen denken anders wie er. Warum wollte sie die ganze Zeit nicht einsehen, dass der Führer doch keine Vernichtung wollte, dass er lediglich für all die Menschen in Deutschland Platz schaffen wollte? Wieso konnte sie nicht begreifen, dass es um ein großes starkes Land der Deutschen ging, um ein Land in dem es allen gut ergangen wäre, in dem auch sie hätte gut leben können?

Wieso will sie unbedingt studieren? Sie ist auf dem Bauernhof groß geworden. Sie hat doch von ihrer Mutter alles gelernt, was für eine Frau im Leben wichtig ist. Wäre es nicht viel schöner gewesen, sie hätten Kinder zusammen gehabt? Sie wäre sicher eine großartige Mutter seiner Kinder geworden. Sie hätte die Kinder wunderbar großgezogen, hätte jeden Tag wie ihre Mutter herrliches Essen auf den Tisch gezaubert und am Wochenende wäre sie mit ihm, den Kindern und den Wandervögeln losgezogen und hätte die Schwarzwaldgipfel gestürmt. Es hätte doch so schön werden können.... Aber vielleicht ist es auch gut sie zu vergessen. Vielleicht wäre sie so stur geblieben. Wer weiß, ob sie sich dann noch vertragen hätten.

Als er in Villingen aus dem Zug steigt hat er den Satz auf den Lippen: „Vielleicht ist es gut so, wie es ist. Ich muss sie einfach vergessen!"

Juni 1948

Ein Zwanzigmarkschein, zwei Fünfmarkscheine, drei Zweimarkscheine, zwei Einmarkscheine und vier Einhalbmarkscheine. Hubert Rösler betrachtet an diesem frühen Sonntagmorgen das Geld in seinen Händen. Sigrid steht neben ihm vor dem Villinger Rathaus. Ihre Mutter hatte gerade einhundertsechzig Deutsche Mark für sich und ihre drei Mädchen ausbezahlt bekommen. Sigrid lacht und schüttelt den Kopf.

„Ja Hubert, sieh dir das Geld nur gut an. Es heißt ‚Kopfgeld'! Damit sind im Wilden Westen die Männer bezahlt worden, die Banditen gejagt haben. Sieh also zu, dass dir nicht irgendein Kopfgeldjäger das bisschen, was du da hast, wieder abspenstig macht!"

„Mach dich nur lustig, du kleine Hexe! Wer weiß, was das ‚Bisschen' plötzlich wirklich wert ist. Jedenfalls brauchen wir jetzt nicht mehr die ganzen Nullen auf den Scheinen zählen."

„Das stimmt! Unser Portemonnaie wird sicher wieder dünner. Wenn Mama mir etwas abgibt von meinem Anteil, sollten wir mit den anderen das neue Geld feiern, dann wissen wir doch gleich, wieviel jeder Pfennig wert ist, oder?"

„Das ist eine gute Idee, Sigrid. Allzu lange sollten wir damit aber nicht warten, denn wenn ich das richtig mitbekommen habe in diesem hohen Haus da drin," Hubert Rösler deutet auf das Rathaus hinter sich, „dann gibt es nächsten Monat noch einmal einen Zuschlag."

Die beiden machen sich gemeinsam auf den Nachhauseweg.

Im Hubenloch wendet sich Sigrid flüsternd an Hubert Rösler.

„Hast du schon gehört, dass die Schwenninger Wandergruppe sich wieder „Schwarzwaldverein" nennen möchte?"

Hubert Rösler sieht Sigrid überrascht an.

„Wirklich?"

„Ja, die Hanni hat erzählt, dass die daran sind, ein ganz offizielles Gesuch an die Gewerbepolizei zu stellen. Sie weiß es von einem Arbeitskollegen, einem gewissen Klaus, der bei den Schwenningern in der Gruppe ist."

„Ich habe davon noch nichts gehört. Das ist mir wirklich neu, aber ich denke, versuchen sollte man es schon, denn soviel ich weiß, haben die Amerikaner längst wieder zugelassen, dass sich Vereine gründen."

„Das stimmt. Bei uns im Büro haben sie davon auch erzählt. Die Amis wollen sogar fördern, dass viele verschiedene Vereine gegründet werden. Sie wollen nämlich nicht, dass es in Deutschland wieder nur eine Einheitsjugend wie die HJ und den BDM gibt."

„Das war doch nicht so schlecht, oder?"

„Hubert?! Die Geschichte ist doch nun wohl endgültig vorbei! Du solltest dich hüten, solche Bemerkungen zu machen. Es könnte leicht sein, dass man dir daraus noch einen Strick dreht."

Hubert Rösler sieht Sigrid verständnislos an.

„Mensch, wir haben damals doch auch nichts anderes als Jugendarbeit gemacht. Zeltlager, Wanderungen, Geländespiele...Was war denn daran so schlimm, dass wir heute nicht mal mehr darüber reden dürfen? Das verstehe ich nicht!"

„Du bist ganz schön blauäugig, Hubert. Die HJ war doch offen gestanden nichts anderes als die Vorbereitung auf den Krieg. Das kannst du doch nicht abstreiten. Der ganze Verein war doch militärisch durchorganisiert bis zum Kleinsten oder etwa nicht?"

„Wie willst du der Jugend denn sonst Disziplin beibringen? Das ist doch anders gar nicht möglich, Sigrid. Und wenn du ein Ziel erreichen willst, dann ist es einfach wichtig, dass einer vorangeht und die anderen auch folgen."

„Mensch Hubert, was redest du denn da? Wenn du das wirklich alles so glaubst, dann rat ich dir, dass du schön brav deinen Mund hältst. Denn wenn du das laut sagst, was du da gerade von dir gegeben hast, dann kannst du schnell in den Knast wandern! Überleg doch einfach mal nur. Leute wie der Reichsjugendführer Schirach oder der Artur Axmann sind doch verurteilt und eingesperrt worden. Meinst du, die gehen mit anderen HJ-Führern anders um, wenn sie davon erfahren? Hubert, Demokratie ist das Zauberwort im Moment! Und wenn dir deine Freiheit lieb ist, dann würde ich an deiner Stelle, die Meinung, die du da vertrittst, schön brav für mich behalten. Und ganz ehrlich, ich würde sie auch bei den Wandervögeln nicht laut äußern. Wer weiß, ob die ein oder andere nicht doch irgendwo ihren Mund nicht halten kann und etwas in Gang kommt, was dir dann gar nicht in den Kram passt."

Eine Weile gehen die beiden schweigend nebeneinander. Sigrid sieht ab und zu in Hubert Röslers Gesicht und bemerkt, dass es in ihm arbeitet.

„Du magst Recht haben, Sigrid. Es wird besser sein, wenn ich schweige." Fast wie zu sich selbst gesprochen, macht Hubert Rösler seine Gedanken deutlich. Wenn er sich wirklich tarnen will, weil er ja mit dem Geld in der Schweiz auch eine wichtige Aufgabe zu schultern hat, dann sollte er sich dem anpassen, was von einem deutschen Bürger heute verlangt wird. Auch wenn er in vielen Dingen anderer Meinung ist. Er wird, wie Hauptmann Rose es ausdrückt, warten müssen bis die Zeit reif ist. Dann wird er wieder zu einer wichtigen Persönlichkeit aufsteigen. Jetzt aber wird er erst einmal schweigen müssen.

„Du hast wirklich Recht, Sigrid. Ich sollte besser schweigen."

„Hubert, ich meine das nicht böse. Das musst du wissen. Und ich glaube auch, dass du ein guter Kerl bist und niemandem etwas Böses willst. Aber unsere Geschichte zeigt uns, dass wir jemandem vertraut haben, der das nicht so gesehen hat wie wir. Und wir haben nun die Chance, neu anzufangen. Hubert, wir sind jung, wir haben noch das ganze Leben vor uns. Daran sollten wir denken und es nicht leichtfertig aufs Spiel setzen. Die Hitlerzeit war nicht gut für uns. Die sollten wir ganz schnell vergessen und es auf einem besseren Weg versuchen. Hubert, ich schätze dich wirklich. Du bist mir ein aufrichtiger Freund geworden. Und du musst wissen, was immer auf uns zukommt, ich möchte deine Freundin bleiben. Wenn du etwas loswerden willst, komm einfach. Ich werde dir immer zuhören. Aber gib einfach Acht auf dich und bring dich nicht unnötig in Schwierigkeiten!“

Als die beiden vor der Türe stehen, nimmt Sigrid ihn in den Arm, drückt ihn fest an sich und gibt ihm einen Kuss auf die Wange. Dann geht sie ohne ein weiteres Wort nach oben. Hubert Rösler geht nachdenklich in seine Wohnung. Er denkt an Ingeborg. Warum konnte sie nicht so sein wie Sigrid? Offensichtlich denkt Sigrid gar nicht mal so anders wie Ingeborg. Aber er hat das Gefühl, Sigrid kann seine Haltung wesentlich besser akzeptieren, als Ingeborg das konnte. Schade eigentlich. Oder macht es doch den Unterschied aus, dass Sigrid halt auch Arierin ist und Ingeborg doch eher niederalemannisch? Er sieht sich, um sich von seinen trüben Gedanken abzulenken, noch einmal die viel kleineren neuen Geldscheine an, dann schält er Kartoffeln für das Mittagessen in der Küche.

Café Drechsel

Ein leichter Wind weht durch die Häuserfront. Es ist kalt. Und die ersten Wintermäntel sind heute Morgen schon auf der Straße zu sehen. Der elegante hochgewachsene Herr geht mit zügigem Schritt auf das Café Drechsel zu.

„Einen wunderschönen guten Morgen, Herr Direktor!" Der Ober verbeugt sich leicht und nimmt seinem Gast, der ihm lächelnd zunickt, den Mantel, den Hut und die Handschuhe ab. Am Zeitungstisch greift der frühe Gast zu der kostenlosen Extra-Ausgabe vom Zentralorgan der SED „Neues Deutschland". In großen Lettern liest er noch im Stehen: *‚Telegramm des Vorsitzenden des Ministerrats der UdSSR J.W.Stalin'*

Wie gewöhnlich nimmt er am ersten Arkadenfenster Platz, an dem er auch umgehend sein übliches Frühstück serviert bekommt. Er nippt an der Kaffeetasse und widmet sich dann dem Inhalt dieses Telegrammes.

An den Präsidenten der Deutschen Demokratischen Republik, Herrn Wilhelm Piek

An den Ministerpräsidenten der deutschen Demokratischen Republik, Herrn Otto Grotewohl

Gestatten Sie mir, Sie beide und in Ihrer Person das deutsche Volk anläßlich der Bildung der Deutschen Demokratischen Republik und anläßlich der Wahl des Ersteren von Ihnen zum Präsidenten und des Letzteren zum Ministerpräsidenten der Deutschen Demokratischen Republik zu beglückwünschen.

Die Bildung der friedliebenden Deutschen Demokratischen Republik ist ein Wendepunkt in der Geschichte Europas. Es unterliegt keinem Zweifel, daß die Existenz eines friedliebenden demokratischen Deutschlands neben dem Bestehen der friedliebenden Sowjetunion die Möglichkeit neuer Kriege in Europa ausschließt, die Blutvergießen in Europa beendet und die Versklavung der europäischen Länder durch die Weltimperialisten unmöglich macht.

Die Erfahrung des letzten Krieges hat gezeigt, daß das deutsche und das sowjetische Volk in diesem Kriege die größten Opfer gebracht haben, daß diese beiden Völker in Europa die größten Potenzen zur Vollbringung großer Aktionen von Weltbedeutung besitzen. Wenn diese beiden Völker mit gleicher Anspannung der Kräfte ihre Entschlossenheit bekunden werden, für den Frieden zu kämpfen, mit der sie den Krieg führten, so kann der Friede in Europa als gesichert betrachtet werden.

Wenn Sie so den Grundstein für ein einheitliches, demokratisches und friedliebendes Deutschland legen, vollbringen Sie gleichzeitig ein großes Werk für ganz Europa, in dem Sie ihm einen festen Frieden gewährleisten.

Sie brauchen nicht daran zu zweifeln, daß Sie, wenn Sie diesen Weg einschlagen und den Frieden festigen, große Sympathien und die aktive Unterstützung aller Völker der Welt finden werden, darunter des amerikanischen, englischen, französischen, polnischen, tschechoslowakischen, italienischen Volkes, schon gar nicht zu reden vom friedliebenden Sowjetvolk.

Ich wünsche Ihnen Erfolg auf Ihrem neuen, glorreichen Wege.

Es lebe und gedeihe das einheitliche, unabhängige, demokratische friedliebende Deutschland!

13.Oktober 1949 J.Stalin

Gemächlich isst der vornehme Gast das Butterhörnchen, das er Biss für Biss mit Marillenmarmelade bestreicht und trinkt dazu seinen Kaffee. Im vom Ober auf den Tisch gelegten rotbraunen Lederetui hinterlegt er diskret eine Banknote, erhebt sich und bewegt sich auf den Ausgang zu. Der aufmerksame Ober reicht ihm seinen Mantel zusammen mit Handschuhen und Hut, verbeugt sich ehrergeben und hält dem Gast die Türe auf. Das leichte Lüften des Hutes deutet einen Gruß an mit dem sich der vornehme Herr auf den Weg in die Innenstadt macht.

23. Dezember 1949

Sigrid sitzt auf der Stiege im Flur. Eingemummelt in ihren grünen Wollmantel, ihre beige Pudelmütze tief in die Stirn gezogen, sitzt sie ihre Arme um die in einer dicken grauen Strumpfhose verpackten Unterschenkel geschlungen auf der Treppe und hält einen Brief in der Hand. Hubert Rösler steht in der offenen Haustüre und schüttelt den Kopf:

„Warum gehst du nicht rein? Du musst doch nicht hier in der Kälte sitzen!"

„Da drinnen ist es auch nicht wärmer, wenn du den ganzen Tag in der Arbeit bist."

„Du hättest ja Feuer machen können." Hubert Rösler grinst. „Dann hätte ich es jetzt schön warm gehabt!"

„Das würde dir so passen, gell, ein Hausmädchen, das dich verwöhnt. Nein, nein, mach deinen Kram nur schön alleine."

Sigrid steht auf und folgt Hubert Rösler in die Küche. Sie hält ihm den Brief hin.

„Da, Hubert, der ist von deinem Vater. Sieh dir mal die Marke an. Die ist doch sehr komisch, oder?"

Hubert Rösler nimmt den Brief und betrachtet die Briefmarke.

„Wieso komisch? Was soll mit der Marke nicht stimmen?"

Sigrid lacht wissend und schüttelt den Kopf.

„Hubert, ‚fünfundsiebzig Jahre Weltpostverein'! Die Marke haben wir schon in unserer Sammlung. Die ist aber nicht so quadratisch, sondern länglich und ist auch nur 30 Pfennig wert und nicht 50 Pfennig, wie diese. Außerdem hat sie ein ganz anderes Bild."

„Bist du dir sicher?"

„Ja, ich bin da sehr sicher. Es ist noch gar nicht so lange her, als ich eine davon aus dem Büro mitgebracht habe."

Hubert setzt sich an den Tisch und sieht sich die Briefmarke genauer an.

„Aber sieh her, es steht ‚Deutsche Post' auf der Marke." Hubert Rösler nickt nachdenklich.

„Deine Eltern sind in der Ostzone, Hubert. Und die Ostzone nennt sich seit zwei Monaten ‚Deutsche Demokratische Republik'. Die haben vielleicht jetzt auch eigene Briefmarken und die Post dort drüben ist auch eine ‚Deutsche Post'."

Sigrid tritt neben ihn und legt ihm ihre Hand auf die Schulter.

„Es sind jetzt zwei verschiedene Länder, Hubert, zwei verschiedene Deutschlands. Deine Eltern leben jetzt in einem anderen Deutschland."

„Nein, Sigrid, nein, niemand wird dieses andere Deutschland anerkennen. Die können sich nennen, wie sie wollen. Kein anderes Land wird die DDR anerkennen. Du wirst sehen, das wird sich alles bald wieder ändern."

Sigrid beugt sich zu Hubert Rösler hinunter. Sie streicht mit ihrer Wange über seine Haare und legt ihm auch ihre zweite Hand auf die Schulter.

„Du magst Recht haben, Hubert, wenn Du an die Länder hier im Westen Europas denkst. Vielleicht auch noch an Amerika, aber die Freunde der Russen werden dieses neue Deutschland alle anerkennen. Die im Osten allemal und wer weiß, ob die Südamerikaner, die Asiaten oder die Afrikaner alle so denken, wie wir Westeuropäer. Tut mir leid, Hubert, ich glaube, wir sollten da nicht zu blauäugig sein. Ich gehe jetzt nach oben, damit du den Brief von deinen Eltern in Ruhe lesen kannst. Wir sehen uns morgen, gute Nacht."

Sie drückt ihn noch einmal kurz mit den Händen, dreht sich um und verlässt seine Wohnung.

Hubert Rösler sitzt noch einige Minuten gedankenverloren am Tisch, greift dann zu einem Küchenmesser und öffnet den Brief.

Veckenstedt, den 18.Dezember 1949

Lieber Hubert,

was war das für eine Freude, als wir gestern Dein Paket erhalten haben. All die feinen Sachen: Echter Bohnenkaffee, die Dosen mit dem Schweinefleisch, die Lebkuchen und die gute Schokolade. Du hast uns damit wirklich eine schöne Weihnachtsfreude gemacht, aber Du sollst Dich für uns nicht so in Unkosten stürzen. Die beiden eingepackten Päckchen machen wir natürlich erst am Heiligen Abend auf, so wie Du es im Brief geschrieben hast. Hab jedenfalls recht herzlichen Dank für alles.

Lieber Hubert, wie sehr hoffen wir, dass wir irgendwann wieder nach Reichenau in unser Haus zurückkehren können. Aber am Ende dieses Jahres sind wir wohl all unserer Hoffnung beraubt, dass wir das zusammen mit Dir machen können. Diese unsägliche Staatsgründung im Mai in Bonn hat die Russen natürlich endgültig provoziert. Ich kann nicht begreifen, warum die Amerikaner und die Engländer nicht besser mit dem Volksrat zusammengearbeitet haben. Natürlich waren die Russen mit ihrer Idee zum „Deutschen Volkskongress für Einheit und gerechten Frieden" den anderen eine Nasenlänge voraus. Aber immerhin haben sie an ein gemeinsames Deutschland gedacht. Die Spalter waren die Amerikaner und die Engländer. Statt sich mit den Vorschlägen des Volkskongresses auseinanderzusetzen, haben sie die deutschen Vertreter noch nicht einmal angehört. Wie können sie dann von den Russen erwarten, dass die sich mit dem Marschallplan auseinandersetzen. Und jetzt haben wir den Salat: Zwei deutsche Staaten. Das will einfach nicht in meinen Kopf rein. Aber vielleicht bin ich auch schon zu alt dafür, um all das zu verstehen, was in den Köpfen dieser Politiker vorgeht.

Mein lieber Junge, nichts wünschen Mama und ich uns mehr, als dass wir wieder zusammen sein können. In den letzten Wochen spricht man hier wieder viel davon, dass wir vielleicht wieder nach Hause zurückkehren können. Vielleicht versöhnen sich die Tschechen mit Pieck und Grotewohl schneller als mit Adenauer. Dann wird man wohl verstehen, dass wir in unsere Heimat zurück wollen. Aber ob ich das in meinem Alter noch erleben werde? Ich weiß es nicht.

Lieber Hubert, ich will Dich mit meinen trübsinnigen Gedanken nicht traurig machen. Es ist Weihnachten, da sollten wir fröhlich sein. Uns geht es hier gut in den letzten Jahren und wir wollen uns nicht beklagen. Wenn Mama und ich zu diesem Weihnachtsfeste einen Wunsch haben, dann nur den, Dich wohl auf, gut versorgt zu wissen und Dich bald wieder einmal in die Arme schließen zu dürfen. Vielleicht kannst Du es ja doch einmal möglich machen, uns hier zu besuchen.

Mama und ich wünschen Dir ein friedvolles und besinnliches Weihnachtsfest und das Allerbeste für das neue Jahr. Sei fleißig und bleib weiterhin ein so guter Junge wie bisher.

Wir schließen Dich in den Arm und denken jeden Tag an Dich.

Dein alter Papa.

P.S. Du solltest eigentlich zu Weihnachten von Mama eine Strickjacke bekommen, aber sie ist damit nicht fertig geworden. Es fehlt noch ein Ärmel. So musst Du noch bis Januar auf Dein Geschenk warten.

Er lässt den Brief aus seinen Händen auf die Tischplatte gleiten und starrt blickverloren auf die Küchenwand. Sie haben beide Recht, Sigrid und sein Vater: Es sind nun zwei verschiedene Deutschlands. Es sind zwei Staaten und das Zuhause seiner Kindheit liegt in der Tschechoslowakei, in einem fremden Land. Er lässt seinen Kopf hängen. Morgen ist Heiliger Abend. Weihnachten! Wieder ein friedliches Weihnachten. Aber so richtig kann er sich darüber nicht freuen, sein Land ist geteilt, all seine Träume von einem großen und stolzen Deutschland sind zerstoben? Wäre nur dieser Krieg nicht gewesen! Welche Schmach wäre diesem Land erspart geblieben. Er hätte sich nicht provozieren lassen dürfen, der Führer. Langsam hätte er Deutschland zu einer großen Nation leiten müssen. Mit welcher Hochachtung würde man dann heute in der Welt von den Deutschen sprechen. Hubert Rösler gibt sich einen Ruck. Nein, es gibt keinen Grund, den Kopf in den Sand zu stecken. Solange es Leute gibt wie den Hauptmann Rose, ist noch nicht alles verloren. Von diesem wurde ihm eine Aufgabe übertragen und er wird seinem Land dienen, so wie er es von klein auf gelernt hat. Er wird alles daran setzen, dass seine Eltern und er wieder zusammen sein können. Die echten Deutschen werden sich die Trennung nie gefallen lassen. Da ist er sich sicher und es wird viele echte Deutsche geben in diesem Land.

Hubert Rösler steht auf, geht in sein Schlafzimmer, holt aus dem Schrank das neue Briefmarkenalbum hervor, das er für Sigrid gekauft hat und beginnt es in weihnachtliches Geschenkpapier einzupacken.

Februar 1951

„Hört mal alle her! Wir sind jetzt bald in Basel. Und da möchte ich euch doch noch einige Informationen geben.“ Hubert Rösler steht im Mittelgang des Autobusses und hält die Zimmerliste des Hotels in seiner Hand.

Fünfunddreißig junge Leute sitzen an diesem Montag mit ihm im Bus auf der Fahrt nach Basel zur Fasnacht. Seit über einem Jahr ist er jetzt Jugendleiter beim Schwarzwaldverein und mit den von ihm organisierten Wochenend- und Urlaubswanderungen hat er sich inzwischen einen Namen gemacht. Als er in der Oktobersitzung letztes Jahr vorgeschlagen hatte, man könne doch im Februar mal zwei oder drei Tage nach Basel fahren, um die Baseler Fasnacht mitzufeiern, war die Begeisterung groß und er wurde sofort mit der Organisation beauftragt. Natürlich ahnt niemand von den anderen Mitgliedern des Schwarzwaldvereins, dass er mit dieser Fahrt durchaus eigene Interessen verfolgt. Zum einen hat er das Programm so festgelegt, dass für ihn Zeit bleibt, sich für ein bis zwei Stunden abzusetzen, um seine Bankgeschäfte zu erledigen, zum anderen hofft er insgeheim, Ingeborg vielleicht doch wiederzutreffen. Die Baseler Fasnacht ist ihr doch immer eine wichtige Tradition gewesen. Wie gerne hätte er mit ihr gesprochen, sie gefragt, warum sie sich so ohne ein Lebenszeichen von ihm zurückgezogen hat.

„Ich habe hier siebzehn Doppelzimmer zu vergeben und ein Einzelzimmer. Kümmert euch mal selbst darum, wer mit wem das Zimmer teilt, ich gehe jetzt durch und gebe euch die Zimmernummern. Das Hotel ist der Ramsteiner Hof in der Rittergasse, das ist in der Nähe vom Münster, also mitten in der Stadt. Ihr könnt euch dann im Zimmer einrichten und frischmachen. Um zwölf Uhr essen wir gemeinsam zu Mittag und um halb zwei gehen wir dann gemeinsam an die Route zu den Cortéges. Nun ein paar Worte zum Programm: Diese Cortéges sind keine Umzüge, wie wir sie kennen. Die verschiedenen Gruppen, die in Basel Cliquen heißen, fangen ganz wahllos auf der Route an zu marschieren und machen da Pause, wo sie wollen. Sie laufen auch nicht alle in die gleiche

Richtung, sondern kunterbunt durcheinander. Wichtig für euch ist: Tragt die Plakette, die ich auch gleich verteile, deutlich sichtbar an euren Jacken und Mänteln. Maskerade, das habe ich euch ja schon erzählt, ist nicht gern gesehen. Wichtig ist, dass ihr immer den Weg frei macht, wenn irgendwo eine Clique auftaucht. Wir treffen uns dann alle wieder um sieben Uhr im Ramsteiner Hof zum Abendessen. Und danach gehen wir auf den Münsterplatz und sehen uns die Laternen der Cliquen an. Der Dienstagvormittag ist zur freien Verfügung. Um zwölf Uhr ist wieder gemeinsames Mittagessen und am Nachmittag ist Treiben in den Gassen. Das nennen die Baseler Gässle. Nach dem Abendessen besuchen wir dann die Gugge-Konzerte, die auf den größeren Plätzen in der ganzen Stadt gespielt werden. Heute Abend könnt ihr dann auch irgendwelche Gaststätten und Bars besuchen. Dorthin kommen dann nämlich die Schnitzelbänggesänger, die spöttische Lieder über Baseler Geschichten singen. Ich denke, sie sind ganz nett anzuhören, verstehen werdet ihr wohl das Wenigste davon, denn die singen im Dialekt. Am Mittwoch fahren wir um zehn Uhr vormittags wieder nachhause. Gibt es noch Fragen?"

„Wir machen also nicht alles gemeinsam?" Hanni sieht von der zweiten Bank des Busses Hubert Rösler fragend an.

„Es ist, glaube ich, sehr schwer, unsere große Gruppe zusammenzuhalten. Ich möchte euch darum bitten, euch wenigstens in Dreiergruppen zu bewegen und euch auch nicht aus den Augen zu verlieren. Sollte irgendetwas passieren, kann immer einer zurückkommen und Meldung machen. Mittag- und Abendessen sind im Ramsteiner Hof feste Termine, an denen bitte alle teilnehmen. Die Essen sind ja auch im Preis inbegriffen. So habe ich immer einen Überblick über die Gruppe. Ich selber bin auch immer um Mitternacht in der Gaststube und ich bitte euch, bei mir vorbeizuschauen, wenn ihr ins Hotel zurückkommt, dann weiß ich auch, dass alle zurück sind. So ist dann alles klar? Dann wünsche ich euch wirklich viel Vergnügen in den nächsten beiden Tagen."

Hubert Rösler nimmt seine Tasche und verteilt die Fasnacht Plaketten und die Zimmernummern.

„So ihr drei, eine von Euch muss leider in ein Einzelzimmer, denn jetzt habe ich nur noch ein Doppelzimmer." Hubert Rösler steht vor den beiden ersten rechten Reihen des Busses, auf denen Hanni, Margarethe und Hertha sitzen.

„Hanni geht mit Margarethe ins Zimmer und ich nehme das Einzelzimmer!" Hertha greift nach der Fasnacht Plakette und nimmt die Nummer drei des Einzelzimmers.

„Na, dann ist ja schon alles geklärt!" Hubert gibt auch den beiden jungen Frauen die Plaketten und die Zimmernummer vierundzwanzig gerade rechtzeitig, bevor der Bus am Grenzübergang zum Stehen kommt.

Pünktlich um Mitternacht sitzt Hubert Rösler zusammen mit Sigrid, Maria und Herbert in der Gaststube des Ramsteiner Hofes an einem der schweren Buchentische. Sie haben eine Flasche Rotwein bestellt und erzählen von den vielen Eindrücken, die ihnen diese Stadt an diesem Fasnachtsmontag geboten hatte. Schnell hatte sich die große Gruppe bei den Cortéges aus den Augen verloren. So waren sie zu viert durch die Stadt gestreift, hatten riesigen Spaß die einzelnen Wagen und Laternen der Cliquen zu bewundern, die Räpplis auf sich niedergehen zu lassen, aber auch mit Bonbons und Schokolade beschenkt zu werden. Sigrid sollte eigentlich eine Rose von einem Wagen herab bekommen, diese landete allerdings in seinen Händen. Selbstverständlich reichte er sie gleich weiter an Sigrid, die sie jetzt am Abend in ein Wasserglas auf den Tisch gestellt hatte. Nach und nach trudelt ein kleines Grüppchen nach dem anderen ein, gesellt sich zu den Vieren oder geht nach einem kurzen Gute-Nacht-Gruß gleich auf das Zimmer. Der Wein macht die jungen Leute fröhlich und bald stimmen sie auch Lieder an und lachen über Witze, denen manches Mal die Schlüpfrigkeit nicht fehlt. Es ist schon nach zwei Uhr, als die letzten beiden Gruppen in der Gaststube eintreffen. Mit Sigi, Hanni, Margarete und Hertha sind nun wirklich alle im Hotel eingetroffen. Diese vier scheinen schon etwas angeheitert zu sein und setzen sich lachend zu der Gruppe. Laut erzählen sie von der Bar, in der sie wohl Freundschaften geschlossen hatten und sich von den Einheimischen die Gesänge der Schnitzelbänggesänger hatten übersetzen lassen. Viele können den dominanten Erzählungen der lustigen Mädchen nicht folgen und verziehen sich auch auf ihre Zimmer. Margarete und Hanni steigen vor Hertha und Hubert Rösler die Treppen nach oben in ihre Zimmer. Während die beiden Mädchen noch eine Etage höher steigen müssen, ist Herthas Zimmer auf derselben Etage und direkt neben Hubert Röslers Zimmer. Hertha bleibt an seiner Zimmertüre stehen. Sie erzählt ihm von einem älteren Schweizer Herrn, neben dem sie in der Bar saß und der wohl ein Auge auf sie geworfen hatte.

„Du könntest ihn doch ablösen, Hubert!“ Hertha strahlt ihn mit funkelnden Augen an und legt ihre Arme um seinen Hals. Hubert Rösler lacht und sieht in das hübsche Gesicht der jungen Frau.

„So ohne Gute-Nacht-Kuss kann ich doch nicht ins Bett gehen!“, flüstert Hertha ihm ins Ohr, „wie soll ich nach so einem Abend denn ohne Mann einschlafen?“ Sie drückt ihm ihre Lippen auf den Mund und drängt ihre Zunge zwischen seine Zähne. Berauscht vom Wein und betört von der zudringlichen Weiblichkeit leistet Hubert Rösler keinen Widerstand. Ein warmer Schauer überkommt ihn, er spürt ihren Körper, fühlt den großen Busen an seiner Brust, ihren Schenkel zwischen seinen Beinen und ergibt sich dem lüsternen Geschmuse dieser jungen Frau, die ihn schon seit Jahren so eifrig umgarnt. Irgendwann öffnet sie die Türe seines Zimmers, irgendwann lässt er sich mit ihr auf das Bett fallen, irgendwann entblößt er ihre Brüste, irgendwann öffnet sie ihm seine Hose, irgendwann ist sie nackt, irgendwann reibt er sein steifes Glied an ihrem Bauch, irgendwann ist da nur noch nackte Haut, große Brüste, fester Po, Lust, Gier, Geilheit und Verlangen in sie einzudringen. Sie lässt ihn gewähren. Er kennt kein Halten mehr. Lüstern und gierig stößt er hemmungslos in sie hinein. Die Bilder in seinem Kopf spielen verrückt. Wie von Sinnen ergibt er sich seiner Wollust. Ihre kurzen spitzen Schreie lassen ihn jede Zurückhaltung vergessen. Animalisch, nahezu besinnungslos, ergibt er sich dem unweigerlichen Zutreiben auf einen orgastischen Höhepunkt und explodiert in ihr.

Schweißnass und schwer schnaufend lässt er seinen zitternden Körper auf sie fallen. Sie sucht sein Gesicht, küsst ihn, dringt mit ihrer Zunge wieder zwischen seine Lippen. Sie küssen sich lange und innig. Nach einer Weile rollt er sich seitlich von ihr ab, betrachtet sie in ihrer wehrlosen Nacktheit und kommt langsam wieder zur Besinnung.

Wie lange hatte er nicht mehr mit einer nackten Frau in einem Bett verbracht. Sie ist nicht wie Ingeborg. Nein, das ist sie nicht. Und nun ist es wieder in Basel. Sie sieht gut aus, hat ein nettes Gesicht, einen schönen großen Busen, einen flachen Bauch und schlanke Beine. Sie ist sehr aktiv im Verein, hat einen guten Beruf und Arbeit im Krankenhaus. Aber sie ist nicht wie Ingeborg und sie ist auch nicht wie Sigrid. Irgendetwas hat sie nicht, was die beiden haben. Aber sie ist eine schöne Frau, sie ist eine arische Frau, fleißig, familienbewusst und willig.

Sie drängt sich an seinen nackten Körper, legt ihren Kopf auf seine Brust und streichelt eine Weile mit der Hand über seine schweißnasse Haut. Irgendwann sind sie beide eingeschlafen.

Als Hubert Rösler am Morgen aufwacht, ist Hertha nicht mehr da. Irgendwann muss sie sich leise aus dem Zimmer gestohlen haben. Auch ihre Kleidung liegt nicht mehr in seinem Zimmer.

An diesem grauen Dienstagmorgen macht sich Hubert Rösler auf die Bank zu besuchen. Sigrid hatte ihn beim Frühstück gefragt, ob er mitgehen wolle, das Münster zu besichtigen. Er hatte aber abgelehnt mit der Begründung, er wolle noch etwas vorbereiten. Hertha hatte nur einen kurzen Guten-Morgen-Gruß für ihn. Sie saß zwar an seinem Tisch beim Frühstück, war aber auffällig wortkarg, sodass sogar Margarete und Hanni sich wunderten. Nun war er auf dem Weg zu Herrn Frei in der Absicht, möglichst unbeobachtet zu erledigen, was er Hauptmann Rose schuldig ist. Eine Stunde später hat er seine Mission beendet und ist zurück im Hotel.

Der Nachmittag und der Abend laufen in einer überraschenden Distanz an ihm vorbei. Dabei bemerkt er sehr wohl, welchen großen Spaß die Gruppe an den verschiedenen Fasnacht Ereignissen hat. Sigrid versucht ihn im Strom der Pfeifer, Trommler und Fasnacht Larven mitzureißen und vor allem mit den vielen verkleideten Kindern zu tanzen, zu spielen und deren Wägen zu bewundern. Er gibt sich redlich Mühe und die meisten in der Gruppe bemerken seine gedämpfte Aktivität gar nicht. Sigrid gehört nicht zu denen. Hertha ist mit ihren Freundinnen unterwegs und hält auffällig Abstand zu ihm. Nur bei den Essensterminen bekommt er sie zu Gesicht. Er ist irritiert.

Als er am Abend von der Etagendusche in sein Zimmer kommt, liegt Hertha in seinem Bett und lächelt ihn an. Er löscht das Licht, kriecht zu ihr unter die Decke um festzustellen, dass sie splitternackt ist. Er zieht seinen Schlafanzug aus. Wie in der vergangenen Nacht ergeben sie sich ohne weitere Erklärungen über den vergangenen Tag ihrer Lust.

„Hältst du mich eigentlich für ein Flittchen?" Den Kopf auf den linken Arm gestützt, und mit der rechten Hand seinen schweratmenden Körper erforschend, ohne Hemmungen ihn auch an seiner intimsten Stelle zu betasten, fragt Hertha noch einmal nachdenklich: „Sag, bin ich aus deiner Sicht ein Flittchen?"

„Wie kommst du denn da drauf?" gibt sich Hubert Rösler scheinbar empört.

„Naja, schließlich habe ich dich gestern ja zuerst geküsst und bin heute in dein Zimmer gekommen. Und wenn eine Frau mit einem Mann schläft ohne verheiratet zu sein, dann hat das doch schon etwas von einem Flittchen oder etwa nicht?"

„Was sind das denn für Gedanken? Was soll denn das?" Hubert Rösler schüttelt den Kopf.

„Wieso hast du dann mit mir geschlafen?"

„Wieso denn nicht? Ich mag dich und du bist doch eine schöne Frau!"

„Du magst mich? Was heißt das?"

„Das heißt, dass ich dich mag! Ich mag dich so wie du bist! Und es ist schön mit dir!"

„Mögen? Heißt mögen, dass du mich liebst? Und heißt schön mit mir, dass wir ein Paar sind jetzt?"

Hubert Rösler muss kurz schlucken. Für einen Bruchteil einer Sekunde taucht das Bild von Ingeborg vor ihm auf.

„Ja, das heißt, dass wir ein Paar sind! Jetzt!", hört er sich sagen. Er hebt seine Hand und streichelt ihren festen schweren Busen. Sie beugt sich zu ihm herab und sie küssen sich. Diesmal bleibt sie die ganze Nacht.

März 1951

Es ist wieder die alte Eiche am Magdalenenberg an der er auf den Hauptmann trifft. Mit einem Brief per Post hatte ihn Rose aufgefordert ihn hier zu treffen. Eigentlich wollte er sich mit Hertha treffen, hat ihr aber unter dem Vorwand wegen eines Termins für den Schwarzwaldverein abgesagt. Es ist wieder kalt geworden. Hubert Rösler hat seinen warmen Wintermantel an und seinen Hut auf.

„Wie geht es Ihnen, Rösler? Was macht die Arbeit? Was machen Ihre Wanderfreunde?“ Hauptmann Rose scheint sehr gut gelaunt zu sein.

„Ich kann nicht klagen, Herr Rose. Wir produzieren ja sehr erfolgreich wieder Rundfunkgeräte und es ist viel Arbeit da. Wenn ich mich nicht täusche, sind sicherlich schon wieder fast tausend Mitarbeiter mehr im Werk tätig als noch vor drei Jahren. Und wir haben, denke ich, keinen schlechten Ruf. Nicht nur in Deutschland.“

„Und privat? Wie läuft es privat so bei Ihnen?“

„Privat geht es mir sehr gut, Herr Rose.“

„Was macht die Liebe, Rösler? Sie sind doch im besten Alter!“

Hubert Rösler lacht.

„Sie sind ja sehr besorgt um mich. Ich habe in Villingen eine Frau kennengelernt. Uns geht es ganz gut.“

„Ist sie eine Ihrer Wanderfreundinnen?“

„Ja, sie ist eine Wanderfreundin. Wie Sie ja wohl auch wissen, ist der Schwarzwaldverein wieder zugelassen und wir sind sehr aktiv unterwegs, stecken neue Wanderwege aus und schreiben auch für unsere Zeitung, die jetzt wieder regelmäßig erscheinen soll.“

„Jaja, ‚Der Schwarzwald‘. Ich habe auch schon ein Exemplar in der Hand gehabt. Und ich habe mitbekommen, ihr wollt protestieren gegen Reklameschilder. Das ist recht so, Rösler! Zeigen Sie nur viel bürgerliches Engagement. Das macht sich gut und lenkt ein bisschen ab. Die Lage in Deutschland muss sich wieder normalisieren und beruhigen. Dann können wir unser Anliegen auch wieder offen vertreten. Jetzt aber ist alles noch zu nervös und die Alliierten reden noch viel zu viel mit. Der Adenauer macht seine Sache ja nicht schlecht, aber er ist halt doch unter der Knute von Truman, Pleven und Attlee. Und die setzen sich ja energisch gegen das wahre Deutschland zur Wehr. Aber ich habe Ihnen ja schon früher gesagt, dass es sich auch wieder ändern wird in unserem Land, Rösler, und die ersten Anzeichen zeigen sich auch schon wieder. Ich kann Ihnen mitteilen, seit kurzem sind wir wieder vollzählig. Unser Chef, der ja seit fünfundvierzig inhaftiert war, wurde im Januar entlassen und wir stehen wieder in direktem Kontakt mit ihm. Allerdings müssen wir sehr vorsichtig sein, Rösler, und das sollte Ihnen auch bewusst sein. Sie werden das Konto in der Schweiz auf jeden Fall noch so lange verwalten, wie es auf Ihren Namen gesperrt ist. Haben Sie verstanden? Alles andere wäre fahrlässig und würde den Erfolg, den wir bisher verbuchen können, gefährden. Also machen Sie weiter wie bisher. Sie haben es großartig gemacht bisher und ich bin sehr zufrieden mit dem, wie Sie es machen. Haben Sie denn schon das Ergebnis für dieses Jahr? Ich denke, wenn ich die Summe weitermelden kann, werden Sie wohl eine Extrabelobigung von ganz oben erhalten."

„Ja, ich war in der Schweiz und habe das Ergebnis. Hier ist die genaue Zahl."

Hubert Rösler greift in seine Tasche und reicht dem Hauptmann einen kleinen Zettel mit der Zahl 1.501.637. Mehr steht nicht darauf. Hauptmann Rose liest die Zahl und pfeift durch die Zähne.

„Sehen Sie, Rösler! Hier zeigt sich unser Erfolg überdeutlich und Sie haben daran entscheidenden Anteil, weil Sie zum einen ein aufrechter und zuverlässiger Deutscher sind, der seine ihm erteilten Aufgaben ohne Wenn und Aber gewissenhaft ausführt und Sie haben uns natürlich mit dem ausgehandelten Zinssatz einen großen Dienst erwiesen. Das wird Ihnen große Anerkennung einbringen. Machen Sie nur weiter so!"

Hauptmann Rose reicht ihm die Hand, verabschiedet sich und steigt wie immer in den bereitstehenden Mercedes und fährt davon. Hubert Rösler macht sich von der Pfaffenweilerstraße wieder auf den Weg zurück nach Villingen.

Café Drechsel

„Bitte sehr, Herr Direktor!“ Der Ober stellt dem elegant gekleideten Herrn das Tablett mit dem Frühstück auf den kleinen viereckigen Marmortisch. Als er die Zeitung auf dem Tisch etwas zur Seite schieben möchte, greift der Gast nach der Ausgabe des ‚Regensburger Tagesboten‘, blättert darin und bleibt an den einspaltigen Kurznotizen hängen. Der Ober gießt den Kaffee in die weiße Porzellantasse, schiebt das Wasserglas, das Milchkännchen und die Zuckerdose neben die Kaffeetasse und platziert den Teller mit dem Butterhörnchen und der Marillenmarmelade daneben. Nachdem er auch noch die weiße Stoffserviette auf dem Tisch aufgestellt hat, verbeugt er sich und tritt zwei Schritte zurück, nicht ohne dem lesenden Gast mit einem „Lassen Sie es sich munden, Herr Direktor, bitte sehr!“ einen guten Appetit zu wünschen.

Die Zeitung nicht aus dem Auge lassend, kippt sich der elegante Herr etwas Milch in seinen Kaffee, nimmt eine kleine Löffelspitze Zucker und behält die Überschrift einer Kurznotiz im Auge: *Oberfinanzpräsident verärgert den Finanzminister*. Er stutzt.

Der bayerische Finanzminister Dr. Rudolf Zorn zeigte sich vor dem Bayerischen Landtag sehr verärgert über das Verhalten des Münchener Oberfinanzpräsidenten Alexander Prugger. „Taktlos und politisch instinktlos“ nannte der Finanzminister den Oberfinanzpräsidenten, weil dieser dem ehemaligen Reichsfinanzminister Johann Ludwig Graf Schwerin von Krosigk durch den Landsberger Finanzamtvorstand einen Blumenstrauß überreichen lassen wollte, als dieser am 31. Januar aus dem Kriegsverbrechergefängnis in Landsberg am Lech entlassen wurde. Der Oberfinanzpräsident Alexander Prugger war bereits 1933 -1937 als Reichsfinanzrat beim Münchener Reichsfinanzhof tätig und wurde 1937 zum Reichsrichter ernannt. Seit 1945 steht er als Präsident der bayerischen Finanzbehörde vor. Pruggers schriftliche Rechtfertigung, er sei lange Jahre mit Herrn von Krosigh im Reichsministerium tätig gewesen und seit Jahrzehnten mit ihm eng befreundet, erkannte Dr. Zorn zwar als menschlich verständlich an, verwies aber darauf, daß Prugger in diesem Fall nicht als Privatperson, sondern als Oberfinanzpräsident gehandelt habe. Der bayerische Finanzminister sagte vor dem Parlament: „Unsere Demokratie ist aber großmütig. (Zwischenruf des Abgeordneten Hagen Lorenz: „Zu großmütig!“) - Ja, sie ist großmütig, weil unsere Verfassung großmütig ist. Ich möchte es infolgedessen bei einer scharfen Mißbilligung bewenden lassen, die ich dem Herrn Oberfinanzpräsidenten Prugger erteilen werde.“

Der noble Gast greift nach dem Wasserglas, trinkt es zügig aus und liest die Meldung noch einmal. Dann winkt er mit einem kurzen Handzeichen dem Ober, schiebt diskret einen Geldschein noch sichtbar unter die Untertasse und erhebt sich, um seinen Mantel, seinen Hut und seine schwarzen Lederhandschuhe vom eilfertigen Ober entgegen zu nehmen.

Mit einem „Bitte sehr, Herr Direktor, beehren Sie uns wieder!“ hält der Ober ihm die Türe auf und entlässt seinen Gast auf die belebte Straße. Mit schnellem Schritt sieht er den elegant gekleideten Gast in einer Seitenstraße verschwinden. „Ein kurzer Besuch, ein sehr kurzer Besuch!“, wundert sich der Ober murmelnd und macht sich auf den Weg, um das nicht angerührte Frühstück des vornehmen Gastes abzuservieren.

März 1951

„Alles bestens, Riegger, alles bestens! Er geht zwar nicht ausführlich auf sie ein, aber immerhin bekennt er sich zu ihr. Ich denke, die Schweizerin ist passé. Haben Sie diese Hertha überprüft?“

Leutnant Riegger steuert den Wagen wieder in Richtung Furtwangen. Er grinst wissend und scheint sich seiner Sache sehr sicher zu sein.

„Die hat ihn um den Finger gewickelt. Sie hat aber auch das Zeug dazu!“ Riegger lacht kurz auf.

„Wie meinen Sie das, Riegger?“ Hauptmann Rose sieht ihn amüsiert an.

„Naja, sie hat halt etwas zu bieten, zumindest vorne rum!“ Mit der rechten Hand deutet Riegger vor seiner Brust einen üppigen Busen an. Nun lacht auch Rose kurz auf.

„Und sonst, Riegger?“

„Sie hatte wohl schon länger Interesse an ihm. Er war aber eher abweisend. Zwischendurch dachte ich er lässt sich mit der Hiemisch ein. Das wäre nicht so gut gewesen. Die ist auch in dem Wanderverein und wohnt über ihm. Die regelmäßigen privaten Treffen scheinen sich aber lediglich auf das Briefmarkensammeln zu beziehen. Jedenfalls haben sie, meiner Meinung nach, keine anderen Anstalten gemacht, sich näher zu kommen. Sie scheint mir auch eine Kritische zu sein, die wir nicht aus dem Auge lassen sollten.“

„ Gut, aber was ist mit dieser Hertha?“

„Die passt, Rose! Eine stramme BDMlerin. Die Familie ist zwar streng katholisch, aber immer orientiert am Vatikan, auch in den Vierzigern. Sie hat vom Krieg nicht viel mitbekommen. Bei den ersten Kriegsscharmützeln war sie mit der Kinderlandverschickung unterwegs und später kam sie bis zum Kriegsende in einer bäuerlichen Pflegefamilie in Rötenbach unter. Seit 1946 ist sie Krankenschwester im Friedrich-Krankenhaus in Villingen. Die hat garantiert keine Karriere im Kopf. Die ist eine stramme drei K-Frau!“

„Drei K- Frau? Riegger, was ist eine drei K-Frau?“ Hauptmann Rose sieht seinen Fahrer fragend an.

„Kennen Sie den Begriff nicht, Rose? Küche-Kirche-Kinder! Die Mohr und die Rüdiger haben sich doch manchmal dagegen wichtig gemacht, vor allem wenn ‚Das Deutsche Mädel‘ sich wieder allzu sehr auf Mutterschaft und Erziehung gestürzt hatte.“

„Und die Hertha ist ihrer Meinung so eine Drei-K-Frau?“

„Ganz sicher. Die will so schnell wie möglich unter die Haube kommen. Der einzige Unsicherheitsfaktor bei ihr ist, dass sie sich für etwas Besseres hält und glaubt eigentlich einen bessergestellten Mann zu verdienen. Den Anspruch erfüllt dieser Rösler ja nicht, da sehe ich noch eine gewisse Gefahr, dass sie ins Zweifeln kommt.“

„Naja, der Rösler macht durchaus Anstalten auch Karriere zu machen. Im Moment ist er ja an erster Stelle bei dieser Wandergruppe und deshalb vielleicht interessant für sie. Und einen soliden Arbeitsplatz hat er auch. Das ist schon viel wert.“

„Da haben Sie Recht, Rose, und mit der Männerauswahl ist es ja auch nicht gerade rosig bestellt. Insofern bin ich ganz beruhigt. Es wird schon, Rose! Es wird schon!“

April 1951

Hubert Rösler steht auf dem Bahnsteig in Offenburg. Es ist kurz nach sieben Uhr abends und die Dämmerung hat längst eingesetzt. Der Interzonenzug von Basel nach Berlin fährt ein. Das Schleifen der Bremsen, das Fauchen und das schrille Pfeifen der Lokomotive übertönen alle bisherigen bahnhofstypischen Geräusche. Aus dem Bahnsteiglautsprecher krächzt eine kaum verständliche Männerstimme und verkündet den Ankommenden die Anschlusszüge auf den anderen Gleisen. Hubert Rösler greift nach seinem Rucksack und steigt ein und begibt sich auf die Suche nach einem freien Sitzplatz. Er war von Villingen nach Offenburg gefahren, um hier mit dem nächtlichen Interzonenzug in die Ostzone zu seinen Eltern zu fahren.

Fast fünf Jahre hat es gedauert, bis er sich heute endlich auf den Weg machen kann. Hauptmann Rose hatte erhebliche Bedenken und ihn mehrmals abgeraten in die sowjetische Besatzungszone zu fahren.

„Rösler!“, hatte er gesagt, „das ist einfach zu riskant. Stellen Sie sich vor, die lassen Sie nicht mehr raus! Unser ganzes Projekt wäre damit gefährdet. Diesen Bolschewiken ist nicht zu trauen. Der Führer hat das nicht getan und wir dürfen das jetzt auch nicht. Selbst die einstigen Verbündeten, die Amerikaner, die Engländer und die Franzosen hier trauen diesem Pack nicht mehr. Rösler, Sie tragen eine große Verantwortung, lassen Sie diesen Gedanken fallen. Es muss eine andere Lösung geben. Holen Sie Ihre Eltern da raus, aber riskieren Sie nicht, in deren Hände zu fallen!“

Hauptmann Rose hatte mit seinen Bedenken offensichtlich nicht falsch gelegen. Als Hubert Rösler vor Jahren bei Commandant de Reille anfragte, ob er über die SABA-Werke ein Empfehlungsschreiben bekäme, um zügiger an die notwendigen Einreisepapiere in die sowjetische Besatzungszone zu kommen, riet dieser ihm sehr energisch von dieser Fahrt ab. In der Sowjetzone würden Fachleute wie er, Hubert Rösler, händeringend gesucht und man wolle hier nicht auf ihn verzichten. Über eine halbe Millionen Deutsche würden noch jedes Jahr in die Sowjetzone übersiedeln, ganz offensichtlich, weil die Sowjets ihnen lukrative Angebote machten. De Reille könne und wolle diese Fahrt, auch wenn er ihm glaube, dass er lediglich seine Eltern besuchen wolle, nicht unterstützen.

Nun, da die SABA-Werke wieder unter deutscher Führung laufen, hat sich Hubert Rösler wieder intensiv bemüht, die notwendigen Papiere für einen Besuch in Veckenstedt zu besorgen. Hauptmann Rose hat zwar immer noch Bedenken angemeldet, aber er meinte auch, dass die Familienbegegnungen inzwischen doch einigermaßen komplikationslos laufen würden. Die Festsetzung eines Westbürgers würde wohl zu erheblichen zwischenstaatlichen Verwerfungen zwischen der BRD und der DDR führen und deshalb wolle er Hubert Rösler nicht mehr daran hindern, seine Eltern zu besuchen.

„Nur Rösler, halten Sie sich strikt an alle Vorschriften an der Grenze. Fallen Sie um Gottes Willen keinem der Grenzer auf und befolgen Sie alle Anweisungen. Ich hoffe sehr, Sie kommen unbeschadet wieder hierher zurück!“

Er ist viel zu aufgeregt und nervös, um die Augen zuzumachen und zu schlafen. Eigentlich wollte er sich ein Buch mitnehmen, um sich die Zeit auf der langen Zugfahrt damit etwas zu vertreiben. Aber Sigrid riet ihm davon ab, sie hätte im Betrieb mitbekommen, dass es wegen Zeitschriften an der Grenze schon öfter mächtig Probleme gegeben hätte. So versucht er aus dem Fenster zu sehen und an den verschiedenen Lichtern, Bahnhofs- und Reklameschildern einigermaßen zu erkennen, wo sie sich gerade befinden. Der längere Aufenthalt in Frankfurt am Main ist eine willkommene Abwechslung für ihn und er nutzt ihn auch, um sich auf dem Bahnsteig ein paar Minuten die Füße zu vertreten. Anschließend fallen ihm doch immer wieder die Augen zu und er registriert nur ab und zu den Halt an Bahnhöfen wie Offenbach, Hanau oder Fulda. Um Viertel nach eins erreicht der Zug den Bahnhof in Bebra. Jetzt ist Hubert Rösler wieder hellwach. Bebra ist wohl der letzte Bahnhof vor der Ostzone. Es wird nicht mehr lange dauern, bis zur Grenzkontrolle in Wartha. Der Zug verlangsamt seine Geschwindigkeit erheblich und es dauert doch noch fast eine Stunde, bis er in den Grenzbahnhof auf der sowjetischen Seite einfährt. Auf dem Bahnsteig patrouillieren Volkspolizisten mit Maschinenpistolen unter der Aufsicht von russischen Offizieren. Hubert Rösler muss unweigerlich an den Halt des Fronturlaubers in Reichenberg vor ein paar Jahren denken, als er bemerkt, dass einige Passagiere aussteigen müssen, weil offensichtlich ihre Papiere nicht in Ordnung sind. Ein älterer und vier ziemlich junge Zollbeamte betreten das Abteil und fordern laut, aber sehr höflich alle Passagiere auf, die Einreisegenehmigungen und die Pässe bereitzuhalten. Drei der jungen Zöllner lassen sich von zwei Fahrgästen die Koffer öffnen und begutachten den Inhalt sehr genau. Der ältere und der andere junge Zöllner sehen sich jeden Ausweis sehr intensiv an. Hubert Rösler fühlt sich unwohl dabei, als ihn der Zollbeamte fast eine Minute scharf ansieht, nachdem er vorher seinen Pass und sein Visum studiert hatte. Dann ist der Spuk aber ohne weitere Probleme in ihrem Abteil vorbei. Auch das Gefühl der Erleichterung, als sich der Zug wieder in Bewegung setzt, erinnert ihn wieder an den Aufenthalt in Reichenberg. Die nachlassende Anspannung und die nahezu lichterlose Dunkelheit bei jedem Blick aus dem Fenster lassen ihn dann wieder in einen unruhigen Schlaf fallen. In Halle muss er in den Zug nach Vienenburg umsteigen. Endlich nach elf Stunden im Zug steht er in Wasserleben auf dem Bahnsteig. Er schultert seinen Rucksack und macht sich zu Fuß auf den Weg dem Flüsschen Ilse entlang nach Veckenstedt.

Das Tor zum Hof steht offen. Rund um den großen Misthaufen auf der linken Hofseite scharren und picken ein paar Hühner. Aus dem Stall sind die metallischen Klänge von Ketten und das unruhige Muhen der Kühe deutlich zu vernehmen. Offensichtlich sind auch die Bauersleute noch mit der Stallarbeit zu Gange. Hubert Rösler geht rechts auf die grüne Holztüre mit dem kleinen karoförmigen Fenster des Wohnhauses zu. Er klopft, drückt die Türklinke nach unten und ruft ein kurzes „Hallo!" in den dunklen Flur.

Es dauert eine kleine Weile bis auf der linken Seite eine Stubentüre geöffnet wird. Ein alter Mann steht in der Türe. Auf einen Gehstock gestützt und leicht nach vorne gebeugt sieht er auf den morgendlichen Gast. Hubert Röslers Augen müssen sich einen Moment an das schummrige Licht in diesem dunklen Gang gewöhnen.

„Papa?“ Er tritt auf seinen Vater zu.

„Hubert, mein Gott!“ Die Stimme seines Vaters zittert.

Hubert Rösler hatte seinen Eltern nicht geschrieben, dass er kommen würde, weil er sich nicht sicher war, ob der Grenzübertritt klappen würde. Die Enttäuschung, wenn er dann nicht gekommen wäre, wollte er seinen Eltern nicht zumuten.

Nun steht sein Vater vor ihm und seine Augen füllen sich mit Tränen. Hubert Rösler nimmt ihn in die Arme und ohne noch ein weiteres Wort zu verlieren, stehen sie unter dem Türrahmen und lassen ihren Tränen freien Lauf.

„Komm rein, mein Junge! Komm rein!“ Sein Vater löst sich und dreht sich um und geht, seinen linken Fuß deutlich nachziehend in die Stube. Am Tisch sitzt seine Mutter und starrt ihn ungläubig an. Das Strickzeug in ihren Händen lässt sie langsam in ihren Schoß sinken, dann schüttelt sie den Kopf, als könne sie ihren Augen nicht trauen. Huber Rösler nimmt auch sie in den Arm und drückt sie eine lange Weile sehr innig.

„Warum hast du nicht geschrieben, dass du kommst?“ Sein Vater setzt sich an den Tisch und bedeutet seinem Sohn sich auch zu setzen.

Hubert Rösler sieht sich in der kleinen Stube um. Links neben der Stubentüre ist ein kleiner Herd aus dem Knistern und Knacken brennendes Holz vermeldet. Ein Korb mit Holzscheiten steht rechts neben dem Herd, auf dessen Kochstelle stehen ein Topf und ein Wasserkessel. Links an der Wand gibt es eine kleine Küchenanrichte, auf der eine weiß emaillierte Schüssel mit Wasser wohl als Spüle dient. Der Tisch zwischen den beiden Fenstern erlaubt von jedem der vier Stühle den Blick auf den Hof. Auf der Stirnseite steht ein Kleiderkasten an den ein Bett anschließt. Mehr ist es nicht, das sich die beiden teilen.

„Ich wollte nicht, dass ihr euch Sorgen macht, wenn es mit dem Grenzübertritt nicht geklappt hätte. Deshalb habe ich nicht geschrieben! Und dass ihr nicht groß unterwegs sein werdet, habe ich mir gedacht.“ Hubert Rösler lacht etwas unbeholfen. Seine Mutter legt ihre Hand auf seine.

„Du bist da nach so vielen Jahren, das ist wichtig, sonst gar nichts!“ Sie lächelt und scheint sich wieder gefasst zu haben.

„Ich mache dir einen Kaffee, mein Junge, nach der langen Reise tut der dir sicher gut. Aber es ist halt nur Malzkaffee bei uns. Das macht dir doch nichts aus, oder?“ Seine Mutter steht auf und geht zum Herd.

„Ich habe Euch ein Päckchen Bohnenkaffee mitgebracht.“ Hubert Rösler greift nach seinem Rucksack und stellt eine Packung Kaffee, zwei Tafeln Schokolade und eine Dose Zigarren auf den Tisch.

„Man darf ja nicht so viel mit über die Grenze nehmen. Mein Rucksack ist zwar nicht kontrolliert worden an der Grenze, aber das wusste ich ja vorher nicht.“ Er lacht.

„Zigarren bringst du mir mit, Hubert. Damit machst du mir aber eine große Freude. Erzähl, mein Junge, wie geht es dir im Westen da drüben? Sind die Franzosen und die Amerikaner gut zu dir?“ Sein Vater stellt den Gehstock an die Wand und wendet sich seinem Sohn zu. Hubert Rösler sieht auf den spärlichen weißen Haarkranz seines Vaters. Er ist alt geworden, wie er so da sitzt in seiner grauen Strickjacke und seinem kragenlosen gestreiften Baumwollhemd. Es wäre nicht mehr gegangen mit der Werkstatt. Sein Vater hätte das alleine nicht mehr gestemmt. Das wird ihm beim Anblick seines Vaters sehr klar.

Seine Mutter stellt ihm eine Tasse eingerührten Malzkaffee hin und einen Teller mit einer selbstgebackenen Buchtel. Während er die Schmalzbuchtel isst, beginnt er zu erzählen und alle Fragen zu beantworten, mit denen ihn seine Eltern zu löchern beginnen. Am Nachmittag gehen sie ein kleines Stück an der Ilse entlang spazieren und noch immer wollen seine Eltern mehr von ihm wissen. Aber auch Hubert Rösler erfährt, dass es um die beiden alten Leuten nicht so schlecht steht auf diesem Hof und dass sie gut mit den Bauersleuten auskommen. Ein Bett zum Schlafen können ihm seine Eltern nicht anbieten, aber ihm macht es nichts aus, in der Scheune im Heu zu schlafen. Bevor er einschläft, denkt er wehmütig an sein Heubett in Riehen und an die erste Begegnung mit Ingeborg.

Drei Tagen bleibt er bei seinen Eltern. Als er sich verabschiedet zeigt ihm sein Vater zum Schluss auch noch den Ausreiseantrag, den er gestellt hat und von dem er hofft, dass er ihn sehr bald genehmigt bekommt. Hubert Rösler nimmt seine Mutter in den Arm.

„Mama, ich sorge für eine größere Wohnung in Villingen, wenn ihr rüberkommt wird genügend Platz für uns alle sein. Verlasst euch darauf, wir werden bald wieder zusammen sein!"

Seine Mutter sagt nichts. Sie drückt sich fest an ihren Sohn.

„Pass auf dich auf, mein Junge. Ich werde nicht lockerlassen, bis wir zu dir rüber dürfen. Wenn es wirklich noch länger dauert, dann versuch halt bald mal wieder herzukommen. Mama und ich würden uns sehr freuen. Aber sei immer vorsichtig und riskiere nicht zu viel. Hauptsache, du kannst unbeschwert leben. Wir kommen schon zurecht auf unsere alten Tage. "

„Natürlich Papa, wir sehen uns bald wieder. Es scheint ja doch alles ein bisschen leichter zu werden mit der Zeit."

Die beiden Alten begleiten ihn ans Hoftor und sehen ihm noch lange nach, als er sich der Ilse entlang auf den Weg zum Bahnhof von Wasserleben macht.

Mai 1951

Hubert Rösler und Sigrid sitzen am Küchentisch. Sigrid hat eine besondere Briefmarke aus dem Büro mitgebracht. Eine dunkelrote Zwanzig-Pfennig-Marke mit der Abbildung von Albert Lortzing zu seinem einhundertsten Todestag.

„Die ist von der Berliner Post herausgegeben, Hubert! Wir bekommen diese Marke hier überhaupt nicht ungestempelt. Wenn wir wirklich vollständig sammeln wollen, dann müssen wir irgendjemanden haben, der uns die Briefmarken, die neu rauskommen, auch besorgen kann."

„Das ist richtig, aber ich denke, da müssen wir investieren. Wenn wir alle Marken haben wollen, dann kostet das auch Geld und dann müssen wir immer zahlen, wenn eine neue Marke rauskommt."

„Na und? Soviel ist das nicht und für anderes geben wir doch auch Geld aus oder etwa nicht?"

„Es ist schon ziemlicher Luxus, Sigrid, wenn wir das machen wollen."

Es klopft. Hubert Rösler steht auf und öffnet die Türe.

„Hertha, du? Was ist los?"

Hertha steckt den Kopf ins Zimmer und sieht Sigrid am Tisch sitzen.

„Ach, ich störe euch beide wohl? Dann muss ich wohl ein anderes Mal kommen, Hubert."

Sie dreht sich auf dem Absatz um.

„Nein, du störst überhaupt nicht, komm rein!"

„Ich will euch nicht in eurer Zweisamkeit stören!" Hertha gibt eine schnippische Antwort.

„Da gibt es keine Zweisamkeit, liebe Hertha!" Sigrid ist aufgestanden und drängt sich an den beiden vorbei.

„Ich gehe nach oben! Wir reden ein anderes Mal über die Sache. Im Moment bin ich ja wohl hier fehl am Platz. Gute Nacht, ihr beiden!"

„Sigrid..!" Hubert Rösler steht etwas verwirrt zwischen Wohnungstüre und Treppenhaus.

„Nein, nein, mach dir mal keine Gedanken und lass deine Hertha rein. Bis morgen, gute Nacht!"

Sigrid geht die Treppe nach oben und verschwindet in der Wohnung.

„Kannst du mir verraten, was das gerade eben gewesen sein soll?" Während er Hertha die Türe aufhält, sieht er sie verständnislos an.

„Was das soll, fragst du? Montags habe ich keine Zeit sagst du mir und dann treibst du dich mit anderen Weibern rum! So sieht es doch aus oder etwa nicht?" Mit giftigen Augen blitzt sie ihn an.

„Sag mal, spinnst du jetzt total? Ja, ich habe am Montagabend keine Zeit! Und wenn du es vergessen haben solltest, habe ich keine Zeit, weil ich mich um meine Briefmarken kümmere! Hier in meiner Küche, seit über fünf Jahren und immer mit der Sigrid! Sieh her, was da auf dem Küchentisch liegt. Und damit du es weißt, das war seit fünf Jahren so und das wird so bleiben, egal, was du für ein Theater machst! Du hast kein Recht, dich so aufzuführen!"

„So glaubst du, dass ich kein Recht habe? Das wird sich gleich ganz schnell ändern, mein Lieber!"

„Hah! Bist du jetzt völlig durchgeknallt?"

„Nein, bin ich nicht! Damit du Bescheid weißt, ich bin schwanger!"

Hubert Rösler starrt sie entgeistert an! Die Nachricht schlägt bei ihm ein wie eine Bombe!

„Jetzt schau nicht so betreten! Ja, ich bin schwanger und zwar von dir! Und wenn ich mir das gerade so ansehe, dann hoffe ich nur, dass ich die einzige bin, die du geschwängert hast, denn ich bestehe auf jeden Fall darauf, dass das Konsequenzen hat!"

Hubert Rösler lässt sich auf den Stuhl fallen, unfähig Worte zu finden für diese Nachricht, unfähig Worte zu finden für diesen Auftritt von Hertha.

„Jetzt sag was? Bist du plötzlich auf den Mund gefallen? Was glaubst du denn? Du hast deinen Spaß mit mir im Bett gehabt und glaubst ernsthaft, das geht so einfach spurlos an mir vorbei? Da irrst du, mein Lieber! Ich denke, deine Briefmarken da kannst du dir abschminken und deine Montagstreffen mit der Sigrid und deine Schweizer Brieffreundinnen auch! Jetzt bin ich Nummer eins und zwar jeden Tag, das lass dir gesagt sein!" Aufgewühlt und in voller Rage läuft Hertha in der Küche auf und ab. Hubert Rösler sitzt immer noch wie vom Donner gerührt da und starrt sie an.

„Was bildest du dir eigentlich ein, Hertha?"

Endlich fasst er sich und sucht sein Gleichgewicht wiederzufinden.

„Du kommst hier rein, führst dich auf wie ein Derwisch und knallst mir eine Nachricht an den Kopf, die es weiß Gott verdient hat, anders mitgeteilt zu werden und erwartest, dass ich von einer Minute auf die andere mein Leben nach deinen Vorstellungen ändere? Da hast du dich aber getäuscht!"

„Was meinst du denn damit?"

„Was ich damit meine? Ich meine damit, dass ich die Nachricht verstanden habe, dass ich mir aber das Recht herausnehme, über den Umstand auch nachzudenken, wie du das offensichtlich seit einigen Wochen bereits tust, ohne mit mir darüber zu reden."

„Was gibt es darüber noch nachzudenken? Ich bin schwanger und das ist nicht mehr zu ändern!"

„Das mag für dich so sein, ich nehme mir aber trotzdem die Zeit, mir auch meine eigenen Gedanken darüber zu machen. Und deshalb bitte ich dich jetzt zu gehen. Du kannst morgen Abend gerne wieder herkommen und dann besprechen wir, wie es mit uns weitergeht. Aber bitte nicht in der Art und Weise wie dieser Auftritt gerade eben!"

Hubert Rösler steht auf und geht zur Türe.

„Du schickst mich jetzt einfach fort, Hubert?“ Hertha lässt ihn ihre Empörung unverhohlen spüren.

„Nein, ich schicke dich nicht fort! Ich möchte, dass wir morgen in Ruhe darüber reden. Morgen! Nicht heute und nicht in dem Ton, den du heute in diese Stube reingetragen hast!“

Sanft schiebt er sie zur Türe raus und hört sie schimpfend das Haus verlassen.

November 1951

Liebe Hertha,

Bernhard ist ein strammes Kerlchen. Ich durfte ihn durch das Fenster sehen. Ich denke, es ist ein aufgeweckter kleiner Junge. Du hast das tapfer hinbekommen, auch wenn Du noch schwach bist und noch kein rechtes Interesse an meinem Besuch gezeigt hast. Ich weiß, dass die letzten Monate nicht leicht waren für Dich und sicherlich hast Du auch von einer anderen Hochzeit geträumt als unsere im September. Nun aber ist Bernhard da und wir beide tragen für ihn Verantwortung. Ihn sollten wir nun in den Mittelpunkt unseres Lebens stellen und dabei nicht vergessen, wie viele schöne Stunden wir doch miteinander verbracht haben. Wie oft sind wir an den Sonntagen zum Wandern gegangen. Denk nur an die Wanderungen im Bregtal, im Dreisamtal und an der Donau. Denk an die Feldbergtour, den Titisee und die Hornbergwanderung oder all die Fahrten in die Pfalz. Waren das nicht einzigartige Erlebnisse?

Inzwischen haben wir nun unsere gemeinsame Wanderung durchs Leben begonnen. Sie wird nicht immer so frei, sorglos und unbeschwert sein wie unsere Wochenend- und Urlaubswanderungen. Aber die Tage, an denen wir den Alltag und die Sorgen daheim lassen und draußen in der Natur wieder neu Kraft für allen Ansturm auf die Beschwernisse des Lebens schöpfen und uns an den Schönheiten unserer deutschen Heimat erfreuen, die wollen wir doch in unseren Herzen festhalten. Und wenn wir einmal nicht mehr hinauskönnen, dann wandern wir halt Hand in Hand in unserer Erinnerung zurück in vergangene schöne Tage!

Jetzt komm Du schnell wieder zu Kräften und hierher nach Hause zurück. Ich kümmere mich darum, dass wir recht schnell eine größere Wohnung beziehen können und Bernhard ein gutes Zuhause bekommt.

Dein Hubert

Café Drechsel

Mit einem kurzen Blick registriert der gutgekleidete Herr schon am Eingang des Cafés, dass sein Platz unter dem ersten Arkadenfenster mit einem Reserviert-Aufsteller freigehalten wurde. Dem herbeieilenden Ober reicht er seinen Trenchcoat, seinen Hut und seine Handschuhe und begibt sich an den Zeitungstisch vor den Billardtischen. Kurz überfliegt er die Schlagzeilen der Tageszeitungen und sich greift daraus die ‚Süddeutsche Zeitung'.
Der Ober hat ihm sein gewohntes Frühstück bereits serviert und schenkt ihm gerade den Kaffee in die Tasse.
„Bitte sehr, Herr Direktor, einen wunderschönen guten Morgen wünsch ich Herrn Direktor, bitte sehr!"

Er zieht den Polsterstuhl unter dem kleinen Marmortisch hervor und wartet, bis sich sein Gast gesetzt hat. Dann geht er mit einer artigen Verbeugung zwei Schritte rückwärts und wendet sich den anderen Gästen des inzwischen gut gefüllten Cafés zu.
Der elegant gekleidete Herr gibt seinem Kaffee den üblichen Schuss Milch und die Löffelspitze Zucker zu und rührt kurz mit dem Löffel um. Dann greift er nach dem Butterhörnchen, bricht es, trägt etwas Marillenmarmelade auf und beißt ein Stück ab.
Er greift mit der linken Hand nach dem Tageszeitung, während er mit der rechten die Tasse an den Mund führt, um einen kleinen Schluck Kaffee daraus zu nehmen. Die erste Seite titelt mit der fetten Überschrift: ***Abkommen mit Israel unterzeichnet.***
Sofort vertieft er sich in die Details dieses Leitartikels.
Die Bundesrepublik verpflichtet sich zur Wiedergutmachung im Wert von drei Milliarden Mark,
Israel wird beschlagnahmte deutsche Vermögenswerte zurückerstatten.
Luxemburg,

Das Wiedergutmachungsabkommen zwischen der Bundesrepublik und Israel ist am Mittwochfrüh nach fast sechs Monate langen Verhandlungen unterzeichnet worden. Auf „neutralem Boden", im Rathaus von Luxemburg, und unter eisigem Schweigen der beiden Delegationen, setzten Bundeskanzler Adenauer und der israelische Außenminister Mosche Scharett ihre Unterschriften unter das Dokument. Während der Unterzeichnung wurde kein Wort gewechselt. Ohne sich die Hände zu schütteln, begaben sich Adenauer und Scharett anschließend mit Hallstein und Dr. Goldman zu einem vertraulichen, zehn Minuten dauernden Gespräch in ein Nebenzimmer.
Die Bundesrepublik verpflichtet sich in dem Abkommen, „in den Grenzen ihrer Leistungsfähigkeit den materiellen Schaden der nationalsozialistischen Verfolgungsmaßnahmen gegen das jüdische Volk wieder gut zu machen." Sie sichert dem Staat Israel die Zahlung von drei Milliarden DM in Sachwerten innerhalb von 12 bis 14 Jahren zu. Weitere 400 Millionen DM erhalten die jüdischen Weltorganisationen zur Unterstützung, Eingliederung und Ansiedlung jüdischer Opfer des Nationalsozialismus, 50 Millionen DM wurden den durch diese Organisationen nicht vertretenen Juden zuerkannt…
…Die Zahlungen der Bundesrepublik beginnen mit der Ratifizierung des Abkommens, und zwar sollen bis zum 31.3.1953 200 Millionen, im Haushaltsjahr 1953/54 weitere 200 Millionen DM erstattet werden. Von April 1954 ab erhöhen sich die Jahresraten auf 310 Millionen DM. Die Bundesrepublik hat das Recht, diese Raten auf 250 Millionen herabzusetzen und die Laufzeit des Abkommens dementsprechend von zwölf auf vierzehn Jahre zu erhöhen, wenn die allgemeine Wirtschaftslage sie dazu zwingt. Den Ankauf von Waren mit den deutschen Wiedergutmachungsgeldern übernimmt eine „israelische Mission" mit Sitz in der Bundesrepublik. Die Warenlieferungen sollen entweder der laufenden deutschen Produktion entnommen werden oder aus Ländern stammen, in denen die Bundesrepublik einen Handelsüberschuß besitzt. Eine gemischte Regierungskommissionbeider Staaten überwacht den Vertragsablauf, Meinungsverschiedenheiten werden von einer Schiedsstelle geschlichtet. Die Bundesrepublik sorgt dafür, dass die Leistungen an Israel nicht gegenüber anderen Export diskriminiert werden.

Ferner ist Vorsorge dafür getroffen, daß keine wesentliche Verminderung in der Substanz der deutschen Verpflichtungen (insbesondere durch Inflation) eintritt. In einem Zusatzprotokoll werden die deutschen Verpflichtungen zur innerdeutschen Entschädigung und Rückerstattung beträchtlich erweitert.

Nachdem er das Butterhörnchen gegessen hat und auch die zweite Tasse Kaffee ausgetrunken ist, winkt der elegante Gast dem Ober zum Zeichen, dass er wieder aufbrechen möchte. Der Ober, der alles andere liegen und stehen lässt, greift nach dem rotbraunen Lederetui und beeilt sich zügig an den ersten Arkadentisch zu kommen. Wie gewöhnlich legt der adelige Herr einen Geldschein in das Etui, während sich der Ober diensteifrig um den Trenchcoat, den Hut und die Handschuhe des Gastes kümmert. „Ich wünsche ein angenehmes Wochenende, Herr Direktor, bitte gerne!" Die Tür aufhaltend verabschiedet sich der Ober von seinem Gast, der den Gruß mit einem kurzen Lüften des Hutes erwidert.

März 1953

„Rösler, wir müssen uns nichts vormachen. Unser Projekt steht noch auf sehr wackeligen Füßen. Allein die Reaktionen der Presse wegen der Einstellung unseres Freiburger Freundes Dittmann als Personalchef im Außenministerium zeigt, wie sensibel die ganze Sache noch ist. Immerhin hat der Dittmann deutsches Rückgrat gezeigt und hat wieder viele unserer Parteigenossen in Amt und Würde gebracht. Sie werden sehen, Rösler, das wird Schule machen. Andere Ministerien werden ebenso besetzt werden und kein Hahn wird mehr danach krähen, ob die fähigen Leute irgendwann einmal Mitglied der NSDAP waren oder nicht. Und Adenauer hat Recht, wenn er sagt: `Wir sollten jetzt mit der Naziriecherei einmal Schluss machen, denn, verlassen Sie sich darauf, wenn wir damit anfangen, weiß man nicht, wo es aufhört.´ Sehen Sie, Rösler, Adenauer sagt damit doch nichts anderes, als dass der größte Teil des deutschen Volkes von der Grundidee des Führers überzeugt war und immer noch überzeugt ist. Und wir sind die Hüter dieser Volksmeinung. So werden wir wieder nach und nach immer mehr Mitsprachemöglichkeit bekommen und den wahren deutschen Gedanken in unserem Land erhalten und wieder aufblühen lassen können. Sie werden es sehen und dann werden auch Sie einen Platz in der Geschichte unseres Vaterlandes bekommen."

„Es ist schon eine große Verantwortung, soviel Geld zu verwalten, das einem nicht gehört, Herr Rose. Mir wäre es natürlich viel lieber, wenn wir das so schnell wie möglich wieder in offizielle Hände geben könnten. Aber natürlich werde ich meinen Dienst am Vaterland so lange leisten, so lange ich gebraucht werde!"

„Sehen Sie Rösler, so gefallen Sie mir. Ihnen geht es doch auch nicht schlecht, oder? Sie haben Arbeit, eine schöne neue Wohnung bezogen und Sie sind gut verheiratet, oder? Ein durch und durch deutsches Mädel, Ihre Frau, nicht wahr? Und einen Jungen hat sie Ihnen doch auch schon geboren. Das hätte dem Führer sehr gefallen!"

„Sie ist wieder guter Hoffnung, die Hertha, meine Frau!“

„Sieh an! Ich gratuliere! Wann ist es denn so weit, Rösler?“

„Ende April sagt der Arzt! Bisher ist alles gut gegangen. Wir hoffen, es bleibt auch die letzten Wochen dabei.“

„Das wird sicher so bleiben, Rösler! Dem Aufrichtigen ist das Schicksal immer gut gesonnen! Und Sie sind ein Aufrichtiger. Sehen Sie, Rösler, wir brauchen Sie wirklich noch eine Weile. Niemand hat bisher auch nur den kleinsten Blick auf Sie geworfen. Und das ist sehr wichtig. Überlegen Sie einmal, was mit dem Geld geschehen würde, wenn es zur Unzeit entdeckt würde. Erst im letzten Sommer haben sich die Bundesregierung und die Israelis in Luxemburg auf Wiedergutmachungszahlungen geeinigt. Drei Milliarden deutsche Mark werden in den nächsten zwölf Jahren an die Juden gezahlt für angebliches Leid, das sie hier erduldet haben sollen. Rösler, überlegen Sie einmal, wir haben die Kriminellen gefasst und ihnen Verbrechen am deutschen Volk nachgewiesen und jetzt sollen wir sogar Haftentschädigung für diese Lumpen zahlen. Was glauben Sie, was mit unserem Geld geschehen würde, wenn man es entdecken würde? So schnell können Sie gar nicht schauen, wie es irgendeinem Juden in den Hintern gesteckt werden würde. Das können wir nicht zulassen. Deshalb lassen wir es so wie es ist und führen es zu gegebener Zeit dem zu, wofür wir es bewahren.“

„Jawohl, Herr Rose! Solange Sie mir die Sache anvertrauen, solange werde ich der Sache auch dienen!“

„Recht so, Rösler, recht so. Nur hören Sie, auch wenn Ihre Hertha ein anständiges deutsches Mädel ist, Sie haben ihr doch nicht davon erzählt, oder?“

„Natürlich nicht, Herr Rose! Wo denken Sie hin? Hertha ist eine sehr liebe Frau, aber natürlich ist sie wie jede Frau nicht unbedingt schweigsam. Deshalb gehe ich natürlich auf Nummer sicher. Sie erfährt nichts davon. Das ist Ehrensache!“

„Wie erklären Sie ihr denn Ihre Besuche in Basel, Rösler?“

„Haha, das ist gar nicht schwierig. Ich bin inzwischen ja Jugendleiter beim Schwarzwaldverein und wir machen jedes Jahr eine Fahrt zur Baseler Fasnacht. Da finde ich dann immer Zeit meinen Bankbesuch zu erledigen."

„Sehr klug, Rösler, sehr klug! Und da ist Ihre Hertha nicht dabei?"

„Doch schon, aber halt mit ihren Freundinnen unterwegs, während ich verschiedene Dinge für die Gruppe organisieren muss. Die letzten beiden Jahre war sie aber sowieso nicht dabei, wegen der Schwangerschaft und dem Kleinen."

„Das haben Sie ausgezeichnet im Griff, Rösler! Ich habe ja gleich gewusst, welch einen verlässlichen Mann ich mir mit Ihnen da an meine Seite geholt habe. Wie sieht das Ergebnis denn aus in diesem Jahr?"

„Es sind inzwischen über Eins Komma-Sechs Millionen Schweizer Franken. Hier ist die genaue Zahl!"

Hubert Rösler reicht dem Hauptmann wieder einen kleinen Zettel mit dem genauen Betrag des Kontos.

Kurz vor dem Wagen bleibt der Hauptmann wieder stehen. Hubert Rösler bemerkt, dass es nicht mehr der Mercedes ist, den er vor Jahren gesteuert hatte. Es ist ein nagelneuer dunkelgrüner Mercedes 170 DS.

Mit dem Gefühl von Wichtigkeit und auch ein wenig Stolz macht sich Hubert Rösler auf den Heimweg in die Saarlandstraße. Die Wohnungsbehörde hatte ihm für seine Familie dort im vergangenen Jahr eine größere Wohnung in der Hausnummer fünfunddreißig zugewiesen.

März 1953

„Machen Sie sich wegen dem Rösler keine Sorgen mehr, Riegger! Der ist wieder ganz auf Linie! Diese Hertha tut ihm offensichtlich sehr gut.“

„Keine Frage, Rose. Das haben wir gut hinbekommen. Die Hochzeit war zwar nicht unbedingt das Gelbe vom Ei, aber inzwischen ist sie das zweite Mal schwanger und er ist sehr loyal. Ich denke, wir müssen uns da keine Sorgen mehr machen.“

„Behalten Sie die beiden trotzdem im Blick. Nicht dass uns da irgendetwas in die Quere kommt. Wir brauchen den Rösler sicherlich noch länger. Der Graf meint, dass solche Vorfälle wie die Verhaftungen vom Naumann Werner und dem Scheel Gustav und die Veröffentlichung dieser amerikanischen Umfrage uns eher zurückwerfen als voranbringen, obwohl die Ergebnisse eher in unserem Sinne sind.“

„Umfrage? Welche Umfrage?“

„Na, irgendwelche amerikanischen Presseleute haben doch im Dezember eine Umfrage hier in Deutschland gemacht und nach der NSDAP gefragt. Das wurde im Januar doch in allen Zeitungen veröffentlicht.“

„Das habe ich wohl überlesen. War das Ergebnis denn schlimm?“

„Ganz im Gegenteil, fast die Hälfte aller Befragten haben geantwortet, dass der Nationalsozialismus mehr Gutes als Schlechtes gebracht hätte! Sie sehen also, Riegger, der Boden ist sehr fruchtbar. Wir müssen ihn nur bestellen. Aber im Moment gibt es noch zu viel Widerstand von offizieller politischer Seite und natürlich von den Alliierten. Es wird schon noch eine ganze Weile dauern, bis wir wieder aktiv arbeiten können! Und so lange muss auch der Rösler durchhalten. Das Versteck ist einfach genial!“

„Ihre Idee, Rose! Ihre Idee!“

Hauptmann Rose nickt zufrieden lächelnd vor sich hin, während der Leutnant den Mercedes wieder in Richtung Furtwangen steuert.

August 1953

Hertha hatte ihm heute Morgen eine Szene gemacht. Paul kränkelt in den letzten Tagen und quengelt deshalb sehr häufig und Bernhard ist vor Übermut nicht zu bändigen. Sie ist etwas überfordert mit den beiden und wirft ihm vor sich vor der Arbeit mit den Kindern zu drücken. Ihr passte es nicht, dass er sich heute zusammen mit den anderen auf den Weg nach Neustadt an der Weinstraße zum Deutschen Wandertag macht. Sie hätte die ganze Arbeit mit den Kindern alleine zu stemmen und er mache sich schöne Tage im Verein. Dabei hatte er an den letzten drei Wanderungen gar nicht teilgenommen, obwohl er als Jugendleiter doch Verpflichtungen hat. War nicht sie diejenige, die ihn gedrängt hat, sich wieder in das Amt wählen zu lassen? Sonnt sie sich nicht oft an seiner Seite und profitiert von den Lorbeeren, die er erntet? Er kann ihren Ärger einfach nicht verstehen. Missmutig verlässt er das Haus. Auch der strahlend blaue Himmel kann ihm seine gedrückte Stimmung nicht vertreiben. Im Bus setzt sich Sigrid neben ihn.

„Na, heute nicht gut gelaunt, der Herr?“

Hubert Rösler lacht kurz auf und sieht die aufgeweckte junge Frau an.

„Dir kann man auch gar nichts verheimlichen, was?“

„Du zumindest nicht, Hubert! Hast du Probleme? Ist etwas mit den Kindern?“

„Nein, nein, alles in Ordnung, mit den Kindern ist nichts. Der Kleine kränkelt zwar ein bisschen, aber trotzdem, er wächst und gedeiht und der Bernhard ist ein Wildfang wie er im Buche steht. Das weißt du doch selbst.“

„Was ist es dann? Hertha? Hast du Ärger mit ihr?“

Hubert Rösler schluckt und nickt.

„Ihr passt es nicht, dass ich mit euch unterwegs bin. Angeblich kümmere ich mich zu wenig um die Buben und lass sie allein mit ihnen, um mit euch Spaß zu haben.“

„Oh Hubert, das alte Lied! Sie ist einfach unzufrieden. Zuerst will sie die Erste sein, die einen Mann abbekommt, die Erste, die heiratet, die Kinder kriegt und dann unzufrieden mit dem selbstgewählten Los sein. Ach ja, die Hertha! Hubert, da wirst du nichts dran ändern können."

„Mensch Sigrid, ich hab doch hier auch meine Verpflichtungen. Das kann doch nicht so schwer sein, das auch mal getrennt unter einen Hut zu bringen. Ich bin doch nicht plötzlich ein ganz anderer Mensch, nur weil ich mit ihr zusammen und verheiratet bin."

Hubert Rösler atmet hörbar aus. Er hatte sich so auf die Wanderung an diesem Wochenende gefreut und jetzt zieht Herthas morgendliche Schimpftirade seine Stimmung so runter.

In Maikammer steigen Hubert Rösler und die zwölf anderen seiner Gruppe aus dem Bus, um zu Fuß nach Neustadt zu wandern. Zuerst wandern sie hinauf zum Kalmit. Auf ihrem Weg über den Haardtrand nach Hambach treffen sie viele Wandergruppen aus der ganzen jungen Bundesrepublik und marschieren mit ihnen lebhaft plaudernd in das festlich geschmückte Neustadt hinein. Die herrliche Landschaft, der strahlende Sonnenschein und die vielen interessanten Gespräche haben Hubert Rösler die gedrückte Stimmung schnell vergessen lassen. Im Jugendlager am Hellerplatz rund um ein großes Lagerfeuer gibt es viele weitere Begegnungen mit jungen Wanderern aus verschiedenen Wandervereinen. Es wird gesungen und getanzt bis spät in die Nacht hinein. Sigrid sitzt fast den ganzen Abend an Huberts Seite, obwohl sie mit vielen anderen jungen Leuten intensiv plaudert. Es ist schon nach Mitternacht, als sie Hubert Rösler auffordert mit ins Gasthaus schlafen zu gehen. Auf dem kurzen Weg zu den Häusern kommt Hubert Rösler wieder die morgendliche Auseinandersetzung mit Hertha in den Sinn. Er bemerkt, wie sich langsam wieder Schwermut in ihm breit macht. Sigrid legt ihm ihren Arm um die Hüfte. Dankbar sieht er sie an. Wie selbstverständlich geht sie mit in sein Zimmer. Wie selbstverständlich zieht sie sich aus und legt sich zu ihm ins Bett. Wie selbstverständlich küsst sie ihn. Wie selbstverständlich streichelt sie ihn zärtlich, wie selbstverständlich schlafen sie miteinander.

Sie liegt neben ihm. Kein Kleidungsstück und keine Decke verstecken ihre Nacktheit. Erschöpft bewundert Hubert Rösler diese schöne nackte junge Frau.

Wie viele Jahre kannte er dieses Mädchen schon. Wie viele Gelegenheiten hätten sie gehabt, sich näher zu kommen, anstatt sich nur über Briefmarken zu beugen. Wie viel wissen sie voneinander, wie sehr sind sie sich vertraut, ohne sich je so nahe gewesen zu sein, wie gerade eben.

„Sie schläft nicht mehr mit dir, gell!"

„Ja, seit Paul da ist haben wir nicht mehr miteinander geschlafen. Sie sagt immer, dass sie kein Kind mehr will und deshalb...."

„Hast du ihr nicht gesagt, dass man etwas dagegen tun kann, nicht schwanger zu werden?"

„Ach, Sigrid! Nein, darüber reden wir nicht. Du weißt ja, sie ist sehr, sehr katholisch und da ist sie wie ihre Mutter. Jedes Wort über dieses Thema ist Tabu. Man schläft miteinander um Kinder zu zeugen und sonst nicht."

Sigrid lacht kurz auf. „Arme Hertha! Was ist das denn für ein Leben?"

„Das frage ich mich auch, Sigrid, was ist das für ein Leben?"

Sigrid richtet sich auf die Ellenbogen gestützt auf und sieht zu ihm hinunter.

„Hubert, du kannst zu mir kommen, wann immer du willst und auch, wann immer du Lust hast. Du musst keine Angst haben, ich stelle keine Ansprüche an dich und ich dränge mich auch nicht in deine Familie. Komm, wann immer du willst, um zu reden, komm, um dich auszuheulen. Und wenn du willst, komm, um mit mir zu schlafen. Es war gerade sehr schön mit dir. Das habe ich genossen und das werde ich genießen, wenn du es auch genießen kannst. Du weißt, wo ich wohne, es war lange Zeit deine eigene Wohnung. Die Türe steht Dir offen, jeder Zeit, zu kommen, aber auch zu gehen."

Sie beugt sich zu ihm hinunter und küsst ihn. Er schlingt die Arme um sie und zieht ihren warmen Körper auf seinen. So liegen sie reglos, spüren ihren Atem und das ruhige Schlagen ihrer Herzen.

13. September 1956

Unruhig läuft er im Wohnzimmer auf und ab. Fassungslos sieht er immer wieder auf den Brief in seiner Hand. Am liebsten würde er sich gleich in den Zug setzen und losfahren. Hubert Rösler ist nicht in der Lage, seinen Gefühlen Ausdruck zu verleihen. Er muss sich selbst zur Besinnung rufen und sich zwingen, seine Gedanken in die richtige Reihenfolge zu bringen. Noch einmal liest er die wenigen Zeilen, die sein Vater ihm geschrieben hat.

7. September 1956

Lieber Hubert,

endlich ist es soweit. Unser Antrag auf Ausreise wurde genehmigt und wir durften Hals über Kopf und mit nur ganz wenigen persönlichen Dingen nach Westdeutschland ausreisen. Heute früh sind wir im Grenzübergangslager in Friedland angekommen. Wir werden hier gut versorgt, aber müssen natürlich eine behördliche Überprüfung durchlaufen. Es ist anstrengend, aber wir sind glücklich und wir können es kaum erwarten, Dich in die Arme schließen zu können.

Lieber Hubert, ist es Dir möglich, nach Friedland zu kommen? Wir kennen uns ja hier gar nicht aus und viele Fragen, die uns gestellt werden, wissen wir gar nicht zu beantworten. Außerdem wollen wir natürlich so schnell wie möglich in die Nähe zu Dir. Es wäre schön, wenn Du uns dabei behilflich sein würdest. Es geht jetzt nicht um einen Tag hin oder her. Wir würden uns aber sehr freuen, wenn Du Dich schnell bei uns melden könntest.

Sehnsüchtig erwarten wir eine Nachricht von Dir.

Liebe Grüße Mama und Papa

‚Papa und Mama sind frei! ‘ Dieser unglaubliche Gedanke zerreißt ihm sein Inneres. Ein paar Tage vor seinem zweiundzwanzigsten Geburtstag hatte er seinem Vater das Wort gegeben. „Ich komme zurück, Papa!“ Natürlich hatte er es damals anders gemeint. Sein Vater sprach von zwei bis drei Wochen. Nun sind es elf lange Jahre geworden und nicht er kommt zurück, sondern sein Vater kommt zu ihm. Hubert Röslers Freude ist nicht zu bändigen. Hertha wird bald mit den Kindern zurück sein. Dann werden sie miteinander reden müssen. Irgendwie müssen sie die beiden hier aufnehmen. Zumindest vorübergehend.

„Wie stellst du dir denn das vor? In dieser kleinen Wohnung noch zwei Personen? Bei dir piept es wohl!"

„Hertha, es wird nur für kurze Zeit sein, ich kümmere mich um eine Wohnung für sie. Aber ich lass sie nicht länger in irgendeinem Lager. Das kommt nicht in Frage!"

„Aber hier ziehen sie nicht ein! Auf keinen Fall! Das kommt für mich nicht in Frage! Die Kinder! Du! Und jetzt noch zwei so alte Leute! Mit mir nicht, Hubert! Das schminke dir mal schön ab! Ich bin doch nicht der Dienstbote deiner Familie! Seit Jahren muss ich deinen Kinder den Hintern abputzen und jetzt glaubst du, ich mach das auch noch für die Alten! Nein, nein, das kannst du ganz schnell vergessen!"

„Hertha! Du musst ihnen nicht den Hintern abputzen, Mama und Papa können selbst für sich sorgen. Das haben sie ein Leben lang gemacht unter sehr viel schlechteren Bedingungen als die hier bei uns. Für Fremde hast du dir im Krankenhaus die Beine ausgerissen und bei der eigenen Familie zickst du rum? Da gilt dein katholischer Glauben nicht mehr!"

„Eigene Familie, eigene Familie! Es ist deine Familie, nicht meine! Ich habe mit den Leuten nichts am Hut! Und die wohnen hier nicht! Basta!"

Hertha rennt aus dem Zimmer und schmeißt die Türe ins Schloss. Konsterniert bleibt Hubert Rösler im Wohnzimmer alleine zurück. Seine unbeschreibliche Freude ist wie weggeblasen. Hertha schafft es jedes Mal jede gute Nachricht ins Gegenteil zu verkehren. Wieder macht sich Verzweiflung in ihm breit. Er geht in den Flur, zieht sich die Schuhe an und den Mantel. Aus der Küche hört er Paul weinen. Bernhard ist ruhig. Der weiß schon, wie er auf die Ungehaltenheit seiner Mutter reagieren muss. Hertha lässt ihre schlechte Laune wieder an den Kindern aus.

14. September 1956

„Ich kümmere mich drum, Hubert! Lass mich nur machen, ich finde schon etwas. Fahr du und hol sie erst mal her. Wenn du sie gleich mitbringen kannst, habe ich auch morgen schon eine Bleibe für sie. Mach dir mal keine Gedanken, wir bekommen das schon hin."

„Du bist einfach ein Schatz, Sigrid, was tät ich nur ohne dich!" Hubert Rösler umarmt seine Freundin, küsst sie auf die Wange und macht sich auf den Weg zum SABA-Werk. Er wird sofort um ein paar Tage Urlaub bitten und sich in den Zug setzen und nach Göttingen fahren.

Dem alten Mann in seinen Armen laufen ungehindert die Tränen über das hagere Gesicht. Noch nie zuvor hatte er seinen Vater weinen sehen. Nun steht der alte Mann vor ihm und kann seinen Gefühlen keinen Einhalt mehr gebieten. In der Barackentüre steht seine Mutter und es scheint ihm, als läge ein stilles Lächeln in ihren Augen. Die Verbitterung der letzten Jahre kann dieses Lächeln nicht aus ihrem Gesicht vertreiben, Hubert Rösler aber erkennt die wieder erwachte Lebenskraft in seiner Mutter. Minutenlang steht er da, umarmt den Vater, der seine Stirn auf seiner Schulter ablegt, der schweigt und sich fast atemlos in die Kraft seines Sohnes fallen lässt. Es scheint so, als verließe ihn all seine Kraft, die ihn angetrieben hat, seine Familie wieder zusammenzubringen in diesem Moment, in dem er die Verantwortung an seinen Sohn abgeben kann. Er ist mit seinen fast achtzig Jahren ein alter Mann geworden, der nun angekommen ist, der sich hinsetzen will und rasten möchte, ausruhen vom schweren Ringen in seinem Leben. Hubert Rösler schlingt seine Arme um seinen geliebten Vater und hört sich sagen: „ Ich komme zurück, Papa! Ich komme ganz bestimmt zurück!"

14. November 1958

„Mach dir mal keine Sorgen um uns, Hubert. Du hast uns hier aufgenommen und wir wissen das wirklich sehr zu schätzen und die Sigrid ist wie ein Engel zu uns. Aber du weißt selbst, wie schwer es deiner Hertha fällt, mit uns klarzukommen. Wir sind einfach zu alt, auch zu alt für die Kinder, Hubert, jetzt auch noch der kleine Martin. Die Hertha macht uns nicht den Eindruck, dass sie damit so einfach zurechtkommt und sie sieht uns doch nur als zusätzliche Belastung. Hubert, wir wollen eurer Familie nicht im Wege stehen. Bitte verstehe das nicht als Ablehnung. Es geht uns hier doch gut, uns fehlt es an nichts. Wir wollen hier nicht mehr weg. Und wir sind zu müde, um uns mit der Hertha zu streiten. Die Wohnung ist wunderbar, mit Edith und Otto verstehen wir uns prima. Und wenn du weiterhin mit Sigrid und den Jungs rüberkommst, Hubert, es kann uns nicht besser gehen. Wir sind wirklich zufrieden."

„Ich kümmere mich um ein Haus, Papa. Das wird groß genug sein. Ihr könnt dann mit einziehen und wir würden alle zusammen sein. Sigrid wohnt auch nur um die Ecke. "

Sein Vater lacht.

„Hubert, du und die Sigrid, ihr habt das wirklich alles sehr lieb gemacht und euch auch richtig bemüht um uns. Ich sage es der Edith oft, dass sie eine großartige Tochter hat und wir ihr auch sehr dankbar sind. Das ist hier in Hüfingen kein Provisorium, wie du immer sagst. Das ist alles bestens für uns und wir fühlen uns wirklich wohl hier. Wir wollen nicht mehr weg von hier. All die Jahre seit dem Krieg sind wir von einem Lager zum anderen, nirgends war es leicht für uns. Nirgends waren wir zuhause. Zuhause, Hubert, ist das hier auch nicht, aber zuhause wird es für uns wohl nie mehr geben. Deshalb lass uns hier ausruhen. Wir haben hier wirklich nette Menschen um uns herum und wenn du ab und zu kommst, dann sind wir zufrieden."

„Ach Papa, ich hätte euch gerne bei mir. Weißt du, ich kümmere mich jetzt erst einmal darum, dass ich ein Haus bekomme und dann sehen wir weiter. Vielleicht überlegt ihr es euch ja doch noch anders. Es ist aber schön zu hören, dass ihr euch wenigstens einigermaßen wohlfühlt hier."

„Hubert, wir haben uns wirklich gut eingelebt hier. Sieh du nur zu, dass du deine Familie gut versorgst und dass du mit der Hertha und den Kindern klarkommst. Das ist das Allerwichtigste. Und es ist ja nicht aus der Welt. Wir können uns ja auch in den Zug setzen und sind in einer halben Stunde in Villingen."

Hubert Rösler nimmt seinen Vater in den Arm. Eine Weile stehen sie so schweigend beieinander.

„Wenigstens seid ihr jetzt in unserer Nähe, Papa."

„Ja, wenigstens sind wir wieder zusammen. Hubert, es tut mir leid, dass ich dich überhaupt nicht unterstützen kann bei eurem Haus. Unsere Rente reicht gerademal für uns hier. Und deshalb wollen wir euch nicht auch noch weiter auf der Tasche liegen und das würden wir ganz bestimmt, wenn wir zu euch ziehen würden. Denk an deine Kinder, die sind allemal wichtiger, als wir zwei Alten!"

„Ach Papa, du hast dich dein ganzes Leben abgerackert und ich weiß doch, was du alles auf dich genommen hast, um mir mit der Werkstatt und dem Haus eine Existenz zu schaffen."

„Ja, Hubert, es ist alles anders gekommen, als wir geplant haben. Wir können das Rad nicht mehr zurückdrehen. Wir sind einer Idee hinterher gelaufen, die sich als nicht richtig herausgestellt hat. Und wir müssen dafür bezahlen, dass wir an einen falschen Heilsbringer geglaubt haben...."

„Papa, was sagst du da?"

„Es stimmt, Hubert! Wir haben auf einen Scharlatan gesetzt. Wir wollten unsere Augen nicht aufmachen und jetzt im Nachhinein sehen wir, was der alles angerichtet hat. Es ist einfach furchtbar!"

„Papa, nein....!"

„Doch, Hubert! Und deshalb sind deine Mutter und ich sehr dankbar, dass wir unsere letzten Jahre doch noch so unbeschadet genießen dürfen. Wir sagen uns das jeden Tag. Wir leben, Hubert, und wir leben sogar sehr gut. Und wir müssen nicht dafür büßen, dass wir viele Jahre für den Falschen unsere Fahne geschwungen haben. Dafür können wir nur dankbar sein. Und das sind wir auch, Hubert."

Auf dem Heimweg gehen Hubert Rösler wirre Gedanken durch den Kopf. Was ist mit seinem Vater geschehen? Wie kann es sein, dass er ja fast die in Schutz nimmt, die ihm seine Vertreibung angetan haben? Sie haben ihm alles genommen, was er sich über viele Jahre in seinem Leben aufgebaut hat und jetzt nimmt er diese Brut sogar in Schutz. Jetzt verurteilt er die große Idee, die ihm doch solange in seinem Leben wichtig und heilig war. Hat er sie nicht ihm, seinem Sohn weitergegeben? Setzt nicht er den Samen wieder ein? Sorgt nicht er dafür, dass in diesem Land wieder das aufblühen kann, an das er, Hauptmann Rose und viele andere unerschütterlich geglaubt haben und weiter glauben? Hubert Rösler schüttelt den Kopf. Sein Vater ist alt geworden, alt und müde. Das wird es sein. Er versteht nicht mehr alles und hat keine Lust mehr, für ein neues Deutschland, für eine große deutsche Idee zu kämpfen. Und sei es nur in Gedanken. Hubert Rösler will nachsichtig sein mit seinen Eltern. Sie haben lange genug viel ertragen müssen, jetzt sollen sie sich einfach nur ausruhen. Er wird sich nicht streiten mit seinem Vater. Er ist froh, dass sie in seiner Nähe sind und dass sie ein gutes Auskommen haben.

Juli 1960

Endlich umziehen! Endlich raus aus der engen Wohnung und weg von den nervigen Nachbarn. Als im Februar Elisabeth zur Welt kam, war es fast unerträglich in der zu kleinen Wohnung. Die drei Jungen waren einfach zu lebhaft. Hertha konnte sie nicht mehr bändigen und ihre Art, die Kinder im Zaum zu halten, war für einige der Nachbarn nicht immer angenehm. Ihre Ungeduld, ihr cholerisches Schimpfen und ihr oft blindes Zuschlagen, waren den Nachbarn nicht verborgen geblieben. Selbst als sie mit Martin und Elisabeth hochschwanger war, kannte sie keine Zurückhaltung sich über jede Kleinigkeit aufzuregen, die ihr an den Buben nicht passte. Wenn Hubert Rösler mit ihr reden wollte, kam immer derselbe Vorwurf, alle lebten in eigenen Häusern, nur sie müssten in einer so kleinen und engen Wohnung hausen, in der die Kinder nur ein kleines Zimmer hätten und ihr ständig auf die Nerven gingen. Und unverhohlen ließ sie ihn oft wissen, dass er halt nur ein einfacher Arbeiter sei, der es nie zu etwas bringen würde. Sie hätte halt doch Besseres in ihrem Leben verdient gehabt.

Im letzten Jahr hat Hubert Rösler von der Baugenossenschaft den Bescheid bekommen, dass er sich um ein Grundstück und ein schlüsselfertiges Häuschen in der Eintrachtstraße bewerben kann. Hauptmann Rose hatte ihm zugeraten und ihm auch versprochen, ihn nicht allein zu lassen, sollte es mit der Finanzierung nicht funktionieren.

„Wenn Ihnen die Bank keinen Kredit gewähren sollte, Rösler", hatte Hauptmann Rose gesagt, „dann springen wir selbstverständlich ein. Wir werden dann schon einen Weg finden. Aber versuchen Sie es zuerst einmal selbst." Anschließend hatte er ihm auch noch einen Tipp gegeben, bei welcher Bank er sich um die Finanzierung des Hauses kümmern sollte und mit welchem Bankberater er am besten verhandeln sollte. Und tatsächlich hatte alles reibungslos funktioniert. Er hat den Bauplatz bekommen und die Bank hat die Finanzierung für den Bau zugesagt. Dreißig Jahre wird er nun an dem Kredit knabbern müssen. Das hatte ihm schon einige schlaflose Nächte bereitet. Schließlich hat er auch eine sechsköpfige Familie zu ernähren. Arbeitslos darf er in den nächsten dreißig Jahren nicht werden. Das würde in einer Katastrophe enden. Auf der anderen Seite muss er nur fünfzig Mark mehr bezahlen als die Miete für die Wohnung gekostet hat. Wer weiß, ob Mieterhöhungen nicht auch bald genauso viel von ihm verlangt hätten. Es sollte nicht schwer sein, Mieter für die obere Etage zu finden, dann würden die Kosten schnell geringer werden. Solange die Kinder klein sind, reichen die zwei Kinderzimmer unten und vor allem der Garten würde Hertha sehr viel Entlastung für die Kinder bereiten.

Jetzt freut er sich auf jeden Fall auf das neue und irgendwann auch eigene Haus. Eintrachtstraße fünfundzwanzig. Das Zuhause für die Familie Hubert Rösler.

Eigentlich hatte er sich insgeheim gewünscht, seine Eltern würden doch nach Villingen kommen und die obere Wohnung beziehen. Hertha hätte sich kaum wehren können, da seine Eltern ja Miete bezahlt hätten. Aber nun ist sein Vater im April gestorben. Er war mit Bernhard und Paul einige Tage in Hüfingen und hat seine Mutter bei der Abwicklung der Bestattung unterstützt. Die beiden Jungs haben sich sehr gut mit ihrer Oma verstanden, trotz der Trauer, die sie sehr bedrückt hat. Die Ablenkung durch die Kinder tat ihr aber sichtbar gut. Trotzdem wollte seine Mutter das Angebot nach Villingen zu kommen nicht annehmen und in ihrer Wohnung bleiben. Die vielen Trauergäste und die herzliche Anteilnahme haben Hubert Rösler auch deutlich vor Augen geführt, dass sie wirklich eine neue Heimat gefunden hatten in diesem kleinen Städtchen. Außerdem wollte sie doch in der Nähe ihres Mannes bleiben. „Weißt du, Hubert, so gerne ich mit Bernhard und Paul zusammen wäre, wenn ich nicht zu Papa ans Grab gehen könnte, das wäre mir schon sehr arg!“ Hubert Rösler bedrängte sie nicht weiter und wird wohl auch die nächsten Jahre regelmäßig nach Hüfingen fahren um seine Mutter zu besuchen. Solange sie alleine zurechtkommt, wird er ihr ihren Willen lassen. Sollte es irgendwann nicht mehr gehen, kann er sie ja immer noch zu sich holen.

Mai 1968

Hubert Rösler reicht Rose den Zettel mit dem Ergebnis aus Basel. Es ist schon zur schematischen Selbstverständlichkeit geworden, dass sie kaum noch über das Konto reden, wenn sie sich wie inzwischen vereinbart nur ein einziges Mal im Jahr am Magdalenenberg treffen.

„Wissen Sie, Rösler", hatte Hauptmann Rose vor einigen Jahren zu ihm gesagt, „wir sollten nicht miteinander in Verbindung gebracht werden. Irgend so ein Linker kramt in meiner Geschichte herum und entdeckt vielleicht doch einen Zusammenhang mit der Partei oder mit dem damaligen Reichsministerium und dann sind Sie auch gefährdet und damit das ganze Projekt. Bisher haben wir das so perfekt hinbekommen, das wollen wir doch nicht gefährden, nicht wahr? Sollte ich wirklich nicht mehr erreichbar für Sie sein, dann wissen Sie, unter welcher Losung Sie jemandem vertrauen können. Es ist alles auch für den Ernstfall vorbereitet. Haben Sie verstanden?" Hubert Rösler hatte genickt und ihm damals zugestimmt und sich seitdem immer daran gehalten, Hauptmann Rose lediglich einen kleinen Zettel mit den Zahlen zu übergeben, ohne groß darüber zu reden.

„Es sind nun fast drei Millionen, Herr Rose. Wollen Sie nicht daran denken, das Geld wieder an sich zu nehmen?"

„Rösler, eigentlich hatten wir schon alles vorbereitet und daran gedacht, das Geld dem Gutmann zur Verfügung zu stellen. Sie kennen den Willi?" Hauptmann Rose sieht Rösler von der Seite her an.

„Nein, den Willi kenne ich nicht. Wer soll das sein? Und wieso sollte ich den kennen?"

Rose lacht kurz auf und nickt leicht verwundert. „Der Willi Gutmann, Rösler, ist hier in Villingen mal Bürgermeister gewesen. 1933 nur ganz kurz. Das ist einer von den Unsrigen und der hat Karriere gemacht und steht für unsere Sache auch heute noch ein. Sie waren doch sicher auch wählen am Sonntag vor einer Woche, oder?"

„Natürlich, Herr Rose, natürlich!“ Übereifrig bestätigt Hubert Rösler, dass er seiner Bürgerpflicht nachgekommen ist und sich somit als gewissenhafter Bürger dieser jungen Bundesrepublik erwiesen hat.

„Ich hoffe, Sie haben auch richtig gewählt!“ Hauptmann Rose lacht wieder kurz auf. „Der Willi Gutmann hat für die NPD in Leonberg kandidiert und hat es geschafft. Er ist im Landtag und er wird die Fraktion führen in den nächsten vier Jahren. Der Mann ist gut, hat die NPD schon ein Jahr auf Bundesebene geführt, ist jetzt stellvertretender Bundesvorsitzender und Landesvorsitzender hier in Baden-Württemberg. Der macht seine Sache ausgezeichnet, Rösler, den Namen sollten Sie sich merken. Wir sind eigentlich der Meinung, dass wir unsere Idee mit ihm wirklich wieder durchsetzen können und mit dem Geld wirklich Gutes anstoßen könnten.“

„Das wäre doch toll, Herr Rose!“ Hubert Rösler klingt sehr euphorisch. Irgendwie schleicht sich ein erleichterndes Gefühl bei ihm ein. Obwohl er sich inzwischen daran gewöhnt hat, das Baseler Konto zu verwalten, kommen ihm doch immer wieder besorgniserregende Gedanken, dass irgendjemand ihn entdecken und er in Schwierigkeiten kommen könnte. Scheinbar öffnet sich schön langsam eine Türe, um ihn von dieser Last zu befreien.

„Das Dumme an der Sache ist, dass so ein elendiglicher Tübinger Arbeitskreis den Willi angeschwärzt hat. Wir wissen nicht, ob er im Moment zu halten ist. Als er in Tiengen Bürgermeister war, hat er sehr konsequent den Juden verboten, sich weiter in seiner Stadt breitzumachen. Rösler, das war eine ganz große Sache damals, er war wohl der allererste mit einer klaren Haltung den Juden gegenüber, auch wenn er seine Kompetenzen überschritten hat. Er hat damals ein klares Zeichen gesetzt! Aber die Linken heute machen solche echten Deutschen wie den Willi einfach fertig. Die können das nur, weil sie die Amis noch im Rücken haben. Und die sind doch von den Juden unterwandert. Oder glauben Sie wirklich, Rösler, dass Adolf Eichmann so einfach hätte entführt und von den elendigen Juden hätte aufgehängt werden können, wenn die Amis die Sache nicht gedeckt hätten? Aber das hört sicher auch bald auf und dann gibt das deutsche Volk wieder den Ton an und dann werden wir denen zeigen, wie der Hase läuft. Ein bisschen müssen Sie noch warten, Rösler, ein bisschen noch. Aber lange wird es nicht mehr dauern, glauben Sie mir. Wissen Sie Rösler, wir haben da mit dem Eduard Dreher auch einen ausgezeichneten Mann im Justizministerium sitzen und der ist an einer ganz großen Sache dran. Wenn das klappt, sind wir einen sehr großen Schritt weiter."

„Sie können sich auf mich verlassen, Herr Rose. Ich habe bisher meinen Mann für unser Vaterland gestanden und ich werde es weiterhin tun, so lange ich gebraucht werde!" Hubert Rösler strafft seinen Oberkörper, hört seine Stimme und für einen kurzen Augenblick fühlt er sich zurückversetzt in seine Jugend, als er als junger Fähnlein-Führer seinen Jungs den Treueschwur abgenommen hat.

„Recht so Rösler, recht so und wie geht es sonst so in der Familie? Was machen die Kinder? Sind alle wohlauf?" Sie waren wieder kurz vor der Straße nach Pfaffenweiler und Hauptmann Rose verlangsamte bereits seinen Schritt.

„Elisabeth macht sich sehr gut in der Schule und bei den Jungs haben wir auch keine Probleme. Bernhard ist seit Sommer Werkspraktikant bei Siemens in Stuttgart. Paul tut sich etwas schwer im Gymnasium, ist aber nicht der Rede wert und bei Martin wissen wir gar nicht, wie wir ihn bändigen sollen. Der frisst die Bücher geradezu."

„Das hört sich doch gut an, Rösler. Machen Sie weiter wie bisher, dann dienen Sie unserer Sache in der allerbesten Weise!"

Hauptmann Rose streckt Hubert Rösler seine Hand hin und geht nach einem kurzen Abschiedsgruß mit schnellem Schritt zum Wagen. Wie immer steigt er auf der Beifahrerseite in den neuen Mercedes. Der Motor wird sofort gestartet und Hubert Rösler sieht das Auto links Richtung Pfaffenweiler abbiegen und hinter den Bäumen verschwinden.

Café Drechsel

Bei seinem üblichen Frühstück, der Tasse Kaffee, und dem Butterhörnchen mit Marillenmarmelade sitzt der elegant gekleidete Stammgast an dem für ihn stets reservierten Tisch unter dem ersten Arkadenfenster im Café Drechsel. An diesem Freitagmorgen ist es der Bericht über ein Gerichtsurteil in München im Bayernteil der Augsburger Allgemeinen, dem die Aufmerksamkeit des steten Gastes gilt.

Lebenslänglich für Judenmörder Gericht: Willkürliche Erschießungen durch SS-Oberscharführer Raschendorfer

München: Das Schwurgericht am Landgericht München hat am Donnerstag nach viertägiger Verhandlung den 55jährigen früheren SS-Oberscharführer Hugo Raschendorfer zu lebenslänglich Zuchthaus verurteilt. Der 55jährige lebte seit Kriegsende unter falschem Namen in München. Das Gericht, das dem Antrag der Staatsanwaltschaft folgte, sieht es als erwiesen an, dass Raschendorfer als Angehöriger der Außenstelle Cholm bei Lublin in Polen eigenmächtig und ohne besonderen Grund drei Juden erschossen hat. Die Verteidigung hatte Freispruch mangels Beweisen beantragt.

Der Angeklagte saß bleich und ungerührt auf seinem Stuhl, während der Vorsitzende Landgerichtsdirektor Dr. Albert Thomas das Urteil begründete: „Selten kann ein Urteil eines Schwurgerichtes, das auf lebenslänglich Zuchthaus lautet, so kurz begründet werden." Die Urteilsverkündung dauerte insgesamt nicht länger als 15 Minuten. In diesem NS-Prozeß hätte es das Gericht ausnahmsweise nicht mit Übergriffen einer Einheit, sondern eines einzelnen SD-Angehörigen zu tun gehabt. „Der Angeklagte ist klar und eindeutig durch Zeugenaussagen überführt", sagte der Gerichtsvorsitzende. Ohne Zusammenhang mit den bekannten Erschießungsaktionen habe Raschendorfer willkürlich drei Juden erschossen. Als Motiv komme nur Hass gegen Juden in Frage. Raschendorfer sei für seine Taten voll verantwortlich. „Wer die Zeugen gehört hat, der hat kein Verständnis mehr dafür, dass der Angeklagte die Taten leugnet."

Das Verfahren wegen Mithilfe zum Mord an über 200 Menschen wurde auf Antrag des Staatsanwalts abgetrennt und vorläufig eingestellt. Das aus diesem Fall möglicherweise resultierende Strafmaß stünde in keinem Verhältnis zu der Mordanklage.

Wie immer verlässt der Gast wortlos, aber freundlich, bestens betreut vom aufmerksamen Ober das Café und taucht im morgendlich erwachenden Leben der Stadt unter.

Februar 1969

Heute früh war er mit dem ganzen Verein zum ersten Mal beim Morgestraich der Baseler Fasnacht. Um zwei Uhr ist der Bus in Villingen gestartet. All die Jahre vorher haben sie immer nur die Gugge-Konzerte am Dienstagabend besucht und sind dann am Mittwoch nach den Cortéges wieder zurückgefahren. Es war aber allgemeiner Wunsch, auch einmal den Morgestraich mitzuerleben. Deshalb ist er heute schon sehr zeitig in der Bank. Die anderen haben sich im Hotel eingerichtet und ruhen sich noch ein paar Stunden aus, bis es heute Nachmittag wieder auf die Straßen geht. Hertha ist diesmal auch wieder dabei. Das ist sehr anstrengend mit ihr und es war gar nicht so einfach sich von ihr für eine Stunde loszueisen. Gott sei Dank ist Hanni dabei und hat sie überredet, sich nach dem Frühstück doch noch einmal hinzulegen, bevor sie sich doch noch in ein paar Geschäften umsehen wollen. Er hat sich mit der Begründung sich um eine Gaststätte für das gemeinsame Abendessen zu kümmern den Vormittag freigeschaufelt.
Wie gewöhnlich hat Urs Frei ihn in den Schließfachraum geführt. Die Mappe wird zunehmend dicker. Er öffnet das Bankkuvert mit dem neuen Kontoauszug und grinst, als er den Betrag sieht. Die Drei-Millionen-Grenze ist überschritten. Auf fast Einhundertzweiundzwanzigtausend Franken sind die Zinsen für das vergangene Jahr angestiegen. Hauptmann Rose wird sich freuen über die Riesenschritte mit der sich das Kapital vermehrt. Er ist gespannt, wie lange es noch dauert, bis er das Geld auf sein Konto überschreiben will. Der Hauptmann ist inzwischen sicher schon über sechzig Jahre alt. Schön langsam sollte die Entscheidung fallen, wofür das Kapital genutzt werden soll. Das ist aber nicht sein Problem. Er wird das Konto betreuen solange es gewünscht wird. Ihm macht das nichts aus. Es war so viele Jahre kein Problem, wieso sollte es jetzt eines werden? Er öffnet die Mappe, entnimmt das Kontoblatt, streicht das Kennwort „Harzer Bergbau“ und schreibt dahinter das neue „Luftpostverkehr“. Wieder schreibt er das Datum, den vierundzwanzigsten Februar 1969, dazu und setzt sein Zeichen dahinter. Urs Frei verabschiedet ihn mit ein paar

freundlichen Worten und wünscht ihm an der Tür zum Schalterraum noch viel Vergnügen bei der Baseler Fasnacht.
Hubert Rösler geht die Stufen hinunter in den Kassenraum. An einem der Kundenschalter steht eine attraktive Frau, die ihn fixiert. Als er ihr in Gedanken versunken lächelnd zunickt, grüßt sie ihn.
„Grüezi Hubert!“
Wie vom Donner gerührt bleibt er stehen und sieht der Frau ins Gesicht.
„I..In..Ingeborg!?“ Er stottert.
Sie ist eine Augenweide! Trotz ihrer dickgefütterten kurzen hellen Lederjacke gibt ihre enge schwarze Schlaghose eine makellos durchtrainiert schlanke Figur preis, die durch die etwas erhöhten Plateauschuhe noch unterstrichen wird. Ihre blonden Haare trägt sie schulterlang und ihr Gesicht ist jugendlich faltenlos, als sei sie kaum gealtert in den über zwanzig Jahren.
„Ingeborg, was machst du denn hier?“
Ingeborg atmet hörbar laut aus. Mit einem spöttischen Lächeln auf den Lippen sieht sie ihn verständnislos an.
„Was ich hier mache? Sollte ich das nicht eher dich fragen?“
„Ich...äh...ich, ich habe hier etwas zu erledigen gehabt! Aber...!“ Hubert Rösler ringt nach Worten. Diese Begegnung nach so vielen Jahren bringt ihn aus der Fassung. Und dass sie ihn gerade hier in der Bank antreffen muss, macht die Sache noch delikater.
„Du hast etwas zu erledigen gehabt! Da oben? An der Türe für besondere Kunden? Mit der persönlichen Verabschiedung durch den stellvertretenden Bankdirektor?“
„Ich habe etwas zu erledigen gehabt, ich bin mit einer großen Gruppe aus Villingen hier...“
„Hubert, mach dich nicht lächerlich. Hältst du mich für wirklich so naiv und dumm? Du arbeitest noch immer für sie, stimmt s?“
„Nein, ja..ich ?“
„Ach, Hubert, lass es gut sein, was geht es mich an! Geht es dir gut? Bist du verheiratet, hast du Familie?“
„Ja, ja, ich bin verheiratet und ich habe Kinder. Drei prächtige Jungs und ein Mädchen!“

„Und du? Hast du Familie?"
„Ich bin verheiratet, aber Kinder haben wir nicht."
„Keine Kinder? Oh, das tut mir aber leid!"
„Das muss dir nicht leidtun, wir wollten beide keine Kinder. Wir sind beide Ärzte und arbeiten bei der WHO in Genf. Wir sind sehr viel in der Welt unterwegs, vor allem in Afrika, da sieht man so viel Leid bei den Kindern, dass man sich schon ernsthaft Gedanken macht, ob man selbst Kinder in die Welt setzen möchte. Nein, nein, wir sind sehr glücklich auch ohne eigene Kinder. Und du, bist du glücklich? Ist das noch die Frau von damals?"
„Was meinst du von damals? Du kennst meine Frau doch gar nicht!"
Ingeborg lacht auf, dann spricht sie etwas leiser: „Ist es noch die mit dem Leberfleck über der linken Brustwarze?"
Hubert Rösler starrt Ingeborg fassungslos an. Er ist nicht in der Lage seine Überraschung zu verbergen, geschweige denn in Worte zu fassen.
Ingeborg lacht kurz auf.
„Jetzt sei mal nicht so verwundert! Ja, ich kenne diese Fotos von dir und diesem Mädchen, die scheinbar ja deine Frau ist. Sie sind mir damals zugespielt worden. Statt dich im „Schwarzen Bären" zu treffen, habe ich die Fotos bekommen, die ja sehr eindeutig waren. Mit der klaren Bitte, die Finger von dir zu lassen, weil du längst vergeben warst! Hubert, das war ziemlich armselig von dir mir so eine Komödie vorzuspielen."
„Welche Fotos? Ingeborg? Ich kenne keine Fotos und woher kennst du meine Frau und vor allem den Leberfleck? Ingeborg? Ich komm da nicht mit? Was soll das? Was heißt da Komödie vorspielen?"
Ingeborg verdreht die Augen.
„Na, warst du mit deiner Frau - wie heißt sie?"
„Hertha!"
„Warst du mit der Hertha zusammen, als wir uns verabredet haben - ja oder nein?
„Nein, natürlich nicht. Wir waren erst viel später zusammen, was redest du da?"

„Viel später? Du sagst, du hast sie nicht gekannt und ich habe Fotos bekommen auf denen du sie sehr leidenschaftlich küsst und mit ihr so nackt im Bett liegst, dass ich von dem Leberfleck weiß? Hubert? Willst du mich verschaukeln?“
Langsam geht Hubert Rösler ein Licht auf. War damals nicht irgendetwas an seinem Geburtstag mit einem Fotoapparat und Bildern, die es später nie gab? Ganz dunkel kann er sich daran erinnern.
„Gekannt habe ich die Hertha damals schon. Sie war in unserer Wandergruppe, aber wir waren nicht zusammen. Das stimmt einfach nicht.“
„Ach, lass es gut sein. Ist eh Schnee von gestern und ich trag es dir nicht nach. Man lernt auch daraus und ich bin glücklich so wie jetzt alles ist. Bist du denn glücklich mit ihr?“
„Ämh, glücklich, ja...jaja, ich bin auch glücklich mit ihr.“
„Dann ist ja alles gut. Mit uns wäre das sowieso nichts geworden, vor allem, wenn ich dich heute hier in der Bank treffe, weiß ich, dass ich alles richtig gemacht habe. Wir hätten nie zusammengepasst. Das wäre nicht gut gegangen.“
„Ingeborg!“ Hubert Rösler mustert sie von oben bis unten. „Ingeborg, können wir nicht einen Kaffee zusammen trinken?“
„Einen Kaffee? Nein, Hubert, einen Kaffee können wir nicht mehr zusammen trinken. Das ist vorbei!“
„Aber wir könnten uns doch mal treffen?“
„Hubert, wenn ich dich hier in der Bank so sehe, dann glaube ich, bringe ich einen Freund mit, wenn ich dich das nächste Mal treffe.“
„Einen Freund? Ich denke, du bist verheiratet?“
„Stimmt! Mein Freund heißt Simon Wiesenthal! Ist der dir ein Begriff?“
„Nein, den kenne ich nicht!“
„Solltest du aber! Und vor allem solltest du dich vor dem in Acht nehmen. Der Simon ist Jude und der, der euren Eichmann in Argentinien aufgespürt hat.“
Damit dreht sie sich um und geht zügig Richtung Ausgang. Hubert Rösler bemüht sich ihr zu folgen. Einen letzten Versuch, sie vielleicht doch noch für ein Treffen zu gewinnen, lässt sie sehr bestimmt an sich abperlen. Hubert Rösler hält ihr die Türe auf. Sein letztes „Ingeborg!“ prallt an ihr ab und geht im fröhlichen Lärm der Fasnächtler unter. Hubert Rösler steht vor dem

Bankeingang und sieht Ingeborg minutenlang enttäuscht und sehnsüchtig nach. Als er sich aus seiner Starrheit löst, sieht er geradeaus über die Straße. Dort steht Hertha.

Café Drechsel

Er greift nach der neuesten Ausgabe ‚Die Welt'. Fast nebenbei reicht er dem Ober seinen hellen Trenchcoat. Ein kurzer Blick, ein schmales Lächeln mehr hat er nicht übrig für den dienstbeflissenen Angestellten in diesem Café. Natürlich steht ein „Reserviert-Hütchen" auf dem Tisch unter dem ersten Arkadenfenster und selbstverständlich wird ihm sein Frühstück ohne jedes weiteres Wort serviert: Kaffee, ein Glas Wasser, ein Butterhörnchen und ein Schälchen Marillenmarmelade. Ohne einem der anderen Gäste auch nur einen Blick zuzuwerfen, setzt sich der elegant gekleidete Herr an den Tisch, schlägt die Zeitung auf, trinkt - in den Bericht vertieft - seinen Frühstückskaffee und isst dazu sein Butterhörnchen, das er vor jedem Biss mit einem Klecks Marmelade bestreicht:

So kamen NS-Seilschaften zur rettenden Verjährung
Mit einer Manipulation konnte ein hoher Beamter im Bundesjustizministerium 1968 viele Verfahren gegen NS-Täter einstellen. Die Historikerkommission des Hauses findet schockierende Details.

Niemand wird gern angeklagt, schon gar nicht wegen schwerer Verbrechen bis hin zu Totschlag und Beihilfe zum Mord. Mitte der 60er-Jahre fürchteten Tausende frühere oder noch aktive Polizisten, Juristen und Ministerialbeamten, für ihre Beteiligung am Holocaust zur Verantwortung gezogen zu werden. Dann trat am 1. Oktober 1968 eine scheinbar unbedeutende Änderung des Ordnungswidrigkeitengesetzes in Kraft – und wenige Monate später mussten die meisten Strafverfahren gegen NS-Täter in der Bundesrepublik eingestellt werden.

Aufgrund einer angeblich übersehenen Nebenwirkung der Gesetzesänderung hatten nun alle NS-Straftaten außer Mord 15 Jahre nach Beginn einer möglichen Strafverfolgung als verjährt zu gelten, also am 9. Mai 1960: Verfahren, die erst später gegen NS-Täter eröffnet worden waren, mussten eingestellt werden. Bald wurde vermutet, dass der zuständige Unterabteilungsleiter im Bundesjustizministerium (BMJ), Eduard

Dreher, die vermeintliche Panne zielbewusst vorbereitet hatte. Das erschien wahrscheinlich, doch ein schlüssiger Beleg fehlte bisher.
Das hat sich jetzt geändert. Die Unabhängige Wissenschaftliche Kommission des BMJ, die am Montag in Berlin ihren Abschlussbericht vorstellt, hat Indizien für Drehers Manipulation gefunden, die überzeugend sind. Ihre beiden Leiter, der Potsdamer Historiker Manfred Görtemaker und der Erlangener Strafrechtler Christoph Safferling, kommen zum Ergebnis, der Unterabteilungsleiter sei der „einzige, der ein Motiv, die Mittel und die Gelegenheit besaß", die Gesetzgebung zu manipulieren. Und sie können sogar das Tatwerkzeug benennen: eine Randnotiz auf einem Vermerk.
Nachweislich wurde das Ministerium am 17. September 1968 über die angeblich unabsehbare Folge der Gesetzesänderung informiert – da wären noch 13 Tage Zeit gewesen, diesen Fehler zu vermeiden. Der damalige Staatssekretär im Justizministerium, Horst Ehmke, lässt keinen Zweifel daran, dass die Regierung reagiert hätte. Schon am 25. September hätte das in der nächsten Kabinettssitzung beschlossen werden können.
Doch Dreher informierte die Ministeriumsspitze nicht über die Warnung. Im Gegenteil: Er ließ sich Zeit, neun Tage, um genau zu sein. Erst dann notierte er auf einem Vermerk eines Mitarbeiters, dass man sich keine Sorge zu machen brauche. Der letzte Schritt eines Ränkespiels mit dem Ziel der „versehentlichen" Amnestie.
Die Gesetzesänderung trat wie geplant in Kraft, und die offenbar beabsichtigte Wirkung folgte: Reihenweise mussten Verfahren gegen NS-Täter eingestellt werden, nicht zuletzt der bevorstehende große West-Berliner Prozess gegen Gestapo-Funktionäre.
Übrigens hatte der Unterabteilungsleiter Dreher selbst großes Interesse daran: Er hatte, wie Görtemaker und Safferling detailliert zeigen, als Staatsanwalt am Sondergericht Innsbruck an zahlreichen Unrechtsverfahren mitgewirkt und profitierte damit von der vermeintlichen „Justizpanne" auch persönlich.
Doch Mitarbeiter des BMJ betrieben nicht nur auf diese trickreiche, vor der Öffentlichkeit und ihrer eigenen Behördenspitze verdeckte Weise Strafvereitelung zugunsten von NS-Tätern. Es gab sogar eine darauf spezialisierte Abteilung, die Zentrale Rechtsschutzstelle (ZRS). Sie warnte 1950

bis 1968 systematisch mutmaßliche Kriegsverbrecher vor internationalen Ermittlungsverfahren und betreute verurteilte deutsche Täter in ausländischer Haft.

Nachdem er das Magazin neben das Geschirr auf dem kleinen Marmortisch abgelegt hat, dem Ober das Geld und ein üppiges Trinkgeld in das braune Ledermäppchen gelegt hat, schlüpft der elegante Herr in seinen Trenchcoat, den der Ober ihn mit untertäniger Verbeugung aufhält und verlässt zufrieden lächelnd das Café.

September 1969

Seit Wochen herrscht eisiges Schweigen zwischen Hertha und ihm. Die Szene, die Hertha ihm im Hotel in Basel gemacht hatte, wäre beinahe zu sehr eskaliert. Wäre Sigrid nicht eingeschritten, hätte die ganze Fahrt wohl in einem Desaster geendet. Hertha hatte vor den anderen weiterhin die Fröhliche gespielt, ihn aber keines Blickes mehr gewürdigt. Abends ist sie wortlos ins Bett gegangen, hat sich von ihm weggedreht und sich alle Versuche sie zu berühren verbeten. „Bevor du mir nicht sagst, was du in dieser Bank gemacht hast und was du mit dieser Schweizer Schlampe hast, brauchst du bei mir nicht mehr anzukommen!“ Herthas Ansage war strikt und gnadenlos. Zuhause war sie sofort aus dem Schlafzimmer ausgezogen und hat sich im kleinen Zimmer ihren Schlafplatz eingerichtet. Den Kindern erzählt sie seitdem, dass der Papa zu laut schnarche und sie deshalb nicht mehr neben ihm schlafen könne.
Ihre penetranten Fragen nach dem Grund seines Bankbesuches in Basel hatte er nur mit dem Treffen mit Ingeborg begründen können. Schließlich hatte er Hauptmann Rose ja versprochen, Hertha nicht in die Sache mit dem Konto einzuweihen.
„Wenn du es nötig hast, mit den alten Weibern aus der Schweiz zu vögeln, dann brauchst du nicht zu glauben, dass eine Hertha Rösler deinem Schwanz noch einmal zur Verfügung steht!“ Wutentbrannt hatte ihm Hertha das anschließend an den Kopf geworfen und seitdem ist kein vernünftiges Wort zwischen ihnen mehr zustande gekommen. Bei jeder Kleinigkeit gibt es sofort Streit, dem gebetsmühlenhaft der Vorwurf des Fremdgehens mit der Schweizer Schlampe folgt. Hubert Rösler zerreißt es jedes Mal das Herz Hertha so respektlos und schäbig über Ingeborg reden zu hören. Er versucht deshalb nun auch seit Wochen jedem Gespräch mit ihr aus dem Weg zu gehen.
Das Leben in diesem Haus ist zur Qual geworden. Entweder ist es eisiges Schweigen oder sie steht wie jetzt, wenn die Kinder aus dem Haus sind, vor ihm und fährt ihn an: „Du hast mit dem Schweizer Frauenzimmer doch mehr als nur gevögelt. Mach mir doch nichts vor. Du hast da auf der Bank doch was laufen? Halt mich doch nicht ganz für blöde!“ Er widerspricht ihr vehement. „Dann lassen wir uns halt scheiden, wenn du es mit mir nicht mehr aushältst.“

Hertha explodiert nahezu: „Das könnte dir so passen! Mir vier Kinder anhängen und mich mit denen sitzen zu lassen und du lebst mit diesem Schweizer Weib in Saus und Braus und machst auf dicke Hose! Das bildest auch du dir nur ein. Du bleibst ganz schön hier und kümmerst dich um die Kinder und das Haus. Wenn das abbezahlt ist, dann kannst du dich gerne vom Acker machen. Ich wein dir keine Träne nach! Aber was bis dahin hier abgeht, das ist meine Sache und wenn du nicht spurst, dann wirst du mich kennenlernen, du Dreckfink, du!"
Damit knallt sie die Türe zu und lässt ihn allein im Wohnzimmer zurück.
Hubert Rösler bleibt eine Weile verzweifelt in seinem Sessel sitzen. Plötzlich springt er auf, zieht seine Schuhe an und verlässt das Haus.

Als er zwei Tage später wieder nach Hause kommt, spielt Hertha vor den Kindern die Fröhliche. Sie stellt keine Fragen, sie macht ihm keine Vorwürfe und tut so, als sei nichts geschehen. Abends, wenn die Kinder im Bett sind, zieht sie sich in ihr Zimmer zurück und ignoriert seine Anwesenheit im Haus. Hubert Rösler ist ihr Verhalten Recht. Erklärungen zu seinem Wegbleiben hätten nur wieder neuen Streit heraufbeschworen. Und Sigrid, bei der er die letzten zwei Tage verbracht hatte, wollte er nun nicht auch noch in diesen unsäglichen Streit hineinziehen.

Oktober 1969

„Eigentlich hatte es letztes Jahr ja ganz gut ausgesehen, Rösler. Wir haben bereits darüber gesprochen, einige der Gelder wieder zurückzuführen und die Nationaldeutschen damit zu unterstützen. Die Strafgesetzbuchsänderung sollte uns eigentlich in die Karten spielen und den größten Teil der elendiglichen Schnüffelei beenden. Sie wissen doch, die Sache mit dem Paragraph 50. Der Dreher im Justizministerium hat das ganz gut hinbekommen, ohne dass der Effekt für unsere Leute groß aufgefallen ist. Vor vier Jahren haben sie noch gejubelt im Parlament und geglaubt Nationalsozialisten ewig jagen zu dürfen. Jetzt hat sogar der Bundesgerichthof seine Zustimmung dafür gegeben, dass viele Schnüffeleien eingestellt werden müssen. Ich dachte, jetzt beginnt es sich zu beruhigen und auch die amtliche Seite macht Schluss mit den unsäglichen Prozessen."

„Ja müssen die sich nicht auch daran halten, wenn das Gesetz es vorschreibt?"

„Schon Rösler, aber die Verjährung gilt ja nur für die Mitwisser und diejenigen, die angeblich dabei waren, aber selbst nicht gehandelt haben. Diejenigen, die ihre Pflicht getan haben und die Urteile vollstreckt haben, werden leider nach wie vor nicht verschont und offenbar noch viel gnadenloser gejagt."
„Aber schön langsam sollte man doch endlich aufhören mit dieser unsäglichen Nazikramerei. Wir haben doch alle nur unsere Pflicht getan! Dafür kann man uns doch nicht jetzt bestrafen!"

„Genauso ist es, Rösler. Und die Mehrheit der Deutschen sieht das ganz genauso wie Sie. Die wollen die Zukunft gestalten und nicht ständig in dem alten Müll kramen. Aber es gibt halt auch die, die damit nicht aufhören wollen. In München, Rösler, haben sie letztes Jahr einen zu lebenslangem Zuchthaus verurteilt, weil er angeblich ein paar subversive Gestalten hingerichtet hat, 1939 bis 1943. Ein Sachverständiger hat sogar festgestellt, dass der Mann geistig beschränkt ist. Trotzdem hat man ihn gnadenlos verurteilt. Nur weil er damals SS-Oberscharführer war. Der ist von Juden verraten worden, denn er

hat seit dem Krieg unter einem anderen Namen in München gelebt. Das kann leider anderen auch noch passieren und deshalb müssen wir doch noch eine Weile stillhalten. Wir brauchen Sie noch eine Weile, Rösler!"
„Ich wäre schon ganz froh, wenn ich das Geld abgeben könnte. Es ist ja doch eine große Verantwortung, die ich da habe. Aber wenn Sie glauben, dass wir noch ein paar Jahre warten müssen, dann muss ich halt noch einmal verlängern Anfang nächsten Jahres."
„Sehen Sie Rösler, wir dürfen keinesfalls die Sache über das Knie brechen. Wenn Sie sich die Meinungsumfragen ansehen, dann wissen Sie, dass die große Mehrheit des deutschen Volkes nicht abgeneigt war gegen die Ideale der Nationalsozialisten. Der Führer hat vieles doch nicht schlecht gemacht. Er war halt kein Stratege und lag leider mit seinen militärischen Entscheidungen nicht gerade richtig. Wenn das Volk aber heute noch immer seine Grundsätze gut heißt, dann wird die Zeit kommen, dass es sich wieder ähnlich wie 1933 für diese Ideale entscheidet. Ganz demokratisch. Sie können sich darauf verlassen, es wird wieder eine Partei geben, die in unserem Sinn Politik macht und der werden wir von Anfang an unter die Arme greifen. Aber es wird wohl noch etwas dauern. Verlängern Sie Rösler! Verlängern Sie noch einmal um fünf Jahre. Sie sind einfach unsere größte Sicherheit, Rösler!"
„Jawohl, Herr Rose, wenn es der Sache dient!"
„Es dient der Sache, Rösler, es dient der Sache! Wie geht es zuhause? Alles gesund und munter?"
„Ja, ja, den Kindern geht es prächtig! Aber ganz ehrlich, ganz einfach ist es nicht, die Sache vor meiner Frau und den Kindern versteckt zu halten. Vor allem meine Frau ist sehr neugierig."
„Na, na, Rösler, haben Sie etwa Ärger mit Ihrer Hertha?"
„Es ist nicht ganz einfach mit ihr, aber..."
„Hängt der Haussegen etwa schief? Rösler, das kommt in den besten Familien vor. Bemühen Sie sich ein bisschen, dann wird das schon wieder. Ihre Hertha ist schon in Ordnung. Manchmal muss man halt etwas klarer sagen, wo es lang geht, dann renkt sich das schon wieder ein. Machen Sie sich da mal keine Sorgen."

Februar 1973

Der Sinn steht ihm nicht danach, die Fahrt nach Basel zur Fasnacht zu organisieren. Der Ausgelassenheit, die seine Freunde bei dieser Fahrt immer zeigen, kann er sich dieses Jahr nicht anschließen. Erst vor zwei Wochen hat er seine Mutter zu Grabe getragen und ist sich bei ihrer Beerdigung sehr bewusst geworden, dass er nun die Generation verkörpern wird, die an ihrer Lebensleistung gemessen wird. Eine so perfekte Familie, wie Hauptmann Rose das immer wieder lobt, hat er sicherlich nicht zustande gebracht. Die ständigen zermürbenden Auseinandersetzungen mit Hertha und auch das Schweigenmüssen wegen des Geldes in Basel haben ihn die Kinder entgleiten lassen. Sie sind nicht auf seiner Linie, sie stehen nicht ein für die Ideale, die sein Vater ihm mit auf den Weg gegeben hat und die er Dank Hauptmann Roses Unterstützung auch bis heute bewahrt hat. Die Kinder machen ihre eigene Sache. Er kann sich ihnen nicht in den Weg stellen. Eigentlich sind sie ja alle in Ordnung. Nur Paul bereitet ihm Sorgen. Er ist zu rebellisch. Lässt sich von diesem linken studentischen Geschrei zu sehr beeinflussen und vor allem lässt er sich von ihm überhaupt nichts mehr sagen. Hertha hat da viel zu lange zugeschaut, nur weil Paul sich so katholisch verhalten hat und seine Widerspenstigkeit unter einer religiösen Decke versteckt hat. Das wird nicht gut gehen, aber mit Hertha darüber zu reden ist einfach nicht möglich. Bernhard und Martin sind da schon wesentlich ruhiger und gehen ihren Weg mit einer soliden akademischen Ausbildung. Und auch Elisabeth entwickelt sich prächtig. Es ist schon eine große Freude für ihn, zu sehen, wie sehr sie sich mit ihren dreizehn Jahren im Haushalt betätigt, sich um den Einkauf kümmert, kocht, putzt, die Wäsche für die Familie versorgt und vor allem ihm und ihren Brüdern die Hemden und die Hosen bügelt. Sie wird ganz bestimmt eine gute Frau und eine Mutter, die ihre Kinder gut versorgen kann. Sie ist nach seiner Mutter geraten, die ihr Leben lang fest an der Seite ihres Mannes stand und klaglos immer Sorge für ihn und seinen Vater getragen hat. Wenn Elisabeth irgendwann einmal den richtigen Mann heiraten wird, dann wird sie vielleicht auch einmal hinter der großen deutschen Idee stehen und vielleicht gelingt es ihr ja zusammen mit Bernhard und Martin, auch Paul von seinen revolutionären

Ideen abzubringen. Wenn Hertha halt nicht ständig an ihr herumnörgeln würde, dann würde sie vielleicht auch ein bisschen mehr aus sich herausgehen. Müsste sie nicht zur Schule gehen, er würde Elisabeth glatt mitnehmen nach Basel, damit sie sich mal zwei Tage mit den anderen Frauen vergnügen könnte. Hertha würde an die Decke gehen, wenn sie seine Gedanken kennen würde. Sollte Hertha dieses Jahr wieder mitfahren wollen, wird er auf die Fahrt verzichten und Jost die Leitung überlassen. Er kann ja doch nicht auf der Bank nach dem Rechten sehen, wenn Hertha dabei ist. Er wird wie letztes Jahr eine andere Möglichkeit finden müssen, um nach Basel zu kommen, da Hertha wie ein Luchs auf ihn geachtet hatte und ihn keine Minute aus den Augen gelassen hatte. Wenn es sein muss, wird er sich einen Tag Urlaub nehmen, während Hertha mit der Gruppe unterwegs ist und allein mit dem Zug nach Basel fahren. Zwar muss er dort höllisch aufpassen, dass ihm keiner aus der Gruppe über den Weg läuft, aber da die Bank ja abseits der Zugrouten liegt, ist die Gefahr einer Begegnung nicht ganz so groß. Abends ist er wieder zuhause und es wird auch weiterhin keiner seinen Bankbesuch bemerken. Hertha wird weiterhin glauben, er wolle sich in Basel nur mit Ingeborg treffen. Und vielleicht hört sie mit der Zeit irgendwann auch auf in der Bankgeschichte herum zu stochern. Auch wenn sie glaubt, er hätte mit Ingeborg einen finanziellen Coup in der Schweiz gedreht. Entdecken darf sie das Konto nicht. Das wäre ein Desaster. Er muss dafür sorgen, dass sie nie von diesem Geld erfährt. Schließlich hat Hauptmann Rose das verlangt und er hat ihm versichert, dass es so geschieht. Wie würde er vor Hauptmann Rose dastehen, wenn ihm das nicht gelänge?

September 1975

Mit großen Augen steht Hubert Rösler nur mit einer Unterhose bekleidet vor dem Bett. Es ist nicht Sigrid, die ihm auf dem Bett ungeniert ihre Nacktheit präsentiert, die ihn in Erstaunen versetzt. Oft genug war er bei ihr, oft genug hat er sie so hüllenlos erlebt, oft genug haben sie sich hemmungslos ihrer Lust hingegeben, so dass ihre Nacktheit nicht dieses Erstarren hätte auslösen können, das der Anblick dieses Bildes, das da neu über ihrem Bett hängt, gerade bei ihm ausgelöst hat. Das so vertraute Zimmer, in dem er selbst jahrelang gelebt hatte, in dem er dutzende Male mit Sigrid geschlafen hatte, seit sie in seiner früheren Wohnung lebt und er mit Hertha nicht mehr zurechtkommt. Das Zimmer, in dem er auch mit Hertha im Bett gelegen hatte, mit ihr geschlafen, aber auch mit ihr gestritten hatte, dieses vertraute Zimmer ist nun dem Zauber dieses überwältigenden Bildes erlegen und taucht es in ein ihm völlig unbekanntes Licht.
Die Pracht der Farben überwältigt ihn. Das rote Dach, fast mittig im Bild umrahmt von den weißen Hauswänden, die in grün, gelb und blau getauchten Wiesen, Sträucher und Felder, der weiß bewolkte Mittagshimmel und die drei Birken im Vordergrund, zu denen sich mittig neben dem Haus noch eine vierte dazugesellt. Wie ein Fenster öffnet sich die Wand über dem Kopfende des Bettes und gibt diesem kleinen Schlafzimmer eine ganz neue Dimension.
„Gefällt es dir?“ Ohne ihren makellosen Körper zu verdecken, dreht Sigrid ihren Kopf hin zu diesem Bild und hebt beide Arme, als wolle Sie dieses Bild der ganzen Aufmerksamkeit seines Betrachters präsentieren.
„Wo hast du es her?“ Hubert Rösler schlüpft aus seiner Unterhose und setzt sich an das Fußende gelehnt auf das Bett. Sigrid dreht sich auf die andere Seite und kuschelt sich an ihn, ihr Blick dem Bild über dem Bett zugewandt.
„Ich habe meine Schwester in Münster besucht. An einem Tag sind wir in das neue Landesmuseum im Drostenhof gegangen und da habe ich dieses Bild gefunden! Es ist aber nur eine Kopie auf Leinwand.“
„Von welchem Maler ist das Bild denn?“
„Kein Maler, es ist von einer Malerin. Julie Wolfthorn hat sie geheißen.“
„Wann hat sie gelebt?“

„Sie ist 1944 gestorben. Im KZ in Theresienstadt."
„Im KZ? Ist sie etwa eine Jüdin?"
„Ja, sie war eine Jüdin und eine großartige Malerin!"
„Aber, Sigrid..?"
„Was ‚aber'? Hat sie dich nicht eben dermaßen fasziniert, dass dir fast die Spucke weggeblieben ist? Hubert, ich muss meine Wände nicht alle mit Bildern von Professor Staeger behängen!"
„Die Bilder hat mir der Paul geschenkt, Sigrid, und die sind doch wirklich wunderbar, oder etwa nicht?"
„Ja, natürlich sind das schöne Bilder. Aber weißt du, der Staeger malt so traurig, so trist..."
„Die Vertreibung, die er erlebt hat, ist ja gar nicht anders darzustellen als traurig und trist. So war sie doch schließlich auch. Ihr könnt euch doch gar nicht vorstellen, wie das ist, wenn man vertrieben wird aus der Heimat, in der man groß geworden ist."
„So, Hubert? Dann sieh dir dieses Bild nur sehr oft ganz genau an. Diese Leute sind nicht nur vertrieben worden. Die werden überall in der Welt verfolgt und in unserem Land sind sie millionenfach ermordet worden. Und? Haben sie deswegen nur traurige Bilder gemalt? Ist dieses Bild denn wirklich traurig?"
„Aber musst du wirklich das Bild einer Jüdin hier aufhängen, es gibt doch auch schöne farbige Bilder von deutschen Malern!"
„Hubert, sie ist eine deutsche Malerin. Eine sehr tolle deutsche Malerin und du wirst es aushalten müssen, dass über meinem Bett ein Bild von einer großartigen deutschen Malerin hängt!"
Sigrid rollt sich auf seinen Körper, sucht mit ihren Lippen die seinen, küsst ihn heftig, greift mit ihrer Hand zwischen seine Schenkel und dann versinken die beiden leidenschaftlich und wollüstig in ihren Körpern.
Irgendwann in der Nacht erwacht Hubert Rösler. Neben ihm liegt tief atmend seine Briefmarkenfreundin. Sein Blick fällt wie aus einem Fenster auf das weiße Bauernhaus mit dem roten Dach und den drei weißen Birken. ‚Riehen' schießt es durch seine Gedanken und dann ist es Ingeborg, die da friedlich schlafend neben ihm liegt. Er deckt Sigrid zu, löscht das Licht, schlingt den Arm um die nackte Frau und träumt sich mit den Gedanken an Ingeborg in den Schlaf.

März 1977

Hauptmann Rose sieht sehr blass aus. Hat er in den letzten Jahren seinen Spazierstock mit dem silbernen Löwenknopfknauf locker geschwungen und eher als Zeichen seines Wohlstandes und seines Status verwendet, kommt es Hubert Rösler heute vor, als stütze sich der alte Mann auf diesen Stock. Und ja, er ist alt geworden, dieser Hauptmann. Eigentlich ist Hubert Rösler das bisher nicht aufgefallen. Nun aber sieht er diesen ehemals so athletischen Hauptmann als einen alten Herrn, dessen fahler Gesichtsausdruck auch eine ungeschminkte Traurigkeit zur Schau stellt. Er vermittelt den Eindruck, als laste eine schwer niederdrückende Verantwortung auf ihm. Hubert Rösler meint auch im Klang seiner Stimme einen Bruch herauszuhören. Diese klare unumstößliche Ansage, dieser keinen Widerspruch duldende Ton in jedem seiner Worte scheint verloren gegangen zu sein. Das Alter des Hauptmanns kennt er nicht, aber er schätzt, dass dieser die Siebzig schon gut überschritten hat. Gewiss, der Hauptmann ist weiterhin eine unmissverständliche Respektsperson, will sich offenbar die Schwäche, die Hubert Rösler da an ihm auszumachen meint, nicht ansehen lassen. Immer noch schreitet er mit stolzem Schritt. Immer noch ist seine Wortwahl klar und deutlich, immer noch ist er der Hauptmann und Hubert Rösler der Gefreite.
„Und Rösler, wie stehen die Aktien?" Hauptmann Rose gibt sich betont locker.
„Sie wissen doch, Herr Rose, dass die Zinsen inzwischen die einhundertfünfzigtausend überschritten haben. Es sind dieses Jahr fast einhundertsiebzigtausend. Und damit vier Komma zwei Millionen. Die Zeit, Herr Rose, arbeitet für das Konto."
„So ist es, Rösler, so ist es. Und es ist tragisch, dass wir unserem Ziel damit noch nicht nähergekommen sind. Wir haben von Anfang an gewusst, dass wir einen langen Weg vor uns haben und wir konnten uns eigentlich nicht vorstellen, dass wir selbst solange damit verbunden bleiben ohne handelnd eingreifen zu müssen. Wissen Sie, Rösler, eigentlich dachte ich, dass die Entscheidung, wann wir das Geld für unsere Sache einsetzen, nicht bei mir liegen würde. Aber nun ist es doch eingetreten, dass es mir obliegt, die Zukunft unseres deutschen Vaterlandes entscheidend zu gestalten."

Schweigend geht Hauptmann Rose neben Hubert Rösler her. Er scheint in Gedanken vertieft und macht auch keine Anstalten, sich aus seinen Gedanken reißen lassen zu wollen. Hubert Rösler kann sich keinen Reim darauf machen, was Hauptmann Rose mit seinen Worten sagen will. Trotzdem hütet er sich die Nachdenklichkeit seines Begleiters zu stören.
„Der Graf ist tot, Rösler. Der Graf ist tot. Er ist Anfang des Monats gestorben mit fast neunzig Jahren. Der Graf war ein ganz Großer in der deutschen Geschichte, Rösler. Leider hat seine Zeit seine Größe nicht erkannt. Aber das ist oft so bei den ganz Großen der Geschichte. Erst wenn sie gestorben sind, erkennt man, was die Welt an ihnen verloren hat. Er wird die neue Zeit nicht mehr erleben. Nein, die wird er nicht mehr erleben. Aber wissen Sie, Rösler, der Graf hat dafür gesorgt, dass sein Werk weiter vorangetrieben und auch vollendet werden wird. Heute obliegt mir noch ein wichtiger Teil seiner Arbeit, aber er hat in seiner Familie seine, unsere großartige Idee fest verwurzelt. Und das macht ihn zu einem ganz Großen der deutschen Geschichte. Das deutsche Wesen wird weiterleben und letztlich wird es sich durchsetzen, wenn die Welt erkennen wird, dass es nichts Edleres gibt. Seine Kinder und vor allem seine Enkel werden es hinaustragen und zum Erblühen bringen! Glauben Sie mir Rösler, sie werden es zum Erblühen bringen, da bin ich mir sehr sicher."
Wieder scheint der Hauptmann in Gedanken zu versinken. Doch plötzlich gibt er sich einen Ruck, verschärft seinen Schritt um eine Nuance und schwingt seinen Stock um ein paar Zentimeter höher.
„Jetzt sind aber erst wir an der Reihe, Rösler! Jetzt ist es an uns die Sache in die Hand zu nehmen und sie erfolgreich auf den Weg zu bringen. Der Graf soll sich zurecht auf uns verlassen haben, nicht wahr Rösler?"
„Ich denke schon, Herr Rose, wir werden tun, was uns von der Geschichte aufgetragen ist. Selbstverständlich!"
„Gut, Rösler, Sie hören von mir. Ich will versuchen, die Sache voranzutreiben. Halten Sie unsere Fahne hoch, wir werden siegen, dessen bin ich mir sicher. Dessen bin ich mir sogar sehr sicher!"
Hauptmann Rose reicht Hubert Rösler die Hand, steigt in den Mercedes und fährt von dannen.

Juni 1981

Paul lacht und sieht seinen Vater an.
„Ich weiß gar nicht, was du hast? Glaubst du wirklich, dass du in der Lage bist, mich von meinem Vorhaben abzuhalten? Ich fahre nach Düsseldorf, ob es dir passt oder nicht. Fast sechs Jahre lang haben die jetzt verhandelt. Fast sechs Jahre und selten sind die Grausamkeiten dieser Nazis so drastisch zum Vorschein gekommen wie in diesem Prozess. Und jetzt kommt es zu diesem lächerlichen Urteil!"
„Paul, hör endlich auf, immer wieder in der Vergangenheit rumzuwühlen! Es muss jetzt endlich mal Schluss sein. Mensch, du arbeitest für den Staat, Paul! Du verlierst deine Stelle, wenn die dich dort sehen. Und so wie ich dich kenne, hältst du ja den Mund doch nicht. Du kannst doch nicht einfach alles in deinem Leben aufs Spiel setzen, nur wegen so einer alten Geschichte!" Hubert Rösler sieht seinen Sohn flehend an.
„Eine alte Geschichte nennst du das? Eine alte Geschichte! Mensch Papa, in Majdanek sind mindestens 250 000 Menschen umgebracht worden. 250 000, Papa und jetzt sollen diese Typen für ganze zwei Morde verurteilt werden? Papa, das stinkt doch zum Himmel!"
„Mein Gott, Paul, was weißt du denn schon? Das sind kleine Angestellte, die ihre Arbeit gemacht haben, wie jeder JVA-Angestellte heute auch! Willst du, dass die in ein paar Jahren auch verurteilt werden, weil sie dafür Sorge getragen haben, dass die ehrbaren Bürger vor kriminellem Gesindel geschützt werden? Paul, das kannst du doch nicht wollen, oder?"
Paul schüttelt heftig seinen Kopf und seine Stimme ist auch nicht mehr auf Zimmerlautstärke. Er echauffiert sich mächtig und ist wütend über die Vergleiche und Verharmlosungen seines Vaters
„Das darf doch wohl nicht wahr sein, Papa! Nein, das sind eben keine kleinen Angestellten da in Düsseldorf! Der Hermann Hackmann war einer der Lagerleiter in Majdanek! Und diese Hildegard Lärchert ist ja wohl eine Sadistin, wie sie im Buche steht! Wenn nur die Hälfte von dem stimmt, was die Zeugen ausgesagt haben, dürfte die nach meiner Ansicht nie wieder in Freiheit leben. Und was hat dieser Nazianwalt Bock beantragt? Die wollen einen Freispruch

mangels Beweisen für diese Lärchert! Und dieses Aas will die Zeugin Ostrowska verurteilt sehen, die von dieser Sadistin gezwungen worden ist, das Zyklon B in die Gaskammern zu bringen. Die will er wegen Beihilfe zum Mord verurteilt sehen! Das darf ja doch nicht wahr sein! Ist das ein Rechtsstaat?“
„Jetzt schrei mal nicht so, mein Junge! Schau, du sagst doch selbst, wenn nur die Hälfte stimmen würde? Das ist doch das Problem! Es stimmt einfach nicht, was diese Leute aussagen. Die Juden und die Amerikaner, die von den Juden unterwandert sind, wollen hier eine Schau vor der Welt abziehen. Das ist doch alles gelogen, was die vortragen, um vom deutschen Staat Entschädigungen zu erhalten. Die haben es alle in ihrem Leben zu nichts gebracht und sehen so die Chance an schnelles Geld zu kommen. So sieht es aus, Paul! Du wirst es auch noch kapieren, dass wir hier ganz schön abgezockt werden sollen! Uns hat man alles weggenommen. Unsere Heimat, unsere Werkstatt, unsere Häuser und unseren Besitz! Und schau dich um, zu was wir es wieder gebracht haben. Und die kommen einfach so daher, bekommen ein schnelles Gerichtsverfahren und kassieren dann kräftig ab und sind fein raus! So waren sie schon immer, die Juden!“
Paul sieht seinen Vater wütend an.
„Sag mal Papa, bist du krank im Kopf?“
„Na, na, na, na, jetzt mach mal halblang....“
„Hey, dieser Prozess hat fast sechs Jahre gedauert! Von wegen schnelles Gerichtsverfahren! Und da sind nicht weniger als 300 Zeugen verhört worden und davon sind 215 Insassen aus diesem KZ gewesen. Erzähl du mir bloß nicht, dass die alle nur geträumt haben oder sich die Sache ausgedacht haben! Ihr solltet endlich aufhören, die Wahrheit, die hinter eurer elendiglichen Hitlerverehrung steckt, zu leugnen. Nicht die Juden, die Russen, die Polen oder die Tschechen haben diesen Krieg vom Zaun gebrochen. Es waren die Deutschen und niemand anderes!“
„Du kannst uns nicht die Schuld in die Schuhe schieben, Paul! Die anderen haben genauso gemordet, gemetzelt, vergewaltigt und vertrieben! Die sind keinen Deut besser gewesen! Keinen Deut! Ich hab sie mit eigenen Augen gesehen, Paul, die Russen, wie sie deutsche Mütter und ihre Töchter vergewaltigt haben! Die waren keinen Deut besser!“

„Doch Papa, die sind besser gewesen und zwar genau diesen kleinen Deut! Haben sie dir nicht sogar gesagt: ‚Das haben die deutschen Soldaten mit unseren Frauen und Kindern gemacht!', haben sie dir das nicht gesagt, als sie dich gezwungen haben, zuzusehen? Ich behaupte nicht, dass sie nicht auch Gräueltaten begangen haben, aber im Gegensatz zu den Deutschen haben sie diese begangen, weil sie in den Krieg gezwungen worden sind. Die Nazis haben die Gräueltaten nicht im Krieg begangen, Papa, sondern vor dem Krieg und neben dem Krieg und sogar noch nach dem Krieg - getarnt als Demokraten -! Und genau das ist der Unterschied, Papa! Jedenfalls hältst du mich nicht davon ab, dass ich vor dem Düsseldorfer Landgericht stehe, wenn übermorgen das Urteil verkündet wird! Und wenn es ausfällt, wie ich es vermute, dann werde ich auch meinen Mund aufmachen. Darauf kannst du dich verlassen!"
„Paul! Sei doch vernünftig! Kannst du nicht einfach deinen Mund halten? Was willst du denn gegen die da oben ausrichten? Die sitzen doch am längeren Hebel und verbauen dir womöglich dein ganzes Leben!"
„So ist es richtig, Papa! Schön brav die Schnauze halten, den Schwanz einziehen und immer schön mit dem jasagenden Strom mitschwimmen! Und bloß nicht auffallen in der Masse. Und irgendwann dann mal wieder „Heil Hitler" im Chor schreien! Hauptsache, man hält sich jeden Ärger vom Leib! Egal, was mit den anderen passiert! Nein, Papa, das hast du gemacht, das kannst du auch weiter machen, wenn du denkst, dass es für dich richtig ist! Mit mir jedenfalls nicht! Und solltest du dich mit deinesgleichen durchsetzen, dann kannst du mich ja bald mal in einem KZ besuchen kommen. Hauptsache du stehst dann auf der richtigen Seite vom Stacheldraht!"
Paul springt wütend auf und geht zur Türe.
„Paul!......Ich will doch bloß dein.......Ach!"
Mit einer wegwerfenden Handbewegung sieht Hubert Rösler wie die Haustüre ins Schloss fällt. Er wird Paul nicht mehr ändern können. Geschweige denn zurückhalten können nach Düsseldorf zu fahren. Nein, das wird er nicht mehr können.
„Kannst du nicht einmal deine Schnauze halten! Jetzt ist er wieder abgehauen, ohne mit uns zu essen!" Hertha ist wütend. Sie knallt die Pfanne auf den Tisch

und geht in die Küche, um die Teller zu holen. Dabei wirft sie wütend giftige Blicke auf ihren Mann.

Café Drechsel

Der Regen peitscht gegen den aufgespannten großen schwarzen Regenschirm. Das Prasseln der schweren heftigen Tropfen auf dem dünnen, imprägnierten, wasserdichten Stoff entzieht der Wahrnehmung des eleganten Herren unter dem Schirm all den anderen Lärm, den Wind, Regen und Verkehr in der Straße verursachen. Mit ausholendem Schritt läuft er eng an der Häuserfront orientiert die Straße hinunter zum Café Drechsel. Offensichtlich lässt sich dieser gut situierte Herr von keiner Wetterkapriole davon abhalten, sein Frühstück in gewohnter Weise an seinem bevorzugten Platz einzunehmen. Die unaufdringliche, aber würdige Dienerschaft des Obers scheint dabei seinem Ritual genauso wichtig zu sein, wie die stets selbe Darreichung von Kaffee, Butterhörnchen und Marillenmarmelade.
Am Zeitungstisch greift er heute nach der aktuellen elften Ausgabe der Zeit. *70 000 in Brockdorf* und ein *Appell aus Hiroshima*: Atomkraft überwiegt die aktuelle Berichterstattung. Das Interesse des vornehmen Gastes gilt allerdings dem Bericht von Dietrich Strothmann mit der Überschrift: *Der Majdanek-Prozeß „...als wären wir Vieh".*

Sie waren die Brutalsten die angeklagten Frauen
Düsseldorf, im März

Der Karneval forderte sein Recht. Auch der Richter mußte sich ihm beugen. Außer der Reihe berief Günter Bogen die nächste Verhandlung für Mittwoch ein, für Aschermittwoch.

Der Fröhlichkeit hatte der Schrecken zu weichen. Zum Erschrecken über das, was im Schwurgerichtssaal 111 des Düsseldorfer Landgerichts seit nunmehr 451 Sitzungstagen – das sind zusammengenommen fünf Jahre und drei Monate – zur Sprache gekommen ist, reicht es ohnehin nur noch für wenige und nur noch in Ausnahmefällen: für ein paar Zuhörer und bei besonders erschütternden Zeugenaussagen, wie sie etwa letzte Woche von den beiden Anklägern in ihren Plädoyers noch einmal zitiert wurden. Sonst aber haben sich die Prozeßbeteiligten an das Grauen längst gewöhnt, manche von ihnen gewöhnen müssen, um es überhaupt aushalten, durchhalten zu können so lange Zeit. Vieles ist zur Routine, zum Ritual erstarrt: noch ein Beweisantrag, noch eine Zeugenaussage, noch eine juristische Spitzfindigkeit, noch eine Prozeßpause.

Der "heilende Zeitablauf", die "Gnade des Vergessens", die "abstumpfende Distanz" – nur Ausredefloskeln, Exkulpationsvokabeln? Schließlich geht das Leben doch weiter, selbst – wie dieser Tage in derselben Stadt, vor demselben grauen Gerichtsgebäude – mit Jubel, Trubel, Heiterkeit. Leben nicht auch die Überlebenden weiter, wenn sie im Schlaf auch manchmal schreien vor der Angst, an die sie sich immer noch, immer wieder erinnern?

Doch da ist das Recht, dem in einem Rechtsstaat Genüge getan werden muß, so schwierig das, 35 Jahre nach der Tat, auch sein mag. Da sind, vor allem, die Opfer – mindestens 250 000 in diesem einen Vernichtungslager bei Lublin –, deren Leiden und Sterben gesühnt werden müssen, sofern es Menschen möglich ist, dafür zu strafen und zu büßen. Da ist die Geschichte dieses Leidens und Sterbens, das erst vor den Schranken des Gerichts ans Tageslicht gekommen ist, aufbewahrt nun in Hunderten von Aktenbänden für alle Zeit. Wenngleich es auch nur wenige sein werden, die sich den Qualen dieser Geschichte freiwillig unterwerfen.

Laßt doch die Toten ruhen? Diese Toten ruhen nicht, geben keine Ruhe.

Jenes Kind, das von seinem Vater, als er in dem Lager ankam, in einem Rucksack versteckt worden war. Als es sich bewegte, schlug die Aufseherin Hermine Braunsteiner mit der Peitsche auf das schreiende, weinende Kind und trieb es dann in die Gaskammer.

Jene junge Frau, die schwanger war, und auf die Hildegard Lächert, eine andere Aufseherin, ihren Schäferhund hetzte, der sie zerfleischte. Jene Mädchen, die von Hermine Braunsteiner ausgepeitscht wurden, weil sie ihre Häftlingsnummer nicht korrekt angenäht, Strümpfe getragen, Kissen unter die dünne Kleidung gebunden oder sich über das ausgebliebene Essen beklagt hatten. Wer nach solchen Schlägen nicht gleich tot, wer nur verletzt war, kam am nächsten Tag in die Gaskammer.

Jener Junge, dem die Aufseherin Lächert vor der Gaskammer eine Decke vom Körper riß: "Du brauchst keine Decke. Dort, wo du hinkommst, ist es warm!" Oder jenes Mädchen, das voller Furcht vor ihrem schrecklichen Erstickungstod fragte: "Gelt, Herr Blockführer, wir werden nicht vergast?"

Oder jener Mann, der von Hildegard Lächert mit ihrer Eisenkugel-Peitsche und ihren eisenbeschlagenen Stiefeln so lange geschlagen und getreten wurde, bis er "nicht mehr wie ein Mensch aussah". Oder jene beiden jungen Griechinnen, die von ihr in die Latrinengrube gestoßen wurden und im Kot ertranken. Oder die Kinder, die sich auf einen Essenskübel stürzten und von Hermine Braunsteiner mit einer langen Suppenkelle blutig geschlagen wurden, reif für das Gas.

Frauen in Majdanek, auf den beiden Seiten des Stacheldrahts, der den Tod vom Leben trennte. Die einen wurden dorthin getrieben, weil sie "ausgemerzt" werden sollten. Die anderen kamen, als Angestellte der Mordmaschinerie, um dort besser leben zu können: die Hausgehilfin Hermine Braunsteiner aus Wien, 23 Jahre alt, blond und schlank – weil sie in Majdanek statt der wöchentlich 16 Reichsmark in einer Berliner Munitionsfabrik das Vierfache verdiente, bei freier Kost und Logis; die Fabrikarbeiterin Hildegard Lächert aus Berlin, 22 Jahre alt, eine Schönheit, wie sich Zeuginnen noch später erinnern, selber unehelich mit zwei unehelichen Kindern – weil sie dort ein angenehmeres Leben erwartete.

Wie aber wurden sie zu den Furien, die sie waren, grausamer in ihrem Sadismus oft als die Männer in Majdanek? Ohne die SS, ohne dieses Lager, hätten sie ein ordentliches, unauffälliges Leben geführt, stellte die Anklage fest; wie sie ja auch später – nach Haftstrafen in Österreich und Polen – ein ordentliches, unauffälliges Leben führten: Hermine Braunsteiner, die von ihren drei Jahren schweren Kerkers wegen Häftlingsquälerei im Lager Ravensbrück nur fünf Monate absitzen mußte, ging nach Kanada, heiratete den amerikanischen Flugzeugmechaniker Ryan und zog in die Nähe New Yorks. Hildegard Lächert, die in Krakau wegen "Mißhandelns, Beleidigens und Bestehlens" von Häftlingen in Auschwitz zu 15 Jahren Haft verurteilt und nach zehn Jahren amnestiert wurde, lebte als geachtete Rentnerin in einem Dorf bei Heidelberg. Von Majdanek war in ihren ersten Prozessen ebensowenig die Rede wie später in ihrer privaten Umwelt. Das Morden schien vergessen, wie die Mörderinnen. Und auch jetzt, in den fünf Jahren und drei Monaten ihres zweiten, endgültigen Verfahrens, geben sie nicht zu erkennen, geben die Aussagen über ihre Unmenschlichkeit keinen Hinweis, warum sie wurden, was sie waren.

Kinder, Säuglinge darunter und kranke Zehnjährige, waren für sie nur "unnütze Esser", eine "gefährliche Brut". Aber daß sie diese Kinder zu Tode prügelten, sie an Armen und Beinen wie "Schlachtvieh" auf die Lastwagen warfen oder sie mit Süßigkeiten zum Transport in die Gaskammer anlockten, nachdem sie zuvor die weinenden, klagenden Mütter weggepeitscht hatten ... Hildegard Lächert empörte sich vor Gericht: Wie könne sie, "tiefreligiös", solcher Grausamkeiten beschuldigt werden, wo sie doch selber Mutter zweier Kinder sei? Das ist eine Frage, die keine Antwort findet, die verständlich wäre.

Frauen, junge und alte, waren für sie "Scheiße" (Braunsteiner zur späteren Zeugin Steiner), Selektionsopfer, die sie "lachend an den Haaren" aus der Reihe zogen, auch solche, die von den selektierenden SS-Ärzten übersehen worden waren. Hermine Ryan-Braunsteiner beklagte sich vor den Richtern über die Zustände in Majdanek: "Der ganze Eindruck und die ganze Atmosphäre hat mich seelisch sehr belastet, als Frau." Warum sie es aber fertigbrachte, andere Frauen zu quälen und zu töten, konnte sie nicht erklären, wollte es auch nicht.

Ein Zeuge sagte in Düsseldorf einmal über eine der beiden Angeklagten: "Sie lief über die Leute, als seien sie Vieh."

Die Banalität des Bösen ist das eine wie diese beiden Angeklagten damals in die Hölle von Majdanek gerieten, ohne vielleicht anfangs zu wissen, wie es dort war, was sie dort zu tun hatten; wie sie dort jahrelang in einer Wohnbaracke der Lagerkommandantur lebten, die eine – Braunsteiner – als Stellvertreterin der Oberaufseherin Ehrich, ausgezeichnet mit dem Kriegsverdienstkreuz 2. Klasse, die andere – Lächert – als Aufseherin des "Gärtnereikommandos", in deren SS-Führungszeugnis immerhin vermerkt worden war, sie "tobe" mit den Häftlingen.

Das andere ist, warum, wodurch einer zum Bösen wird – wie diese beiden Frauen, die damals knapp über zwanzig Jahre alt waren, hübsch und ohne Makel. Männer haben sich zum unbeliebten nächtlichen Wachdienst, sogar zum Fronteinsatz gemeldet, nur um nicht die "Dreckarbeit" des Quälens und Mordens machen zu müssen. Andere mitangeklagte Aufseherinnen, die vor zwei Jahren in Düsseldorf freigesprochen werden mußten, hatten von den Häftlingen Kosenamen bekommen, weil sie "noch menschlich zu uns gewesen waren". Die eine nannten sie "Perle", die andere "München", Hermine Ryan-Braunsteiner aber hieß nur "Stute", Hildegard Lächert "blutige Brygida". Wo sie auftauchten, breiteten sich Angst und Schrecken aus; wo sie auftraten, wurde geschlagen, gepeitscht, getötet.

War es, daß sie plötzlich spürten, welche Gewalt sie über andere hatten, die zu ihnen aufzusehen, die hilflos vor ihnen strammzustehen oder zu kriechen hatten, nachdem sie vorher selber geduckte, vielleicht auch gedemütigte Untergebene gewesen waren, die eine als Hausgehilfin, die andere als Arbeiterin? War es krankhafte Rachsucht, die sich dann zu krimineller Mordsucht steigerte? Die Schatten eines Verbrechens, das unvorstellbar ist und immer noch sprachlos macht, legen sich undurchdringbar auch über diese beiden Frauen.

Wie zu Masken sind ihre Gesichter erstarrt, wenn sie auf ihren Stühlen vor dem Richtertisch hocken; gebeugt, regungslos, wenn sie ihre Anklage hören. Manchmal faltet Hermine Ryan-Braunsteiner wie unter fremdem Zwang die Hände, manchmal schreibt Hildegard Lächert in pausenlosem Eifer mit, die eine für die Zeugen noch heute an ihrem vorstehenden Unterkiefer, die andere an dem stechenden Blick ihrer Augen erkennbar: Sie waren es, sie waren so, kein Zweifel. Aber, warum sie so waren – es bleibt ein großer Rest an Unerklärlichem.

Eiskalt ist Hildegard Lächert geblieben. Nichts bringt sie auf, keine noch so glaubhafte, detaillierte Schilderung von Augenzeugen, die ihr jetzt gegenüberstanden. Erregter ist Hermine Ryan-Braunsteiner, die während des Prozesses zweimal einen Schreikrampf bekam und einmal in den alten Jargon als gefürchtete Majdanek-Schinderin zurückfiel, als sie in einer

Verhandlungspause eine Zeugin anzischte: "Sag'die Wahrheit, du Lügnerin, du!"

Im Spätsommer voraussichtlich werden die Urteile in diesem Verfahren gefällt werden, das dann das bisher längste war und über zwanzig Millionen Mark gekostet hat. Keine der beiden angeklagten Frauen, denen zusammen mit sieben Männern der Prozeß gemacht wird, kann mit Freispruch rechnen. Zur Zeit sind sie gemeinsam in Mühlheimer Untersuchungshaft. Schon hat Hildegard Lächert den Wunsch geäußert, ihre Strafe in Heidelberg absitzen zu können. Sie möchte von ihrer Zelle aus das Schloß sehen.

Am Schluß seines Plädoyers sagte Staatsanwalt Dieter Ambach: "Die Opfer, ob tot oder noch lebend, und ihre Angehörigen haben ein Recht darauf, daß selbst noch nach so langer Zeit die Schuldigen zur Verantwortung gezogen werden und nicht ein abgesichertes Rentner- oder Pensionärsdasein führen, während ihre Opfer unter fürchterlichen Qualen sterben oder mit schrecklichen Erinnerungen weiterzuleben versuchen mußten."

Gibt es für Majdanek ein Maß an Gerechtigkeit? Gibt es für das, was diese beiden Frauen taten, eine Sühne, die Rechtens ist und gerecht? Majdanek war die Hölle. Hat diese Hölle doch gesiegt? Nicht nur über die "mindestens 250 000 Ermordeten", nicht nur über jene, die noch einmal davonkamen – auch über uns, über unsere Fähigkeit, trauern zu können?

Beflissentlich auf die Wünsche seines Gastes achtend, legt der Ober das kleine silberne Tablett mit dem rotbraunen Etui mit der Rechnungsnote auf die helle Marmortischplatte und eilt anschließend zur Garderobe, um dem stattlichen Herrn Mantel, Hut und Handschuhe zu reichen. Mit seinem stets freundlichen „Bitte sehr, Herr Direktor!“ reicht ihm der Ober den großen schwarzen Regenschirm und hält ihm sich leicht verbeugend die Türe auf, durch die der vornehme Gast in die vom Regen und Wind durchflutete Straße eintaucht.

18. April 1988

Der hintere Tisch im Wohnzimmer ist vollgepackt mit Geschenken. In der Mitte steht die große Vase mit einem großen Strauß langstieliger orangefarbenen Rosen und davor steht eine große weiße brennende Kerze. Hubert Rösler bleibt in der Zimmertüre stehen.

„Alles Gute zu deinem Geburtstag, Hubert! Alles Gute, Gesundheit und Gottes Segen!“ Hertha kommt auf ihn zu umarmt ihn und küsst ihn auf die Wange.

„Hertha, du sollst doch nicht immer so viele Geschenke kaufen, du weißt doch, dass mir das gar nicht recht ist.“

„Jetzt nörgle nicht noch ehe du weißt, was da alles in den Päckchen drinnen ist! Freu dich doch einfach mal nur. Du hast Geburtstag und da darf ich dir doch auch eine Freude machen. Oder etwa nicht?“

„Ja, aber es muss doch nicht immer gleich so viel sein, Hertha!“

„Bei den Kindern sagst du das nicht. Wenn die nachher kommen, dann freust du dich über alles, was die anschleppen und bei mir musst du immer abwiegeln und so bescheiden tun! Freu dich einfach und gut so!“

„Hertha, ich freue mich ja auch, aber ganz ehrlich, ich würde mich am meisten darüber freuen, wenn wir mal ernsthaft miteinander reden würden. Weißt du, es wird sich ja jetzt doch einiges ändern in meinem Leben und damit auch in deinem und da sollten wir schon einen Weg finden, wie wir miteinander auskommen und uns nicht ewig in den Haaren liegen. Das wäre mir das allerliebste Geburtstagsgeschenk, Hertha!“

„Du willst das, was ich dir besorgt habe also ignorieren? Meinst du das damit?“

„Nein Hertha, ich freue mich ja, aber kannst du mir den Wunsch denn nicht erfüllen?“

„Jetzt öffne zuerst einmal die Päckchen und wenn wir dann gefrühstückt haben, dann können wir ja miteinander reden, wenn dir das so wichtig ist!“

Hubert Rösler will seine Frau noch einmal in den Arm nehmen, sie aber entzieht sich seinem Zugriff.

„Geh, mach die Geschenke auf, ich hole einstweilen den Kaffee und den Kuchen. Den habe ich dir nämlich auch noch gebacken. Sogar noch einen zweiten für heute Nachmittag. Wenn die Kinder kommen, soll ja auch zum Kaffee noch genügend Kuchen da sein."

Bevor Hubert Rösler sich an den Geburtstagstisch setzt, schließt er die offene Terrassentüre. Die frische Luft tut zwar gut, aber es ist doch noch sehr frisch heute Morgen, auch wenn die Sonnenstrahlen Zimmer und Garten in eine frühlingshaft fröhliche Stimmung versetzen und die Vögel sich laut zwitschernd zu Wort melden.

Hertha deckt den Frühstückstisch und Hubert Rösler versucht ihr deutlich seine Freude über den neuen Rasierapparat, das edle Hemd und die graue Strickjacke zu zeigen, in dem er jedes einzelne Teil ausführlich in ihre Richtung kommentiert. Ab und zu blickt sie zu ihm hinüber, um ihn merken zu lassen, wie sinnvoll die Geschenke sind und wie gut sie ihren Mann doch kennt.

Als sie ein paar Minuten beim Frühstück sitzen, sieht ihn seine Frau an und fragt:

„Na, was gibt es denn so Wichtiges zu besprechen, dass du ausgerechnet deinen Geburtstag dafür auserkoren hast?"

„Hertha, das ist ja jetzt nicht irgendein Geburtstag. Das weißt du ganz genau: Ich werde nicht mehr in der Früh aus dem Haus gehen. Jetzt ist endgültig Schluss mit der Arbeit. Ich werde nicht mehr ins Werk gehen müssen und werde hier im Haus sein, während du weiterhin ins Büro gehst."

„Hast du damit vielleicht ein Problem, Hubert? Du kannst dich dann ja um den Garten kümmern und auch um den Haushalt. Dann ist das Geschirr halt schon abgewaschen, wenn ich mittags heimkomme und der Rasen ist gemäht!"

„Natürlich Hertha, das ist doch das Geringste!"

„Na, wenn du dich da mal nicht täuscht! Ich bin ja gespannt, wie lange es dauert, bis der feine Herr bis Mittag im Bett liegt und zusieht, wie sich seine Frau abrackert! Ja, ja, darauf bin ich sogar sehr gespannt!"

„Hertha! Du weißt, dass ich immer mit angepackt habe, wenn ich zuhause war und das wird sich nicht ändern, wenn ich jetzt den ganzen Tag da bin. Das meine ich doch gar nicht. Wir müssen klarkommen miteinander, ich habe nicht mehr so viel Geld zur Verfügung, wie bisher, wir müssen sehen, wie wir das stemmen. Wir müssen zusammenhalten. Bis Mai 1990 sind noch die Hausraten fällig und meine Rente ist um ein gutes Stück geringer als mein Lohn bisher. Ich kann das nicht alles weiter allein stemmen wie bisher, da musst du jetzt schon ein bisschen mithelfen!"

„Nein, nein Hubert, das schmink dir mal ganz schnell ab. Du glaubst, ich steck dir mein Geld zu und du packst dann deine Sachen und machst dich aus dem Staub und lässt mich mit dem ganzen Hypothekenschlamassel hier alleine sitzen? Nein Hubert, so einfach machst du dir das nicht! Glaubst du, ich habe vergessen, dass du da in der Schweiz was laufen hast?"

Hubert Rösler wird hellhörig. Vermutet Hertha weiterhin, dass er zusammen mit Ingeborg in der Schweiz Geld angelegt hat oder hat sie doch etwas mitbekommen? Hat sie ihm auch hier nachspioniert und weiß von Hauptmann Rose? Hat er sich doch getäuscht, wenn er geglaubt hat, sie habe von all dem nichts mitbekommen? Was weiß sie und wie ist sie ihm auf die Schliche gekommen? Hat sie in seinen Sachen rumgeschnüffelt? Worauf kann sie gestoßen sein? Nein, da ist nichts im Haus, was ihn verraten könnte. Das System der Passwörter kann Hertha ganz sicher nicht entschlüsseln, auch wenn ihr die Briefmarken in die Hände gefallen sein sollten.

„Du brauchst mich gar nicht so entsetzt ansehen. Wenn du glaubst, ich lasse mich mit deinen billigen Ausreden von damals in Basel so einfach abspeisen, dann hast du dich getäuscht. Ich weiß, dass mit der Schlampe da in der Schweiz was läuft und erzähle mir nicht, dass es Zufall war, dass ihr euch ausgerechnet in einer Bank getroffen habt."

„Hertha, das ist...!"

„Ja, ja, versuch dich nur rauszureden! Nun hör mir mal gut zu, mein Lieber! Solange du mir dieses Weib verschweigst und solange du mir nicht haarklein vorweist, was du da in der Schweiz gebunkert hast, Hubert, solange wirst du von mir keinen Kontoauszug sehen und auch keinen Pfennig in die Finger bekommen. Das lass dir gesagt sein! Auch wenn heute dein Geburtstag ist, von dir lass ich mich nicht an der Nase herumführen. Wie immer du es machst, du zahlst das Haus hier ab und sorgst für die laufenden Kosten. Und auf meinem Haushaltsgeld bestehe ich, sonst kannst du dir dein Essen woanders machen lassen. Wenn deine Rente nicht reicht, dann sieh zu, dass du dir eine Arbeit suchst und dir was dazu verdienst. Andere machen das auch und zum faul Rumsitzen, ist hier sicher kein Platz."

Er hätte es wissen müssen, es hat einfach keinen Sinn, mit Hertha vernünftig reden zu wollen. Es ist immer wieder dasselbe. Diese elendigliche Eifersucht verdirbt jeden kleinsten Ansatz eines vernünftigen Gespräches. Wie soll das nur die nächsten Jahre werden, wenn nicht nur er, sondern auch sie in Rente ist und sie hier in diesem Haus miteinander leben müssen?

Hertha ist inzwischen aufgestanden und hat sich in Richtung Küche verzogen. Ihm ist klar, wenn er jetzt hierbleibt, wird der Streit eskalieren und dann wird eine sehr schlechte Stimmung herrschen, wenn später Paul und vielleicht Elisabeth kommen werden. Er steht langsam auf, stellt das Geschirr vom Tisch zusammen und trägt es zu Hertha in die Küche.

„Ich hole noch etwas zum Knabbern für heute Abend. Die Anneliese und der Jost werden sicher vorbeikommen und werden sicherlich noch ein paar von den anderen mitbringen.

Hertha dreht sich nicht einmal zu ihm um. Sie sagt auch nichts. Er zieht sich die Schuhe und seine Jacke an, setzt seinen Hut auf und verlässt das Haus. Er läuft hoch zur Herdstraße, doch statt nach links Richtung Stadt zu laufen, geht er hoch in die Vom-Stein-Straße.

Wenigstens glaubt sie immer noch, dass er sich in Basel mit Ingeborg treffen würde. Trotzdem macht es ihm Sorge, dass Hertha vermutet, Ingeborg und er hätten ein Bankgeschäft miteinander. Er kennt Hertha, sie wird keine Ruhe geben, bis sie weiß, was es mit der Bank auf sich hat. Es war ein Irrtum, zu glauben, mit der Auseinandersetzung damals wäre die Sache aus der Welt geschafft. Nicht bei der Hertha. Er wird höllisch Acht geben müssen, künftig die Bank zu besuchen oder sich mit Hauptmann Rose zu treffen.

Er klingelt bei Sigrid an der Türe. Sie ist nicht da. Natürlich nicht. Sie arbeitet, wie jeden Tag. Es ist zwar sein Geburtstag, für andere aber halt ein ganz normaler Arbeitstag. Eigentlich wollte er mit Hertha etwas unternehmen, denn sie hat sich ja auch drei Tage Urlaub genommen, aber das wird er wohl lieber doch bleiben lassen.

Café Drechsel

Ein trüber Novembertag. Dichte graue Wolken verhängen den Himmel und es ist ungemütlich kalt und windig auf den Straßen. Der elegante großgewachsene Herr trägt einen feinen dunkelgrauen Wollmantel, einen breitkrempigen schwarzen Hut und schwarze Lederhandschuhe, als er in aller Früh an diesem Samstagmorgen das Café Drechsel betritt. Fast wie aus dem Nichts steht sogleich der Ober vor ihm, nimmt mit einer leichten Verbeugung Hut und Handschuhe des Gastes entgegen und gleich darauf auch den grauen Wollmantel.

„Bitte gerne, Herr Direktor!" Mit einer weit ausholenden Handbewegung deutet der Ober den freien Weg zum Zeitungstisch an, um sich sogleich an die Servicetheke zu begeben, um das Frühstück für seinen frühen Gast zu ordern. Trotz den euphorisch-stürmischen politischen Zeiten greift der großgewachsene Herr fast stoisch gelassen zu der aktuellen Ausgabe der Frankfurter Allgemeinen Zeitung, die mit der dicken Headline: *„Mauer und Stacheldraht trennen nicht mehr"* titelt. Als er sich an den Tisch unter dem ersten Arkadenfenster setzt, serviert der Ober auch bereits den Kaffee und das Butterhörnchen mit der dazugehörenden Marillenmarmelade, die er üblicherweise in diesem Café zu frühstücken pflegt.

Die elementare Kraft des Volkes hat die Berliner Mauer in der Nacht vom 9. Auf den 10. November ins Wanken gebracht. Zehntausende von Ostberlinern strömten zu Fuß oder im eigenen Auto über die Sektorenübergänge in Berlin nach Westberlin. Am Freitagabend begann die DDR damit, neue Übergänge einzurichten und an den dafür vorgesehenen Stellen die Mauer einzureißen. Es kam zu unbeschreiblichen Szenen. Jubelnd begrüßten West-Berliner an den Kontrollpunkten ihre Mitbürger aus dem anderen Teil der Stadt. Passanten winkten den Insassen der DDR-Autos zu, verteilten Süßigkeiten und kleine Geschenke an die Ost-Berliner. Einander Unbekannte lagen sich in den Armen, Tränen in den Augen. Die Ost-Berliner Grenzsoldaten, die von den Grenzgängern zunächst wenigstens noch den Personalausweis sehen wollten, kapitulierten bald vor dem Ansturm, öffneten alle Tore und ließen die

Menschen ungehindert passieren. Selbst durch das Brandenburger Tor – wo es keinen Übergang gibt – kamen die Menschen aus Ost-Berlin. Sie überkletterten einfach die Mauer, die hier niedriger ist. Auch von West-Berlin aus überkletterten hier viele die Mauer. An den Übergängen nahmen viele West-Berliner die Gelegenheit wahr, ungehindert nach Ost-Berlin zu spazieren.

Auf einer Kundgebung vor dem Schöneberger Rathaus gab Bundesaußenminister Genscher am Abend die Öffnung weiterer Übergänge bekannt. Am Abend wurde unter anderem der Übergang an der Glienicker Brücke geöffnet. An diesem Samstag und in den nächsten Tagen sollen Übergänge an der Eberswalder Straße, am Potsdamer Platz, der Falkenseer Chaussee, der Puschkinallee, der Stubenrauchstraße, der Wollankstraße und der Philipp-Müller-Straße folgen. DDR-Innenminister Dickel kündigte am Freitagabend an, außerdem solle der U-Bahnhof Jannowitzbrücke auf Ost-Berliner Gebiet wieder geöffnet werden. Die DDR plane auch mit der Bundesregierung „die Eröffnung zusätzlicher Grenzübergangsstellen an der Staatsgrenze zur Bundesrepublik zu vereinbaren." Dickel versicherte im DDR-Fernsehen, die neue Reiseregelung werde dauerhaft sein.

Das Bundesinnenministerium gab am Freitag abend keine Zahlen mehr über den deutsch-deutschen Reiseverkehr bekannt. Man habe das Zählen aufgegeben, sagte ein Sprecher. Nach Schätzungen seien jedoch mehr als 100 000 DDR-Bewohner in den Westen gekommen. Nur knapp ein Zehntel wolle in der Bundesrepublik bleiben, hieß es im Innenministerium. Das Grenzschutzamt Braunschweig hatte bis 18 Uhr 40 146 Reisende gezählt. Am Grenzübergang Duderstadt bei Göttingen brach der Rückreiseverkehr in die DDR am Abend zusammen. Auf westdeutscher Seite entstanden Wartezeiten von bis zu drei Stunden, während sich in der DDR die Fahrzeuge noch auf mehr als zehn Kilometer Länge stauten. Am Grenzübergang Hirschberg warteten am Freitag abend Tausende von DDR-Bewohnern in einem bis zu 60 Kilometer langen Stau auf die Einreise in die Bundesrepublik. Grenzpolizisten auf der Westseite in Rudolphstein berichteten, die Ausreisenden hätten bis zu vier Stunden auf ihre Abfertigung zu warten.

Auf der Kundgebung vor dem Schöneberger Rathaus in Berlin beglückwünschte der Regierende Bürgermeister Momper am Freitagabend die Menschen in der DDR zum Erfolg ihrer „friedlichen und demokratischen Revolution". Im Beisein von Bundeskanzler Kohl, Außenminister Genscher, dem SPD-Ehrenvorsitzenden Brandt und dem SPD-Vorsitzenden Vogel sagte Momper, das Geschehen nach der Öffnung der Grenzen durch die DDR mit den Begegnungen der Menschen aus Ost und West sehe er nicht als „Tag der Wiedervereinigung, sondern als Tag des Wiedersehens. Während Brandt und Momper von den Teilnehmern der Kundgebung aus West- und Ostberlin frenetisch gefeiert wurden, gab es bei der Rede Kohls viele Pfiffe. Genscher sagte, die Deutschen in der DDR seien nun dabei, wo es um die Freiheit gehe.

Der Ober stellt das kleine silberne Tablett mit dem rotbraunen Ledéretui auf den quadratischen Marmortisch und eilt zur Garderobe, da der Gast, eine Banknote in das Lederetui legend, sich anschickt aufzustehen in der Absicht, das Café zu verlassen.

Januar 1990

„Rösler, die Welt hat sich verändert! Die Geschichte spielt ein Lied, das wir uns immer gewünscht haben! Sehen Sie, unser Deutsches Vaterland gewinnt an Größe in einer Art und Weise, wie wir es uns vor ein paar Monaten nicht hätten erträumen lassen. Und es ist das Volk, Rösler, das dieses großartige Deutschland wieder zum Erblühen bringt. Verstehen Sie? Das ist unsere große Chance. Wer hätte gedacht, dass selbst wir das noch erleben dürfen? Sie werden sehen, das ist erst der Anfang. Das ist erst der Anfang, ja, ja, ganz bestimmt. Sie werden sehen, jetzt geht es erst los, das ist erst der erste Stein, der gefallen ist, jetzt wird es einen Dominoeffekt geben, andere werden auch wieder zu uns gehören wollen und fordern, heim ins Reich zu dürfen."
„Glauben Sie wirklich, Herr Rose, dass das nur der Anfang war?"
„Selbstverständlich, Rösler, Sie werden sehen, vielleicht erleben Sie es noch, dass auch das Sudetenland wieder deutsch sein wird und Oberschlesien und vielleicht sogar auch Österreich wieder. Das Elsass und Lothringen aber ganz bestimmt. Rösler, es wird nicht mehr lange dauern und dann werden in Deutschland wieder alle Strophen unserer großartigen Nationalhymne gesungen. Dann wird es wieder heißen: Von der Maas bis an die Memel, von der Etsch bis an den Belt, Rösler und das wird kein Wunsch mehr sein, sondern Wirklichkeit. Wir werden wieder ein großes und starkes Deutsches Reich sein. Die Zukunft hat begonnen, Rösler!"
„Wollen Sie mir damit sagen, dass Sie das Konto jetzt übernehmen wollen, dass man das Geld jetzt brauchen wird hier in Deutschland?"
„Sachte, sachte, Rösler, das Gegenteil ist im Moment der Fall, das Gegenteil! Sehen Sie Rösler, dieser Kohl tut doch alles dafür, dass er in den Geschichtsbüchern als der Einheitskanzler gefeiert werden wird. Und wenn ich das richtig sehe, wird er in diese Einheit Geld reinpumpen in einem Maße, wie wir uns das gar nicht vorstellen können. Was kann uns da Besseres passieren. Lassen wir die mal machen, lassen wir sie das Projekt - ein gemeinsames Deutschland - erstmal zu Ende bringen. Das Geld dafür lassen wir die organisieren. Unseren Schatz brauchen wir für eine größere Aufgabe, Rösler! Wir können dieses Land letztlich nicht denen überlassen. Wenn sich der Trubel

um die Einheit gelegt hat und wenn der Jubel über die angeblichen Einheitsmacher wieder verklungen ist, wenn vielleicht Unzufriedenheit aufkommt, weil der ein oder andere von dem erwarteten Schlaraffenland der West-Bundesrepublik nicht das abbekommt, was er sich erträumt, dann müssen wir Gewehr bei Fuß stehen, Rösler! Stark und schlagkräftig müssen wir dann sein und wir müssen uns, wie es uns damals unser Führer vorgemacht hat, demokratisch an die Macht bringen. Und das geht nur, wenn wir genügend Mittel haben, um auch Einfluss nehmen zu können. Dann brauchen wir jeden Pfennig, um die Menschen von uns zu überzeugen. Sehen Sie, die Einheit jetzt, beweist es uns am allerdeutlichsten. Wenn du den Leuten von den blühenden Landschaften erzählst, dann folgen sie dir auch. Sie werden sehen Rösler, Kohl wird die Wahl gewinnen, obwohl vor ein paar Monaten hier im Westen keiner mehr einen Pfifferling auf ihn gesetzt hat. Darauf gebe ich Ihnen Brief und Siegel, Rösler. Wir warten die Aufregung der nächsten Zeit noch ab. Verlängern Sie den Vertrag auf der Bank ruhig noch einmal um fünf Jahre. Solange brauche ich Sie noch, Rösler. Wenn wir dann einer Partei oder Organisation über den Weg trauen können, steigen wir mit unseren Leuten bei denen ein und Sie werden sehen, dann werden wir ganz schnell wieder einen Führer haben, der Deutschland wieder zu der Größe führt, das es in der Welt verdient hat. Sie werden noch daran denken und sich dann erinnern: Der Rose hat damals Recht gehabt!" Hauptmann Rose lacht kurz auf und scheint trotz zügigem Schritt etwas größer und aufgerichteter zu sein.
Hubert Rösler lässt sich von der Euphorie des Hauptmannes sichtlich anstecken. Seine Rolle als Hüter eines wichtigen deutschen Schatzes macht ihn in diesem Moment sehr stolz. Seine Gedanken, das Konto endlich einmal loszuwerden, werden von der Phantasie weggespült, vielleicht doch in seinem Leben noch als staatstragender Bürger bekannt zu werden und damit auch seiner Hertha mit heroischer Wichtigkeit entgegentreten zu können. Sie wird ihn noch auf Knien bitten neben ihm im Rampenlicht stehen zu dürfen. Auch seinen Kindern wird er dann klarmachen können, auf welchen Abwegen sie sich mit ihrer politischen Auffassung befinden. Und sie werden ihm dafür dankbar sein. Da ist er sich ganz sicher.

„Rösler, erledigen Sie Ihre Aufgabe in der Schweiz wieder zu unserer vollen Zufriedenheit. Verlängern Sie die Kontolaufzeit noch einmal um fünf Jahre. Lassen Sie sich nicht auf Konditionsänderungen ein! Sollte die Bank Schwierigkeiten machen, dann drohen Sie denen ruhig damit, dass wir das ganze Geld abziehen und zu einer anderen Bank gehen. Glauben Sie mir, die Methode zieht bei jeder Bank. Rösler, ich verlasse mich auf Sie!"
Hauptmann Rose bleibt unverzüglich stehen, streckt Hubert Rösler seine rechte Hand entgegen und klopft ihm während des Abschiedsgrußes aufmunternd auf die Schulter.
„Sie sind ein guter Mann, Rösler, ein sehr guter Mann! Ich melde mich bei Gelegenheit wieder bei Ihnen. Machen Sie weiter so, Rösler!" Ohne sich noch einmal zu Hubert Rösler umzudrehen, schreitet der Hauptmann auf den Mercedes zu und steigt an der Beifahrerseite ein. Der Mercedes wird gestartet, biegt am Ende des unbefestigten Waldweges nach links auf die Straße nach Pfaffenweiler ab und verschwindet bald hinter den Bäumen.

April 1993

„Es ist einfach nicht möglich, Riegger! Wie gut, dass wir noch zugewartet haben und ihnen das Geld nicht haben zukommen lassen."

„Aber Sie waren doch so voller Hoffnung, dass der Schönhuber den Durchbruch schafft. Der ist doch einer aus dem Volk. Dem glaubt man doch. Der hat sich in Bayern einen Namen gemacht. Dem vertraut man, oder etwa nicht?"

Die beiden Männer sitzen wie so oft in der Ecke an ihrem angestammten Tisch im ‚Ochsen' in Furtwangen. Riegger hat vor sich ein halbvolles Weißbierglas stehen und Rose trinkt wie immer ein Viertel ‚Heitersheimer Gutedel'.

„Eigentlich hat er durchaus Stehvermögen bewiesen, Riegger! Sonst wäre er nicht so grandios wieder zum Vorsitzenden gewählt worden. Und mit seiner Popularität hätte ich ihm schon einiges mehr zugetraut und ihn gerne unterstützt."

„Und warum zögern Sie jetzt wieder, Rose? Ich dachte, wir können dem Rösler das Konto endlich abnehmen und ihn ganz seiner Vereinsmeierei und seiner Hertha überlassen. Mich nervt dieser Mann nur noch, Rose, und er kostet unglaublich viel Zeit. Außerdem ist er auffällig oft mit dieser Hiemisch zusammen. Vor der habe ich schon vor Jahren gewarnt, die könnte wirklich gefährlich werden. Ist ziemlich links engagiert. Friedensbewegung und so Zeug..."

„Riegger, es hilft nichts, ich bin mit den anderen einig, wir dürfen es nicht riskieren. Im letzten Verfassungsschutzbericht sind „Die Republikaner" ausdrücklich genannt und unter Beobachtung erwähnt. Da können wir auf keinen Fall riskieren, dass wir über eine größere Zuwendung auffliegen. Und was da zum Teil in den Landesverbänden abläuft ist unerträglich und geht nicht mit unserer Erwartung an das neue Deutschland konform. Ich bedauere das auch sehr. Wie sehr würde ich mir wünschen, es nähme endlich seinen geraden Lauf und wir könnten uns etwas zurücklehnen."

„Wissen Sie, Rose, mir scheint der Rösler einfach zu naiv. Der hat ja bis heute nicht geschnallt, was dieses Konto eigentlich für ihn bedeutet. Wenn aber so eine wie diese Hiemisch ihn in die Finger bekommt, dann kann das ganz schnell böse enden. Da sind Leute schon für viel weniger Kohle schwach geworden."

„Sie mögen Recht haben, aber ich glaube bei dem Rösler müssen wir uns keine Sorgen machen. Bevor der sein Pflichtbewusstsein aufgibt, gibt er alles andere auf. Ich kenne ihn jetzt schon seit Jahrzehnten. Der ist mir treu bis in den Tod. Dafür lege ich meine Hand ins Feuer."
„Na, ich wäre mir da nicht so sicher."
„Riegger, wenn der das Geld irgendwann gewollt hätte, dann hätte er schon tausend Mal Gelegenheit gehabt es sich anzueignen. Er hat mir einen Eid geschworen und daran hält der sich, komme, was da wolle, glauben Sie mir. Als er damals mit dem Geld über die Grenze ist, da habe ich noch kurz mal Zweifel gehabt. Da hätte er auf Nimmerwiedersehen abhauen können. Aber jetzt, nein Riegger, jetzt wird er schön brav alles tun, was ihm von mir angetragen wird."
„Sind Sie sich wirklich einhundert Prozent sicher, dass die Zahlen stimmen, die er Ihnen jedes Jahr übergibt? Kennen Sie die wirklichen Kontoauszüge? Könnte es nicht sein, dass er sich längst einen großen Teil des Geldes unter den Nagel gerissen hat?"
„Lieber Riegger, nein, ich kenne die echten Kontoauszüge wirklich nicht. Das ist aber Teil des Planes, das wollte der Graf so und das ist mir sehr Recht. Nur so sind wir aus dem Spiel, wenn etwas schiefgehen sollte. Aber Rösler hat garantiert noch nicht einen Pfennig von dem Geld abgezweigt. Nicht einen Pfennig. Glauben Sie mir, dazu kenne ich ihn viel zu gut. Und Sie sollten ihn eigentlich genauso gut kennen oder haben Sie da irgendetwas gesehen und mir etwa verschwiegen?"
Rose lacht kurz ungläubig auf und hebt seinen schimpfenden Zeigefinger belustigt in Richtung seines Begleiters. Riegger lacht ebenso und schüttelt den Kopf.
„Mir macht nur diese Hiemisch Sorgen. Aber Sie haben Recht, der Rösler ist sicher.... doch, doch, das denke ich auch."
„Riegger, ich werde mich bemühen, so schnell wie möglich das Geld da unterzubringen, wofür es vorgesehen ist. Ich habe allerdings gar nichts dagegen, wenn es auch noch ein bisschen für uns arbeitet. Denn Röslers Leistung seiner Zeit trägt im Moment Früchte, mit denen wir am allerwenigsten gerechnet haben."

Eine freundliche Bedienung kommt mit zwei Tellern auf den Tisch der beiden zu.
„Das Rehragout hier, bitte sehr, und das Kalbsschnitzel Wienerart da, bitte sehr die Herren. Einen guten Appetit!"
„Bringen Sie mir bitte noch ein Weißbier, Fräulein!"
„Sehr gerne!"
„Warum wollen Sie denn eigentlich nicht die DVU unterstützen, Rose? Die halten doch auch unsere Fahnen hoch?"
„Den Frey unterstützen? Riegger!"
Rose schüttelt energisch den Kopf.
„Diesem Proleten werde ich garantiert keinen einzigen Cent in den Hintern stecken! Das ist doch derselbe Vogel wie der Hermann damals!"
„Der Hermann?" Riegger sieht von seinem Teller auf.
„Na der Göring, Riegger! Dem ist es doch auch nie um die Idee gegangen, der wollte lediglich sein Ego im Ruhm unserer Idee baden. Dieser Lackaffe. Und der Frey ist vom selben Kaliber. Merken Sie sich eines, Riegger, nicht jeder, der unsere Parolen brüllt, ist einer von uns. Wenn es um ihr eigenes Wohl geht, dann wechseln die schon mal ganz gerne und schnell die Fahnen. Nein, nein, Riegger, die große deutsche Idee darf nur in seriöse Hände gelangen, sonst verkommt sie, bevor sie auch nur eine Frucht trägt. Darauf werde ich mit Argusaugen achten, nehmen Sie Gift drauf, Riegger!"
Dann widmen sich die beiden Männer schweigend ihren Mittagsgerichten.

Café Drechsel

Er schnippt nur einmal leicht mit dem Finger. Eine Geste, die der elegante Herr in diesem Café eigentlich noch nie gemacht hatte. Sofort macht sich der Ober mit gemessenem, aber zügigem Schritt zum Tisch unter dem ersten Arkadenfenster auf.

„Herr Direktor, Sie wünschen, bitte sehr?“ Mit einer leichten Verbeugung, den beiden Händen jeweils an der seitlichen Hosennaht bemüht sich der Ober um seinen vornehmen Stammgast.

Ohne von der Zeitung aufzusehen, deutet der Gast auf seine Kaffeetasse. Erschrocken und mit entsetztem Blick starrt der Ober auf die Tasse. Auf dem braunen Kaffee schwimmen viele kleine weiße Flocken, die offenbar von der nicht mehr ganz frischen Kaffeesahne stammen. Der Ober nimmt die Tasse samt Untertasse vom Tisch und greift auch nach dem Kaffeesahnekännchen. „Bitte sehr, Herr Direktor, entschuldigen Sie vielmals, Herr Direktor, bitte sehr, ich bringe Ihnen gleich einen frischen Kaffee, was für ein Malheur, verzeihen Sie vielmals, Herr Direktor...“

Der Gast sieht kurz auf, nickt etwas ungeduldig Verzeihung signalisierend in Richtung des Obers, um sich sogleich wieder den Nachrichten in der Zeitung zu widmen. Er liest die dritte Ausgabe dieses Jahres der Wochenzeitung „Die Zeit“.

Die Republikaner: Hetze hinter den Kulissen von Roland Kirbach Düsseldorf – Bevor er Ort und Termin für ein Interview vereinbart, fragte Uwe Goller am Telephon, wie er denn sicher sein könne, daß der Anrufer auch tatsächlich Journalist sei. Bei der Deutschen Volks-Union (DVU) habe unlängst jemand angerufen und sich als Spiegel-Redakteur ausgegeben. Als die DVU-Politiker zum vermeintlichen Interview erschienen seien, hätten "linke Schläger" ihnen aufgelauert und sie furchtbar verprügelt. Man müsse vorsichtig sein in diesen Zeiten; es herrsche "Pogromstimmung gegen Rechte".

„Bitte sehr, Herr Direktor, ich bin untröstlich, dieses Malheur. Bitte sehr, hier Ihr frischer Kaffee.“ Der Ober wischt mit seinem weißen Leinentuch nervös über eine kleine Stelle der Tischmarmorplatte. Und stellt das kleine Tablett mit dem neuen Kaffeegedeck ab. „ Bitte sehr, Herr Direktor, es ist außerordentlich bedauerlich, dass gerade bei Ihnen, Herr Direktor....“ Missmutig sieht der Angesprochene hinter der Zeitung hervor und bedeutet dem Ober mit einer eindeutigen Handbewegung, sich zu entfernen. Was dieser auch sogleich mit seinem Rückzug beantwortet, nicht ohne dies noch mit einem „Bitte sehr, Herr Direktor!“ zu unterstreichen.

Uwe Goller ist Landesvorsitzender der Republikaner in Nordrhein-Westfalen – der vierte innerhalb von drei Jahren. Nach dem Rentner Kurt Beckmann, der Seherin Etti Scherer, die stets das siderische Pendel schwang, und nach dem Rep-Mitbegründer Ekkehard Voigt führt der dreißigjährige Zeitsoldat Goller seit zwei Jahren den Landesverband. Außerdem gehört er dem Bundesvorstand der Partei an und sitzt der vierköpfigen Rep-Fraktion im Stadtrat von Hamm vor. Dort erhielten die Rechtsradikalen bei der letzten Kommunalwahl 7,1 Prozent der Stimmen.

In 22 von 54 Kreisen und Städten traten sie damals, im Oktober 1989, an und errangen insgesamt 43 Mandate. Besonders gut schnitten sie, außer in Hamm, in Köln (7,4 Prozent), Gelsenkirchen (7,4), Dortmund (6,3) und Düsseldorf (6,2) ab. Bei der Landtagswahl 1990 kamen sie nur auf 1,8 Prozent – trotz des aus Bayern eingeflogenen Spitzenmanns Voigt. Damals, meint Goller, "sind wir von der Mauer erschlagen worden". Im Wiedervereinigungstaumel, als "King Kohl" die Szene beherrschte, habe sich "kein Schwein um die Republikaner gekümmert".

Bei den bevorstehenden Wahlen freilich, glaubt der Landeschef, werde seine Partei großartige Ergebnisse erzielen, vor allem bei der Europawahl Anfang 1994, bei der seine Partei gegen die Maastrichter Verträge und für die Erhaltung der D-Mark eintreten wolle. Und stolz verweist Goller auf eine von der Landes-CDU in Auftrag gegebene Umfrage, wonach die Republikaner bei Landtagswahlen derzeit auf sechs Prozent der Stimmen kämen.

Die Chancen seiner Partei an Rhein und Ruhr hätten sich vor allem auch verbessert, weil sich die Republikaner von den Alt-Nazis, den Ewiggestrigen, getrennt hätten. Die Fraktion in Hamm sei landesweit die einzige, die noch in ihrer Zusammensetzung von 1989 existiere. Die fünfköpfige Düsseldorfer Fraktion etwa hat sich inzwischen in drei Gruppen zerstritten. Besonders wild ging es in Köln zu, wo sich die Fraktion mit der Düsseldorfer Parteizentrale heftige Kämpfe lieferte. Von den einst sieben Ratsmitgliedern sind jetzt nur noch drei in der Partei. Zwei ehemalige Rep-Ratsherren waren als Mitglieder der neugermanischen Sekte Wotans Wölfe enttarnt worden; sie hörten dort als Priester auf die Namen Mannus und Högni. Landesweit überzogen die Republikaner einander mit Parteiordnungsverfahren, denunzierten sich gegenseitig und bemühten auch ordentliche Gerichte.

In der Öffentlichkeit fiel die Partei weniger durch politische Arbeit als vielmehr durch Straftaten auf. In Krefeld veranlaßte die Staatsanwaltschaft beim stellvertretenden Republikaner-Vorsitzenden eine Hausdurchsuchung; ihm waren 600 000 Mark, die ihm Arbeitskollegen anvertraut hatten, angeblich "abhanden gekommen". Zur Kommunalwahl fälschten Unterschriftensammler der Partei in mehreren Städten Unterstützungsunterschriften, die für die Zulassung von Wahlvorschlägen erforderlich sind. Erst kürzlich erklärte das nordrhein-westfälische Oberverwaltungsgericht die Wahl zum Kreistag von Recklinghausen für ungültig. Die Republikaner hatten dort mit 5,1 Prozent knapp den Einzug geschafft. In drei Wahlbezirken hatten sie jedoch gefälschte Unterschriften vorgelegt. Die Wahl wurde in diesen Bezirken wiederholt – ohne die Republikaner. In der Folge sank ihr Stimmenanteil auf 4,8 Prozent; sie mußten den Kreistag wieder verlassen.

Aufgrund der Erkenntnis des nordrhein-westfälischen Verfassungsschutzes kamen die Innenminister der Länder und des Bundes Mitte Dezember überein, die Republikaner nun bundesweit zu observieren. Dies dürfte es der Partei erschweren, Kandidaten für Ämter und Wahllisten zu finden; potentiellen Wählern mag es als Warnung gelten.

Zuweilen tragen die Republikaner aber auch selbst zur Abschreckung bei. Der Vorsitzende der Rep-Fraktion im Kölner Stadtrat jedenfalls hat dem Image der

Partei als Kämpfer für Ordnung und Sauberkeit schweren Schaden zugefügt: Nach Hinweisen von Handwerkern begutachteten Beamte des Ordnungsamtes seine Wohnung und konstatierten "totale Verwahrlosung". Ein Klempner hatte sich zuvor geweigert, Arbeiten an der Toilette des Politikers auszuführen: "Der Müll stapelte sich meterhoch, und es stank."

Als der vornehme Gast das Café bereits verlassen hat, stellt der Ober beim Öffnen des rotbraunen Etuis fest, dass der Gast die darin enthaltene Entschuldigung der Geschäftsleitung und das Angebot, das heutige Frühstück nicht in Rechnung zu stellen, ignoriert hat und die gewohnt hinterlegte Banknote auch diesmal in das Etui gelegt hatte.

Juni 1995

Als Hubert Rösler das Haus betritt sieht er Hertha sofort an, dass sie gleich wieder einen Streit vom Zaun brechen wird. Dabei war ihr Gespräch am Frühstückstisch heute sogar recht friedlich gewesen. Er hatte von der Vorstandsitzung des Schwarzwaldvereins gesprochen und sie hat ihn mit Besorgungen in der Stadt beauftragt, denen er gerne nachgekommen ist. Ihre Mimik ist für ihn aber seit Jahren wie ein offenes Buch. Offensichtlich muss sich in seiner Abwesenheit etwas ereignet haben, das sie nicht unter Kontrolle hat und das damit für sie eine Bedrohung darstellt, die Anlass zu Vorwürfen gegen ihn gibt.
„Ein gewisser Hermann hat angerufen!", fährt sie ihn schnippisch an.
„Hermann? Kenne ich nicht! Was wollte er denn?" Hubert Rösler kann sich nicht erklären, was an einem Anruf von einem ihm nicht bekannten Mann so schlimm sein soll.
„So? Kennst du nicht? Willst du wohl bloß nicht kennen! Was er wollte, kann ich dir nicht sagen, denn scheinbar gibt es Geheimnisse zwischen dir und diesem Herrn Hermann, die deine Ehefrau nicht wissen darf." Herthas Ton ist streitsüchtig und aggressiv.
„Ich kenne keinen Herrn Hermann und ich habe auch keine Geheimnisse mit einem Herrn Hermann! Was soll das blöde Gerede und diese Unterstellungen? Darf ich vielleicht erfahren, was er gesagt hat?" Hubert Rösler ist klar, dass der Tag für heute schon wieder gelaufen ist. Hertha wird ihm nicht glauben, egal wie oft er wiederholt, dass er diesen Hermann nicht kennt.
Schnippisch und abweisend dreht Hertha ihm den Rücken zu und macht sich am Blumenfenster an den Pflanzen zu schaffen.
„Er möchte nicht mit der Ehefrau von Herrn Rösler reden. Es ginge um etwas Privates, was er mit Herrn Rösler persönlich besprechen müsse."
„Was ist jetzt daran so schlimm? Was kann das schon sein? Der will mir sicher irgendetwas verkaufen oder sonst etwas erzählen, von dem er halt glaubt, dass es nur mich etwas angeht. Ist das ein Grund, gleich sauer zu sein?"

„Er möchte nicht mit der Ehefrau sprechen, sondern mit Herrn Rösler selbst! Da steckt doch garantiert schon wieder etwas dahinter, was ich wohl nicht wissen darf! Ich kenne dich doch!"
Hertha ist aufgebracht und herrisch. Hubert Rösler verspürt keine Lust, dieses Gespräch eskalieren zu lassen.
„Gut, er ruft später noch einmal an, dann werden wir ja sehen, was er will, der Herr Hermann!"
Er stellt die Einkauftaschen auf den Tisch und geht kopfschüttelnd zu seiner Schreibklappe um die Ecke und vertieft sich in das Kreuzworträtsel, das er gestern Nachmittag nicht zu Ende gerätselt hat.
„Das ist wieder typisch. Da wird mir was hingehauen und dann ist wieder Ende der Fahnenstange! Ich verlange eine Erklärung von dir und du verweigerst mir jede Information!" Hertha kann einfach nicht aufhören zu sticheln und bringt ihn damit zur Weißglut.
„Ich kenne ihn nicht deinen Herrn Hermann und damit basta!" Mit hochrotem Kopf schreit Hubert Rösler aus seinem Schreibtischeck heraus in Richtung Blumenfenster. Hertha zuckt kurz zusammen, schmeißt die kleine Gießkanne zwischen die Pflanzen und verlässt wutentbrannt das Wohnzimmer.

Es ist schon nach fünf Uhr, als das Telefon klingelt. Hubert Rösler hat den Hörer bereits abgenommen, als Hertha ins Wohnzimmer gestürzt kommt. Abrupt bleibt sie stehen und sieht ihren Mann mit vorwurfsvollem Blick an. Dann dreht sie ihm den Rücken zu und gibt vor an der Fernsehkommode aufzuräumen, während sie krampfhaft versucht, nicht nur ihren Mann, sondern auch seinen Gesprächspartner am anderen Ende der Leitung zu verstehen.
„Rösler!", meldet sich ihr Mann.
„Hermann. Guten Tag Herr Rösler, ich hatte heute Morgen schon einmal bei Ihnen angerufen, konnte aber nur mit Ihrer Frau sprechen. Herr Rösler, ich melde mich im Namen von Herrn Rose. Der sagt Ihnen doch etwas, oder?"
„Was soll er mir denn sagen?" Hubert Rösler sieht sich in einer Zwickmühle. Bisher ist es ihm gelungen, Hauptmann Rose vor seiner Frau zu verheimlichen. Und er ist nicht gewillt, sie in Zukunft in die Sache einzuweihen. Seine Treffen mit Rose waren all die Jahre ohne telefonischen Kontakt abgelaufen.

Hauptmann Rose war es stets gelungen ihm zufällig zu begegnen, wenn er allein unterwegs war und ihm zu signalisieren, wann sie sich an der Eiche am Magdalenenberg treffen würden. Nun wird das erste Mal am Telefon der Name Rose erwähnt und Hertha steht kaum zwei Schritte von ihm entfernt und versucht jedes Wort mitzubekommen. Ihm ist klar, dass er seine Antworten so kurz und nichtssagend halten muss, dass er sich später nicht genötigt fühlen muss, ihre nähere Auskunft geben zu müssen.
„Herr Rösler, Sie wissen, wer Herr Rose ist, oder?"
„Wer sind Sie?"
„Ich habe eine Losung von Herrn Rose. Sagt Ihnen das etwas?"
Hubert Rösler ist schlagartig klar, dass dieser Herr Hermann wirklich mit Hauptmann Rose in Verbindung stehen muss, denn von der vereinbarten Losung kann jemand nur von Herrn Rose selbst wissen. Die Gefahr, dass es sich um Ermittler handelt, die der Sache eventuell auf die Spur gekommen sind, schließt Hubert Rösler in diesem Moment aus. Hauptmann Rose hat mit Sicherheit die Losung nie aus der Hand gegeben, es sei denn demjenigen, der die Sache in die Hand nehmen soll, sollte er einmal ausfallen.
„Das sagt Ihnen doch etwas, Herr Rösler oder?"
„Ja!"
„Ich möchte darüber ungern am Telefon sprechen. Können wir uns irgendwo treffen und persönlich miteinander reden?"
„Sicher!"
„Haben Sie heute Abend Zeit?"
„Ja!"
„Können Sie in die Rindenmühle kommen? In einer Stunde?"
„Ja!"
„Gut, ich freue mich Sie kennenzulernen. Bis nachher!"
„Auf Wiederhören!"

Als Hubert Rösler den Hörer auflegt, fährt Hertha wie eine Furie herum und faucht ihn an.
„Was wollte er von Dir?"
„Nichts!"

„Nichts! Nichts! Natürlich wollte er was von dir, sonst hätte er dich doch nicht noch einmal angerufen! Das habe ich mir doch gleich gedacht, dass du wieder hinter meinem Rücken was ausheckst! Von wegen ich kenne den nicht!"
Hubert Rösler geht in den Flur, zieht sich seine Schuhe an, während sich Hertha mit den Händen in der Hüfte vor ihm aufbaut.
„Du sagst mir jetzt sofort, was der von dir wollte!"
„Sonst?...." Er sieht sie, während er seine Schuhe bindet, von unten herauf an. Langsam steht er auf, greift nach seinem Hut und seiner hellen Jacke und geht wortlos an ihr vorbei zur Haustüre. Hertha schäumt vor Wut.
„Wo gehst du hin?", schreit sie ihm hinter seinem Rücken.
„Das weiß ich nicht!", antwortet er ihr, ohne sich umzudrehen, „ich bleibe auf jeden Fall nicht hier!",dann verlässt er das Haus.

Hubert Rösler macht sich zu Fuß auf den Weg zur Rindenmühle. Er weiß, er ist nicht in Eile. Zuhause die Zeit abzusitzen und dann mit dem Auto zu fahren, hätte ihm nur noch mehr Ärger mit Hertha eingebracht.

Auf der Terrasse des Romantikhotels setzt Hubert Rösler sich an den Ecktisch unter dem Glasdach. So früh am Abend ist noch wenig Betrieb im Gartenbereich des Restaurants. An einem Tisch an den Fenstern nimmt eine Familie mit ihren drei Kindern wohl das Abendessen ein und an einem kleinen runden Tisch genießt ein junges Pärchen sehr bewusst die frühabendlichen Sonnenstrahlen bei opulenten Cocktails. Hubert Rösler bestellt ein Bier. Von seinem Platz aus überblickt er mühelos den ganzen Terrassenbereich. Pünktlich um Viertel nach sechs taucht aus dem Restaurant ein großgewachsener Mann auf und steuert zielgenau auf Hubert Rösler zu. Der Mann dürfte circa Mitte Dreißig sein. Er hat kurz geschnittenes blondes Haar, das er akkurat gescheitelt trägt. Er ist schlank, trägt eine graue leichte Sommerhose, ein leuchtend blaues kurzärmliges Hemd und helle Schnürschuhe. Er bleibt am Tisch stehen, sieht Hubert Rösler an und streckt ihm seine Hand entgegen.
„Herr Rösler?" Hubert Rösler steht auf und reicht dem jungen Mann seine Hand. „Hermann, Wolfram Hermann!" Er zieht sich einen Stuhl zurecht und

setzt sich zu Hubert Rösler an den Tisch. Dem Ober, der Anstalten macht an den Tisch zu kommen, ruft er entgegen: „Bringen Sie mir auch ein Bier, bitte!“ Hubert Rösler mustert den Mann, der sich Wolfram Hermann nennt, mit schnellem Blick. Eigentlich findet er nichts, was er an ihm aussetzen könnte. Trotzdem gefällt ihm dieser Hermann nicht. Irgendetwas an diesem Mann stört ihn und verweigert ihm Sympathie für ihn zu empfinden.
„Schön dass Sie gekommen sind, Herr Rösler, auch wenn der Anlass ein weniger erfreulicher ist.“
„Wie meinen Sie das? Weniger erfreulich?“
Hermann greift in die Brusttasche seines Hemdes und reicht Hubert Rösler ein kleines Kärtchen über den Tisch. Es ist ein Sterbebild. Auf der Frontseite ist ein Foto mit einem Wegkreuz und einem Baum. Hubert Rösler klappt das Briefchen auf und sofort springt ihm das Bild von Hauptmann Rose ins Gesicht. Der Schreck fährt ihm in die Glieder und er weiß, er konnte sein Entsetzen vor diesem Herrn Hermann nicht verbergen.
„Ja, Herr Rösler, am vierundzwanzigsten Mai ist er von uns gegangen. Ich weiß nicht, ob er es Ihnen gesagt hat, er hatte schon vor einigen Jahren einen Herzinfarkt. Damals hatte er großes Glück gehabt. Diesmal war er leider allein zuhause und als man ihn fand, war es schon zu spät.“
„Aber...!“ Hubert Rösler liest die Zeilen unter dem Foto.
‚Friedrich Mühlberger, geb. am 11.09.1907 in Berlin, gestorben am 24.05. 1995 in Furtwangen‘

„...Mühlberger? Friedrich Mühlberger?“ Er sieht fragend seinem Gegenüber ins Gesicht.
„Sie wissen nicht, dass Rose sich nach dem Krieg Mühlberger nannte? Das hat er Ihnen nie gesagt?“
„Nein, ich kenne diesen Mann nur mit dem Namen Rose.“
Herr Hermann verzieht leicht sein Gesicht und wiegt den Kopf hin und her.
„Er wird seine Gründe gehabt haben, Herr Rösler. Wissen Sie, wenn man so eine wichtige Stellung bekleidet wie er ist es einfach wichtig, sich der Öffentlichkeit nicht allzu prominent zu präsentieren. Sie wissen ja selbst,

welchen Anfeindungen wir immer wieder mal ausgesetzt sind und Sie tragen ja auch ein Geheimnis, für das Sie sorgsam getarnt sind. Oder etwa nicht?"
Hubert Rösler stellt sich unwissend.
„Wie meinen Sie das?"
„Herr Rösler, ich habe von Herrn Mühlberger den Auftrag bekommen, als Ihr Kontaktmann zu fungieren und von Ihnen zu gegebener Zeit ein Konto zu übernehmen. Und ich möchte mich einfach nur vorstellen und Ihnen die Änderung für das künftige Prozedere mitteilen. Herr Mühlberger beziehungsweise Herr Rose wird dies nicht mehr tun können, wie Sie selbst an diesem Sterbebild erkennen können."
„So? Aber….!"
„Sehen Sie, Herr Rösler." Wieder greift Hermann in seine Hemdtasche und schiebt einen klein gefalteten Zettel über den Tisch. Hubert Rösler greift danach und faltet ihn auf. Auf dem Zettel stehen die Worte: ‚Ingeborg Rose'. Er erkennt Roses Schrift und nickt, schiebt den Zettel wieder zu Herrn Hermann über den Tisch, der ihn zusammenfaltet und wieder in seine Brusttasche steckt.
„Sie wissen, Herr Hermann, dass dies nur ein Teil der Losung ist, der Sie berechtigt, Hauptmann Roses Platz einzunehmen?"
Wolfram Hermann beugt sich über den Tisch und flüstert so, dass es nur für Hubert Rösler verständlich ist: „QuZetGeEins"
Dann sieht er Hubert Rösler triumphierend in die Augen.
Zunächst herrscht Schweigen zwischen den beiden Männern. Wolfram Hermann scheint zu spüren, dass er bei Hubert Rösler auf größere Skepsis stößt. Er strahlt letztlich aber eine souveräne Sicherheit aus und weiß, dass Hubert Rösler sich ihm nicht entziehen kann.
„Wie stellen Sie sich die nächsten Schritte vor, Herr Hermann?"
„Wir wissen, dass Sie großartige Arbeit für unsere Organisation geleistet haben, Herr Rösler. Herr Mühlberger hat auch verfügt, dass Sie mit einem stattlichen Betrag für Ihre jahrelange Arbeit entlohnt werden sollen. Wir wissen aber auch, dass die große Verantwortung, die Sie über Jahrzehnte getragen haben, so schnell wie möglich von Ihren Schultern genommen werden sollte. Wir sind dabei alles dafür vorzubereiten, dass wir von Ihnen das Konto übernehmen

können und das Geld dem eigentlichen Zweck zuführen können. Wie hoch ist denn der Kontostand im Moment, Herr Rösler?"
„Hat Ihnen der Herr Rose denn darüber keine Auskunft gegeben?" Erstaunt über die Frage Hermanns, bestätigen sich Hubert Röslers Zweifel, ob dieser Hermann tatsächlich der offiziell von Hauptmann Rose bestimmte neue Verwalter des Kontos sein soll.
„Wir wissen, dass es ein ganz hübsches Sümmchen sein muss. Mühlberger hat den genauen Kontostand nie eröffnet. Er hat nur immer davon gesprochen, dass es so viel ist, dass Deutschland wieder national erblühen kann. Aber Sie können mir den Betrag doch sicher sagen, oder?"
Hubert Rösler erkennt seine Chance, sich nun Zeit verschaffen zu können, um die Echtheit dieser Übernahme vielleicht doch noch überprüfen zu können. Was, wenn Hauptmann Rose sich Anfang des Jahres bei ihm meldet und er das Konto diesem Hermann übergeben hat, obwohl er gar nicht der rechtmäßige Nachfolger von Hauptmann Rose ist?
„Nein, Herr Hermann, ich kenne den Betrag dieses Kontos nicht. Hauptmann Rose hat mich lediglich als Kurier eingesetzt. Ich habe ihm stets nur das geschlossene Kuvert mit den Auszügen übergeben. Das Konto ist gesperrt und ich habe lediglich nach Ablauf der Sperre eine Verlängerung bei der Bank eingetragen und in dem Zusammenhang die angefallenen Kontoauszüge in einem geschlossenen Kuvert für Hauptmann Rose mitgebracht."
„Und wie lange ist das Konto noch gesperrt?" Das Gesicht Hermanns zeigt ein gewisses ungläubiges Entsetzen.
„Ich sollte es doch im Februar erst wieder verlängern. Die erste Zeit war das Geld auf zehn Jahre festgeschrieben. Dann sollte ich es aber auf fünf Jahre reduzieren, um es schneller transferieren zu können."
„Fünf Jahre noch? Davon hat Mühlberger nie etwas gesagt. Das können wir so nicht lassen!"
Trotz der ersten Unsicherheit, die dieser Hermann im ersten Moment gezeigt hatte, gewinnt er sehr schnell wieder seine Fassung zurück.
„Egal, Herr Rösler, auch wenn wir ein bisschen Kapital verlieren, wir werden den Transfer so schnell wie möglich einleiten. Ich muss das aber alles noch

abklären. Lassen Sie uns in Kontakt bleiben. Ich melde mich so bald wie möglich wieder bei Ihnen."

Hubert Rösler merkt, dass er hoch gepokert hat. Zurück kann er jetzt aber nicht mehr. Den Trumpf aber hat er noch in der Hand.

„Herr Hermann, geben Sie mir bitte Ihre Telefonnummer, dann rufe ich Sie an. Bitte rufen Sie mich nicht in meinem Haus an. Meine Frau ist in die Sache nicht eingeweiht und das soll bitte auch so bleiben. Das war der ausdrückliche Wunsch von Hauptmann Rose."

Wolfram Hermann zögert einen Augenblick, nickt dann und sagt im Aufstehen: „In Ordnung, Herr Rösler, ich bin telefonisch nicht so gut zu erreichen. Ich kläre die Sache erst mal ab und komme dann auf Sie zu. Ihr Bier geht auf meine Rechnung."

Hermann steht auf und hat es offenbar plötzlich eilig.

„Herr Hermann!" Hubert Rösler sieht nun seine Chance gekommen, diesem Hermann doch noch einen Tiefschlag zu versetzen und damit Zeit zu gewinnen. „Es tut mir leid, offenbar wissen Sie sehr gut Bescheid über die Tätigkeiten des Herrn Rose. Aber leider macht es keinen Sinn, sich bei mir wieder zu melden, wenn Sie nicht über die korrekte Verschlüsselung des Kontos verfügen. Ihre Angaben sind jedenfalls nicht richtig und nach den ausdrücklichen Anweisungen von Herrn Rose kann ich nicht für Sie tätig werden, wenn die Losung falsch ist!"

Wolfram Hermann reißt entsetzt die Augen auf. „Was soll das heißen? Das sind exakt die Daten, die uns Herr Mühlberger überlassen hat! Wir haben das alles schriftlich! Machen Sie keinen Ärger Rösler!"

„Ihre Angaben stimmen jedenfalls nicht mit den mir bekannten Angaben überein. Das steht jedenfalls fest, Herr Hermann. Und wenn ich das richtig sehe, wird es Ihnen nicht möglich sein, mit diesen Angaben, Zugriff auf das Konto bei der Bank zu erhalten. Mehr kann ich Ihnen nicht sagen, Herr Hermann."

Mit einem ungläubigen Blick reicht Hermann ihm über den Tisch die Hand. „Ich werde die Sache schnellstens überprüfen, Rösler. Sie hören in Kürze von mir." Kopfschüttelnd verlässt dieser drahtige Mann schnellen Schrittes die Terrasse und verschwindet im Restaurant.

Nachdenklich und auch etwas traurig bleibt Hubert Rösler sitzen und trinkt langsam sein Bier aus.
Fünfzig Jahre hatte ihn Hauptmann Rose begleitet. In gewisser Weise hat er sein Leben immer nach den Ratschlägen dieses Hauptmanns orientiert. Von ihm schöpfte er die Kraft, seinen Glauben an die Richtigkeit seines Handelns nicht zu verlieren. Hauptmann Rose war es, der ihm immer wieder zu verstehen gab, warum die Hochzeit mit Hertha richtig war. Er war es, der ihm Mut machte, sich im Verein zu engagieren, er war es, der ihm riet sich politisch ruhig zu verhalten. Er war es, der ihm half trotz aller linken Widrigkeiten in dieser Republik weiter an seinen deutschen Idealen festzuhalten. Hauptmann Rose war eine wirkliche Stütze in seinem Leben. Hauptmann Rose ist nun angeblich als Friedrich Mühlberger in Furtwangen gestorben. Natürlich hatte Hubert Rösler in den letzten Jahren gesehen, wie Hauptmann Rose gealtert ist. Natürlich war ihm klar, dass dieser Hauptmann längst auf die Neunzig zugehen musste. Aber noch im Februar, als er ihn das letzte Mal traf, war er rüstig genug, den Weg am Magdalenenberg von der Eiche bis zur Straße festen Schrittes zu bewältigen. Nun soll dieser Hermann derjenige sein, der das Erbe dieses großartigen Mannes antreten soll? Hubert Rösler hat kein gutes Gefühl dabei. Warum gibt dieser Mann ihm seine Telefonnummer nicht? Gut, von Hauptmann Rose hatte er auch weder Adresse noch Telefonnummer. Und offensichtlich auch nicht den richtigen Namen. Wieso hatte er eigentlich nie danach gefragt?
Hauptmann Rose war von Anfang an ein aufrechter Mann, das wusste Hubert Rösler. Hauptmann Rose brauchte keine Adresse, keine Telefonnummer, keinen Ausweis. Er war ein aufrechter Deutscher vom ersten Augenblick an über all die Jahre. Und genau das bezweifelt er bei diesem Herrn Hermann. Hubert Rösler weiß, dass er nur kurzfristig Zeit gewonnen hat. Dieser Hermann ist sehr gut über das Konto informiert und die Losung stimmt ja wirklich - außer dieser letzten Zahl. Es ist halt keine Eins, sondern eine Sieben. Wenn Hauptmann Rose diesen Leuten den Zettel überlassen hat, den er vor fünfzig Jahren geschrieben hat, dann kann es leicht sein, dass diese Leute seine Sieben schlicht und einfach als Eins gelesen haben. Es käme nicht zum ersten Mal zu

dieser Verwechslung bei seiner Schrift. Die Kontonummer hat noch eine Sieben, aber halt auch noch eine Eins. Wenn diese Leute die Vollmacht von Hauptmann Rose erhalten haben, dann werden Sie den Fehler schnell bemerken.

Langsam macht er sich auf den Weg zurück in die Südstadt. Gedankenverloren läutet er an der Türe in der Vom-Stein-Straße. Sigrid öffnet. Wortlos bittet sie ihn herein. Sie stellt ihm ein kaltes Bier hin, er sitzt schweigend am Tisch in der Küche. Er bleibt. Er bleibt die ganze Nacht.

Mai 1999

Der Besuch in Basel im Februar war diesmal etwas verregnet, verschneit und richtig kalt. Bei seinen Leuten kam nicht die richtige Stimmung auf und wegen der Kälte und der Nässe waren die meisten länger im Gasthaus, als auf der Straße beim Fasnachtstreiben. So blieb Hubert Rösler kaum Zeit sich um die Banksachen zu kümmern. Ausgerechnet dieses Jahr musste er dann auch noch diese Tortur der Bankfusion und die damit verbundenen Änderungen in Kauf nehmen. Ihm blieb nichts anderes übrig, als am Mittwoch Herrn Frei noch ein zweites Mal zu besuchen. Gott sei Dank blieben die Daten alle so wie bisher. Lediglich den Schlüssel für das Schließfach hatte er abgegeben, weil die Fächer jetzt moderner geworden sind und ein Zahlenschloss besitzen. Die Nummer hat sich aber nicht verändert. Zweiundsechzig-fünfunddreißig.

Hubert Rösler sitzt im Wartezimmer von Doktor Angele. Er muss endlich einmal sein Hörvermögen testen lassen. Immer wieder stellt er fest, dass er bei Gesprächen oft nur die Hälfte mitbekommt oder einigen Unterhaltungen gar nicht mehr folgen kann. Mit ihm sitzt eine hübsche junge Frau im Wartezimmer, deren nettem Gesicht seine ganze Aufmerksamkeit gilt. Den Mann, der links von ihm sitzt und dessen Oberkörper fast vollständig hinter dem aktuellen Südkurier verschwindet, nimmt Hubert Rösler erst wahr, als die hübsche Frau von der Praxishelferin mit einem freundlichen „ Frau Bergmoser, bitte!“ ins Sprechzimmer gerufen wird.

„Sie werden überrascht sein, Herr Rösler, mich hier anzutreffen, aber Sie sagten doch bei unserem letzten Treffen, ich solle mich nicht über das Telefon bei Ihnen melden!“

Wie vom Donner gerührt starrt Hubert Rösler den vermeintlich anderen Patienten an. Hermann, Wolfram Hermann, ist der Mann links von ihm hier im Wartezimmer von Herrn Doktor Angele. Vier lange Jahre hat er sich nicht mehr bei ihm gemeldet. Jeder verstrichene Tag gab Hubert Rösler mehr Recht in seiner Annahme, Wolfram Hermann sei nicht der Vertraute von Hauptmann Rose, der die Berechtigung auf den Zugriff des von ihm gehüteten Kontos hat. Immer öfter hatte er sich in den letzten Jahren gefragt, wie es nun weitergehen würde mit dem vielen Geld. Immer sehnsüchtiger hatte er darauf gewartet, dass sich Hauptmann Rose oder sein wahrer Vertrauter bei ihm melden würden. Und nun ist es doch wieder dieser Wolfram Hermann, der ihm heute genauso suspekt und arrogant vorkommt, wie vor vier Jahren in der Rindenmühle.

„Sie warten sicherlich schon lange auf eine Nachricht von mir, habe ich Recht?"

„Ja, es ist schon eigenartig, dass Sie sich über einen so langen Zeitraum nicht mehr bei mir gemeldet haben, das stimmt!"

„Und jetzt misstrauen Sie mir, Rösler, gell? Ich kann Sie verstehen, aber ich kann Ihnen auch sagen, dass es die Sieben ist und nicht die Eins, die ich Ihnen nicht korrekt gesagt hatte. Das ist doch richtig, nicht wahr?"

Hubert Rösler nickt. „Ja, das ist richtig!"

„Sehen Sie, Rösler, Sie können uns vertrauen. Und wir wollen Ihnen so schnell wie möglich Ihre große Verantwortung abnehmen und Sie auch reichlich dafür belohnen. Anfang des Jahres läuft ja die Sperre ab und wir können dann die Transaktion vornehmen. Ist das nicht eine gute Nachricht für Sie? Sind Sie nicht erleichtert darüber?"

„Ja, schon, wenn ich die Gewissheit habe, dass alles im Sinne von Hauptmann Rose abgewickelt und das Geld seinem angedachten Zweck zugeführt wird, dann wäre ich sehr froh, die Verantwortung abgeben zu können."

„Herr Rösler, wir haben beschlossen, das Geld Anfang des nächsten Jahres wieder nach Deutschland zurückzuholen. Es scheint im Moment, trotz rot-grüner Regierung das Feld gut bestellt zu sein, dies ohne große Probleme vornehmen zu können. Ich werde mich Ende des Jahres bei Ihnen melden und dann werden wir wohl termingerecht gemeinsam nach Basel fahren und das Konto auflösen. Das Ist Ihnen doch Recht, oder?"

„Es ist nicht mein Geld, Herr Hermann. Ich habe es all die Jahre nur verwaltet und Hauptmann Rose hat sehr sorgsam darauf geachtet, dass das Geld solange in der Schweiz bleibt, bis es wirklich gesichert dafür verwendet werden würde, wofür es Hauptmann Rose und der Graf einsetzen wollten. Wer dieser Graf ist, beziehungsweise wer er war, weiß ich nicht, denn ich habe ihn nie kennengelernt. Auf jeden Fall wollten die beiden, dass das Geld auf diesem Konto der großartigen Idee einer reinen deutschen Nation zu Gute kommt! Das weiß ich sicher!"

„Genauso ist es gedacht, Rösler, genauso! Die entscheidenden Leute bei uns sind niemand Geringere als die Familie des Grafen! Die werden dafür sorgen, dass das Geld seiner Bestimmung zugeführt wird. Wer bitte, Rösler, könnte das besser in die Hände nehmen, als der aufrichtige deutsche Adel! Wer bitte sonst?"

„Herr Rösler, bitte!" Die Sprechstundenhilfe steht in der Türe des Wartezimmers und bittet Hubert Rösler ins Sprechzimmer.
„Ich melde mich bei Ihnen Ende des Jahres, Herr Rösler, ja? Dann besprechen wir alle Einzelheiten und machen einen Termin aus, wann wir fahren."
Wolfram Hermann ist auch aufgestanden, legt die Zeitung, die er inzwischen wieder zusammengefaltet hatte auf den Tisch und geht neben ihm bis zum Empfangstresen.
„Alles Gute, Herr Rösler und gute Besserung!" Er streckt ihm die Hand entgegen, die Hubert Rösler nicht verweigern kann zu schütteln. Dann verlässt der Mann die Arztpraxis.

Dezember 1999

„Sie sehen doch ein, Rösler, dass wir im Moment die Transaktion nicht über die Bühne gehen lassen können. Diese Leisler-Kiep-Geschichte ist einfach zu heiß und der Geisler, diese linke Bazille, heizt die ganze Geschichte auch noch an mit seinem blöden Geschwätz! Wir warten noch ab. Wenn sich die Sache nicht in den nächsten Wochen beruhigt, dann müssen Sie wohl noch einmal verlängern. Alles deutet ja darauf hin, dass hier Schwarzgeld in gigantischem Ausmaß über die Schweiz abgewickelt wurde. Wenn die da jetzt ihre Nase reinstecken, dann kann unser ganzes Projekt in die Hose gehen. Und das, nachdem wir so lange Zeit zugewartet haben und alles bis ins Kleinste bedacht haben. Rösler, unser Konto ist unter Ihrem Namen am sichersten. Sie wissen ja, mit Ihrer alten Adresse sind wir für die deutschen Behörden nicht sichtbar. Das müssen wir jetzt einfach noch eine Weile aushalten. Vielleicht geht ja auch ein kürzerer Zeitraum, Rösler? Aber im Moment müssen Sie uns noch eine geraume Zeit zur Verfügung stehen! Verstehen Sie?“
Hubert Rösler wundert sich über die verhaltene Freude, die sich gerade in ihm breit macht. Natürlich hat er in der letzten Zeit die Berichterstattung über diesen Spendenkoffer sehr aufmerksam mitverfolgt. Natürlich konnte er sich dem mulmigen Gefühl nicht entziehen, dass es ihm ähnlich ergehen könnte wie Herrn Leisler-Kiep, wenn dieses Konto in Basel in irgendeiner Weise auffliegen sollte. Die Geldgier dieses Herrn Hermann ist ihm nicht verborgen geblieben. Auch wenn er über alle Daten verfügt, die mit Hauptmann Rose vereinbart waren, das ungute Gefühl diesem Mann gegenüber hat er bis heute nicht verloren. Wenn er jetzt noch einmal etwas Zeit bekäme, sich davon überzeugen zu können, dass das Geld nicht in irgendwelche dubiosen Hände kommt, sondern wirklich den Absichten von Hauptmann Rose entsprechend eingesetzt wird, befreit ihn das wenigstens etwas von den Zweifeln, die ihm in den letzten Jahren immer wieder zugesetzt und ihm manch schlaflose Nacht beschert hatten. Diesem Hermann traut er einfach nicht über den Weg. Scheinbar gibt es aber im Hintergrund doch noch jemanden, der als Regulator Entscheidungen trifft, die eher im Sinne von Hauptmann Rose und damit auch in seinem Sinne sind.

„Selbstverständlich Herr Hermann, wenn ich der hehren Sache dienen kann, werde ich das weiterhin machen. Ich war mein ganzes Leben lang unserem Volk ein treuer Diener und ich werde das auch bleiben solange ich gebraucht werde."
„Herr Rösler, ich weiß, dass Sie zuverlässig sind. Hauptmann Rose hat immer in den höchsten Tönen von Ihnen gesprochen. Auch wenn er uns bis zum Schluss niemals Ihren Namen genannt hatte, waren wir immer darüber informiert, dass das ausgeklügelte System und vor allem die ausgewählte Person die einhundertprozentige Garantie für die Sicherheit unseres Vermögens ist. Wir wissen das auch zu schätzen und besonders in der jetzigen Situation wird uns drastisch vor Augen geführt, wie wertvoll Ihr Einsatz für unsere Sache ist."

Café Drechsel

Noch immer verwandelt die noch nicht abgehängte Weihnachtsbeleuchtung die Straße in ein helles Lichtermeer. Zwischen Bürgersteig und Fahrbahn liegen kleine grauweiße zusammengeschobene Schneehaufen, die von den Schneefällen in den vergangenen Tagen zeugen. Der tiefgraue Himmel lässt auch für den heutigen Tag keine Temperaturen erwarten, die den restlichen Schnee zum Schmelzen bringen könnten. Der elegante Herr geht mit gemäßigtem Schritt auf das Café Drechsel zu. Ohne sich um die Angebote in den Schaufenstern, die Schlagzeilen an den Zeitungsboxen oder die anderen Passanten zu kümmern betritt er das Café, überlässt dem stets höflich lächelnden Ober Mantel, Hut und Handschuhe, nimmt die aktuelle Ausgabe der Berliner Tageszeitung ‚taz' vom Zeitschriftentisch und setzt sich an seinen angestammten Tisch unter dem ersten Arkadenfensterbogen. Der Ober serviert das übliche Frühstück und der vornehme Gast vertieft sich in den Artikel, der mit der Überschrift *„Schweigen im Sumpf, Chronologie der CDU-Spendenaffäre"* titelt.

Schon zweieinhalb Monate dauert die Diskussion um illegale Spenden

Im Zuge des Ermittlungsverfahrens gegen den früheren CDU-Schatzmeister Walther Leisler Kiep kam das System der schwarzen Kassen von Ex-CDU-Chef Helmut Kohl ans Licht.

Eine Chronologie:

5. November 1999: Der wegen Verdachts der Steuerhinterziehung von der Augsburger Staatsanwaltschaft mit Haftbefehl gesuchte Ex-Schatzmeister Walter Leisler Kiep stellt sich der Justiz. Er erklärt, die am 26. August 1991 vom Waffenhändler Karlheinz Schreiber in seinem Beisein an den langjährigen CDU-Steuerberater Horst Weyrauch in einem Koffer bar in der Schweiz übergebene Million sei als Parteispende an die CDU gegangen.

6. November: Altbundeskanzler Kohl versichert, er habe keine Kenntnis von der Spende.

8. November: CDU-Generalsekretärin Angela Merkel spricht sich für eine lückenlose und schnelle Aufklärung aus. Weyrauch habe erklärt, das Geld sei auf ein Treuhand-Anderkonto einbezahlt worden und später auf Anweisung Kieps verteilt worden.

12. November: Schreiber bestätigt in einer Fernsehsendung, eine Spende in Höhe von einer Million Mark an Weyrauch übergeben zu haben. Die Absicht seiner Auftraggeber sei eine politische gewesen.

21. November: Kohl weist den Vorwurf von Schmiergeldzahlungen im Zusammenhang mit der Lieferung von Panzern an Saudi-Arabien zurück.

22. November: Der CDU-Vorstand beschließt, sich zum Jahresende von der Wirtschaftsprüfungsfirma Weyrauch und Kapp GmbH zu trennen.

25. November: Schreiber sagt im Stern, er habe Kontakte zum jetzigen CDU-Chef Wolfgang Schäuble und zu Kieps Nachfolgerin im Schatzmeisteramt, Brigitte Baumeister, gehabt.

26. November: Ex-CDU-Generalsekretär Heiner Geißler bestätigt Berichte über geheime CDU-Konten. Schäuble will einen unabhängigen Wirtschaftsprüfer einschalten. Der Bundestag prüft, so Präsident Wolfgang Thierse (SPD), ob die CDU nach dem Parteiengesetz anzeigepflichtige Spenden ordnungsgemäß aufgeführt hat.

28. November: Schäuble sichert eine rückhaltlose Aufklärung zu. Er räumt ein, die Union habe bei der Kanzlei Weyrauch Anderkonten unterhalten. Diese hätten aber nichts mit schwarzen Kassen zu tun.

30. November: Kohl übernimmt politische Verantwortung für die Führung verdeckter Parteikonten. Er entschuldigt sich für mangelnde Transparenz und mögliche Verstöße gegen das Parteigesetz.

2. Dezember: Der Bundestag setzt einen Untersuchungsausschuss „Parteispenden und Waffenhandel" ein. Schäuble suspendiert den Hauptabteilungsleiter Verwaltung im Konrad-Adenauer-Haus, Hans Terlinden, vom Dienst. Der Kohl-Vertraute hatte zur Aufklärung der Affäre wichtige, für die CDU bestimmte Unterlagen nicht an Schäuble, sondern an Kohl weitergegeben. Die Genfer Justiz stellt im Zusammenhang mit dem Erwerb des ostdeutschen Energieversorgers Leuna-Minol durch den französischen Konzern Elf Aquitaine ein Rechtshilfegesuch an die Staatsanwaltschaft in Augsburg. Es soll geklärt werden, ob Schmiergelder gezahlt worden sind.

16. Dezember: Kohl gesteht im ZDF ein, zwischen 1993 und 1998 Spenden von 1,5 bis 2 Millionen Mark illegal angenommen zu haben. Er gibt einen „schlimmen Fehler“ zu. Namen der anonymen Spender will er nicht nennen. Der Untersuchungsausschuss konstituiert sich.
19. Dezember. Nach Berichten sind wesentliche Akten über Leuna-Elf aus dem Kanzleramt verschwunden.
20. Dezember. Kohl trifft sich mit einem Mitarbeiter des von der CDU mit der Klärung beauftragten Wirtschaftsprüfungsfirma Ernst & Young. Parteichef Schäuble wird unterrichtet.
21. Dezember: Merkel fordert in der Frankfurter Allgemeinen Zeitung die Partei auf, sich von Kohl zu lösen. Der Bonner Staatsanwaltschaft liegen inzwischen 14 Anzeigen gegen Kohl wegen Verdachts der Untreue vor.
22. Dezember: Das CDU-Präsidium berät über einen Zwischenbericht der Wirtschaftsprüfer. Danach wurden Anfang 1997 von einem Ende 1996 aufgelösten Fraktionskonto 1,146 Millionen Mark in bar an die CDU übergeben.
31. Dezember: Die CDU legt einen korrigierten Rechenschaftsbericht für 1998 vor. Danach hat die Partei von 1993 bis 1998 noch rund 400 000 Mark mehr an nicht ordnungsgemäß verbuchten Spenden eingenommen als Kohl zugegeben hat. In dem Bericht ist auch von den 1,146 Millionen Mark die Rede.
3. Januar 2000: Die Bonner Staatsanwaltschaft eröffnet ein offizielles Ermittlungsverfahren gegen Kohl wegen des Verdachts der Untreue zum Nachteil seiner Partei.7. Januar: Schäuble räumt in der ARD ein, 1994 von Schreiber eine Barspende von 100 000 Mark entgegengenommen zu haben. Die Schatzmeisterei habe den Betrag als „sonstige Einnahme“ verbucht.
11. Januar: Während einer Pressekonferenz in Berlin lehnt Schäuble persönliche Konsequenzen ab.
13. Januar: Einzelne CDU-Politiker distanzieren sich offen von ihrem Parteichef.
14. Januar: Hessens Ex-CDU-Chef Manfred Kanther räumt ein, dass die hessische CDU 1983 geheime Auslandskonten eingerichtet und seitdem geführt hat. Von diesen Konten seien als Vermächtnisse falsch deklarierte Summen in Millionenhöhe an die Partei geflossen.15. Januar: SPD und Grüne in Hessen fordern Ministerpräsident Roland Koch (CDU) auf, per Rücktritt den Weg zu Neuwahlen freizumachen. Schäuble lehnt erneut seinen Rücktritt ab. Zum

wiederholten Mal wird Kohl aufgefordert, die Namen der anonymen Spender zu nennen. Doch Kohl hüllt sich weiter in Schweigen.

Nachdem der Ober das rotbraune Etui mit der Banknote erhalten hat, steht der elegant gekleidete Herr auf, lässt sich Hut, Handschuhe und Mantel reichen und verlässt korrekt gekleidet das Café und geht in zügigen Schritten die weihnachtlich beleuchtete Straße hinunter Richtung Innenstadt.

1.August 2019

Was für ein Desaster! Paul hatte am Vormittag in Immenstadt einen früheren Kollegen besucht und um darauf zu achten, ob er unter Beobachtung steht, war er sogar auf den einsamen Straßen in Ratholz und nach Trieblings unterwegs. Erst als er sich sicher war, dass er nicht im Visier dieser ominösen Herrmanngruppe ist, hat er sich über Oberstaufen nach Basel aufgemacht. Jetzt bedauert er allerdings, dass er nicht gleich auf der Schweizer Seite vom Bodensee gefahren ist, dann hätte er bemerkt, dass die Schweiz am heutigen Tag ihren Nationalfeiertag zelebriert und alle Geschäfte und Banken geschlossen sind. Eigentlich wollte er spätnachmittags wieder nachhause nach Kempten fahren. So bleibt ihm nichts anderes übrig, als sich wieder für eine Nacht in Basel einzuquartieren. Auch diesmal findet er im Ibis-Hotel am Bahnhof ein Zimmer.

2. August 2019

Pia Odermatt zeigt sich sichtlich erfreut Paul so schnell wiederzusehen. Wieder sitzen die beiden in dem Besprechungszimmer, in dem sie vor einer Woche zum ersten Mal miteinander gesprochen hatten.

„Sind Sie sich sicher, dass Sie das aktuelle Passwort dabei haben?" Pia Odermatt sieht Paul herausfordernd an und schiebt ihm ein Formular über den Tisch.

„Ja, ich habe das aktuelle Passwort dabei." Paul nickt ihr lächelnd zu. „Wenn Sie mir bei einer Sache behilflich sein könnten, wäre ich Ihnen sehr dankbar."

„Oh, Herr Rösler, ich glaube nicht, dass ich dazu die Berechtigung habe. Sie müssen das Passwort schon genau wissen, Hilfestellung darf ich dabei nicht geben."

„Frau Odermatt, das Passwort besteht aus fünf Wörtern. Ich möchte eigentlich nur wissen, ob ich Leerzeichen setzen muss oder nicht."

„Ach so. Sie müssen mir das Passwort nur handschriftlich hier reinschreiben!" Sie deutet mit ihrem Kugelschreiber auf die entsprechende Zeile auf dem Formular. „Eine digitale Eingabe muss nicht gemacht werden."

„Hoi, das ist jetzt für mich aber sehr verwunderlich. Ich dachte, hier läuft alles schon digital!"

Pia Odermatt lacht. „Wissen Sie, Herr Rösler, inzwischen ist eine handschriftliche Niederschrift weitaus sicherer als eine digitale. Auch wenn uns das anders verkauft wird. Wenn sie jemandem eine Mitteilung machen wollen schreiben Sie einen Brief. Den öffnet heute kaum jemand. Wenn Sie aber Ihre Nachrichten im Netz oder über irgendeine Socialmedia versenden, können Sie ganz sicher sein, dass irgendjemand mitliest."

„Da haben Sie sicher Recht. Die gute alte Stasi gibt es nicht mehr. Ausspionieren geht heute digital entschieden leichter." Paul nimmt den Kugelschreiber und füllt das Formblatt aus.

„Bitte unterschreiben Sie dort auch noch. Wir legen die Kontoübernahme dann gleich noch an. Ihre Daten und den Erbschein habe ich ja bereits kopiert. Halten Sie ihn aber vorsichtshalber noch bereit, da ich alles erst abzeichnen lassen muss. Da könnte noch einmal eine Nachfrage kommen. Und noch etwas, Herr Rösler, wenn Sie das Konto eingesehen haben, werden Sie feststellen, dass diesem Konto Konditionen zu Grunde liegen, die überhaupt nicht mehr zeitgemäß sind. Wir werden einer Übernahme des Kontos auf keinen Fall zu den bestehenden Konditionen zustimmen. Darauf müssen Sie sich einstellen."

Pia Odermatt nimmt das Formular an sich und verlässt - sich wieder entschuldigend - das Besprechungszimmer. Diesmal ist sie nach ein paar Minuten wieder zurück und strahlt Paul an.

„Es ist alles in Ordnung, bitte begleiten Sie mich zu den Schließfächern."

Paul ist jetzt merklich nervös. Eigentlich kennt er das schon seit langem nicht mehr von sich. Die ganze Vorgeschichte zu diesem Moment heute hat ihn nun aber doch übermannt. Er steigt mit der jungen Frau die Treppen nach unten, das Prozedere der Türöffnung nimmt er nur beiläufig wahr, kann sich aber trotzdem des Gefühls nicht erwehren, sich inmitten eines Ocean-Blockbusters mit George Clooney zu befinden. An einer Stahlgittertüre stoppt Pia Odermatt.

„Bitte geben Sie hier Ihre Schließfach-Pin ein. Mit dieser Türe öffnet sich das Schließfach und Sie können an Ihre Kontounterlagen."

„Welches der vielen Schließfächer ist es denn?" Paul sieht ratlos durch die Gitterstäbe auf hunderte von Schließfachtüren.

Pia Odermatt lacht. „Das Fach fährt automatisch raus. Sie sehen es sobald Sie die PIN eingegeben haben. Lassen Sie sich Zeit, Sie können dort in Ruhe Ihre Dinge bearbeiten und eventuelle Transaktionen vorbereiten. Wenn Sie meine Hilfe brauchen, dort ist die Glocke. Drücken Sie den Knopf, ich bin dann sofort wieder bei Ihnen." Damit verlässt die junge Frau den Vorraum und schließt die schwere Türe hinter sich. Paul ist sich nicht sicher, ob er hier eingeschlossen ist oder nicht. Seine klaustrophobische Neigung wird im Moment allerdings von der Aufregung um das ominöse Konto weggespült. Er tippt die vier Zahlen auf dem Display an der Gittertüre. Einem hörbaren Klacken an der Türe, die er sofort leicht aufstößt, folgt ein deutliches Summen, das mit dem schubfachähnlichen Ausfahren eines der Schließfächer einhergeht.

Paul tritt an das Fach. Auf einem dicken grünen Pappordner, der offensichtlich schon viele Jahre auf dem Buckel hat, liegen zwei weiße ungeöffnete Kuverts, auf denen unübersehbar das Logo der UBS-Bank prangt. Paul entnimmt die drei Teile dem Schließfach und setzt sich an den Tisch. Zunächst überrascht ihn die Adresse, die auf den Bankkuverts steht. Der Namen seines Vaters ist mit Hubert Rösler korrekt. Als Adresse ist aber nicht Villingen, Eintrachtstraße 25 angegeben, sondern Reichenau, Kreis Gablonz an der Neiße, Schulgasse 3. Das Konto war also wirklich 1945 eingerichtet worden, als sein Vater noch im Sudetenland gelebt hatte. Dass sein Vater aus Reichenau stammt, ist Paul natürlich bekannt, die Schulgasse drei allerdings hat er nicht auf dem Schirm. Aber Bernhard, der sich mit der Familiengeschichte seit Jahren befasst, wird diese Adresse ganz bestimmt bestätigen. Eines der Kuverts ist aus dem Jahr 2018, das andere aus 2019. Paul öffnet das Neunzehner-Kuvert und entnimmt den darin liegenden Kontoauszug. Entsetzt presst er sich die Hand vor dem Mund. Er merkt, wie ihm der Boden unter den Füßen weggleitet. Seine Knie zittern ebenso wie seine Hände. Sein Gesicht verliert schlagartig die Farbe und er merkt wie ihm der Schweiß auf die Stirne tritt. Plötzlich macht sich seine Klaustrophobie in allen Fasern seines Körpers breit. Er will aufspringen, sieht sich aber nicht dazu in der Lage. Er merkt, dass er die Fassung verliert. Wieder sieht er auf die unglaubliche Zahl, die er auf diesem Kontoblatt liest. 21.696.908 Schweizer Franken und 48 Rappen.

Paul weiß nicht, wie lange er gebraucht hat, um sich wieder zu fassen. Plötzlich ist ihm durch den Kopf geschossen, dass er seine Sinne beisammen halten und rational handeln muss. Er versucht wieder klare Gedanken zu fassen und sich darauf zu konzentrieren, hier einen genauen Einblick in das Konto zu bekommen. Er greift nach dem grünen Ordner. Er blättert langsam eine Seite nach der anderen um. Scheinbar ist auf diesem Konto all die Jahre keine Kontobewegung vorgenommen worden. Er liest die Zinszuschreibungen, liest die stets anfallenden geringen Schließfachgebühren und unwesentliche Kontoführungsgebühren, die jährlich abgezogen wurden. Er hört auf zu blättern und schlägt die erste Seite auf. Penibel wie sein Vater nun einmal war, findet er hier nach dem Kontoeröffnungsvertrag das Kontoblatt vom siebzehnten April neunzehnhundertfünfundvierzig mit der Einzahlungssumme von 1,2 Millionen Schweizer Franken. Einen Tag vor seinem zweiundzwanzigsten Geburtstag hat sein Vater in Basel ein Konto eröffnet mit einer derart hohen Summe? Paul ist fassungslos. Wie konnte das sein? Woher hatte sein Vater einen solch hohen Geldbetrag und wieso hat er das Geld all die Jahre nie angegriffen? Sowohl seine Eltern, als auch seine eigene Familie waren nach dem Krieg in keiner Weise mit Wohlstand gesegnet. Das Unbegreifliche erklärt sich für Paul allein in der Annahme: Dieses Geld hat seinem Vater nie gehört. Nur deshalb kann es über mehr als siebzig Jahre von ihm unberührt geblieben sein. Paul greift nach dem Kuvert vom Januar 2018 und öffnet es. Er stutzt. Das Kontoblatt mit der Übersicht aus dem Jahr 2017 weißt am 15. 02.2017 eine Überweisung von 140.817,60 Schweizer Franken auf ein anderes Schweizer Konto aus. Mit weit über neunzig Jahren hat sein Vater eine Überweisung getätigt, in einer Höhe, wie er sie sicher niemals vorher in seinem Leben getätigt hatte. Paul muss schmunzeln. Natürlich hatte sein Vater mit der Einzahlung von 1,2 Millionen Schweizer Franken 1945 eine wesentlich höhere Transaktion vorgenommen. Unbegreiflich bleibt beides für Paul allemal und vor allem die ganz offensichtliche Verwaltung dieses Geldes über mehr als siebzig Jahre, ohne dass in ihrer Familie auch nur ein Wort darüber gefallen ist.

Einen Moment lang überlegt Paul, was er machen soll. Seinen Geschwistern nur von diesen Zahlen zu erzählen erscheint ihm der Dimension dieses Kontos nicht angemessen. Ihm ist allerdings bewusst, dass es nicht ungefährlich ist, diese Unterlagen mitzunehmen. Finden darf man diese bei ihm nicht. Jedenfalls nicht dieser angebliche Herr Hermann. Die Summe auf dem Konto ist achtstellig. Da kann man leicht eine sechsstellige Summe für die Kontoübergabe anbieten. Paul muss lachen über diese naive Annahme des Herrn Hermann, einen solchen Deal anzubieten. Wen glaubt dieser Herr denn vor sich zu haben? Jedenfalls wird er schon sehr stichhaltige Argumente vorlegen müssen, um zu beweisen, dass dieses Konto nicht seinem Vater, sondern diesem Herrn Rose gehören soll. Paul leert das Schließfach und drückt auf den Klingelknopf. Pia Odermatt ist keine Minute später an der Türe.

„Kann ich Ihnen behilflich sein oder wollen Sie den Schließfachkeller wieder verlassen?"

„Es wäre nett, wenn Sie sich noch ein paar Minuten hier für mich Zeit nähmen." Paul blickt freundlich zur schweren Metalltüre in der Pia Odermatt gerade steht.

„Sehr gerne, Herr Rösler, dann schließe ich aber die Türe." Sie zieht die Türe hinter sich zu und hält ihre Kennkarte, die sie aus der Innenseite ihres Blazers zieht, auf das Display neben der Türe. Dann kommt sie durch das Eisengitter und setzt sich zu Paul an den Tisch.

„Wie kann ich Ihnen behilflich sein, Herr Rösler?"

„Sagen Sie Frau Odermatt, die Summe, die auf diesem Konto ist, ist Ihnen bekannt, oder?"

„Ja, natürlich. Ich bin Ihre Betreuerin. Ich kenne die Konten meiner Kunden ganz genau."

„Das heißt, alle diese Belege sind ein weiteres Mal hier bei der Bank gespeichert?"

„Richtig. Wir haben die detailgetreue Übersicht, wie Sie auch. Das ist selbstverständlich."

„Gut Frau Odermatt, die Bank kann also jederzeit alle Daten abrufen. Das heißt aber auch, ich kann diese Unterlagen mitnehmen?" Paul sieht fragend in das freundliche Gesicht der Bankerin.

„Natürlich Herr Rösler, das sind Ihre Auszüge. Wenn Sie den Kontovertrag Ihres Vaters lesen, dann sehen Sie, dass er verfügt hat, dass die Auszüge hier im Hause deponiert werden sollen und kein Briefverkehr an seine Adresse gehen soll."

Paul lächelt nickend. „Das würde auch keinen rechten Sinn machen, denn die Adresse, auf die das Konto zugelassen ist, ist ja immer noch seine alte Adresse von vor dem Krieg im Sudetenland. Ganz offensichtlich hat man vergessen, die Adresse zu aktualisieren."

Pia Odermatt schüttelt den Kopf. „Anfangs vielleicht, Herr Rösler, aber seit unserer Steuerauskunftspflicht nach Deutschland macht die alte Adresse von Ihrem Vater durchaus Sinn."

„Wieso das denn?" Paul sieht die Frau fragend an.

„Nun ja, Reichenau liegt meines Wissens nicht in Deutschland. Dieses Konto ist nicht als deutsches Konto geführt, sondern als tschechisches. Und mit Tschechien hat die Schweiz keine Auskunftspflichtvereinbarung. Insofern ist die alte Adresse nicht ganz abwegig." Nun lächelt Pia Odermatt Paul überlegen wissend an.

„Das heißt, Vater hat dieses Geld all die Jahre steuerfrei verwaltet!"

Pia Odermatt nickt.

„Frau Odermatt, geht aus irgendwelchen Unterlagen in Ihrer Bank hervor, dass noch jemand anderer Teilhaber dieses Kontos ist?"

„Wie meinen Sie das, Herr Rösler?" Die junge Frau reagiert sehr verwundert.

„Gibt es vielleicht eine zweite Unterschriftsberechtigung oder einen Hinweis auf eine Organisation, die berechtigt ist, auf das Konto zuzugreifen?"

„Mir ist nicht klar, worauf Sie hinauswollen, Herr Rösler. Dieses Konto ist das Konto Ihres Vaters: Herr Hubert Rösler. Er war der alleinige Inhaber aller Vollmachten über dieses Konto und mit dem von Ihnen vorgelegten Erbschein gehen alle Vollmachten an Sie, Ihre Mutter und Ihre drei Geschwister über. Das müssen wir halt noch entsprechend ergänzen, aber daran ist aus meiner Sicht nicht zu rütteln."

„Nun, meine Mutter ist vor vierzehn Tagen auch verstorben, so dass es nur noch um mich und meine Geschwister geht. Eine Frage habe ich noch, Frau Odermatt. Bei seinem letzten Besuch hat mein Vater, wenn ich das richtig sehe, zum ersten Mal eine Überweisung getätigt. Diesen doch etwas ungewöhnlichen Betrag." Er öffnet die Mappe und entnimmt ihr den entsprechenden Kontoauszug. „Mir scheint, damit ist etwas bezahlt worden, weil es so ein ungewöhnlicher Betrag ist. Können Sie sich daran erinnern und mir vielleicht sagen, um was für eine Überweisung es sich dabei gehandelt hat?"

Pia Odermatt sieht Paul einige Augenblicke an und scheint dabei zu rekonstruieren, woran sie sich noch erinnern kann.

„Es ist kein ungewöhnlicher Betrag, wie Sie es genannt haben. Ihr Vater war damals schon sehr gebrechlich und hat mich gebeten auf diese von ihm vorgelegte Kontonummer – sie deutet mit dem Finger auf den Kontoauszug -, 132.000 Euro zu überweisen. Mit dem damaligen Umrechnungskurs ergibt das diese Summe. Warten Sie!" Sie tippt behände die Zahlen in den Rechner ihres Handys und zeigt Paul das Ergebnis auf dem Display.

„ 1,0668 war der Kurs damals, sehen Sie her!"

„Aha, dann ist das Geld wohl nach Deutschland gegangen!", zieht Paul den vermeintlich logischen Schluss.

„Oder in irgendeinen anderen Staat der Eurozone!", ergänzt die Bankerin wissend.

„Natürlich, das ist ja auch möglich." Paul Rösler nickt bestätigend.

„Frau Odermatt, für heute wäre ich wohl fertig. Und würde mich wieder auf den Weg machen. Die Unterlagen nehme ich mit, damit ich sie mit meinen Geschwistern ausführlich studieren kann und wir werden dann gemeinsam entscheiden, was wir weiter mit diesem Konto machen werden."

„Ihr Vater, Herr Rösler, hat aus Sicherheitsgründen jedes Jahr das Passwort geändert. Seit 2017 ist es nun immer unverändert. Wollen Sie das Kennwort nicht auch erneuern?"

„Das würde durchaus Sinn machen, Frau Odermatt!" Diesen Hinweis nimmt Paul sehr gerne an. Damit sieht er das Konto erneut gesichert.

Bevor Paul Rösler die Bank verlässt, gibt er Pia Odermatt - wieder im Besprechungszimmer - das neue Passwort. Er hatte im Schließfachraum keinen Empfang auf seinem Handy und um das System seines Vaters einzuhalten, sucht er im Netz das neue Kennwort: Der einsame Baum.

April 2006

Sigrid hat ihren Kopf auf seine Schultern gelegt. Er merkt, wie sie ihn von der Seite her ansieht, tut so, als merke er es nicht und betrachtet weiterhin das über ihren Köpfen hängende Bild. Bis heute hat sie sich nicht davon abbringen lassen, das Gemälde von dieser Jüdin abzuhängen. Und wenn er es ehrlich zugeben sollte, es stört ihn auch nicht mehr. Eigentlich ist es ein sehr schönes Bild und wenn er nicht wüsste, dass es eine Jüdin gemalt hat, hätte er es vielleicht auch bei sich aufgehängt. Wahrscheinlich ist er ja auch nicht der Einzige, der die künstlerischen Arbeiten der Juden nicht alle als entartete Kunst ansieht. Hermann Göring hat ja ganz offensichtlich die beschlagnahmten Kunstwerke von Juden auch nicht alle vernichtet sondern schön säuberlich aufbewahrt. Und bei diesen Bildern sind auch sehr viele von Juden gemalte dabei, die ihm durchaus auch gefallen. Zumindest hat er einige Bilder in den diversen Zeitungen gesehen, die richtig schön waren. Warum soll also Sigrid nicht auch Gefallen an diesem Bild dieser Julie Wolfthorn haben, auch wenn sie eine Jüdin war?

„Es gefällt dir schon auch, oder?“ Sigrid lächelt verschmitzt.

„Es ist nicht hässlich, da hast du Recht. Ich habe mich an das Bild gewöhnt und es passt hier in den Raum. Das Zimmer wird damit freundlicher. Ja, es sieht freundlicher aus hier drinnen. Zu meiner Zeit damals war es ziemlich trist in diesem Zimmer. Halt ein richtiges Schlafzimmer. Hinlegen und Augen zu. Jetzt gibt es halt auch etwas zum Gucken!“

Die beiden lachen. Sigrid sieht Hubert Rösler an. Er kommt einfach so zum Ausruhen zu ihr. Früher sind sie auch schnell mal mittags unter die Decke geschlüpft, sind wild und gierig übereinander hergefallen und haben miteinander geschlafen, auch wenn ihnen nur eine kurze halbe Stunde zur Verfügung stand. Heute liegen sie einfach da, schmusen, kuscheln und genießen es sich zu spüren. Sie hört sich seine Sorgen an, sie versucht ihm zu helfen, ihn zu trösten und manchmal streiten sie sich auch, weil sie bei einigen Dingen so ganz konträre Ansichten haben. Aber nie ist es persönlich geworden, niemals haben sie sich wehgetan, niemals haben sich verletzt oder sind laut geworden. Ihre Freundschaft, ihre Zuneigung, ihre gegenseitige Wertschätzung haben nie unter ihren Auseinandersetzungen gelitten. Sie wollte ihm eine verlässliche Freundin sein, er war ihr ein treuer Freund und Geliebter, das ganze Leben lang.

„Sag mal, Sigrid, findest du nicht auch, dass der Ankauf von der Steuer-CD aus Lichtenstein mit Steuergeldern nicht ein starkes Stück ist?“

Sigrid lacht! „Hast du Angst, dass sie dein Schwarzgeld in Liechtenstein entdecken, Hubert?“

Hubert Rösler gibt sich empört. „Sigrid, ich hab doch kein Schwarzgeld in Liechtenstein!“

„Hey, war doch nur ein Scherz, reg dich nicht gleich auf. Nein, ich finde schon, dass solche CDs angekauft werden sollten. Obwohl sich da der ein oder andere Banker ein beträchtliches Sümmchen dazuverdienen will. Weiß man, ob es sich letztendlich wirklich lohnt für den Staat? Da werden zuerst mal Millionen für eine CD gezahlt und dann stellt sich vielleicht heraus, dass nur ein paar windige Euro Steuern hinterzogen worden sind. Ich bin mir da nicht sicher, ob da nicht die Katze im Sack gekauft wird.“

„Das siehst du also genauso! Da wird ein Zinnober gemacht um ein paar Kröten von ein paar kleinen Leuten, die sich vielleicht bloß ein bisschen Erspartes auf die Seite gelegt haben.“

„Hubert, das wird sich noch herausstellen. Ich glaube nicht, dass auf der CD nur ein paar kleine Sparer aufgeführt sind. Da handelt es sich schon eher um ein paar hochkarätige Großverdiener, die ihren Schlund nicht voll genug kriegen. Die kleine Oma hat ihr Erspartes sicherlich nicht nach Liechtenstein gefahren. Oder hast du das vielleicht gemacht? Ich jedenfalls habe mein Sparbuch hier bei der Sparkasse und nicht in Monaco oder sonst wo.“

„Du meinst, da kommt etwas Größeres zum Vorschein auf der CD? Und die verfolgen das dann so richtig strafrechtlich?“

„Wenn die da einen größeren Skandal aufdecken, klar, dann werden die alle gesetzlichen Register ziehen."

„Und was kommt dann dabei raus?"

„Das kann ich dir nicht sagen. Wenn da Konten auftauchen, die mit bekannten Persönlichkeiten in Verbindung gebracht werden können, dann gibt es sicherlich ein kleines Erdbeben."

„Du meinst da geht es dann richtig zur Sache?"

Sigrid lacht kurz auf.

„Hubert, was können die denn groß machen? Haben wir nicht gerade ein paar Jahre Spendenskandal bei der CDU hinter uns? Wenn der Herr Kohl als Bundeskanzler es schon mit dem Gesetz nicht so genau nimmt und immer wieder mault: ‚Ich sage nichts! Ich habe mein Ehrenwort gegeben! '. Was glaubst du, was die Steuersünder sagen, die sie da auf der CD entdecken? ‚Was Kohl und Kanther sagen können, das können wir auch sagen! '."

„Was hat der Kanther denn gesagt?"

„Hast du das nicht gelesen, Hubert?"

„Nein!"

„Siehst du, so ist es immer. Kaum steht eine Meldung nicht mehr auf der ersten Seite, schon ist sie für die meisten uninteressant. Der Kanther ist doch erst letztes Jahr wegen Untreue verurteilt worden und hat das Urteil ‚abwegig' genannt. Dabei hat er ja gegen ein Gesetz verstoßen, das aus dem Innenministerium kommt. Also aus seinem eigenen Haus, denn schließlich war er ja Innenminister bis 1998. Und wenn schon die Allerersten im Staate ihre Gelder waschen, wie es ihnen gefällt und sich anschließend uneinsichtig trotzig zeigen, wieso sollen dann andere nicht genauso maulen und eine entsprechende Gleichbehandlung einfordern? Du wirst sehen, letztendlich wird dabei nicht viel rauskommen. Und dann stellt sich die Frage, ob sich der Ankauf der CD wirklich gelohnt hat."

„Meinst du wirklich?"

„Du wirst sehen, so wird es kommen. Hubert. Du musst gehen. Es ist gleich drei. Hertha wird bald zurück sein vom Arzt und wenn du keinen Ärger bekommen willst, gehst du lieber jetzt."

„Hast Recht meine Liebe! Auf in den Kampf, Torero!"

Hubert Rösler zieht seinen Arm unter dem Kopf seiner Freundin heraus, beugt sich über sie und küsst sie mit gespitzten Lippen auf den Mund. Sie lächelt. Nachdenklich setzt er sich auf die Bettkante und versucht in seine Schuhe zu schlüpfen. Noch einmal dreht er sich zu ihr um. Sieht noch einmal das Bild über dem Kopfende des Bettes an. Grinst und erntet ein ähnliches Grinsen von seiner Freundin. Sie ist immer noch eine attraktive Frau, denkt er, erhebt sich und macht sich langsam auf den Weg in die Eintrachtstraße.

Café Drechsel

Der vornehme Herr mit dem grauen Mantel und dem breitkrempigen schwarzen Hut betritt das Café. Der ältere Ober hinter der Servicetheke stellt das Glas, das er gerade poliert, auf die Edelstahlplatte des Spülbeckens zurück, legt das Poliertuch ab und eilt dem Gast entgegen. Seine schwarzen Lederhandschuhe hat dieser bereits auf den Zeitschriftentisch gelegt und ist dabei seinen Mantel aufzuknöpfen, als ihn der Ober in gewohnt höflicher Art begrüßt. Er nimmt den Mantel des Gastes über den linken Arm, greift nach den Handschuhen und nimmt auch den Hut entgegen. Der vornehme Gast greift auf dem Tisch nach der Frankfurter Allgemeinen Zeitung und begibt sich an seinen reservierten Stammplatz unter dem ersten großen Arkadenfenster. Der Ober serviert wie immer das Kännchen Kaffee mit einem Glas Wasser, sowie den Teller mit dem Butterhörnchen und der Marillenmarmelade.
„Bitte sehr, Herr Direktor, Ihr Frühstück, bitte gerne!" Ein leichtes Kopfnicken des Gastes signalisiert das Wahrnehmen der Services. Der Blick bleibt allerdings uneingeschränkt auf der Schlagzeile: *Nutzung gestohlender Steuerdaten erlaubt*! Und dem folgenden Bericht von Reinhard Müller und Manfred Schäfers.

Das Bundesverfassungsgericht hat klar Stellung bezogen: Der deutsche Staat darf angekaufte Daten über Steuersünder nutzen, auch wenn diese Informationen rechtswidrig erlangt wurden. Die SPD spricht von einem „Sieg für die ehrlichen Steuerzahler".
Der deutsche Staat darf angekaufte Daten über Steuersünder für Ermittlungsmaßnahmen nutzen, auch wenn diese Informationen rechtswidrig erlangt wurden. Das hat das Bundesverfassungsgericht am Dienstag entschieden und damit in einem heftigen, auch internationalen Streit klar Stellung bezogen.

Die Karlsruher Richter entschieden, dass die Durchsuchung einer Wohnung auf Daten gestützt werden könne, die ein Informant aus Liechtenstein auf einem Datenträger an Deutschland verkauft habe. Auch strafbares Handeln führe nicht dazu, dass die Daten nicht verwertet werden dürften. Zwar sei die Strafprozessordnung nicht auf Wahrheitserforschung „um jeden Preis“ gerichtet. Aber der Rechtsstaat könne sich nur verwirklichen, wenn Vorkehrungen dafür getroffen würden, dass Straftäter „verfolgt, abgeurteilt und einer gerechten Bestrafung zugeführt werden“.

Das Bundesfinanzministerium sah sich durch die Entscheidung in seiner Rechtsauffassung bestätigt. „Für uns ist entscheidend, dass wir die angekauften Daten als Beweismittel im Straf- und Steuerverfahren verwenden dürfen“, sagte ein Sprecher. Die SPD-Politiker Kressl und Gerster sprachen von einem „Sieg für die ehrlichen Steuerzahler in Deutschland“ und einer Niederlage für FDP-Politiker in Bund und Ländern, die mit juristischen Spitzfindigkeiten versucht hätten, diese Strafverfolgung zu erschweren.

Der CDU-Abgeordnete Dautzenberg sagte: „Auch diese Entscheidung des höchsten deutschen Gerichtes zeigt: Steuerhinterziehung lohnt sich nicht.“

Der finanzpolitische Sprecher der FDP-Fraktion, Wissing, sagte der Frankfurter Allgemeinen Zeitung, die Koalition wolle durch bilaterale Abkommen die Probleme dauerhaft lösen, „damit es kein Geschäftsmodell für CD-Händler gibt“.

Die Grünen-Politiker Schick und Montag kritisierten, es sei eine falsche Entscheidung, wenn Finanzminister Schäuble in den Verhandlungen mit der Schweiz zusagen wolle, dass Deutschland keine Steuer-CDs mehr kaufen werde. „Leichtfertig gibt er ein rechtlich unbedenkliches Instrument zur Aufdeckung von Straftaten aus der Hand.“

Anlass der Entscheidung war die Verfassungsbeschwerde eines Ehepaares, dessen Wohnung 2008 aufgrund einer Anordnung des Amtsgerichts Bochum durchsucht worden war. Der Anfangsverdacht ergab sich aus den Daten aus Liechtenstein, die vom Bundesnachrichtendienst gekauft und an die Steuerbehörde weitergeleitet wurden. Das Ehepaar stand im Verdacht, Einkommensteuer zwischen 16.440 und 24.000 Euro hinterzogen zu haben.

Die Betroffenen legten Beschwerde gegen den Durchsuchungsbeschluss ein: Da die Erhebung der Daten völkerrechtswidrig gewesen sei und ihre Verwendung gegen deutsches Recht verstoße, seien die Erkenntnisse nicht verwertbar. Nachdem schon das Amtsgericht und das Landgericht Bochum die Beschwerden abgelehnt hatten, blieb jetzt auch die Verfassungsbeschwerde ohne Erfolg.

Die 1. Kammer des Zweiten Senats mit der Richterin Osterloh sowie den Richtern Mellinghoff und Gerhardt entschied, dass ein solches Beweisverwertungsverbot nur bei schwerwiegenden, planmäßigen oder willkürlichen Verfahrensverstößen in Betracht komme. Die Steuerdaten berührten aber nicht den „absoluten Kernbereich privater Lebensgestaltung", sondern lediglich geschäftliche Kontakte mit Liechtensteiner Banken.

Selbst wenn Private die Beweismittel in strafbarer Weise erlangten, müsse das „bei der Beurteilung eines möglichen Verwertungsverbotes von vornherein nicht berücksichtigt werden". Der Bundesnachrichtendienst habe die Daten lediglich entgegengenommen und weitergeleitet, „nicht aber ihre Herstellung, Beschaffung oder Erfassung veranlasst". Die gegenteilige Auffassung sei „durch nichts belegt". Deshalb sei hier auch nicht gegen das „Trennungsgebot" verstoßen worden, nach dem Geheimdienste keine polizeilichen Zwangsbefugnisse haben, also keine Vernehmungen, Durchsuchungen, Beschlagnahmen vornehmen und somit nicht „zur gezielten Erlangung von Zufallsfunden für nichtnachrichtendienstliche Zwecke eingesetzt werden dürfen".

Soweit die Beschwerdeführer beanstandeten, es hätte aufgeklärt werden müssen, wie die Strafverfolgungsbehörden in den Besitz der Daten gelangt seien und welche Rolle der Bundesnachrichtendienst dabei gespielt habe, erklärte die Karlsruher Richter die Verfassungsbeschwerde für unzulässig.

Die Beschwerdeführer hätten im fachgerichtlichen Verfahren weder ausdrücklich noch konkludent von den Strafverfolgungsbehörden verlangt, den Sachverhalt in dieser Hinsicht aufzuklären, sondern lediglich die Einsicht in die bei den Strafverfolgungsbehörden befindlichen Unterlagen begehrt. Damit hätten sie den Fachgerichten die Möglichkeit genommen, dazu Stellung zu nehmen oder die entsprechenden Ermittlungen anzustellen.

Soweit die angegriffenen Entscheidungen nach Abwägung der verschiedenen Interessen zu dem Ergebnis gelangt seien, dass die Daten aus Liechtenstein verwendet werden dürften, sei das „nachvollziehbar und lässt eine verfassungsrechtlich relevante Fehlgewichtung nicht erkennen", entschieden die Karlsruher Richter.

Nachdem der elegant gekleidete Herr die Banknote in das rotbraune Lederetui gelegt hat, steht er auf, um vom Ober seinen Mantel, seinen Hut und seine schwarzen Lederhandschuhe entgegen zu nehmen.
Mit einem leicht angedeuteten Fingertippen an die Hutkrempe verabschiedet sich der Gast vom Ober, der ihm eilig die Türe des Cafés aufhält. „Beehren Sie uns wieder, bitte gerne, Herr Direktor!"

17. Oktober 2015

Das Telefon läutet. Paul Rösler steht vom Frühstückstisch auf, geht zur Anrichte und greift nach dem Hörer. Auf dem Display sieht er die Nummer seiner Eltern. Er ist überrascht. Schon lange haben sie sich nicht mehr bei ihm gemeldet. Sofort denkt er an das Schlimmste. Sein Vater hat in diesem Jahr schließlich schon seinen Zweiundneunzigsten gefeiert und seine Mutter ist auch gerade einmal vier Jahre jünger. Er drückt den grünen Knopf

„Paul, hallo!"

„Paul? Bist du es Paul?" Die Stimme seines Vaters ist unverkennbar.

„Ja, Papa! Ich bin es, Paul!" Er weiß, dass sein Vater nicht mehr sehr gut hört und am Telefon hat er besonders Schwierigkeiten, wenn man nicht laut genug spricht.

„Paul, gut, dass ich dich gleich erreiche. Ich will nur, dass du es weißt und nicht überrascht bist, wenn du es von deinen Geschwistern erfährst."

„Was soll ich denn wissen, Papa?" Paul Rösler spricht langsam und betont laut.

„Ich bin ausgezogen, Paul! Ich halt es einfach nicht mehr aus. Diese ewige Streiterei! Ich halt es einfach nicht mehr aus. Verstehst du mich, Paul?"

Paul muss sich beherrschen, um nicht laut loszuprusten. Sagt ihm sein Vater da gerade, dass er sich mit zweiundneunzig Jahren von seiner Frau trennt?

„Wie meinst du das, Papa, du bist ausgezogen? Heißt das, Mama und du ihr lebt nicht mehr zusammen? Aber du telefonierst doch jetzt von der Eintrachtstraße aus oder etwa nicht?"

„Ja, schon Paul, aber ich hole bloß noch ein paar Sachen. Ich mache einen Koffer voll und dann bin ich hier weg."

„Wie, du bist hier weg, Papa? Wohin gehst du denn? Wieso rufst du denn nicht an, ich kann dich doch holen. Wo willst du denn bleiben? Und wo ist die Mama?"

„Die Mama ist mit der Pfarrei auf einem Ausflug. Frag mich nicht, wohin sie gefahren sind. Aber es ist mir auch egal. Wir haben uns heute schon wieder in aller Herrgottsfrühe gestritten und sie hat gesagt, ich soll verschwinden, sie würde mir keine Träne nachweinen. Paul, ich habe einfach keine Lust mehr."

„Soll ich dich holen, Papa? Oder soll dich die Elly holen? Die ist schneller bei dir."

„Nein, nein, macht euch mal um mich keine Sorgen. Ich gehe in meine alte Wohnung. Ich bin gut versorgt."

„Wohin gehst du? In welche alte Wohnung?"

„In die Vom-Stein-Straße!"

„Wie bitte? In die Vom-Stein-Straße? Papa, das ist doch nicht deine alte Wohnung, da hast du mal vor 50 Jahren gewohnt, was willst du denn in der Wohnung, die ist doch längst von anderen Leuten bewohnt?"

„Nein, Paul, die ist nicht von anderen Leuten bewohnt. Da wohnt immer noch die Hiemisch Sigrid. Die kennst du doch. Bei der Sigrid ziehe ich ein. Die lebt alleine und hat genügend Platz und wir kennen uns schließlich schon sehr sehr lange. Länger sogar, als ich deine Mutter kenne."

„Und du meinst, das geht gut, wenn zwei so alte Leute wie ihr plötzlich zusammenleben? Meinst du nicht, dass ihr auch ins Streiten kommt, wenn ihr so nahe aufeinander lebt?"

„Ach Paul, die Sigrid und ich wir haben uns das ganze Leben immer sehr geschätzt und ja auch viel miteinander unternommen. Du weißt es ja selbst. Wir kommen schon zurecht miteinander."

„Papa, allein, dass du nur ein paar Straßen entfernt lebst von Mama, meinst du das wird gut gehen? Glaubst du nicht, dass es besser wäre, wenn du dann ganz aus ihren Augen verschwindest?"

„Ich kann sie doch nicht alleine lassen, Paul. Sie kommt doch mit dem Haus nicht zurecht. Und auch nicht mit ihrem Geld. Ich muss mich schon noch um sie kümmern. Und schließlich bin ich doch fast 65 Jahre mit ihr verheiratet, das darfst du auch nicht vergessen, da hat man eine Verantwortung füreinander."

Paul hätte wieder gerne laut losgelacht. Das ist ja eine konsequente Trennung.

„Hast du mit Mama besprochen, dass du ausziehst, Papa?"

„Was soll ich mit ihr das groß besprechen? Von ihr bekomme ich ja doch bloß Vorwürfe und das Einzige wofür ich gut bin, ist, die Rechnungen zu bezahlen. Sie hat mir gesagt, du kannst verschwinden, aber dein Geld wird hier gebraucht. Paul, was soll ich dazu sagen?"

„Papa, du weißt, dass ich dir schon vor vielen Jahren gesagt habe, dass du mal auf den Tisch hauen sollst. Wenn es jetzt nicht mehr geht zwischen euch, dann bitte sehr. Du weißt, du kannst jeder Zeit zu uns kommen. Wir haben hier Platz genug. Und ich denke, auch bei Bernhard wäre es kein Problem. Der hat es euch beiden doch schon angeboten."

„Ich kann hier nicht weg, Paul. Du weißt, dass Mama niemals aus dem Haus ausziehen würde. Also kann ich hier auch nicht weg. Kempten ist da genauso ungeeignet wie Hamburg und auch die Elly ist in Freiburg viel zu weit weg. Ich muss schon hierbleiben und ein Auge auf deine Mutter haben."

Wieder muss Paul grinsen. Der über Neunzigjährige muss auf die Achtundachtzigjährige Acht geben. Das wird ja großartig funktionieren.

„Das heißt, wenn die Mama heute Abend heimkommt, dann bist du weg. Ist das richtig?"

„Ja, so wird das sein."

„Und du glaubst, das wird sie so einfach schlucken?"

„Paul, was will sie denn machen? Ich kann auf jeden Fall nicht mehr. Und sie hat gesagt, ich soll verschwinden. Nicht nur einmal. Für sie bin ich ein Klotz am Bein. Nichts anderes."

„Und die Sigrid nimmt dich einfach so mir nichts dir nichts auf? Von einer Minute auf die andere?"

„Ach Paul, nein, so ist das auch nicht. Wir haben schon lange darüber gesprochen und sie hat mir schon oft angeboten, dass ich zu ihr kommen kann."

„Dann ist es wohl so. Wenn es dir gut tut, bitte, du kannst tun und lassen, was du für richtig hältst. Nur, du sollst auch wissen, bei mindestens drei deiner Kinder ist Platz. Wenn es also auch mit der Sigrid nicht klappen sollte, du kannst dich jederzeit melden."

„Danke, das wird nicht nötig sein. Ich wollte bloß, dass du Bescheid weißt. Also dann, ade. Lass dich halt mal wieder sehen hier in Villingen."

Paul konnte sich noch nicht einmal verabschieden. Sein Vater hat das Gespräch beendet und die Verbindung sofort gekappt. Er setzt sich wieder an den Frühstückstisch. Florentina sitzt ihm gegenüber. Er grinst.

„Diese alten Streithähne. Jetzt schießen sie wirklich den Vogel ab. Trennung nach über sechzig Jahren. Was willst du dazu noch sagen."

„Er will nicht herkommen?" Florentina sieht ihn fragend an.

„Er und herkommen? Niemals. Ich gebe dir jede Garantie, dass sich die beiden täglich treffen oder miteinander telefonieren."

„Was soll dann die Trennung?"

„Naja, die wäre eigentlich vor vierzig Jahren fällig gewesen. Aber jetzt? Mit wem sollen sie sich denn jetzt streiten, wenn sie nicht mehr zusammen sind?"

„Was soll das denn werden mit den beiden?"

„Keine Ahnung, aber ein Ende ist doch absehbar. Lass ihnen ihren Spaß!"

„Du bist und bleibst ein Zyniker!"

Florentina steht auf. Sie küsst Paul, gießt ihm noch eine Tasse Kaffee ein und beginnt den Tisch abzuräumen.

Januar 2017

„Guten Morgen, Herr Rösler, erschrecken Sie nicht, verzeihen Sie, wenn ich so plötzlich neben Ihnen auftauche, aber ich muss unbedingt mit Ihnen reden, bevor Sie dieses Jahr nach Basel fahren. Diesmal wird es wirklich ernst, Herr Rösler!"

Hermann war plötzlich neben ihm aufgetaucht, als er seine tägliche Runde an den Schrebergärten vorbei gemacht hatte. Hubert Rösler ist erschreckt aus seinen Gedanken hochgefahren, da er ihn nicht kommen gehört hatte. Seine private Situation martert ihn im Moment so sehr, dass er an nichts anderes mehr denkt und sich nur noch mit Hertha beschäftigt. Seit mehr als einem Jahr lebt er nun schon mit Sigrid zusammen. Und es geht ihm bei ihr auch wunderbar. Sie kümmert sich liebevoll um ihn, bekocht ihn, umsorgt ihn, verbringt sehr viel Zeit mit ihm und sie können großartig miteinander reden. Selbst ihre Zärtlichkeiten genießt er weiterhin in vollen Zügen. Trotzdem lässt Hertha ihn nicht los. Immerhin hat er mit ihr mehr als 65 Jahre zusammengelebt, sie ist die Mutter seiner Kinder, sie haben zusammen das Haus finanziert und natürlich haben sie sich auch umeinander gekümmert. Auch wenn es oft anstrengend war mit ihr, sie ist doch trotzdem seine Ehefrau und er kann dieses Leben mit ihr nicht einfach so beiseiteschieben. Er hat ihr gegenüber auch Verantwortung. Der kann er sich nicht einfach entziehen. Er muss sich um sie kümmern. Vielleicht muss er letztendlich auch wieder zu ihr zurückkehren. Wenn sie nur vernünftiger werden würde und nicht immer so herrisch abweisend, als läge ihr gar nichts an ihm. Bei Sigrid fühlt er sich doch bei weitem mehr wertgeschätzt.

„Herr Hermann, wo kommen Sie denn so plötzlich her? Haben Sie mich jetzt erschreckt!" Hubert Rösler bleibt kurz stehen und sieht den Mann fragend an.

„Was meinen Sie mit ‚diesmal wird es ernst! '? Soll ich das Konto auflösen und das Geld nach Deutschland überweisen?"

Die beiden Männer gehen langsam nebeneinander weiter.

„Wir werden es nicht sofort ganz auflösen, Herr Rösler. Wir starten zuerst mal einen Versuch mit einem kleineren Betrag. Mal sehen, ob wir den ohne großes Aufsehen einschleusen können. Wenn das gelingen sollte, Herr Rösler, dann übernehme ich das Konto im Laufe des Jahres noch und wir werden es peu-á-peu nach Deutschland transferieren."

Hubert Rösler lacht.

„Schön langsam wird es auch Zeit, Herr Hermann! Auch wenn ich noch ziemlich rüstig und gesund bin und mich ja noch ganz gut auf den Beinen halten kann, wie Sie ja selbst sehen, aber ich habe immerhin ein Alter, in dem es schon mal ganz schnell gehen kann und dann bin ich euch nicht mehr sehr hilfreich. Viele Ausreden darf es nicht mehr geben, wenn das Geld noch problemlos in Ihre Hände gelangen soll."

„Uns ist das sehr bewusst, Herr Rösler und wir sind auch fest entschlossen, im Laufe des Jahres einen Weg zu finden, Sie von der verantwortungsvollen Last zu entbinden. Trotzdem dürfen wir nicht unüberlegt handeln und müssen dafür sorgen, dass das Geld sicher seiner Bestimmung zugeführt wird. Und wie schon gesagt, Sie sollen für Ihre jahrelangen Dienste gut entlohnt werden und das müssen Sie natürlich auch so handhaben, damit unsere Sache nicht publik wird."

Hubert Rösler lacht wieder spöttisch.

„Jahrelang, sagten Sie? Jahrelang? Jahrzehntelang wäre angebrachter gewesen, Herr Hermann und ganz ehrlich, wenn Sie mich jetzt „fürstlich" entlohnen wollen, dann kann ich damit keine großen Sprünge mehr machen, auch wenn ich wollte. Es gab durchaus Zeiten in den siebzig Jahren, in denen ich ein bisschen finanzielle Unterstützung gut vertragen hätte, aber jetzt erscheint mir Ihre Großzügigkeit ziemlich lächerlich!"

„Na, na, na, Herr Rösler, Sie haben durchaus Vorteile aus dieser Sache gezogen. Das wissen Sie ganz genau. Das Leben hier wäre ohne Herrn Roses Entscheidung damals für Sie nicht zustande gekommen oder etwa nicht?"

Wieder lacht Hubert Rösler kurz auf. Dann denkt er an Hertha! Er schüttelt gedankenverloren den Kopf. Ja, welch einen Vorteil hätte er wohl gehabt, wenn er mit Ingeborg hätte zusammenleben können. Wieder entfährt ihm ein verächtlicher kurzer Lacher.

„Ja, ja, aus Ihrer Sicht mag das alles ein großer Vorteil für mich gewesen sein, Herr Hermann. Aber Sie haben keine Ahnung, was das für mein Leben bedeutet hat. Ist aber auch egal. Sagen Sie, wie Sie sich die Sache jetzt vorstellen und was ich zu tun habe. Ich möchte in den nächsten Tagen nach Basel fahren."

Der Mann neben ihm greift in die Innentasche seines Mantels und reicht Hubert Rösler einen Zettel. Hubert Rösler greift danach, bleibt stehen und liest.

„Die erste Buchstabenkombination schreiben Sie bitte in die Empfängerzeile. Die obere Zahl ist der Betrag, den Sie anweisen sollen. Ganz wichtig, Herr Rösler, das sind keine Schweizer Franken, sondern Euros. Die Buchstaben- und Zahlenfolge darunter ist die Kontonummer auf die Sie das Geld überweisen sollen und darunter steht die Nummer der Bank! Das ist die BIC Nummer. Sie kennen das, oder?"

„Natürlich kenne ich die Nummer. Innerhalb Deutschland brauchen wir diese Nummer ja gar nicht, nur wenn wir ins Ausland überweisen. Das hat mir zumindest der Bankbeamte hier auf der Sparkasse gesagt, als der Blödsinn eingeführt worden ist vor ein paar Jahren."

„Schreiben Sie einfach die Zahlen in das richtige Feld bei der Überweisung, dann kommt das Geld schon an den richtigen Mann."

„Ich dachte, das Geld geht nach Deutschland, Herr Hermann? Hauptmann Rose sprach immer davon, dass die deutsche Idee damit unterstützt werden soll. Die Überweisung geht doch aber auf ein Schweizer Konto oder etwa nicht?"

„Wie kommen Sie denn auf die Idee? Können Sie das etwa aus der BIC-Nummer erkennen, dass es sich da um eine Schweizer Bank handelt, Herr Rösler?“ Hermann lacht Hubert Rösler ungläubig an.

„Halten Sie mich doch nicht für begriffsstutzig, Herr Hermann. Sie reichen mir da einen Zettel voller Daten und sind wohl der Meinung, dass ich so senil bin, dass ich nicht mehr in der Lage bin, die Geschäfte, die ich tätige, zu durchblicken? Glauben Sie mir, Hauptmann Rose wäre nie so respektlos mit mir umgegangen, aber Ihre Generation scheint da erhebliche Mängel aufzuweisen. Eine deutsche Kontonummer beginnt seit einigen Jahren mit dem Kürzel DE, Herr Hermann, und nicht mit CH. Halten Sie mich also nicht für so begriffsstutzig.“

„Herr Rösler, ich habe Ihnen ja schon erklärt, dass wir einen Versuch starten, das Geld nach Deutschland zu überweisen. Wir müssen einfach vorsichtig sein. Und das Wichtigste dabei ist, dass unsere Kontonummer niemals in Deutschland auftaucht, solange noch so viel Geld darauf liegt. Deshalb benutzen wir einen Umweg. Wir haben Mittelsmänner in der Schweiz, die unserer Organisation wohlwollend gegenüber stehen und für uns tätig werden. Das sind Leute, denen wir vertrauen können und die auch nicht umfallen, wenn ihnen vielleicht unangenehme Fragen gestellt werden, falls die Sache nicht so reibungslos läuft, wie wir uns das vorstellen. Können Sie das verstehen? Damit schützen wir nicht nur das Geld, sondern letztlich natürlich auch Sie, Herr Rösler.“

Wieder entfährt Hubert Rösler ein verächtlicher Lacher.

„Schön zu wissen, dass Sie so um einen über Neunzigjährigen besorgt sind. Eine Frage noch, Herr Hermann.“

„Ja, gibt es noch ein Problem?“

„Wieso 132 000? Wieso dieser Betrag und kein runder, wie 100 000 oder 150 000?“

„Das muss Sie nicht interessieren, Herr Rösler. Lassen Sie das einfach mal unsere Sache sein, ja? Ich habe noch eine andere Frage. Wie kommen Sie denn nach Basel, Herr Rösler? In Ihrem Alter? Wir wollen da....?"

Hubert Rösler bleibt stehen und sieht den wesentlich jüngeren Mann eher empört an.

„Herr Hermann, ich bin fast siebzig Mal nach Basel gefahren. Das letzte Mal vor nicht einmal zwölf Monaten und da fragen Sie mich so einen Stuss?"

„Um Gotteswillen, Herr Rösler, ich wollte Sie damit nicht beleidigen. Wir machen uns nur Sorgen darüber, nicht dass Sie auf die Idee kommen, sich für diese lange Strecke ein Taxi zu mieten oder einen Mietwagen und damit unnötiges Aufsehen erregen, beziehungsweise Fakten schaffen, die man im Nachhinein nachverfolgen kann. Allein darum geht es uns. Wir müssen auch heute noch auf einer sicheren Seite bleiben und keine unnötigen Gefährdungen riskieren."

„Machen Sie sich darum mal keine Sorgen, mein Herr. Wie gesagt, ich bin fast siebzig Mal nach Basel gefahren und wenn es keiner mitbekommen sollte, dann hat es auch keiner mitbekommen. Herr Hermann, ich war nicht nur Soldat, ich war Ausbilder. Und ich war in der HJ Fähnlein-Führer, Herr Hermann, ich habe von der Pike auf gelernt. Ich brauche von euch Jungen keinen Nachhilfeunterricht. Gelernt ist gelernt! Wenigstens ist das in unserer Generation so gewesen. Also melden Sie sich in vier Wochen wieder bei mir, am besten wieder hier auf dem Weg, ich gehe fast jeden Morgen hier meine Runde und dann bekommen Sie den Überweisungsbeleg."

„Das ist schön zu hören, Herr Rösler. Ich wollte Ihre Fähigkeiten in keiner Weise in Frage stellen. Aber bitte verstehen Sie, dass wir uns natürlich Gedanken machen und nicht jeder ist in Ihrem Alter körperlich und geistig noch so fit wie Sie, Herr Rösler. Wirklich meinen Respekt. Machen wir das so, ich werde Sie hier wieder treffen und vielleicht kann ich Ihnen dann schon sagen, wie wir uns das weitere Vorgehen vorstellen. Haben Sie einen schönen Tag und viel Erfolg in Basel."

Herr Hermann bleibt stehen, reicht Hubert Rösler die Hand, dreht sich um und geht den Kiesweg wieder zurück. Hubert Rösler sieht ihm noch eine Weile nach, schüttelt den Kopf und setzt dann seinen Weg fort. Es wird Zeit, dass sich endlich etwas bewegt mit dem Konto. Es wäre ihm viel lieber gewesen, er hätte das alles schon vor vielen Jahren noch mit Hauptmann Rose erledigt. Aber was will er jetzt noch machen. Sollen sie das Geld verwenden, wofür sie wollen. Ihn tangiert es doch eigentlich nicht mehr. Die Welt ist verrückt geworden und er wird das nicht ändern und das Geld auf dem Konto sicherlich auch nicht. Ihm ist es wichtig, dass er die Sache mit der Hertha noch in die richtigen Bahnen lenken kann. Zügig macht er sich auf in Richtung Vom-Stein-Straße.

Café Drechsel

Der gutgekleidete Herr sitzt an dem kleinen quadratischen Marmortisch unter dem ersten Arkadenfenster im Café Drechsel. Der ältere Ober hat ihm das Kännchen Kaffee mit einem Glas Wasser serviert, einen Teller mit einem Butterhörnchen und einer kleinen Schale Marillenmarmelade dazugestellt. Zuvorkommend wie immer zieht er sich mit einem leichten Diener zurück und lässt den Stammgast in Ruhe die ausgewählte Zeitung lesen.

Das Südkurier Trauerportal:

„Man sieht die Sonne langsam untergehen, und erschrickt doch, wenn es plötzlich dunkel ist." Franz Kafka
Hubert Adolf Rösler
**18.04.1923 † 13.09.2017*
In Liebe und Dankbarkeit
Hertha Rösler, Ehefrau
Elisabeth Schneider, Tochter mit Familie
Bernhard Rösler, Sohn mit Familie
Paul Rösler, Sohn mit Familie
Martin Rösler, Sohn mit Familie
Die Trauerfeier und Beisetzung finden am Donnerstag, den 21. 09.2017 auf dem Friedhof in Villingen statt.

Der vornehme Gast schlägt die Zeitung zu, trinkt nachdenklich seinen Kaffee aus und isst dazu das Butterhörnchen, das er mit Marillenmarmelade bestreicht. Dann winkt er dem Ober, begleicht in diskreter Weise wie immer seine Rechnung, lässt sich seinen Trenchcoat reichen, seinen Hut und seine schwarzen Lederhandschuhe und verlässt das Café.

2. August 2019

Als Paul am späten Nachmittag in der Eintrachtstraße ankommt, ist Elly schon im Haus. Zur Begrüßung umarmen sich die beiden.

„Martin hat Bernhard am Stuttgarter Bahnhof eingesammelt. Wenn sie nicht irgendwo auf der A 81 im Stau stehen, sollten sie auch jeden Augenblick hier sein.“

Paul bemerkt, wie erwartungsvoll Elly ihn ansieht. Er greift nach einem Blatt Papier und schreibt deutlich für Elly lesbar: Lass uns erst auf die anderen warten!

Elly liest und runzelt ihre Stirn. Als sie ansetzt eine Frage zu stellen, legt Paul ihr den Finger auf den Mund und fragt seinerseits:

„Wollen wir irgendwo einen Kaffee trinken?“

Unübersehbar steht ein gewisses Entsetzen in Ellys Augen. Dann aber nickt sie und bestätigt: „Gute Idee, die beiden werden sich schon melden, wenn sie angekommen sind!“

Ohne sich länger im Haus aufzuhalten, drängt Paul Elly zum sofortigen Aufbruch. Aufmerksam, aber unauffällig, scannt Paul in der Herdstraße beide Straßenseiten ab. Nirgendwo kann er den weißen BMW mit der Tübinger Nummer entdecken. Als sie die Stadt Richtung Bad Dürrheim verlassen, bricht Paul das bis dahin herrschende Schweigen im Wageninneren.

„Hast du im Laufe der Woche das Gefühl gehabt, dass sie dich beobachtet haben, Elly?“

„Ich habe den weißen BMW das letzte Mal am Samstag beim Edeka gesehen. Wenn sie mich beobachtet haben, dann haben sie ein anderes Auto benutzt. Oder sogar mehrere, denn ich habe die ganze Woche nicht feststellen können, dass mich jemand verfolgt hätte. Außerdem bin ich immer mit dem Rad gefahren.“

„Na ja, es ist ja nicht allzu schwer, euer Haus und die Klinik im Visier zu behalten. Aber es ist ja gut, wenn wir uns vielleicht doch keine Sorgen zu machen brauchen."

„Du machst dir Sorgen? Deshalb die Aktion gerade im Haus?"

„Sorry, Schwesterlein, aber mir geht nach dem letzten Wochenende der Film ‚Das Leben der Anderen' nicht aus dem Kopf. Und nach dem, was ich heute in Basel erfahren habe, reicht meine Fantasie dazu aus, dass das Haus eventuell verwanzt ist. Wer weiß, wen Mutter alles ins Haus gelassen hat und die sind ja nicht erst seit drei Wochen hinter dem Konto her."

„Was hast du denn jetzt rausbekommen in Basel?"

„Du, ruf zuerst mal die anderen an. Sag ihnen, sie sollen nicht zum Haus kommen, sondern gleich nach Donaueschingen in den Oeschberghof fahren. Wir treffen uns dort in der Tagesbar. Ich erzähle euch dann allen, was da in Basel auf uns wartet."

Paul fährt auf den Parkplatz der Hotelanlage, stellt das Auto in der zweiten Reihe so ab, dass er die Zufahrtsstraße im Blick hat und bittet Elly sitzen zu bleiben.

„Wenn sie uns im Blick haben wollen, tauchen sie in den nächsten Minuten sicher hier auf. Wenn ich das richtig überblicke hier, gibt es nur diese Zufahrtstraße. Wenn sie nicht schon dein Handy abhören, wissen sie ja nicht, wo wir sind."

Als sie zehn Minuten später aussteigen und Paul gerade seinen Wagen verriegelt, fährt Martin in den Parkplatz ein. Nach der kurzen herzlichen Begrüßung gehen sie gemeinsam in die Tagesbar. Es ist noch nicht oder nicht mehr viel Betrieb in der Bar. Der Tisch rechts im Eck unter den Fenstern ist frei und den steuert Paul zielgerichtet an. An diesem Tisch sind sie ungestört und sie haben eine gute Übersicht über den restlichen Raum. Paul und Martin bestellen jeweils ein alkoholfreies Bier, Elly nimmt einen Eiskaffee und Bernhard eine Apfelsaftschorle. Erst als der Ober den Tisch wieder verlassen hat und hinter der Theke seiner Arbeit nachgeht, beginnt Paul von seiner Fahrt nach Basel zu erzählen.

„Ich bitte euch, gefasst zu sein und keine übermäßigen Reaktionen zu zeigen zu dem, was ich euch jetzt erzähle. Ich bin der Meinung, ich sollte euch die ersten Informationen hier in der Öffentlichkeit geben, damit ihr euch dann beruhigt den Details widmen könnt, ohne dass weiter groß darüber gesprochen werden muss. Das Haus war mir einfach zu unsicher. Wer weiß, ob wir da nicht irgendwo schon eine Wanze haben, die mithört."

„Jetzt übertreib mal nicht, Paul. Ich glaube nicht, dass wir wegen dieses Kontos stasimäßig erfasst sind." Martin scheint Pauls Meinung nicht unbedingt zu teilen. „Mir ist durchaus klar, dass die an das Konto dran wollen, aber solche Profis scheinen sie mir nicht zu sein, dass sie hier schon ein professionelles Überwachungssystem aufgebaut haben. Ich denke, das Haus ist durchaus noch ein sicherer Ort. Aber schieß los, Paul." Bernhard stimmt Martin zu.

„Du magst Recht haben, Martin. Nur, Vorsicht ist die Mutter der Porzellankiste. Aber wir sind vorhin gute zehn Minuten im Auto sitzen geblieben und es kam tatsächlich kein Verfolger." Paul konnte damit auch Elly beruhigen, die sich von seiner Vorsicht schon hatte ängstlich machen lassen.

„Also schreit jetzt nicht gleich los, wenn ich euch sage, dass das Konto einen achtstelligen Betrag aufweist!" Paul sieht seine Geschwister der Reihe nach an.

„Achtstellig? Das sind...?" Elly sieht fragend in die Runde und Martin hilft ihr.

„Mindestens zehn Millionen! Dollar oder was, Paul?"

„Schweizer Franken! Aber es sind nicht zehn Millionen, es sind fast zweiundzwanzig Millionen!"

„Wieviel?!?" Elly sieht Paul fassungslos an. „Wieviel?"

„Du hast schon richtig gehört! Einundzwanzig Millionen und fast siebenhunderttausend Schweizer Franken! Und da sind die Zinsen der letzten sieben Monate noch gar nicht dabei!"

„Und wieviel ist das in Euro, bitte?"

Martin hat sein Handy längst in der Hand und rechnet den Kurs um. „Nach dem heutigen Wechselkurs sind 21,7 Millionen Schweizer Franken 19,85 Millionen Euro."

Elly schüttelt ungläubig den Kopf und auch Bernhard sieht mehr als ratlos in die Gesichter seiner Brüder.

„Woher hat er so viel Geld bekommen? Das kann doch nicht wahr sein?" Für Bernhard scheint sich das Bild seines Vaters völlig auf den Kopf zu stellen.

„Also wo das meiste Geld davon herkommt, kann ich euch verraten. Das sind schlicht und einfach Zinsen, die sich im Laufe von vierundsiebzig Jahren angehäuft haben. Keine Ahnung, wie Vater das gedeichselt hat, aber dieses Konto hat einen Festzins von vier Prozent, der bis heute noch nicht geändert wurde. Allerdings hat mich die betreuende Dame, Frau Odermatt, wissen lassen, dass sich die UBS auf eine Vertragsübernahme zu den jetzigen Konditionen nicht mehr einlassen wird."

Elly sieht Paul wieder nur fragend an.

„Was heißt das: ‚das meiste Geld'? Wie viel Geld hat er denn eingezahlt auf das Konto? Das können doch nicht nur ein paar Kröten gewesen sein, wenn er jetzt eine solche Summe auf dem Konto hat!"

Paul erzählt, was er bei der ersten Durchsicht der Kontoauszüge festgestellt hat.

„Vater hat einen Tag vor seinem zweiundzwanzigsten Geburtstag eins Komma zwei Millionen Schweizer Franken auf das Konto eingezahlt."

Elly fällt Paul ins Wort. „Wo hatte der 1945 eins Komma zwei Millionen Schweizer Franken her?"

„Das gilt es rauszubekommen!", kommt Martin seinem älteren Bruder zuvor, „bedenke aber Elly, es war nahezu Kriegsende. Da lag hier alles in Schutt und Asche. Mag sein, dass er einen Banküberfall gemacht hat!"

„Papa und einen Banküberfall! Martin!" Elly ist entsetzt.

„Er braucht ja dazu bloß nach einem Bombenangriff den aufgesprengten Tresor einer Bank von den leicht brennbaren Schweizer Geldscheinen befreit zu haben. Dabei hat ihn der Rose beobachtet und diese Hermanns haben die beiden beobachtet. Dann hast du deine undurchsichtige Geschichte!“

„Martin! Das glaubst du doch wohl selber nicht!“ Bernhard ist über die These seines jüngsten Bruders empört. Martin lacht: „Kann doch sein, oder etwa nicht?“

Paul lenkt mit einer Handbewegung die Aufmerksamkeit wieder auf sich.

„Hätte er dann wirklich das Konto jahrzehntelang nicht angerührt und nichts anderes gemacht, als jährlich das Passwort geändert? Das kann ich mir nach einem Bankraub nicht vorstellen. 1999 hat der Name der Bank gewechselt, wie ihr ja schon wisst und dann ist 2017 etwas ganz Sonderbares passiert.“

Alle drei seiner Geschwister spitzen jetzt die Ohren und blicken Paul erwartungsvoll an.

„Bei seinem letzten Besuch hat er das erste Mal auf das Konto zugegriffen. Er hat einen ganz schrägen Betrag über einhundertvierzigtausend Schweizer Franken auf ein anderes Schweizer Konto bei einer anderen Bank überwiesen.“

„Einen schrägen Betrag? Was heißt das, Paul?“ Martin will offenbar den genauen Betrag von Paul wissen.

„Ich habe mich darüber auch zuerst gewundert. Frau Odermatt hat mich dann aber aufgeklärt. Vater hat ihr den Auftrag gegeben, 132 000 Euro auf dieses andere Nummernkonto zu überweisen.“

„132.000 Euro! 132.000 Euro!“ Martin nickt nachdenklich mit dem Kopf. „Eigenartig!“

„Ihr könnt das alles im Haus ansehen.“ Paul klopft mit der Hand auf seine Samsonite-Tasche. „Hier, ich habe die Kontoauszüge mitgenommen und den ganzen Briefverkehr, der in dem Schließfach war. Und ich habe diese Frau Odermatt auch noch eigens gefragt, ob irgendjemand anderes noch per

Vollmacht Zugriff auf dieses Konto besitzt. Aber es ist tatsächlich nur Vater, der bei dieser Bank für dieses Konto registriert ist."

„Paul", Martin blinzelt mit den Augen ein wenig, als laufe für ihn im Hintergrund ein Film ab, „du sagst, auf dem Konto ist keine Bewegung gewesen bis 2017?"

„Die Zinsen und die Gebühren. Sonst nichts, gar nichts!"

„Hey, gibt es nicht seit ein paar Jahren ein Abkommen zwischen Deutschland und der Schweiz, nach dem solche Konten auch versteuert werden müssen? Sind die 140.000 vielleicht Papas erste Steuerzahlung?"

„Das ist eher unwahrscheinlich, Martin. Erstens hat er das Geld auf ein Schweizer Nummernkonto überwiesen und zweitens - und das hat mir auch die Frau Odermatt gesteckt - läuft Vaters Konto bis heute auf seine Adresse in Reichenau. Und das liegt ja bekanntlich in Tschechien und deshalb ist dieses Konto bis heute dem deutschen Fiskus jedenfalls nicht bekannt."

„Wow, wie clever. Das hätte ich Vater gar nicht zugetraut!"

„Das war wahrscheinlich auch gar nicht seine Idee. Zumindest schien mir die Bank daran auch einen gehörigen Anteil an Interesse gehabt zu haben. Die haben ihm da wohl zugeraten!"

„Sollten wir nicht doch ins Haus fahren?" Bernhard sieht auf die Uhr. „Mich interessieren die Bankunterlagen. Das sind ja doch Nachrichten von dir, Paul, die will ich mir schon sehr genau ansehen, bevor dieser Herr Hermann sich wieder meldet."

Martin stimmt seinem ältesten Bruder zu. „Ich auch, Bernhard. Und ich denke, für den Sonntag sollten wir uns für diesen Herrn auf jeden Fall eine gute Strategie zurechtlegen."

„Eines ist klar, wir müssen ihn aus der Reserve locken. Sprich: Wir wissen von keinem Konto. Wenn er uns die Daten gibt, die er hat, werde ich von ihm den Besitznachweis fordern. Bevor er nicht rausrückt, wer hinter diesem Rose steckt, darf er von uns keinerlei Information bekommen. Das muss für uns klar sein!“ Paul ist sich seiner Strategie offenbar schon sehr sicher.

„Paul, solange wir alle vier zusammen sind, können wir leicht den starken Mann spielen.“ Bernhard meldet Bedenken an. „Wenn die sich aber einen von uns einzeln vorknöpfen, dann haben wir ein Problem. Wenn die nur die geringste Ahnung über die Summe auf dem Konto haben, dann trau ich denen sehr viel zu.“

„Also ich sehe das genauso!“ Nach längerem Schweigen meldet sich Elly wieder zu Wort. „Ich habe schon wirklich Angst!“

Paul fasst die Sache pragmatisch zusammen.

„Leute, die wollen das Geld. Bisher haben sie bloß eine Anfrage gestellt. Nicht mehr und nicht weniger. Wenn irgendetwas geschehen sollte, was auch nur im Ansatz einen von uns gefährden würde, gibt es keine andere Alternative, als die Polizei einzuschalten. Aber dazu muss irgendein Strafbestand vorliegen, sonst wird die Polizei nicht tätig. Und ich denke, wenn wir auch nur telefonisch eine Drohung bekommen, sollten wir das machen. Da sollten wir uns einig sein und nicht lange fackeln.“

„Ich sehe das genauso!“ Martin stimmt Paul zu. „Wir warten zuerst einmal ab, ob Paul noch einmal so gut verhandelt mit dem Hermann wie letzte Woche. Kommt, lasst uns fahren, ich möchte die Unterlagen vom Konto sehen.“

Die vier Geschwister machen sich auf den Weg nach Villingen.

3. August 2019

„Lass uns doch mal zur Sigrid gehen! Immerhin hat Vater die letzten Monate mit ihr verbracht. Vielleicht hat sie irgendetwas mitbekommen und kann uns etwas erzählen!“ Elly sieht ihren Bruder erwartungsvoll an.

„Du magst Recht haben, Elly, nur müssen wir äußerst vorsichtig dabei sein. Wir wollen sie doch nicht in diese Sache mit reinziehen. Die Frau ist doch auch bald neunzig und wenn diese Hermannfraktion sie als Angriffspunkt entdeckt, würde ich mir echt Sorgen und sicher auch Vorwürfe machen.“

„Du musst halt wieder vom Stuhl kippen!“ Elly grinst.

„Die Nummer nehmen die uns ein zweites Mal ganz sicher nicht mehr ab! Aber lass uns mit Martin und Bernhard reden. Irgendetwas muss die doch auch von der Baselsache mitbekommen haben. Wenn Vater in den letzten Jahren offensichtlich zweimal in die Schweiz gefahren ist, das kann ihr doch nicht verborgen geblieben sein. Alleine hat er das doch gar nicht mehr geschafft. Die Frau kann uns ganz bestimmt interessante Dinge erzählen. Auf mich hat die immer einen sehr integren Eindruck gemacht.“

„Nur einen integren?“ Wieder grinst Elly.

„Grins nicht so superschlau! Wenn ich Vater gewesen wäre, ich hätte nicht so lange gewartet. Wenn ich mich recht entsinne, war das eine sehr attraktive Frau und dumm war die auch nicht! Mit der hätte ich mich schon viel früher eingelassen!“

„Vielleicht hat er das ja?“

„So?“

„Naja, die haben nach dem Krieg immerhin zusammen in einem Haus gelebt und danach immer in unmittelbarer Nachbarschaft. Und wieso eine so gut aussehende und intelligente Frau siebzig Jahre ohne einen offiziellen Mann an ihrer Seite lebt, erschließt sich mir nicht.“

„Du meinst, Vater...?“

„Ja, was denn sonst? Irgendeine Beziehung hat er ja offensichtlich immer gehabt. Zumindest, wenn man Mutter glauben konnte. Und nachdem er dann so ohne Zögern zu ihr gezogen ist, habe ich eins und eins zusammengezählt.“

„Ganz abwegig ist das nicht. Und eigentlich für ihn auch ziemlich komfortabel. Gleich um die Ecke?“

„Ihr Männer!“

„Trotzdem Respekt, wenn sie das wirklich über so lange Zeit geheim halten konnten. Schließlich kannte die ganze Nachbarschaft doch die beiden. Irgendjemand sollte da doch mal etwas mitbekommen haben, oder etwa nicht?

„Hat vielleicht auch jemand. Nur hat er es halt nicht gleich rumposaunt. Solche Leute soll es auch geben! Aber jetzt geht es um etwas anderes als um Liebes- und Bettgeschichten. Lass uns mit ihr reden. Vielleicht bringen wir bei ihr ja wirklich etwas in Erfahrung.“

4. August 2019

„So ein Besuch in aller Frühe? Dass ihr mich noch besuchen kommt, das hab ich mir ja nicht träumen lassen. Setzt euch, bitte sehr." Auf ihren Stock gestützt deutet Sigrid mit der Hand auf die graue Couch, um Elly und Paul einen Platz anzubieten. Sie selbst setzt sich in den schweren Ohrensessel, auf dem eine bunte Wolldecke liegt. Die kleine Wohnung ist gemütlich eingerichtet, aufgeräumt und sehr sauber, so dass Paul versucht war, zu fragen, ob sie denn die Schuhe ausziehen sollen. Nachdem Sigrid sie aber umgehend ins Wohnzimmer gebeten hatte, verzichtet er auf diese Frage. Es riecht nach frischem Kaffee.

„Trinkt ihr eine Tasse Kaffee mit mir?"

„Gerne!" Bei Kaffee braucht man Paul nicht zweimal fragen.

„Geh, Elly, bring doch die Kanne aus der Küche herüber. Auf dem Bord stehen Becher, nimm zwei davon für Euch und meine Tasse steht noch auf dem Küchentisch."

Nachdem Elly alle mit Kaffee versorgt hat und wieder neben Paul Platz genommen hat, mustert Sigrid die beiden mit einem fröhlichen Lächeln.

„Was führt euch denn zu mir? Dass eure Mutter gestorben ist, weiß ich natürlich. Ich habe mir ernsthaft überlegt, auf die Beerdigung zu gehen, aber ich wollte weder euch kompromittieren, noch Hertha in ihrer Seelenruhe stören." Sigrid lächelt vor sich hin.

„Was meinst du denn damit?" Elly sieht sie verständnislos, aber eher belustigend an.

Sigrid lacht kurz auf. „Wisst ihr, wenn eure Mutter mich auf ihrer Beerdigung entdeckt hätte, dann wäre sie vor Wut wohl wieder von den Toten auferstanden!" Wieder lacht sie. „Seid mir nicht böse, wenn ich so zynisch bin. Ich habe mit der Hertha immer Probleme gehabt und sie mit mir. Wobei sie alles Recht dazu gehabt hat. Aber sie hätte euren Vater halt auch ein bisschen besser behandeln müssen. Aber dazu war sie von Anfang an nicht in der Lage.

Die Hertha war schon als junges Mädchen die Hertha. Und da hat jemand anderer immer nur eine Nebenrolle gespielt. Und euer Vater hatte halt auch nur eine Nebenrolle. Er war aber viel zu gut oder zu treu oder auch zu hilflos, um sich ihr zu widersetzen. So war er halt. Aber trotzdem ein ganz Lieber. "

„Darf ich indiskret sein, Sigrid?" Paul sieht der alten Frau in ihr lebhaftes Gesicht. Sie musste auch um die neunzig Jahre alt sein, aber in ihren Augen funkelte es und ihm schien, als säße ihr der Schalk des Lebens immer noch im Nacken.

„Was soll für mich noch peinlich sein, Paul? Gar nichts. Dazu bin ich schon zu alt. Und um dich vor irgendwelchen verschlüsselten Fragen zu bewahren: Wenn du wissen willst, wie mein Verhältnis zu deinem Vater war: Ich habe ihn geliebt! Vom ersten Tag an als ich ihn traf hier unter uns im Luftschutzkeller." Sie klopft mit ihrem Gehstock, auf dem sie die ganze Zeit ihre beiden Hände liegen hat auf den Fußboden.

„Ja, ich habe ihn geliebt und habe sein Leben die ganze Zeit begleitet. Zuerst mit Abstand und Freundschaft. Später aber als seine Geliebte." Sie bricht ab, sieht ihre beiden Gäste fast erschrocken an und macht eine wegwerfende Handbewegung.

„Ach, ihr wisst doch beide, dass die Ehe eurer Eltern alles andere als harmonisch war. Hubert hat sehr darunter gelitten. Schon die Hochzeit war von seiner Seite aus nicht unbedingt die große Liebe. Und nachdem du auf der Welt warst, Paul, war eigentlich nichts mehr zu kitten. Letztlich habe ich mich gewundert, dass Martin und du, Elly, überhaupt noch zustande gekommen seid."

Ein bitteres Aufatmen von Elly lässt die alte Frau innehalten.

„Mama hat darüber auch nicht gerade positiv geredet in den letzten Jahren und sie hat ihm sehr viele Vorwürfe gemacht. Ich denke, zwischen den beiden hat es nicht viel Kommunikation gegeben!" Elly verbirgt ihre Verbitterung nicht.

„Das ist wohl wahr!“, mischt sich Paul in das Gespräch ein, „vor allem sind von beiden zwei ganz verschiedene Sichtweisen erzählt worden. Beide zusammen haben das wohl ihr ganzes Leben nicht auf einen Nenner gebracht, weil sie nie richtig und ehrlich miteinander geredet haben.“

Elly fährt ihren Bruder etwas heftig an. „Er ist ja immer davongelaufen, wenn es Probleme gab!“

„Ihr müsst nicht streiten wegen der beiden.“ Die alte Frau sieht die beiden sehr wach an. „Natürlich hätten die beiden miteinander reden müssen. Wie oft habe ich das eurem Vater gesagt. Aber...im Grunde genommen war er ein Feigling. Da hast du Recht Elly. Er hat vieles angepackt und hat sicherlich auch einiges toll gemacht. Aber er war nie zufrieden mit seinem Leben.“

„Außer bei dir, oder?“ Pauls Frage wirkt etwas spöttisch.

„Nein, auch bei mir nicht. Das war immer nur eine kurze Auszeit für ihn, mehr nicht. Ich war damit zufrieden. Ich konnte mein Leben so gestalten, wie ich es mir vorgenommen hatte und wusste, er wird immer wieder zu mir kommen. Dass er dann mit über neunzig ganz gekommen ist, war schon sehr überraschend, aber letztlich auch nur eine Notlösung für ihn.“

„Na, das klingt ja nicht so gut. Du warst nur eine Notlösung? Was soll denn das heißen?“ Paul war bisher der Meinung, Sigrid sei die Frau im Leben seines Vaters gewesen.

„Paul, dein Vater war, als wir uns kennengelernt haben, über beide Ohren in ein Mädchen verliebt. In eine Schweizerin. Ingeborg hat sie geheißen. Das war die Frau seiner Träume. Das ging vielleicht zwei oder drei Jahre lang. Wegen des Krieges und der Besatzungssituation damals, haben sie sich nicht oft getroffen. Und ich weiß auch nicht, wie die beiden sich kennengelernt haben. Aber als es aus war...das hat euren Vater total verändert.“

„Eine Schweizerin?“ Elly und Paul sind jetzt wie elektrisiert.

„Wann war das?“

„Na, 1945. Ich weiß auch nicht, wie die beiden zusammengekommen sind. Jedenfalls waren sie längere Zeit zusammen und irgendetwas müssen sie dort auch gemeinsam geplant haben.“ Die alte Frau nickt gedankenverloren und doch vielsagend.

„Wie meinst du das?“ Paul weiß sich in diesem Gespräch jetzt genau da, worum es ihm bei dem Besuch bei Sigrid Hiemisch gegangen ist.

„Weißt du, als er bei mir die letzten beiden Jahre gelebt hat, hat er mich gedrängt ihn nach Basel zu fahren. Ich hab damals ja noch meinen kleinen Nissan gehabt.“ Wieder macht die alte Frau eine Pause und lacht still in sich hinein. Elly und Paul stören sie nicht in ihren Gedanken, obwohl sie am liebsten mit ihren Fragen herausgesprudelt wären.

„Zweitausendsiebzehn Mitte Februar. Es war ein herrlicher Tag. Da sind der Hubert und ich nach Basel gefahren. Zum zweiten Mal! Danach habe ich meinen Führerschein abgegeben und habe den Nissan verkauft. 2016 waren wir auch dort. Ich weiß nicht, warum er dort unbedingt immer hinwollte. Er hatte immer etwas auf der Bank zu erledigen. UBS heißt die, wenn ich mich nicht täusche. Er war da gar nicht lange drin, aber wir mussten halt so weit fahren. Aber wir haben dann da am Rhein Mittag gegessen und das erste Mal waren wir auch im Münster.“

„Was hat er da auf der Bank erledigt? Glaubst du wirklich, dass es etwas mit dieser Ingeborg zu tun hatte?“

„Er hat nie darüber gesprochen. Ich habe ihn gefragt und er hat den Kopf geschüttelt und gesagt, ich soll ihn nicht mehr danach fragen. Er hat da eine Aufgabe und die muss er erledigen. Kann schon sein, dass es etwas mit seiner Ingeborg zu tun hatte. Aber ganz ehrlich, es kann auch etwas anderes sein. Er ist nämlich sehr seltsam hier gelandet.“

„Wie meinst du das?“ Paul will mehr von dieser lieben alten Frau wissen.

„Diese Wohnung hier ist damals von einem Nazi beschlagnahmt worden. Riegger hat der geheißen. Der hat hier nur kurz vor dem Kriegsende ein paar Tage, vielleicht zwei Wochen gelebt. Dann kam der Hubert mit einem ziemlich feschen Auto hier angefahren mit einem hohen Tier drin. Er ist ausgestiegen, der Riegger hat ihm die Wohnung gezeigt und dann ist der ins Auto eingestiegen und war auf Nimmerwiedersehen weg und euer Vater war da und ist für immer geblieben. Und ein so junger Mann, das war schon ungewöhnlich, denn die anderen in seinem Alter waren ja alle an der Front. Als ich ihm 2017 gesagt habe, dass ich nicht mehr so weit fahren kann und dass ich meinen Führerschein abgeben werde, weil ich gemerkt habe, dass ich viel zu unsicher und vor allem viel zu langsam für alle anderen Autofahrer bin, hat er damals gesagt, das würde auch nicht mehr notwendig sein. Er sah dabei sehr zufrieden aus."

„Ist er denn jedes Jahr nach Basel gefahren?"

„Solange ich denken kann! Ja, er ist jedes Jahr nach Basel gefahren. Oft haben wir ihn begleitet. Wir alle haben geglaubt, er ist von der Baseler Fasnacht so fasziniert, dass er jedes Jahr den Vereinsausflug dorthin organisiert hat. Oh, wir hatten viel Spaß in dieser Stadt. Aber heute glaube ich, dass es nur ein Vorwand war, für das, was er dort jedes Jahr vorhatte. Hertha war auch einige Male dabei und irgendwann, es muss so um 1970 herum gewesen sein, hat es dort auch eine heftige Auseinandersetzung zwischen ihm und der Hertha gegeben. Da ist sie ihm irgendwie auf die Schliche gekommen. Ich weiß bloß, dass es eine Rieseneifersuchtsszene gab und das muss wohl mit dieser Ingeborg zu tun gehabt haben."

„Weißt du, was aus dieser Ingeborg geworden ist?" Ellys Interesse am Leben ihres Vaters ist durch die Erzählung dieser alten Frau nun doch mehr geweckt, als sie sich eigentlich eingestehen will.

„Nein, ich weiß nichts von dieser Frau. Hubert hat damals sehr viele Briefe von ihr bekommen. Die Briefmarken hat er alle mir geschenkt. Da in dem Schrank sind meine ganzen Alben. Die Briefmarken von seiner „Krankenschwester" – so hat er sie am Anfang vor mir verstecken wollen! Aber ich war ja nicht auf den Kopf gefallen! - und die von seinen Eltern aus der Tschechei waren unsere ersten Schätze. Sind alle da noch drin!" Mit ihrem Gehstock zeigt sie auf die

Buchenkommode an der Wand, auf der der Fernseher umrahmt von vielen Büchern steht.

„Als er damals so niedergeschlagen war, habe ich geglaubt, sie sei gestorben. Dann hat er mir aber irgendwann erzählt, dass er sie sehr enttäuscht hat. Und sie ihm das offensichtlich sehr übel genommen hat. Sie haben sich danach wohl nicht mehr getroffen. Auch nicht, als er jedes Jahr zur Fasnacht in Basel war. Aber nach dem Streit mit der Hertha war mir klar, dass sie wohl dieser Frau begegnet sein muss. Also hat er sie damals in Basel doch wiedergetroffen. Aber wie gesagt, wir haben nur nach den ersten Briefen und dieses eine Mal kurz nach ihrer Trennung über sie gesprochen, dann aber nie wieder."

„Sigrid, ich habe noch eine Frage." Die alte Frau sieht Paul aufmunternd an.

„Bitte!"

„Hat die Ingeborg mit Nachnamen Rose geheißen?"

„Rose?" Nein!", Sigrid lacht. „Nein, die hat nicht Rose geheißen. Warte mal..." Sie denkt eine Weile nach.

„ Schw...Schwegler oder so ähnlich. I Punkt Schwegler genau. I Punkt Schwegler ist immer auf den Briefen hinten drauf gestanden. Aber wie gesagt, damals war sie ein junges Mädchen und ledig. Vielleicht hat sie später einen Rose geheiratet. Das weiß ich aber nicht."

„Das kann natürlich sein."

Paul sieht auf die Uhr. Dann sieht er wieder auf die Frau und wird sehr ernst.

„Sigrid, wir sind nicht umsonst so früh zu dir gekommen. Es gibt Leute, die sind an den Bankgeschäften von Vater sehr interessiert. Wir wissen nicht, wer das ist und woher die von seinen Banksachen wissen. Und wir glauben, dass dahinter schon ein gewisses Bedrohungspotential steckt. Natürlich kann es mit der Ingeborg zu tun haben, aber wenn ich dich so reden höre, dann bezweifle ich allerdings, ob das wirklich mit ihr in Zusammenhang steht. Wir wollen dich nicht in die Sache reinziehen und sind deshalb auf etwas verqueren Wegen zu dir gekommen. Sollte sich wirklich jemand bei dir melden, gib uns bitte Bescheid und gib denen bitte keine Auskunft."

„Oh, das hört sich aber nicht gut an. Aber macht euch um mich mal keine Sorgen. Einer alten Frau wie mir kann niemand mehr Angst machen. Und von mir erfährt auch niemand etwas. Und was die Ingeborg angeht, wisst ihr, die Erben sind oft nicht zu unterschätzen. Gebt vor allem auf euch Acht. Und kommt gerne wieder vorbei. So viel Besuch bekommt man mit fast Neunzig nämlich nicht mehr." Sie lacht, erhebt sich erstaunlich leicht aus dem Sessel und begleitet die beiden zur Wohnungstüre.

4. August 2019

Elly und Paul haben frische Brötchen mitgebracht, während Martin den Frühstückstisch gedeckt hat, der eher nach einem Brunch aussieht. Bernhard hatte inzwischen mit einer Tasse Kaffee weiter die Unterlagen seines Vaters gesichtet. Nachdem Elly und Paul in der Küche die beiden anderen kurz über den Besuch bei Sigrid berichtet hatten, sitzen die vier jetzt unter dem Sonnenschirm auf der Terrasse und lassen es sich schmecken.

„Mutter hat sich wirklich von diesem Pflegedienst über den Tisch ziehen lassen. Ich lese da tatsächlich den Posten ‚Küchenfenster öffnen' mit einem Betrag von siebenundachtzig Euro. Das ist doch unglaublich!" Paul berichtet empört über seine Erkenntnisse, die er am gestrigen Samstag in den Abrechnungen des ambulanten Pflegedienstes gewonnen hat. Bernhard aber berichtigt ihn und nimmt den Pflegedienst in Schutz.

„Das kannst du so nicht sagen, Paul. Mutter hat Pflegepersonal im Haus gehabt, keine Haushaltshilfe. Sie hat aber von dieser Sandra ständig Haushaltsarbeiten verlangt. Und Pflegekräfte werden nun einmal wesentlich teurer abgerechnet als Haushaltspersonal."

„Dann hätte man erstens den Haushalt auch wirklich machen müssen und zweitens hätte man doch eine Haushaltshilfe schicken können und kein Pflegepersonal!", kontert Paul.

„Mama hat auf der Sandra bestanden. Das war in den letzten Jahren ihre dickste Freundin. Sie hätte garantiert keinen anderen Menschen mehr ins Haus gelassen!", klärt Elly ihre Brüder auf.

„Aber es hat doch hier ausgesehen wie im Schweinestall, das muss dieser Sandra doch aufgefallen sein. Man kann einen Menschen doch nicht in einem solchen Zustand leben lassen, vor allem nicht, wenn man pro Monat zweitausend Euro kassiert!" Paul will nicht akzeptieren, was da in den letzten Monaten im Hause seiner Mutter abgelaufen ist, auch wenn er sich selbst nicht darum gekümmert hat.

„Mama hat....!“ Mitten in Ellys Erklärungsversuch läutet das Telefon. Sofort verstummt das Gespräch. Martin stellt sein Orangensaftglas ab, seine Geschwister legen das Besteck zur Seite. Paul fährt sich mit der Serviette über den Mund, kaut langsam die Reste des Baguettes und deutet mit der Hand an, dass keine Eile nötig ist. Langsam schiebt er den Gartenstuhl zurück und steht auf.

„Bleibt sitzen, ich hole das Telefon an die Terrassentüre!“

Die drei Geschwister können ihren Bruder gut hören, als er den Hörer abnimmt.

„Rösler!“ Paul drückt sofort auf den grünen Hörer um seinen Geschwistern das Mithören zu ermöglichen.

„Guten Morgen, Herr Rösler! Wie letzte Woche vereinbart, melde ich mich heute bei Ihnen. Wie geht es Ihnen?“

„Herr Hermann?“

„Ja, ja, natürlich, hier ist Hermann!“ Hermanns Tonfall lässt keinen Zweifel daran, dass er vorausgesetzt hat, dass Paul Rösler ihn erkennt.

„Wir melden uns am Telefon in der Regel mit dem Namen, Herr Hermann, deshalb habe ich gefragt.“ Paul weiß genau, dass er mit dieser kleinen Anstandsregel sein Gegenüber gleich in die Defensive drängt. Auch wenn es nur eine Kleinigkeit ist, die mit dem Anlass des Gespräches überhaupt nichts zu tun hat.

„Entschuldigen Sie,...natürlich...hier spricht Hermann. Ich hätte mich natürlich melden müssen... Ja...ja...also wie ich Ihnen ja letzte Woche bereits gesagt habe, möchte ich gerne die Übernahme des Kontos mit Ihnen besprechen...“

„Herr Hermann, entschuldigen Sie, wenn ich Sie unterbreche. Sie reden von einem angeblichen Konto in der Schweiz. Meine Geschwister und ich haben von Ihnen vor vierzehn Tagen davon erfahren. Wir sind jetzt bald mit allem Schreibkram hier durch, aber hier ist absolut nichts von einem Schweizer Konto zu finden. Also wenn es dieses ominöse Konto des, wie sagten Sie,

Herrn Rose in der Schweiz wirklich geben sollte und mein Vater damit irgendetwas zu tun gehabt haben soll, dann müssen Sie uns darüber schon mal näher aufklären. Haben Sie irgendwelche Daten? Haben Sie eine Kontonummer, haben Sie den Namen einer Bank, einen Ort, irgendeinen Nachweis, der Ihre Behauptung auch nur im Ansatz stützt? Wir können Ihr Anliegen in keiner Weise nachvollziehen."

Überlegt ruhig und sachlich hat Paul seinem Telefongesprächspartner den Standpunkt, den er sich zurechtgelegt hatte, vorgetragen.

„Äh…Herr…Herr Rösler…das kann doch gar nicht sein, da muss doch…Ihre Frau Mutter hat doch der Frau Mühlberger bestätigt, dass Ihr Vater in der Schweiz ein Konto gehabt hat…"

„Wie bitte? Frau Mühlberger? Wer ist die Frau Mühlberger? Ich kenne keine Frau Mühlberger?"

Paul sieht seine Geschwister durch den vorgezogenen Store an der Terrassentüre fragend an. Bernhard zuckt mit den Schultern. Während Elly heftig mit dem Kopf nickt. Martin erhebt sich und kommt ins Wohnzimmer. Mit schnellem Griff schreibt er für Paul lesbar auf einen Zettel: ‚SANDRA! '

„Das…das ist eine gemeinsame Bekannte von Ihrer Mutter und mir. Und die hat uns bestätigt, dass das Konto von Ihrem Vater betreut worden ist…."

„Herr Hermann, also jetzt einmal Klartext. Sie wissen offenbar mit Sicherheit, dass es ein Konto gibt. Wollen Sie mir wirklich weißmachen, dass dieser angebliche Herr Rose ein Konto betrieben hat, von dem er weder die Bank, noch die Kontonummer, noch sonst irgendwelche Nachweise seines Eigentums gehabt haben will…..Bitte, Herr Hermann, halten Sie uns nicht für blöd. Sie bieten uns einen sechsstelligen Betrag an, wenn wir in Ihrem Sinne handeln. Ich gehe davon aus, dass auf dem Konto dann doch ein etwas höherer Betrag gutgeschrieben steht. Und Sie wollen mir erzählen, dass Sie oder der Herr Rose keine Ahnung von dem allen haben? Bitte verschaukeln Sie uns nicht länger, Herr Hermann!"

„Herr Rösler, leider können wir….."

Paul unterbricht Herrn Hermann sofort.

„Herr Hermann, wir können leider auch nicht mehr tun. Und ganz ehrlich, wenn Sie uns nicht mehr bieten, als uns mit Ihren vagen Behauptungen auf die Nerven zu gehen, dann können Sie getrost vergessen, dass ich mich noch eine Sekunde länger mit Ihnen unterhalte."

„Entschuldigen Sie Herr Rösler, es geht hier um sehr, sehr viel Geld für eine äußerst wichtige Sache. Sie können da nicht einfach...."

„Doch, Herr Hermann, das können wir schon! Zum letzten Mal, Sie nennen uns die Bank, die Kontonummer und den Betrag, um den es geht, dann können wir zusammenarbeiten oder Sie lassen es bleiben und belästigen uns nicht mehr mit Ihren Anrufen. Was bitte sollen wir machen, wenn wir keine Ahnung haben, worum es eigentlich geht? Mein Vater hat hier auf der Sparkasse ein Konto gehabt, das können wir Ihnen bestätigen, aber das geht Sie wohl am wenigsten an. Von einem anderen Konto wissen wir schlicht und einfach nichts. Wenn Sie also mehr wissen, als Sie behaupten, dann müssen schon Sie tätig werden, bevor Sie an uns Erwartungen haben. Haben Sie mich verstanden?"

„Ähm....ich...Herr Rösler, ich muss Rücksprache halten und würde mich wieder bei Ihnen melden. Ist das..?"

„Tun Sie das, Herr Hermann, tun Sie das, aber belästigen Sie uns nicht mehr ohne irgendetwas Konkretes. Einen schönen Sonntag, Herr Hermann!"

„Ich melde mich wieder bei Ihnen, Herr Rösler!"

Es knackt in der Leitung und auch Paul legt den Hörer auf und lässt sich in den Sessel fallen.

Martin klopft ihm leicht auf die Schulter.

„Das war eine Ansage! Super, Paul! Der kann jetzt nicht mehr aus."

Paul lächelt ihn an, sieht dann aber gleich zu Elly.

„Wer bitte ist diese Frau Mühlberger, Elly?"

„Die Sandra, Mutters Pflegerin, heißt Mühlberger!“

„Soll das heißen, die haben sich über den Pflegedienst bei Mutter eingeschlichen und waren schon dabei das Haus auf den Kopf zu stellen, um das Konto zu finden?“

„Sieht fast so aus!“

„Dann verstehe ich, wieso der Saustall hier diese Sandra nicht gestört hat. Anscheinend hatte sie ganz andere Interessen, als ihre Anwesenheit eigentlich verlangt hätte.“

Paul wird damit klar, wieso er das Haus in so einem verkommenen Zustand angetroffen hat. Die Zustimmung zu Martins Vorschlag, sich den Pflegedienst und diese Sandra doch einmal genauer unter die Lupe zu nehmen, steht für Paul jedenfalls außer Frage.

5. August 2019

‚Herzlich! Ambulanter Pflegedienst GmbH‘. Das Türschild in dem Mehrfamilienhaus in der Stettiner Straße in Haslach weist ein Büro des Unternehmens im Parterre aus. Martin drückt auf den Klingelknopf. Sofort ertönt der Summer und Paul drückt gegen die Eingangstüre.

Eine etwas korpulente Dame um die fünfzig steht in der Türe der rechten Wohnung und fragt mit einer eher rauchigen Stimme: „Bitte, Sie wünschen?“

„Sind Sie Frau Angermeier? Mein Name ist Rösler, Martin Rösler. Wir haben telefoniert!“

„Ja, das dachte ich mir schon, kommen Sie rein.“

Martin und Paul gehen an Frau Angermeier vorbei in den kleinen schmalen Flur der Wohnung.

„Bitte rechts durch die Türe. Es tut mir leid, ich kann nur den kleinen Tisch hier in der Küche anbieten. Die anderen Räume sind Warenlager und Büro mit sensiblen Daten, da kann ich Sie nicht reinlassen. Nehmen Sie Platz!“ Vor und hinter dem kleinen Küchentisch an der linken Wand stehen zwei Küchenstühle. Martin sieht Paul an und zögert sich einen Stuhl unter dem Tisch vorzuziehen.

„Ich hole noch einen Stuhl für mich, Augenblick!“ Frau Angermeier verschwindet kurz durch die Glastür am Ende des Flurs.

„Es geht um die Betreuung Ihrer Mutter, nicht wahr?“ Frau Angermeier greift zu einer Mappe, die auf dem Arbeitsbrett der Küchenzeile liegt.

„In gewisser Weise, ja und Sie haben am Telefon bereits angedeutet, dass die Endabrechnung noch aussteht. Das können wir sicher auch mit erledigen, uns geht es heute aber in erster Linie um eine Mitarbeiterin von Ihnen.“ Martin hat keine Lust, lange um den heißen Brei herumzureden und kommt gleich zur Sache.

„Um eine Mitarbeiterin, es ist doch hoffentlich nicht auch bei Ihrer Mutter mit der Frau Mühlberger etwas schief gelaufen. Oder etwa doch?“ Erstaunt sehen sich Paul und Martin an.

„Was heißt hier auch, Frau Angermeier, gab es mit Frau Mühlberger bei anderen Klienten auch Probleme?“

„Herr Rösler, ich kann Ihnen keine Details nennen, aber wir haben uns vergangene Woche von Frau Mühlberger getrennt. Mehr möchte ich dazu nicht sagen. Wenn es aber Schaden bei der Betreuung Ihrer Mutter gegeben haben sollte, der auf Frau Mühlberger zurückzuführen ist, dann kommen wir selbstverständlich dafür auf. Um was geht es denn bei Ihnen?“

Paul zieht sein Handy aus der Tasche und zeigt Frau Angermeier die Fotos, die er bei seinem ersten Eintreffen in der Wohnung gemacht hat.

„Wissen Sie, Frau Angermeier, wenn ich viel Geld für die Betreuung meiner Mutter zahle und dann die Wohnung in einem solchen Zustand vorfinde, in der angeblich jeden Tag ein Pflegedienst nach dem Rechten sieht, dann darf ich wohl die Frage stellen, wofür jeden Monat zweitausend Euro an Sie überwiesen werden.“

„Wir hatten nur einen Pflegeauftrag, Herr…!“

„Das ist mir durchaus klar, Frau Angermeier, aber ich habe von Ihrer Seite keinen einzigen Hinweis bekommen, dass der Zustand der Wohnung eine korrekte Pflege nicht zulässt. Das hätte man doch sicher erwarten können, oder etwa nicht?“

„Ja, da haben Sie schon Recht und sicher ist das auch ein Grund, warum wir uns von Frau Mühlberger getrennt haben.“

„Können Sie mir den Grund der Trennung wenigstens andeuten? Ging es lediglich um die fachliche Unfähigkeit von Frau Mühlberger oder steckt etwas anderes dahinter?“

„Darüber kann und will ich Ihnen keine Auskunft geben, Herr Rösler!“

Martin sieht die Leiterin des Pflegedienstes sehr ernst an.

„Frau Angermeier, ich verstehe sehr gut, dass Sie auf den Ruf Ihres Unternehmens achten müssen und deshalb Internas und Informationen über Mitarbeiter selbstverständlich nicht preisgeben wollen. Diese Angelegenheit scheint aber etwas heikel zu sein und könnte leicht zu Ihrem Nachteil ausgehen, wenn wir keine gemeinsame Lösung finden. Also bitte, war es wirklich nur der fachliche Mangel oder war es ein anderer Grund, dass Sie sich von Frau Mühlberger getrennt haben?"

Frau Angermeier schnauft hörbar durch die Nase ein.

„In gewisser Weise war es natürlich die fachliche.....heee, nein, wir haben durch Zufall festgestellt, dass die Zeugnisse von Frau Mühlberger mehr oder weniger gefälscht waren.....aber, Herr Rösler....!"

Martin hebt beschwichtigend die Hände, als wolle er Frau Angermeiers Sorge schon im Keime ersticken.

„Keine Angst Frau Angermeier, keine Angst, die Information bleibt unter uns. Wir werden damit nicht hausieren gehen. Allein diese Information reicht uns bereits, denn wir haben den Verdacht, dass Frau Mühlberger bei unserer Mutter ein ganz anderes Ziel verfolgt hat, als unserer Mutter eine Pflegerin zu sein."

„Um was handelt es sich dabei, wenn ich fragen darf?" Frau Angermeier ist jetzt neugierig.

„Bitte haben auch Sie Verständnis dafür, dass auch wir mit unserer Privatsphäre nicht an die Öffentlichkeit gehen wollen. Können Sie uns die Adresse von Frau Mühlberger geben?"

„Das kann ich leider nicht, Herr Rösler, das ist kein böser Wille, sondern ich kenne die aktuelle Adresse nicht. Wir haben der Frau Mühlberger die Papiere an die Adresse geschickt, die sie uns angegeben hatte, aber der Brief kam als unzustellbar zurück. Wenn Sie wollen, hol ich Ihnen den Brief, er liegt noch in meinem Büro."

„ Oh, dankeschön, das wäre sehr hilfreich!" Auf Pauls Bitte hin geht Frau Angermeier ins Büro und kommt mit dem noch gefüllten Kuvert zurück.

„Könnten Sie uns das Kuvert mit der Adresse überlassen, das wäre sehr freundlich von Ihnen."

Frau Angermeier zieht die Unterlagen aus dem Kuvert und reicht es Paul. Mit einem kurzen Blick stellt Paul fest, dass es sich um eine Adresse aus Furtwangen handelt. Dann sieht er wieder Frau Angermeier an.

„Frau Angermeier, wie können wir verbleiben, dass keinem von uns Schaden entsteht durch Ihre ehemalige Angestellte?"

„Mir ist klar, Herr Rösler, dass Sie mit unserer Arbeit, die von Frau Mühlberger ausgeführt wurde, nicht zufrieden waren. Aber wir haben leider auch keine Rückmeldung von Ihrer Seite bekommen. Können wir uns darauf einigen, dass wir keine Abschlussrechnung mehr stellen und die Sache damit bereinigt ist, auch wenn die Sache doch einige Monate zurückreicht?"

Martin nickt Paul unauffällig zustimmend zu. Er scheint mit dem Ergebnis dieses Gespräches nicht unzufrieden zu sein.

„In Ordnung, Frau Angermeier. Sie haben Recht, sicherlich hätten wir uns auch um den Zustand unserer Mutter kümmern müssen. Aber Sie wissen ja auch, dass das nicht ganz so einfach war mit unserer Mutter und die Sandra, also die Frau Mühlberger, war ja wohl die einzige, die es noch einigermaßen mit ihr konnte. Belassen wir es bei dieser Lösung, dann sind wir beide zufrieden. Vielen Dank!"

Paul erhebt sich und auch die beiden anderen stehen auf. Während Paul und Frau Angermeier in der Küche noch ein paar Worte wechseln, wirft Martin einen kurzen, aber intensiven Blick auf die Unterlagen aus dem Kuvert, die Frau Angermeier auf die Küchenanrichte gelegt hatte.

Dann verlassen die beiden Brüder das Haus.

„Na, das war aber nicht sehr ergiebig, was wir da über diese Sandra rausbekommen haben, oder?"

Paul sieht seinen Bruder am Steuer an.

„Findest du?" Martin schmunzelt.

„Was hast du erwartet, Paul? Meine Erwartungen wurden jedenfalls mehr als erfüllt, diese Frau hat uns jedenfalls Dinge erzählt, die Sie nie hätte erzählen dürfen und die diesem Unternehmen das Genick brechen könnte, wenn wir das nicht für uns behalten."

„Erklärst du mir das?" Paul sieht spöttisch auf Martin, weil er sich wieder einmal im Klaren darüber ist, dass sein Bruder mit einer Menge mehr Informationen diese Pflegedienstwohnung verlassen hat als er.

„Das meiste, was sie uns gesagt hat, fällt doch unter Datenschutz! Sieh mal, wir haben eine Adresse bekommen, von der wir zwar wissen, dass sie falsch ist, bei der wir uns aber doch umsehen sollten. Wir wissen jetzt außerdem mit ziemlicher Sicherheit, dass diese Sandra auf Mutter angesetzt war und dieses Konto finden sollte. Wir wissen weiterhin, dass sie dafür durchaus kriminelle Methoden zum Einsatz bringt. Siehe angeblich gefälschte Papiere. Und es sollte mich nicht wundern, wenn die Dame mit dem Erbschein und der Vollmacht unserer Mutter auf der Bank in Basel nicht diese Sandra Mühlberger gewesen ist. Und außerdem habe ich auch ihre Kontonummer in Erfahrung gebracht. Die stand nämlich auf dem Durchschlag eines Überweisungsträgers, der auf den Unterlagen von diesem Briefumschlag lag." Martin deutet mit den Fingern auf das Armaturenbrett, auf das Paul den Umschlag gelegt hatte. „Wir können also in Mutters Kontoauszügen gleich einmal feststellen, ob das Mädel schon Geld von Mutter abgegriffen hat. Mutter wäre es durchaus zuzutrauen, dass sie ihrer Sandra das ein oder andere Gute getan hat. Schreib mal die Nummer auf."

Paul greift in der Ablage der Mittelkonsole nach Block und Kugelschreiber und schreibt die IBAN, die Martin ihm diktiert, auf.

„Übrigens Paul, die wissen jedenfalls, dass wir bei ‚Herzlich' waren!"

Erschrocken dreht sich Paul um und sieht aus dem Heckfenster.

„Nein, sie sind nicht mehr hinter uns. Die wissen ja, wo wir hinfahren. Auf der Hinfahrt sind sie zwei Autos hinter uns gefahren. Aber was wollen sie mit der Information, die sie jetzt haben? Der Hermann hat uns den Namen gegeben und dass wir uns nach dem Telefonat nach dieser Sandra erkundigen, das dürfte ja logisch sein. Es wäre eher ungewöhnlich, wenn wir da nicht nachfragen würden. Auf der anderen Seite, wieso sollten wir uns nicht um die Abschlussrechnung kümmern? Also, was wollen die mit dieser Aktion? Uns ist aber klar, sie beobachten uns."

„Meinst du, es ist gefährlich für uns?" Paul sieht seinen Bruder etwas besorgt an. „Ich meine vor allem für Elly? Da ist mir nicht ganz wohl bei der Sache!"

„Na ja, bei so einem Geldbetrag kann ich mir durchaus einiges vorstellen und dass sie nicht zimperlich sind, sieht man ja schon am Gebaren dieser Sandra. Aber ich denke, das Geld schützt uns im Moment noch und zwar jeden einzelnen von uns, denn was die am wenigstens gebrauchen können ist zum Beispiel Polizei, wie mir scheint. Und die können doch einigermaßen sichergehen, wenn einem von uns etwas zustößt, dann können sie ihr Geld vergessen, weil dann so viele Nasen in der Sache stecken, dass sie das nicht mehr überblicken können."

„Hoffentlich hast du da mal Recht!" Paul lehnt sich tief in den Autositz.

„Jetzt warte erst einmal den nächsten Anruf ab. Du wirst sehen, das wird nicht mehr lange dauern."

6. August 2019

Das Telefon läutet. Paul ist mit Martin alleine in der Wohnung. Elly und Bernhard sind zum Bestatter gefahren um abzurechnen. Auf dem Display erscheint der Hinweis „unbekannt“. Paul nimmt ab, drückt sofort auf den grünen Mithörknopf und meldet sich.

„Rösler!“

„Hermann, Herr Rösler guten Tag!“

„Oh, Sie können sich ja doch mit dem Namen melden, guten Tag, Herr Hermann! Na, was haben Sie denn für Informationen für uns. Schießen Sie los!“

„Also…ich habe mich beraten und habe auch die Zustimmung erhalten Ihnen die Daten zu geben, über die wir verfügen!“

„Herr Hermann, dann sagen Sie mir bitte als allererstes einmal, wer sind ‚Wir‘? Mit wem haben wir es zu tun? Für wen sprechen Sie denn wirklich?“

Paul ist nicht gewillt, sich von diesem Hermann an der Nase herumführen zu lassen und kommt deshalb unerbittlich auf den Punkt.

Ja, also…!“

„Herr Hermann, damit wir uns recht verstehen, Sie beantworten mir meine Fragen oder ich lege auf und dann garantiere ich Ihnen, wird es kein weiteres Gespräch mehr zwischen uns geben! Also, wer ist ‚Wir‘?“

„Herr Rösler, ich spreche für die ‚Vereinigung zur Erhaltung der Rechtsstaatlichkeit und der bürgerlichen Freiheiten‘.“

„Okay! Und für diese Vereinigung hat mein Vater also das Konto verwaltet. Er war also Mitglied in diesem Verein, wie war das nochmal? Zur Erhaltung der Rechtsstaatlichkeit und irgendwelcher Freiheiten?“

„Richtig, der Rechtsstaatlichkeit und der bürgerlichen Freiheiten! Ihr Herr Vater war übrigens kein Mitglied unserer Vereinigung und wir sind auch kein Verein. Er hat nur unser Konto verwaltet.“

„Interessant! Und Sie sagten ja schon, das Konto ist bei einer Schweizer Bank, oder?“

„Ja, bei der UBS in Basel!“

Während Paul am Telefon von Herrn Hermann eine Information nach der anderen verlangt, ist Martin in sein Tablet vertieft und versucht den Informationen von diesem Hermann auf den Grund zu gehen.

„Bei der UBS Bank in Basel also, dann haben Sie sicher auch die Kontonummer, oder?“

„Ja, Herr Rösler, aber ich bin nicht ganz so überzeugt, ob es sinnvoll ist, so sensible Daten über das Telefon auszutauschen. Wir sollten das anders regeln…!“

„Das ist fürwahr ein nicht zu unterschätzender Hinweis. Wollen wir uns gelegentlich treffen? Das dürfte für Sie ja kein allzu großes Problem sein, nachdem Sie uns ja für so wichtig halten, dass Sie uns ständig beschatten. Sitzen Sie denn selbst in dem schönen BMW oder lassen Sie das für sich machen?“

Am anderen Ende der Leitung herrscht einige Sekunden Schweigen.

„Herr Hermann, mir ist es völlig gleichgültig, für wen mein Vater welches Konto verwaltet hat. Und mir ist auch durchaus klar, wenn mein Vater über ein Konto verfügt hat, für das mir ein sechsstelliger Betrag geboten wird, dass dieses Geld nie und nimmer sein eigenes war. Und ich versichere Ihnen, wenn ich an dieses Konto irgendwann drankomme, werde ich dafür sorgen, dass das Geld dem rechtmäßigen Besitzer zu Gute kommt. Darauf können Sie sich verlassen. Also, wie lassen Sie mir die Kontonummer zukommen und bitte geben Sie uns irgendeinen Nachweis, dass das Konto Eigentum von dieser „Vereinigung zur Erhaltung der Rechtstaatlichkeit und der bürgerlichen Freiheiten“ ist. Garantiert: Morgen bin ich in Basel und erledige die Übergabe sofort!“

„Herr Rösler, ganz so einfach ist es nicht! Die Kontonummer lasse ich Ihnen gerne zukommen. Damit werden Sie aber noch nichts anfangen können, denn das Konto hat auch ein Passwort."

„Und das Passwort haben Sie nicht?"

„....Doch, wir haben ein Passwort, allerdings scheint Ihr Vater dieses Passwort geändert zu haben. Wir haben gehofft, dass Ihr Vater das neue Passwort irgendwo bei sich aufbewahrt hat. Deshalb können wir ja nicht an das Konto ran und haben ja bereits auch mit Ihrer Frau Mutter gesprochen, aber sie ist nicht fündig geworden. Wir gehen aber davon aus, dass Sie mit Hilfe des Erbscheins doch an das Konto kommen und dann würde ich mich auf Ihr Wort, das Sie gerade noch einmal erneuert haben, verlassen und mit einer problemlosen Übergabe rechnen. Wir würden Ihnen zweihunderttausend Euro vom Kontostand überlassen. Darauf können Sie sich wiederum verlassen."

„Das hört sich ja an sich nicht schlecht an, Herr Hermann. Allerdings scheint mir der Nachweis, dass das Konto wirklich ihrer Vereinigung gehört, etwas sehr mager. Ich kann noch nicht erkennen, dass Sie wirklich einen Anspruch auf dieses Konto haben."

„Herr Rösler, Ihr Vater hat mit Herrn Rose eine eindeutige Vereinbarung geschlossen. Die beiden haben eine Losung ausgemacht, mit der sich der rechtmäßige Besitzer bei Ihrem Vater melden sollte, um das Konto zu übernehmen. Auch diese Losung ist in unseren Händen und ich werde sie Ihnen auch zukommen lassen..."

„Uuhh, das ist jetzt aber ein Problem, Herr Hermann. Ich habe keine Ahnung von dieser Losung. Das heißt im Klartext, solange wir hier im Haus weder das neue Passwort, noch diese Losung finden, steht der ganze Deal auf sehr wackeligen Füssen. Selbst wenn wir über den Erbschein an das Konto kämen, ist noch lange nicht sichergestellt, dass das Konto wirklich Ihrer Vereinigung gehört. Oder sehen Sie das anders?"

„Herr Rösler, das Geld gehört definitiv unserer Vereinigung, Ihr Vater hat das Konto sehr korrekt verwaltet und auch die Losung hat schon einmal sehr gut funktioniert. Ihr Vater hat vor zwei Jahren noch eine Überweisung getätigt, nachdem ich ihm die Losung genannt habe. Wir wollten damals auch gleich die Übergabe abwickeln. Er hat keinen Augenblick daran gezweifelt, dass wir die rechtmäßigen Besitzer des Kontos sind und dass der Graf und Herr Rose unserer Vereinigung das Geld zugesprochen haben...."

„Graf? Von welchem Graf sprechen Sie? Kommt da noch irgendjemand ins Spiel, den wir noch nicht kennen? Herr Hermann, irgendwie wird das Ganze jetzt sehr undurchsichtig!"

„Ähm..nein, das ist gar nicht so kompliziert. Der Graf und Herr Rose waren die Besitzer des Geldes. Und die Familie des Grafen ist die eigentliche Eigentümerin, die haben das Geld aber der Vereinigung, die Herr Rose gegründet hat, überlassen."

„Um welche Grafen handelt es sich denn, Herr Hermann?"

„Das kann ich Ihnen nun wirklich nicht sagen, Herr Rösler. Die Familie möchte auf keinen Fall genannt werden und hat auch gar nichts mehr damit zu tun. Bitte, Sie müssen mir das glauben. Bleiben wir bitte bei Herrn Rose und bitte, wickeln Sie die Sache mit mir ab."

Natürlich hat Paul sofort registriert, dass Hermann am anderen Ende der Leitung plötzlich ungewöhnlich nervös geworden ist. Scheinbar ist es ihm äußerst peinlich, dass ihm der Graf rausgerutscht ist und er offenbar eine Grenze überschritten hat, die ihm zu überschreiten nicht zustand. Selbst Martin schaut von seinem Tablet auf und sieht mit großen Augen erstaunt in Richtung Telefon. Mit den Händen animiert er Paul das Gespräch am Laufen zu halten. Offenbar hofft er, dass Paul den nervösen Zustand dieses Herrn Hermann auszunutzen kann um noch mehr ungewollte Informationen abzuschöpfen.

„Nun ja, Herr Hermann, ich würde ja gerne Ihrer Bitte nachkommen, aber wissen Sie denn sicher, ob die UBS in Basel sich auch damit zufrieden gibt? Wenn bei dem Konto, nicht nur die Nummer und das Passwort, sondern auch der eigentliche Besitzer hinterlegt sind, der jetzt ja offensichtlich nicht der Herr

Rose, sondern der Graf sein soll, dann habe ich dort ein Problem, wenn ich den Namen nicht kenne, meinen Sie nicht auch?“ Martin nickt Paul lächelnd zu und deutet mit dem Daumen nach oben.

„Herr Rösler, der Name des Grafen ist ganz sicher nicht hinterlegt. Der Graf ist zu keiner Zeit als Besitzer des Geldes aufgetreten. Ich weiß das aus erster Hand. Bitte....es war dumm von mir, den Grafen überhaupt zu erwähnen. Bitte vergessen Sie es, bitte...“

„Wenn Sie meinen, Herr Hermann, dann lassen Sie uns jetzt bitte das genaue Prozedere für die nächsten Schritte festlegen. Ich bekomme von Ihnen in Kürze die Kontonummer, das Passwort und die Losung. Wie auch immer, ich bekomme diese Daten jedenfalls. Ist das richtig?“

„Ja, natürlich, das ist richtig und Sie sehen nach, ob Sie die Losung nicht doch irgendwo entdecken in Ihren Akten und vielleicht finden Sie in dem Zusammenhang auch das geänderte Passwort, wer weiß?“

„Sehen Sie, Herr Hermann, so wird ein Schuh draus. Es mag ja durchaus sein, dass wir die Losung längst gefunden haben, nur haben wir sie nicht erkannt. Wenn Sie uns den exakten Wortlaut zukommen lassen, ist es vielleicht ein Kinderspiel. Und vielleicht, ja, ist das auch der Schlüssel zu dem neuen Passwort. Da haben Sie vielleicht Recht. Und wenn das alles so leicht von der Hand laufen würde, was machen wir dann?“

„Dann Herr Rösler, fahren Sie bitte nach Basel und überschreiben uns das Konto.“

„Wie stellen Sie sich das vor? Geben Sie mir die Kontonummer von Ihrer Vereinigung und ich überweise Ihnen das Geld?“

„Nein, nein, nein, Sie überschreiben uns das Konto. Sie ändern den Kontoinhaber auf meinen Namen und damit ist die Sache für Sie eigentlich schon erledigt. Wenn Sie mir dann das neue Passwort nennen, dann fahre ich auch bei Gelegenheit nach Basel und hinterlege meine Unterschrift in Prokura für die Vereinigung.“

„Ach so, das heißt das Geld soll weiterhin in Basel bleiben? Also sozusagen versteckt bleiben? Sehe ich das richtig?“

„Das sehen Sie schon nicht falsch, Herr Rösler! Es soll in der Schweiz bleiben.“

„Herr Hermann, jetzt sagen Sie mir aber doch, wie viel Geld ist denn eigentlich auf diesem Konto? Sie wissen es doch ganz bestimmt! Denn Sie haben doch gerade auch gesagt, dass Sie meinem Vater die Anweisung zu einer Überweisung gegeben haben. Also kennen Sie den Kontostand! Machen Sie mir nichts vor!“

Wieder herrscht einige Sekunden Schweigen am anderen Ende des Telefons. Martin ist hellhörig und nickt Paul aufmunternd zu.

„Es …ist….ein zweistelliger Millionen Betrag auf dem Konto! Aber…“

Paul pfeift, als sei er beeindruckt, ins Telefon.

„Ein zweistelliger Millionenbetrag, Herr Hermann? Alle Achtung! Und den wollen Sie weiterhin vor dem deutschen Fiskus verstecken? Herr Hermann, glauben Sie nicht, dass da Ihr Angebot mit zweihunderttausend ein bisschen kläglich rüberkommt? Ich denke, da sollten Sie noch eine Schippe drauflegen, bevor ich mich auf den Weg nach Basel mache.“

„An wie viel haben Sie denn gedacht, Herr Rösler?“ Scheinbar hat dieser Hermann seine Selbstsicherheit nun wiedergefunden, was allein der Tatsache geschuldet ist, dass er zu der Erkenntnis gekommen zu sein scheint, dass die Rösler Geschwister offensichtlich mit dem einfachsten Mittel der Welt zufrieden zu stellen sind. Mit Geld.

„Herr Hermann, wir sind zu viert, jeder Hunderttausend, das sollte Ihnen die Sache schon wert sein, meinen Sie nicht?“

„Sie sind ja ganz schön unverschämt, Herr Rösler! Anfangs sagten Sie noch, Sie wollten von dem Geld gar nichts, wenn ich mich recht erinnere. Aber wissen Sie, ich will gar nicht so sein, wenn wir uns auf eine schnelle Abwicklung möglichst noch in diesem Monat einigen können, dann bekommen Sie Ihre Vierhunderttausend. Einverstanden!“

„Dann sind wir uns im Grunde genommen ja einig. Nur ob wir das diesen Monat noch auf die Reihe bekommen, wage ich zu bezweifeln. Diese Woche haben wir hier noch einige andere Dinge zu erledigen. Wir werden erst am 23. wieder hier sein und die meisten der Unterlagen haben wir ja bereits nicht mehr hier in Villingen, sondern bei uns zuhause. Wenn wir von Ihnen die Daten bekommen, werden wir versuchen in unseren Unterlagen auf das kleine Restgeheimnis zu stoßen. Wenn das gelingt, denke ich, können wir die Sache anschließend sehr zügig erledigen, Herr Hermann. Allerdings müssen Sie natürlich auch bedenken, auf dem Erbschein meines Vaters ist auch meine Mutter eingetragen. Den müssen wir erst ändern lassen, denn die Bank wird den eindeutigen Erbnachweis verlangen. Das geht ja heutzutage relativ schnell, aber vier Wochen müssen Sie uns dafür schon geben."

„ Ja, ja, natürlich, das müssen wir abwarten. Aber es freut mich, Herr Rösler, dass wir dann...."

„Eine Sache noch, Herr Hermann! Ich habe das vorhin schon angesprochen, sollte auch nur einer von uns weiter unter Beobachtung stehen, egal auf welche Weise, könnten wir uns die Sache doch noch einmal überlegen. Wir verstehen uns, oder?"

„Ja, ja, in Ordnung, Herr Rösler, in Ordnung! Wann kann ich mich bei Ihnen wieder melden?"

„Ende September wären wir auf der sicheren Seite, Herr Hermann.

„Das ist gut. Ja, das ist in Ordnung. Sie hören von mir."

Ohne einen weiteren Gruß wird das Telefon aufgelegt.

Martin sitzt zurückgelehnt auf dem Sessel und hat beide Ellenbogen hinten auf die Lehne gestützt. Er lächelt und nickt anerkennend.

„Du bist halt doch ein Marketingmann, Paul, verhandeln kannst du, das muss man dir lassen. Chapeau! Dem hast du eine ganze Menge aus dem Ärmel gekitzelt. Und ihn auf eine Fährte gesetzt, die er offensichtlich geschluckt hat."

„Na ja, der große Intelligenzbolzen scheint dieser Hermann nicht zu sein!"

„Das ist wohl wahr! Aber, Paul, wir sind jetzt auch in Zugzwang. Egal, was wir mit dem Geld machen, wir müssen schnell handeln, sonst kommt der Bumerang zurück und trifft uns.“

„Hast du irgendwas rausbekommen über diese Vereinigung?“

„Ja, nicht viel, aber Interessantes. Schau her!“

Paul beugt sich über die Martins Schulter und sieht mit auf sein Tablet.

„Diese Vereinigung ist offenbar kein registrierter Verein. Sieh her, 2016 ist ein Verein gegründet worden mit dem gleichlautenden Namen. Die Vereinigung wird hier zwar als eventueller Vorläufer genannt, aber der Verein hat offensichtlich damit nichts zu tun. Hier gibt es zum Beispiel einen Bericht im Focus, wonach diese Vereinigung angeblich siebentausend spendenfreudige Mitglieder hat, weder eine Rechtsform, noch eine Geschäftsstelle und noch nicht einmal ein Bankkonto. Geschweige denn, dass diese Vereinigung gemeinnützig ist. Das ist eine sehr dubiose Organisation, die offenbar rechtsextreme Tendenzen in Deutschland unterstützt und aufbauen will. Paul, wir sind da nicht so schiefgelegen, Vater hat seine HJ-Vergangenheit nie abgelegt. Er hat zwar schön stillgehalten sein Leben lang, aber ganz offenbar ist er mit der Betreuung von diesem Konto seiner inneren Einstellung gerecht geworden.“

„Aber Martin, woher hat er das Geld denn gehabt?“ Paul kommt die ganze Sache doch noch sehr undurchsichtig vor.

„Na, ganz einfach, dieser Rose oder dieser Graf waren Nazis, die in den letzten Kriegstagen einfach NS-Geld auf die Seite bringen wollten und in Vater haben sie einen nützlichen Idioten gefunden, mit dem sie ein fast wasserdichtes Versteck gefunden hatten.“

„Aber warum haben sie sich das Geld nicht längst zurückgeholt? Wieso ist es immer noch in seinem Besitz? Beziehungsweise jetzt in unserem?“ Paul kann die ganze Sache noch nicht nachvollziehen.

„Das frage ich mich schon auch. Aber wenn ich die Sache mit den Passwörtern jetzt anschaue, dann hat er die wohl ohne das Wissen von den Roses und den Hermanns gemacht. Wenn ich ganz ehrlich bin, dann glaube ich, dass das nicht seine Idee war, genauso wenig wie das mit der Adresse des Kontos. Da hat garantiert einer von der Bank mitgeredet und er hat die Informationen dusseligerweise nicht weitergegeben."

Paul nickt. „Könnte wirklich so gewesen sein, aber wieso überweist er dann zum Schluss diese 132 000 Euro? Und an wen?"

„Das, lieber Paul, ist für mich wieder sehr logisch." Martin lächelt. „Das war einhundertprozentig ein Auftrag von diesem Hermann oder einem anderen von dieser Vereinigung und sicherlich ganz im Sinne unseres Vaters!"

„Im Sinne unseres Vaters? Wie meinst du das?" Paul sieht seinen Bruder fragend an.

„Paul! Frag einfach einmal nach, wer im Jahr 2017 in Deutschland mit einer solchen Summe aus der Schweiz gesponsert worden ist!"

Paul bleibt vor Schreck der Mund offen stehen.

„Du glaubst wirklich?....Martin?"

„Was denkst du denn?" Martin lächelt wieder.

Café Drechsel

Hochnebel liegt über der Stadt. Es ist trüb und kalt. Die Temperaturen liegen nur knapp über der Nullgradmarke. In einen warmen dunklen Mantel gekleidet und mit einem breitkrempigen Hut auf dem Kopf betritt der stattliche Herr das Café Drechsel. Bedächtig zieht er sich die schwarzen ledernen Handschuhe von den Händen und reicht sie zusammen mit dem Hut dem an der Türe bereitstehenden Ober, der ihm anschließend auch den Mantel abnimmt und ihn an der Garderobe auf einen Bügel hängt.
„Frühstück, wie immer, Herr Direktor, bitte gerne!" Mit einer leichten Verbeugung registriert der Ober das Kopfnicken des Gastes, der sich unversehens an den Tisch mit der Zeitungsauswahl begibt. Nach einem flinken Überfliegen der aktuellen Schlagzeilen greift der vornehme Herr zur Stuttgarter Zeitung. Nachdem er sich sein Butterhörnchen mit Marillenmarmelade bestrichen hat, nimmt er einen Schluck des heißen Kaffees und beschäftigt sich, ohne das weitere Treiben im Café zu beachten, mit dem Bericht von Katja Bauer:

Alice Weidel und der Spendenskandal;
Staatsanwalt stellt AfD-Liste in Frage
Der Fall der möglicherweise illegalen Großspende an die AfD nimmt eine neue dubiose Entwicklung: Die Konstanzer Staatsanwaltschaft hat Zweifel, dass alle angegebenen Spendernamen echt sind. Ein Sprecher Weidels spekuliert über eine gezielte Intrige.
Berlin - Der Fall der möglicherweise illegalen Wahlkampfspende an die AfD nimmt eine weitere dubiose Entwicklung: Die Partei hat dem Bundestag möglicherweise eine zumindest in Teilen falsche Liste von Spendernamen übermittelt. Dies ergaben Recherchen des „Spiegel" und des ARD-Magazins „Report Mainz".
Danach bestreiten mehrere der genannten Spender inzwischen, der Partei Geld gespendet zu haben. Sie hätten lediglich ihre Namen gegeben, wie mehrere mit den Vorgängen betraute Personen bestätigt hätten. Im Gegenzug soll Geld geboten worden sein. Ein Sprecher der in der Sache ermittelnden

Staatsanwaltschaft Konstanz sagte unserer Zeitung dazu, die bisherigen Vernehmungen hätten Zweifel daran bestätigt, dass es sich bei den angegebenen Personen tatsächlich um die angeblichen Spender handele. Ein Sprecher der AfD wollte sich nicht zur Sache äußern und verwies auf das laufende Ermittlungsverfahren.
In dem Fall geht es um eine Spende in Höhe von 132 000 Euro, die im Wahlkampf 2017 an den Kreisverband Bodenseekreis der heutigen Fraktionsvorsitzenden Alice Weidel gegangen war. Die Spende war in Tranchen gestückelt und von einer Pharmafirma aus der Schweiz übermittelt worden. Obwohl die Herkunft des Geldes und somit die Rechtmäßigkeit der Spende unklar war, wurde es erst nach Monaten zurücküberwiesen.
Als die Spende bekannt wurde, kam die erste Erklärung von der Pharmafirma. Sie habe Geld nur treuhänderisch im Auftrag eines unbekannten Dritten weitergeleitet. Dann erklärte die AfD der Bundestagsverwaltung, es handele sich um 14 Spender aus Deutschland und der EU und übergab der Bundestagsverwaltung die entsprechende Liste der Schweizer Firma. Ein Sprecher der Partei erklärte auf Anfrage: „Die Bundesgeschäftsstelle hatte keinerlei Grund, an der Glaubwürdigkeit der Liste zu zweifeln." Nach den nun erhobenen Vorwürfen werde die AfD diese Namensliste aber prüfen.
Vor dem Parteitag ihres baden-württembergischen Landesverbandes an diesem Wochenende in Heidenheim kommt der neue Verdacht für Weidel besonders ungünstig. Ein Sprecher der Fraktionschefin sagte: „Es verdichtet sich der Eindruck, dass das Parteikonto des Kreisverbandes gezielt kontaminiert wurde, um Frau Weidel und der AfD zu schaden."
Der stellvertretende FDP-Vorsitzende und Bundestags-Vizepräsident Wolfgang Kubicki rief die AfD zu mehr Transparenz auf. „Der Verdacht der Geldwäsche steht bei den AfD-Parteispenden immer deutlicher im Raum", sagte er den Zeitungen der „Funke Mediengruppe". Die AfD könne „immer weniger dem Vorwurf entgegentreten, sie sei die Fünfte Kolonne von irgendwem". Kubicki hob hervor: „Nun wird es nicht mehr nur für Alice Weidel sehr eng. Die gesamte Parteiführung, die diese Falschinformationen abgesegnet hat, muss jetzt ihre Erkenntnisse und Kenntnisse transparent machen."

Der vornehme Herr trinkt seinen Kaffee aus, legt einen Geldschein in das vom Ober bereitgestellte rotbraune Lederetui und strebt von seinem Arkadenfensterplatz der Garderobe am Ausgang zu. Der Ober hält den Mantel für ihn bereit, reicht ihm Hut und Handschuhe und verabschiedet sich die Türe aufhaltend mit einer leichten Verbeugung. „Danke sehr für Ihren Besuch, Herr Direktor! Beehren Sie uns wieder, bitte gerne!“ Der stattliche Herr verlässt das Café und geht die Straße hinunter in Richtung Innenstadt.

7. August 2019

Elly sitzt am Tisch und hat die Hände vors Gesicht geschlagen. Es regnet seit Stunden. Bernhard steht an der Terrassentüre, sieht auf den Steingarten und verfolgt die kleinen Bächlein, die sich auf der trockenen Erde ihre Bahnen suchen.

„Es ist wie es ist, Elly. Was marterst du dich? Finde dich ab damit, Vater war so. Und in gewisser Weise hat diese devote Treue ja doch auch wieder etwas Liebenswürdiges, oder etwa nicht? Auch wenn wir inhaltlich damit nicht einverstanden sind.“ Martin sitzt im Sessel und versucht seine Schwester aufzumuntern, die seit den gestrigen Informationen immer wieder in fast resignativ depressive Zustände fällt.

„Ich kann das nicht begreifen!“, entfährt es ihr, „ich will das nicht begreifen, das kann doch nicht wahr sein!“

„Sieh es positiv, Elly! Jetzt entscheiden wir über das Geld und können zumindest den Part unseres Vaters wieder einigermaßen gut machen.“

„Und danach, Paul? Danach müssen wir Angst um unser Leib und Leben haben, weil wir ihnen das Geld nicht gegeben haben. Glaubst du, die lassen uns danach in Ruhe?“ Elly springt auf und giftet ihren Bruder nahezu an.

„Jetzt komm mal runter, Elly! Und denk mal ein bisschen nach! Die wollen das Geld. Das stimmt. An uns haben die überhaupt kein Interesse. Aus einem ganz einfachen Grund: Die dürfen sich nicht aus der Deckung wagen. Wenn die in eine Sache verwickelt werden, die Polizei, Staatsanwalt und vielleicht sogar den Staatsschutz interessiert, schneiden die sich ins eigene Fleisch. Also, wenn wir klug überlegen und das jetzt richtig machen, dann werden die ganz sicher ihren Mund halten und sich so gut es geht aus dem Staub machen. Das garantiere ich dir.“ Bernhard hat sich zu seinem Bruder Paul umgedreht und auch Martin stimmt ihm kopfnickend zu.

„Paul hat Recht, Elly. Es ist jetzt an uns, dass wir klug handeln und kühlen Kopf bewahren.“ Martin lächelt etwas verschmitzt. „Wenn wir wirklich klug handeln, können wir uns blitzsauber aus der Sache verabschieden.“

Die Geschwister sind sich wortlos einig. Martin hat scheinbar bereits einen Plan im Kopf.

Elly geht an die Haustüre. Durchs Fenster hat sie beobachtet, dass der Postbote im Regenmantel Post in den Briefkasten am Gartentor gesteckt hat.

Mit mehreren Briefen in der Hand kommt Elly zurück ins Wohnzimmer. Sie sieht ein Kuvert nach dem anderen durch, schmunzelt über die vielen Dialogsendungen von verschiedenen Katalogversandhäusern.

Dann stutzt sie. „Da, ohne Briefmarke, ohne Adresse und ohne Absender!" Sie reicht Paul das Kuvert. Martin ist aufgestanden und auch Bernhard tritt zu seinen Brüdern. Paul zieht einen Zettel aus dem Briefumschlag. Die drei Brüder lesen:

Kontonummer: QZG7-8336-4327-4195
Passwort: Ingeborg
Losung: ‚Ingeborg, Rose,QZG7'

„Die Kontonummer und das Passwort stimmen!" Paul zeigt das Blatt noch einmal deutlich seinen Brüdern. Martin lacht: „ Das Passwort von 1945! Wenn wir ihnen sagen, dass es seitdem schon siebzig andere Passwörter gegeben hat, würden sie uns das nie glauben."
Elly ist noch immer in einer ängstlichen Stimmung. „Und jetzt? Was machen wir jetzt?"
„Hört mal her, ich habe mir folgendes überlegt!" Martin erläutert seinen Geschwistern ausführlich seinen Plan und tatsächlich gelingt es ihm auch seine Schwester einigermaßen zu beruhigen.

8 .August 2019

„Diese Sandra Mühlberger gibt es nicht! Zumindest nicht in Furtwangen unter der Adresse, die sie bei ‚Herzlich! ' angegeben hat."
„Warum überrascht mich das nicht?" Martin sieht seine Schwester grinsend an. Elly war mit Bernhard nach Furtwangen gefahren, obwohl Martin ihnen vorausgesagt hatte, dass sie die angegebene Adresse Neue Heimat 63 auch in der Realität nicht finden werden, denn weder in seinem Navi noch bei Google Maps war die Adresse zu finden.
„Vielleicht sind die Daten nicht mehr ganz aktuell?", hatte Elly als Begründung gegeben, sich doch einmal in Furtwangen selber umzusehen. Bernhard bot sich sofort an, mitzufahren.
„Bei dieser Gelegenheit kann man sich auch einmal über den Donauquellenstreit informieren und außerdem tut es ganz gut, nicht immer nur in dieser Bude zu hocken und Papiersichtung zu veranstalten!", hatte er seinen jüngeren Geschwistern zu verstehen gegeben.
„Ich habe auch in den Telefonverzeichnissen und in den Namensverzeichnissen recherchiert, Elly", lässt Martin seine Schwester wissen, „ in Furtwangen findest du gar keine Eintragung mit dem Namen Mühlberger. Und weißt du, was ich gestern auch noch gemacht habe?"
„Was denn?" Elly sieht Martin etwas beleidigt an, weil er halt wieder der Überlegene zu sein scheint.
„Ich habe ihr zehn Euro auf ihr Konto überwiesen!"
„Wieso denn das?"
„Weil ich glaube, dass es das Konto auch nicht mehr gibt. Ich wette mit dir, dass ich das Geld in ein paar Tagen wieder auf meinem Konto habe, weil die Transaktion mangels Konto unter dieser Nummer nicht möglich ist."
„Ich habe die Kontonummer übrigens in Mutters Kontoauszügen nicht gefunden!", lässt Bernhard seine Geschwister wissen. Elly zeigt sich davon nicht überrascht.
„Wenn die Sandra von Mama Geld abgegriffen hat, dann sicherlich bar. Die ist ja für sie zur Bank gegangen, um Geld abzuheben. Das heißt ja so viel, dass

Mama ihr ihre PIN gegeben hat und weißt du wirklich, ob die Barabhebungen bei Mama gelandet sind oder nicht?“
Martin grinst wieder. „Da hat sie wohl ein paar Kröten abgeschöpft, aber an den großen Fleischtopf ist sie leider nicht drangekommen. Und jetzt haben sich Mutter und diese Sandra nicht einmal so unerwartet vom Acker gemacht und das Wehklagen ist groß bei dem rechtstaatlichen, bürgerlichen Vereinigungshaufen! Da werden demnächst Köpfe rollen, schätz ich mal!“

21. September 2019

„Haben Sie meine Informationen bekommen, Herr Rösler?“ Gleich nach dem Frühstück hatte das Telefon geläutet. Da auf dem Display „unbekannt“ aufgeleuchtet hatte, war Paul sich sicher, dass es Herr Hermann sein musste, der einen Report von ihm haben wollte. Seine drei Geschwister sitzen gespannt um den Tisch, auf dem die Zeitung ausgebreitet liegt und lauschen dem Gespräch zwischen Paul und diesem Herrn Hermann.
„Ja, Herr Hermann, wir haben Ihre Informationen erhalten. Und wie ich Ihnen gesagt habe, dann war alles ein Kinderspiel. Wir haben das Passwort gefunden und ich war auch bereits auf der Bank in Basel.“
„Sie haben bereits alles in Basel erledigt, Herr Rösler?“
„Ja, ich habe bereits alles erledigt, Herr Hermann!“
„Herr Rösler, es ist wirklich bereits alles erledigt? Aber Sie hätten doch von mir noch Daten gebraucht...“
„Wieso, hätte ich von Ihnen noch Daten gebraucht? Ich hatte doch Ihren Namen?“
„Sie haben das Konto auf den Namen Hermann umgeschrieben...?“
„Sagten Sie das nicht, dass ich das sollte? Ist das wohl nicht richtig, Herr Hermann?“
„Äh, nein, äh, Sie hätten das Konto auf einen anderen Namen.....“
„Herr Hermann, sagen Sie bloß, was machen wir denn jetzt?“
„Kön...Könnten Sie noch einmal nach Basel fahren und den Namen vielleicht ändern, weil...?“ Der Mann am anderen Ende des Telefons scheint die Fassung verloren zu haben.
„Herr Hermann, das kann ich nicht, das würde doch auch gar keinen Sinn machen, ich habe doch gar keinen Zugriff mehr auf das Konto. Ich habe alles abgewickelt, ich bin nicht mehr berechtigt auf das Konto zuzugreifen. Das Konto unter dem Namen meines Vaters ist aufgelöst. Es existiert nicht mehr!“
„Aber, Herr Rösler, wie sollen wir jetzt an das Konto drankommen? Ich kann doch nicht...?“

„Herr Hermann, wollen Sie mir etwa sagen, dass Sie gar nicht Hermann heißen? Sie können sich also bei der UBS gar nicht als Herr Hermann ausweisen?“
„Äh…Herr..Was haben Sie da getan…Äh?“
„Das ist aber jetzt ziemlich peinlich, Herr Hermann, aber ich kann Sie beruhigen, ich habe das Konto zu unserer vollen Zufriedenheit abgewickelt. Lesen Sie heute einmal ausnahmsweise eine Zeitung Ihrer sogenannten Lügenpresse. Da steht ein interessanter Bericht über einen zweistelligen Millionenbetrag drin. Und wenn der diesmal keine Lüge ist, wird er Sie sehr beruhigen, Herr Hermann! Ich wünsche Ihnen ein angenehmes Wochenende, Herr Hermann. Und noch etwas, ab sofort sind wir über diesen Telefonanschluss nicht mehr erreichbar, weil wir das Haus hier verkauft haben.“
Genüsslich drückt Paul auf die Taste mit dem kleinen roten Telefon und Martin zieht den Stecker des Routers aus der Dose.
Die vier Geschwister sehen sich an. Während Martin und Paul lachen, grinsen Elly und Bernhard eher skeptisch.

Café Drechsel

Kopfschüttelnd stellt der elegante Herr seinen Kaffee auf die Untertasse zurück. Er schiebt den Teller mit dem Butterhörnchen auf die Seite des Tisches und zieht die Zeitung ganz in die Mitte seines Sichtfeldes. Ungläubig liest er noch einmal diese kurze, nahezu lapidare Meldung:

Vier Geschwister überweisen zweistelligen Millionenbetrag an das Bundesfinanzministerium!
Unserer Redaktion liegt ein Schreiben vor, nachdem vier Geschwister aus Bayern, Baden-Württemberg und Hamburg im Nachlass ihrer Eltern auf ein Schweizer Nummernkonto mit über 22 Millionen Schweizer Franken gestoßen sind. Da die Erben eine dubiose Quelle für diesen hohen Geldbetrag ausgemacht haben, die nahezu 75 Jahre zurückliegt und der deutsche Fiskus offenbar nie über diesen Besitz informiert wurde, überwiesen sie den Betrag vollständig an die Bundesfinanzverwaltung mit der Bitte, diesen Betrag zweckgebunden zur Hälfte jüdischen Einrichtungen zur Verfügung zu stellen und mit der anderen Hälfte ehrenamtliche Flüchtlingshilfeorganisationen zu unterstützen. Die Bundesfinanzverwaltung bestätigte auf Anfrage unserer Redaktion den Eingang des Geldes. In den nächsten Tagen, so eine kurze Stellungnahme des Ministeriums, soll der Vorgang einer rechtlichen und steuerlichen Prüfung unterzogen werden.

Von der Nachricht scheinbar aufgebracht schlägt der elegante Herr die Zeitung zu, fuchtelt ungeduldig mit der Hand in Richtung Ober zum Zeichen, dass er zahlen wolle, legt wort- und grußlos das Geld auf den Tisch und verlässt ohne seinen Kaffee ausgetrunken zu haben und das Butterhörnchen angerührt zu haben, eilig das Café.
Sich verbeugend steht der Ober mit einem „Herr Direktor, bitte sehr!“ in der Türe und sieht dem davonhastenden Gast nach, nicht ohne sich später zu wundern, dass zwar Kaffee und Butterhörnchen zurückgeblieben sind, das großzügige Trinkgeld aber heute ausgeblieben ist.

23. November 2019

Florentina liegt nackt auf dem Bett und strahlt Paul an.
„Es war wieder wunderbar, Paul, ich liebe diesen Morgensex mit dir!"
Paul hat zwei Tassen Kaffee in der Hand und die Zeitung unter den Arm geklemmt. Er hat Kaffee gemacht, war gerade vor der Türe, hat den Hund rausgelassen und dabei die Zeitung und einen Brief aus dem Postkasten mit ins Schlafzimmer gebracht. Er stellt die Kaffeetassen auf das Nachtkästchen und gibt Florentina, als sie sich in seine Richtung rollt, einen Klaps auf den Po. Er zieht seine Fleece-Jacke und seine Jogginghose aus, öffnet nackt vor dem Bett stehend das Briefkuvert und entnimmt den Brief.
Florentina sieht, wie ihrem Mann die Farbe aus dem Gesicht weicht.

‚Paul Rösler! ‘, liest er laut, *‚deine Terrasse sieht genauso aus, wie die Terrasse von Herrn Walter Lübcke!*
Mit freundlichen Grüßen 18‘

Nachtrag:
Dienstag 4. Juni 2019
Bei Kaffee, einem Glas Wasser und einem Butterhörnchen auf einem weißen Porzellanteller mit einem kleinen Schälchen Marillenmarmelade daneben, sitzt ein elegant gekleideter Herr an dem kleinen Bistrotisch unter dem ersten Arkadenfensterbogen im Café Drechsel und ist vertieft in einen Bericht in der Süddeutschen Zeitung von diesem Dienstag.

Nordhessen:
LKA ermittelt nach Tod von Kasseler Regierungspräsident
In der Nacht zum Sonntag ist Kassels Regierungspräsident Walter Lübcke (CDU) im Alter von 65 Jahren tot aufgefunden worden. Die Umstände seines Todes sind unklar. Das teilte ein Sprecher der hessischen CDU unter Berufung auf Lübckes Familie mit. Nun ermittelt das hessische Landeskriminalamt in der Sache. Nach übereinstimmenden Medienberichten sei Lübcke mit einer Schusswunde am Kopf aufgefunden worden. Eine Waffe jedoch sei nicht gefunden worden. Fundort der Leiche sei laut Hessische/Niedersächsische Allgemeine der Garten des Politikers in seinem Wohnort Wolfhagen-Istha.
Der Hessische Rundfunk berichtete, dass am Sonntag fast den ganzen Tag ein Polizeihubschrauber über dem Ort kreiste und das Gebiet um Lübckes Haus weiträumig abgesperrt worden sei. Ein Sprecher des Landeskriminalamts wollte die Berichte am Sonntagabend nicht kommentieren und verwies auf die Staatsanwaltschaft Kassel. Am Montagnachmittag wollen Anklagebehörde und das hessisches Landeskriminalamt Einzelheiten über den Fall bekanntgeben.
Die CDU reagierte betroffen auf den unerwarteten Tod ihres langjährigen Funktionärs: "Wir sind tief bestürzt über den plötzlichen Tod unseres Freundes Walter Lübcke", erklärten der CDU-Landesvorsitzende, Ministerpräsident Volker Bouffier, und der hessische CDU-Fraktionsvorsitzende Michael Bodenberg am Sonntag. In der CDU-Erklärung hieß es, als Regierungspräsident habe Lübcke "nie das klare Wort" gescheut. "Er war ein Brückenbauer, wie er besser nicht sein könnte. Im Jahr 2015 hatte Lübcke mit seiner Unterstützung für die Unterbringung von Geflüchteten bundesweit Aufsehen erregt. Bei einer Bürgerversammlung hatte er unter anderem die Wichtigkeit der christlichen

Werte für ein Zusammenleben in Deutschland betont. "Wer diese Werte nicht vertritt, kann dieses Land jederzeit verlassen, wenn er nicht einverstanden ist. Das ist die Freiheit eines jeden Deutschen." Auf diese Äußerung hin hatte Lübcke Hunderte verunglimpfende Emails bekommen und stand für kurze Zeit auch unter Personenschutz. Die Drohungen seien einem Pressesprecher des Regierungspräsidiums zufolge bereits seit längerem "ausgetröpfelt". Aktuell hätte es keine politisch motivierten Drohungen gegen Lübcke mehr gegeben. Der Ortsvorsteher von Lübckes Wohnort sagte der SZ, auch die etwa 900 Einwohner rätselten, wie der bisherige Regierungspräsident gestorben sei. Als aber immer mehr Polizei und auch das Landeskriminalamt aufgetaucht seien, habe man Schlimmes geahnt. Lübcke, der seit Jahrzehnten in Istha gewohnt habe, sei, wie auch anderswo in Nordhessen, beliebt gewesen, ob seiner zugreifenden und bodenständigen Art. Von irgendwelchen Feindschaften sei ihm persönlich nichts bekannt. "Das kann ich mir auch nur schwer vorstellen", fügte er hinzu. Über die Todesursache wollte er nicht spekulieren. Lübcke wurde im nordhessischen Bad Wildungen geboren und promovierte in Wirtschaftswissenschaften in Kassel. Vor seiner Amtszeit als Regierungspräsident saß Lübcke von 1999 bis 2009 für die CDU im hessischen Landtag. Aus dem Regierungspräsidiums hieß es, in der Behörde herrschten "Fassungslosigkeit und Erschütterung über den Tod des beliebten und außerordentlich nahbaren Chefs." Vor wenigen Tagen hatte Lübcke sein zehn-jähriges Dienstjubiläum gefeiert. Walter Lübcke hinterlässt eine Frau und zwei erwachsene Söhne mit ihren Familien.

Es ist kurz nach neun Uhr, als man den eleganten Herrn bekleidet mit einem hellen Leinenanzug und einen weißen Gatsby-Hut mit schwarzem Hutband das Café Drechsel verlassen und in gemächlichem Schritt Richtung Innenstadt laufen sieht.

Erläuterungen:

AfD	Alternative für Deutschland (Partei seit 2013 in der BRD)
BDM	Bund Deutscher Mädel (weiblicher Zweig der Hitlerjugend)
BGH	Bundesgerichtshof
BIC	Bank Identifier Code
BRD	Bundesrepublik Deutschland
CD	Compakt Disc (Datenträger)
CDU	Christlich Demokratische Union
CH	länderspezifische Top-Level-Domain (ccTLD) der Schweiz.
CSU	Christlich Soziale Union in Bayern e. V.
DDR	Deutsche Demokratische Republik
DE	länderspezifische Top-Level-Domain (ccTLD) der Bundesrepublik Deutschland
DP	Deutsche Partei (rechte Partei 1945 – 1980 in der BRD)
Dpa	Deutsche Presse Agentur
DVU	Deutsche Volksunion (rechte Partei in der BRD)
FDP	Freie Demokratische Partei
Gestapo	Geheime Staatspolizei
GFP	Geheime Front Polizei
HELVETIA	Schweiz
HJ	Hitlerjugend
JVA	Justizvollzugsanstalt
KZ	Konzentrationslager
NPD	Nationaldemokratische Partei Deutschlands
NSDAP	Nationalsozialistische Deutsche Arbeiterpartei
NS	Nationalsozialist/ Nationalsozialistisch
Ostzone	Sowjetische Besatzungszone (später auch die DDR im Volksmund)
REP/Rep	Die Republikaner (rechte Partei in der BRD)
RM	Reichsministerium
SBG	Schweizerische Bankgesellschaft
SPD	Sozialdemokratische Partei Deutschland
SABA	Schwarzwälder Apparate-Bau-Anstalt

SA	Sturmabteilung (paramilitärische Kampftruppe der Nationalsozialisten)
SD	Sicherheitsdienst des Reichsführers SS
SED	Sozialistische Einheitspartei Deutschlands (Staatspartei der DDR)
Sfr	Schweizer Franken
SS	Schutzstaffel der Nationalsozialisten
Stalag	Stammlager für Kriegsgefangene
StGB	Strafgesetzbuch
Ufz	Unteroffizier
USB	Union de Banques Suisses
Zyklon B	Biozid (als Gas 1942 -1944 im Vernichtungslager Auschwitz-Birkenau eingesetzt)
18	Die Zahl 18 steht in rechtsradikalen Kreisen auch für *Adolf Hitler*. Die 1 steht dabei stellvertretend für den ersten Buchstaben im Alphabet, das A, und entsprechend die 8 für den achten, das H

Café Drechsel:

Nachweise und Genehmigungen:

Seite 14	Deutsche Allgemeine Zeitung vom 22. Juli 1944
Seite 91	Neue Züricher Zeitung 26. April 1945
Seite 181	Hamburger Zeitung - AUSGABE A - NR. 102 vom 2. Mai 1945
Seite 193	S.H.A.E.F. Fallschirm Ausgabe Nr. 25 Supreme Headquarters Allied Expeditionary Force 8. Mai 1945
Seite 236	© Süddeutsche Zeitung GmbH, München. Mit freundlicher Genehmigung von Süddeutsche Zeitung Content. Beide Artikel vom 6. Oktober 1945
Seite 262	Ingo Müller/ Furchtbare Juristen/ Die unbewältigte Vergangenheit unserer Justiz. Kindler-Verlag, München 1987, ISBN3-463-40038-3;
Seite 320	Die Oberbadische, Lörrach. Mit freundlicher Genehmigung vom 15.05.2020 durch Oberbadisches Verlagshaus Georg Jaumann GmbH & Co.KG. Artikel vom 4. Mai 2017
Seite 345	Neues Deutschland, Extra-Ausgabe vom 14. Oktober 1949; Mit freundlicher Genehmigung der Neues Deutschland Druckerei und Verlag GmbH vom 19.05.2020
Seite 362	Fiktiver Artikel des Buchautors basierend auf dem stenographischen Wortprotokoll der 10. Sitzung des Bayerischen Landtages am 7.Februar 1951. TO Punkt 16, S. 140.
Seite 377	Israel-Abkommen von Luxemburg 10.09.1952 © Süddeutsche Zeitung GmbH, München. Mit freundlicher Genehmigung von Süddeutsche Zeitung Content. Artikel vom 11. September 1952

Seite 400	Augsburger Allgemeine vom 25. Oktober 1968; Mit freundlicher Genehmigung von der Augsburger Allgemeinen im Verbund der Mediengruppe Pressedruck Presse-Druck- und Verlags-GmbH vom 22.05.2020
Seite 407	Änderung Strafgesetzbuch § 50 vom 1. Oktober 1968 aus Die Welt vom 10.10.2016 von Sven Felix Kellerhoff
Seite 425	Die Zeit vom 12. März 1981, Dietrich Strothmann
Seite 436	Mauerfall vom 9.11.1989 Frankfurter Allgemeine Zeitung vom 11.11.1989 Nr. 263/45 Peter Jochen Winters
Seite 445	Die Zeit vom 22. Januar 1993
Seite 464	taz vom 19. Januar 2000; Mit freundlicher Genehmigung der taz Verlags- und Vertriebs GmbH Berlin vom 25.05.2020
Seite 481	Frankfurter Allgemeine Zeitung vom 1. Dezember 2010 (siehe: Mail vom 28.04.2020)
Seite 495	Fiktiver Artikel des Buchautors, nie erschienen im Südkurier
Seite 532	Stuttgarter Zeitung vom 22.Februar 2019 von Katja Bauer
Seite 541	Fiktiver Artikel des Buchautors, nie erschienen im Südkurier
Seite 543	© „LKA ermittelt nach Tod von Kasseler Regierungspräsident", dpa/mpu/pvn, SZ.de vom 03.06.2019. Mit freundlicher Genehmigung von Süddeutsche Zeitung Content.

Dank:

Mein Dank gilt all den lieben Menschen, die mich bei der Erarbeitung dieses Manuskriptes unterstützt haben und ohne die ich dieses Buch nie schreiben hätte können.
Simone hat mir ihre Aufzeichnungen überlassen, die als Grundlage der Vita von Hubert Rösler dienten und mein Manuskript anschließend kritisch kommentiert. Monika hat mir das Schwarzwaldwanderbuch besorgt. Gertrud und Erika haben Details aus der „Ostzone“ beigetragen, Yvonne aus Villingen und Nördlingen. Gabi hat mich auf die ‚Eiserne Hand‘ hingewiesen und mich zum Baseler Insider gemacht. Margit hat gnadenlos meine Lücken im Wissen um die Rechtschriftregeln aufgedeckt. Chris hat neben den Rechtschreibfehlern mich auf historische Lücken hingewiesen und dem Café Drechsel ein neues Aussehen verliehen. Ingrid war mir eine kritische und stärkende Leserin und eine unverzichtbare Hilfe bei der Publikation.
Helmut, Michael und Tom haben mir die Bankdetails erarbeitet. Franz-Xaver hat mir wertvolle rechtliche Tipps gegeben. Herr Heitner hat mir seine großartigen Forschungen über die Kriegs-und Nachkriegsgeschichte von Villingen zur Verfügung gestellt. Von Herrn Dr. Maulhardt habe ich das Villinger Kartenwerk aus den 40ger Jahren des letzten Jahrhunderts erhalten. Herr Mühlbauer von der Bayerischen Staatsbibliothek in München war mir bei Recherchearbeit eine große Hilfe. Klaus hat meine militärische Unkenntnis aufgedeckt und berichtigt. Johannes war mir ein sehr bereichernder Kritiker aus einer jungen Generation. Peter hat mir zum einen Nachhilfeunterricht in Philatelie gegeben und zum anderen das Manuskript so akribisch gelesen, dass ich sogar die Flugbahn der Gewehrkugeln anschließend berichtigt habe. Reinhardt hat mir mit seiner Kritik den Rücken gestärkt und mir sehr viel Zuversicht gegeben.
Meine Frau Claudia hat auf vielen langen Spaziergängen geduldig meine nie enden wollende Gedankenspiele ertragen und mich liebevoll kritisch bei meiner Arbeit begleitet.
Ihr alle ward eine große Bereicherung für mich. Herzlichen Dank!